Zijn laatste wil

Van dezelfde auteur

Totdat de dood ons scheidt
Afrekening in bloed
Klassemoord
Zand over Elena
De verdwenen Jozef
Mij is de wrake
Waar rook is...
In handen van de vijand
In de ban van bedrog
Wie zonder zonde is...
Verrader van het verleden
Moordmotieven

Elizabeth George

Zijn laatste wil

A.W. Bruna Uitgevers B.V., Utrecht

Oorspronkelijke titel
A Place of Hiding

Vertaling
Rie Neehus
Omslagontwerp
Studio Eric Wondergem

ISBN 90 229 8711 6
NUR 332

Dit is een boek over een broer en een zus
en ik draag het op aan mijn eigen broer

Robert Rivelle George

met liefde en met bewondering voor zijn
talent, scherpzinnigheid en wijsheid.

In één opzicht mag ons beroep inderdaad
als oneerlijk beschouwd worden, omdat we, als alle grote
staatslieden, diegenen aanmoedigen die hun vrienden verraden.

The Beggar's Opera
John Gay

10 november

14.45 uur

Montecito, California

De Santa Anawinden waren de fotografie niet gunstig gezind, maar dat was niet iets wat je kon vertellen aan een egotripper van een architect, die geloofde dat zijn hele reputatie ervan afhing dat vandaag alles werd vastgelegd voor het nageslacht, en voor *Architectural Digest*: 17.500 vierkante meter kale heuvelhelling. Je kon niet eens proberen hem dat te vertellen. Wanneer je eindelijk de locatie had gevonden nadat je voor je gevoel 25 keer de verkeerde weg was ingeslagen, was jíj al te laat, had híj al de pest in, en joeg de schrale wind al zoveel stof op, dat je er alleen maar zo snel mogelijk weer vandaan wilde. Wat niet mogelijk was als je met hem begon te argumenteren of je de foto's wel zou nemen. Dus je nam ze, stof of niet, zonder acht te slaan op de rollende, dorre struikjes die door een team voor speciale effecten geïmporteerd leken te zijn om ervoor te zorgen dat een terrein in California ter waarde van verscheidene miljoenen dollars met uitzicht op de oceaan, eruitzag als Barstow in augustus. En ongeacht het feit dat het zand onder je contactlenzen kroop, dat de wind maakte dat je huid aanvoelde als gemalen perzikpitten en dat je haar veranderde in geschroeid hooi. Het ging om je baan; dat was het enige waar het op aankwam. En omdat China River de kost verdiende met die baan, deed ze het.

Ze was echter niet blij. Nadat het werk gedaan was, kleefde er een laag vuil op haar kleren en tegen haar huid, en het enige wat ze wilde – behalve een groot glas van het koudste water dat ze kon vinden en lang liggen weken in een heel koud bad – was ervandaan te gaan, weg van de heuvel en dichter naar het strand. Daarom zei ze: 'Dat was het dan. Overmorgen heb ik proefdrukken voor u, waar u een keuze uit kunt maken. Eén uur? Op uw kantoor? Goed, ik zal er zijn.' Daarna beende ze weg zonder de man de kans te geven te antwoorden. Zijn reactie op haar abrupte vertrek interesseerde haar weinig.

Ze reed de heuvel af in haar oude Plymouth, over een glad geplaveide weg; kuilen waren voorgoed verbannen uit Montecito. De weg voerde haar langs de huizen van de superrijken in Santa Barbara, die hun beschutte, bevoorrechte levens leidden achter elektronisch bediende hekken, waar ze zwommen in speciaal voor hen ontworpen zwembaden en zich naderhand afdroogden met badstof die zo dik en wit was als een sneeuwbank in Colorado. Af en toe moest ze remmen voor Mexicaanse tuinlieden die zweetten achter die beschermende muren, en voor tienermeisjes te paard, die voorbijdraafden in strakke, blauwe spijkerbroeken en korte T-shirts. Het haar van deze meisjes zwaaide heen en weer in het zonlicht. Ze droegen het allemaal lang en recht en glanzend, alsof het van binnenuit verlicht werd. Hun huid was smetteloos en hun tanden waren ook perfect. En geen enkel meisje had een ons ongewenst vlees... nergens. Maar ja, waarom zouden ze ook? Een teveel aan gewicht zou niet de morele kracht hebben om langer op hun lichaam te talmen dan de tijd die ze ervoor nodig hadden om in de badkamer op de weegschaal te stappen, hysterisch te worden, en zich vervolgens over de toiletpot te buigen.

Ze waren zo zielig, dacht China. Het hele verwende, ondervoede stelletje. En wat nog erger was voor de domkopjes, hun moeders zagen er waarschijnlijk precies zo uit als zij: toonbeelden van een leven lang privésportleraren, plastische chirurgie, excursies naar de winkels, dagelijkse massages, wekelijkse manicure, en geregelde afspraken met een zielenknijper. Niets was beter dan het hebben van een gouden creditcard, aangeboden door een of andere idioot die als enige eis aan zijn vrouwen stelde dat ze er goed uitzagen.

Telkens wanneer China naar Montecito moest, kon ze niet wachten om er weer uit weg te komen, en vandaag was het al niet anders. Zo mogelijk maakten de wind en de hitte van vandaag de aandrang om dit oord achter zich te laten sterker dan normaal, als iets wat aan haar stemming knaagde. Die eerlijk gezegd al beroerd genoeg was. Een gevoel van totaal onbehagen had op haar schouders gedrukt sinds het moment waarop die ochtend vroeg haar wekker had gerinkeld.

Niets anders had er gerinkeld, zeker niet de telefoon. Dat was het probleem. Nadat ze wakker was geworden had ze die automatische sprong in de tijd van drie uur gemaakt, naar tien uur 's morgens in Manhattan, dus waarom heeft hij niet gebeld? En terwijl de uren verstreken tot het moment waarop ze moest vertrekken naar haar afspraak in Montecito, had ze voornamelijk naar de telefoon gestaard en was ze gloeiend nijdig geworden, iets wat gemakkelijk genoeg was omdat de thermometer om negen uur in de ochtend al 25 graden aangaf.

Ze probeerde zich bezig te houden. Ze had de hele voortuin met de gieter water gegeven en daarna had ze hetzelfde gedaan met de achtertuin, tot het gras aan toe. Ze had een praatje over het hek gemaakt met Anita Garcia – 'Hallo, meisje, heb je last van dit weer? Jezus, ik ga er kapot aan.' – en haar meegevoel uitgesproken over de hoeveelheid water die het lichaam van haar buurvrouw vasthield in deze laatste maand van haar zwangerschap. Ze had de Plymouth gewassen en meteen drooggewreven, waarbij ze erin geslaagd was het stof dat zich eraan wilde hechten en in modder wilde veranderen, één stap voor te blijven. En ze was twee keer het huis in gevlogen toen de telefoon ging, alleen om zo'n zalvende, onaangename telefonische verkoper aan de lijn te krijgen, zo iemand die altijd eerst wilde weten of je een prettige dag had voor hij van start ging met zijn verkoopbabbel over het veranderen van interlokale telefoonmaatschappij, wat natuurlijk ook je leven zou veranderen. Uiteindelijk had ze het huis uit moeten gaan, naar Montecito. Maar niet voor ze de telefoon nog een laatste maal had opgepakt om zeker te weten dat ze een kiestoon had, en niet voor ze haar antwoordapparaat twee keer had gecontroleerd om zich ervan te overtuigen dat het een boodschap zou opnemen.

Al die tijd had ze een hekel aan zichzelf gehad, omdat ze hem niet gewoon kon loslaten. Maar dat was al jaren het probleem. Dertien, om precies te zijn. God. Ze haatte de liefde.

Haar mobiele telefoon was de telefoon die eindelijk overging, toen ze bijna aan het eind was van haar rit naar het strand. Op nog geen vijf minuten afstand van het ongelijke stuk trottoir dat het betonpad naar haar voordeur aangaf, ging die over op de stoel naast haar. China griste het toestel van de zitting en ze hoorde Matts stem.

'Hallo, schoonheid.' Hij klonk opgewekt.

'Ook hallo.' Ze haatte de onmiddellijke opluchting die ze voelde, alsof een kurk werd losgetrokken en opgekropte bezorgdheid omhoogborrelde. Verder zei ze niets.

Het kostte hem geen moeite het te begrijpen. 'Kwaad?'

Niets van haar kant. Laat hem maar even sudderen, dacht ze.

'Ik geloof dat ik het deze keer behoorlijk verziekt heb.'

'Waar was je?' vroeg ze nijdig. 'Ik dacht dat je vanochtend zou bellen. Ik heb thuis gewacht. Ik haat het wanneer je dat doet, Matt. Waarom begrijp je dat niet? Als je niet van plan bent om te bellen, zeg het dan gewoon, daar kan ik mee leven, oké? Waarom heb je niet gebeld?'

'Sorry. Ik was het van plan. Ik heb het de hele dag tegen mezelf gezegd.'

'En...?'

'Het zal wel raar klinken, China.'

'Probeer het toch maar.'

'Oké. Gisteravond kwam er een gemeen koufront aanzetten. Ik ben de halve ochtend bezig geweest om een behoorlijke jas te vinden.'
'Je kon niet met je mobiel bellen, toen je de deur uit was?'
'Vergeten mee te nemen. Sorry. Dat zei ik al.'
Ze kon de altijd aanwezige achtergrondgeluiden van Manhattan horen, dezelfde geluiden die ze hoorde wanneer hij uit New York belde. Het geblèr van claxons dat weergalmde door bebouwde ravijnen, drilboren die als zware wapens op cement beukten. Maar als hij zijn mobiele telefoon in het hotel had laten liggen, wat deed hij er dan nu mee op straat?
'Op weg om te gaan eten,' zei hij tegen haar. 'Laatste vergadering. Tenminste, van vandaag.'
Ze was gestopt op een lege plek naast het trottoir, ongeveer dertig meter bij haar huis vandaan. Ze vond het vervelend om te moeten stilstaan, omdat de airconditioning in haar auto niet tegen het verstikkende interieur op kon, maar Matts laatste opmerking zorgde ervoor dat de hitte plotseling minder belangrijk werd en zeker minder voelbaar. Haar volledige aandacht concentreerde zich op de bedoeling van zijn woorden.
Als ze iets geleerd had, was het dat ze haar mond moest houden wanneer hij een van zijn kleine verbale brandbommen op haar losliet. Er was een tijd geweest dat ze onmiddellijk zou zijn ingegaan op een opmerking als 'Tenminste, van vandaag', om bijzonderheden uit zijn verborgen bedoeling te ziften. Maar de jaren hadden haar geleerd dat stilte even goed werkte als vragen of beschuldigingen. Het gaf haar tevens de bovenhand wanneer hij eindelijk toegaf wat hij probeerde niet te zeggen.
Het kwam er in één adem uit. 'De situatie is als volgt. Ik moet hier nog een week blijven. Ik heb een kans om met een paar mensen te praten over een subsidie, en ik moet hen spreken.'
'Matt. Dat meen je niet.'
'Wacht, schatje. Luister. Deze kerels hebben vorig jaar een fortuin ter beschikking gesteld aan een filmmaker van New York University. Ze zijn op zoek naar een project. Hoor je dat? Ze zijn echt op zoek.'
'Hoe weet je dat?'
'Het is me verteld.'
'Door wie?'
'Dus ik heb ze opgebeld en het is me gelukt een afspraak met ze te maken. Maar pas volgende week donderdag. Dus ik moet hier blijven.'
'Dat wordt dus geen Cambria.'
'Nee, we gaan heus wel. Alleen kan het niet volgende week.'
'Natuurlijk niet. Wanneer dan wel?'

'Daar gaat het nu juist om.' De straatgeluiden aan de andere kant van de mobiele verbinding leken een moment luider te worden, alsof hij zich ertussen had geworpen, van het trottoir gedrongen door de drukte in de stad aan het eind van een werkdag.
'Matt? Matt?' zei ze, en even voelde ze een onverklaarbare paniek toen ze dacht dat ze hem kwijt was. Verdomde telefoons en verdomde signalen, die altijd op het verkeerde moment zwakker werden.
Hij kwam echter terug en nu was het rustiger. Hij was een restaurant in gedoken, zei hij. 'Dit is alles of niets voor de film. China, dit is een festivalwinnaar. Een absolute topper, en je weet wat dat kan betekenen. Ik vind het heel vervelend om je te moeten teleurstellen, maar als ik de film niet aan deze mensen kan verkopen, ben ik het niet waard om je ergens mee naartoe te nemen. Naar Cambria. Naar Parijs. Of naar Kalamazoo. Zo ligt het.'
'Prima,' zei ze tegen hem, maar dat was het niet, en dat zou hij merken aan de vlakke klank in haar stem. Het was een maand geleden sinds hij erin geslaagd was om twee dagen vrij te nemen van verkoopbesprekingen in LA en strooptochten naar geld in de rest van het land, en daarvóór waren het zes weken geweest, waarin zij haar eigen klanten afbelde en hij doorging de horizon van zijn droom na te jagen. 'Soms,' zei ze, 'vraag ik me af of je ooit alles op een rijtje zult krijgen, Matt.'
'Ik weet het. Het lijkt wel of het eeuwen duurt voor je een film van de grond krijgt. En soms is dat ook zo. Je kent de verhalen. Jaren gestoken in de ontwikkeling en dan... *wham,* onmiddellijk een kassucces. Maar ik wil dit doen. Ik moet het doen. Het spijt me alleen dat het erop lijkt dat we vaker niet bij elkaar zijn dan wel.'
China hoorde dit alles aan, terwijl ze intussen keek naar een kleuter die met zijn driewielertje over het trottoir scharrelde, gevolgd door zijn waakzame moeder en een zo mogelijk nog waakzamer Duitse herder. Het kind kwam bij een plek waar het beton ongelijk lag, opgeduwd door een boomwortel, en het voorwiel bleef in het ontstane gat steken. Hij probeerde er met behulp van de trappers uit te komen, maar hij kon niets doen tot zijn moeder hem te hulp schoot. Bij het zien ervan voelde China zich onverklaarbaar treurig worden.
Matt wachtte op haar reactie. Ze probeerde een nieuwe variatie te bedenken om haar teleurstelling uit te drukken, maar er wilde haar niets te binnen schieten. Daarom zei ze: 'Ik bedoelde niet direct het maken van een film, Matt.'
En hij zei: 'O.'

Daarna was er niets meer te bepraten, omdat ze wist dat hij in New York zou blijven om zich aan de afspraak te houden die hij met zoveel moeite had gemaakt, en dat zij het zelf maar moest uitzoeken. Weer een afspraak die niet doorging, weer een spaak in het wiel van het grote levensplan.

Ze zei: 'Nou, veel succes met je bespreking.'

Hij zei: 'We bellen. De hele week. Goed? Je bent het er toch wel mee eens, China?'

'Heb ik een andere keus?' vroeg ze, en ze zei hem gedag.

Ze had een hekel aan zichzelf omdat ze hun gesprek op die manier beëindigde, maar ze had het warm, ze voelde zich ellendig, ontmoedigd, depressief... Je kon het noemen zoals je wilde. In elk geval, ze had niets meer te bieden.

Ze walgde van het deel van haarzelf dat onzeker was over de toekomst, en meestal kon ze die karaktertrek wel onder controle houden. Wanneer die haar ontsnapte en de leiding van haar leven overnam als een te overtuigde gids naar de chaos, leidde dat nooit tot iets goeds. Het reduceerde haar tot iemand die geloofde in het soort vrouw dat ze lang had verafschuwd, dat ten koste van alles een man wilde hebben, hem voor het huwelijk wilde strikken en zijn leven zo snel mogelijk wilde volproppen met baby's. Die kant wilde zij niet op, hield ze zich herhaaldelijk voor. Maar een deel van haar wilde het toch.

Dit maakte dat ze vragen stelde, eisen stelde, en haar aandacht wijdde aan een 'ons' in plaats van die geconcentreerd te houden op een 'ik'. Wanneer dat gebeurde, was datgene wat oplaaide tussen haar en de man in kwestie – dat was altijd Matt geweest – een herhaling van het debat dat ze nu al vijf jaar voerden. Ze draaiden in kringetjes rond om het onderwerp huwelijk, en dat had tot dusver steeds hetzelfde resultaat opgeleverd: zijn duidelijke tegenzin – alsof het feitelijk nog nodig was dat ze die zag en hoorde – gevolgd door haar woedende beschuldigingen. Die dan werden gevolgd door een breuk, veroorzaakt door diegene van hen beiden die het wanhopigst was over de verschillen die tussen hen opdoemden.

Diezelfde verschillen brachten hen echter ook weer bij elkaar, omdat ze de relatie vervulden met een onmiskenbare opwinding die geen van beiden tot dusver bij iemand anders had gevonden. Hij had het waarschijnlijk geprobeerd, dat wist China. Maar zij niet. Dat hoefde ze niet. Ze wist al jaren dat Matthew Whitecomb voor haar de ware was.

China was voor de zoveelste keer tot deze conclusie gekomen toen ze haar bungalow bereikte: 350 vierkante meter architectuur uit 1920, die

ooit gediend had als weekendhuisje voor iemand uit LA. Het huis stond te midden van soortgelijke bungalowtjes in een straat met aan weerszijden palmbomen, dicht genoeg bij het strand om te kunnen profiteren van de oceaanbries, ver genoeg van het water om betaalbaar te zijn.
Het was beslist zeer bescheiden, er waren vijf kleine vertrekken – als je de badkamer meetelde – en slechts negen ramen, met een brede veranda aan de voorkant, en voor en achter een rechthoekig grasveld. De voortuin werd van het trottoir gescheiden door een houten hek, waar schilfers witte verf afbladderden die in de bloembedden en op de stoep waaiden, en naar het poortje in dit hek sjouwde China haar fotoapparatuur, nadat ze haar gesprek met Matt had beëindigd.
De hitte sloeg op haar neer, slechts iets minder intens dan op de heuvel, maar de wind was niet zo krachtig. De palmbladeren rammelden als oude botten in de bomen, en de lavendel die tegen het voortuinhekje groeide, hing lusteloos in het felle zonlicht, met bloemen als paarse sterretjes, opschietend uit aarde die vanmiddag kurkdroog was, alsof ze ze vanochtend geen water had gegeven.
China tilde het scheef hangende hekje op en daarna gooide ze het open; de tassen met haar camera's hingen als een loden gewicht aan haar schouder en weerhielden haar ervan naar de tuinslang te lopen om de arme bloemen te begieten. Ze vergat deze goede bedoeling echter onmiddellijk door wat ze zag: een man, naakt op zijn korte broek na, lag op zijn buik midden op haar grasveld. Zijn hoofd rustte op wat zijn tot een bal opgerolde spijkerbroek en een verbleekt, geel T-shirt leken te zijn. Schoenen waren nergens te zien, zijn voetzolen waren zwarter dan zwart en de hielen waren met zo'n dikke laag eelt bedekt dat de huid diepe kloven vertoonde. Als je op zijn enkels en ellebogen afging, leek hij bovendien iemand te zijn die niet graag in bad ging. Eten of lichaamsbeweging schuwde hij blijkbaar niet, hij was goed gebouwd zonder dik te zijn. Drinken evenmin, want op dit moment omklemde zijn rechterhand een zwetende fles Pellegrino.
Haar Pellegrino, zo te zien. Het water waar ze zo naar had verlangd om het achter elkaar te kunnen opdrinken.
Hij draaide zich traag om en keek haar met half dichtgeknepen ogen aan, steunend op zijn smerige ellebogen. 'Je beveiliging stelt geen moer voor, China.' Hij nam een flinke slok uit de fles.
China keek naar de veranda, waar de hordeur openhing en de voordeur niet meer was dan een gapend gat. 'Verdomme,' riep ze. 'Heb je nu weer bij me ingebroken?'

Haar broer ging rechtop zitten en schermde zijn ogen af. 'Waarom heb jij in godsnaam die kleren aan? Het is verdomme 32 graden en jij ziet eruit als Aspen in januari.'
'En jij ziet eruit of je elk moment gearresteerd kunt worden wegens naaktloperij. Lieve hemel, Cherokee, gebruik je hersens toch eens een keer. Er wonen kleine meisjes in de straat. Als een van hen hier voorbijloopt en je zo ziet, staat er over een kwartier een politieauto voor de deur.' Ze fronste haar wenkbrauwen. 'Heb je zonnebrandcrème opgedaan?'
'Je hebt geen antwoord gegeven op mijn vraag,' merkte hij op. 'Vanwaar dat leer? Vertraagde opstandigheid?' Hij grinnikte. 'Als mam die broek kon zien, zou ze echt...'
'Ik draag die broek omdat ik hem leuk vind,' onderbrak ze hem. 'Hij zit gemakkelijk.' En omdat ik het me kan veroorloven, dacht ze. Wat meer dan de helft van de reden was: in zuidelijk California iets opvallends en nutteloos te bezitten omdat ze het wilde hebben, na in haar kinder- en tienerjaren door de rekken van het Leger des Heils te hebben gestruind, op zoek naar kleren die zowel pasten als niet te afzichtelijk waren en die – omwille van haar moeders opvattingen – nergens een spoor van dierlijke huid vertoonden.
'Ja, dat zal wel.' Hij krabbelde overeind terwijl ze langs hem liep naar de veranda. 'Leer, midden in een Santa Ana. Heel gemakkelijk. Dat klinkt zinnig.'
'Dat is mijn laatste fles Pellegrino.' Ze zette haar cameratassen vlak achter de voordeur neer. 'Daar heb ik de hele weg naar huis naar verlangd.'
'Waar kwam je vandaan?' Toen ze het hem vertelde begon hij te grinniken. 'O, ik snap het. Foto's gemaakt voor een architect. Stinkend rijk en wanhopig? Ik hoop het. Beschikbaar ook nog? Dat is *cool.* Nou, laat me dan maar eens kijken hoe je eruitziet.' Hij stak de fles in zijn mond en ondertussen bekeek hij haar. Nadat hij genoeg had gedronken gaf hij haar de fles en zei: 'Jij mag de rest. Je haar is klote. Waarom bleek je het nog steeds? Niet goed voor je. Zeker niet goed voor het grondwater, al die chemicaliën in de riolering.'
'Alsof het grondwater jou iets kan schelen.'
'Hé! Ik heb mijn normen.'
'Eén ervan is kennelijk niet wachten tot mensen thuiskomen voor je hun huis leegrooft.'
'Je boft dat ik het maar was,' zei hij. 'Het is nogal stom om weg te gaan en de ramen open te laten. Je horren lijken nergens op. Een zakmes.

Meer was er niet voor nodig.'
China zag hoe haar broer het huis in was gekomen, omdat Cherokee, op de manier die typerend voor hem was, niets gedaan had om te verbergen hoe hij erin geslaagd was binnen te dringen. De oude hor voor een van de twee ramen van de zitkamer ontbrak; Cherokee had die heel eenvoudig kunnen verwijderen omdat de hor slechts met een metalen haakje dat in een oog viel, aan de vensterbank bevestigd was geweest. Haar broer was tenminste zo verstandig geweest om in te breken via een raam dat zich niet aan de straatkant bevond en niet gezien kon worden door de buren, die onmiddellijk de politie zouden hebben gebeld.
Ze liep door naar de keuken, met de fles Pellegrino in haar hand. Ze schonk de rest van het water in een glas, en deed er een schijfje limoen bij. Ze liet het erin rondwalsen, dronk het glas leeg en zette het daarna in de gootsteen, onvoldaan en geïrriteerd.
'Wat kom je hier doen?' vroeg ze haar broer. 'Hoe ben je hier gekomen? Heb je je auto laten repareren?'
'Die roestbak?' Hij stommelde over het linoleum naar de koelkast, maakte die open en begon tussen de plastic zakken met fruit en groenten te rommelen. Hij haalde er een rode paprika uit, die hij meenam naar de gootsteen en zorgvuldig waste, alvorens een mes uit een van de laden te pakken en de paprika in tweeën te snijden. Nadat hij beide helften van de zaadjes had ontdaan, gaf hij een ervan aan China. 'Ik ben met een paar dingen bezig, dus ik heb geen auto nodig.'
China negeerde de hint die in zijn laatste opmerking besloten lag. Ze wist hoe haar broer zijn aas uitgooide. 'Iedereen heeft een auto nodig.' Ze legde haar halve paprika op de keukentafel en liep vervolgens naar de slaapkamer om zich te verkleden. Het leer voelde in dit weer aan alsof ze in een sauna zat. Het zag er fantastisch uit, maar het voelde waardeloos. 'Ik hoop dat je niet hiernaartoe gekomen bent in de hoop dat je de mijne kunt lenen,' riep ze naar hem. 'Want als dat wel zo is, is het antwoord bij voorbaat nee. Vraag het mam. Leen de hare. Ik neem aan dat ze die nog steeds heeft.'
'Kom je naar huis met Thanksgiving?' riep Cherokee terug.
'Wie wil dat weten?'
'Drie keer raden.'
'Doet haar telefoon het opeens niet meer?'
'Ik heb tegen haar gezegd dat ik zou komen. Ze wilde dat ik het je vroeg. Kom je, of niet?'
'Ik zal het er met Matt over hebben.' Ze hing de leren broek in de kast,

deed hetzelfde met het jasje, en gooide haar zijden blouse in de zak voor de stomerij. Nadat ze een losvallende hawaïjurk had aangetrokken, pakte ze haar sandalen van de plank en liep ze naar haar broer terug.
'Waar zit Matt tegenwoordig?' Hij had zijn halve paprika op en was aan de hare begonnen.
Ze pakte de paprika uit zijn hand en nam een hap. Het vruchtvlees was koel en zoet, een bescheiden tegengif tegen de hitte en haar dorst. 'Weg,' zei ze tegen hem. 'Cherokee, wil je alsjeblieft je kleren aantrekken?'
'Waarom?' Hij keek haar geil aan en draaide met zijn heupen. 'Wind ik je op?'
'Je bent mijn type niet.'
'Weg waarnaartoe?'
'New York. Voor zaken. Kleed je je nu nog aan of niet?'
Schouderophalend liep hij weg. Even later hoorde ze de hordeur met een klap dichtvallen toen hij naar buiten ging om de rest van zijn kleren te halen. Ze vond een niet-gekoelde fles Calistoga-water in de muffe bezemkast die ze als bijkeuken gebruikte. Het was tenminste iets waar koolzuur in zat. Ze pakte een paar ijsblokjes en schonk zich een groot glas in.
'Je hebt niets gevraagd.'
Met een ruk draaide ze zich om. Cherokee had zich aangekleed, zoals ze had gevraagd. Zijn T-shirt was gekrompen door het vele wassen, en zijn blauwe spijkerbroek hing laag op zijn heupen. De broekspijpen schuurden over het linoleum, en terwijl ze haar broer bekeek, dacht China voor de zoveelste keer dat hij misplaatst was in de tijd. Met zijn te lange, lichtblonde krullen, zijn haveloze kleren, zijn blote voeten en zijn gedrag leek hij op een vluchteling uit de zomer van liefde. Wat ongetwijfeld zou maken dat hun moeder trots was, en dat hun vader goedkeurend zou lachen. Maar het bezorgde China... nou, ergernis. Ondanks zijn leeftijd en zijn gebruinde lichaam leek Cherokee nog steeds te kwetsbaar om op eigen benen te staan.
'Dus je hebt het me niet gevraagd,' zei hij.
'Wat niet gevraagd?'
'Waar ik mee bezig ben. Waarom ik geen auto meer nodig heb. Overigens, ik heb mijn duim opgestoken. Maar liften is ook niet meer wat het was. Ik ben vanaf gisteren rond lunchtijd bezig geweest om hier te komen.'
'Daarom heb je een auto nodig.'
'Niet voor wat ik van plan ben.'

'Ik heb het je al gezegd: ik leen je mijn auto niet. Ik heb hem nodig voor mijn werk. En waarom ben je niet naar college? Ben je weer aan het spijbelen?'
'Ik ben ermee gestopt. Ik had meer vrije tijd nodig om de werkstukken te maken. Dát heeft een enorme vlucht genomen. Ik moet je zeggen, tegenwoordig sta je versteld van het aantal gewetenloze studenten, Chine. Als ik hier mijn beroep van zou willen maken, zou ik waarschijnlijk op mijn veertigste kunnen ophouden met werken.'
China sloeg haar ogen ten hemel. De werkstukken waren examenopgaven, verhandelingen die thuis geschreven moesten worden, zo nu en dan een masterproefschrift en, tot dusver, twee dissertaties voor een doctoraal. Cherokee schreef ze voor studenten van de universiteit die geld genoeg hadden en die het te veel moeite vonden om de werkstukken zelf te maken. Dit had al lang geleden de vraag opgeroepen waarom Cherokee – die nooit minder kreeg dan een 8 voor iets wat hij tegen betaling had geschreven – zelf niet de energie kon opbrengen om te blijven studeren. Hij was zo vaak naar de universiteit van California gegaan en er vervolgens weer mee opgehouden, dat de instelling zo ongeveer een draaideur had met zijn naam erboven. Cherokee had echter een luchtige verklaring voor zijn uitzonderlijk haperende studie: 'Als de universiteit me om mijn werk te doen gewoon zou betalen wat de studenten me betalen om hun werk te doen, zou ik het werk doen.'
'Weet mam dat je er weer mee gekapt bent?' vroeg ze haar broer.
'Ik heb de banden doorgesneden.'
'Ook dat nog.' China had niet geluncht en dat begon ze te merken. Ze haalde de ingrediënten voor een salade uit de koelkast, en pakte één bord uit de kast, een subtiele hint waarvan ze hoopte dat haar broer die zou oppakken.
'Dus, vraag het me.' Hij trok een stoel onder de keukentafel uit en liet zich erop neervallen. Hij pakte een van de appels die in een rieten mandje lagen dat midden op de tafel stond en hij had die al naar zijn mond gebracht voor hij leek te beseffen dat het een namaakvrucht was.
Ze haalde de sla uit de plastic verpakking en begon die boven haar bord in stukjes te scheuren. 'Wat moet ik je vragen?'
'Dat weet je wel. Je ontwijkt de vraag. Oké, dan zal ik die voor je stellen. "Wat is het grote plan, Cherokee? Waar ben je mee bezig? Waarom heb je geen auto nodig?" Het antwoord: omdat ik een boot neem. En de boot voorziet me van alles. Vervoer, een inkomen en onderdak.'
'Blijf maar dromen, Butch,' mompelde China, meer tegen zichzelf dan

tegen hem. In zoveel opzichten had Cherokee zijn 33 jaar geleefd als die *outlaw* uit het wilde westen: er was altijd een plan om snel rijk te worden, iets voor niets te krijgen en een goed leven te leiden.
'Nee,' zei hij. 'Luister. Dit is echt geweldig. Ik heb de boot al gevonden. Ze ligt in Newport. Een vissersboot. Op dit moment worden er vaartochten mee gemaakt vanuit de haven. Hopen dollars per persoon. Ze vissen op bonita. Meestal zijn het dagreizen, maar voor meer dollars – en dan heb ik het over aanzienlijk meer – gaan ze naar Baja. Er moet het een en ander aan gedaan worden, maar ik kan op de boot leven terwijl ik haar opknap. Kopen wat ik nodig heb bij winkels in scheepsbenodigdheden – daar heb ik geen auto voor nodig – en ik kan het hele jaar door met passagiers varen.'
'Wat weet jij van vissen? Wat weet jij van varen? En trouwens, waar haal je het geld vandaan?' China sneed een stuk van een komkommer en ze begon het aan plakjes te snijden over de sla. Ze dacht na over haar vraag in samenhang met haar broers onverwachte komst en zei: 'Cherokee, je moet er zelfs niet aan denken.'
'Hé? Wat denk je wel van me? Ik zei dat ik ergens mee bezig ben, en dat is zo. Verdomme. Ik dacht dat je blij zou zijn voor me. Ik heb mam zelfs niet om geld gevraagd.'
'Alsof ze dat heeft.'
'Nou, ze heeft het huis. Ik had haar kunnen vragen de eigendom aan mij over te dragen, zodat ik een tweede hypotheek kon nemen en op die manier het geld bij elkaar kon krijgen. En dat zou ze gedaan hebben. Dat weet je.'
Er zat iets waars in, dacht China. Wanneer was ze niet bezweken voor een van Cherokees wilde plannen? Hij heeft astma, was in hun jeugd haar excuus geweest. Door de jaren heen was dat eenvoudig veranderd in 'hij is een man'.
Dat liet China zelf over als bron van inkomsten. Ze zei: 'Je haalt je over mij niets in je hoofd, oké? Wat ik heb is voor mij, voor Matt en voor de toekomst.'
'Als die bestaat.' Cherokee schoof zijn stoel bij de tafel vandaan. Hij liep naar de keukendeur en deed die open, waarna hij met zijn handen tegen de deurposten gesteund uitkeek over de door de zon uitgedroogde achtertuin.
'Hoezo, als die bestaat?'
'Niets. Vergeet het maar.'
China waste twee tomaten en begon ze in stukken te snijden. Ze wierp

een blik op haar broer en zag dat hij zijn wenkbrauwen samentrok en op de binnenkant van zijn onderlip kauwde. Ze kon Cherokee River lezen als een reclamebord op vijftig meter afstand: er maalden intriges door zijn hoofd.

'Ik heb geld gespaard,' zei hij. 'Natuurlijk is het niet genoeg, maar ik heb een kans om aardig wat te verdienen en dan heb ik het voor elkaar.'

'Wil je daarmee zeggen dat je niet helemaal hierheen bent komen liften om mij te vragen een bijdrage te leveren? Dat je 24 uur langs de weg hebt gestaan om voor de gezelligheid op bezoek te komen? Om me je plannen te vertellen? Om me te vragen of ik naar mam ga met Thanksgiving? Dat is niet erg slim van je, vind ik. Er zijn telefoons. E-mail. Telegrammen. Rooksignalen.'

Hij draaide zich bij de deur om en bleef kijken terwijl ze het zand van vier champignons borstelde. 'Feitelijk,' zei hij, 'heb ik twee gratis tickets om naar Europa te gaan, en ik dacht dat mijn zusje wel zin zou hebben om me te vergezellen. Daarom ben ik hier. Om te vragen of je meegaat. Je bent er toch nog nooit geweest? Noem het een vroeg kerstcadeautje.'

China liet haar mes zakken. 'Hoe kom je verdomme aan twee gratis tickets naar Europa?'

'Koeriersdienst.'

Hij begon het uit te leggen. Koeriers, zei hij, vervoerden dingen van de Verenigde Staten naar plekken over de hele wereld, wanneer de afzender er niet op vertrouwde dat de posterijen, Federal Express, of een andere vervoerder de spullen op tijd, veilig en onbeschadigd op hun bestemming zouden brengen. Bedrijven of personen voorzagen een reiziger die zich ervoor aanbood van een kaartje dat hij nodig had om op de plaats van bestemming te komen – soms kreeg hij bovendien nog een vergoeding – en wanneer het pakje eenmaal in handen van de geadresseerde was afgeleverd, was de koerier vrij om zich in die plaats te vermaken, of om van daaruit verder te reizen.

In Cherokees geval had hij een briefje gezien op een aanplakbord bij de universiteit van California, van iemand – 'het bleek een advocaat uit Tustin te zijn' – die een koerier zocht om een pakje naar Engeland te brengen, in ruil voor betaling en twee vliegtickets. Cherokee had gesolliciteerd en hij was aangenomen, op voorwaarde dat hij 'zich netter zou kleden en iets aan zijn haar zou doen'.

'Vijfduizend dollar om het pakje af te leveren,' besloot Cherokee tevreden. 'Is dat een goede deal of niet?'

'Verdomme! Vijfduizend dollar?' China's ervaring was dat dingen die te

mooi waren om waar te zijn, het over het algemeen ook waren. 'Wacht eens even, Cherokee. Wat zit er in dat pakje?'
'Tekeningen van een architect. Zie je, dat is een van de redenen waarom ik meteen aan jou dacht voor het tweede ticket. Architectuur. Dat is toch echt iets voor jou?' Cherokee liep naar de tafel terug, draaide deze keer de stoel om en ging er achterstevoren schrijlings op zitten.
'Waarom brengt de architect zijn tekeningen niet zelf weg? Waarom verstuurt hij ze niet via internet? Daar is een programma voor, en als de geadresseerde er niet over beschikt, waarom stuurt hij de tekeningen dan niet op een diskette?'
'Wie weet? Wat doet het ertoe? Vijfduizend dollar en een gratis ticket? Ze kunnen die tekeningen met een roeiboot versturen, als ze het willen.'
Hoofdschuddend wijdde China zich weer aan haar salade. 'Het klinkt heel verdacht. Je zoekt het zelf maar uit.'
'Hé, we hebben het hier wel over Europa. De Big Ben. De Eiffeltoren. Verdomme, zelfs het Colosseum.'
'Ik hoop dat je het erg leuk zult hebben. Als je tenminste niet bij de douane wordt gepakt met heroïne.'
'Ik zeg je dat dit volkomen legaal is.'
'Vijfduizend dollar, alleen om een pakje weg te brengen? Ik denk het niet.'
'Toe nou, China. Je móét mee.'
Er was iets aan zijn stem terwijl hij het zei, iets wat probeerde de gretigheid te maskeren maar dichter in de buurt van wanhoop kwam. China zei achterdochtig: 'Wat is er? Je kunt het me maar beter vertellen.'
Cherokee plukte aan het plastic koordje dat over de rugleuning liep. Hij zei: 'Het gaat hierom... ik moet mijn vrouw meenemen.'
'Wat?'
'Ik bedoel de koerier. De tickets. Die zijn voor een echtpaar. In het begin wist ik het niet, maar toen de advocaat me vroeg of ik getrouwd was, merkte ik dat hij "ja" als antwoord wilde horen, dus ik zei ja.'
'Waarom?'
'Wat maakt het uit? Hoe moet iemand erachter komen? We hebben dezelfde achternaam. We lijken niet op elkaar. We kunnen gewoon doen alsof...'
'Ik bedoel, waarom moet een echtpaar het pakje wegbrengen? Een echtpaar dat netjes gekleed is? Een man en een vrouw die "iets aan hun haar gedaan hebben"? Iets waardoor ze er onschadelijk, legaal en boven verdenking uitzien? Lieve hemel, Cherokee, gebruik je hersens. Dit is een smokkelonderneming en jij belandt erdoor in de gevangenis.'

'Doe niet zo paranoïde. Ik heb het nagetrokken. We hebben het hier wel over een advocaat. Hij is echt.'
'O, dát stelt me helemaal gerust.' Ze legde worteltjes rondom op de rand van haar bord en ze strooide er een handje zonnebloempitten overheen. Nadat ze nog wat citroensap op de salade had gesprenkeld liep ze met het bord naar de tafel. 'Ik trap er niet in. Je zult iemand anders moeten zoeken om voor mevrouw River te spelen.'
'Er ís niemand anders. En zelfs al zou ik zo snel iemand kunnen vinden, het ticket moet op naam staan van River en de naam op het paspoort moet overeenkomen met die op het ticket en... Toe nou, China.' Hij klonk als een kleine jongen, gefrustreerd omdat een plan dat hem zo simpel had geleken, dat zo gemakkelijk te regelen was met een tochtje naar Santa Barbara, heel anders uitpakte. Dat was Cherokee voor honderd procent: ik heb een idee en de wereld zal erin meegaan.
China niet. Ze hield van haar broer. Om precies te zijn, ondanks het feit dat hij ouder was dan zij, had ze een deel van haar tienerjaren en het grootste deel van haar jeugd doorgebracht met hem te bemoederen. Ondanks haar liefde voor Cherokee was ze echter niet van plan met hem mee te werken aan een opzet die heel goed zowel gemakkelijk verdiend geld kon opleveren als hen beiden in gevaar kon brengen.
'Geen denken aan,' zei ze tegen hem. 'Vergeet het. Zoek een baan. Je moet eens een keer de echte wereld binnenstappen.'
'Dat probeer ik hiermee toch.'
'Zoek dan een vaste baan. Dat moet je uiteindelijk toch. Dan kun je het net zo goed nu doen.'
'O, geweldig.' Hij vloog van zijn stoel op. 'Dat is echt héél fantastisch en geweldig, China. Zoek een vaste baan. Stap de echte wereld binnen. Dat probeer ik. Ik heb een idee voor een baan en een huis en geld, allemaal tegelijk, maar dat is blijkbaar niet goed genoeg voor jou. Het moet de echte wereld zijn, en een baan, maar dan wel op jouw voorwaarden.' Met grote passen beende hij naar de deur, en daarna liep hij nijdig de tuin in. China ging hem achterna. Midden op het dorstige grasveld stond een vogelbadje, en Cherokee gooide het water eruit, pakte een staalborstel die ernaast lag, en begon driftig de algenaanslag van het geribbelde schaaltje te boenen. Hij marcheerde naar het huis, waar een opgerolde tuinslang lag, zette de buitenkraan open en sleepte de slang naar het vogelbadje om het te vullen.
'Hoor eens,' begon China.
'Vergeet het maar,' zei hij. 'Jij vindt het een stom plan. Je vindt míj stom.'

'Heb ik dat gezegd?'
'Ik wil niet zo leven als de rest van de wereld – als een man die van acht tot vijf werkt voor een kloteloontje – maar dat keur jij niet goed. Jij denkt dat er maar één manier is om te leven, en als iemand met een ander idee komt is het flauwekul, stom en belandt hij er waarschijnlijk door in de gevangenis.'
'Waar haal je het allemaal vandaan?'
'Wat ik zou moeten doen, volgens jou, is werken voor een schijntje, het schijntje sparen en zo veel van het schijntje opzij leggen dat het erop uitdraait dat ik ga trouwen, een man ben met een hypotheek, kinderen en een vrouw die misschien een betere vrouw en moeder is dan mam ooit voor iemand is geweest. Maar dat is jóúw plan voor het leven, oké? Niet dat van mij.' Hij smeet de borrelende slang op de grond, zodat het water over het dorre grasveld stroomde.
'Dit heeft niets te maken met iemands plannen voor het leven. Het is gezond verstand. Kijk in godsnaam nu eens naar wat je voorstelt. Kijk naar wat je is voorgespiegeld.'
'Geld,' zei hij. 'Vijfduizend dollar. Vijfduizend dollar, die ik verdomme nodig heb.'
'Om een boot te kopen waarvan je niet weet hoe je ermee moet varen? Om mensen mee uit vissen te nemen, god weet waarnaartoe? Denk nu eens één keer na, oké? Zo niet over de boot, dan in elk geval over dat plan om koerier te worden.'
'Ik?' Hij lachte hol. 'Moet ík ergens over nadenken? Wanneer ga jíj dat verdomme eens een keer doen?'
'Ik? Wat...'
'Het is toch verbazingwekkend. Je wilt mij vertellen hoe ik mijn leven moet inrichten terwijl het jouwe één grote grap is en je het zelf niet weet. En hier ben ík, ik geef je een behoorlijke kans om eruit te stappen, voor het eerst in... Hoeveel? Tien jaar, meer? En het enige wat jij...'
'Wat? Waar moet ik uit stappen?'
'... kunt doen is me kleineren. Omdat de manier waarop ik leef je niet aanstaat. En omdat je niet wilt inzien dat jouw manier van leven erger is.'
'Wat weet jij van mijn leven?' Ze merkte dat ze eveneens kwaad begon te worden. Ze haatte de manier waarop haar broer een andere wending aan een gesprek kon geven. Als je een discussie met hem wilde aangaan over keuzes die hij had gemaakt of wilde maken, zette hij onveranderlijk jou in de schijnwerpers. Die schijnwerpers werden altijd een aanval en je

moest heel sterk in je schoenen staan om ongehavend uit de strijd te komen. 'Ik heb je in geen maanden gezien. Je komt hier opdagen, breekt in mijn huis in, vertelt me dat je mijn hulp nodig hebt bij een of ander louche plannetje, en wanneer ik niet meewerk zoals je van me verwacht, wordt alles opeens míjn schuld. Maar dat spelletje speel ik niet mee.'

'Natuurlijk niet. Jij speelt liever het spelletje waar Matt mee bezig is.'

'Wat mag dat betekenen?' wilde China weten. Maar bij het horen van Matts naam kon ze er niets aan doen dat ze voelde hoe een benige vinger van angst haar ruggengraat aanraakte.

'God, China. Je denkt dat ík dom ben, maar wanneer kom jij er verdomme nu eens achter?'

'Waarachter? Waar heb je het over?'

'Al die onzin over Matt. Leven voor Matt. Je geld sparen "voor mij en Matt en de toekomst". Het is belachelijk. En het is op zijn zachtst gezegd zielig. Je staat hier vlak voor me met je hoofd zo ver in je nek gegooid dat je niet gemerkt hebt...' Hij zweeg. Het leek alsof hij zich opeens herinnerde waar hij was, bij wie hij was, en wat er gebeurd was waardoor ze zo tegenover elkaar stonden. Hij bukte zich om de slang op te rapen, sleepte die naar het huis terug en draaide de kraan dicht. Daarna rolde hij de slang op de grond op met te veel precisie.

China bleef naar hem kijken. Plotseling had ze het gevoel dat haar hele leven – haar verleden en haar toekomst – door een brand tot dit ene moment waren teruggebracht. Weten en niet weten tegelijk.

'Wat weet je over Matt?' vroeg ze haar broer.

Een deel van het antwoord kende ze al. Omdat ze alle drie samen tieners waren geweest in dezelfde vervallen wijk in een stad die Orange heette, waar Matt een surfer was, Cherokee zijn volgeling, en China een schaduw die door beiden werd geworpen. Maar een ander deel van het antwoord had ze nooit geweten, omdat het verborgen was gebleven in de uren en de dagen waarin de twee jongens samen de golven bij Huntington Beach hadden bedwongen.

'Vergeet het maar.' Cherokee liep langs haar heen en hij ging het huis binnen.

Ze volgde hem. Hij bleef echter niet stilstaan in de keuken of in de zitkamer. In plaats daarvan liep hij stug door, gooide de hordeur open en stapte op de verzakte veranda aan de voorkant van het huis. Daar hield hij stil en keek met half dichtgeknepen ogen naar de lichte, droge straat, waar de zon fel op de geparkeerde auto's scheen en een windvlaag dorre bladeren over het trottoir joeg.

'Je kunt me beter vertellen waar je hiermee naartoe wilt,' zei China. 'Jij bent ergens over begonnen. Dan kun je het net zo goed afmaken.'
'Vergeet het maar,' zei hij opnieuw.
'Je zei: zielig. Je zei: belachelijk. Je zei: een spelletje.'
'Het ontglipte me,' zei hij. 'Ik was pissig.'
'Je spreekt Matt, nietwaar? Je moet hem nog steeds zien, wanneer hij zijn ouders opzoekt. Wat weet je, Cherokee? Is hij...' Ze wist niet of ze het feitelijk over haar lippen kon krijgen, omdat ze eerlijk gezegd onwillig was om de waarheid te horen. Maar er waren zijn langdurige perioden van afwezigheid, zijn reizen naar New York, het afzeggen van de plannen die ze samen hadden gemaakt. Er was het feit dat hij in LA woonde wanneer hij niet op reis was, en er waren al die keren wanneer hij wel thuis was, maar het toch te druk had met zijn werk om een weekend met haar door te brengen. Ze had zichzelf voorgehouden dat dit alles niets te betekenen had, had het op de weegschaal gelegd waarmee ze hun jaren van samenzijn afwoog. Maar haar twijfels waren gegroeid, en nu stonden ze voor haar, vragend om geaccepteerd of vergeten te worden.
'Heeft Matt een andere vrouw?' vroeg ze haar broer.
Hij blies zijn adem uit en schudde zijn hoofd. Het leek echter niet zozeer een antwoord op haar vraag als een reactie op het feit dat ze het om te beginnen gevraagd had.
'Vijftig dollar en een surfplank,' zei hij tegen zijn zus. 'Daar heb ik hem om gevraagd. Ik gaf het product een goede garantie – je hoeft alleen maar aardig tegen haar te zijn, zei ik, en dan zal ze met je meewerken – dus hij was bereid om te betalen.'
China hoorde de woorden, maar een moment lang weigerden haar hersens om ze op te nemen. Toen herinnerde ze zich de surfplank van al die jaren geleden. Hoe Cherokee ermee thuis was gekomen, en zijn triomfantelijke kreet: 'Die heeft Matt me gegeven!' En ze herinnerde zich wat erop volgde: zeventien jaar, nooit een afspraakje gehad en nog minder gekust of aangeraakt of de rest, en Matthew Whitecomb – lang en verlegen, goed op een surfplank maar stuntelig met meisjes – die bij hun thuis langskwam en verlegen stamelend een afspraakje wilde maken, alleen was het helemaal geen verlegenheid, nietwaar, die eerste keer, maar eerder het feit dat hij met het zweet in zijn handen hoopte te incasseren waarvoor hij haar broer betaald had om het te bezitten.
'Je verkocht...' Ze kon de zin niet afmaken.
Cherokee draaide zich om en keek haar aan. 'Hij vindt het lekker om met je te neuken, China. Daar gaat het om. Meer is het niet. Einde verhaal.'

'Ik geloof je niet.' Maar haar mond was droog, droger dan haar huid aanvoelde in de hitte en de wind die uit de woestijn kwam, droger zelfs dan de gebarsten, verschroeide aarde waarin de bloemen verwelkten en de regenwormen zich verborgen hielden.
Ze tastte achter zich naar de verroeste knop van de oude hordeur. Ze ging het huis binnen. Ze hoorde dat haar broer haar achternakwam, zijn voeten treurig sloffend in haar kielzog.
'Ik had het je niet willen vertellen,' zei hij. 'Het spijt me. Ik ben nooit van plan geweest het je te vertellen.'
'Ga weg,' antwoordde ze. 'Ga nu maar. Ga.'
'Je weet dat het waar is wat ik heb gezegd, toch? Je kunt het voelen, omdat je de rest gevoeld hebt: dat er iets niet goed zit tussen jullie, dat het al een poosje niet goed zit.'
'Daar weet ik niets van,' zei ze tegen hem.
'Ja, dat weet je wel. En het is beter om het te weten. Nu kun je je van hem losmaken.' Hij ging achter haar staan en legde zijn hand – wat leek het een aarzelend gebaar – op haar schouder. 'Ga met me mee naar Europa, China,' zei hij zacht. 'Het zal een goede plek zijn om te beginnen met vergeten.'
Ze schudde zijn hand af en draaide zich om, zodat ze hem kon aankijken. 'Ik stap niet eens dit huis uit met jou.'

5 december

6.30 uur

Guernsey

Het Kanaal

Ruth Brouard schrok wakker. Er was iets niet in orde in huis. Ze bleef doodstil liggen en paste zich aan aan de duisternis, zoals ze dat al zoveel jaren geleden geleerd had, wachtend tot het geluid zich zou herhalen, zodat ze wist of ze veilig was in haar schuilplaats of dat ze moest vluchten. Wat het geluid had veroorzaakt zou ze niet kunnen zeggen op dit moment van gespannen luisteren, maar het was niet een van de nachtelijke geluiden geweest die ze gewend was te horen. Het kraken van het huis, het rammelen van een raam in zijn sponning, het zuchten van de wind, de kreet van een uit zijn slaap opgeschrikte zeemeeuw... Daarom versnelde haar hartslag terwijl ze bezorgd haar oren spitste en haar ogen dwong de voorwerpen in haar kamer te onderscheiden, elk ervan te zoeken, de plaats ervan in het halfdonker te vergelijken met die waar ze bij daglicht stonden wanneer noch spoken noch indringers de vrede van het oude landhuis waar ze woonde, zou durven verstoren.

Ze hoorde niets meer, dus ze schreef haar plotselinge ontwaken toe aan een droom die ze zich niet kon herinneren. Haar gespannen zenuwen schreef ze toe aan verbeelding. Dat, en de medicijnen die ze innam, de sterkste pijnstiller die haar dokter haar wilde geven, die niet de morfine was waar haar lichaam behoefte aan had.

Ze kreunde in haar bed bij het voelen van de pijnscheut die van haar schouders naar haar armen uitstraalde. Dokters, dacht ze, waren moderne oorlogvoerders. Ze waren opgeleid om de vijand binnen in haar te bestrijden tot het laatste bloedlichaampje de geest gaf. Ze waren geprogrammeerd om dat te doen, en daar was ze dankbaar voor. Maar er waren momenten waarop de patiënt het beter wist dan de chirurg, en ze begreep dat voor haar nu een van die momenten was aangebroken. Zes maanden, dacht ze. Nog twee weken tot haar 66e verjaardag, maar de 67e zou ze niet meer meemaken. De duivel had zich een weg gebaand van haar borsten tot in haar botten, na een rustperiode van twintig jaar waarin ze weer optimistisch was geworden.

Ze ging verliggen, van haar rug op haar zij, en haar blik viel op de rode, digitale cijfers van de wekker op het nachtkastje. Het was later dan ze

gedacht had. Het jaargetijde had haar totaal bedrogen. Door de duisternis had ze aangenomen dat het twee of drie uur in de ochtend was, maar het was halfzeven, een uur voor de tijd waarop ze gewoonlijk opstond.
In de kamer naast de hare hoorde ze een geluid. Deze keer was het echter geen geluid dat er niet thuishoorde, voortgekomen uit een droom of uit haar verbeelding. Het was het schuiven van hout langs hout toen een kastdeur werd geopend en gesloten, en een lade van de commode die op dezelfde manier werd gehanteerd. Iets plofte zachtjes op de vloer, en Ruth wist dat het de gymschoenen waren die hij, in de haast om ze aan te trekken, per ongeluk uit zijn handen had laten vallen.
Hij zou zich al in zijn zwembroek gehesen hebben – dat minuscule, blauwe nylon driehoekje dat ze zo slecht vond passen bij een man van zijn leeftijd en dat voor het ogenblik bedekt zou zijn door zijn trainingspak. Het enige wat nog restte van zijn voorbereidingen in de slaapkamer waren de schoenen die hij zou dragen op zijn wandeling naar de baai, en die trok hij op dit moment aan. Ruth begreep het uit het kraken van de schommelstoel.
Ze glimlachte terwijl ze naar de activiteiten van haar broer luisterde. Guy was even voorspelbaar als de jaargetijden. Gisteravond had hij gezegd dat hij van plan was om vanochtend te gaan zwemmen, en dus ging hij zwemmen, zoals elke dag: hij draafde door de tuin om bij het paadje dat erachterlangs liep te komen en daarna liep hij snel naar het strand om op te warmen, alleen op het smalle, bochtige weggetje dat zigzaggend een tunnel onder de bomen vormde. Het was haar broers vermogen om zich aan zijn plannen te houden en ze tot een succes te maken dat Ruth meer bewonderde dan al zijn andere kwaliteiten.
Ze hoorde zijn slaapkamerdeur dichtgaan. Ze wist precies wat er nu zou komen: in het donker zou hij op de tast naar de droogkast lopen om er een handdoek uit te halen die hij zou meenemen. Die procedure zou tien seconden vergen, waarna hij er vijf minuten voor nodig zou hebben om zijn zwembril te zoeken, die hij gisterochtend in de messenlade zou hebben gelegd, of over de gemakkelijke stoel in zijn werkkamer zou hebben gehangen, of zonder erbij na te denken in de hoekkast zou hebben geschoven die in de ontbijtkamer scheef tegen de muur leunde. Wanneer hij de bril te pakken had, zou hij naar de keuken gaan om thee te zetten. Die nam hij altijd mee voor na het zwemmen, zijn dampende, groene ginkgobeloning voor weer een succesvolle duik in water dat te koud was voor normale stervelingen en wanneer hij de thermosfles in zijn hand had, zou hij naar buiten gaan en over het gazon naar de kastanjebomen

lopen, vervolgens naar de laan erachter, en dáárachter naar de muur die de grens van het terrein markeerde. Ruth glimlachte om haar broers voorspelbaarheid. Niet alleen waardeerde ze die het meest in hem, het was ook wat haar leven al zo lang een gevoel van zekerheid had geschonken dat het eigenlijk niet had mogen hebben.
Ze zag de cijfers op haar digitale klokje verspringen naarmate de minuten verstreken en haar broer bezig was met zijn voorbereidingen. Nu zou hij bij de droogkast zijn, nu liep hij de trap af, nu scharrelde hij rond op zoek naar die bril, de hiaten in zijn geheugen verwensend die steeds vaker optraden nu hij tegen de zeventig liep. Nu zou hij wel in de keuken zijn, dacht ze. Misschien pakte hij wel stilletjes een hapje voor het zwemmen.
Op het moment waarop Guys ochtendritueel hem naar buiten zou brengen, stond Ruth op en sloeg haar ochtendjas om haar schouders. Op blote voeten slofte ze naar het raam om de zware gordijnen open te schuiven. Ze telde af, beginnend bij twintig, en toen ze aan vijf toe was kwam hij beneden haar het huis uit, zo betrouwbaar als de uren van de dag, als de decemberwind en het zout dat die van Het Kanaal blies.
Hij droeg de kleren die hij altijd aanhad: een rode, gebreide muts, laag over zijn voorhoofd getrokken om zijn oren en zijn dikke, grijzende haar te bedekken; het donkerblauwe trainingspak, met bij de ellebogen, de boorden en op de dijen de vlekken van de witte verf die hij afgelopen zomer had gebruikt voor de serre; gymschoenen zonder sokken – hoewel ze dat niet kon zien, maar ze kende haar broer nu eenmaal en ze wist hoe hij zich kleedde. Hij had zijn thee bij zich. Een handdoek was om zijn hals geslagen. De bril, vermoedde ze, zou in een van de zakken zitten.
'Ga maar lekker zwemmen,' zei ze tegen het ijzige vensterglas. En ze voegde eraan toe wat hij altijd tegen haar gezegd had, wat haar moeder lang geleden had geroepen, toen de vissersboot van de steiger werd losgegooid om hen mee te nemen, ver van huis, in de pikdonkere nacht, *'Au revoir et adieu, mes chéris.'*
Beneden deed hij wat hij altijd deed. Hij stak het gazon over en ging op weg naar de bomen en het pad erachter.
Vanochtend zag Ruth echter nog iets anders. Toen Guy de olmen had bereikt, maakte een schimmige gedaante zich uit hun schaduw los en begon haar broer te volgen.

Voor zich uit zag Guy Brouard dat er al licht brandde in het huisje van de Duffy's, een knus, stenen gebouwtje dat gedeeltelijk in de muur die het landgoed begrensde, was gebouwd. Het huisje met het steile dak, dat ooit de plaats was geweest waar de pachters van de smokkelaarskapitein die Le Reposoir in het begin van de achttiende eeuw had laten bouwen, de pachtsom moesten betalen, diende nu als onderkomen voor het echtpaar dat Guy en diens zus hielp bij het onderhoud van het landgoed: Kevin Duffy verzorgde de landerijen en zijn vrouw, Valerie, werkte in het grote huis.

Het licht in het huisje gaf aan dat Valerie op was en Kevins ontbijt gereedmaakte. Dat was echt iets voor haar: Valerie Duffy was een weergaloze vrouw.

Lange tijd had Guy gedacht dat de mal gebroken was nadat Valerie Duffy was geschapen. Ze was de laatste van een ras, een vrouw uit het verleden die het als haar taak en haar voorrecht beschouwde om voor haar man te zorgen. Guy wist dat als hij zelf vroeger een dergelijke vrouw had gehad, hij niet zijn leven lang had hoeven blijven zoeken in de hoop haar eindelijk te vinden.

Zijn eigen twee echtgenotes waren voorspelbaar saaie typen geweest. Een kind bij de eerste, twee kinderen bij de tweede, goede huizen, mooie auto's, prachtige vakanties in de zon, kindermeisjes en kostscholen... Het had niet geholpen: 'Je werkt te hard'. 'Je bent nooit thuis'. 'Je houdt meer van die beroerde baan van je dan van mij'. Het was een eindeloze variatie op een dodelijk thema. Geen wonder dat hij er geen weerstand aan had kunnen bieden om vreemd te gaan.

Nadat hij de olmen met hun kale takken gepasseerd was, volgde Guy het pad in de richting van het weggetje. Het was nog rustig, maar toen hij de ijzeren hekken bereikte en een ervan openduwde, verroerden de eerste woudzangers zich in de braamstruiken, de sleedoorn en de klimop die langs de smalle weg was opgeschoten en zich vastklampte aan de met mos bedekte stenen muur ernaast.

Het was koud. December. Wat kon je verwachten? Maar omdat het vroeg was, stond er nog geen wind, hoewel een zelden voorkomende noordooster, die voor later op de dag voorspeld was, zwemmen na het middaguur onmogelijk zou maken. Niet dat het waarschijnlijk was dat er iemand anders dan hij in december ging zwemmen. Dat was een van de voordelen wanneer je goed tegen de kou kon: je had het water helemaal voor jezelf.

Zo had Guy Brouard het het liefst. Want zwemtijd was denktijd, en hij had meestal veel om over na te denken.

Vandaag was het niet anders. Met de muur van het landgoed rechts van hem en de hoge heggen van de aangrenzende akkers links, liep hij met kwieke tred in het ochtendlicht naar de bocht in het weggetje dat hem omlaag zou voeren, de steile helling af, naar de baai. Hij dacht na over wat hij de afgelopen paar maanden van zijn leven tot stand had gebracht, deels opzettelijk en met een vooruitziende blik, deels als gevolg van gebeurtenissen die niemand had kunnen voorzien. Hij had bij zijn naaste medewerkers gevoelens van teleurstelling, verwarring en verraad opgewekt. En omdat hij altijd iemand was geweest die zijn eigen adviezen opvolgde in zaken die hem het dichtst aan het hart lagen, had geen van hen het feit kunnen begrijpen – laat staan verwerken – dat hun verwachtingen er zo volkomen naast hadden gezeten. Want bijna tien jaar lang had hij hen aangemoedigd Guy Brouard te beschouwen als een eeuwige weldoener, vaderlijk in zijn betrokkenheid bij hun toekomst, verkwistend in de manier waarop hij ervoor zorgde dat die toekomst werd veiliggesteld. Hij had niet de bedoeling gehad om wie dan ook hiermee te misleiden. Integendeel, hij was aldoor oprecht van plan geweest om ervoor te zorgen dat ieders geheime droom bewaarheid zou worden.

Dat alles was echter vóór Ruth geweest: dat van pijn vertrokken gezicht wanneer ze dacht dat hij niet keek, en wat hij wist dat die grimas betekende. Het zou natuurlijk niet tot hem doorgedrongen zijn als ze niet begonnen was zich te onttrekken aan afspraken die ze 'een gelegenheid om lichaamsbeweging te nemen, *frère*' noemde, langs de rotsen. Bij Icart Point, zei ze, deed ze inspiratie voor een later te maken borduurwerk op uit de veldspaatkristallen in het schilferende gneis. Bij Jerbourg, verklaarde ze, vormden de patronen van het fanerokristallijne gesteente onregelmatige, grijze strepen die je kon volgen om zo de route te traceren die tijd en natuur gebruikten om zout en sediment in de oude steen op te sluiten. Ze schetste de gaspeldoorn, zei ze, en ze legde met haar potloden Engels gras vast, in roze en wit. Ze plukte margrieten, schikte ze op het ruwe oppervlak van een blok graniet, en maakte er een tekening van. Op haar wandelingen sneed ze blauwe klokjes en brem, hei en sleedoorn, wilde narcissen en lelies af, afhankelijk van het seizoen en haar stemming. Maar de bloemen haalden het nooit tot huis. 'Te lang op de autostoel gelegen, ik moest ze weggooien,' beweerde ze. 'Wilde bloemen blijven nooit goed wanneer je ze plukt.'

Maand na maand was het zo doorgegaan. Maar Ruth was niet iemand die over de rotsen ging wandelen. Evenmin was ze bloemenplukster, of studeerde ze geologie. Dit alles maakte Guy vanzelfsprekend achterdochtig.

In het begin was hij zo dwaas geweest om te denken dat zijn zus eindelijk een man in haar leven had, maar dat ze zich ervoor geneerde het hem te vertellen. Het zien van haar auto voor het Princess Elizabethziekenhuis had hem echter wakker geschud. Dat, samen met haar van pijn vertrokken gezicht en de lange perioden waarin ze zich in haar slaapkamer terugtrok, had hem gedwongen zich te realiseren wat hij niet onder ogen wilde zien.
Ze was de enige constante factor in zijn leven geweest vanaf de nacht dat ze waren weggevaren van de Franse kust, voor een ontsnapping die veel te lang was uitgesteld, op een vissersboot, verstopt tussen de netten. Zij was de reden geweest dat hij het had overleefd, dat ze hem nodig had spoorde hem aan volwassen te worden, plannen te maken, en uiteindelijk succes te behalen.
Maar dit? Hier kon hij niets aan doen. Voor datgene waaraan zijn zus nu leed bestond er geen vissersboot in de nacht.
Dus als hij de anderen had verraden, in verwarring gebracht en teleurgesteld, betekende dat niets bij de gedachte Ruth te verliezen.
Zwemmen was elke ochtend zijn bevrijding van de overweldigende angst om deze overwegingen. Guy wist dat zonder zijn dagelijkse zwemtocht in de baai de gedachte aan zijn zus, om nog maar niet te spreken van de absolute onmogelijkheid om te veranderen wat er met zijn zus gebeurde, hem zou verteren.
De weg waar hij nu op liep, was steil en smal, het bos was dicht aan deze oostkant van het eiland. Doordat er zelden een gure wind van Frankrijk overwaaide, hadden de bomen hier voorspoedig kunnen groeien. Waar Guy onder ze door liep, vormden de platanen en de kastanjes, de essen en de beuken een skeletachtige boog die grijs afstak tegen de tinkleurige hemel, voorafgaand aan de ochtendschemering. De bomen stonden op steile hellingen die beschermd werden door stenen muren. Aan de voet ervan stroomde water uit een bron die meer landinwaarts lag; het gorgelde tegen de stenen terwijl het naar de zee voortsnelde.
De weg kronkelde sterk, langs een schimmige watermolen en een misplaatst hotel, gebouwd als een Zwitsers chalet, dat in dit jaargetijde gesloten was. Hij eindigde op een minuscuul parkeerterrein, waar een snackbar ter grootte van het hart van een vrek stond, dichtgetimmerd en afgesloten, en de granieten helling, die vroeger gebruikt werd om door paarden getrokken wagens toegang te geven tot de *vraic,* de mest van het eiland, was glibberig van het zeewier.
De lucht was stil, de meeuwen waren nog niet ontwaakt in hun nachte-

lijke rustplaatsen op de top van de rotsen. Het water in de baai was kalm, een grauwe spiegel die de kleur van de lichter wordende hemel weerkaatste. Er waren geen golven in deze goedbeschutte inham, niet meer dan een zacht gekabbel van water op kiezelstenen, een beweging die aan het zeewier de contrasterende, scherpe geuren van ontluikend leven en verrotting scheen te ontlokken.

Naast de reddingsboei die aan een spijker hing die lang geleden in de zijkant van de rots was geslagen, legde Guy zijn handdoek neer, waarna hij zijn thee op een platte steen zette. Hij schopte zijn schoenen uit en ontdeed zich van zijn trainingsbroek. Daarna voelde hij in de zak van zijn jasje naar zijn zwembril.

Zijn hand kwam echter in contact met meer dan alleen de bril. In zijn zak zat een in stof gewikkeld voorwerp, dat hij eruit haalde en in zijn hand hield. Met gefronste wenkbrauwen keek hij ernaar, wetend dat hij het er niet in had gestopt. Hij nam zelden iets mee in zijn jasje, op de bril na.

Wat het ook was, het was in wit linnen gewikkeld. Nieuwsgierig vouwde hij het open en vond er een ronde steen in. De steen had een gat in het midden, zoals bij een wiel, want een wiel was wat het voorstelde: *énne rouelle dé faïtot.* Een feeënwiel.

Guy glimlachte, daarna schudde hij zijn hoofd. Het eiland was een plek met folklore. Voor degenen die hier geboren en getogen waren, uit ouders en grootouders die hier eveneens geboren en getogen waren, was het zo nu en dan dragen van een talisman tegen heksen en soortgelijke wezens iets waar in het openbaar de spot mee gedreven werd, maar waar privé niet zo luchthartig over werd gedacht. Je moet zo'n ding bij je dragen, weet je. Bescherming is belangrijk, Guy.

Toch was de steen – feeënwiel of niet – lang niet voldoende geweest om hem te beschermen op de enige manier waarvan hij dacht dat hij beschermd kon worden. Het onverwachte kwam nog steeds voor in ieders leven, dus hij kon zich in alle oprechtheid niet verrast noemen toen het onverwachte in zijn leven was gebeurd.

Hij wikkelde de steen in het stukje linnen en stak hem weer in zijn zak. Nadat hij het jasje had uitgetrokken, zette hij zijn gebreide muts af en bevestigde hij de bril om zijn hoofd. Voorzichtig stak hij het smalle strand over en zonder aarzeling liep hij het water in.

Het trof hem als een mes. Midden in de zomer was Het Kanaal geen tropisch bad. In de kille ochtend van de snel naderende winter voelde het ijzig, gevaarlijk en dreigend aan.

Hij dacht er echter niet aan, maar hij bewoog zich resoluut voorwaarts en zodra hij voldoende diepte had bereikt om het veilig te kunnen doen, zette hij zich af van de bodem en begon te zwemmen. Met snelle bewegingen ontweek hij de plukken in het water drijvend zeewier.
Op deze manier zwom hij honderd meter bij de kust vandaan, tot de granieten rots in de vorm van een pad, die het punt aangaf waar de baai uitkwam in Het Kanaal. Hier stopte hij, vlak bij het oog van de pad, gevormd door guano die zich had verzameld in een ondiepe holte in de steen. Hij keerde om in de richting van het strand en begon te watertrappen, de beste manier die hij kende om in vorm te blijven voor de aanstaande skivakantie in Oostenrijk. Zoals gewoonlijk zette hij zijn bril af om een paar minuten beter zicht te hebben. Doelloos tuurde hij naar de rotsen in de verte en het zware gebladerte waarmee ze bedekt waren. Al kijkend dwaalde zijn blik omlaag, via een met ongelijke stenen aangegeven route, tot aan het strand.
Hij vergat te trappen.
Er was iemand. Een gestalte, voornamelijk in schaduwen gehuld maar kennelijk naar hem kijkend, stond op het strand, naast de helling. De figuur droeg donkere kleding met iets wits bij de hals, wat waarschijnlijk het eerst zijn aandacht had getrokken. Terwijl Guy zijn ogen half dichtkneep om de gedaante scherper te kunnen zien, stapte die bij het graniet vandaan en begon resoluut over het strand te lopen.
Er was geen twijfel aan wat de bestemming was. De gestalte schoof tot bij zijn neergegooide kleren en knielde erbij neer om iets op te rapen: het jasje of de broek, dat was moeilijk te zeggen op deze afstand.
Guy kon echter wel raden waar de gestalte op uit was, en hij vloekte. Hij besefte dat hij zijn zakken had moeten nakijken voor hij het huis uit ging. Een gewone dief zou natuurlijk geen belangstelling hebben voor de kleine, doorboorde steen die Guy Brouard bij zich droeg. Maar het was ook zo dat geen enkele gewone dief verwacht zou hebben op het strand eigendommen van een zwemmer onbewaakt aan te treffen, zo vroeg op een decemberochtend. Wie het ook mocht zijn, hij of zij wist dat Guy in de baai zwom. Wie het ook mocht zijn zocht of de steen, of doorzocht zijn kleding, als een list om Guy naar de kust terug te lokken.
Wel verdomme, dacht hij. Dit was zijn tijd, die hij in afzondering wilde doorbrengen. Hij was niet van plan die met iemand te delen. Het enige wat belangrijk voor hem was, was zijn zus en hoe zijn zus aan haar einde zou komen.
Hij begon weer te zwemmen. Tweemaal stak hij de baai in de breedte

over. Toen hij ten slotte een laatste keer naar het strand keek, was hij blij te zien dat degene die inbreuk had gemaakt op zijn tijd en zijn rust, verdwenen was.
Hij zwom naar de kust, waar hij buiten adem aankwam, omdat hij bijna tweemaal de afstand had afgelegd die hij 's ochtends meestal zwom. Hij strompelde het water uit en haastte zich naar zijn handdoek, met kippenvel over zijn hele lichaam.
De thee beloofde een snelle remedie tegen de kou, en hij schonk het bekertje van zijn thermosfles vol. De drank was sterk, en bitter, en wat het belangrijkst was, heet, en hij slokte alles naar binnen voor hij zijn zwembroek uittrok, om zich vervolgens nog eens in te schenken. Deze keer dronk hij langzamer, terwijl hij zich afdroogde, waarbij hij hard over zijn huid wreef om zijn ledematen op te warmen. Hij trok zijn broek aan en raapte zijn jasje op. Dat sloeg hij om zijn schouders, terwijl hij op een steen ging zitten om zijn voeten af te drogen. Pas nadat hij zijn gymschoenen had aangetrokken stak hij zijn hand in zijn zak. De steen was er nog.
Hij dacht erover na. Hij dacht na over wat hij vanuit het water had gezien. Hij kromde zijn hals en tuurde langs de begroeide hellingen achter zich. Voorzover hij kon zien bewoog er nergens iets.
Daarna begon hij zich af te vragen of hij zich misschien vergist zou kunnen hebben in wat hij dacht dat er op het strand geweest was. Misschien was het helemaal geen echt mens geweest, maar een manifestatie van iets wat aan zijn geweten knaagde. Vleesgeworden schuldgevoelens, bijvoorbeeld.
Hij haalde de steen tevoorschijn. Hij haalde die nogmaals uit de doek en met zijn duim gleed hij langs de ondiepe initialen die erin gekerfd waren. Iedereen heeft bescherming nodig, dacht hij. Het lastige was echter dat je moest weten tegen wie of tegen wat.
Hij sloeg de rest van zijn thee naar binnen en schonk zich nog een beker in. Het duurde nog een uur voor de zon geheel zou zijn opgekomen. Vanochtend zou hij er op deze plek op blijven wachten.

15 december

23.15 uur

Londen

1

Er was het weer om over te praten. Dat was een zegen. Een week met regen die nauwelijks minder dan een uur was opgehouden was iets om te bespreken, zelfs volgens de saaie decembernormen. Dat, en de neerslag van de afgelopen maand, het feit dat het grootste deel van Somerset, Dorset, East Anglia, Kent en Norfolk onder water stond – nog afgezien van driekwart van de steden York, Shrewsbury en Ipswich – verplichtte je min of meer om niet na te praten over de opening van een tentoonstelling van zwartwitfoto's in een galerie in Soho. Je kon geen gesprek voeren over het handjevol vrienden en familieleden waaruit de schamele opkomst bij de opening had bestaan wanneer mensen buiten Londen dakloos waren, duizenden dieren aan het zwerven waren geraakt, en huizen waren verwoest. Niet stilstaan bij de natuurramp leek niet minder dan onmenselijk.

Althans, dat was wat Simon St James bij zichzelf bleef zeggen.

Hij wist dat deze denkwijze op een misvatting berustte. Niettemin bleef hij er voortdurend aan denken. Hij hoorde de wind aan de vensters rammelen en hij klampte zich aan het geluid vast als een zwemmer die op het punt staat te verdrinken en redding zoekt bij een afgezonken stuk drijfhout.

'Waarom wachten jullie niet tot de storm wat afneemt?' vroeg hij zijn gasten. 'Het is moordend om nu naar huis te rijden.' Hij hoorde de ernst in zijn stem. Hij hoopte dat ze die zouden toeschrijven aan zijn bezorgdheid voor hun welzijn en niet aan zijn pure lafheid. Ongeacht het feit dat Thomas Lynley en zijn vrouw op minder dan vier kilometer ten noordoosten van Chelsea woonden. Niemand zou in deze stortbuien buiten moeten zijn.

Lynley en Helen hadden echter hun jas al aan. Ze hoefden nog slechts drie stappen te lopen naar St James' voordeur. Lynley hield hun zwarte paraplu in zijn hand geklemd en de staat waarin die verkeerde – droog – vertelde hoe lang ze al met St James en zijn vrouw bij de open haard hadden gezeten, in de werkkamer op de benedenverdieping. Tegelijkertijd duidde Helens conditie – om elf uur 's avonds geplaagd door wat in haar geval slechts eufemistisch ochtendmisselijkheid kon worden genoemd in deze tweede maand van haar zwangerschap – op een ophanden zijnd vertrek, regen of geen regen. Toch, dacht St James, was er altijd hoop.

'We hebben het nog niet eens over het Flemingproces gehad,' zei hij tegen Lynley, die als hoofdinspecteur bij Scotland Yard die moord had onderzocht. 'De politie heeft die zaak snel genoeg voor de rechter gebracht. Je zult wel blij zijn.'

'Simon, hou op,' zei Helen Lynley rustig. Maar ze verzachtte haar woorden met een warme glimlach. 'Je kunt dit niet eindeloos vermijden. Praat er met haar over. Het is niets voor jou om iets te ontwijken.'

Het was, helaas, precies iets voor hem, en als de vrouw van St James Helens opmerking had gehoord, zou zij de eerste zijn geweest om dat te verklaren. De onderstromen van een leven met Deborah waren verraderlijk. Als een onervaren schipper op een onbekende rivier stuurde St James er gewoonlijk omheen.

Hij keek over zijn schouder naar de werkkamer. Het schijnsel van het vuur en van de kaarsen die er brandden, vormde de enige verlichting. Hij had eraan moeten denken de kamer lichter te maken, besefte hij. Hoewel het gedempte licht onder andere omstandigheden als romantisch had kunnen worden beschouwd, schiep het in deze situatie een begrafenissfeer.

Maar we hebben geen lijk, hield hij zich voor. Dit is geen sterfgeval. Alleen een teleurstelling.

Zijn vrouw had bijna twaalf maanden aan haar foto's gewerkt als aanloop voor deze avond. Ze had een fraaie verzameling portretten bijeengebracht, die ze overal in Londen had gemaakt: van vishandelaren die om vijf uur 's ochtends in Billingsgate poseerden tot chique dronkelappen die om middernacht een nachtclub in Mayfair binnenwankelden. Ze had de culturele, etnische, sociale en economische verscheidenheid die de hoofdstad was in haar lens gevangen, en ze had gehoopt dat haar opening in een kleine, maar goedbekendstaande galerie in Upper Newport Street zo goed bezocht zou worden, dat ze er een vermelding mee haalde in een van de publicaties die terechtkwamen bij verzamelaars op zoek naar nieuwe artiesten wier werk ze misschien zouden besluiten te kopen. Ze wilde slechts het zaad van haar naam in de hoofden van mensen planten, had ze gezegd. Ze verwachtte niet meteen al veel werk te zullen verkopen.

Waar ze geen rekening mee had gehouden was het ellendige late-herfst-die-overging-in-winterweer. De novemberregen had haar weinig zorgen gebaard. In die tijd van het jaar was het weer meestal slecht. Maar toen het genadeloos was overgegaan in de onophoudelijke stortbuien van de maand december was ze begonnen haar bange voorgevoelens uit te spreken. Misschien moest ze haar tentoonstelling tot het voorjaar uitstellen? Of zelfs tot de zomer, wanneer het publiek tot 's avonds laat de straat op ging?

St James had haar geadviseerd zich aan haar plannen te houden. Het slechte weer, zei hij tegen haar, zou nooit tot midden december duren. Het had nu al weken geregend, en alleen al statistisch gezien kon het zo niet langer doorgaan.

Maar dat was nu juist wel gebeurd. De ene dag na de andere, de ene nacht na de andere, tot de parken in de stad op moerassen begonnen te lijken en schimmel begon te groeien in de barsten van het plaveisel. Bomen vielen om doordat de grond oververzadigd was en in de kelders in huizen dicht bij de rivier kon je al snel pootjebaden.

Als St James' broers en zussen er niet waren geweest – die allemaal waren gekomen, met hun echtgenoten, partners en kinderen op sleeptouw – evenals zijn moeder, zouden de enige gasten bij de feestelijke opening van Deborahs expositie Deborahs vader, een handjevol goede vrienden wier loyaliteit de overhand bleek te hebben op hun voorzichtigheid, en vijf voorbijgangers geweest zijn. Veel hoopvolle blikken werden in de richting van die laatste groep geworpen, tot duidelijk werd dat drie van hen mensen waren die slechts kwamen schuilen voor de regen, terwijl de andere twee zich hadden losgemaakt uit de rij mensen die wachtten tot er een tafel bij Mr. Kong's vrijkwam.

St James had geprobeerd om ter wille van zijn vrouw de moed erin te houden, zo ook de eigenaar van de galerie, een knaap die Hobart heette en die Zuid-Engels sprak alsof de letter t niet voorkwam in zijn alfabet. Deborah moest 'zich nie' ongerust maken, schatje,' zei Hobart. 'De tentoonstelling blijf' een maand open en ze bezi' kwalitei', liefje. Kijk eens hoeveel je al heb' verkoch'!' Waarop Deborah met de voor haar kenmerkende eerlijkheid had geantwoord: 'En kijk eens hoeveel familieleden van mijn man hier zijn, meneer Hobart. Had hij maar meer dan drie broers en zussen gehad, dan zouden we uitverkocht zijn.'

Het was waar. De familie van St James was ruimhartig en aanmoedigend geweest. Maar hun aankoop van haar foto's kon voor Deborah niet datgene betekenen wat de aankoop door een onbekende zou hebben betekend. 'Ik heb het gevoel dat ze gekocht hebben uit medelijden met me,' had ze wanhopig bekend tijdens de taxirit naar huis.

Dit was voornamelijk de reden waarom het gezelschap van Thomas Lynley en zijn vrouw St James op het moment zo welkom was. Uiteindelijk zou hij de rol van advocaat voor het talent van zijn vrouw moeten spelen in de nasleep van de ramp van vanavond, en daar voelde hij zich nog niet toe in staat. Hij wist dat ze geen woord zou geloven van wat hij zei, hoezeer hij ook in zijn eigen verklaringen geloofde. Zoals zoveel artiesten had ze er behoefte aan dat haar talent door de buitenwereld werd goedgekeurd. Hij was geen buitenstaander, dus hij telde niet mee. Evenmin als haar vader, die haar op weg naar bed op haar schouder had geklopt en filosofisch had gezegd: 'Aan het weer kun je nu eenmaal niets doen, Deb.' Maar Lynley en Helen kwamen wel in aanmerking. Dus toen St James ten slotte met het onderwerp Little Newport Street op de proppen kwam, was het omdat hij hen bij zich wilde houden.
Het mocht echter niet zo zijn. Hij kon zien dat Helen bijna in elkaar zakte van vermoeidheid en dat Lynley vastbesloten was ervoor te zorgen dat zijn vrouw thuiskwam. 'Voorzichtig,' zei St James nu tegen hen.
'Vat moed, boeman,' zei Lynley glimlachend.
St James keek hen na toen ze in de stromende regen over Cheyne Row naar hun auto liepen. Nadat ze die veilig bereikt hadden, sloot hij de deur en bereidde zich voor op het gesprek dat hem in de werkkamer wachtte.
Op haar korte opmerking in de galerie tegen meneer Hobart na, had Deborah zich bewonderenswaardig flink gehouden, tot die taxirit naar huis. Ze had met hun vrienden gebabbeld, haar schoonfamilie met verheugde uitroepen begroet, en haar oude leermeester in de fotografie, Mel Doxson, meegenomen van de ene foto naar de andere, om naar zijn loftuitingen te luisteren en zijn scherpzinnige kritiek op haar werk in ontvangst te nemen. Alleen iemand die haar heel lang kende – zoals St James zelf – had de doffe neerslachtigheid in haar ogen kunnen zien, zou uit haar snelle blikken naar de deur hebben opgemaakt hoe hevig en hoe dwaas ze haar hoop had gevestigd op een goedkeuring die werd gegeven door onbekenden om wier mening ze onder andere omstandigheden geen snars zou hebben gegeven.
Hij vond Deborah waar hij haar had achtergelaten toen hij de Lynleys naar de voordeur had gebracht. Ze stond voor de muur waar hij altijd een selectie van haar foto's ophing. Ze bekeek de exemplaren die er hingen, met haar handen stijf achter haar rug ineengeklemd.
'Ik heb een jaar van mijn leven weggegooid,' kondigde ze aan. 'Ik had een vaste baan kunnen nemen, om eens een keer geld te verdienen. Ik

had trouwfoto's kunnen maken of zoiets. Een debutantenbal. Doopfeesten. Bar mitswa's. Verjaarspartijtjes. Egoportretten van mannen van middelbare leeftijd en hun knappe, jonge vrouwen. Wat nog meer?'
'Toeristen, die achter kartonnen poppen van leden van de koninklijke familie staan?' opperde hij. 'Dat zou waarschijnlijk een paar pond hebben opgeleverd, als je een standplaats had gekozen voor Buckingham Palace.'
'Ik meen het, Simon,' zei ze, en aan haar toon merkte hij dat luchtigheid van zijn kant hem niet door dit moment heen zou helpen, en dat die haar evenmin zou laten inzien dat de teleurstelling over de opening van vanavond in feite niet meer was dan een tijdelijke tegenvaller.
St James ging naast haar voor de muur staan en keek naar haar foto's. Ze liet hem altijd zijn favorieten kiezen uit elke serie die ze produceerde, en deze speciale groep behoorde tot de beste die ze ooit had gemaakt, volgens zijn mening als ondeskundige: zeven studies in zwart-wit, in Bermondsey genomen bij het aanbreken van de dag, waar handelaren in van alles, van antiek tot gestolen goederen, hun waren begonnen uit te stallen. Hij hield van de tijdloosheid in de scènes die ze had gefotografeerd, het gevoel van een Londen dat nooit veranderde. Hij hield van de gezichten en de manier waarop ze werden verlicht door straatlantaarns en vervormd door schaduwen. Hij hield van de hoop op het ene gezicht, de sluwheid op het andere, de achterdocht, de vermoeidheid en het geduld van de rest. Hij vond dat zijn vrouw meer dan getalenteerd was met haar camera. Hij vond dat ze begaafd was zoals dat er slechts weinigen zijn.
Hij zei: 'Iedereen die een gooi wil doen naar dit soort carrière, begint van onderaf. Noem de fotograaf die je het meest bewondert, dan noem je iemand die is begonnen als assistent van iemand anders, een vent die met lampen en filters sjouwde voor iemand die ooit hetzelfde heeft gedaan. Het zou een mooie wereld zijn als succes een kwestie was van het maken van mooie foto's en niets méér doen dan achteraf het eerbetoon ervoor in ontvangst nemen, maar zo is het niet.'
'Ik wil geen eerbetoon. Daar gaat het niet om.'
'Je denkt dat je je op glad ijs gewaagd hebt. Eén jaar en hoeveel foto's later...?'
'Achtduizenddriehonderdtweeëntwintig.'
'En dat je bent geëindigd waar je bent begonnen. Ja?'
'Niet dichter bij iets. Geen enkele stap verder. Niet wetend of iets hiervan... dit soort leven... ook maar mijn tijd waard is.'

'Dus wat je wilt zeggen is dat de ervaring op zich niet goed genoeg voor je is. Je zegt tegen jezelf – en tegen mij, let wel, niet dat ik het geloof – dat werk alleen telt als het een resultaat oplevert waarvan jij besloten hebt dat je het wilt krijgen.'

'Daar gaat het niet om.'

'Waarom dan?'

'Ik moet geloven, Simon.'

'Waarin?'

'Ik kan niet nog een jaar hiermee blijven rondklungelen. Ik wil meer zijn dan St James' artistieke vrouw met haar spijkerbroek en haar soldatenkistjes, die voor de lol met haar camera's door Londen sjouwt. Ik wil een bijdrage aan ons leven leveren. En dat kan ik niet doen als ik er niet in geloof.'

'Zou je dan niet beginnen met geloven in het proces? Als je naar iedere fotograaf kijkt wiens loopbaan je bestudeerd hebt, zou je dan niet iemand zien die begon...'

'Dat bedoel ik niet!' Met een ruk draaide ze zich om, en ze keek hem aan. 'Ik hoef niet te leren geloven dat je onderaan begint en je vandaar opwerkt. Ik ben niet zo gek om te denken dat ik de ene avond een tentoonstelling heb en dat de Portrait Gallery de volgende ochtend exemplaren van mijn werk wil hebben. Ik ben niet dom, Simon.'

'Dat beweer ik ook niet. Ik probeer alleen naar voren te brengen dat het mislukken van één enkele tentoonstelling van je foto's – die, tussen twee haakjes, wellicht helemaal geen mislukking zal blijken – geen maatstaf is. Het is gewoon een ervaring, Deborah. Niet meer. Niet minder. Het is de manier waarop je de ervaring interpreteert waardoor je in de problemen raakt.'

'Dus we worden niet geacht onze ervaringen te interpreteren? We worden geacht ze eenvoudig te hebben en daarna door te gaan? Wie niet waagt, die niet wint? Is dat wat je bedoelt?'

'Je weet dat het niet zo is. Je maakt jezelf van streek. En daar hebben we allebei niets aan...'

'Ik raak van streek? Ik ben al van streek. Ik heb maanden op straat doorgebracht. Maanden in de donkere kamer. Een vermogen aan materiaal. Ik kan dat niet blijven doen zonder te geloven dat het zin heeft.'

'Waardoor wordt dat bepaald? Verkoop? Succes? Een artikel in de *Sunday Times Magazine*?'

'Nee! Natuurlijk niet. Niets van dit alles gaat daarom, en dat weet je.' Ze stapte langs hem heen en riep: 'O, waar maak ik me nog druk om?' Ze wilde de kamer uit lopen, de trap op vliegen, hem achterlatend terwijl hij bij benadering niet de aard kon begrijpen van de demonen waarmee ze met geregelde tussenpozen worstelde. Zo was het altijd tussen hen geweest: haar hartstochtelijke, onvoorspelbare karakter tegenover zijn flegmatieke instelling. Juist door het enorme verschil in de manier waarop ze de wereld beschouwden, pasten ze zo goed bij elkaar. Maar soms kon dat verschil het hun ook moeilijk maken.

'Vertel het me dan,' zei hij. 'Deborah, vertel het me.'

In de deuropening bleef ze staan. Ze zag eruit als Medea, een en al furie en voornemens, met haar lange haar dat krulde door de regen over haar schouders en haar ogen als metaal in het schijnsel van het vuur.

'Ik moet in mezelf geloven,' zei ze eenvoudig. Het klonk alsof ze een wanhopige poging moest doen om te spreken, en hij begreep eruit hoe afschuwelijk ze het vond dat hij haar niet begreep.

'Je moet toch weten dat je werk goed is,' zei hij. 'Hoe kun je naar Bermondsey gaan en het zó vastleggen' – met een gebaar naar de muur – 'en niet weten dat je werk goed is? Beter dan goed. Lieve god, het is briljant.'

'Dat alles weten, gebeurt hier,' antwoordde ze. Haar stem was nu beheerst en haar houding – een ogenblik daarvoor nog zo star – verloor de spanning, zodat ze voor zijn ogen in elkaar leek te zakken. Bij het woord 'hier' wees ze naar haar hoofd, en ze legde haar hand onder haar linkerborst terwijl ze zei: 'Maar dat alles geloven, gebeurt hier. Tot dusver heb ik de afstand tussen die twee niet kunnen overbruggen. En als ik dat niet kan... Hoe kan ik doorstaan wat ik moet doorstaan om iets te doen waarmee ik me tegenover mezelf kan bewijzen?'

Daar had je het, dacht hij. Ze liet de rest er niet op volgen, en daar was hij haar dankbaar voor. Zich als vrouw bewijzen door een kind te baren, was Deborah niet gegund. Ze was op zoek naar iets wat kon bepalen wie ze was.

Hij zei 'Liefste...', maar hij had geen andere woorden. Toch leek dat ene woord meer vriendelijkheid van hem te bevatten dan ze kon verdragen, want het metaal van haar ogen werd onmiddellijk vloeibaar, en ze hief een hand op om hem te beletten door de kamer naar haar toe te lopen en haar te troosten.

'Aldoor,' zei ze, 'wat er ook gebeurt, is er die stem binnen in me die fluistert dat ik mezelf voor de gek hou.'

'Is dat niet de vloek van alle artiesten? Zijn degenen die slagen niet degenen die in staat zijn geen aandacht te schenken aan hun twijfels?'

'Maar ik heb nog geen manier gevonden om er niet naar te luisteren. Je speelt met foto's, zegt die stem tegen me. Je doet maar alsof. Je verknoeit je tijd.'

'Hoe kun je denken dat je jezelf voor de gek houdt wanneer je dergelijke foto's maakt?'

'Jij bent mijn man,' wierp ze tegen. 'Wat kun je anders zeggen?'

St James wist dat er geen goede manier bestond om hier iets tegen in te brengen. Als haar man wilde hij dat ze gelukkig was. Ze wisten beiden dat – behalve haar vader – hij de allerlaatste zou zijn om een woord te uiten dat haar geluk zou vernietigen. Hij voelde zich verslagen, en die verslagenheid moest ze van zijn gezicht hebben afgelezen, want ze zei: 'Is het bewijs dan niet geleverd? Je hebt het zelf gezien. Bijna niemand kwam naar ze kijken.'

Ze waren weer terug bij af. 'Dat komt door het weer.'

'Het voelt alsof er meer achter steekt dan het weer.'

Hoe het al dan niet voelde leek een vruchteloze richting om in te slaan, even vormeloos en redeloos als de logica van een idioot. St James, als altijd de wetenschapper, zei: 'Nou, op wat voor resultaat had je gehoopt? Wat zou voor jou redelijk geweest zijn bij je eerste expositie in Londen?'

Ze dacht na over deze vraag, terwijl ze haar vingers over de witte deurpost liet glijden alsof ze daar het antwoord in braille kon lezen. 'Ik weet het niet,' moest ze ten slotte toegeven. 'Ik denk dat ik te bang ben om het te weten.'

'Te bang waarvoor?'

'Ik begrijp dat mijn verwachtingen te hooggespannen waren. Ik weet dat er, zelfs al zou ik de nieuwe Annie Liebovitz zijn, tijd voor nodig is. Maar als al het andere nu eens net zo is als mijn verwachtingen? Als alles te hoog gegrepen is?'

'Zoals?'

'Als dit nu eens een grap is, ten koste van mij? Dat heb ik me de hele avond afgevraagd. Als de mensen me nu eens alleen maar naar de mond gepraat hebben? Onze familie? Onze vrienden? Meneer Hobart? Als ze mijn foto's accepteren om mij een plezier te doen? Heel aardig, mevrouw, ja, en we zullen ze in de galerie ophangen, ze kunnen er weinig kwaad in de maand december, wanneer toch niemand naar een expositie gaat omdat ze het te druk hebben met hun kerstinkopen, en bovendien, we hebben iets nodig om een maand aan onze muren te hangen en er is niemand anders die wil exposeren. Als dat nu eens het geval is?'

'Dat is beledigend voor iedereen. Familie, vrienden. Iedereen, Deborah. En voor mij ook.'

De tranen, die ze teruggedrongen had, begonnen nu te stromen. Ze bracht een vuist naar haar mond alsof ze heel goed wist hoe dwaas haar reactie op haar teleurstelling was. Toch wist hij dat ze er niets aan kon doen. Uiteindelijk was Deborah eenvoudig wie ze was.
'Ze is een verschrikkelijk gevoelig klein ding, vind je ook niet, schat?' had zijn moeder eens opgemerkt, met een gezicht dat te kennen gaf dat in de nabijheid van Deborahs emotie verkeren gelijkstond aan blootstelling aan tuberculose.
'Zie je, ik heb dit nodig,' zei Deborah tegen hem. 'En als ik het niet kan krijgen wil ik het weten, omdat ik toch íéts nodig heb. Begrijp je het?'
Hij liep de kamer door en nam haar in zijn armen, wetend dat waar ze om huilde slechts heel in de verte verband hield met hun rampzalige avond in Little Newport Street. Hij wilde haar vertellen dat het er allemaal niet toe deed, maar hij wilde niet liegen. Hij wilde dat hij haar worsteling kon overnemen, maar hij had er zelf een. Hij wilde het leven dat ze samen leidden gemakkelijker maken voor hen beiden, maar hij had er de kracht niet voor. Daarom drukte hij in plaats daarvan haar hoofd tegen zijn schouder.
'Je hoeft mij niets te bewijzen,' zei hij in haar springerige, koperkleurige haar.
'Was het maar zo gemakkelijk als dat te weten,' was haar reactie.
Hij begon te zeggen dat het even gemakkelijk was als ervoor te zorgen dat elke dag telde, in plaats van verwachtingen te koesteren voor een toekomst die geen van hen beiden kon kennen. Hij kwam echter niet verder dan diep ademhalen, omdat de deurbel lang en hard rinkelde, alsof er buiten iemand tegenaan was gevallen.
Deborah ging een stap bij hem vandaan, ze veegde haar wangen af en keek naar de deur. 'Tommy en Helen moeten iets vergeten zijn... Hebben ze hier iets laten liggen?' Ze keek de kamer rond.
'Ik geloof het niet.'
Het bellen hield aan en liet de hond des huizes ontwaken uit haar sluimering. Toen ze naar de hal liepen, kwam Peach de trap uit de keuken op draven, blaffend als de felle teckel die ze was. Deborah tilde de nerveuze hond op.
St James deed de deur open. Hij zei: 'Hebben jullie besloten...' Maar hij slikte de rest van zijn woorden in toen hij noch Thomas Lynley noch diens vrouw zag.
Een man in een donker jack – met zijn dikke haar op zijn hoofd geplakt door de regen en zijn doorweekte spijkerbroek tegen zijn huid gekleefd –

stond ineengedoken in de schaduw geleund tegen de ijzeren leuning langs de treden naar de voordeur. Hij kneep zijn ogen half dicht tegen het licht en zei tegen St James: 'Bent u...?' en daarna niets meer toen hij langs hem heen keek en Deborah vlak achter haar man zag staan, met de hond in haar armen. 'Goddank,' zei hij, 'ik moet wel tien keer in de rondte gelopen zijn. Ik heb de ondergrondse genomen bij Victoria, maar ik ben de verkeerde kant op gegaan en ik merkte het pas toen... Toen raakte de kaart doorweekt. Vervolgens waaide hij weg. Daarna raakte ik het adres kwijt. Maar nu. Godzijdank...'
Na die woorden stapte hij naar voren tot het licht op hem viel en zei alleen nog: 'Debs. Verdomme, het is een wonder. Ik begon al te denken dat ik je nooit zou vinden.'

Debs. Deborah deed een stap naar hem toe, ze durfde het nauwelijks te geloven. De tijd en de plaats kwamen in een flits bij haar terug. Evenals de mensen uit die tijd en die plaats. Ze zette Peach op de grond en daarna ging ze naast haar man bij de deur staan om beter te kunnen kijken. Ze zei: 'Simon! Lieve god. Ik geloof het niet...' Maar in plaats van haar gedachte verder uit te spreken besloot ze om zelf te zien wat echt genoeg scheen, ongeacht hoe onverwacht het was. Ze stak haar hand uit naar de man op de stoep en trok hem het huis in. Ze zei: 'Cherokee?' Haar eerste gedachte was hoe het mogelijk kon zijn dat de broer van haar oude vriendin voor haar deur stond. Daarna, toen ze begreep dat het werkelijk waar was, dat hij er echt stond, riep ze uit: 'O, god, Simon. Het is Cherokee River.'
Simon leek verbijsterd. Hij sloot de deur achter hen terwijl Peach naar voren schoot en aan de schoenen van hun bezoeker begon te snuffelen. Wat ze ontdekte stond haar blijkbaar niet aan, want ze deinsde achteruit en begon te blaffen.
Deborah zei: 'Koest, Peach. Dit is een vriend.'
Simon reageerde op die opmerking met: 'Wie...?' Hij pakte de hond op en kalmeerde haar.
'Cherokee River,' herhaalde Deborah. 'Je bent toch Cherokee?' vroeg ze de man. Want hoewel ze vrijwel zeker wist dat hij het was, waren er bijna zes jaar voorbijgegaan sinds ze hem het laatst gezien had, en zelfs gedurende de periode waarin ze hem had leren kennen, had ze hem slechts een keer of zes ontmoet. Ze wachtte niet op zijn antwoord en zei: 'Ga mee naar de werkkamer. De open haard brandt. Mijn hemel, je bent drijfnat. Is dat een snee, op je hoofd? Wat doe je hier?' Ze nam hem mee naar de sofa voor de haard en drong erop aan dat hij zijn jack uittrok.

Dat was ooit misschien waterdicht geweest, maar die tijd was voorbij en nu droop het water eruit op de grond. Deborah gooide het voor de haard neer, waar Peach het begon te onderzoeken.
Simon zei nadenkend: 'Cherokee River?'
'China's broer,' was Deborahs antwoord.
Simon keek naar de man, die nu begon te huiveren. 'Uit California?'
'Ja. China. Uit Santa Barbara. Cherokee, wat ter wereld...? Hier. Ga toch zitten. Ga alsjeblieft bij het vuur zitten. Simon, hebben we een deken...? Een handdoek...?'
'Ik zal ze halen.'
'Schiet op!' riep Deborah, want nu Cherokee zijn jack had uitgetrokken begon hij te trillen als iemand die op het punt staat een toeval te krijgen. Zijn huid was zo bleek dat er een blauw waas over lag, en zijn tanden hadden een wond in zijn lip gebeten waaruit bloed op zijn kin begon te druppelen. Daarbij kwam dat hij een lelijke snee in zijn slaap had. Deborah keek ernaar en zei: 'Hier moet een pleister op. Wat is er met je gebeurd, Cherokee? Je bent toch niet overvallen?' Daarna: 'Nee, zeg maar niets. Ik zal eerst iets halen om je op te warmen.'
Haastig liep ze naar het oude serveerwagentje dat onder het raam stond dat uitzicht bood over Cheyne Row. Daar schonk ze een flink glas cognac in. Ze bracht het naar Cherokee en duwde het hem in zijn hand.
Cherokee bracht het glas naar zijn mond, maar zijn handen trilden zo hevig dat het glas slechts tegen zijn tanden kletterde en het meeste van de cognac op de voorkant van zijn zwarte T-shirt terechtkwam, wat al even nat was als de rest van hem. Hij zei: 'Shit. Sorry, Debs.' Zijn stem, zijn toestand of het morsen van de drank leek Peach te verontrusten, want het hondje hield op met snuffelen aan Cherokees jack en begon weer tegen hem te blaffen.
Deborah bracht de teckel tot bedaren. De hond wilde echter niet ophouden, tot ze haar de kamer uit sleurde en naar de keuken stuurde. 'Ze denkt dat ze een dobermann is,' zei Deborah wrang. 'Met haar in de buurt zijn niemands enkels veilig.'
Cherokee grinnikte. Daarna trok een enorme rilling door zijn lichaam, en de cognac die hij in zijn hand hield klotste in het glas. Deborah ging naast hem op de sofa zitten en sloeg haar arm om zijn schouders. 'Sorry,' zei hij nogmaals. 'Ik ben echt helemaal van de kaart.'
'Je hoeft je niet te verontschuldigen. Alsjeblieft niet.'
'Ik heb rondgezworven in de regen. Ben bij de rivier tegen een boomtak gelopen. Ik dacht dat het bloeden was opgehouden.'

'Drink je cognac op,' zei Deborah. Ze was opgelucht te horen dat hij op straat niet in de problemen was geraakt. 'Daarna zal ik je hoofd verzorgen.'
'Is het erg?'
'Alleen een snee. Maar er moet wel iets aan gedaan worden. Hier.' Ze haalde een papieren zakdoekje uit haar zak en begon het bloed ermee te deppen. 'Je hebt ons wel een verrassing bezorgd. Wat doe je in Londen?'
De deur van de werkkamer ging open en Simon kwam terug. Hij had een deken en een handdoek bij zich. Deborah nam ze van hem aan, drapeerde de deken om Cherokees schouders en gebruikte de handdoek om zijn druipende haar droog te wrijven. Het was maar iets korter dan het was geweest gedurende de jaren dat Deborah bij zijn zus in Santa Barbara had gewoond. Maar het krulde nog steeds wild, zo heel anders dan dat van China, zoals ook zijn gezicht van het hare verschilde. Het was sensueel, met de zware oogleden en de mond met de volle lippen waarvoor vrouwen een chirurg veel geld betalen om die voor hen te creëren. Hij had alle begeerlijke genen geërfd, had China River dikwijls over haar broer gezegd, terwijl zij eruitzag als een asceet uit de vierde eeuw.
'Ik heb jullie eerst gebeld.' Cherokee trok de deken stevig om zich heen. 'Dat was om negen uur. China had me jullie adres en telefoonnummer gegeven. Eerst dacht ik dat ik ze niet nodig zou hebben, maar het vliegtuig had vertraging vanwege het weer. En toen de storm eindelijk wat afnam, was het verdomme te laat om naar de ambassade te gaan. Dus ik belde jullie, maar er was niemand thuis.'
'De ambassade?' Simon pakte Cherokees glas om de gemorste cognac aan te vullen. 'Wat is er precies gebeurd?'
Cherokee nam het glas aan en bedankte met een knikje. Zijn handen trilden niet meer zo hevig. Hij nam een flinke slok van de cognac, maar daarna begon hij te hoesten.
'Je moet die kleren uittrekken,' zei Deborah. 'Ik denk dat een bad precies is wat je nodig hebt. Ik zal het voor je vullen, en terwijl jij erin zit gooien we je spullen in de droger. Goed?'
'Hé, nee. Dat kan ik niet doen. Het is... Verdomme, hoe laat is het?'
'Maak je maar niet druk over de tijd. Simon, wil jij hem meenemen naar de logeerkamer en hem helpen met zijn kleren? En niet tegenspreken, Cherokee. Het is helemaal geen moeite.'
Deborah ging hun voor naar boven. Terwijl haar echtgenoot op zoek ging naar iets droogs dat de man kon aantrekken nadat hij een bad genomen had, draaide zij de kranen boven de badkuip open. Ze legde hand-

doeken klaar en toen Cherokee de badkamer in kwam – gehuld in een oude ochtendjas van Simon, met een pyjama van Simon over zijn arm gedrapeerd – begon ze de snee in zijn hoofd schoon te maken. Hij kromp in elkaar toen ze zijn huid met alcohol bette. Ze hield zijn hoofd steviger vast en zei: 'Zet je tanden op elkaar.'

'Heb je geen kogels om op te bijten?'

'Alleen wanneer ik moet opereren. Dit stelt niets voor.' Ze gooide de watten weg en pakte een pleister. 'Cherokee, waar ben je vanavond vandaan gekomen? Toch zeker niet uit Los Angeles. Omdat je geen... Heb je bagage?'

'Guernsey,' zei hij. 'Ik kwam van Guernsey. Ik ben vanochtend op weg gegaan. Ik dacht dat ik alles voor elkaar kon krijgen en vanavond weer terug kon vliegen, dus ik heb niets meegenomen uit het hotel. Maar uiteindelijk heb ik het grootste deel van de dag op het vliegveld zitten wachten tot het weer zou opklaren.'

Deborah reageerde op een enkel woord. 'Alles?' Ze plakte een pleister op de snee.

'Wat zeg je?'

'Je zou alles vandaag voor elkaar krijgen. Wat is "alles"?'

Cherokee wendde zijn blik van haar af. Het duurde maar even, maar het was lang genoeg om Deborah ongerust te maken. Hij had gezegd dat zijn zus hem hun adres in Cheyne Row had gegeven, en daaruit had Deborah aanvankelijk opgemaakt dat China het aan haar broer gegeven had voor hij uit de Verenigde Staten vertrok, als zo'n gebaar dat je maakt wanneer in het voorbijgaan een ophanden zijnde reis wordt genoemd. Ga je naar Londen tijdens je vakantie? O, dan moet je mijn goede vrienden daar opzoeken. Behalve dat Deborah, wanneer ze er echt goed over nadacht, moest toegeven hoe onwaarschijnlijk deze veronderstelling was, omdat ze de afgelopen vijf jaar geen contact meer had gehad met Cherokees zus. Daardoor begon ze te denken dat als Cherokee zelf niet in moeilijkheden zat, maar met spoed van Guernsey naar Londen was gevlogen met hun adres in zijn bezit en het expliciete plan om naar de Amerikaanse ambassade te gaan...

Ze zei: 'Cherokee, is er iets met China gebeurd? Ben je daarom hier?'

Hij keek haar aan. Zijn gezicht stond somber. 'Ze is gearresteerd,' zei hij.

'Meer heb ik hem niet gevraagd.' Deborah had haar man in de keuken in het souterrain aangetroffen, waar Simon, als altijd met een vooruitziende blik, een pan soep op het fornuis had gezet. Hij had ook brood in het broodrooster gestopt, en de gehavende keukentafel waaraan Deborahs vader door de jaren heen honderdduizend maaltijden had klaargemaakt, was gedekt voor één persoon. 'Ik dacht, na zijn bad... Het leek beter om hem eerst een beetje te laten bijkomen. Ik bedoel, voor hij ons vertelt... Als hij het ons wil vertellen...' Ze fronste haar wenkbrauwen en streek met de nagel van haar duim langs de rand van het werkblad, waar een splinter in het hout aanvoelde als een speldenprik in haar geweten. Ze probeerde zich voor te houden dat er geen reden voor was om die te voelen, dat vriendschappen in het leven kwamen en gingen, en dat het een normale zaak was. In werkelijkheid was zíj echter degene geweest die ermee was gestopt de brieven van de andere kant van de Atlantische Oceaan te beantwoorden... omdat China River Deborah herinnerde aan een deel van haar leven dat ze heel graag wilde vergeten.

Simon wierp haar een snelle blik toe, terwijl hij bij het fornuis in de tomatensoep stond te roeren met een houten lepel. Hij leek bezorgdheid op te merken in haar tegenzin om te spreken, want hij zei: 'Het kan iets betrekkelijk simpels zijn.'

'Hoe kan een arrestatie in vredesnaam simpel zijn?'

'Niets wereldschokkends, bedoel ik. Een verkeersongeval. Een misverstand bij Boots dat op winkeldiefstal lijkt. Iets dergelijks.'

'Hij kan niet van plan geweest zijn naar de ambassade te gaan voor een geval van winkeldiefstal, Simon. Bovendien is ze geen winkeldievegge.'

'Hoe goed ken je haar eigenlijk?'

'Ik ken haar goed,' zei Deborah. Ze vond het nodig om het met nadruk te herhalen. 'Ik ken China River buitengewoon goed.'

'En haar broer? Cherokee? Wat is dat trouwens in godsnaam voor een naam?'

'De naam die hij bij zijn geboorte gekregen heeft, denk ik.'

'Ouders uit de dagen van Sergeant Pepper?'

'Hmmm. Hun moeder was radicaal... een soort hippie... Nee. Wacht. Ze was lid van de milieubeweging. Dat is het. Maar dat was voor ik haar leerde kennen. Ze zat in bomen.'

Simon wierp een wrange blik in haar richting.

'Om te voorkomen dat ze omgehakt werden,' zei Deborah eenvoudigweg. 'En Cherokees vader – ze hebben verschillende vaders – was ook bij de milieubeweging. Wat deed hij ook weer...?' Ze dacht erover na, in een poging het zich te herinneren. 'Ik geloof dat hij zich aan de spoorrails vastketende... ergens in de woestijn?'

'Waarschijnlijk om die ook te beschermen? God weet dat ze snel uitgestorven zullen zijn.'
Deborah lachte. De toast sprong omhoog. Peach kwam uit haar mand aangesneld in de hoop op kruimels, terwijl Deborah het geroosterde brood in reepjes sneed.
'Cherokee ken ik niet zo goed. Niet zoals China. Ik heb vakanties bij China's familie doorgebracht toen ik in Santa Barbara was; daar ken ik hem van. Doordat ik bij haar familie heb gelogeerd. Etentjes met Kerstmis. Oud en nieuw. Andere feestdagen. Dan reden we naar... Waar woonde haar moeder ook weer? Het was een stad als een kleur...'
'Een kleur?'
'Rood, groen, geel. Ah, het was oranje. Ze woonde in een stad die Orange heette. Ze maakte tofoekalkoen klaar voor de feestdagen. Zwarte bonen. Bruine rijst. Zeewierpastei. Echt afschuwelijke dingen. We probeerden ervan te eten en daarna zochten we een excuus om een eindje te gaan rijden, op zoek naar een restaurant dat geopend was. Cherokee kende een paar hoogst twijfelachtige – maar altijd goedkope – zaken waar je kon eten.'
'Dat is prijzenswaardig.'
'Dus toen heb ik hem gezien. Tien keer, alles bij elkaar? Hij kwam een keer naar Santa Barbara en sliep een paar nachten op onze sofa. Hij en China hadden destijds een soort haat-liefdeverhouding. Hij is ouder, maar zo gedroeg hij zich niet, en dat bracht haar tot wanhoop. Daarom probeerde ze hem te bemoederen, wat hém tot wanhoop bracht. Hun eigen moeder... nou, ze was niet bepaald een moederlijke moeder, als je begrijpt wat ik bedoel.'
'Te druk met de bomen?'
'Met van alles. Ze was er, maar ze was er niet. Dus dat was een... nou, een soort band tussen China en mij. Een andere band, bedoel ik. Behalve de fotografie. En andere dingen. Het moederloze.' Deborah beboterde de toast terwijl Peach haar natte neus hoopvol tegen Deborahs enkel duwde.
Simon draaide het gas onder de soep laag en leunde tegen het fornuis, vanwaar hij naar zijn vrouw keek. 'Dat waren moeilijke jaren,' zei hij zacht.
'Ja. Nou,' ze schonk hem een snelle glimlach. 'We zijn er allemaal doorheen gekomen, nietwaar?'
'Ja, dat is zo,' gaf Simon toe.
Peach hief haar neus op van Deborahs enkel, met haar kop schuin en

haar oren gespitst. Op de vensterbank boven de gootsteen stond de grote, grijze Alaska – die lui had liggen kijken naar de regendruppels die als wormen langs het glas gleden – op en rekte zich traag en katachtig uit, met zijn ogen gericht op de trap die in het souterrain uitkwam, vlak naast de oude kast waarop de kat zijn dagen veelvuldig doorbracht. Even later kraakte de deur boven hen, en de hond gaf een korte blaf. Alaska sprong van de vensterbank en verdween in de bijkeuken, om daar zijn dutje voort te zetten.

Cherokees stem riep: 'Debs?'

'Hier beneden,' antwoordde Deborah. 'We hebben soep en toast voor je gemaakt.'

Cherokee kwam naar hen toe. Hij zag er veel beter uit. Hij was een centimeter of vijf kleiner dan Simon, en atletischer gebouwd, maar de pyjama en de ochtendjas pasten hem goed, en het rillen was opgehouden. Hij liep echter nog op blote voeten.

'Ik had aan slippers moeten denken,' zei Deborah.

'Nee, het gaat prima zo,' zei Cherokee. 'Jullie zijn geweldig. Bedankt. Jullie allebei. Het moet een hele schrik geweest zijn, dat ik zo opeens voor de deur stond. Ik ben heel dankbaar dat jullie me binnen hebben gelaten.' Hij knikte tegen Simon, die de pan soep op tafel zette en een kom begon vol te scheppen.

'Dit is een dag met een sterretje, dat kan ik je wel vertellen,' zei Deborah. 'Simon heeft zelfs een pak soep opengemaakt. Meestal gebruikt hij blikjes.'

'Dank je hartelijk,' merkte Simon op.

Cherokee glimlachte, maar het was een gespannen poging. Hij leek doodmoe, als iemand die aan het eind van een verschrikkelijke dag zijn laatste restjes energie opgebruikt.

'Eet je soep op,' zei Deborah. 'Overigens, je blijft vannacht hier.'

'Nee. Hé, ik kan jullie toch niet vragen...'

'Doe niet zo mal. Je kleren zitten in de droger en ze zijn over een poosje klaar, maar je dacht toch niet dat je op dit uur van de avond de straat op kon gaan om een hotel te zoeken.'

'Deborah heeft gelijk,' zei Simon instemmend. 'We hebben plaats genoeg. Je bent meer dan welkom.'

Cherokees gezicht was een afspiegeling van opluchting en dankbaarheid, ondanks zijn uitputting. 'Bedankt. Goh, ik voel me als...' Hij schudde zijn hoofd. 'Ik voel me als een kleine jongen, weet je dat? Zoekgeraakt in de supermarkt, alleen weet hij niet dat hij zoek is, tot hij opkijkt van wat

hij doet – een stripboek lezen of zoiets – en dan merkt dat zijn moeder niet meer in zicht is, en vervolgens in paniek raakt. Zo voelt het. Zo voelde het.'
'Nou, je bent hier volkomen veilig,' zei Deborah tegen hem.
'Ik wilde geen boodschap op jullie antwoordapparaat inspreken,' zei Cherokee. 'Toen ik belde. Het zou geen leuke mededeling zijn om te horen wanneer jullie thuiskwamen. Dus probeerde ik in plaats daarvan het huis te vinden. Ik ging helemaal de verkeerde kant op met die gele lijn van de ondergrondse, en ik was al bij Tower Hill voor ik kon uitzoeken wat ik in godsnaam verkeerd had gedaan.'
'Afschuwelijk,' mompelde Deborah.
'Pech,' zei Simon.
Daarna volgde er een korte stilte, die slechts verbroken werd door de regengeluiden. Buiten spetterde de regen op de tegels voor de keukendeur, en gleed in onophoudelijke stralen langs het raam omlaag. Ze waren met hun drieën – en een hoopvolle hond – in de middernachtelijke keuken. Maar ze waren niet alleen. De Vraag was er ook. Die hurkte te midden van hen als een tastbaar, luidruchtig ademhalend wezen dat niet kon worden genegeerd. Noch Deborah noch haar man stelde de vraag. Maar het draaide erop uit dat geen van hen het hoefde te doen.
Cherokee stak zijn lepel in de soepkom. Daarna bracht hij hem naar zijn mond. Hij liet hem echter langzaam weer zakken, zonder van de soep te proeven. Even bleef hij in de kom staren, voor hij zijn hoofd ophief en van Deborah naar haar man keek.
'Dit is er gebeurd,' zei hij.

Híj was overal verantwoordelijk voor, vertelde hij. Als ze het niet voor hem had gedaan, zou China om te beginnen niet zijn meegegaan naar Guernsey. Maar hij had geld nodig, en toen de gelegenheid zich voordeed om een pakje van California naar een van de Kanaaleilanden te brengen, ervoor betaald te worden en bovendien twee gratis vliegtickets te krijgen... Nou, het leek te mooi om waar te zijn.
Hij had China gevraagd om mee te gaan omdat er twee tickets waren en de afspraak was dat een echtpaar samen het pakje moest wegbrengen. En hij had gedacht: waarom niet, en waarom zou ik Chine niet meevragen? Ze was nooit ergens anders naartoe geweest dan naar LA. Ze was zelfs nog nooit uit California weggeweest.
Hij had haar moeten overhalen. Het vergde een paar dagen, maar ze had het net uitgemaakt met Matt – herinnerde Debs zich China's vriend

nog? De filmmaker met wie ze al zo lang optrok? – en ze besloot dat ze er even uit moest. Ze brachten het pakje van Tustin, ten zuiden van LA, waar ze het hadden opgehaald, naar een plaats op Guernsey, vlak bij St Peter Port.

'Wat zat er in het pakje?' Deborah zag een arrestatie door een drugsteam op het vliegveld voor zich, compleet met grommende honden, en China en Cherokee die zich plat tegen de muur drukten als vossen die bescherming zoeken.

Niets illegaals, zei Cherokee tegen haar. Hij was aangenomen om bouwtekeningen van Tustin naar Het Kanaaleiland te brengen. En de advocaat die hem had ingehuurd...'

'Een advocaat?' vroeg Simon. 'Niet de architect?'

Nee. Cherokee was aangenomen door een advocaat, en dat had China verdacht in de oren geklonken, verdachter nog dan betaald te worden om een pakje naar Europa te brengen en er gratis vliegtickets voor te krijgen. Dus China had erop gestaan dat ze het pakje openmaakten voor ze ermee instemden het ergens naartoe te brengen, en dat hadden ze gedaan.

Het was een rol van een flink formaat, en als China al had gevreesd dat die vol zat met drugs, wapens, explosieven of wat voor smokkelwaar dan ook waarvoor ze beiden geboeid konden worden afgevoerd, werd haar angst weggenomen toen ze hem hadden geopend. De bouwkundige tekeningen die erin hoorden te zitten, zaten erin en dat stelde haar gerust. Hem ook, moest Cherokee toegeven. Want China's angst had hem nerveus gemaakt.

Dus ze gingen naar Guernsey om de tekeningen af te leveren, met de bedoeling vandaar naar Parijs te gaan en vervolgens door naar Rome. Het zou geen lange reis worden, die konden ze zich geen van beiden veroorloven, dus ze zouden maar twee dagen in elk van de steden blijven. Op Guernsey deed zich echter een onverwachte verandering in hun plannen voor. Ze hadden gedacht dat ze op het vliegveld een snelle ruil tot stand konden brengen: de papieren tegen de beloofde betaling en ...

'Over wat voor betaling praten we hier?' vroeg Simon.

Vijfduizend dollar, vertelde Cherokee. Bij het zien van hun ongelovige gezichten haastte hij zich te zeggen, ja, het was buitensporig en de hoogte van het bedrag was dan ook de voornaamste reden geweest dat China erop had gestaan het pakje te openen, want wie zou iemand in godsnaam twee gratis vliegtickets geven plus vijfduizend dollar, alleen om iets van LA naar Europa te brengen? Maar het bleek dat buitensporige dingen

doen met geld nu juist was waar het bij deze hele deal om ging. De man die de bouwtekeningen wilde hebben, was rijker dan Howard Hughes, en hij deed blijkbaar aldoor buitensporige dingen met zijn geld.
Op het vliegveld werden ze echter niet aangesproken door iemand met een cheque of een aktetas vol contant geld, noch iets anders wat ook maar in de verte leek op wat ze hadden verwacht. In plaats daarvan werden ze opgewacht door een bijna stomme man, die Kevin en nog wat heette, die hen haastig naar een bestelauto loodste en hen naar een heel coole plek bracht, een paar kilometer verderop.
China raakte in paniek door deze gang van zaken, en hij moest toegeven dat het vreemd was. Daar zaten ze, opgesloten in een auto met een volslagen onbekende die nog geen vijftien woorden tegen hen had gezegd. Het was heel raar. Maar tegelijkertijd was het iets als een avontuur, en Cherokee werd erdoor geïntrigeerd.
Hun bestemming bleek een indrukwekkend landgoed te zijn, dat op god mocht weten hoeveel vierkante meter grond stond. Het was een heel oud gebouw – en geheel gerestaureerd, Debs – en toen China het in het oog kreeg, werd ze onmiddellijk weer de fotografe. Hier was een hele fotoserie voor *Architectural Digest,* die wachtte tot zij die zou schieten.
China besloot ter plekke dat ze de foto's wilde nemen. Niet alleen om het huis, maar om het hele landgoed, dat alles had, van eendenvijvers tot prehistorische van-alles-en-nog-wats. China wist dat zich hier een gelegenheid voordeed die ze misschien nooit meer zou krijgen en hoewel het betekende dat ze de foto's op goed geluk zou moeten nemen was ze bereid er tijd, geld en moeite in te investeren, omdat het zo'n sensationeel onderwerp was.
Cherokee vond het prima. Ze dacht dat het slechts een paar dagen zou vergen, dan zou hij tijd hebben het eiland te verkennen, wat een heel interessante plek leek. De enige vraag was of de eigenaar met het idee zou instemmen. Sommige mensen houden er niet van dat hun huizen in tijdschriften worden afgebeeld. Te veel inspiratie voor inbrekers.
Hun gastheer bleek een man te zijn die Guy heette – op zijn Frans uitgesproken – Guy Brouard, en hij voelde veel voor het plan. Hij drong er bij Cherokee en China op aan de nacht in zijn huis door te brengen, of misschien zelfs een paar dagen, alle tijd die nodig was om de juiste foto's te nemen. Mijn zus en ik wonen hier met ons tweeën, vertelde hij, en bezoekers vormen altijd een afleiding voor ons.
Het bleek dat de zoon van de man er ook was, en aanvankelijk dacht Cherokee dat Guy Brouard misschien hoopte dat China en de zoon het

met elkaar zouden aanleggen. Maar de zoon was iemand die voortdurend verdween, zich slechts bij de maaltijden vertoonde en voor het overige zijn eigen gang ging. De zus was echter aardig, en Brouard ook. Dus Cherokee en China voelden zich er onmiddellijk thuis.
China kon het heel goed vinden met Guy. Ze waren beiden geïnteresseerd in architectuur: zij omdat architectuur fotograferen haar werk was, en hij omdat hij van plan was een gebouw op het eiland neer te zetten. Hij nam haar zelfs mee om haar het terrein te laten zien en toonde haar een paar andere gebouwen op het eiland die van historisch belang waren. China zou heel Guernsey moeten fotograferen, zei hij tegen haar. Ze zou er een fotoboek van moeten maken, niet alleen genoeg foto's nemen voor een artikel in een tijdschrift. Voor zo'n klein gebied was er geschiedenis in overvloed, en elke gemeenschap die er ooit verbleven had, had er in de vorm van gebouwen haar stempel op gedrukt.
Op de vierde en laatste avond van hun verblijf bij de Brouards werd er een feest gegeven, iets wat allang gepland was. Het was een chic gebeuren, in avondkleding, waar duizenden mensen bij betrokken leken. Noch China, noch Cherokee wist waarom het gegeven werd, tot middernacht, toen Guy Brouard iedereen bijeenriep en aankondigde dat het ontwerp voor zijn gebouw – het bleek een museum te moeten worden – ten slotte was uitgekozen. Tromgeroffel, opwinding, ploppende champagnekurken en daarna vuurwerk, toen hij de naam noemde van de architect wiens plannen Cherokee en China uit California hadden meegebracht. Een aquarel van het gebouw werd op een ezel geplaatst, en de feestgangers riepen ooo en aaa en bleven de champagne van de Brouards drinken tot bijna drie uur in de nacht.
De volgende dag waren Cherokee en zijn zus niet verbaasd toen er niemand bleek te zijn opgestaan. Omstreeks halfnegen begaven ze zich naar de keuken, waar ze zochten tot ze de cornflakes, de koffie en de melk hadden gevonden. Ze namen aan dat goedgevonden werd dat ze zelf hun ontbijt klaarmaakten, terwijl de Brouards hun kater van de vorige avond wegsliepen. Ze aten, belden een taxi en vertrokken naar het vliegveld, zonder nog een van de bewoners van het landgoed te hebben gezien.
Ze vlogen naar Parijs, waar ze twee dagen bleven om de bezienswaardigheden te bekijken die ze alleen van foto's kenden. Ze waren van plan hetzelfde te doen in Rome, maar toen ze op vliegveld Da Vinci door de douane gingen, werden ze aangehouden door Interpol.
De politie stuurde hen terug naar Guernsey, waar hun aanwezigheid verlangd werd, zo werd hun verteld, om te worden ondervraagd. Toen ze

vroegen 'Ondervraagd waarover?' was het enige wat ze te horen kregen: 'Een ernstige aangelegenheid vereist uw onmiddellijke aanwezigheid op het eiland.'

Hun aanwezigheid werd, naar bleek, vereist op het politiebureau van St Peter Port. Ze werden opgesloten in afzonderlijke cellen: Cherokee 24 tamelijk beroerde uren lang en China gedurende drie nachtmerrieachtige dagen, die uitmondden in haar verschijnen voor de rechter en een rit naar de gevangenis, waar ze nu in voorlopige hechtenis werd gehouden.

'Waarvoor?' Deborah pakte over de tafel heen Cherokees hand. 'Cherokee, waar wordt ze van beschuldigd?'

'Moord.' Hij hief zijn andere hand op en drukte zijn vingers tegen zijn ogen. 'Het is volslagen krankzinnig. Ze beschuldigen China van de moord op Guy Brouard.'

2

Deborah sloeg de dekens van het bed open en schudde de kussens op. Ze besefte dat ze zich zelden zo nutteloos had gevoeld. China zat in een gevangeniscel op Guernsey, en hier was zij bedrijvig bezig in de logeerkamer, waar ze gordijnen dichtschoof en kussens opschudde – god nog aan toe – omdat ze niet wist wat ze anders moest doen. Ergens wilde ze het eerste het beste vliegtuig naar de Kanaaleilanden nemen. Ergens wilde ze tot Cherokees hart doordringen en iets doen om zijn bezorgdheid weg te nemen. Ergens wilde ze lijsten maken, plannen bedenken, instructies geven en onmiddellijk actie ondernemen, zodat de beide Rivers zouden weten dat ze niet alleen op de wereld waren. En ergens wilde ze dat iemand anders dit alles deed, omdat zij zich er niet toe in staat voelde. Daarom schudde ze doelloos de kussens op en sloeg ze de dekens open.

Daarna, omdat ze iets tegen China's broer wilde zeggen, draaide ze zich naar hem om. Hij stond schutterig bij de ladekast. 'Als je vannacht iets nodig hebt, wij zijn op de verdieping hieronder.'

Cherokee knikte. Hij leek troosteloos en alleen. 'Ze heeft het niet gedaan,' zei hij. 'Kun je je China voorstellen als iemand die een vlieg kwaad doet?'

'Absoluut niet.'

'We hebben het over iemand die me, toen we nog kinderen waren, vroeg om spinnen uit haar slaapkamer weg te halen. Ze zat dan op het bed te gillen omdat ze er een op de muur gezien had, en wanneer ik binnenkwam om hem weg te halen begon ze te schreeuwen: 'Je mag hem niets doen! Je mag hem niets doen!'

'Zo was ze met mij ook.'

'God, had ik het toch maar laten schieten. Had ik haar maar niet gevraagd om mee te gaan.' Ongeduldig streek Cherokee met zijn hand door zijn haar. 'Ik moet iets doen maar ik weet niet wat.'

Hij leek bang, zijn vingers draaiden de ceintuur van Simons ochtendjas om en om. Deborah dacht eraan hoe China altijd de oudste van de twee had geschenen. Cherokee, wat moet ik met je beginnen, had ze hem door de telefoon gevraagd. Wanneer word je nu eindelijk eens volwassen?

Op dit moment, dacht Deborah. Onder omstandigheden die een mate van volwassenheid vereisten waarvan ze niet zeker wist of Cherokee die wel bezat.

Ze zei tegen hem, omdat het het enige was wat ze kon zeggen: 'Ga nu maar slapen. Morgenochtend weten we beter wat we moeten doen.' Daarna liet ze hem alleen.

Haar hart was zwaar. China River was haar beste vriendin geweest tijdens de moeilijkste momenten van haar leven. Ze was haar veel verschuldigd, maar had haar weinig teruggegeven. Dat China nu in moeilijkheden zat, en dat ze alleen in die problemen verkeerde... Deborah kon Cherokees bezorgdheid om zijn zus maar al te goed begrijpen.

Ze trof Simon in hun slaapkamer aan. Hij zat op de stoel met de rechte rug die hij gebruikte wanneer hij 's avonds de beugel van zijn been verwijderde. Hij was bezig de riemen los te maken, zijn broek hing op zijn enkels en zijn krukken lagen op de grond, naast de stoel.

Hij zag er kinderlijk uit, zoals gewoonlijk in deze kwetsbare houding, en Deborah had altijd alle discipline die ze bezat moeten opbrengen om hem niet te helpen wanneer ze haar man zo aantrof. Zijn invaliditeit was, voor haar, de grote stabiliserende factor tussen hen. Ze vond het om hem afschuwelijk, omdat ze wist dat hij het afschuwelijk vond, maar ze had lang geleden het feit geaccepteerd dat het ongeluk, toen hij even in de twintig was en waardoor hij mank was gaan lopen, er ook voor gezorgd had dat hij beschikbaar voor haar was. Als het niet gebeurd was, zou hij getrouwd zijn terwijl zij nog slechts een tiener was, en haar ver achter zich gelaten hebben. De periode die hij in het ziekenhuis en daarna met revalideren had doorgebracht, en de donkere jaren van de depressie die erop volgden, hadden dat voorkomen.

Hij wilde echter liever niet dat ze hem zag in al zijn kwetsbaarheid. Daarom liep ze meteen naar de toilettafel, waar ze deed alsof ze een paar sieraden weglegde die ze droeg, terwijl ze wachtte op het geluid van de beugel die op de grond viel. Toen ze het hoorde, gevolgd door het gekreun waarmee hij overeind kwam, draaide ze zich om. Hij had zijn krukken om zijn polsen vastgemaakt, en hij keek haar teder aan.

'Dank je,' zei hij.

'Sorry. Ben ik altijd zo doorzichtig geweest?'

'Nee. Je bent altijd zo lief geweest. Maar ik geloof dat ik je er nooit goed voor bedankt heb. Dat komt ervan wanneer je een huwelijk hebt dat te mooi is om waar te zijn: je beschouwt je geliefde als iets vanzelfsprekends.'

'Beschouw je mij als iets vanzelfsprekends?'
'Niet met opzet.' Hij hield zijn hoofd schuin en keek haar aan. 'Eerlijk gezegd geef je me er de kans niet voor.' Hij liep door de kamer naar haar toe, en ze sloeg haar armen om zijn middel. Hij kuste haar, eerst teder en daarna lang, terwijl hij haar met zijn ene arm tegen zich aan drukte, tot ze het verlangen voelde dat in hen beiden opwelde.
Toen pas keek ze naar hem op. 'Ik ben blij dat je dit nog steeds met me doen kunt. Maar ik ben nog blijer dat ik het met jou kan doen.'
Hij streelde haar wang. 'Hmmm. Ja. Toch, alles bij elkaar genomen, is het waarschijnlijk niet het juiste moment...'
'Waarvoor?'
'Om een paar interessante variaties te onderzoeken van dit "het" waar je het over had.'
'Aha.' Ze begon te lachen. 'Dat. Nou, misschien is het wel het juiste moment, Simon. Misschien leren we elke dag hoe snel het leven verandert. Alles wat belangrijk is, kan in een oogwenk voorbij zijn. Dus het is wel het moment.'
'Om te onderzoeken...?
'Alleen als we het samen doen.'
Dat deden ze, bij het schijnsel van een enkele lamp, die een gouden gloed op hun lichamen wierp, Simons grijsblauwe ogen donkerder liet lijken, en de anders onzichtbare, bleke plekken vuurrood maakte waar hun bloed heet begon te kloppen. Naderhand bleven ze liggen, verstrikt in de sprei die ze niet van het bed hadden gehaald. Deborahs kleren lagen overal verspreid waar haar man ze naartoe had gegooid, en Simons overhemd bungelde aan een van zijn armen.
'Ik ben blij dat je nog niet naar bed gegaan was,' zei ze tegen zijn borst, waarop ze haar wang liet rusten. 'Ik dacht dat je er misschien al in lag. Het leek niet aardig om hem in de logeerkamer te dumpen zonder even bij hem te blijven. Maar in de keuken zag je er zo moe uit dat ik dacht dat je misschien besloten had te gaan slapen. Ik ben heel blij dat je het niet gedaan had. Dank je, Simon.'
Hij liefkoosde haar haren, zoals hij het vaak deed, schoof zijn hand in de dichte massa krullen tot zijn vingers in contact kwamen met haar hoofd. Ze voelde de warmte ervan op haar huid, en haar lichaam reageerde erop door zich te ontspannen. 'Gaat het wel met hem?' vroeg Simon. 'Is er iemand die we kunnen bellen, voor het geval dat?'
'Voor het geval wat?'
'Voor het geval hij morgen bij de ambassade niet krijgt wat hij wil. Ik

neem aan dat ze al contact hebben gehad met de politie op Guernsey. Als ze er niet iemand naartoe hebben gestuurd...' Deborah voelde dat haar man zijn schouders ophaalde. 'De kans is groot dat ze niet van plan zijn iets anders te doen.'

Deborah hief haar hoofd van zijn borst op. 'Je gelooft toch zeker niet dat China echt die moord heeft gepleegd?'

'Helemaal niet.' Hij trok haar weer in zijn armen. 'Ik merk alleen op dat ze in handen is van een buitenlandse politiemacht. Er zullen voorschriften zijn, en procedures die gevolgd moeten worden, en dat zou wel eens het enige kunnen zijn waar de ambassade zich mee bezig gaat houden. Cherokee moet daarop voorbereid zijn. Tevens zou hij iemand nodig kunnen hebben om op te steunen, als dat het geval mocht blijken. Misschien is hij zelfs daarom wel naar ons toe gekomen.'

Simon zei dit laatste op zachtere toon dan de rest. Deborah tilde haar hoofd op om hem aan te kijken. 'Wat bedoel je?'

'Niets.'

'Er is meer, Simon. Ik hoor het aan je stem.'

'Alleen dit. Ben jij de enige die hij kent in Londen?'

'Mogelijk.'

'Juist.'

'Juist?'

'Dan zou het wel eens heel goed kunnen zijn dat hij jou nodig heeft, Deborah.'

'Heb je er een probleem mee, als dat zo is?'

'Geen probleem. Nee. Maar zijn er andere familieleden?'

'Alleen hun moeder.'

'De bomenklimmer. Ja. Nou, misschien is het verstandig om haar te bellen. En de vader? Je zei dat China een andere vader heeft dan Cherokee?'

Deborah kromp ineen. 'Hij zit in de gevangenis, schat. Tenminste, daar was hij toen we bij elkaar woonden.' En toen ze de bezorgdheid op Simons gezicht zag – die echter niet zoiets uitdrukte als 'zo vader, zo dochter?' – vervolgde ze: 'Het was niets ernstigs. Ik bedoel, hij heeft niemand vermoord. China sprak nooit veel over hem, maar ik weet dat het iets met drugs te maken had. Een illegaal lab, ergens? Dat was het, geloof ik. Maar het is niet zo dat hij heroïne dealde op straat.'

'Nou, dat is een hele geruststelling.'

'Ze is niet zoals hij, Simon.'

Hij bromde iets, wat ze beschouwde als een aarzelende instemming. Daarna bleven ze zwijgend liggen, tevreden met elkaar, haar hoofd weer

op zijn borst en zijn vingers opnieuw in haar haren verstrengeld. Deborah hield op momenten als dit op een andere manier van haar man. Ze voelde zich meer zijn gelijke. Het gevoel kwam niet alleen voort uit hun rustige gesprek, maar ook – en dat was misschien belangrijker voor haar – uit wat er aan hun gesprek was voorafgegaan. Want het feit dat haar lichaam hem zoveel genot kon verschaffen leek altijd de weegschaal tussen hen in evenwicht te brengen, en dat zij getuige kon zijn van dat genot maakte dat ze zich zelfs even superieur voelde aan haar echtgenoot. Als gevolg daarvan was haar genot sinds lang ondergeschikt aan het zijne, iets waarvan Deborah wist dat het de vrouwenbeweging van haar wereld met afschuw zou vervullen. Maar zo was het nu eenmaal.
'Ik heb verkeerd gereageerd,' fluisterde ze eindelijk. 'Vanavond. Het spijt me, mijn lief. Ik heb je geduld wel op de proef gesteld, hè?'
Het kostte Simon geen moeite haar gedachtegang te volgen. 'Verwachtingen vernietigen onze gemoedsrust, zo is het toch? Het zijn toekomstige teleurstellingen, die van tevoren gepland zijn.'
'Ik had het allemaal gepland. Massa's mensen met een champagneglas in de hand, die vol ontzag voor mijn foto's stonden. "Mijn god, ze is geniaal," verklaren ze elkaar. "Alleen al het idee om een polaroid te gebruiken... Wist jij dat die ook zwart-wit konden zijn? En de afmetingen... Lieve hemel, ik wil er meteen een hebben. Nee. Wacht. Ik moet er minstens tien hebben."'
'"De nieuwe flat in Canary Wharf kan niet zonder,"' voegde Simon eraan toe.
'"Om nog maar niet te spreken van het landhuis in de Cotswolds."'
'"En het zomerhuis bij Bath."'
Ze lachten beiden. Daarna zwegen ze. Deborah ging verliggen, zodat ze haar man kon aankijken.
'Het steekt nog steeds,' bekende ze. 'Niet zo erg. Lang niet meer zo erg. Maar een beetje. Het is er nog steeds.'
'Ja,' zei hij. 'Er bestaat geen snel wondermiddel voor wanneer het je tegenzit. We willen allemaal krijgen wat we wensen. En dat we het niet krijgen betekent niet dat we het niet meer wensen. Ik weet het. Geloof me, ik weet het.'
Ze keek snel de andere kant op, in het besef dat wat hij toegaf een veel groter tijdsbestek besloeg dan de korte reis naar de teleurstelling van deze avond. Ze was dankbaar dat hij het begreep, dat hij haar altijd begreep, ongeacht hoe buitengewoon logisch, koel en scherpzinnig zijn commentaar op haar leven was. Haar ogen deden pijn van de tranen, maar ze wil-

de niet dat hij ze zag. Ze wilde hem het tijdelijke geschenk geven van haar kalme aanvaarding van de onrechtvaardigheid. Nadat ze erin geslaagd was om verdriet te vervangen door iets waarvan ze hoopte dat het zou klinken als vastberadenheid, wendde ze zich weer tot hem.

'Ik ga mezelf eens flink onder handen nemen,' zei ze. 'Misschien sla ik wel een heel andere weg in.'

Hij keek naar haar op zijn gebruikelijke manier, een vasthoudende blik die doorgaans advocaten van hun stuk bracht wanneer hij voor de rechtbank een getuigenverklaring aflegde en die zijn studenten aan de universiteit altijd hopeloos aan het stamelen maakte. Maar voor haar werd de blik verzacht door zijn lippen, die zich tot een lachje plooiden, en door zijn handen, die hij opnieuw naar haar uitstak.

'Geweldig,' zei hij, terwijl hij haar naar zich toe trok. 'Ik wil nu meteen een paar suggesties doen.'

Deborah stond voor het aanbreken van de dag op. Ze had uren wakker gelegen voor ze in slaap viel, en toen ze eindelijk was weggesoesd had ze gedurende een reeks onbegrijpelijke dromen liggen woelen en draaien. In die dromen was ze terug in Santa Barbara, niet zoals ze geweest was – een jonge studente aan het Brooks Instituut voor Fotografie – maar eerder als een geheel andere persoon: een soort ambulancechauffeur wiens verantwoordelijkheid kennelijk niet alleen bestond uit het ophalen van een zojuist voor transplantatie uitgenomen menselijk hart, maar ook om het op te halen bij een ziekenhuis dat ze niet kon vinden. Als ze het niet afleverde zou de patiënt – die om een of andere reden niet op de operatiezaal lag maar in de autoreparatiewerkplaats van het benzinestation waarachter zij en China destijds hadden gewoond – binnen een uur sterven, zeker nu zijn hart al was verwijderd, waardoor hij nu een gapend gat in zijn borst had. Of misschien was het haar hart in plaats van dat van hem. Deborah kon het niet zien aan de deels met een laken bedekte gestalte die in de werkplaats omhoog werd gebracht door een hydraulische lift.

In haar droom reed ze wanhopig door de met palmen omzoomde straten, zonder resultaat. Ze kon zich niets van Santa Barbara herinneren en niemand wilde haar helpen door haar aanwijzingen te geven. Toen ze wakker werd, merkte ze dat ze de dekens van zich af had gegooid, en dat ze zo nat was van het zweet, dat ze lag te huiveren. Ze keek op de wekker en gleed voorzichtig het bed uit, waarna ze naar de badkamer drentelde om het ergste van de nachtmerrie weg te wassen. Toen ze in de slaapkamer terugkwam, merkte ze dat Simon wakker was. Hij zei in het donker haar naam, en daarna: 'Hoe laat is het? Wat doe je?'

Ze zei: 'Afschuwelijke dromen.'

'Geen kunstverzamelaars die met hun chequeboeken naar je stonden te zwaaien?'

'Nee, helaas niet. Kunstverzamelaars die met hun Annie Liebovitz-foto's naar me zwaaiden.'

'Ah. Tja, het had erger kunnen zijn.'

'Echt? Hoe dan?'

'Het hadden foto's van Karsch kunnen zijn.'

Lachend zei ze tegen hem dat hij weer moest gaan slapen. Het was nog vroeg, te vroeg voor haar vader om al op te zijn, en zij was beslist niet van plan de trap op en af te lopen met Simons ochtendthee, zoals haar vader dat deed. 'Trouwens, pap verwent je,' deelde ze haar man mee.

'Ik beschouw het als een kleine compensatie, omdat ik de zorg voor jou van hem heb overgenomen.'

Ze hoorde het beddengoed ritselen toen hij ging verliggen. Hij zuchtte diep, de slaap die terugkwam verwelkomend. Zo liet ze hem achter.

Beneden zette ze voor zichzelf een kop thee in de keuken, waar Peach opkeek vanuit haar mand naast het fornuis, en Alaska tevoorschijn kwam uit de bijkeuken. Aan zijn witbesneeuwde vacht te zien had hij de nacht ongetwijfeld doorgebracht op een lekkende zak meel. Beide dieren liepen over de rode tegels naar Deborah, die bij het afdruiprek onder het raam van het souterrain stond te wachten tot het water in de elektrische ketel aan de kook kwam. Ze luisterde naar de regen die buiten nog steeds op de tegels vlak achter de keukendeur viel. Er was slechts een kleine onderbreking geweest gedurende de nacht, ergens na drieën terwijl ze wakker lag, niet alleen luisterend naar de wind en de regenvlagen die tegen het raam striemden, maar ook naar de raadgevers in haar hoofd die haar met schrille stemmen adviseerden wat ze moest doen: met haar dag, met haar leven, met haar carrière, en bovenal met en voor Cherokee River.

Ze keek naar Peach terwijl Alaska veelbetekenend tussen haar benen heen en weer begon te scharrelen. De hond had er een hekel aan om in de regen naar buiten te moeten – wandelen werd dragen wanneer er ook maar een spatje viel – dus wandelen was niet aan de orde. Maar een snelle sprong in de achtertuin om te doen wat nodig was, zou geen kwaad kunnen. Peach scheen echter Deborahs gedachten te lezen. De teckel trok zich haastig in haar mand terug, terwijl Alaska begon te miauwen.

'Denk maar niet dat je nog lang kunt uitslapen,' zei Deborah tegen de hond, die haar treurig aankeek, waarbij ze haar ogen half dichtkneep tot ze amandelvormig waren geworden, zoals ze altijd deed wanneer ze er extra zielig wilde uitzien. 'Als je nu niet meteen voor me naar buiten gaat, gaat pap straks met je tot aan de rivier lopen. Dat weet je toch?'
Peach leek bereid het te riskeren. Ze legde vastberaden haar kop op haar voorpoten en liet haar oogleden zakken. Deborah zei 'Heel goed' en schudde de dagelijkse hoeveelheid voer voor de kat uit het pak, waarna ze de etensbak zorgvuldig buiten bereik van de hond zette. Ze wist dat die zich het eten zou toe-eigenen op het moment dat ze haar de rug toekeerde, geveinsde slaap of niet. Deborah maakte haar thee klaar en nam die mee naar boven, op de tast in het donker de trap op lopend.
Het was ijskoud in de werkkamer. Zachtjes deed ze de deur dicht, en vervolgens stak ze de gashaard aan. In een map op een van de boekenplanken had ze een aantal kleine polaroidfoto's verzameld van onderwerpen die ze hierna wilde fotograferen. Die nam ze mee naar het bureau, waar ze in Simons versleten, leren stoel ging zitten en de foto's begon te bekijken.
Ze dacht aan Dorothea Lange en vroeg zich af of ze zelf had wat nodig was om in precies dat juiste gezicht dat ene, onvergetelijke beeld te vangen dat een tijdperk definieerde. Zij had echter geen Amerika uit de jaren dertig, waarvan de hopeloosheid zich aftekende op het gezicht van een volk. En om met succes een beeld van dit, haar eigen tijdperk, te fotograferen, wist ze dat ze verder moest denken dan de periode die lang bepaald was door dat opmerkelijke, pijnlijke, schrale gezicht van een vrouw en haar kinderen en een generatie vol wanhoop. Ze dacht dat ze op zijn minst de helft van het werk aankon: het denkgedeelte. Maar ze vroeg zich af of de rest was wat ze echt wilde doen: nog eens twaalf maanden op straat doorbrengen, nog eens acht- of negenduizend foto's nemen, altijd proberend verder te kijken dan de snelle, door mobiele telefoons gedomineerde wereld die de werkelijkheid vervormde. Zelfs als dat alles haar lukte, wat zou het haar op de lange duur opleveren? Op dit moment wist ze het eenvoudig niet.
Met een zucht legde ze de foto's op het bureau. Niet voor het eerst vroeg ze zich af of China een logischer weg had gekozen. Commerciële fotografie betaalde de huur, kocht voedsel en voorzag je lichaam van kleding. Het hoefde niet noodzakelijkerwijs een zielloze onderneming te zijn. En ondanks het feit dat Deborah in de gunstige positie verkeerde dat ze de huur niet hoefde te betalen, geen voedsel hoefde te kopen of iemand van kleding hoefde te voorzien, maakte dat juist dat ze een bijdrage aan iets

anders wilde leveren. Als het niet nodig was dat ze hielp bij hun economische situatie, dan kon ze toch minstens haar talent gebruiken om iets bij te dragen aan de maatschappij waarin ze leefden.

Zou overstappen op commerciële fotografie dat werkelijk kunnen? vroeg ze zich af. China's foto's hielden tenminste verband met haar belangstelling voor architectuur. Ze had zich voorgenomen gebouwen te fotograferen, en dat ze beroepshalve precies deed wat ze zich had voorgenomen betekende absoluut niet dat ze haar talent misbruikte, wat Deborah van zichzelf zou denken als ze de gemakkelijke weg koos en commercieel ging. En als ze haar talent misbruikte, wat moest ze dan in godsnaam fotograferen? Verjaarspartijtjes van kleuters? Rocksterren die uit de gevangenis vrijkwamen?

Gevangenis... God. Deborah kreunde. Ze liet haar voorhoofd in haar handen rusten en sloot haar ogen. Hoe belangrijk was dit alles, vergeleken bij China's situatie? China, die er in Santa Barbara voor haar was geweest, een zorgende aanwezigheid op een moment dat ze er het meest behoefte aan had. Ik heb jullie samen gezien, Debs. Als je hem de waarheid vertelt, neemt hij het volgende vliegtuig terug. Dan zal hij met je willen trouwen. Dat wil hij nu al. Maar niet zo, had Deborah tegen haar gezegd. Zo mag het niet gaan.

Daarom had China de noodzakelijke regelingen getroffen. China was met haar naar de noodzakelijke kliniek gegaan. Naderhand had China aan haar bed gezeten toen ze haar ogen opendeed; de eerste die ze zag was China, die rustig zat te wachten. Die toen 'Hallo, meisje' zei met zo'n lieve uitdrukking op haar gezicht, dat Deborah geloofde dat ze haar hele leven nooit meer zo'n vriendin zou hebben.

Die vriendschap vroeg om actie. Ze mocht China niet langer dan nodig was laten geloven dat ze er alleen voor stond. Maar wat te doen, dat was de vraag, omdat...

Een vloerplank kraakte in de hal bij de werkkamer. Deborah hief haar hoofd op. Er kraakte weer een plank. Ze stond op, liep de kamer door en trok de deur open.

In het diffuse licht, afkomstig van een lantaarn die zo vroeg in de ochtend nog op straat brandde, pakte Cherokee River zijn jack van de radiator, waar Deborah het overheen had gehangen om het 's nachts te laten drogen. Zijn bedoeling leek onmiskenbaar.

'Je kunt niet weggaan,' zei Deborah ongelovig.

Cherokee draaide zich met een ruk om. 'Jezus, ik schrik me dood. Waar kom jij zo opeens vandaan?'

Deborah wees naar de deur van de werkkamer, waarachter de lamp op Simons bureau scheen en de gashaard een zacht schijnsel tegen het plafond wierp. 'Ik ben vroeg opgestaan. Een paar oude foto's uitgezocht. Maar wat ben jij van plan? Waar ga je heen?'

Hij verplaatste zijn gewicht van het ene been op het andere, streek met zijn hand door zijn haar met dat karakteristieke gebaar van hem. Hij wees naar de trap en de bovenliggende verdiepingen. 'Ik kon niet slapen,' zei hij. 'Ik zweer dat ik dat niet eerder zal kunnen – nergens – tot ik iemand zover krijg dat hij naar Guernsey gaat. Dus ik dacht dat de ambassade...'

'Hoe laat is het?' Deborah keek op haar pols maar kwam tot de ontdekking dat ze haar horloge niet om had gedaan. Ze had niet op de klok in de werkkamer gekeken, maar aan de duisternis buiten te zien – die nog versterkt werd door de ondraaglijke regen – wist ze dat het niet veel later dan zes uur kon zijn. 'De ambassade gaat nog in geen uren open.'

'Ik dacht dat er misschien een rij voor zou staan of zoiets. Ik wil de eerste zijn.'

'Dat kan nog steeds, ook al neem je eerst een kop thee. Of koffie, als je dat liever hebt. En iets te eten.'

'Nee. Je hebt al genoeg gedaan. Me hier gisteravond binnenlaten, me uitnodigen te blijven, de soep en het bad, en alles? Jullie hebben me uit de ellende geholpen.'

'Daar ben ik blij om. Maar ik wil er niets van horen dat je nu weggaat. Dat heeft geen zin. Ik zal je er zelf vroeg genoeg naartoe rijden om de eerste in de rij te zijn, als je dat wilt.'

'Ik wil niet dat je...'

'Je hebt niets te willen,' zei Deborah streng. 'Ik bied niets aan. Ik sta erop. Dus laat dat jack hangen en kom met me mee.'

Cherokee leek er even over na te denken. Hij keek naar de deur met de drie raampjes, waardoor het licht naar binnen viel. Ze konden beiden de aanhoudende regen horen, en om de narigheid te benadrukken die hem wachtte wanneer hij zich buiten zou wagen, kwam een windvlaag als een mokerslag van een bokser uit de richting van de Theems aangieren, die luid kraakte in de takken van de plataan die voor het huis langs de straat stond.

Met tegenzin zei hij: 'Goed dan. Graag.'

Deborah nam hem mee de trap af naar de keuken. Peach keek op vanuit haar mand en gromde. Alaska, die zijn gebruikelijke dagelijkse plekje op de vensterbank had opgezocht, keek naar hem, knipperde met zijn ogen

en ging daarna verder met het bestuderen van de figuren die de regen op het vensterglas maakte.
Deborah zei 'Gedraag je' tegen de hond, en daarna liet ze Cherokee plaatsnemen aan de tafel, waar hij de krassen bekeek die messen op het hout hadden aangebracht en de verbrande kringen die er door te hete pannen op waren achtergelaten. Deborah zette de elektrische ketel weer aan het werk en pakte een theepot uit de antieke kast. Ze zei: 'Ik zal ook een ontbijt voor je maken. Wanneer heb je voor het laatst een behoorlijke maaltijd gegeten?' Ze wierp hem een snelle blik toe. 'Vermoedelijk niet gisteren.'
'Ik heb toch soep gehad,' merkte Cherokee op.
Deborah snoof afkeurend. 'Je kunt China niet helpen als je van honger instort.' Ze liep naar de koelkast voor eieren en bacon; ze pakte een paar tomaten uit het mandje naast de gootsteen en champignons uit de donkere hoek naast de buitendeur, waar haar vader ze bewaarde in een grote, papieren zak die aan een haak tussen de regenjassen van de bewoners hing.
Cherokee stond op en liep naar het raam boven het aanrecht, waar hij zijn hand naar Alaska uitstak. De kat besnuffelde zijn vingers en liet, met zijn kop goedgunstig gebogen, toe dat de man hem achter zijn oren krabbelde. Deborah zag dat Cherokee de keuken rondkeek alsof hij elk detail in zich wilde opnemen. Ze volgde zijn blik om te zien wat zij als vanzelfsprekend aannam: van de gedroogde kruiden die haar vader in keurig gerangschikte bosjes had opgehangen tot de potten en pannen met hun koperen bodem, die binnen handbereik boven het fornuis hingen; van de oude, afgesleten tegels op de vloer tot de scheef tegen de muur leunende kast waar van alles in was opgeborgen, van borden tot foto's van Simons neefjes en nichtjes.
'Dit huis is cool, Debs,' mompelde Cherokee.
Voor Deborah was het gewoon het huis waarin ze sinds haar jeugd had gewoond, eerst als de moederloze dochter van Simons onmisbare rechterhand, daarna, al was het kort, als Simons geliefde, voor ze Simons vrouw werd. Ze kende de tocht, de problemen met het sanitair, en het hopeloze gebrek aan stopcontacten. Voor haar was het eenvoudig haar thuis. Ze zei: 'Het is oud en tochtig, en voornamelijk om gek van te worden.'
'Ja? Voor mij is het een herenhuis.'
'O, ja?' Ze pakte een vork, legde negen plakken bacon in een pan en zette die onder de grill. 'Het behoort eigenlijk aan Simons hele familie. Het

was een absolute ramp toen hij het overnam. Muizen tussen de muren en vossen in de keuken. Hij en pap zijn bijna twee jaar bezig geweest om het bewoonbaar te maken. Ik neem aan dat zijn broers of zijn zus nu bij ons zouden kunnen intrekken als ze het wilden, omdat het huis van iedereen is, niet alleen van ons. Maar dat zouden ze niet doen. Ze weten dat hij en pap al het werk hebben gedaan.'
'Dus Simon heeft broers en zussen,' merkte Cherokee op.
'Twee broers in Southampton... daar is het familiebedrijf... een rederij... Maar zijn zus woont in Londen. Vroeger was ze fotomodel, maar nu doet ze haar best om obscure beroemdheden te interviewen voor een nog obscuurder kabelnet waar niemand naar kijkt.' Deborah grinnikte en ze brak de eieren boven een kom. Ze zei: 'Het is me er eentje, die Sidney. Dat is Simons zus. Ze maakt haar moeder stapeldol omdat ze zich niet wil binden. Ze heeft tientallen minnaars gehad. We hebben tijdens de feestdagen de een na de ander ontmoet en iedere volgende is altijd de man van haar dromen, eindelijk, eindelijk.'
'Je boft maar,' zei Cherokee, 'met zo'n familie.'
De weemoedige klank in zijn stem maakte dat Deborah zich bij het fornuis omdraaide. 'Wil je jouw familie bellen?' vroeg ze. 'Je moeder, bedoel ik. Je kunt de telefoon die daar op de kast staat, gebruiken. Of die in de studeerkamer, als je meer privacy wilt. Het is...' Ze keek naar de wandklok en begon te rekenen. 'Het is pas kwart over tien gisteravond in California.'
'Dat kan ik niet.' Cherokee liep terug naar de tafel en liet zich op een stoel vallen. 'Ik heb het China beloofd.'
'Ze heeft er toch recht op...'
'China en mam?' onderbrak Cherokee haar. 'Ze kunnen niet... Nou, mam stelde als moeder nooit veel voor, niet zoals andere moeders, en China wil niet dat ze hier iets van te weten komt. Ik denk dat het komt doordat... je weet wel, een andere moeder zou het eerste het beste vliegtuig nemen. Maar die van ons? Vast niet. Dus waarom zouden we het haar dan vertellen? Tenminste, dat denkt China.'
'En haar vader? Is hij...?' Deborah aarzelde. Het onderwerp China's vader was altijd heel gevoelig geweest.
Cherokee trok één wenkbrauw op. 'Of hij nog vastzit? O, ja. Hij zit weer in de gevangenis. Dus er is niemand om te bellen.'
Er klonken stappen op de trap. Deborah zette borden op tafel en hoorde de onregelmatige voetstappen van een behoedzame afdaling. Ze zei: 'Daar zul je Simon hebben.' Hij was vroeger opgestaan dan gewoonlijk,

lang voor haar vader, wat Joseph Cotter niet prettig zou vinden. Hij had voor Simon gezorgd tijdens de herstelperiode, nu lang geleden, na het verkeersongeval, veroorzaakt door dronkenschap, waardoor Simon invalide was geworden, en hij had er een hekel aan als Simon hem niet de kans gaf beschermend om hem heen te draaien.
'Gelukkig maak ik genoeg voor drie,' zei Deborah toen haar man zich bij hen voegde.
Simon keek van het fornuis naar de tafel met de borden en het bestek. 'Ik hoop dat je vaders hart sterk genoeg is om deze schok te verwerken,' zei hij.
'Heel grappig.'
Simon kuste haar en daarna knikte hij naar Cherokee. 'Je ziet er vanmorgen veel beter uit. Hoe gaat het met je hoofd?'
Cherokee voelde aan de pleister bij zijn haargrens. 'Beter. Ik had een heel goede verpleegster.'
'Ze weet wat ze doet,' zei Simon.
Deborah goot de geklutste eieren in de pan en begon ze handig te roeren. 'Hij is in elk geval droger,' merkte ze op. 'Ik heb beloofd dat ik hem, nadat we gegeten hebben, naar de Amerikaanse ambassade zal brengen.'
'Ah, juist.' Simon keek Cherokee aan. 'Heeft de politie van Guernsey de ambassade nog niet ingelicht? Dat is ongewoon.'
'Nee. Dat hebben ze wel gedaan,' zei Cherokee. 'Maar ze hebben er niemand op afgestuurd. Ze hebben alleen gebeld om zich ervan te overtuigen dat ze een advocaat had die namens haar kon optreden bij de rechtszitting. En daarna was het: goed, dat is mooi, ze heeft dus een vertegenwoordiger, bel ons als u verder nog iets nodig hebt. Ik zei: ik héb jullie nodig. Ik heb jullie hier nodig. Ik vertelde hun dat we niet eens op het eiland waren toen het gebeurd is. Maar ze zeiden dat de politie wel bewijsmateriaal zou hebben en dat ze echt niets anders konden doen tot er schot in de zaak kwam. Dat zeiden ze. Tot er schot in de zaak kwam. Alsof dit een basketbalwedstrijd is of zoiets.' Abrupt stond hij van tafel op. 'Ik heb daarginds iemand van de ambassade nodig. Deze hele zaak is doorgestoken kaart, en als ik niet iets doe om er een eind aan te maken komt er een proces van, en een uitspraak voor de maand om is.'
'Kan de ambassade iets doen?' Deborah zette het ontbijt op tafel. 'Simon, weet jij dat?'
Haar man dacht over de vraag na. Hij werkte niet vaak voor ambassades, eerder voor de politie, of voor juristen die hun verdediging opbouwden en een neutrale getuige-deskundige nodig hadden om de verklaring van

iemand van een forensisch laboratorium te weerspreken. Hij wist echter wel voldoende om uit te leggen wat de Amerikaanse ambassade Cherokee ongetwijfeld zou aanbieden wanneer deze op Grosvenor Square verscheen.

'Een eerlijk proces,' zei hij. 'Daar zal de ambassade aan werken, om dat vast te stellen. Ze zullen er zeker van willen zijn dat de wetten van het land op China's situatie worden toegepast.'

'Is dat alles wat ze kunnen doen?' vroeg Cherokee.

'Niet veel méér, vrees ik.' Simon klonk spijtig, maar hij vervolgde op een meer geruststellende toon: 'Ik verwacht dat ze ervoor zullen zorgen dat ze een goede advocaat heeft. Ze zullen zijn antecedenten natrekken en zich ervan overtuigen dat hij niet pas drie weken geleden is afgestudeerd. Ze zullen ervoor zorgen dat iedereen in de Verenigde Staten van wie China wil dat hij op de hoogte wordt gehouden, op de hoogte gehouden wordt. Ze zullen haar post geregeld naar haar laten doorsturen en ze zullen haar inpassen in hun bezoekschema, denk ik. Ze zullen doen wat ze kunnen.' Hij bleef Cherokee even aankijken en liet er daarna vriendelijk op volgen: 'Het is nog vroeg dag, zie je.'

'We waren niet eens daar toen dit alles aan het licht kwam,' zei Cherokee dof. 'Toen het gebeurde. Ik blijf het hun vertellen, maar ze willen me niet geloven. Ze moeten op het vliegveld toch gegevens bijhouden? Lijsten, wanneer we vertrokken zijn? Ze moeten gegevens hebben.'

'Natuurlijk,' zei Simon. 'Als de dag en de tijd van de moord in tegenspraak zijn met jullie vertrek, dan komt dat gauw genoeg naar voren.' Hij speelde met zijn mes, tikte ermee op zijn bord.

Deborah zei: 'Wat is er, Simon? Waar denk je aan?'

Hij keek naar Cherokee en daarna langs hem heen naar het keukenraam, waar Alaska zich zat te wassen en zo nu en dan ophield om zijn poot tegen de regendruppels op het glas te drukken, alsof hij kon verhinderen dat ze omlaag gleden. Behoedzaam zei hij: 'Je moet dit nuchter bekijken. Het is geen derdewereldland waar we het over hebben. Het is geen totalitaire staat. De politie op Guernsey zal zeker geen arrestatie verrichten zonder over bewijsmateriaal te beschikken. Dus – hij legde zijn mes opzij – 'de werkelijkheid is als volgt: iets specifieks heeft hen ertoe gebracht te geloven dat ze de moordenaar te pakken hebben die ze zoeken.' Daarna keek hij Cherokee weer aan en bestudeerde diens gezicht op zijn gebruikelijke, nuchtere, wetenschappelijke manier, alsof hij zich ervan wilde verzekeren dat de man aankon wat hij op het punt stond te gaan zeggen. 'Je moet je voorbereiden.'

‘Waarop?’ vroeg Cherokee. Onwillekeurig omklemde hij de rand van de tafel.
‘Op wat je zus kan hebben gedaan, vrees ik. Zonder dat je het weet.’

3

'Kattenpis, Frankie. Zo noemden we het. Dat heb ik nooit verteld, hè? Nooit veel gepraat over hoe slecht de toestand werd met het voedsel, zo is het toch, jongen? Denk niet graag aan die tijd. Verdomde moffen... Wat die met dit eiland hebben gedaan...'

Frank Ouseley schoof zijn handen voorzichtig onder de oksels van zijn vader terwijl de oude man doorbazelde. Hij tilde hem van de plastic stoel die in het bad stond, en leidde zijn linkervoet naar de rafelige mat die het koude linoleum bedekte. Hij had vanochtend de radiator zo hoog mogelijk gedraaid, maar hij vond het nog steeds ijskoud in de badkamer. Daarom greep hij, met een hand op de arm van zijn vader om hem in evenwicht te houden, de handdoek van het rek en sloeg die uit. Hij wikkelde hem daarna behaaglijk om zijn vaders schouders, die gerimpeld waren, evenals de rest van zijn lichaam. Graham Ouseleys huid was 92 jaar oud, en hing om zijn skelet als draderig brooddeeg.

'In die tijd gooiden we alles in de pot,' ging Graham door, met zijn hazewindhondenpostuur leunend tegen Franks ietwat afhangende schouder. 'We raspten knollen, jongen, als we die konden krijgen. Kookten ze eerst, natuurlijk. Cameliabladeren ook, limoenbloesem en citroensap, jongen. En dan gooiden we dubbelkoolzure soda in de pot, zodat de bladeren langer meegingen. Kattenpis noemden we het. Tja, we konden het niet met goed fatsoen thee noemen.' Hij grinnikte, en zijn broze schouders schokten. Het gegrinnik ging over in een hoestbui. De hoestbui ging over in een worsteling om lucht. Frank greep zijn vader vast om hem rechtop te houden.

'Kalm aan, pa.' Hij hield Grahams fragiele lichaam nog steviger vast, ondanks zijn angst dat op een dag het vasthouden om te voorkomen dat hij viel meer schade zou toebrengen dan een mogelijke val die hij kon maken, dat zijn botten zouden breken als lucifershoutjes. 'Hier. Laten we maken dat je op het toilet komt.'

'Ik hoef niet te plassen, jongen,' protesteerde Graham, en hij probeerde zich los te schudden. 'Wat is er met jou? Ben je je verstand kwijt of zo? Ik heb geplast voor ik in bad ging.'

'Ja. Dat weet ik. Ik wil alleen dat je gaat zitten.'
'Er mankeert niets aan mijn benen. Ik kan net zo goed staan als ieder ander. Dat moest ik ook toen de moffen hier waren. Stilstaan en eruitzien alsof je in de rij stond voor vlees. Niet het nieuws doorgeven, nee, meneer. Geen radiotoestel in jouw mesthoop, zoon. Eruitzien alsof je net zo lief *Heil* zou roepen voor die smeerlap met zijn snorretje als *God save the King*, dan had je geen last van ze. Dan kon je doen wat je wilde. Als je voorzichtig was.'
'Ik weet het nog, pa,' zei Frank geduldig. 'Ik weet nog dat je me erover verteld hebt.' Ondanks de tegenwerpingen van zijn vader liet hij de oude man op het toilet zakken, waarna hij zijn lichaam begon af te drogen. Terwijl hij ermee bezig was, luisterde hij met enige bezorgdheid naar Grahams ademhaling, wachtend tot die weer normaal zou worden. Hartproblemen als gevolg van verstopte bloedvaten, had de dokter gezegd. Er zijn natuurlijk medicijnen voor, en die zullen we hem geven. Maar eerlijk gezegd, op zijn leeftijd is het slechts een kwestie van tijd. Het is een godswonder, Frank, dat hij zo lang geleefd heeft.
Toen hij het bericht pas gehoord had, had Frank gedacht: nee, niet nu. Nog niet en niet voordat. Maar nu was hij eraantoe zijn vader te laten gaan. Hij had lang geleden al beseft hoeveel geluk hij had door zijn vader nog bij zich te hebben terwijl hij zelf al een eind in de zestig was, en hoewel hij hoopte dat Graham Ouseley nog anderhalf jaar zou blijven leven, was hij gaan begrijpen – met een verdriet dat aanvoelde als een net waaruit geen ontsnapping mogelijk was – dat het misschien beter zou zijn als het niet gebeurde.
'O, ja?' vroeg Graham, en zijn gezicht vertrok terwijl hij in zijn geheugen terugging. 'Heb ik je dat allemaal al eerder verteld, jochie? Wanneer?'
Twee- of driehonderd keer, dacht Frank. Hij had sinds zijn kinderjaren geluisterd naar zijn vaders verhalen over de Tweede Wereldoorlog, en de meeste ervan kende hij uit zijn hoofd. De Duitsers hadden Guernsey vijf jaar bezet gehouden, ter voorbereiding van hun mislukte plan voor de invasie van Engeland, en de ontberingen die de bevolking had geleden – om nog maar niet te spreken over de talloze manieren waarop ze geprobeerd hadden de Duitse maatregelen op het eiland te dwarsbomen – waren altijd het onderwerp van zijn vaders gesprekken geweest. Waar de meeste kinderen aan de borst van hun moeder zogen, had Frank gesabbeld aan de tepel van Grahams herinneringen. Dit mag je nooit vergeten, Frankie. Wat er ook verder in je leven gebeurt, dit moet je nooit vergeten.

Hij had het niet vergeten, en in tegenstelling tot zoveel kinderen die genoeg zouden hebben gekregen van de verhalen die hun ouders hun op herdenkingszondag vertelden, had Frank Ouseley aan zijn vaders lippen gehangen en had hij gewenst dat hij zelf tien jaar eerder geboren was, zodat hij, ook al was hij nog een kind, die moeilijke, heldhaftige tijd had kunnen meemaken.

Nu hadden ze niets wat ermee te vergelijken was. Niet de Falkland- of de Golfoorlog, die korte, gemene, kleine conflicten die om vrijwel niets werden uitgevochten en die dienden om de mensen tot vlaggen zwaaiend patriottisme aan te zetten. En zeker niet Noord-Ierland, waar hij zelf had gediend, waar hij het vuur van de sluipschutters in Belfast had ontdoken en zich had afgevraagd wat hij er verdomme deed, midden in een godsdienstoorlog die aangewakkerd was door misdadigers die elkaar sinds het eind van de vorige eeuw moordlustig hadden beschoten. Daar school niets heldhaftigs in, omdat er geen enkele herkenbare vijand was tegen wie je kon optreden en sterven. Die conflicten waren niets vergeleken bij de Tweede Wereldoorlog.

Hij zorgde dat zijn vader stevig op het toilet zat en pakte diens kleren, die op een keurig opgevouwen stapeltje op de rand van de wastafel lagen. Hij deed zelf de was, dus de onderbroeken en de hemden waren niet zo wit als ze hadden kunnen zijn, maar omdat zijn vaders gezichtsvermogen geleidelijk aan slechter werd, was Frank er vrij zeker van dat Graham het niet zou merken.

Zijn vader aankleden was iets wat hij bijna automatisch deed, waarbij hij hem altijd in precies dezelfde volgorde in zijn kleren hees. Het was een ritueel dat hij vroeger geruststellend had gevonden, het gaf een regelmaat aan zijn dagen met Graham die de belofte inhield, hoe vals ook, dat er nooit een eind aan die dagen zou komen. Maar nu bekeek hij zijn vader behoedzaam, en hij vroeg zich af of de onregelmatige ademhaling en de wasbleke kleur van zijn huid voortekenen waren van het einde van de tijd die ze samen waren, een periode die nu al langer dan vijftig jaar had geduurd. Twee maanden geleden zou die gedachte hem ontmoedigd hebben. Twee maanden geleden was het enige wat hij wilde, genoeg tijd om het Graham Ouseley Oorlogsmuseum in te richten, zodat zijn vader trots het lint zou kunnen doorknippen op de ochtend dat het eindelijk geopend werd. Met het verstrijken van zestig dagen was alles echter onherkenbaar veranderd, en dat was jammer. Het verzamelen van elk aandenken dat de jaren van de Duitse bezetting van het eiland vertegenwoordigde, was de specie van Franks relatie met zijn vader geweest, zo

lang hij het zich kon herinneren. Het was hun gezamenlijke levenswerk en hun wederzijdse hartstocht, voortgekomen uit liefde voor de geschiedenis en het geloof dat de huidige en toekomstige bewoners van Guernsey op de hoogte moesten worden gebracht van wat hun voorouders hadden meegemaakt.
Dat hun plannen nu waarschijnlijk op niets zouden uitlopen, wilde Frank zijn vader nog niet vertellen. Omdat Grahams dagen geteld waren, leek het geen zin te hebben een droom aan scherven te laten vallen die hij niet eens gehad zou hebben als Guy Brouard hun leven niet was binnengewandeld.
'Wat doen we vandaag?' vroeg Graham zijn zoon, terwijl Frank de trainingsbroek over zijn gerimpelde achterste omhoogtrok. 'Het is zowat tijd om naar de bouwplaats te wandelen, denk je ook niet? Ze kunnen nu elke dag de eerste paal slaan, zo is het toch, Frankie? Daar zul jij toch bij zijn, jongen? Om de ceremoniële spade in de grond te steken? Of is dat iets wat Guy voor zichzelf opeist?'
Frank ontweek de hele reeks vragen, en het hele onderwerp Guy Brouard bovendien. Tot dusver was het hem gelukt zijn vader onkundig te laten van het nieuws over de gruwelijke dood van hun vriend en weldoener, omdat hij nog niet besloten had of de informatie te belastend zou zijn voor zijn vaders gezondheid. Bovendien moesten ze op het moment een afwachtende houding aannemen, of zijn vader het nu wist of niet. Er was nog geen nieuws over hoe Guys nalatenschap was geregeld.
Frank zei tegen zijn vader: 'Ik dacht vanochtend de uniformen maar eens te controleren. Ik geloof dat ze last hebben van vocht.' Dat was een leugen, natuurlijk. De tien uniformen die ze hadden – van de overjassen met de donkere kraag die door de Wehrmacht gedragen waren tot de tot op de draad versleten overalls, gebruikt door de bemanningen van de Luftwaffe – waren allemaal opgeslagen in luchtdichte containers en verpakt in zuurvrij vloeipapier, tot de dag waarop ze in glazen vitrines zouden worden geplaatst, ontworpen om ze voor eeuwig te bewaren. 'Ik begrijp niet hoe het kan gebeuren, maar als het zo is moeten we er iets aan doen voor ze wegrotten.'
'Verdomd, je hebt gelijk,' zei zijn vader instemmend. 'Je moet er goed voor zorgen, Frankie. Al die spullen. We moeten ze tiptop in orde houden.'
'Dat doen we, pa,' antwoordde Frank automatisch.
Zijn vader leek ermee tevreden te zijn. Hij liet toe dat zijn weinige haren gekamd werden en dat hij vervolgens naar de zitkamer werd geholpen.

Daar installeerde Frank hem in zijn gemakkelijke stoel, waarna hij hem de afstandsbediening van de televisie gaf. Hij was niet bang dat zijn vader zou afstemmen op het kanaal van het eiland en het nieuws over Guy Brouard zou horen dat hij juist voor hem verborgen probeerde te houden. De enige programma's waar Graham Ouseley ooit naar keek, waren kookprogramma's, en de soaps. Van de eerste maakte hij aantekeningen, om redenen die zijn zoon nooit duidelijk waren geworden. De laatste bekeek hij geboeid en tijdens hun dagelijkse maaltijd besprak hij de hoofdrolspelers en hun problemen alsof ze zijn buren waren.

Er waren geen buren, waar de Ouseleys woonden. Jaren geleden was dat wel zo: twee andere gezinnen woonden in het rijtje huisjes dat als een aanhangsel uit de oude watermolen, de Moulin des Niaux, was voortgekomen. Door de jaren heen was het Frank en zijn vader gelukt om deze huisjes te kopen wanneer ze op de markt kwamen. Nu bevatten ze de uitgebreide collectie die ooit het oorlogsmuseum zou moeten vullen.

Frank pakte zijn sleutels en nadat hij aan de radiator in de kamer gevoeld had en de elektrische haard had aangestoken toen hij de bescheiden warmte die de oude buizen afgaven niet voldoende vond, wandelde hij naar het huisje naast dat waar hij en zijn vader de afgelopen 42 jaar hadden gewoond. Ze waren allemaal aan elkaar vast gebouwd, en de Ouseleys woonden in het huis dat het verst af stond van de watermolen, waarvan het oude rad 's nachts knarste en kreunde wanneer de wind door het door een riviertje doorsneden dal gierde dat de Talbot Valley genoemd werd.

De deur van het huisje klemde toen Frank hem openduwde, omdat de oude, stenen vloer ongelijk gelegd was en noch Frank, noch zijn vader er in de jaren sinds ze de eigenaars waren geworden aan had gedacht het probleem te verhelpen. Ze gebruikten het huis voornamelijk voor opslag, en een klemmende deur had hun altijd een kleinigheid toegeschenen, vergeleken bij de andere uitdagingen die een verouderd bouwsel bood aan iemand die het als opslagruimte wilde gebruiken. Het was belangrijker om het dak waterdicht te houden en ervoor te zorgen dat er geen tocht door de ramen drong. Als de verwarming werkte en een evenwicht kon worden bereikt tussen droogte en vocht, was het feit dat een deur moeilijk openging iets wat je gemakkelijk over het hoofd kon zien.

Dat had Guy Brouard echter niet gedaan. De deur was het eerste waar hij over begon toen hij zijn kennismakingsbezoek aan de Ouseleys bracht. Hij zei: 'Het hout is uitgezet. Dat betekent vocht, Frank. Doe je er iets aan?'

'Feitelijk is het de vloer,' had Frank hem meegedeeld. 'Niet het vocht. Hoewel we daar ook last van hebben, vrees ik. We proberen binnen de temperatuur constant te houden, maar in de winter... Ik denk dat het komt doordat het huis dicht bij de rivier staat.'

'Je hebt een hoger liggend stuk grond nodig.'

'Niet eenvoudig aan te komen op het eiland.'

Guy had hem niet tegengesproken. Er waren geen noemenswaardige verhogingen op Guernsey, behalve misschien de rotsen aan de zuidzijde van het eiland, die steil afdaalden tot aan Het Kanaal. Maar de aanwezigheid van Het Kanaal zelf met de zilte lucht maakte de rotsen ongeschikt als plek waar de verzameling naar kon worden overgebracht... zelfs al zouden ze een gebouw kunnen vinden om die in onder te brengen, een onwaarschijnlijk vooruitzicht.

Guy was niet meteen met de suggestie van het museum gekomen. In het begin had hij de omvang van de Ouseleyverzameling niet begrepen. Hij was naar de Talbot Valley gekomen omdat Frank hem had uitgenodigd aan het einde, met koffie en koek, van een bijeenkomst van de historische vereniging. Ze hadden zich verzameld boven het marktplein van St Peter Port, in de oude vergaderzaal die allang in beslag genomen was door een uitbreiding van de Guille-Allesbibliotheek. Daar waren ze bijeen om te luisteren naar een lezing over het onderzoek door de geallieerden van Hermann Göring, in 1945, die was neergekomen op een droge opsomming van feiten, afkomstig uit iets wat Het Geconsolideerde Ondervragingsverslag heette. De meeste leden waren, nadat de lezing tien minuten onderweg was, ingedut, maar Guy Brouard had duidelijk aan de lippen van de spreker gehangen. Dit was voor Frank een teken dat hij een waardevol lid zou kunnen zijn. Er waren nog maar zo weinig mensen die zich echt interesseerden voor gebeurtenissen die in een andere eeuw hadden plaatsgevonden. Daarom had hij Guy na afloop van de lezing benaderd, aanvankelijk zonder te weten wie hij was, om tot zijn verrassing te horen dat hij de heer was die het vervallen landgoed Thibeault, tussen St Martin en St Peter Port, had gekocht en na de restauratie de naam had veranderd in Le Reposoir.

Als Guy Brouard geen aardige man was geweest om te leren kennen, had Frank die avond misschien een paar opmerkingen met hem gewisseld, om vervolgens naar huis te gaan. Guy had echter een interesse in Franks hobby getoond die Frank vleiend had gevonden. Daarom had hij hem uitgenodigd voor een bezoek aan Moulin des Niaux.

Guy was ongetwijfeld gekomen met de gedachte dat de uitnodiging zo'n beleefd gebaar was dat een amateur maakt tegenover iemand die een zekere mate van nieuwsgierigheid naar zijn hobby aan de dag legt. Maar toen hij de eerste kamer met dozen en kisten had gezien, met schoenendozen vol kogels en medailles, met oorlogstuig van een halve eeuw oud, met bajonetten en messen en gasmaskers en seinapparatuur, had hij zacht en waarderend gefloten en was hij er langdurig blijven rondkijken. Dit rondkijken had meer dan één dag gevergd. Het had zelfs meer dan een week gevergd. Meer dan twee maanden was Guy Brouard naar Moulin des Niaux gekomen om de inhoud van de twee andere huisjes door te spitten. Toen hij ten slotte had gezegd 'Je hebt voor dit alles een museum nodig, Frank', was het zaadje in Franks gedachten geplant.

Destijds had het een droom geleken. Wat was het nu vreemd te bedenken dat een dergelijke droom langzaam had kunnen overgaan in een nachtmerrie.

In het huisje liep Frank naar de metalen archiefkast waar hij en zijn vader belangrijke oorlogsdocumenten hadden opgeborgen, toen ze die in handen kregen. Ze hadden tientallen oude identiteitskaarten, bonnenkaarten en rijbewijzen. Ze hadden Duitse overlijdensverklaringen voor halsmisdrijven als het loslaten van postduiven, en Duitse proclamaties over elk denkbaar onderwerp dat gebruikt kon worden om de bewegingsvrijheid van de eilandbewoners te beperken. Hun waardevolste voorwerpen waren zes exemplaren van *G.I.F.T.*, het dagelijkse, ondergrondse nieuwsbulletin, waarvan het drukken aan drie inwoners van Guernsey het leven had gekost.

Die documenten haalde Frank nu uit de archiefkast. Hij nam ze mee naar een stoel met een rieten zitting, waar hij op ging zitten, met de papieren voorzichtig op zijn schoot. Het waren losse vellen, getypt op uiterst dun papier met zoveel bladen carbonpapier eronder als pasten tussen de rol van een ouderwetse schrijfmachine. Ze waren teer, en zo bros dat het bijna een wonder mocht heten dat ze het een maand hadden overleefd, laat staan meer dan een halve eeuw, elk document een micromillimeter dik bewijs van de dapperheid van mannen die zich niet hadden laten intimideren door nazi-proclamaties en bedreigingen.

Als Frank niet zijn hele leven les had gekregen in de belangrijkheid van geschiedenis, als hem niet elk van zijn vormingsjaren, tot aan zijn eenzame volwassenheid, de onschatbare waarde was bijgebracht van alles wat ook maar in de verte te maken had met Guernseys beproeving, had hij misschien gedacht dat slechts één van deze ragdunne vellen uit de oorlogstijd voldoende was om het verzet van een volk te vertegenwoordigen.

Maar één ding van iets was nooit genoeg voor een hartstochtelijk verzamelaar, en wanneer die verzamelaar hartstochtelijk wenste dat de herinnering bewaard zou blijven en de waarheid aan het licht zou komen, opdat 'nooit meer' een betekenis zou krijgen die de tijd zou doorstaan, kon er geen sprake zijn van te veel van iets hebben.
Een ratelend geluid, buiten voor het huis, maakte dat Frank naar het smerige raam liep. Hij zag dat een fiets zojuist piepend tot stilstand was gekomen. De jeugdige fietser stapte af en zette zijn fiets op de standaard. Hij werd vergezeld door de ruwharige hond die zijn vaste begeleider was. Het was de jonge Paul Fielder, met Taboe.
Frank trok zijn wenkbrauwen op toen hij het tweetal zag, zich afvragend wat ze hier deden, zo ver van de Bouet, waar Paul met zijn beruchte familie woonde in een van de troosteloze rijtjeshuizen die de gemeenteraad aan de oostkant van het eiland had laten bouwen om onderdak te bieden aan diegenen wier inkomen nooit gelijke tred zou houden met hun vermogen om zich te reproduceren. Hij was een speciale beschermeling geweest van Guy Brouard, deze Paul Fielder, en hij was vaak met hem naar Moulin des Niaux gekomen, waar hij op zijn hurken bij de in de huisjes opgeslagen kisten ging zitten om samen met de beide mannen de inhoud te bekijken. Hij was echter niet eerder op eigen initiatief naar de Talbot Valley gekomen, en bij het zien van de jongen kreeg Frank een raar gevoel in zijn maag.
Paul ging op weg naar het huisje van de Ouseleys, intussen de vuile, groene rugzak die hij als een bochel op zijn rug droeg, verschikkend. Frank ging een stap bij het raam vandaan om niet gezien te worden. Als Paul aan de deur klopte, zou Graham beslist niet opendoen. Op dit uur van de dag zou hij gefascineerd zijn door de eerste van zijn soaps en voor niets anders aandacht hebben dan voor de tv. Wanneer hij geen antwoord kreeg zou Paul weer weggaan. Daar rekende Frank op.
Het straathondje had echter andere plannen. Terwijl Paul bedeesd in de richting van het laatste huis wandelde, kwam Taboe recht op de deur af waarachter Frank zich schuilhield als een domme inbreker. De hond snuffelde aan de onderkant van de deur. Daarna begon hij te blaffen, en Paul veranderde van richting.
Terwijl Taboe jankte en aan de deur krabbelde, klopte Paul. Het was een aarzelend klopje, even irritant als de jongen zelf.
Frank stopte de exemplaren van *G.I.F.T.* terug in hun map en schoof die vervolgens in de lade. Hij sloot de kast, veegde zijn handen aan zijn broek af, en gooide daarna de deur van het huisje open.

'Paul!', zei hij vriendelijk en keek langs de jongen heen alsof hij verrast was. 'Lieve hemel. Ben je helemaal op de fiets hiernaartoe gekomen?' Hemelsbreed was de afstand van de Bouet tot de Talbot Valley niet groot. Niets lag hemelsbreed op grote afstand van iets anders op het eiland Guernsey. Maar de smalle, kronkelige weggetjes maakten de tocht aanzienlijk langer. Hij had het nog niet eerder gedaan, en Frank zou trouwens niet hebben durven wedden dat de jongen wist hoe hij op eigen gelegenheid in het dal terecht moest komen. Hij was niet al te slim. Met knipperende ogen keek Paul hem aan. Hij was klein voor zijn zestien jaar, en zijn verschijning was opvallend vrouwelijk. Hij was zo'n jongen die in de Elizabethaanse periode het toneel stormenderhand zou hebben veroverd, toen jonge jongens die voor vrouwen konden doorgaan, veelgevraagd waren. Maar in hun eigen tijd was dat heel anders. Toen Frank de jongen voor het eerst ontmoet had, had hij begrepen hoe moeilijk Pauls leven moest zijn, in het bijzonder op school, waar een perzikhuid, golvend rossig haar en wimpers met de kleur van rijpe maïs geen eigenschappen waren die garandeerden dat iemand niet getreiterd zou worden.

Paul reageerde niet op Franks uitgebreide poging tot een hartelijk welkom. In plaats daarvan vulden zijn melkachtig grijze ogen zich met tranen, die hij wegveegde door zijn arm op te tillen en zijn gezicht te bewerken met het versleten flanel van zijn overhemd. Hij had geen jack aan, wat in dit weer gelijkstond aan krankzinnigheid, en zijn polsen staken uit de mouwen van zijn hemd als witte uitgroeisels van armen, die de afmetingen hadden van esdoorntakken. Hij probeerde iets te zeggen, maar produceerde niet meer dan een gesmoorde snik. Taboe nam de gelegenheid te baat om onuitgenodigd naar binnen te lopen.

Er zat niets anders op dan de jongen te vragen binnen te komen. Dat deed Frank; hij liet hem plaatsnemen op de stoel met de rieten zitting en sloot daarna de deur tegen de decemberkou. Toen hij zich omdraaide zag hij echter dat Paul weer was opgestaan. Hij had zijn rugzak afgedaan alsof het een last was waarvan hij hoopte dat iemand die van zijn schouders zou nemen, en hij stond voorovergebogen tegen een stapel kartonnen dozen in de houding van iemand die of de inhoud ervan wilde omarmen, of een pak slaag verwachtte.

Frank dacht dat het een beetje van allebei was. Want de dozen bevatten een van de bindingen die Paul Fielder met Guy Brouard had, en tegelijkertijd moesten ze hem eraan herinneren dat Guy Brouard voorgoed was heengegaan.

De jongen zou ongetwijfeld veel verdriet hebben om Guys dood, ongeacht of hij wel of niet wist op welke afschuwelijke manier Guy aan zijn eind was gekomen. Omdat hij waarschijnlijk leefde in ellendige omstandigheden – en hij zou niet de enige zijn – met ouders die niets anders deden dan zuipen en neuken, moest hij beslist zijn opgebloeid onder de aandacht die Guy Brouard hem had geschonken.
Het moest gezegd worden dat Frank nooit een feitelijk bewijs van dat opbloeien had gezien tijdens de keren dat Paul met Guy naar Moulin des Niaux was gekomen, maar daar stond tegenover dat hij de zwijgzame jongen niet had gekend voor Guy in diens leven was gekomen. De bijnazwijgende oplettendheid die het kenmerk van Pauls karakter scheen te zijn, telkens wanneer ze met hun drieën de oorlogssouvenirs in de huisjes uitzochten, zou wel eens een verbazingwekkende ontwikkeling geweest kunnen zijn, voortgekomen uit een abnormale en absolute zwijgzaamheid die eraan was voorafgegaan.
Pauls magere schouders trilden en zijn nek, waar zijn fijne haar tegen krulde als de lokken van een renaissancehoer, leek te teer om zijn hoofd te ondersteunen. Dat liet hij dan ook vooroverhangen, zodat het op de bovenste doos van de stapel rustte. Zijn lichaam schokte. Hij slikte krampachtig.
Frank was erdoor geschokt. Hij liep naar de jongen toe en klopte hem onhandig op zijn schouder, waarbij hij 'Kom, kom' zei en zich afvroeg wat hij moest antwoorden als de jongen zou zeggen: 'Waarheen? Waarheen?' Paul zei echter niets, hij bleef in dezelfde houding staan. Taboe ging aan zijn voeten zitten en hield hem in het oog.
Frank wilde zeggen dat ook hij diep bedroefd was over de dood van Guy Brouard, maar ondanks zijn verlangen om de jongen te troosten wist hij hoe onwaarschijnlijk het was dat iemand op het eiland, behalve de zus van de man, een verdriet zou voelen dat vergelijkbaar was met dat van Paul. Hij had de keuze uit twee dingen die hij Paul kon bieden: of volslagen ontoereikende troostwoorden, of de gelegenheid om door te gaan met het werk waar hij, Guy en de jongen mee bezig waren geweest. Frank wist dat hij het eerste niet zou kunnen opbrengen. Wat het tweede betreft: die gedachte kon hij niet verdragen. De enige optie was dus de zwijgende, behoedzame tiener weg te sturen.
Frank zei: 'Hoor eens, Paul, ik vind het erg dat je zo van streek bent. Maar zou je niet op school moeten zijn? De vakantie is toch nog niet begonnen?'
Paul hief zijn roodaangelopen gezicht naar Frank op. Zijn neus drupte

en hij veegde die af met de rug van zijn hand. Hij zag er tegelijkertijd zo zielig en zo hoopvol uit, dat Frank plotseling precies begreep waarom de jongen hem was komen opzoeken.
Goede god, hij zocht een plaatsvervanger, een andere Guy Brouard die belangstelling voor hem toonde, die hem een reden zou geven om... wat te doen? Zijn dromen te dromen? Door te gaan met zijn pogingen die te vervullen? Wat had Guy Brouard deze beklagenswaardige jongen precies beloofd? Zeker niets wat Frank Ouseley – die altijd kinderloos gebleven was – hem kon helpen te verkrijgen. Niet met een 92 jaar oude vader voor wie hij moest zorgen. En niet met de last die hij zelf probeerde te dragen: verwachtingen die snel en halsoverkop waren uitgelopen op een onbegrijpelijke werkelijkheid.
Alsof hij Franks vermoedens wilde bevestigen, begon Paul te snuffen. Zijn krampachtig op- en neergaande borst kwam tot bedaren. Hij veegde zijn neus nog een keer af aan zijn flanellen mouw, en daarna keek hij om zich heen alsof het toen pas tot hem doordrong waar hij zich bevond. Hij zoog zijn onderlip naar binnen, zijn handen plukten aan de gerafelde zoom van zijn overhemd. Daarna liep hij de kamer door naar een stapel dozen, met op elk ervan de woorden NOG UIT TE ZOEKEN, met zwarte viltstift op de boven- en de zijkant geschreven.
Frank werd neerslachtig. Het was zoals hij gedacht had. De jongen was hier om zich aan hem te hechten en door te gaan met het werk, als teken van die binding. Dit kon toch niet waar zijn.
Paul pakte de bovenste doos van de stapel en zette die behoedzaam op de vloer, terwijl Taboe naar hem toe liep. Hij ging naast de doos op zijn hurken zitten. Terwijl Taboe zijn gebruikelijke houding aannam, met zijn grove kop op zijn poten en zijn toegewijde ogen strak op zijn zwijgende baasje gericht, maakte Paul voorzichtig de doos open, zoals hij het Guy en Frank wel honderdmaal had zien doen. De inhoud bestond uit een allegaartje van oorlogsmedailles, oude gespen, laarzen, petten van de Luftwaffe en de Wehrmacht, en andere kledingstukken die in een ver verleden door die vijandelijke troepen waren gedragen. Hij deed wat Guy en Frank hadden gedaan: hij spreidde een groot stuk plastic uit op de stenen vloer en legde de voorwerpen erop, voor hij ze zou noteren in het ringbandboek dat ze gebruikt hadden.
Hij stond op om naar de plek te gaan waar het boek was opgeborgen, achter in de lade van de archiefkast waar Frank slechts enkele ogenblikken geleden de exemplaren van *G.I.F.T.* uit had gehaald. Frank zag zijn kans schoon.

'Hé! Hoor eens even, jongeman!' riep hij, en hij vloog de kamer door om de lade die de jongen opentrok, met een klap dicht te schuiven. Hij kwam zo snel in actie en hij sprak zo luid, dat Taboe overeind vloog en begon te blaffen.
Frank greep het moment aan. 'Verdomme, wat doe je?' vroeg hij kwaad. 'Ik ben hier aan het werk. Je kunt hier niet zomaar binnenvallen en het overnemen. Dit zijn kostbare voorwerpen. Ze zijn teer, en wanneer ze beschadigd worden zijn ze waardeloos. Begrijp je dat?'
Paul sperde zijn ogen wijd open. Hij opende zijn mond om iets te zeggen, maar er kwam niets uit. Taboe bleef blaffen.
'En haal verdomme die rothond hier weg,' vervolgde Frank. 'Je hebt nog niet het verstand van een aap, jongen. Hem hiernaartoe meenemen, waar hij zou... Kijk hem toch eens. Vernielzuchtig monster.'
Taboes nekharen stonden overeind bij alle commotie, dus Frank maakte ook hier gebruik van. Hij verhief zijn stem nog meer en schreeuwde: 'Breng hem naar buiten, jongen. Voor ik hem er zelf uit schop.' Toen Paul terugdeinsde, maar verder geen aanstalten maakte om te vertrekken, keek Frank koortsachtig om zich heen naar iets om de jongen in actie te brengen. Zijn oog viel op Pauls rugzak en die raapte hij op om er dreigend mee naar Taboe te zwaaien, die jankend achteruitliep.
De bedreiging van de hond had het gewenste resultaat. Paul slaakte een gesmoorde, onverstaanbare kreet en rende naar de deur, met Taboe op zijn hielen. Hij stopte slechts lang genoeg om de rugzak uit Franks hand te rukken. Onder het lopen gooide hij de zak over zijn schouder.
Met bonzend hart keek Frank het tweetal na door het raam. Pauls fiets was een oud vehikel dat waarschijnlijk piepend en wel niet veel sneller vooruitkwam dan in wandeltempo. Het lukte de jongen echter er driftig op weg te peddelen, zodat hij en de hond in recordtijd waren verdwenen achter de watermolen, die gevaarlijk boven de door onkruid verstopte sluis balanceerde, in de richting van de weg die bij de Talbot Valley vandaan liep.
Pas toen hij zeker wist dat ze weg waren, merkte Frank dat hij weer adem kon halen. Zijn hart had in zijn oren gebonsd en dit had ervoor gezorgd dat hij het andere gebons niet had opgemerkt, dat weerklonk van de muur die dit huisje verbond met dat waar Frank en Graham woonden.
Frank vloog erheen om te zien waarom zijn vader hem riep. Hij trof Graham terwijl deze wankelend terugliep naar de leunstoel waaruit hij zich omhoog had gewurmd, met een grote, houten hamer in zijn hand. Hij zei: 'Pa? Is alles goed? Wat is er?'

‘Kan een man in zijn eigen huis niet met rust gelaten worden?’ vroeg Graham nijdig. ‘Wat mankeert je vanmorgen, jongen? Ik kan verdomme de tv niet horen boven al je herrie uit.’
‘Sorry,’ zei Frank tegen zijn vader. ‘Die jongen kwam langs, in zijn eentje. Zonder Guy. Je weet toch wie ik bedoel? Paul Fielder. Nou, dat kunnen we niet hebben, pa. Ik wil niet dat hij hier alleen rondneust. Niet dat ik hem niet vertrouw, maar een paar dingen die we hebben zijn waardevol en omdat hij uit... nou, uit een tamelijk armoedige buurt komt...’ Hij wist dat hij te snel praatte, maar hij kon er niets aan doen. ‘Ik wil niet het risico lopen dat hij iets jat om het te verkopen. Hij maakte een van de dozen open, zie je. Hij kwam gewoonweg binnen, zonder ook maar goedemorgen te zeggen, en ik...’
Graham pakte de afstandsbediening van de tv en zette het geluid zo hard dat het een aanslag pleegde op Franks trommelvliezen. ‘Ga verdomme weer aan je werk,’ droeg hij zijn zoon op. ‘Ik neem aan dat je verrekt goed begrijpt dat ik hier wat anders te doen heb.’

Paul fietste als een waanzinnige, en Taboe rende naast hem voort. Hij stopte niet om op adem te komen, te rusten of ook maar na te denken. Hij vloog de weg af, de Talbot Valley uit, gevaarlijk dicht langs de met klimop begroeide muur manoeuvrerend die de heuvel afschermde waar de weg in was uitgehold. Als hij helder had kunnen denken, was hij misschien gestopt op de plek waar een inham toegang gaf tot een met stenen bezaaid pad dat heuvelopwaarts liep. Daar had hij zijn fiets kunnen achterlaten, en daarna het pad omhoog kunnen volgen, naar de weilanden waar de melkkoeien graasden. Om deze tijd van het jaar zou er niemand rondwandelen, dus daar zou hij veilig zijn geweest, en de verlatenheid zou hem een kans gegeven hebben om te overpeinzen wat hij nu zou moeten doen. Het enige wat hem echter voor ogen stond was: ontsnappen. Hard schreeuwen ging, in zijn ervaring, vooraf aan mishandeling. Vluchten was sinds lang zijn enige optie.
Daarom reed hij het dal uit, en eeuwen later, toen hij zich eindelijk begon af te vragen waar hij was, zag hij dat zijn benen hem naar de enige plek hadden gebracht waar hij altijd veiligheid en vreugde had gevonden. Hij was bij de ijzeren hekken van Le Reposoir. Ze stonden open, alsof ze zijn komst verwachtten, zoals ze dat in het verleden vele keren hadden gedaan.
Hij remde. Ter hoogte van zijn knie liep Taboe te hijgen. Paul voelde opeens een enorme golf van spijt opkomen toen de onwankelbare trouw

van de hond tot hem doordrong. Taboe had geblaft om Paul te beschermen tegen meneer Ouseleys boosheid. Hij had zich blootgesteld aan de woede van een onbekende. Daarna was hij het halve eiland over gehold, zonder te aarzelen. Paul smeet zijn fiets onverschillig op de grond en liet zich op zijn knieën vallen om de hond te omhelzen. Taboe reageerde erop door Pauls oor te likken, alsof hij niet was genegeerd en vergeten gedurende de vlucht van zijn baasje. Toen Paul eraan dacht moest hij een brok in zijn keel wegslikken. Gedurende zijn hele leven had niemand Paul meer liefde geschonken dan deze hond. Zelfs Guy Brouard niet.

Op het moment wilde Paul echter niet aan Guy Brouard denken. Hij wilde er niet bij stilstaan hoe het verleden was geweest, samen met meneer Brouard, en nog minder wilde hij aan de toekomst denken nu meneer Brouard uit zijn leven was verdwenen.

Daarom deed hij het enige wat hij kon doen. Hij ging door alsof er niets was veranderd.

Dit betekende dat hij, nu hij bij het hek van Le Reposoir was, zijn fiets opraapte en het terrein betrad. In plaats van te fietsen duwde hij deze keer de fiets voort, onder de kastanjebomen, terwijl Taboe vrolijk naast hem draafde. In de verte waaierde de met grind bedekte oprit uit voor het grote, stenen huis, waarvan de vensters als welkom tegen hem leken te knipogen in de doffe zon van deze decembermorgen.

Vroeger zou hij achterom zijn gelopen, naar de serre, en daar naar binnen zijn gegaan om te blijven staan in de keuken, waar Valerie Duffy dan zei: ‘Dat is een leuke ochtendverrassing voor een vrouw.’ En dan lachte ze tegen hem en gaf hem iets lekkers. Ze had meestal een zelfgebakken scone voor hem, of soms een stuk cake, en voor ze hem op zoek liet gaan naar meneer Brouard, in zijn studeerkamer, de galerij of elders, placht ze te zeggen: ‘Ga zitten en vertel me of dat ermee door kan, Paul. Ik wil niet dat meneer Brouard ervan proeft zonder dat jij me hebt verteld dat het lekker is.’ Ze voegde eraan toe: ‘Spoel het hiermee maar weg.’ Vervolgens dan had ze hem melk gegeven, of thee, of een kop koffie, soms zelfs een kop warme chocolademelk die zo vet en smeuïg was dat het water hem in de mond liep, alleen al bij de geur. Ze had ook altijd iets voor Taboe.

Vanochtend ging Paul echter niet naar de serre. Alles was veranderd door de dood van meneer Guy. In plaats daarvan ging hij naar de stenen stallen achter het huis, waar meneer Guy in een oude tuigkamer zijn gereedschap bewaarde. Terwijl Taboe de verrukkelijke geuren opsnoof die de tuigkamer en de stallen afgaven, pakte Paul de gereedschapskist en de zaag, legde de planken op zijn schouder, en sjokte ermee naar buiten. Hij floot Taboe en de hond kwam aanrennen, om daarna voor hem uit naar de vijver te stormen, die een eind verderop achter de noordwestkant van het huis lag. Om er te komen moest Paul langs de keuken, en hij kon Valerie Duffy door het raam zien toen hij die kant op keek. Toen ze naar hem wuifde boog hij echter zijn hoofd. Kordaat liep hij door, met zijn voeten door het grind schuivend, wat hij graag deed om het geluid te horen dat de kiezelstenen tegen de zijkant van zijn schoenen maakten. Hij had dat geluid altijd leuk gevonden, in het bijzonder wanneer ze samen wandelden, meneer Guy en Paul. Ze klonken precies hetzelfde, als twee mannen die naar hun werk gaan, en het eendere geluid dat ze maakten had Paul er altijd van verzekerd dat alles mogelijk was, zelfs opgroeien om een andere Guy Brouard te worden.

Niet dat hij hetzelfde leven wilde leiden als meneer Guy. Hij koesterde andere dromen. Maar het feit dat meneer Guy met niets was begonnen – een vluchtelingenkind uit Frankrijk – en van dat niets was opgeklommen tot een gigant op het door hem gekozen levenspad, gaf Paul de belofte dat hij hetzelfde zou kunnen doen. Alles was mogelijk, als je bereid was te werken.

En Paul was bereid; dat was hij geweest vanaf het eerste moment dat hij meneer Guy had ontmoet. Destijds was hij twaalf jaar oud, een mager kind, in de kleren van zijn oudere broer, die weldra doorgegeven zouden worden aan het volgende broertje in de rij. Paul had de heer in spijkerbroek een hand gegeven, en het enige wat hij op dat moment had kunnen uitbrengen was 'Wat is dat wit', terwijl hij openlijk bewonderend naar het maagdelijk witte T-shirt keek dat meneer Guy onder zijn perfecte, donkerblauwe trui met V-hals droeg. Daarna had hij zo hevig gebloosd dat hij gedacht had dat hij zou flauwvallen. Stom, stom, kresen de stemmen in zijn hoofd. Even scherp als een spijker zonder punt, en ongeveer even nuttig, dat ben jij, Paultje.

Meneer Guy wist echter precies waar Paul over praatte. Hij had gezegd: 'Daar heb ik niet voor gezorgd. Dat heb ik te danken aan Valerie. Zij doet de was, begrijp je. De laatste in haar soort, zo iemand is ze. Een echte huisvrouw. Niet de mijne, helaas. Ze is opgeëist door Kevin. Je zult met alle twee kunnen kennismaken wanneer je naar Le Reposoir komt. Dat wil zeggen, als je wilt. Wat denk je ervan? Zullen we het met elkaar proberen?'

Paul wist niet wat hij moest antwoorden. Zijn lerares van de derde klas had hem van tevoren bij zich geroepen en hem het speciale programma uitgelegd – volwassenen uit de gemeenschap die iets gingen doen met kinderen – maar hij had niet zo goed geluisterd als hij had moeten doen, omdat hij afgeleid werd door een gouden vulling in de mond van de vrouw. Die zat tamelijk voorin en wanneer ze sprak glinsterde het goud onder het licht van de plafondlamp in het klaslokaal. Hij bleef zich afvragen hoeveel haar mond waard was.

Dus toen meneer Guy had gesproken over Le Reposoir en Valerie en Kevin – en over zijn babyzusje Ruth, van wie Paul echt gedacht had dat het een baby was tot hij haar ten slotte ontmoette – nam Paul het allemaal in zich op en hij knikte erbij. Hij wist dat er van hem verwacht werd dat hij zou knikken, en hij deed altijd wat er van hem verwacht werd, omdat hij wanneer hij iets anders deed, onmiddellijk in paniek en verwarring raakte. Op die manier werd meneer Guy zijn makker en dat was het begin van hun vriendschap.

Deze bestond meestal uit samen iets ondernemen op meneer Guys landgoed, omdat er behalve vissen, zwemmen en over de rotspaden wandelen weinig anders op Guernsey te doen viel voor twee mannen. Althans, dat was het geval geweest tot ze met het museumproject begonnen.

Hij moest het museumproject echter uit zijn hoofd zetten. Wanneer hij het niet deed, betekende het dat hij de momenten waarop hij alleen was met het geschreeuw van meneer Ouseley, opnieuw beleefde. Daarom sjokte hij naar de vijver waar hij en meneer Guy het winteronderkomen voor de eenden hadden gebouwd.

Nu waren er nog maar drie over: een woerd en twee vrouwtjes. De andere waren dood. Paul had meneer Guy op een ochtend aangetroffen toen deze hun gehavende, bebloede lichamen begroef, onschuldige slachtoffers van een gemene hond. Of van iemands boosaardigheid. Meneer Guy had niet gewild dat Paul ze van dichtbij bekeek. Hij had gezegd: ‘Blijf daar, Paul, en je moet Taboe ook weghouden.’ En terwijl Paul stond toe te kijken had meneer Guy elk van de arme vogels in een afzonderlijk graf gelegd dat hij zelf had gegraven, terwijl hij zei: ‘Verdomme. God, wat een verspilling. Wat een verspilling.’

Er waren er twaalf, en ook nog zestien eendenkuikens, elk met een graf en elk graf gemarkeerd, omrand door stenen en met een kruis aan het hoofd, en de hele eendenbegraafplaats was degelijk afgezet. We eren Gods schepselen, had meneer Guy tegen hem gezegd. Het past ons te bedenken dat we zelf ook Zijn schepselen zijn.

Dit moest Taboe echter geleerd worden, en de hond leren Gods eenden te respecteren was een serieuze onderneming geweest voor Paul. Maar meneer Guy beloofde dat zijn geduld uiteindelijk beloond zou worden, en dat was ook zo. Taboe was nu zo vriendelijk als een lammetje in een droom tegen de drie eenden die waren overgebleven, en vanochtend hadden ze evengoed niet in de vijver kunnen zwemmen, zo onverschillig werden ze door de hond bejegend. Hij draafde weg om de geuren te onderzoeken tussen de pol rietstengels die bij de voetbrug groeide die het water overspande. Paul nam zijn lading mee naar de oostkant van de vijver, waar hij en meneer Guy aan het werk waren geweest.

Tegelijk met de moord op de eenden, waren ook de winterverblijven voor de vogels vernield. Paul en zijn mentor waren bezig geweest die weer op te bouwen in de dagen die aan meneer Guys dood voorafgingen. Door de jaren heen had Paul leren begrijpen dat meneer Guy hem op verschillende manieren op de proef stelde, in een poging te zien waarvoor hij in het leven geschikt was. Hij had hem willen vertellen dat timmeren, metselen, tegelzetten en verven allemaal goed en wel waren, maar niet precies wat iemand kon helpen piloot bij de RAF te worden. Hij had er echter weinig voor gevoeld die droom hardop uit te spreken. Daarom had hij opgewekt meegewerkt aan elk project dat hem werd geboden. In elk geval betekenden de uren die hij op Le Reposoir doorbracht, uren die hij niet thuis hoefde te zijn, en hij was blij met die ontsnappingsmogelijkheid.

Hij legde het hout en het gereedschap een eindje bij het water vandaan neer, en daarna deed hij ook zijn rugzak af. Hij overtuigde zich ervan dat Taboe in zicht was voor hij de gereedschapskist opende en de inhoud bekeek, proberend zich de juiste volgorde te herinneren om iets te bouwen, die meneer Guy hem geleerd had. De planken waren op de juiste lengte gezaagd. Dat was goed. Hij was niet erg handig met een zaag. Hij nam aan dat er nu gespijkerd moest worden. De enige vraag was wat waaraan te spijkeren.

Onder een doosje spijkers vond hij een opgevouwen vel papier, en hij herinnerde zich de schetsen die meneer Guy had gemaakt. Hij pakte het, vouwde het op de grond open en knielde ernaast om de plannen te bestuderen.

Een grote, omcirkelde A gaf aan waar je moest beginnen. Een grote, omcirkelde B betekende: doe vervolgens dit. Een grote, omcirkelde C volgde op B en zo ging het door tot het onderkomen gereed was. Gemakkelijk genoeg, dacht Paul. Hij zocht tussen de planken naar de stukken die overeenkwamen met de letters op de tekening.

Dit was echter een probleem. Op de stukken hout stonden geen letters. In plaats daarvan hadden ze getallen, en hoewel er ook getallen op de

tekening stonden, waren sommige ervan gelijk aan andere, en het waren bovendien allemaal breuken, en voor Paul waren breuken een absolute ramp. Hij begreep niet eens wat het bovenste getal ten opzichte van het onderste betekende. Hij wist dat het iets te maken had met delen. Het bovenste door het onderste, of het onderste door het bovenste, dat hing af van de kleinste gemene deler of zoiets. Maar het kijken naar de getallen maakte hem duizelig en riep herinneringen op aan ellendige momenten voor het schoolbord, waarbij de lerares van hem eiste: in vredesnaam, vereenvoudig de breuk, Paul. Nee, nee. De teller en de noemer veranderen wanneer je ze goed deelt, jij domme, domme jongen.
Lachen, lachen. Zo stom als het achtereind van een varken. Paultje Fielder. Hersens van een rund.
Paul staarde naar de getallen en hij bleef staren tot ze wegzwommen. Daarna pakte hij het papier en verfrommelde het tot een prop. Nutteloze, waardeloze, stomme gans. O, nu komt het, huil maar, mietje. Ik wed dat ik weet waarom je huilt, ja, dat weet ik.
'Aha. Daar ben je.'
Bij het horen van de stem draaide Paul zich om. Valerie Duffy kwam eraan, over het pad dat van het huis af liep; onder het voortgaan bleef haar lange, wollen rok haken achter de bladeren van de hoge varens. Ze had iets keurig opgevouwens in haar handen. Toen Valerie dichterbij kwam, zag Paul dat het een overhemd was.
'Hallo, Paul,' zei Valerie Duffy, met een soort opgewektheid die gemaakt leek. 'Waar is je viervoetige vriend vanochtend?' En toen Taboe om de rand van de vijver kwam hollen en haar zijn begroeting toeblafte, ging ze verder: 'Daar ben je, Tab. Waarom ben je niet even langs de keuken gekomen?'
Ze stelde de vraag aan Taboe, maar Paul wist dat die in werkelijkheid voor hem bedoeld was. Zo communiceerde ze vaak met hem. Valerie maakte haar opmerkingen graag tegen de hond. Dat bleef ze nu ook doen. Ze zei: 'Morgen is de begrafenis, Tab, en het spijt me je te moeten zeggen dat er geen honden in de kerk worden toegelaten. Maar als meneer Brouard er iets over te zeggen had, zou je erbij zijn, hondje. De eenden ook. Maar ik hoop wel dat onze Paul komt. Meneer Brouard zou gewild hebben dat hij erbij was.'
Paul keek neer op zijn afgedragen kleren en hij wist dat hij niet naar een begrafenis kon gaan, wat er ook gebeurde. Hij had er niet de juiste kleren voor, en zelfs als hij die had bezeten, niemand had hem verteld dat de begrafenis morgen was. Waarom niet? vroeg hij zich af.

Valerie zei: 'Ik heb gisteren naar de Bouet gebeld en met de broer van onze Paul over de begrafenis gesproken, Tab. Maar weet je wat ik denk: dat Billy Fielder hem de boodschap niet heeft doorgegeven. Ik had nog een keer moeten bellen, tot ik met Paul of zijn moeder of zijn vader had kunnen praten. Maar toch, Taboe, ben ik blij dat je Paul mee hebt genomen om ons op te zoeken, want nu weet hij het.'
Paul veegde zijn handen af langs zijn spijkerbroek. Hij liet zijn hoofd hangen en schuifelde met zijn voeten in de rulle aarde aan de rand van de vijver. Hij dacht aan al die tientallen en nog eens tientallen mensen die de begrafenis van Guy Brouard zouden bijwonen, en eigenlijk was hij er blij om dat het hem niet verteld was. Het was al erg genoeg om in stilte te voelen hoe verschrikkelijk hij het vond dat meneer Guy dood was. Het ook nog eens in het openbaar te moeten voelen zou hij niet aankunnen. Al die ogen die op hem gericht waren, al die mensen die zich iets afvroegen, al die stemmen die fluisterden: dat is de jonge Paul Fielder, meneer Guys speciale vriend. En de blikken die deze woorden zouden vergezellen – speciale vriend – de opgetrokken wenkbrauwen, de opengesperde ogen die Paul vertelden dat er meer dan alleen maar woorden werden gezegd door de sprekers.
Hij keek op om te zien of Valeries gezicht de opgetrokken wenkbrauwen en de opengesperde ogen vertoonde. Dat was niet zo, en daardoor ontspanden zijn schouders zich. Hij had ze zo strak naar achteren getrokken sinds hij uit Moulin des Niaux was weggevlucht, dat ze pijn begonnen te doen. Maar nu had hij het gevoel dat de tang die zijn sleutelbeen had omklemd plotseling werd losgelaten.
'We gaan morgenochtend om halftwaalf op weg,' zei Valerie, maar deze keer sprak ze tegen Paul. 'Je kunt met mij en Kevin meerijden, lieverd. Je hoeft je niet druk te maken over je kleren. Kijk, ik heb een overhemd voor je meegebracht. En denk eraan, je mag het houden. Kev zegt dat hij nog twee dezelfde heeft en dat hij er geen drie nodig heeft. Wat de broek betreft...' Nadenkend bekeek ze hem. Paul voelde dat elke plek van zijn lichaam waar haar ogen op bleven rusten, begon te gloeien. 'Een broek van Kev gaat niet. Daar vinden we je niet meer in terug. Maar eentje van meneer Brouard... En je hoeft je er geen zorgen over te maken dat je iets van meneer Brouard draagt, jochie. Dat zou hij gewild hebben, als je het nodig had. Hij was zo op je gesteld, Paul. Maar dat weet je. Wat hij ook deed, wat hij ook zei, hij was... Hij was zo op...' Ze struikelde over haar woorden.
Paul voelde haar verdriet als een band die aan hem trok, die hem weg

wilde sleuren uit iets wat hij wilde vergeten. Hij keek langs Valerie naar de drie overgebleven eenden, en hij vroeg zich af hoe iedereen nu verder moest, zonder meneer Guy om hen bij elkaar te houden, om hun leiding te geven, en om te weten wat er van nu af moest worden gedaan.
Hij hoorde Valerie haar neus snuiten, en hij keek haar weer aan. Ze schonk hem een beverig lachje. 'In elk geval, we willen graag dat je komt. Maar als je het liever niet doet, moet je je er niet schuldig over voelen. Begrafenissen zijn niet voor iedereen en soms is het beter je iemand te herinneren zoals hij bij zijn leven was, om zelf verder te kunnen leven, denk je ook niet? Maar het overhemd is in elk geval voor jou. Het was de bedoeling dat jij het kreeg.' Ze keek om zich heen, zoekend naar een schone plek om het neer te leggen, en ze zei 'Daar' toen ze de rugzak opmerkte waar Paul die op de grond had gelegd. Ze maakte aanstalten het overhemd erin te stoppen.
Paul slaakte een kreet en rukte het overhemd uit haar handen. Hij smeet het op de grond. Taboe blafte fel.
'Hé, Paul,' zei Valerie verbaasd. 'Ik bedoelde niet... Het is geen oud overhemd, lieverd. Het is eigenlijk nog bijna...'
Paul griste de rugzak van de grond. Hij keek naar links en naar rechts. De enige ontsnappingsmogelijkheid was de weg waarlangs hij gekomen was, en ontsnappen was noodzakelijk.
Hij draafde terug over het pad, met een luid blaffende Taboe op zijn hielen. Paul voelde een snik aan zijn lippen ontsnappen toen hij van het pad langs de vijver uitkwam op het grasveld, met het huis erachter. Hij was zo moe van het weglopen, besefte hij. Het leek wel alsof hij zijn hele leven op de loop was.

4

Ruth Brouard zag de jongen wegvluchten. Ze was in Guys studeerkamer toen Paul onder de begroeide boog uit kwam die de ingang naar de vijvers aangaf. Ze was bezig een stapel condoleancekaarten te openen die de post de vorige dag had bezorgd, kaarten waarvoor ze tot dusver niet de moed had kunnen opbrengen ze te openen, en ze hoorde eerst de hond blaffen en daarna zag ze de jongen zelf over het grasveld in de diepte rennen. Een ogenblik later kwam Valerie Duffy tevoorschijn, in haar handen het overhemd dat ze voor Paul had meegenomen, een slappe, afgewezen gave van een moeder wier eigen jongens volwassen waren geworden en uitgevlogen, lang voor ze erop was voorbereid.

Ze had meer kinderen moeten hebben, dacht Ruth, terwijl Valerie naar het huis terugslofte. Sommige vrouwen werden geboren met een dorst naar moederschap die door niets gelest kon worden, en Valerie Duffy had haar sinds lang een van die vrouwen geschenen.

Ruth bleef Valerie nakijken tot deze door de deur naar de keuken verdween, die onder Guys studeerkamer lag en waarin Ruth zich meteen na het ontbijt had teruggetrokken. Het was de enige plek waar ze het gevoel had dat ze nu dicht bij hem kon zijn, omringd door de bewijzen die haar vertelden, alsof ze de afschuwelijke manier waarop hij was gestorven tartten, dat Guy Brouard een goed leven had geleid. Die bewijzen waren overal in de studeerkamer van haar broer: ze hingen aan de wanden, lagen op de boekenplanken, en op de mooie kloostertafel midden in het vertrek. Hier waren de diploma's, de foto's, de onderscheidingen, de plannen en de documenten. Opgeborgen waren de correspondentie en de aanbevelingen voor waardige ontvangers van de welbekende Brouard-rijkdom. Een ereplaats was ingeruimd voor wat het laatste juweel had moeten zijn dat nodig was om de kroon van haar broers prestaties te voltooien: de zorgvuldig geconstrueerde maquette van een gebouw dat Guy het eiland, dat zijn thuis geworden was, beloofd had. Een monument ter herinnering aan het lijden van de eilandbewoners, zo had Guy het genoemd. Een monument, gebouwd door iemand die ook geleden had. Dat was althans het plan geweest, dacht Ruth.

Toen Guy niet was thuisgekomen van zijn ochtendlijke zwempartij, was ze eerst niet ongerust geweest. Toegegeven, hij was altijd punctueel en voorspelbaar in zijn gewoonten, maar toen ze de trap was afgedaald en hem niet aangekleed in de ontbijtkamer vond, gespannen luisterend naar de nieuwsberichten op de radio terwijl hij op zijn ontbijt wachtte, had ze eenvoudigweg aangenomen dat hij na het zwemmen bij het huis van de Duffy's naar binnen was gelopen, voor een kop koffie met Valerie en Kevin. Dat deed hij zo nu en dan. Hij was erg op hen gesteld. Daarom had Ruth, na even te hebben nagedacht, haar koffie en haar grapefruit meegenomen naar de telefoon in de kleine zitkamer, waar ze belde naar het stenen huisje aan de rand van het terrein.

Valerie nam op. Nee, zei ze tegen Ruth, meneer Brouard was niet bij hen. Ze had hem niet meer gezien sinds vroeg in de ochtend, toen ze een glimp van hem had opgevangen terwijl hij op weg was om te gaan zwemmen. Waarom? Was hij niet thuisgekomen? Hij was waarschijnlijk ergens op het landgoed... misschien bij de beelden? Hij had tegen Kev gezegd dat hij ze wilde verplaatsen. Dat grote, menselijke hoofd, in de tropische tuin? Misschien probeerde hij te besluiten waar hij het wilde neerzetten, omdat Valerie zeker wist dat het hoofd een van de beelden was die meneer Brouard wilde verplaatsen. Nee, Kev is niet bij hem, mevrouw Brouard. Kev zit hier bij mij, in de keuken.

Aanvankelijk raakte Ruth niet in paniek. Ze ging naar de badkamer van haar broer, waar hij zich na het zwemmen zou hebben verkleed, en zijn zwembroek en trainingspak zou hebben achtergelaten. Er lag echter niets. Evenmin was er een natte handdoek, die een verder bewijs van zijn thuiskomst zou zijn geweest.

Toen voelde ze het, een kneepje van ongerustheid, als een pincet dat aan de huid onder haar hart trok. Op dat moment herinnerde ze zich wat ze eerder die ochtend had gezien vanuit haar raam, toen ze haar broer had nagekeken terwijl hij op weg ging naar de baai: die gestalte die heimelijk onder de bomen vandaan was gekomen, dicht bij het huisje van de Duffy's, toen Guy dat was gepasseerd.

Daarom pakte ze de telefoon en belde ze nogmaals met de Duffy's. Kevin beloofde dat hij bij de baai zou gaan kijken.

Hij kwam op een holletje teruglopen, maar niet naar haar. Pas toen de ambulance ten slotte aan het eind van de oprit verscheen, kwamen ze haar halen.

Daarmee was de nachtmerrie begonnen. Naarmate de uren verstreken werd die alleen maar erger. Eerst had ze gedacht dat hij een hartaanval had gehad, maar toen ze haar niet met haar broer wilden laten meerijden naar het ziekenhuis, toen ze zeiden dat ze erachteraan zou moeten rijden in de auto waarmee Kevin Duffy zwijgend de ambulance volgde, toen ze Guy haastig afvoerden voor ze hem mocht zien, wist ze dat er iets op een vreselijke, permanente manier was veranderd.

Ze hoopte op een beroerte. Dan zou hij tenminste nog leven. Maar ten slotte kwamen ze haar vertellen dat hij dood was, en pas toen legden ze uit onder welke omstandigheden. Die uitleg was haar nachtmerrie geworden: Guy, worstelend in zijn doodsstrijd, en helemaal alleen.

Ze had liever willen geloven dat een ongeluk haar broer het leven had ontnomen. De wetenschap dat hij vermoord was, had haar geestkracht gebroken en gemaakt dat ze leefde met één enkel woord in haar gedachten: waarom. En daarna: wie. Maar dat was gevaarlijk terrein.

Guys leven had hem geleerd dat hij moest grijpen wat hij wilde hebben. Hij zou niets cadeau krijgen. Maar meer dan eens had hij gegrepen zonder erbij na te denken of datgene wat hij wilde wel was wat hem feitelijk toekwam. Het gevolg was dat anderen eronder hadden geleden. Zijn vrouwen, zijn kinderen, zijn medewerkers, zijn... anderen.

Je kunt zo niet doorgaan zonder dat iemand eraan kapotgaat, had ze tegen hem gezegd. En ik kan niet werkeloos toezien en je je gang laten gaan.

Hij had echter teder tegen haar gelachen, en haar op haar voorhoofd gekust. Hoofdonderwijzeres mademoiselle Brouard, had hij haar genoemd. Ga je me op mijn vingers tikken als ik niet gehoorzaam?

De pijn was terug en tastte haar ruggengraat aan als een spijker die boven in haar nek werd gedreven en daarna verijsde, tot de afschuwelijke kou ervan begon aan te voelen als vuur. Tentakels reikten omlaag, elk ervan een golvende slang van pijn. Ze moest de kamer uit, op zoek naar redding.

Ze was niet alleen in huis, maar ze voelde zich alleen, en als ze zich niet in de greep van de kankerduivel had bevonden, had ze misschien wel gelachen. Zesenzestig jaar, en te vroeg uit de veilige schoot gerukt die de liefde van een broer haar had geschonken. Wie had kunnen denken dat het zo ver zou komen, op die nacht, lang geleden, toen haar moeder had gefluisterd: *'Promets-moi de ne pas pleurer, mon petit chat. Soi forte pour Guy.'*

Ze wilde het vertrouwen dat haar moeder in haar gesteld had, en dat ze meer dan zestig jaar had volgehouden, niet beschamen. Maar nu had ze te maken met de werkelijkheid. Ze zag geen manier om nog voor iemand sterk te zijn.

Margaret Chamberlain was nog geen vijf minuten bij haar zoon of ze wilde hem al instructies geven: sta rechtop, in godsnaam; kijk mensen aan wanneer je tegen ze praat, Adrian; smijt in 's hemelsnaam niet zo met mijn bagage; kijk uit voor die fietser, schat; geef alsjeblieft richting aan wanneer je afslaat, jongen. Ze slaagde er echter in deze vloed van bevelen voor zich te houden. Hij was de meest geliefde en de meest hopeloze van haar vier zoons – het laatste was een gegeven dat ze toeschreef aan het feit dat hij een andere vader had dan de rest van de jongens – maar omdat hij nog maar net zijn vader had verloren, besloot ze de minst irritante van zijn gewoonten over het hoofd te zien. Voor het ogenblik althans.
Hij ontmoette haar in wat doorging voor de aankomsthal van het vliegveld van Guernsey. Ze kwam door de douane, een wagentje voortduwend waar haar koffers op gestapeld lagen, en ze trof hem terwijl hij rondhing bij de autoverhuurbalie, waar een aantrekkelijk, roodharig meisje achter stond met wie hij een praatje had kunnen maken, zoals iedere normale man zou doen, als hij een normale man geweest was. In plaats daarvan deed hij alsof hij een kaart bestudeerde, en liet hij op die manier weer een kans verloren gaan die het leven hem op een presenteerblaadje aanbood.
Margaret zuchtte. Ze zei 'Adrian', en daarna nog eens 'Adrian' toen hij niet reageerde.
De tweede keer hoorde hij haar, en hij keek op van de kaart, die hij aarzelend op de balie teruglegde. Het meisje met het rode haar vroeg of ze hem kon helpen, maar hij gaf geen antwoord. Keek zelfs niet naar haar. Ze vroeg het nog eens. Hij zette de kraag van zijn jasje op en negeerde haar, in plaats van antwoord te geven. 'De auto staat buiten,' zei hij tegen zijn moeder bij wijze van hallo, terwijl hij haar koffers van het wagentje tilde.
'Wat dacht je van "Prettige vlucht gehad, mam?",' opperde Margaret. 'Waarom nemen we het wagentje niet gewoon mee naar de auto, lieverd? Dat is toch veel gemakkelijker?'
Hij beende weg, met haar koffers. Er zat niets anders op dan hem te volgen. Margaret wierp een verontschuldigende blik in de richting van de autoverhuurbalie, voor het geval het roodharige meisje het welkom had gezien dat ze van haar zoon had gekregen. Daarna liep ze achter hem aan.
Het vliegveld bestond uit een enkel gebouw dat langs de ene startbaan stond, aan de rand van een reeks niet-omgeploegde akkers. Er was een parkeerterrein dat kleiner was dan dat bij haar eigen, plaatselijke spoor-

wegstation in Engeland, dus het was gemakkelijk om Adrian te volgen. Tegen de tijd dat Margaret hem had ingehaald was hij bezig haar twee koffers in de achterbak van een Range Rover te schuiven die, wat ze heel snel ontdekte, precies het verkeerde type auto was om mee over de kronkelige weggetjes van Guernsey te rijden.

Ze was nog nooit op het eiland geweest. Zij en Adrians vader waren sinds lang gescheiden toen hij ophield met zijn werk voor de Château Brouard-keten en zich hier vestigde. Maar Adrian had zijn vader talloze malen bezocht sinds diens verhuizing naar Guernsey, dus waarom hij rondreed in iets wat bijna zo groot was als een vrachtwagen terwijl een Mini hier duidelijk meer op zijn plaats was, ging haar verstand te boven. Evenals een aantal andere dingen die haar zoon deed, waarvan het meest recente het verbreken was van de enige relatie die hij in zijn 37-jarige leven met een vrouw had kunnen aanknopen. Hoe kwam dat toch? vroeg Margaret zich nog steeds af. Het enige wat hij tegen haar had gezegd, was: 'We wilden allebei verschillende dingen.' Wat ze geen moment geloofde, omdat ze wist – uit een hoogst vertrouwelijk privégesprek met de jonge vrouw in kwestie – dat Carmel Fitzgerald had willen trouwen, en ze wist ook – uit een hoogst vertrouwelijk privé-gesprek met haar zoon – dat Adrian het als een geluk had beschouwd dat hij een vrouw had gevonden die jong was, gematigd aantrekkelijk, en bereid zonder vragen te stellen een verbintenis aan te gaan met een man die bijna de middelbare leeftijd had bereikt en die nooit ergens anders had gewoond dan bij zijn moeder thuis. Behalve natuurlijk die afschuwelijke drie maanden die hij in zijn eentje had doorgebracht toen hij had geprobeerd naar de universiteit te gaan... Maar hoe minder daaraan gedacht werd, des te beter. Dus, wat was er gebeurd?

Margaret wist dat ze die vraag niet kon stellen. Tenminste niet zo vlak voor Guys begrafenis. Ze was echter wel van plan het binnenkort te vragen.

Ze zei: 'Hoe houdt je arme tante Ruth zich, schat?'

Adrian remde bij een verkeerslicht voor een ouderwets hotel. 'Ik heb haar niet gezien.'

'Lieve hemel, waarom niet? Blijft ze op haar kamer?'

Hij keek strak voor zich uit, naar het verkeerslicht, al zijn aandacht gericht op het moment dat het rood zou verdwijnen en het geel zichtbaar zou worden. 'Ik bedoel, ik heb haar gezien, maar ik heb er niets van gezien. Ik weet niet hoe ze zich houdt. Ze zegt er niets over.'

Hij zou er niet aan denken het haar te vragen, natuurlijk. Zoals hij er

evenmin aan dacht zich tegen zijn eigen moeder uit te drukken in iets rechtstreeksers dan raadsels. Margaret vroeg: 'Zij is niet degene die hem gevonden heeft, hè?'
'Dat was Kevin Duffy. De tuinman. Je weet wel.'
'Ze moet er kapot van zijn. Ze zijn samen geweest sinds... Nou, ze zijn altijd samen geweest, nietwaar?'
'Ik begrijp niet waarom je hierheen wilde komen, moeder.'
'Guy was mijn man, schat.'
'De eerste van vier,' merkte Adrian op. Hij was werkelijk vermoeiend. Margaret wist heel goed hoe vaak ze getrouwd was geweest. 'Ik dacht dat je alleen naar hun begrafenis ging wanneer je nog met ze getrouwd was.'
'Dat is een ongelooflijk vulgaire opmerking, Adrian.'
'O, ja? Lieve god, iets vulgairs, dat kunnen we niet hebben.'
Margaret draaide zich op haar stoel om en ze keek hem aan. 'Waarom gedraag je je zo?'
'Hoe?'
'Guy was mijn man. Ik heb ooit van hem gehouden. Ik dank het aan hem dat ik jou als zoon heb. Dus wanneer ik dat alles eer wil bewijzen door zijn begrafenis bij te wonen, dan doe ik dat.'
Adrian glimlachte op een manier die zijn ongeloof uitdrukte en Margaret kon hem wel slaan. Haar zoon kende haar maar al te goed.
'Je hebt altijd gedacht dat je beter kon liegen dan je feitelijk kunt,' zei hij. 'Dacht tante Ruth dat ik iets... hmmm... Hoe moet je het noemen? Ongezonds? Onwettigs? Volslagen geks? ... zou doen als jij niet hier was? Of denkt ze dat ik het al gedaan heb?'
'Adrian! Hoe kun je ook maar suggereren... zelfs al maak je er een grapje over...'
'Ik maak geen grapjes, moeder.'
Margaret wendde haar gezicht naar het raampje, niet bereid om naar nog meer voorbeelden van het verwrongen denken van haar zoon te luisteren. Het licht sprong op oranje en Adrian reed vol gas over het kruispunt.
De weg die ze volgden liep langs een aantal gebouwen. Onder de sombere hemel stonden naoorlogse gestuukte landhuisjes zij aan zij met vervallen Victoriaanse rijtjeshuizen, die op hun beurt hier en daar tegen een toeristenhotel leunden dat voor de winter gesloten was. Na de bewoonde gebieden volgden kale akkers langs de zuidkant van de weg, en hier stonden de oorspronkelijke boerderijen, met witte, houten hokjes aan de rand van hun terrein, die de plek aangaven waar hun eigenaars in andere jaargetijden nieuwe aardappelen of kasbloemen te koop aanboden.

'Je tante heeft me gebeld omdat ze iedereen heeft gebeld,' zei Margaret ten slotte. 'Eerlijk gezegd verbaast het me dat jij me zelf niet hebt gebeld.'
'Niemand anders komt,' zei Adrian, met die gekmakende manier van hem om van gespreksonderwerp te veranderen. 'Zelfs JoAnna niet, of de meisjes. Nou... van JoAnna kan ik het begrijpen... hoeveel maîtresses heeft pa afgewerkt terwijl hij met haar getrouwd was? Maar ik had gedacht dat de meisjes wel zouden komen. Ze hadden natuurlijk de pest aan hem, maar ik veronderstelde dat pure hebzucht hen uiteindelijk wel ertoe zou bewegen. Het testament, weet je wel. Ze zullen willen weten wat ze krijgen. Veel geld, ongetwijfeld, als hij ooit zover gekomen is zich schuldig te voelen over wat hij hun moeder heeft aangedaan.'
'Spreek alsjeblieft niet zo over je vader, Adrian. Als zijn enige zoon en de man die op een dag zal trouwen en zoons zal krijgen die Guys naam dragen, vind ik dat je...'
'Maar ze komen niet,' zei Adrian koppig, en luider nu, alsof hij zijn moeder wilde overstemmen. 'Toch had ik gedacht dat JoAnna zich zou vertonen, al was het alleen maar om een houten staak door het hart van de oude man te drijven.' Adrian grinnikte, maar meer tegen zichzelf dan tegen haar. Niettemin zorgde die grijns ervoor dat Margaret de koude rillingen over de rug liepen. Het herinnerde haar te veel aan de slechte momenten van haar zoon, de momenten waarop hij deed of alles goed ging, terwijl er in zijn binnenste een burgeroorlog woedde.
Ze voelde er weinig voor het te vragen, maar ze voelde er nog minder voor om onwetend te blijven. Daarom pakte ze haar handtas van de vloer en opende die, om te doen alsof ze een pepermuntje zocht, terwijl ze nonchalant zei: 'Ik neem aan dat de zeelucht heel goed is voor een mens. Hoe waren je nachten sinds je hier bent, schat? Nog iets vervelends gebeurd?'
Hij wierp haar een snelle blik toe. 'Je had er niet op moeten aandringen dat ik naar dat verdomde feest ging, moeder.'
'Heb ík erop aangedrongen?' Margaret tikte met haar vingers op haar borst.
'"Je moet ernaartoe gaan, lieverd."' Hij gaf een griezelige imitatie van haar stem ten beste. '"Het is eeuwen geleden sinds je hem hebt opgezocht. Heb je hem sinds vorig jaar september nog wel eens gebeld? Nee? Zie je wel. Je vader zal buitengewoon teleurgesteld zijn als je wegblijft." En dat konden we niet hebben,' zei Adrian. 'Guy Brouard mag niet teleurgesteld worden wanneer hij iets wil. Behalve dan dat hij het niet

wilde. Hij wilde me niet hier hebben. Jij was degene die dat wilde. Dat heeft hij me zelf verteld.'

'Adrian, nee. Dat is niet... Ik hoop... Je... Je hebt toch geen ruzie met hem gemaakt?'

'Jij dacht dat hij van mening zou veranderen over het geld als ik hem ging opzoeken tijdens zijn moment van glorie, zo is het toch?' vroeg Adrian. 'Ik moest mijn gezicht laten zien op dat stomme feest van hem, en dan zou hij zo verdomd blij zijn me te zien, dat hij eindelijk van gedachten zou veranderen en de zaak zou financieren. Daar ging het toch allemaal om?'

'Ik heb er geen idee van waar je het over hebt.'

'Je wilt toch niet beweren dat hij je niet verteld heeft dat hij weigerde de zaak te financieren? Vorig jaar september? Ons... gesprekje? "Je hebt niet voldoende potentieel voor succes, Adrian. Sorry, jongen, maar ik voel er niets voor mijn geld weg te gooien." Ondanks de emmers geld die hij in andere zaken stak, natuurlijk.'

'Heeft je vader dat gezegd? "Te weinig potentieel?" '

'Onder andere. Het idee is goed, zei hij tegen me. De toegang tot internet kan altijd verbeterd worden en dit lijkt de manier om het te doen. Maar met jouw strafblad, Adrian... Niet dat je echt een strafblad hebt, wat betekent dat we nu alle redenen zullen moeten onderzoeken waarom je het niet hebt.'

Margaret voelde hoe de woede langzaam het zuur in haar maag liet druppelen. 'Heeft hij echt...? Hoe durfde hij.'

'"Dus schuif maar een stoel bij, jongen. Ja, toe maar. Zo. Je hebt je problemen gehad, nietwaar? Dat incident in de tuin van de schooldirecteur, op je twaalfde? En hoe zit het met de problemen die je op de universiteit veroorzaakt hebt, toen je negentien was? Niet precies waar iemand naar op zoek is in een man in wie men wil investeren, mijn jongen."'

'Zei hij dat tegen je? Heeft hij die dingen ter sprake gebracht? Schat, wat vind ik dat erg,' zei Margaret. 'Ik kan er wel om huilen. En daarna ben je toch hiernaartoe gegaan? Je stemde ermee in hem te zien? Waarom?'

'Kennelijk omdat ik een stomme sukkel ben.'

'Dat moet je niet zeggen.'

'Ik dacht dat ik het nog een keer moest proberen. Ik dacht dat als ik dit op gang kon brengen, Carmel en ik misschien... ik weet het niet... een tweede poging konden wagen. Hem spreken – alles moeten pikken wat hij me voor de voeten wilde gooien – ik geloofde dat het de moeite waard zou zijn als ik daardoor weer met Carmel verder kon.'

Hij hield zijn aandacht strak op de weg gericht terwijl hij dit alles toegaf, en Margarets hart ging uit naar haar zoon, ondanks al zijn eigenschappen die haar zo vaak gek maakten. Zijn leven was zoveel zwaarder geweest dan de levens van zijn halfbroers, dacht ze. En zij had zelf schuld aan zoveel dingen die zwaar voor hem waren geweest. Als zij erin had toegestemd dat hij meer tijd met zijn vader doorbracht, de tijd die Guy had gewild, die hij had geprobeerd te krijgen... Dat was natuurlijk onmogelijk geweest. Maar als ze het had toegestaan, als ze het risico had genomen, zou Adrians levensweg misschien gemakkelijker zijn geweest. Dan zou zij zich misschien minder schuldig hoeven te voelen.

'Heb je toen weer met hem over het geld gesproken? Tijdens dit bezoek, schat?' vroeg ze. 'Heb je hem gevraagd je te helpen bij de nieuwe onderneming?'

'Daar kreeg ik de kans niet voor. Ik kon hem niet alleen te spreken krijgen, niet met juffrouw Meloentieten die voortdurend om hem heen hing om ervoor te zorgen dat ik geen ogenblik de gelegenheid kreeg om wat geld los te krijgen, geld dat ze voor zichzelf wilde hebben.'

'Juffrouw... wie?'

'Zijn nieuwste. Je zult haar nog wel ontmoeten.'

'Dat kan niet haar echte...'

Adrian snoof. 'Dat zou het wel moeten zijn. Ze hing altijd om hem heen, duwde ze hem in zijn gezicht voor het geval hij zou beginnen aan iets te denken wat niet onmiddellijk met haar in verband stond. Ze leidde hem behoorlijk af. Dus we hebben nooit gepraat. En toen was het te laat.'

Margaret had het niet eerder gevraagd, omdat ze de inlichtingen niet uit Ruth wilde trekken, die aan de telefoon geklonken had alsof ze al genoeg leed. En ze had het niet meteen aan haar zoon willen vragen toen ze hem zag, omdat ze eerst moest weten in welke stemming hij verkeerde. Maar nu had hij haar een opening gegeven, en die greep ze aan.

'Hoe is je vader precies gestorven?'

Ze reden nu door een bebost gedeelte van het eiland, waar een hoge, stenen muur, dik bedekt met klimop, langs de westkant van de weg liep, terwijl aan de oostzijde dichte groepen esdoorns, kastanjes en olmen stonden. Tussen de bomen door was af en toe Het Kanaal te zien, loodgrijs in het winterse licht. Margaret kon zich niet voorstellen dat iemand hierin zou willen zwemmen.

Eerst gaf Adrian geen antwoord op haar vraag. Hij wachtte tot ze een paar akkers gepasseerd waren, en daarna ging hij langzamer rijden tot ze bij een opening in de muur kwamen waar twee ijzeren hekken openston-

den. In de muur gemetselde tegeltjes vermeldden de naam van het landgoed als Le Reposoir, en hier draaide hij de oprit in. Deze leidde in de richting van een indrukwekkend huis: vier verdiepingen van grijze steen, bekroond door wat een trans leek, wellicht de inspiratie van een voormalige eigenaar die er in New England op de een of andere manier door betoverd was geraakt. Onder deze door een balustrade omgeven omloop staken dakkapellen uit, terwijl onder deze ramen de gevel van het huis volmaakt uitgebalanceerd was. Margaret begreep dat Guy het goed had gehad na zijn pensionering. Maar dat was nauwelijks een verrassing.
Naarmate ze het huis naderden, kwam de oprit onder de bomen vandaan die eroverheen hingen, en beschreef een cirkel om een gazon, in het midden waarvan een indrukwekkend, bronzen beeld stond van een jonge man en een jonge vrouw, zwemmend tussen dolfijnen. Adrian volgde deze cirkel en bracht de Range Rover daarna tot stilstand voor treden die omhoogliepen tot een witte voordeur. Deze was dicht, en bleef dicht, zodat hij eindelijk antwoord gaf op Margarets vraag.
'Hij is gestikt,' zei hij. 'Ginds, in de baai.'
Margaret hoorde het, maar ze vond het raadselachtig. Ruth had tegen haar gezegd dat haar broer niet was thuisgekomen nadat hij 's morgens was gaan zwemmen, dat hij op het strand was overvallen en vermoord. Maar stikken klonk helemaal niet als moord. Verstikken natuurlijk wel, maar verstikt was niet het woord dat Adrian had gebruikt.
'Gestikt?' zei Margaret. 'Maar Ruth vertelde me dat je vader vermoord is.' En één wild ogenblik hield ze rekening met het feit dat haar voormalige schoonzuster tegen haar kon hebben gelogen met de bedoeling haar om de een of andere reden naar het eiland te krijgen.
'Het was wel degelijk moord,' zei Adrian. 'Niemand stikt per ongeluk – of zelfs normaal – in dat wat in pa's keel is blijven steken.'

5

'Dit is zo ongeveer de laatste plaats waarvan ik dacht dat ik er ooit terecht zou komen.' Cherokee bleef even staan om naar het ronddraaiende bord voor New Scotland Yard te kijken. Zijn blik dwaalde van de zilverkleurige, metalen letters naar het gebouw zelf, met zijn beschermende bunkers, zijn bewakers in uniform, en zijn uiterlijk van sombere autoriteit.

'Ik weet niet zeker of we er iets aan zullen hebben,' gaf Deborah openhartig toe. 'Maar ik denk dat het de moeite van het proberen waard is.'

Het liep tegen halfelf, en het begon eindelijk minder hard te regenen. Wat een stortbui was geweest toen ze eerder die ochtend op weg waren gegaan naar de Amerikaanse ambassade, was nu overgegaan in motregen, waartegen ze schuilden onder een van Simons grote, zwarte paraplu's.

Hun tocht was hoopvol genoeg begonnen. Ondanks de wanhopige ernst van zijn zus' situatie, had Cherokee die ik-kan-alles-instelling waarvan Deborah zich herinnerde dat de meeste Amerikanen die ze in California ontmoet had, die bezaten. Hij was een burger van de Verenigde Staten op een missie naar de ambassade van zijn land, in het buitenland. Als belastingbetaler had hij aangenomen dat wanneer hij de ambassade binnenstapte en de feiten uitlegde, er telefoongesprekken zouden worden gevoerd, waarna China onmiddellijk zou worden vrijgelaten.

Aanvankelijk had het ernaar uitgezien dat Cherokees geloof in de macht van de ambassade volkomen gerechtvaardigd was. Nadat ze hadden vastgesteld waar ze zich moesten vervoegen – bij de afdeling Bijzondere Consulaire Diensten, waarvan de ingang niet via de indrukwekkende deuren en onder de indrukwekkende vlag aan Grosvenor Square lag, maar om de hoek, in de veel rustiger Brook Street – gaven ze Cherokees naam op bij de balie, en een telefoontje naar het inwendige van de ambassade leverde een verbazingwekkend en bevredigend snelle reactie op. Zelfs Cherokee had niet verwacht begroet te worden door het hoofd van de afdeling Bijzondere Consulaire Diensten. Misschien dat hij naar haar toe gebracht had zullen worden door een ondergeschikte, maar niet dat ze hem persoonlijk zou begroeten, hier in de receptie. Dat was echter wel gebeurd. Speciaal consul Rachel Freistat – 'Juffrouw,' zei ze, en haar handdruk was er zo een die met twee vuisten werd gegeven, bedoeld als geruststelling – stevende de enorme wachtkamer binnen en loodste zowel Deborah als Cherokee haar kantoor in, waar ze hun koffie en koekjes aanbood en erop stond dat ze dicht bij de elektrische haard plaatsnamen om op te drogen.

Het bleek dat Rachel Freistat alles wist. Binnen 24 uur na China's arrestatie was ze gebeld door de politie van Guernsey. Dit, verklaarde ze, waren de regels, iets wat overeengekomen was door de landen die het Verdrag van Den Haag hadden ondertekend. Ze had, om precies te zijn, China zelf via de telefoon gesproken, en ze had haar gevraagd of ze het nodig vond dat iemand van de ambassade naar het eiland zou vliegen om haar bij te staan.

'Ze zei dat het niet nodig was,' had de speciaal consul Deborah en Cherokee meegedeeld. 'Anders zouden we onmiddellijk iemand gestuurd hebben.'

'Maar ze heeft het wel nodig,' protesteerde Cherokee. 'Ze wordt daar onder druk gezet. Dat weet ze. Waarom zou ze dan gezegd hebben...? Hij streek met zijn hand door zijn haar en mompelde: 'Daar begrijp ik totaal niets van.'

Rachel Freistat had meelevend geknikt, maar haar gezicht bracht de boodschap over dat ze de term 'onder druk gezet' vaker had gehoord. Ze zei: 'Er zijn beperkingen aan wat we kunnen doen, meneer River. Uw zus weet dat. We hebben contact opgenomen met haar advocaat, en hij heeft ons verzekerd dat hij bij elk verhoor dat de politie haar heeft afgenomen, aanwezig is geweest. We zijn bereid alle telefoongesprekken met de Verenigde Staten te voeren die uw zus gevoerd wil hebben, hoewel ze nadrukkelijk heeft gezegd dat ze het op dit moment niet wil. En mocht de Amerikaanse pers het verhaal willen publiceren, zullen we ook al hun vragen afhandelen. De plaatselijke pers op Guernsey heeft het verhaal al gebracht, maar ze worden beperkt door hun betrekkelijke isolement en hun geldgebrek, dus ze kunnen niet meer doen dan de weinige bijzonderheden die ze van de politie hebben gekregen, publiceren.'

'Maar daar gaat het nu juist om,' zei Cherokee afwerend. 'De politie doet haar best om China iets in de schoenen te schuiven.'

Juffrouw Freistat had toen een slok van haar koffie genomen. Ze had Cherokee over de rand van haar kopje aangekeken. Deborah merkte dat ze de beschikbare manieren om iemand slecht nieuws mee te delen tegen elkaar afwoog, en daar de tijd voor nam alvorens tot een beslissing te komen. 'Daar kan de Amerikaanse ambassade u niet bij helpen, vrees ik,' zei ze ten slotte tegen hem. 'Zelfs al zou het waar zijn, dan nog kunnen we niet tussenbeide komen. Als u gelooft dat er iets in beweging is gezet waardoor uw zus in de gevangenis kan belanden, dan moet u onmiddellijk hulp zien te krijgen. Maar die moet vanuit hun eigen systeem komen, niet uit het onze.'

'Wat mag dat betekenen?' vroeg Cherokee fel.

'Misschien een privé-detective...?' antwoordde juffrouw Freistat.

Dus waren ze uit de ambassade vertrokken zonder het resultaat bereikt te hebben waar ze op hadden gehoopt. Het volgende uur kwamen ze erachter dat een privé-detective zoeken op het eiland Guernsey gelijkstond aan zoeken naar ijs in de Sahara. Toen ze dat eenmaal hadden vastgesteld waren ze dwars door de stad naar Victoria Street getrokken, waar ze nu stonden te kijken naar het gebouw van New Scotland Yard, dat voor hen stond, een klomp grijs beton en glas die uit het hart van Westminster oprees.

Haastig liepen ze naar binnen, waar ze hun papaplu uitschudden boven de rubberen mat. Deborah liet Cherokee achter bij de eeuwige vlam, waar hij naar bleef staren terwijl zij naar de receptiebalie liep.

'Waarnemend commissaris Lynley. We hebben geen afspraak, maar als hij in het gebouw is en ons zou kunnen ontvangen...? Deborah St James?'

Er zaten twee mensen in uniform achter de receptie, en beiden bekeken Deborah en Cherokee met een grondigheid die de onuitgesproken veronderstelling suggereerde dat het tweetal behangen met explosieven was binnengewandeld. Een van hen pleegde een telefoontje, terwijl de ander zich bezighield met een pakje dat werd bezorgd door Federal Express.

Deborah wachtte tot de man die had opgebeld tegen haar zei: 'Over een paar minuten.' Ze liep terug naar Cherokee, die zei: 'Denk je dat we hier iets aan hebben?'

'Ik zou het niet weten,' antwoordde ze, 'maar we moeten iets proberen.'

Binnen vijf minuten kwam Tommy zelf naar beneden om hen te begroeten, wat Deborah als een heel goed teken beschouwde. 'Deb, hallo. Wat een verrassing,' zei hij, waarna hij haar op haar wang kuste en wachtte tot hij aan Cherokee werd voorgesteld.

Ze hadden elkaar nooit ontmoet. Ondanks het aantal keren dat Tommy naar California was gekomen toen Deborah daar woonde, hadden zijn pad en dat van China's broer elkaar nooit gekruist. Natuurlijk had

Tommy van hem gehoord. Hij had zijn naam horen noemen, en het was onwaarschijnlijk dat hij die zou vergeten, omdat die zo ongewoon was, vergeleken bij Engelse namen. Dus toen Deborah 'Dit is Cherokee River' zei, was zijn reactie: China's broer. Hij stak hem zijn hand toe op de manier die zo typisch Tommy was, zo volkomen op zijn gemak. 'Ben je de stad met hem aan het bezichtigen?' vroeg hij Deborah. 'Of wilde je hem laten zien dat je vrienden hebt op verdachte plaatsen?'

'Geen van beide,' zei ze. 'Kunnen we even met je praten? Ergens waar we alleen zijn? Als je tijd hebt? Dit is... dit bezoek is eigenlijk beroepshalve.'

Tommy trok een wenkbrauw op. 'Juist,' zei hij, en daarna ging hij hun onmiddellijk voor naar de lift, waarmee ze naar de bovenste verdieping zoefden, waar zijn kantoor was.

Als waarnemend commissaris zat hij niet op zijn eigen plek, maar in een tijdelijk kantoor, dat hij gebruikte terwijl zijn meerdere herstelde van een aanslag die een maand geleden op hem was gepleegd.

'Hoe gaat het met de commissaris?' vroeg Deborah. Ze zag dat Tommy, goedhartig als hij was, geen enkele foto die aan commissaris Malcolm Webberly toebehoorde, had vervangen door zijn eigen foto's.

Tommy schudde zijn hoofd. 'Niet goed.'

'Dat is vreselijk.'

'Voor iedereen.' Hij bood hun een stoel aan en ging vervolgens zelf zitten, vooroverleunend met zijn ellebogen op zijn knieën. Zijn houding drukte de vraag uit: wat kan ik voor jullie doen? Wat Deborah eraan herinnerde dat hij een drukbezet man was.

Ze begon hem te vertellen waarom ze waren gekomen, en Cherokee voegde cr dc bclangrijke details aan toe die hij vond dat nodig waren. Tommy luisterde zoals hij in Deborahs ervaring altijd had geluisterd: zijn bruine ogen bleven gericht op degene die aan het woord was en hij leek alle andere geluiden die uit de nabijgelegen kamers kwamen, uit te sluiten.

'Hoe goed heeft je zus meneer Brouard leren kennen in de periode dat jullie zijn gasten waren?' vroeg Tommy nadat Cherokee zijn verhaal had beëindigd.

'Ze brachten wat tijd samen door. Het klikte tussen hen, omdat ze zich allebei voor gebouwen interesseerden. Maar dat was het, voorzover ik weet. Hij was vriendelijk tegen haar. Maar hij was ook vriendelijk tegen mij. Hij was feitelijk aardig tegen iedereen.'

'Misschien niet,' merkte Tommy op.

'Ja, natuurlijk. Als iemand hem heeft vermoord...'

‘Hoe is hij precies gestorven?’
‘Hij is gestikt. Daar is de advocaat achter gekomen nadat China was aangeklaagd. Dat is, tussen twee haakjes, dan ook alles wat de advocaat te weten is gekomen.’
‘Gewurgd, bedoel je?’
‘Nee. Gestikt. Hij is gestikt in een steen.’
Tommy zei: ‘Een steen? Goeie god. Wat voor steen? Eentje die op het strand lag?’
‘Dat is het enige wat we op dit moment weten. Alleen dat het een steen was, en dat hij erin is gestikt. Of liever, dat mijn zus hem er op de een of andere manier mee heeft verstikt, omdat zij is gearresteerd en ervan is beschuldigd dat ze hem vermoord heeft.’
‘Dus je ziet, Tommy,’ voegde Deborah eraan toe, ‘het slaat nergens op.’
‘Want hoe denken ze dat China hem ermee verstikt heeft?’ vroeg Cherokee kwaad. ‘Hoe kan iemand hem ermee verstikt hebben? Wat heeft hij gedaan? Gewoon zijn mond opengedaan en toegelaten dat iemand een steen in zijn keel duwde?’
‘Dat is een vraag die beantwoord zal moeten worden,’ zei Lynley instemmend.
‘Het zou zelfs een ongeluk geweest kunnen zijn,’ zei Cherokee. ‘Hij kan om de een of andere reden die steen in zijn mond gestopt hebben.’
‘Er moeten sporen zijn die ergens anders op wijzen,’ zei Tommy, ‘als de politie een arrestatie heeft verricht. Als iemand de steen in zijn mond geduwd heeft, zou zijn gehemelte erdoor beschadigd zijn, mogelijk ook zijn tong. Terwijl als hij hem per ongeluk heeft ingeslikt... Ja, ik begrijp hoe ze direct tot de conclusie kwamen dat het moord was.’
‘Maar waarom kwamen ze meteen op China?’ vroeg Deborah.
‘Er moet ander bewijsmateriaal zijn, Deb.’
‘Mijn zus heeft niemand vermoord!’ Onder het spreken was Cherokee opgestaan. Rusteloos liep hij naar het raam, waar hij zich omdraaide om hen aan te kijken. ‘Waarom wil niemand dat begrijpen?’
‘Kun je iets doen?’ vroeg Deborah aan Tommy. ‘De ambassade opperde dat we iemand moesten inhuren, maar ik dacht dat jij misschien... Kun je ze bellen? De politie? Hun laten inzien...? Ik bedoel, het is toch duidelijk dat ze alles niet evalueren zoals ze het zouden moeten doen. Ze hebben iemand nodig die hun dat vertelt.’
Tommy maakte een bruggetje van zijn vingers en hij fronste zijn voorhoofd. ‘Het gaat er daar anders aan toe dan in Engeland, Deb. Ze zijn hier opgeleid, de politie van Guernsey, dat is waar. En ze kunnen weder-

zijdse hulp vragen, dat is ook waar. Maar om van hieruit iets te beginnen... Als dat is waar je op hoopt, het kan gewoonweg niet.'
'Maar...' Deborah stak haar hand uit, ze wist dat het een bijna smekend gebaar was – wat buitengewoon zielig moest overkomen – en liet hem weer in haar schoot vallen. 'Misschien, als ze althans wisten dat er hier belangstelling voor bestaat, Tommy...?'
Tommy bestudeerde haar gezicht, en daarna begon hij te lachen. 'Je bent ook niets veranderd, hè?' vroeg hij teder. 'Goed dan. Wacht even. Ik zal kijken wat ik kan doen.'
Het vergde slechts een paar minuten om het juiste nummer op Guernsey te vinden, en om de politieman te bereiken die daar belast was met het onderzoek naar de moord. Moord kwam zo sporadisch voor op het eiland, dat Tommy alleen maar het woord hoefde te zeggen voor hij doorverbonden werd met degene die de leiding had van het onderzoek.
Het gesprek leverde echter niets op. New Scotland Yard maakte blijkbaar niet bijzonder veel indruk in St Peter Port, en toen Tommy uitlegde wie hij was en waarom hij belde, en aanbood dat de Londense politie bereid was alle denkbare hulp te bieden, werd hem verteld – zoals hij enkele ogenblikken nadat het gesprek was afgelopen tegenover Deborah en Cherokee herhaalde – dat alles op Het Kanaaleiland onder controle was, commissaris. En bovendien dat mocht er behoefte bestaan aan assistentie, de politie van Guernsey daartoe, zoals gebruikelijk, een verzoek zou indienen bij de politie van Cornwall of Devon.
'We zijn enigszins bezorgd omdat het een buitenlandse is die u hebt gearresteerd,' zei Tommy.
Ja, nou, was dat geen interessante bijkomstigheid die de politie van Guernsey eveneens heel goed zelf kon afhandelen?
'Sorry,' zei hij aan het eind van het telefoongesprek tegen Deborah en Cherokee.
'Wat moeten we verdomme dan doen?' Cherokee zei het meer tegen zichzelf dan tegen de anderen.
'Je moet iemand vinden die bereid is met de betrokken mensen te praten,' gaf Tommy ten antwoord. 'Als iemand van mijn team daar met vakantie was, of op het punt stond erheen te gaan, zou ik voorstellen dat jullie hem zouden vragen om een beetje voor je rond te neuzen. Je kunt het zelf doen, maar het zou helpen als je gesteund werd door iemand met gezag.'
'Wat moet er gebeuren?' vroeg Deborah.
'Iemand moet beginnen vragen te stellen,' zei Tommy, 'om te kijken of er

een getuige over het hoofd gezien is. Je moet erachter zien te komen of deze Brouard vijanden had: hoeveel, wie het zijn, waar ze wonen, waar ze waren toen hij vermoord werd. Je hebt iemand nodig die het bewijsmateriaal evalueert. Geloof me, de politie zal beslist iemand hebben die dat voor hen doet. En jullie moeten er zeker van zijn dat er geen bewijsmateriaal over het hoofd is gezien.'

'Er is niet zo iemand op Guernsey,' zei Cherokee. 'We hebben het geprobeerd, Debs en ik. Voordat we naar jou toe kwamen.'

'Dan moet je verder denken dan Guernsey.' Tommy wierp Deborah een blik toe en ze wist wat die blik betekende.

Ze hadden de persoon al die ze nodig hadden.

Ze wilde haar man echter niet om hulp vragen. Hij had het veel te druk en zelfs als dat niet zo was, leek het Deborah of het grootste deel van haar leven bepaald werd door de talloze momenten waarop ze zich tot Simon had gewend. Vanaf die tijd, lang geleden, toen ze als meisje op school werd gepest en haar meneer St James – een negentienjarige jongeman met een sterk ontwikkeld gevoel voor sportiviteit – haar plaaggeesten de stuipen op het lijf had gejaagd tot de dag van vandaag, nu ze een vrouw was die dikwijls het geduld op de proef stelde van een echtgenoot wiens enige wens was haar gelukkig te zien. Ze kon hem hier eenvoudig niet mee opzadelen.

Dus ze moesten er alleen voor gaan, zij en Cherokee. Dat was ze China verschuldigd, maar veel meer nog was ze het aan zichzelf verschuldigd.

Voor het eerst in weken viel zonlicht, dat de kleur had van jasmijnthee, op een van de twee schalen van de weegschaal der gerechtigheid, toen Deborah en Cherokee bij de Old Bailey aankwamen. Geen van beiden was in het bezit van een rugzak of een andere tas, dus ze werden zonder problemen toegelaten. Een paar vragen verschaften het antwoord dat ze zochten: rechtszaal nummer 3.

De publieke tribune was boven en werd op het moment slechts bezet door drie toeristen-buiten-het-seizoen, die doorschijnende regencapes droegen. De vrouw die erbij was omklemde een sjaal. Onder hen spreidde de rechtszaal zich uit als iets uit een kostuumstuk. De rechter – in zijn rode toga, onverbiddelijk achter zijn bril met metalen montuur, en met een pruik waarvan de krullen als een schapenvacht tot op zijn schouders vielen – zat in een groenleren stoel, een van de vijf zetels die aan het eind van de zaal op een verhoging stonden die hem van zijn minderen scheidde. Er waren de advocaten in hun zwarte toga's – een voor de verdediging en een voor de openbare aanklager – naast elkaar op de voorste bank achter een tafel die een rechte hoek vormde met de tafel van de rechter. Achter hen zaten hun medewerkers, juniorleden van hun maatschap, eveneens jurist. En tegenover hen zat de jury, met de gerechtsdeurwaarder ertussenin, alsof hij de scheidsrechter was bij wat er in de zaal zou kunnen gebeuren. De beklaagdenbank bevond zich recht onder de publieke tribune, en daar zat de beklaagde, met een gevangenbewaarder. Daar weer tegenover was de getuigenbank, en daarop richtten Deborah en Cherokee hun aandacht.

De officier van justitie besloot juist zijn kruisverhoor van de heer Allcourt-St James, getuige-deskundige voor de verdediging. Hij verwees naar een vele pagina's tellend document, en het feit dat hij Simon 'geachte heer' en 'meneer Allcourt-St James als u zo goed wilt zijn' noemde, kon het feit niet verbergen dat hij twijfelde aan de mening van eenieder die het niet eens was met de politie en als gevolg daarvan met de conclusie die de politie had getrokken.

'U schijnt te suggereren dat het laboratoriumwerk van doctor French te wensen overlaat, meneer Allcourt-St James,' zei de officier van justitie op het moment dat Deborah en Cherokee op de voorste bank van de tribune plaatsnamen.

'Absoluut niet,' antwoordde Simon. 'Ik suggereer slechts dat de hoeveelheid residu die van de huid van de beklaagde is verkregen, heel goed verenigbaar kan zijn met zijn werk als tuinman.'

'Wilt u dan ook suggereren dat het toeval is dat meneer Casey' – met een knikje naar de man in de beklaagdenbank, van wiens hoofd Deborah en Cherokee de achterkant konden bestuderen vanaf hun plaats op de tribune – 'op zijn persoon sporen zou kunnen hebben van dezelfde substantie die gebruikt is om Constance Garibaldi te vergiftigen?'

'Daar Aldrin gebruikt wordt voor het verdelgen van insecten in de tuin, en daar deze misdaad midden in het seizoen waarin deze insecten het meest voorkomen, is gepleegd, moet ik zeggen dat sporen van Aldrin op de huid van de verdachte eenvoudig te verklaren zijn door zijn beroep.'

'Niettegenstaande zijn langlopende geschil met mevrouw Garibaldi?'

'Dat klopt. Ja.'

De officier van justitie ging nog verscheidene minuten door, verwijzend naar zijn aantekeningen en éénmaal een collega raadplegend die op de rij achter de zitplaatsen van de advocaten zat. Ten slotte liet hij Simon gaan met een 'Dank u, meneer', zodat deze uit de getuigenbank kon stappen nadat was gebleken dat de verdediging hem niet meer nodig had. Hij

liep weg, en op dat moment zag hij Deborah en Cherokee boven zich, op de tribune.
Ze ontmoetten hem buiten de rechtszaal, waar hij zei: 'En, hoe is het gegaan? Waren de Amerikanen behulpzaam?'
Deborah vertelde hem wat ze bij de ambassade te weten waren gekomen van Rachel Freistat. Ze liet erop volgen: 'Tommy kan ook niet helpen, Simon. Jurisdictie. En zelfs als dat probleem er niet was, de politie van Guernsey vraagt Cornwall of Devon om assistentie wanneer ze die nodig hebben. Ze vragen die niet aan de politie van Londen. Ik kreeg de indruk – jij toch ook, Cherokee? – dat ze een beetje geïrriteerd raakten toen Tommy voorzichtig suggereerde dat ze misschien hulp konden gebruiken.'
Simon knikte, en hij plukte nadenkend aan zijn kin. Om hen heen heerste de bedrijvigheid van het gerechtshof, met ambtenaren die haastig langs hen liepen met documenten, en advocaten die voorbij wandelden met de hoofden dicht bij elkaar, terwijl ze de volgende zet bespraken die ze bij hun zaak zouden toepassen.
Deborah keek naar haar man. Ze zag dat hij een oplossing zocht voor Cherokees problemen, en daar was ze hem dankbaar voor. Hij had zo gemakkelijk kunnen zeggen: 'Dat is het dan. Het recht zal zijn loop hebben en je zult op het eiland de uitspraak moeten afwachten.' Maar dat lag niet in zijn aard. Toch wilde ze hem verzekeren dat ze niet naar de Old Bailey waren gekomen om hem nog meer te belasten. Dat ze, om precies te zijn, waren gekomen om hem te laten weten dat ze naar Guernsey zouden afreizen zodra Deborah de gelegenheid had gekregen om in Chelsea aan te wippen en wat kleren bij elkaar te zoeken.
Dat vertelde ze hem. Ze had gedacht dat hij dankbaar zou zijn. Maar daarin vergiste ze zich.

St James kwam tot een snelle conclusie terwijl zijn vrouw hem hun plannen voorlegde. In stilte betitelde hij het idee als pure krankzinnigheid. Maar hij was niet van zins dat tegen Deborah te zeggen. Ze was serieus, vol goede bedoelingen, en bovenal maakte ze zich zorgen om haar Californische vriendin. Daarbij kwam nog dat er rekening gehouden moest worden met de man.
St James had Cherokee met alle plezier voedsel en onderdak verschaft. Dat was het minste wat hij kon doen voor een familielid van de vrouw die in Amerika de beste vriendin van zijn echtgenote was geweest. Dat Deborah vond dat ze detective moest gaan spelen met een betrekkelijk on-

bekende, of met wie dan ook, was echter een heel andere kwestie. Ze zouden beiden serieuze problemen kunnen krijgen met de politie. Of erger, als ze toevallig stuitten op de feitelijke moordenaar van Guy Brouard.
Omdat hij wist dat hij Deborahs ballon niet zo onverschillig kon doorprikken, probeerde St James een manier te verzinnen om die slechts leeg te laten lopen. Hij loodste Deborah en Cherokee naar een plek waar ze alle drie konden zitten, en daarna zei hij tegen Deborah: 'Wat hoop je daar te bereiken?'
'Tommy stelde voor...'
'Ja. Ik weet wat hij gezegd heeft. Maar, zoals jullie al ontdekt hebben, er is op Guernsey geen privé-detective die Cherokee in de arm kan nemen.'
'Ja, dat weet ik. Daarom...'
'Dus tenzij je er al een in Londen gevonden hebt, begrijp ik niet wat voor nut het heeft om naar Guernsey te gaan. Tenzij je ernaartoe wilt om China steun te bieden. Dat is natuurlijk volkomen begrijpelijk.'
Deborah kneep haar lippen samen. Hij wist wat ze dacht. Hij klonk te redelijk, te logisch, hij was te veel de wetenschapper in een situatie waarin gevoelens vereist werden. En niet alleen gevoelens, maar onmiddellijke actie, hoe slecht voorbereid ook.
'Ik ben niet van plan een privé-detective in de arm te nemen, Simon,' zei ze stijfjes. 'Niet meteen. Cherokee en ik... We willen met China's advocaat praten. We willen het bewijsmateriaal bekijken dat de politie heeft verzameld. We zullen met iedereen praten die met ons wil praten. We zijn niet van de politie, dus de mensen zullen niet bang zijn om met ons te spreken, en als iemand iets weet... als de politie iets over het hoofd heeft gezien... We zullen achter de waarheid komen.'
'China is onschuldig,' voegde Cherokee eraan toe. 'De waarheid... ligt daar. Ergens. En China heeft behoefte aan...'
'Wat betekent dat iemand anders schuldig is,' viel St James hem in de rede. 'Dat maakt de situatie buitengewoon delicaat, en bovendien gevaarlijk.' Hij liet er niet op volgen wat hij op dit moment eraan toe wilde voegen: ik verbied je om te gaan. Ze leefden niet in de achttiende eeuw. Als je iets kon zeggen van Deborah, was het dat ze een onafhankelijke vrouw was. Niet financieel, natuurlijk. Op die manier kon hij haar tegenhouden, door de hand op de portemonnee te houden of wat je ook metaforisch deed om een vrouw financiële beperkingen op te leggen. Hij wilde echter graag van zichzelf denken dat hij boven dergelijke manipulaties verheven was. Hij had er altijd in geloofd dat je met redeneren meer bereikte dan met intimideren. 'Hoe wil je de mensen vinden met wie je wilt praten?'

'Ik neem aan dat ze op Guernsey telefoonboeken hebben,' zei Deborah.
'Ik bedoel, hoe weet je met wie je moet praten?' vroeg St James.
'Dat weet Cherokee. Dat weet China. Zij logeerden bij hem in huis. Daar hebben ze andere mensen ontmoet. Zij zullen met namen komen.'
'Maar waarom zouden die mensen met Cherokee willen praten? Of met jou, wat dat aangaat, wanneer ze horen dat je bevriend bent met China?'
'Dat horen ze niet.'
'Dacht je dat de politie het hun niet zal vertellen? En zelfs als ze met je willen spreken – en met Cherokee – en zelfs als je dat deel van je plan kunt uitvoeren, wat doe je dan met de rest?'
'Welke...'
'Het bewijsmateriaal. Hoe wil je dat evalueren? En hoe zul je het herkennen als je meer vindt?'
'Ik vind het ellendig wanneer je...' Deborah wendde zich tot Cherokee: 'Wil je ons even alleen laten?'
Cherokee keek van haar naar St James. Hij zei: 'Wacht. Dit veroorzaakt te veel moeite. Je hebt al genoeg gedaan. De ambassade. Scotland Yard. Laat mij teruggaan naar Guernsey, dan zal ik...'
Deborah onderbrak zijn woorden. 'Laat ons even alleen. Alsjeblieft?'
Cherokee keek van echtgenoot naar vrouw en weer terug naar echtgenoot. Hij leek opnieuw iets te willen zeggen, maar hij hield zijn mond. Hij liep weg om een lijst met data van processen te inspecteren die op een prikbord hing.
Deborah richtte zich woedend tot St James. 'Waarom doe je dit?'
'Ik wil alleen dat je begrijpt...'
'Je denkt verdomme dat ik niets kan, hè?'
'Dat is niet waar, en dat weet je, Deborah.'
'Dat ik niet in staat ben een paar gesprekken te voeren met mensen die ons toevallig wel iets zouden willen vertellen wat ze niet aan de politie verteld hebben. Iets wat enig verschil kan maken. Iets wat ervoor kan zorgen dat China uit de gevangenis komt.'
'Deborah, het was niet mijn bedoeling je te laten denken...'
'Het gaat om mijn vriendin,' hield ze nijdig, maar op zachte toon vol. 'En ik ben van plan om haar te helpen. Ze was er voor me, Simon. In California. Ze was de enige...' Deborah zweeg. Ze keek naar het plafond en schudde haar hoofd, alsof ze daarmee niet alleen de emotie maar ook de herinnering kon afschudden.
St James wist waar ze aan terugdacht. Hij had geen wegenkaart nodig om te zien hoe Deborah naar haar bestemming was gereisd. China was er

geweest, als hartsvriendin en vertrouwenspersoon, in de jaren waarin hijzelf tegenover Deborah tekort was geschoten. Ongetwijfeld was ze er ook geweest toen Deborah verliefd werd op Tommy Lynley en misschien had ze samen met Deborah gehuild tijdens de nasleep van die liefde.

Hij wist het, maar hij kon er op dit moment niet over beginnen, evenmin als hij zich in het openbaar kon uitkleden en de schade aan zijn lichaam kon tonen. Daarom zei hij: 'Liefste, luister. Ik weet dat je wilt helpen.'

'O, ja?' vroeg ze bitter.

'Natuurlijk weet ik dat. Maar je kunt niet op Guernsey rondbanjeren, alleen omdat je wilt helpen. Je hebt er geen ervaring mee en...'

'Je wordt bedankt.'

' ... de politie zal beslist niet willen meewerken. En je hebt hun medewerking nodig, Deborah. Als ze niet elk stukje bewijsmateriaal dat ze hebben, willen prijsgeven, kun je op geen enkele manier met zekerheid te weten komen of China echt onschuldig is.'

'Je kunt toch niet denken dat ze een moord gepleegd heeft! Mijn god!'

'Ik denk noch het een, noch het ander. Ik ben er niet zo nauw bij betrokken als jij. En dat heb je nodig: iemand die er niet nauw bij betrokken is.'

Nog terwijl hij zijn eigen woorden hoorde, voelde hij dat hij een toezegging had gedaan. Ze had het niet van hem gevraagd en ze zou het zeker nu niet van hem vragen, na hun gesprek. Maar hij begreep dat het de enige oplossing was.

Ze had zijn hulp nodig, en hij had zijn halve leven eraan besteed Deborah de helpende hand toe te steken, of ze die nu aanpakte of niet.

6

Paul Fielder ging naar zijn speciale plek, nadat hij van Valerie Duffy was weggevlucht. Hij liet het gereedschap liggen waar het lag. Hij wist dat het verkeerd was, omdat meneer Guy had uitgelegd dat een deel van goed vakmanschap de zorg voor en het onderhoud van het gereedschap van de vakman was, maar hij zei bij zichzelf dat hij later zou teruggaan, wanneer Valerie hem niet zou kunnen zien. Hij zou om de andere kant van het huis sluipen, het gedeelte dat het verst van de keuken af lag, en dan zou hij het gereedschap bijeenzoeken en het naar de stallen terugbrengen. Als het hem veilig toescheen zou hij dan zelfs misschien nog aan de hokken kunnen werken. En hij zou het eendenkerkhof controleren, om er zeker van te zijn dat de plekjes nog steeds werden gemarkeerd door hun cirkels van stenen en schelpen. Hij wist echter dat hij dit alles zou moeten doen voor Kevin Duffy het gereedschap ontdekte. Als Kevin het toevallig in het vochtige onkruid, riet en gras zag liggen dat rondom de vijver groeide, zou hij niet blij zijn.

Daarom vluchtte Paul niet zo ver weg van Valerie. Hij rende alleen om de voorkant van het huis en daarna reed hij het bos in langs de oostkant van de oprijlaan. Daar dook hij het hobbelige, met bladeren bezaaide pad op dat onder de bomen en tussen de rododendrons en de varens door liep, en dat volgde hij tot hij bij de tweede afsplitsing naar rechts kwam. Hier zette hij zijn oude fiets naast een bemoste esdoornstronk, een overblijfsel van een boom die ooit geveld was tijdens een storm en waarvan de holte nu een thuis was voor in het wild levende diertjes. Van dit punt af werd het pad te slecht om op te kunnen fietsen, dus hij hees zijn rugzak nog wat steviger op zijn rug en ging te voet verder, met Taboe vrolijk naast zich dribbelend. De hond was blij dat hij deze ochtend mee mocht op avontuur, in plaats van, zoals gewoonlijk, geduldig te wachten, vastgebonden aan de oude menhir die achter de muur aan de rand van het schoolplein stond, met een bak water en een handvol koekjes naast zich, waarmee hij het moest doen tot Paul hem aan het eind van de dag kwam halen.

Pauls bestemming was een van de geheimen die hij met meneer Guy had gedeeld. Ik denk dat we elkaar nu goed genoeg kennen voor iets bijzonders, had meneer Guy gezegd toen hij Paul de eerste keer had meegenomen naar de plek. Als je wilt – als je denkt dat je eraantoe bent – weet ik een manier waarop we onze vriendschap kunnen bezegelen, mijn prins. Zo had hij Paul genoemd, mijn prins. Niet in het begin, natuurlijk, maar later, nadat ze elkaar beter begonnen te leren kennen, toen het erop begon te lijken dat ze een ongebruikelijke verwantschap deelden. Niet dat ze aan elkaar verwant waren, en niet dat Paul ooit gedacht zou hebben dat ze verwanten zouden kunnen zijn. Maar er had een zekere kameraadschap tussen hen bestaan, en toen meneer Guy hem voor het eerst mijn prins had genoemd, was Paul ervan overtuigd dat de oudere man die kameraadschap ook voelde.

Daarom had hij instemmend geknikt. Hij was er helemaal aan toe om zijn kameraadschap te bezegelen met deze belangrijke man die in zijn leven was gekomen. Hij wist niet helemaal zeker wat het betekende, een vriendschap bezegelen, maar zijn hart raakte altijd tot barstens toe vol wanneer hij bij meneer Guy was, en meneer Guys woorden wezen er beslist op dat zijn hart ook tot barstens toe vol was. Dus wat het ook betekende, het moest iets goeds zijn. Dat wist Paul.

Een plek voor geesten, zo noemde meneer Guy de speciale plaats. Het was een verhoging in het land, als een schaal die ondersteboven op de aarde lag, dik met gras begroeid, met een platgetreden pad eromheen.

De plek voor geesten lag achter het bos, voorbij een stapelmuur, en maakte deel uit van een weiland waar vroeger de zachtaardige Guernseykoeien hadden gegraasd. Het land was overwoekerd door onkruid en daarna werd het snel in bezit genomen door braamstruiken en varens, omdat meneer Guy geen koeien had om tussen het kreupelhout te grazen, en omdat de kassen die het vee hadden kunnen vervangen, waren afgebroken en weggehaald toen meneer Guy het landgoed pas had gekocht.

Paul klauterde over de muur en liet zich vallen op het pad dat eronder lag. Taboe volgde hem. Het pad leidde door de varens tot aan de verhoging, en vandaar volgden ze een ander paadje dat kronkelend naar de zuidwestkant voerde. Hier, had meneer Guy uitgelegd, zou het zonlicht het langst en het sterkst geschenen hebben voor de mensen die lang geleden deze plek hadden gebruikt.

Een houten deur, van veel recentere datum dan de heuvel zelf, stond halverwege de omtrek van de heuvel. De deur was opgehangen aan stenen posten, onder een stenen balk, en werd beveiligd door een cijferslot, dat met een ring eraan was bevestigd.

Het heeft maanden gekost voor ik de ingang had gevonden, had meneer Guy hem verteld. Ik wist wat het was. Dat was gemakkelijk genoeg. Wat zou een aarden heuvel midden in een weiland anders kunnen zijn? Maar de ingang vinden...? Dat was verdraaid lastig, Paul. Er had zich heel wat rommel voor verzameld – bramen, struikjes, van alles – en de stenen die de toegang vormden waren allang overwoekerd. Zelfs toen ik de eerste onder het zand vond, die het verschil aangaven tussen de ingang en de stenen binnen, waarop de heuvel steunde... Maanden, mijn prins. Het kostte me maanden. Maar het was de moeite waard, denk ik. Uiteindelijk vond ik een speciale plek, en geloof me, Paul, ieder mens op aarde heeft behoefte aan een eigen, speciale plek.
Dat meneer Guy bereid was geweest zijn speciale plek met hem te delen, had Paul verrast met zijn ogen doen knipperen. Hij voelde een groot brok van geluk in zijn keel. Hij had dom gelachen. Hij had gegrinnikt als een clown. Maar meneer Guy had geweten wat dat betekende. Hij zei: 19, 3, 27, 15. Kun je dat onthouden? Zo komen we binnen. Ik geef de combinatie alleen aan speciale vrienden, Paul.
Paul had deze getallen ijverig in zijn geheugen geprent, en hij gebruikte ze nu. Hij stak het slot in zijn zak, en hij duwde de deur open. Die was nog geen anderhalve meter hoog, dus hij deed zijn rugzak af en klemde die tegen zijn borst om meer ruimte te verkrijgen. Hij dook onder de lateibalk door en kroop naar binnen.
Taboe draafde voor hem uit, maar hij bleef staan, snoof de lucht op en gromde. Het was donker binnen – de enige verlichting kwam door de deur, van de zwakke straal winters licht die heel weinig deed om de duisternis te doorboren – en hoewel de speciale plek afgesloten was geweest, aarzelde Paul toen de hond onzeker leek of hij wel naar binnen wilde gaan. Paul wist dat er geesten op het eiland waren: geesten van de doden, heksen en hun soortgenoten, en feeën die in heggen en riviertjes woonden. Dus hoewel hij niet bang was dat er zich een mens in de heuvel zou bevinden, zou er heel goed iets anders kunnen zijn.
Taboe was echter niet bang iemand uit het rijk der geesten te ontmoeten. Hij waagde zich verder naar binnen, snoof aan de stenen waaruit de vloer bestond, verdween in een nis ergens binnen, en schoot vandaar naar het midden van het bouwsel, waar de top van de heuvel zo hoog was dat een man er rechtop kon staan. Ten slotte kwam hij terug bij Paul, die nog steeds aarzelend vlak achter de deur stond. Taboe kwispelde.
Paul bukte zich nog dieper en hij drukte zijn wang tegen de ruige vacht van de hond. Taboe likte zijn wang en liet zich laag op zijn voorpoten

zakken. Daarna ging hij drie passen achteruit en gaf een kefje, wat betekende dat hij dacht dat ze hier waren gekomen om te spelen. Maar Paul krabbelde hem achter zijn oren, duwde vervolgens de deur dicht en begroef hen in de duisternis van die stille plek.
Hij kende die goed genoeg om de weg te vinden; met een hand klemde hij zijn rugzak tegen zijn borst en met de andere tastte hij de vochtige, stenen muur af terwijl hij naar het midden kroop. Meneer Guy had hem verteld dat dit een plek van grote betekenis was, een tombe waar de prehistorische mens was binnengegaan om zijn doden op hun laatste reis te zenden. Die werd een dolmen genoemd, en er waren zelfs een altaar – hoewel Paul vond dat het meer op een oude, afgesleten steen leek, slechts enkele centimeters hoger dan de vloer – en een tweede kamer, waar godsdienstige riten waren uitgevoerd, riten waarnaar ze slechts konden gissen.
Paul had geluisterd en gekeken en gehuiverd van de kou, die eerste keer toen hij naar de speciale plek was gekomen. En toen meneer Guy de kaarsen had aangestoken die hij in een ondiepe nis naast het altaar bewaarde, had hij gezien dat Paul beefde en had hij er iets aan gedaan.
Hij zei: kom mee hierheen, Paul. En hij nam hem mee naar de tweede kamer, die de vorm had van twee handen die een kom vormden, en waar ze konden binnengaan door zich langs een rechtopstaande steen te wringen, die daar stond als een beeld in een kerk, met afgesleten versieringen in het oppervlak gekerfd. In deze tweede kamer had meneer Guy een vouwbed neergezet. Hij had dekens en een kussen. Hij had kaarsen. Hij had een kleine, houten doos.
Hij zei: soms kom ik hier om na te denken. Om alleen te zijn en te mediteren. Mediteer jij wel eens, Paul? Weet je hoe het is om je hoofd leeg te maken? Als een onbeschreven lei? Niets dan jij en God en de wetenschap hoe alles zich voltrekt? Hmmm? Nee? Nou, misschien kunnen we daaraan werken, jij en ik, een beetje oefenen. Hier. Neem deze deken. Dan laat ik je alles zien.
Geheime plaatsen, dacht Paul. Speciale plekken om te delen met speciale vrienden. Of plekken waar je alleen kon zijn. Wanneer je er behoefte aan had om alleen te zijn. Zoals nu.
Paul was hier echter nooit alleen geweest. Vandaag was het de allereerste keer.
Hij kroop behoedzaam naar het midden van de dolmen en zocht op de tast de weg naar de altaarsteen. Blindelings liet hij zijn handen over het gladde oppervlak glijden tot bij de holte aan de basis, waar de kaarsen lagen. In deze holte stond, naast de kaarsen, een theeblikje, en daarin

lagen de lucifers, beschermd tegen het vocht. Paul tastte ernaar en haalde het tevoorschijn. Hij legde zijn rugzak neer en stak de eerste kaars aan, die hij met kaarsvet op de altaarsteen vastzette.
Met een beetje licht was hij minder bang om alleen te zijn in deze donkere, schimmige plek. Hij keek om zich heen naar de oude, granieten muren, naar het gebogen dakgewelf, naar de bultige vloer. Ongelooflijk dat de mens in de Oudheid een dergelijk bouwwerk kon vervaardigen, had meneer Guy gezegd. Wij geloven dat we zoveel verder zijn dan het stenen tijdperk, Paul, met onze mobiele telefoons, onze computers en dergelijke. Instantinformatie, om te gebruiken bij ons instant-alles. Maar kijk hier eens naar, mijn prins, kijk toch eens naar deze plek. Wat hebben wij de afgelopen honderd jaar gebouwd, waarvan we kunnen verklaren dat het er over honderdduizend jaar nog staat? Niets, en zo is het. Hier, Paul, kijk naar deze steen...
Dat had hij gedaan, met meneer Guys hand warm op zijn schouder, terwijl de vingers van zijn andere hand de figuren volgden die hand na hand na hand vóór hem in de steen had gekerfd, die de wacht hield voor de tweede kamer waar meneer Guy zijn veldbed en zijn dekens bewaarde. Daar ging Paul nu naartoe, naar die tweede kamer, met zijn rugzak in zijn hand. Hij kroop langs de wachtersteen, met een tweede aangestoken kaars, en met Taboe op zijn hielen. Hij zette zijn rugzak op de vloer en zijn kaars op de houten doos, waar gesmolten kaarsvet de plaats aangaf waar al eerder tientallen kaarsen waren geplaatst. Hij haalde een van de dekens van het veldbed voor Taboe, vouwde die tot een hond erop paste, en legde hem op de koude, stenen vloer. Taboe wist meteen waar het kussen voor diende. Dankbaar sprong hij erop en draaide drie keer in het rond alvorens met een zucht te gaan liggen. Hij legde zijn kop op zijn voorpoten en richtte zijn ogen liefdevol op Paul.
Die hond denkt dat ik je kwaad wil doen, mijn prins.
Maar nee. Dat was gewoon Taboes manier van doen. Hij kende de belangrijke rol die hij in het leven van zijn baasje speelde – enige vriend, enige metgezel, tot meneer Guy erbij was gekomen – en omdat hij zijn rol kende, wilde hij graag dat Paul wist dat hij zijn rol kende. Hij kon het hem niet vertellen, dus daarom sloeg hij hem gade: elke beweging, op elk moment, op elke dag.
Het was dezelfde manier waarop Paul meneer Guy had gadegeslagen wanneer ze bij elkaar waren. En in tegenstelling tot andere mensen in Pauls leven, had het meneer Guy op geen enkele wijze gehinderd dat Paul hem onophoudelijk aanstaarde. Je vindt dit interessant, hè? vroeg

hij als hij zich schoor wanneer ze bij elkaar waren. En hij maakte nooit grapjes over het feit dat Paul – ondanks zijn leeftijd – zich nog niet hoefde te scheren. Hoe kort zal ik het laten knippen? vroeg hij wanneer Paul met hem meeging naar de kapper in St Peter Port. Een beetje voorzichtig met die schaar, Hal. Zoals je ziet, houdt mijn vriend al je bewegingen in de gaten. En dan knipoogde hij tegen Paul en maakte hij het teken dat beduidde 'Vrienden tot de dood' de vingers van zijn rechterhand gekruist tegen de palm van zijn linkerhand.

Tot de dood. Nu was het zover.

Paul voelde de tranen komen, en hij liet ze komen. Hij was niet thuis. Hij was niet op school. Hier was het veilig om hem te missen. Daarom huilde hij zo veel hij wilde huilen, tot zijn maag pijn deed en zijn oogleden brandden. En bij het kaarslicht sloeg Taboe hem trouw gade, met volkomen acceptatie en volmaakte liefde.

Paul was eindelijk uitgehuild, en hij besefte dat hij zich de goede dingen moest herinneren die waren voortgekomen uit zijn vriendschap met meneer Guy: alles wat hij in zijn gezelschap had geleerd, alles wat hij was gaan waarderen, en alles waarin hij was aangemoedigd te geloven. We dienen een hoger doel dan alleen maar door het leven gaan, had zijn vriend hem meer dan eens gezegd. We dienen het doel het verleden te verduidelijken om de toekomst beter te maken.

Een deel van het verduidelijken van het verleden zou het museum zijn. Om dat te bereiken hadden ze vele uren doorgebracht in gezelschap van meneer Ouseley en diens vader. Van hen en van meneer Guy had Paul de betekenis geleerd van voorwerpen die hij voor die tijd misschien achteloos opzij zou hebben gegooid: een losse gesp van een riem, gevonden op het terrein bij Fort Doyle, verstopt tussen het onkruid en jaren begraven gebleven tot een storm de aarde van een rotsblok had gebeukt; de verroeste medaille; de knopen; de vuile schaal. Dit eiland is een echte vindplaats, had meneer Guy hem gezegd. We gaan hier opgravingen verrichten. Zou je daaraan willen meedoen? Het antwoord was eenvoudig. Hij wilde overal aan meedoen waar meneer Guy aan meedeed.

Daarom stortte hij zich in het museumwerk, met meneer Guy en meneer Ouseley. En waar hij ook ging op het eiland, keek hij uit naar iets wat hij zou kunnen bijdragen aan de uitgebreide verzameling.

Ten slotte had hij iets gevonden. Hij was op zijn fiets vele kilometers naar het zuidwesten gereden, naar La Congrelle, waar de nazi's een van hun lelijkste wachttorens hadden gebouwd: een futuristische, betonnen eruptie op het land, met sleuven voor hun luchtafweergeschut om alles te kun-

nen neerschieten wat de kust naderde. Hij was echter niet op zoek gegaan naar iets wat verband hield met de vijf jaar lange, Duitse bezetting. Hij was gaan kijken naar de auto die onlangs van het klif was gestort.
La Congrelle bezat een van de weinige rotspunten op het eiland die direct met een auto te bereiken waren. Naar andere kliffen moest je te voet, vanaf een parkeerterrein dat op veilige afstand lag, maar bij La Congrelle kon je helemaal tot aan de rand rijden. Het was een goede plek voor een zelfmoord die je op een ongeluk wilde laten lijken, omdat je aan het eind van de weg van Rue de la Trigale tot aan Het Kanaal slechts naar rechts hoefde te sturen, om daarna gas te geven voor de laatste vijftig meter door de laaggroeiende gaspeldoorns en over het gras, tot bij de rand van het klif. Een laatste druk op het gaspedaal wanneer het land voor de motorkap verdween en dan zou de auto over de rand schieten en omlaag storten op de rotsen, om en om tollend tot hij werd tegengehouden door een puntige granieten barrière, in het water explodeerde, of in vlammen opging.
De auto waar Paul naar ging kijken, behoorde tot de laatste categorie. Er was weinig meer van over dan verwrongen metaal en een geblakerde stoelzitting, een teleurstelling na de lange rit tegen de wind in. Als er iets meer van over was geweest, had Paul misschien de gevaarlijke afdaling gemaakt om het nader te bekijken. In plaats daarvan ging hij nu op onderzoek uit in de omgeving van de wachttoren.
Er had een aardverschuiving plaatsgevonden, zag hij, kortgeleden, zo te zien aan de stenen en de beschadigingen van de grond waaruit ze waren losgeraakt. De onlangs blootgelegde stenen vertoonden nog geen sporen van strandkruid of andere gewassen die in bosjes op de kliffen groeiden. En op de rotsblokken die naar het water in de diepte waren gerold, was nog geen guano te zien, hoewel de oudere, met veldspaat dooraderde brokken, ermee besmeurd waren.
Dit was een heel gevaarlijke plek, en als geboren en getogen eilandbewoner wist Paul dat. Hij had echter van meneer Guy geleerd dat wanneer het land zich opende voor de mens, er vaak geheimen het daglicht zagen. Dat was de reden waarom hij er rondsnuffelde.
Hij liet Taboe op de top van het klif achter en begon af te dalen in de spleet die door de aardverschuiving was ontstaan. Telkens wanneer hij zijn voeten verplaatste zorgde hij ervoor stevig houvast te hebben aan een vastzittend brok graniet, en zo daalde hij langzaam schuin af langs het klif, zich omlaag werkend als een krab die op zoek is naar een spleet om zich in te verbergen.

Halverwege vond hij het, na een halve eeuw zo aangekoekt met aarde, opgedroogde modder en kiezelstenen, dat hij eerst dacht dat het niets anders was dan een ovale steen. Maar toen zijn voet die loswrikte van het rotsblok waartegen het ding rustte, zag hij de glinstering van iets wat op metaal leek en in een boog van binnen uit het voorwerp leek te komen. Daarom raapte hij het op.
Hij kon het daar niet onderzoeken, halverwege de afdaling, daarom klemde hij het tussen zijn kin en zijn borst, om het mee terug te nemen naar de top van het klif. Terwijl Taboe gretig aan het voorwerp begon te snuffelen, gebruikte Paul eerst zijn zakmes en daarna zijn vingers om te onthullen wat de aarde zoveel jaren geheim had gehouden.
Wie wist hoe het daar terechtgekomen was? De nazi's hadden niet de moeite genomen hun rommel op te ruimen toen ze hadden beseft dat ze de oorlog verloren hadden en dat er nooit een invasie van Engeland zou plaatsvinden. Ze gaven zich eenvoudig over, en evenals de verslagen indringers die het eiland lang vóór hen hadden bezet, lieten ze alles achter wat te onhandig was om te dragen.
Daarom was het, zo dicht bij een wachttoren, geen wonder dat hun afval bleef bovenkomen. En hoewel dit geen persoonlijk eigendom van iemand zou zijn geweest, moest het toch zeker iets zijn wat de nazi's nuttig hadden gevonden voor het geval de geallieerden, de guerrilla's of leden van de ondergrondse in de diepte een succesvolle landing uitvoerden.
Nu, in het halfdonker van de speciale plek die hij en meneer Guy hadden gedeeld, pakte Paul zijn rugzak. Hij was van plan geweest zijn vondst over te dragen aan meneer Ouseley in Moulin des Niaux, zijn eerste, helemaal zelf gevonden bijdrage waarop hij zo trots was. Maar dat kon hij nu niet doen – niet na wat er vanochtend gebeurd was — dus hij zou die hier bewaren, waar hij wist dat het veilig was.
Taboe tilde zijn kop op en keek toe terwijl Paul de sluiting van de rugzak openmaakte. Hij stak zijn hand erin en haalde er de oude handdoek uit waar hij zijn schat in had gewikkeld. Op de manier van alle zoekers naar goudklompjes uit de geschiedenis vouwde hij de handdoek open om zijn vondst een laatste maal verrukt te bekijken, alvorens die veilig op te bergen.
De handgranaat was waarschijnlijk helemaal niet gevaarlijk, dacht Paul. Het weer zou het projectiel jarenlang hebben aangetast, voor het in de aarde begraven raakte, en de pin die vroeger de springstof zou hebben geactiveerd was hoogstwaarschijnlijk vastgeroest. Toch was het niet ver-

standig de handgranaat in zijn rugzak met zich mee te dragen. Hij had meneer Guy of iemand anders niet nodig om hem te vertellen dat voorzichtigheid geboden was en dat hij hem moest verbergen op een plaats waar niemand erbij kon. Tot hij besloot wat hij er anders mee kon doen. In de tweede kamer van de dolmen waar hij en Taboe zich nu verstopt hadden, was de geheime bergplaats. Die had meneer Guy hem ook laten zien: een door de natuur gevormde nis tussen twee van de stenen waaruit de wand van de dolmen bestond. Die zou hier oorspronkelijk niet zijn geweest, had meneer Guy gezegd. Maar de tijd, het weer, de beweging van de aarde... Niets wat door mensenhanden gemaakt is kan de natuur geheel weerstaan.
De bergplaats bevond zich naast het veldbed, en voor een niet-ingewijde leek het eenvoudig een opening tussen de stenen, niets meer. Maar wanneer je je hand er diep in stak, merkte je dat er een tweede, wijdere opening was, achter de steen die het dichtst bij het veldbed was, en dat was de bergplaats waar je geheimen en schatten die te kostbaar waren om door iedereen gezien te worden, kon bewaren.
Dat ik je dit laat zien, zegt iets, Paul. Iets wat groter is dan woorden. Iets wat groter is dan gedachten.
Paul dacht dat er in de bergplaats voldoende ruimte was voor de handgranaat. Hij had zijn hand er al eerder in gestoken, geleid door de hand van meneer Guy, terwijl deze hem geruststellende woorden influisterde. Op het ogenblik ligt er niets in, Paul; ik zou nooit een gemene streek met je uithalen, prins. Dus hij wist dat er ruimte was voor een vuist die om een andere vuist geklemd was, en dat was meer dan genoeg ruimte voor een handgranaat. Ook was de bergplaats diep genoeg. Want Paul had de achterkant niet kunnen voelen, hoe ver hij zijn arm ook uitstrekte.
Hij schoof het veldbed opzij en zette de houten doos met de kaars erop in het midden van de vloer. Taboe jankte bij deze verandering van zijn omgeving, maar Paul klopte hem op zijn kop en streelde zachtjes over het puntje van zijn neus. Je hoeft je nergens druk om te maken, vertelde zijn gebaar de hond. Hier zijn we veilig. Niemand weet er nu iets van, behalve jij en ik.
Hij pakte de granaat voorzichtig vast en daarna ging hij op de koude, stenen vloer liggen. Hij wurmde zijn arm in de smalle spleet. Zo'n vijftien centimeter vanaf de opening werd die wijder, en ook al kon hij niet ver naar binnen kijken, hij had al eerder gevoeld waar de tweede opening was, dus hij voorzag geen probleem wanneer hij de handgranaat erin zou plaatsen.

Er was echter wel een probleem. Nog geen tien centimeter in de spleet lag iets anders. Eerst voelde hij dat zijn knokkels het raakten, iets hards, onwrikbaars, en volkomen onverwachts.
Paul snakte naar adem en trok zijn hand terug, maar het duurde slechts even voor hij besefte dat wat het ook mocht zijn, het zeker niet leefde, dus dat er geen reden was om er bang voor te zijn. Hij legde de handgranaat voorzichtig op het veldbed, en daarna hield hij de kaars vlak voor de opening van de nis.
Het probleem was dat hij niet tegelijkertijd licht in de spleet kon laten schijnen en erin kon kijken. Daarom nam hij zijn vorige positie op zijn buik weer in, om eerst zijn hand en vervolgens zijn arm weer in de bergplaats te steken.
Zijn vingers vonden het, iets stevigs, maar het gaf mee. Niet hard. Glad. Cilindervormig. Hij pakte het vast en begon het naar buiten te trekken.
Dit is een speciale plek, een plek vol geheimen, en het is nu ons geheim. Van jou en mij. Kun je geheimen bewaren, Paul?
Dat kon hij. O, dat kon hij. Hij kon nog meer dan dat. Omdat Paul, toen hij het voorwerp naar zich toe trok, precies begreep wat het was dat meneer Guy in de dolmen had verborgen.
Het eiland was tenslotte een landschap vol geheimen, en de dolmen zelf was een geheime plek binnen dat grotere landschap van begraven dingen, van andere dingen die niet bij name genoemd werden, en van herinneringen die mensen wilden vergeten. Voor Paul was het geen wonder dat er diep in de schoot van een aarde die nog steeds medailles, sabels, kogels en andere voorwerpen van meer dan een halve eeuw oud kon prijsgeven, iets begraven lag wat nog waardevoller was, iets uit de tijd van de smokkelaars of misschien nog verder terug, maar wel iets kostbaars. En wat hij uit de spleet trok was de sleutel waarmee hij dat lang geleden begraven iets kon vinden.
Hij vond een laatste geschenk van meneer Guy, die hem al zoveel gegeven had.

'*Enne rouelle dé faïtot*,' zei Ruth Brouard in antwoord op Margaret Chamberlains vraag. 'Die wordt gebruikt voor schuren, Margaret.'
Margaret dacht dat dit antwoord opzettelijk stompzinnig was, zo typerend voor Ruth, die ze nooit bijzonder had gemogen, ondanks het feit dat ze al die tijd dat ze met Guy getrouwd was geweest, met diens zus had moeten leven. Ruth had zich veel te veel aan Guy vastgeklampt, en zo'n grote toewijding tussen broer en zus was onfatsoenlijk. Het rook

naar... Nou, Margaret wilde er niet eens over denken waar het naar rook. Ja, ze besefte wel dat deze speciale broer en zus – joods als zijzelf, maar dan wel Europese joden gedurende de Tweede Wereldoorlog, wat tot op zekere hoogte eigenaardig gedrag verklaarde, dat moest ze hun nageven – al hun familieleden hadden verloren door de overmatige boosaardigheid van de nazi's en daardoor gedwongen waren vanaf hun vroegste jeugd onafscheidelijk te zijn. Maar het feit dat Ruth in al die jaren geen eigen leven had ontwikkeld was niet alleen verdacht en pre-Victoriaans, het was iets wat haar in Margarets ogen tot een incomplete vrouw maakte, een minderwaardig schepsel dat slechts een half leven had geleid, en een leven in de schaduw op de koop toe.
Margaret besloot dat geduld geboden was. Ze zei: 'Voor schuren? Dat begrijp ik niet helemaal, lieve. Het moet toch een vrij kleine steen geweest zijn? Om in Guys mond te kunnen?' Ze zag haar schoonzus ineenkrimpen bij de laatste vraag, alsof erover praten duistere fantasieën opriep over hoe Guy aan zijn eind was gekomen: op het strand kronkelend en zinloos naar zijn keel grijpend. Tja, daar was niets aan te doen. Margaret wilde informatie en ze was vastbesloten die te krijgen.
'Wat voor nut zou zo'n steen in een schuur hebben, Ruth?'
Ruth keek op van het borduurwerk waar ze mee bezig was geweest toen Margaret haar in de kleine zitkamer had aangetroffen. Het was een enorm stuk linnen, gespannen op een houten raam, dat weer op een standaard stond waar Ruth voor zat, een elfachtig figuurtje in een zwarte broek met opgerolde pijpen, en een veel te grote, zwarte trui die waarschijnlijk van Guy was geweest. Haar bril met de ronde glazen was laag op haar neus gezakt, en ze duwde hem weer op zijn plaats met een van haar kinderlijke handen.
'Zo'n steen wordt niet in de schuur gebruikt,' legde ze uit. 'Hij wordt aan de ring bevestigd waar de sleutels van de schuur aan hangen. Tenminste, daar werden ze vroeger voor gebruikt. Er zijn nu nog maar heel weinig schuren op Guernsey. De steen was bedoeld om de schuur te beveiligen tegen heksenstreken. Bescherming, Margaret.'
'Aha. Een amulet.'
'Ja.'
'Juist.' Wat Margaret dacht was: die belachelijke eilandbewoners. Amuletten voor heksen. Toverspreuken voor feeën. Geesten op de kliftoppen. Duivels op jacht. Ze had haar ex-echtgenoot nooit beschouwd als een man die in dergelijke onzin geloofde. 'Hebben ze je de steen laten zien? Herkende je die? Was hij van Guy? Ik vraag het alleen omdat het niets

voor hem lijkt om een amulet of iets dergelijks bij zich te dragen. Althans, het lijkt me niets voor de Guy, die ik gekend heb. Hoopte hij op geluk bij een of ander project?'

'Met een vrouw' voegde ze er niet aan toe, hoewel ze beiden wisten dat de zin er was. Behalve zakelijke ondernemingen – waarin Guy Brouard had uitgeblonken als Midas en beslist geen geluk nodig had gehad – was het enige andere project waaraan hij zich ooit had gewaagd de achtervolging en verovering van iemand van het andere geslacht geweest, iets wat Margaret niet van haar man had geweten tot ze een slipje in zijn aktetas vond, waar het speels in was gestopt door de stewardess uit Edinburgh met wie hij een verhouding bleek te hebben. Hun huwelijk was voorbij op het moment dat Margaret het slipje had gevonden in plaats van het chequeboek dat ze zocht. Het enige wat de daaropvolgende twee jaar was overgebleven, waren besprekingen van haar advocaat met zijn advocaat, om er een deal uit te slepen die de rest van haar leven zou financieren.

'De enige onderneming waar hij zich de laatste tijd mee bezighield, was het oorlogsmuseum.' Ruth boog zich weer over het borduurraam en handig bewoog ze de naald op en neer, in en uit het ontwerp dat ze erop had getekend. 'En daarvoor droeg hij geen amulet bij zich. Dat was niet echt nodig. Het ging allemaal prima, voorzover ik weet.' Ze keek weer op, haar naald gereed voor de volgende steek. 'Had hij je over het museum verteld, Margaret? Heeft Adrian je erover verteld?'

Margaret wilde het niet over Adrian hebben, noch met haar schoonzus, noch met iemand anders. Daarom zei ze: 'Ja. Ja. Het museum. Natuurlijk. Daar wist ik van.'

Ruth glimlachte bij zichzelf, teder naar het scheen. 'Hij was er verschrikkelijk trots op. Dat hij zoiets voor het eiland kon doen. Iets blijvends. Iets moois en belangrijks.'

In tegenstelling tot zijn leven, dacht Margaret. Ze was hier niet om te luisteren naar lofzangen op het onderwerp Guy Brouard, schutspatroon van alles en iedereen. Ze was slechts aanwezig om zeker te weten dat Guy Brouard zich daarnaast in de dood had opgeworpen als schutspatroon van zijn enige zoon.

Ze zei: 'Wat gaat er nu gebeuren? Met zijn plannen?'

'Ik neem aan dat alles afhangt van het testament,' antwoordde Ruth. Het klonk voorzichtig. Te voorzichtig, dacht Margaret. 'Guys testament, bedoel ik. Ja, natuurlijk, van wie anders? Ik heb nog niet met zijn advocaat gesproken.'

'Waarom niet, lieve kind?' vroeg Margaret.

'Ik denk omdat praten over zijn testament alles echt maakt. Blijvend. Dat vermijd ik liever.'
'Heb je soms liever dat ik met zijn notaris... zijn advocaat spreek? Als er iets geregeld moet worden, wil ik het graag voor je doen, Ruth.'
'Dank je, Margaret. Het is lief van je dat je het aanbiedt, maar ik moet het zelf afhandelen. Dat moet ik... en dat zal ik doen. Binnenkort. Wanneer... wanneer ik het gevoel heb dat het moment daar is.'
'Ja,' mompelde Margaret. 'Natuurlijk.' Ze keek toe terwijl haar schoonzus de naald door het linnen liet flitsen en die daarna vastzette, wat erop wees dat ze voor het ogenblik haar werkzaamheden beëindigde. Margaret probeerde zich voor te doen als een en al meegevoel, maar inwendig popelde ze om precies aan de weet te komen hoe haar ex-man over zijn enorme fortuin had beschikt. In het bijzonder wilde ze weten of hij iets voor Adrian had gedaan. Omdat, hoewel hij bij zijn leven had geweigerd hun zoon het geld te geven dat deze nodig had voor zijn nieuwe bedrijf, Guys dood toch zeker voor Adrian zou moeten zorgen op een manier die zijn leven niet had gedaan. En dát zou toch zeker Carmel Fitzgerald en Adrian weer bij elkaar brengen, nietwaar? Dan zou ze Adrian eindelijk getrouwd zien: een normale man die een normaal leven leidde, zonder dat er nog meer eigenaardige voorvalletjes waren om zich zorgen over te maken.
Ruth was naar een klein cilinderbureau gelopen, waar ze een teer lijstje vanaf pakte. Er zat de helft van een medaillon in, waar ze verlangend naar keek. Het was, zag Margaret, dat vervelende afscheidscadeau van *maman,* overhandigd bij de haven. *Je vais conserver l'autre moitié, mes chéris. Nous le reconstituerons lorsque nous nous retrouverons.*
Ja, ja, wilde Margaret zeggen. Ik weet verdomme wel dat je haar mist, maar we hebben zaken af te handelen.
'Beter te vroeg dan te laat, lieve kind,' zei Margaret vriendelijk. 'Je moet echt met hem spreken. Het is nogal belangrijk.'
Ruth zette het lijstje terug, maar ze bleef ernaar kijken. 'Het zal de dingen niet veranderen wanneer ik met iemand spreek,' zei ze.
'Maar het zal ze wel ophelderen.'
'Als dat nodig is.'
'Je moet toch weten hoe hij wilde... nou, wat zijn wensen waren. Dat moet je weten. Bij een nalatenschap die zo groot is als die van hem zal zijn, telt een gewaarschuwd mens voor twee, Ruth. Ik twijfel er niet aan of zijn advocaat zal het met me eens zijn. Heeft hij trouwens al contact met je opgenomen? De advocaat? Hij moet tenslotte weten...'

'O, ja. Hij weet het.'
Nou dan, dacht Margaret. Maar ze zei verzoenend: 'Ik begrijp het. Ja. Nou, alles op zijn tijd. Wanneer jij voelt dat je eraan toe bent.'
Wat snel zou zijn, hoopte Margaret. Ze wilde niet langer op dit ellendige eiland blijven dan absoluut noodzakelijk was.

Eén ding wist Ruth Brouard zeker over haar schoonzus: Margarets komst naar Le Reposoir had niets te maken met haar mislukte huwelijk met Guy, met iets van verdriet of spijt die ze zou kunnen voelen over de manier waarop zij en Guy uit elkaar waren gegaan, of zelfs met respect dat ze misschien passend vond te tonen bij zijn verschrikkelijke overlijden. Juist het feit dat ze tot dusver niets had gezegd dat ook maar in de verte verband hield met belangstelling voor wie Ruths broer vermoord zou kunnen hebben, wees erop waar haar ware interesses lagen. Volgens haar had Guy een massa geld, en ze was vast van plan er haar deel van te krijgen. Zo niet voor zichzelf, dan voor Adrian.
Wraakzuchtig loeder, zo had Guy haar genoemd. Ze heeft er een hele verzameling dokters bij gehaald die bereid zijn te verklaren dat hij te onstabiel is om ergens anders te zijn dan bij zijn verdomde moeder, Ruth. Maar zij is degene die een wrak maakt van die zielige jongen. De laatste keer dat ik hem zag was hij overdekt met netelroos. Netelroos. Op zijn leeftijd. God, ze is volslagen gek.
En zo was het doorgegaan, jaar in jaar uit, met vakantiebezoeken die ingekort of afgezegd werden, tot de enige gelegenheid die Guy had om zijn zoon te zien, in de waakzame aanwezigheid van zijn vrouw was. Ze staat verdomme op wacht, had Guy ziedend gezegd. Waarschijnlijk omdat ze weet dat als zij het niet deed, ik hem zou zeggen dat hij zich van zijn moeders leiband zou moeten losmaken... desnoods met een bijl. Er mankeert niets aan die jongen dat een paar jaar op een behoorlijke school er niet uit zal kunnen krijgen. En dan heb ik het niet over een van die instellingen met 's morgens een koud bad en stokslagen op je rug. Ik praat over een moderne school, waar hij kan leren onafhankelijk te zijn, wat hij niet leert zolang zij hem zich aan haar vast laat klemmen als een mossel.
Guy had die strijd echter niet gewonnen. Het resultaat daarvan was Adrian zoals hij nu was, 37, met geen enkele gave of eigenschap waar hij uit kon putten om zich te bewijzen. Tenzij een reeks ononderbroken mislukkingen in alles, van teamsporten tot man-vrouwrelaties, een gave genoemd kon worden. Die mislukkingen konden rechtstreeks worden

toegeschreven aan Adrians relatie met zijn moeder. Je hoefde geen doctoraal in de psychologie te hebben om tot die conclusie te komen. Maar Margaret wilde het nooit van die kant bekijken, uit angst dat ze op de een of andere manier de verantwoordelijkheid op zich zou moeten nemen voor de aanhoudende problemen van haar zoon. En dat, God wist het, zou ze nooit doen.

Dat was Margaret ten voeten uit. Ze was een vrouw van 'geef míj niet de schuld, je speelt het maar alleen klaar'. En als je het niet alleen kon klaarspelen, dan lag dat aan jou.

Arme, lieve Adrian, dat hij zo'n moeder moest hebben. Dat ze het goed bedoelde, draaide ten slotte nergens op uit, gezien al het kwaad dat ze door haar optreden had aangericht.

Ruth keek nu naar Margaret, terwijl deze deed alsof ze het enige aandenken dat Ruth aan haar moeder had, bekeek: dat kleine, halve medaillon dat voor altijd in tweeën gebroken was. Ze was een grote vrouw, blond, met hoog opgestoken haar en een zonnebril – In die grauwe decembermaand? Wat vreemd, eigenlijk! – boven op haar hoofd geschoven. Ruth kon zich niet voorstellen dat haar broer ooit met deze vrouw getrouwd was geweest, maar dat had ze zich nooit kunnen voorstellen. Ze was er nooit helemaal in geslaagd zich te verzoenen met het beeld van Margaret en Guy samen, als man en vrouw. Niet de seks, die maakte uiteraard deel uit van de menselijke natuur en kon zich, als gevolg van dat feit, manifesteren als een vreemd soort vereniging, maar het emotionele deel, het steunende deel, het deel dat ze zich voorstelde – omdat ze nooit het voorrecht had gehad het zelf te ondervinden – als de vruchtbare aarde waarin men gezin en toekomst plantte.

Zoals bleek uit de manier waarop het afliep met haar broer en Margaret, had Ruth volkomen gelijk gehad met haar vermoeden dat ze totaal niet bij elkaar pasten. Als ze niet de arme Adrian in een zeldzaam moment van optimisme hadden geproduceerd, zouden ze waarschijnlijk aan het eind van hun huwelijk ieder hun eigen weg zijn gegaan, een van hen dankbaar voor het geld dat ze uit de ruïnes van hun relatie had kunnen opgraven, en de ander verheugd om afstand te doen van dat geld, als het maar betekende dat hij verlost zou zijn van een van zijn ergste vergissingen. Maar met Adrian als deel van de vergelijking was Margaret niet in de vergetelheid geraakt. Want Guy had van zijn zoon gehouden – ook al raakte hij door hem gefrustreerd – en het feit dat Adrian bestond, maakte het feit van Margaret tot een onveranderlijk gegeven. Tot een van hen overleed: Guy, of Margaret zelf.

Daar wilde Ruth echter niet aan denken en ze kon het niet verdragen erover te spreken, al wist ze dat ze het onderwerp niet eindeloos kon blijven ontwijken.
Alsof Margaret haar gedachten kon lezen, zette ze het medaillon op het bureau terug, waarna ze zei: 'Lieve Ruth, ik kan uit Adrian nog geen tien woorden loskrijgen over wat er gebeurd is. Ik wil niet ziekelijk nieuwsgierig lijken, maar ik zou het wel graag willen begrijpen. De Guy die ik kende heeft zijn hele leven geen vijanden gehad. Nou ja, er waren zijn vrouwen, natuurlijk, en vrouwen vinden het niet prettig om afgedankt te worden. Maar ook al had hij, zoals gewoonlijk...'
Ruth zei: 'Margaret, alsjeblieft.'
'Wacht,' ging Margaret haastig verder. 'We kunnen niet eenvoudigweg doen alsof, mijn beste. Daar is dit niet het moment voor. We wisten allebei hoe hij was. Maar wat ik probeer te zeggen is dat, zelfs al is een vrouw afgedankt, ze zelden... uit wraak... Je weet wat ik bedoel. Dus wie...? Tenzij het deze keer een getrouwde vrouw was, en de echtgenoot erachter is gekomen...? Hoewel Guy zich gewoonlijk niet met die typen inliet.'
Margaret speelde met een van de drie zware, gouden kettingen die ze om haar hals droeg, die met de hanger. Het was een parel, misvormd en enorm, een melkachtige uitwas die tussen haar borsten lag als een versteende klodder aardappelpuree.
'Hij had geen...' Ruth vroeg zich af waarom het zoveel pijn deed om het te zeggen. Ze had haar broer gekend. Ze had geweten wat hij was: de som van zoveel delen die goed waren en slechts één dat duister was, dat pijnlijk was, dat gevaarlijk was. 'Er was geen affaire. Er was niemand afgedankt.'
'Er is toch een vrouw gearresteerd?'
'Ja.'
'Waren zij en Guy niet...?'
'Natuurlijk niet. Ze had hier pas een paar dagen gelogeerd. Het had niets te maken met... niets.'
Margaret hield haar hoofd schuin en Ruth kon zien wat ze dacht. Een paar uur was lange tijd meer dan voldoende geweest voor Guy Brouard om ergens werk van te maken wanneer het om seks ging. Margaret stond op het punt dieper op dat onderwerp door te gaan. De sluwe uitdrukking op haar gezicht was voldoende om over te brengen dat ze zocht naar een manier om erover te praten die minder zou lijken op morbide nieuwsgierigheid en de overtuiging dat haar man die altijd op de versiertoer was gegaan eindelijk had gekregen wat hem toekwam, en meer op

meegevoel met Ruth, die een broer had verloren die ze meer liefhad dan haar eigen leven. Dat gesprek bleef Ruth echter bespaard. Er klonk een aarzelend klopje op de openstaande deur van de kleine zitkamer, en een trillende stem zei: 'Ruthie? Ik... ik stoor toch niet...?'
Ruth en Margaret draaiden zich om. In de deuropening zagen ze een vrouw staan, en achter haar een slungelig tienermeisje, lang en nog niet gewend aan haar lengte. 'Anaïs,' zei Ruth. 'Ik had je niet horen binnenkomen.'
'We hebben onze sleutel gebruikt.' Anaïs hield de sleutel omhoog, een eenzaam, koperen bewijsstuk van haar plaats in Guys leven, dat nu troosteloos op haar handpalm lag. 'Ik hoop dat het niet... O, Ruth, ik kan niet geloven... nog niet... ik kan het niet.' Ze begon te huilen.
Het meisje achter haar keek verlegen opzij, en ze veegde haar handen af aan de zijkant van haar broek. Ruth liep de kamer door en nam Anaïs Abbott in haar armen. 'Je mag de sleutel gebruiken zo lang je wilt. Dat zou Guy gewild hebben.'
Terwijl Anaïs het uitsnikte tegen haar schouder, stak Ruth haar hand uit naar de vijftienjarige dochter van de vrouw. Jemima glimlachte vluchtig – zij en Ruth hadden altijd goed met elkaar kunnen opschieten – maar ze kwam niet dichterbij. In plaats daarvan keek ze langs Ruth naar Margaret en daarna naar haar moeder, en ze zei 'Mammie' met een zachte, maar gekwelde stem. Jemima had nooit van dergelijke vertoningen gehouden. In de periode dat Ruth haar kende, had ze het meisje meer dan eens ineen zien krimpen bij Anaïs' neiging tot gevoelsuitbarstingen in het openbaar.
Margaret kuchte veelbetekenend. Anaïs maakte zich uit Ruths armen los en viste een pakje tissues uit een zak van het jasje van haar broekpak. Ze was van top tot teen in het zwart, en ze droeg een clochehoed die haar zorgvuldig gekapte, stroblonde haar bedekte.
Ruth stelde de vrouwen aan elkaar voor. Het was een pijnlijke situatie: ex-vrouw, huidige minnares, dochter van huidige minnares. Anaïs en Margaret prevelden beleefde begroetingswoorden en namen elkaar daarna onmiddellijk op.
Ze hadden niet méér van elkaar kunnen verschillen. Guy hield van blonde vrouwen – dat was altijd zo geweest – maar behalve dat leken de vrouwen totaal niet op elkaar, afgezien wellicht van hun afkomst, want eerlijk gezegd had Guy altijd ook een voorkeur gehad voor ordinaire vrouwen. En hoe ze beiden ook waren geschoold, hoe ze zich kleedden of zich gedroegen of hadden geleerd hun woorden behoorlijk uit te spreken, zo

nu en dan kwam de Mersey nog in Anaïs boven, en kwam Margarets moeder, die werkster was geweest, tevoorschijn in de dochter, juist op momenten wanneer deze dat deel van haar achtergrond onbekend wilde laten blijven.
Afgezien daarvan verschilden ze echter dag en nacht. Margaret was lang, imponerend, opzichtig gekleed en arrogant; Anaïs een klein vogeltje, zo mager dat het, naar de weerzinwekkende mode van deze tijd, neigde naar anorexia – behalve haar duidelijk valse en te voluptueuze borsten – maar altijd gekleed als een vrouw die geen enkel kledingstuk aantrok zonder er de goedkeuring van haar spiegel voor te hebben gekregen.
Margaret was natuurlijk niet helemaal naar Guernsey gekomen om een van de vele minnaressen van haar ex-man te ontmoeten, laat staan haar te troosten of zich met haar te onderhouden. Dus nadat ze een waardig, hoewel beslist niet gemeend 'Prettig kennis met u te maken' had gemompeld, zei ze tegen Ruth: 'We spreken elkaar later nog wel, beste kind.' Ze omhelsde haar schoonzus en kuste haar op beide wangen en zei 'Lieve Ruth' alsof ze Anaïs Abbott door dit ongebruikelijke en enigszins verontrustende gebaar wilde laten weten dat een van hen een plaats innam in deze familie, en de andere beslist niet. Daarna ging ze weg, een spoor van Chanel Nr. 5 achterlatend. Te vroeg op de dag voor een dergelijk zwaar parfum, dacht Ruth. Maar daar zou Margaret zich niet van bewust zijn.
'Ik had bij hem moeten zijn,' zei Anaïs met gesmoorde stem, nadat de deur achter Margaret was dichtgevallen. 'Dat had ik graag gewild, Ruthie. Vanaf het moment dat het gebeurd is, heb ik eraan gedacht dat ik als ik hier de nacht maar had doorgebracht, 's morgens naar de baai zou zijn gegaan. Gewoon, om naar hem te kijken. Omdat het zo prettig was om naar hem te kijken. En... O god, o god, waarom moest dit gebeuren?'
'Mij' was iets wat ze er niet aan toevoegde. Maar Ruth was niet dom. Ze had niet haar hele leven doorgebracht met toekijken hoe haar broer zich in en om en uit zijn verwikkelingen met vrouwen had bewogen om niet te weten op welk punt hij was beland in het eeuwigdurende spel van verleiding, desillusie en verlating dat hij speelde. Anaïs Abbott had zo ongeveer afgedaan voor Guy toen hij stierf. Als Anaïs dat niet rechtstreeks geweten had, had ze het waarschijnlijk op een of ander moment wel aangevoeld.
Ruth zei: 'Kom, laten we gaan zitten. Zal ik Valerie vragen of ze koffie brengt? Jemima, liefje, wil jij iets?'
Jemima zei aarzelend: 'Hebt u iets wat ik Biscuit kan geven? Hij zit bui-

ten, voor de deur. Hij heeft vanochtend geen eten gehad en...'
'Duck, schatje,' viel haar moeder haar in de rede, het verwijt overduidelijk vanwege het gebruik van Jemima's koosnaampje uit haar jeugd. Die twee woorden zeiden alles wat Anaïs niet zei: kleine meisjes maken zich druk om hun hondjes. Jonge vróúwen maken zich druk om jonge mannen. 'De hond redt het wel. Eerlijk gezegd zou de hond het heel goed gered hebben als we hem thuis hadden gelaten, waar hij hoort. Zoals ik je gezegd heb. We kunnen niet van Ruth verlangen...'
'Sorry.' Jemima leek luider te spreken dan ze dacht dat ze het in Ruths aanwezigheid moest doen, want ze liet meteen haar hoofd hangen, en met een hand omklemde ze de naad van haar keurige wollen broek. Ze was niet gekleed als een normale tiener, het arme kind. Een zomercursus op een Londense school voor modellen, in combinatie met haar moeders waakzaamheid – om nog maar niet te spreken van haar bemoeienissen met de kleerkast van het meisje – had daarvoor gezorgd. Ze was uitgedost als een model uit de *Vogue.* Maar ondanks de periode waarin ze had geleerd hoe ze haar make-up moest aanbrengen, haar kapsel moest verzorgen en zich op de catwalk moest bewegen, was ze in werkelijkheid nog steeds de slungelige Jemima, Duck voor haar familieleden, en gedroeg ze zich in het openbaar even onbeholpen als een eend zich zou voelen wanneer die zich ergens bevond waar geen water beschikbaar was.
Ruth kreeg medelijden met haar. Ze zei: 'Dat lieve hondje? Hij voelt zich buiten waarschijnlijk ongelukkig zonder jou, Jemima. Wil je hem binnenhalen?'
'Onzin,' zei Anaïs. 'Het gaat prima met hem. Hij mag dan doof zijn, maar er mankeert niets aan zijn ogen en zijn reukvermogen. Hij weet heel goed waar hij is. Laat hem maar buiten.'
'Ja. Natuurlijk. Maar misschien lust hij wel een stukje gehakt? En er is nog een restje *shepherd's pie*, van de lunch van gisteren. Jemima, ga naar de keuken en vraag Valerie je een stuk van die pastei te geven. Als je wilt kun je het opwarmen in de magnetron.'
Jemima's hoofd vloog omhoog en de uitdrukking op het gezicht van het meisje deed Ruth meer goed dan ze verwacht had. Met een blik op haar moeder zei het meisje: 'Mag ik...?'
Anaïs was slim genoeg om te weten wanneer ze moest meewaaien met een wind die sterker was dan die die ze zelf kon voortbrengen. 'Ruthie,' zei ze, 'wat lief van je. We willen je absoluut geen last bezorgen.'
'Dat doen jullie niet,' zei Ruth. 'Ga nu maar, Jemima. Dan kunnen wij oudere meisjes een praatje maken.'

Ruth had de uitdrukking 'oudere meisjes' niet beledigend bedoeld, maar nadat Jemima hen had verlaten zag ze dat het wel zo was overgekomen. Op de leeftijd die ze bereid was te onthullen – 46 – had Anaïs Ruths dochter kunnen zijn. Ze zag er in elk geval naar uit. Om precies te zijn, ze deed haar uiterste best om er zo uit te zien. Omdat ze, beter dan de meeste vrouwen, wist dat oudere mannen zich aangetrokken voelden tot vrouwelijke jeugd en schoonheid, zoals vrouwelijke jeugd en schoonheid zich zo dikwijls en gemakshalve aangetrokken voelden tot de bron van de middelen om zich staande te houden. In beide gevallen deed leeftijd er niet toe. Uiterlijk en geld, daar kwam het op aan. Over leeftijd spreken was echter iets van een faux pas geweest. Ruth deed echter niets om die onbetamelijkheid glad te strijken. Lieve god, ze rouwde om haar broer. Dat excuus moest voldoende zijn.

Anaïs liep naar het borduurraam. Ze bekeek het ontwerp van het laatste paneel. Ze zei: 'De hoeveelste is dit?'

'De vijftiende, geloof ik.'

'Hoeveel komen er nog?'

'Zoveel als er nodig zijn om het hele verhaal te vertellen.'

'Het hele verhaal? Zelfs Guy... uiteindelijk?' De ogen van Anaïs waren rood, maar ze begon niet opnieuw te huilen. Ze leek eerder haar eigen vraag te gebruiken om tot het doel van haar bezoek aan Le Reposoir te geraken. 'Alles is nu veranderd, Ruth. Ik maak me zorgen om je. Wordt er wel goed voor je gezorgd?'

Even dacht Ruth dat ze de kanker bedoelde, en hoe ze tegenover haar eigen onafwendbare dood stond. Ze zei: 'Ik denk dat ik het wel aankan,' waarop Anaïs' antwoord haar uit de droom hielp. De vrouw was niet gekomen om haar onderdak, zorg of alleen maar steun te bieden in de komende maanden.

Anaïs zei: 'Heb je het testament gelezen, Ruthie?' En alsof ze in haar hart feitelijk wel wist hoe vulgair de vraag was, liet ze erop volgen: 'Heb je jezelf kunnen geruststellen, weet je dat er voor je gezorgd wordt?'

Ruth vertelde de minnares van haar broer wat ze de ex-vrouw van haar broer had verteld. Ze slaagde erin de informatie waardig over te brengen, ondanks wat ze wilde zeggen over wie een gevestigd belang in de verdeling van Guys vermogen behoorde te hebben en wie niet.

'O.' Anaïs' stem was een afspiegeling van haar teleurstelling. Dat er geen testament gelezen was duidde erop dat ze niet zeker wist of, wanneer, of hoe ze in staat zou zijn te betalen voor de talloze paden die ze insloeg om jong te blijven sinds ze Guy had leren kennen. Het betekende ook dat de wolven waarschijnlijk tien passen dichter bij de voordeur van dat veel te indrukwekkende huis waren dat zij en haar kinderen bewoonden aan de noordzijde van het eiland, dicht bij Le Grand Havre-baai. Ruth had altijd vermoed dat Anaïs ver boven haar stand leefde, weduwe van een financier of niet. En wie wist trouwens wat dat betekende, 'mijn man was financier', in deze dagen waarin aandelen een week nadat ze waren gekocht niets waard waren en de wereldmarkt op drijfzand berustte? Hij kon natuurlijk een financieel genie zijn geweest die het geld van anderen vermenigvuldigde als brood voor de hongerigen, of een investeringsadviseur die vijf pond aan aandelen kon veranderen in vijf miljoen, mits hij voldoende tijd, vertrouwen en middelen had. Maar anderzijds kon hij evengoed bediende bij Barclay's geweest zijn, wiens levensverzekeringspolis zijn treurende weduwe in staat had gesteld zich in een positie te manoeuvreren die haar toestond in hogere kringen te vertoeven dan die waarin ze geboren en getrouwd was. Hoe het ook zij, toegang krijgen tot deze kringen en zich erin bewegen vereiste veel geld: voor het huis, de kleren, de auto, de vakanties... om nog maar niet te spreken over alledaagse zaken als voedsel. Daarom sprak het vanzelf dat Anaïs wat dit betrof behoorlijk in het nauw zat. Ze had aanzienlijk geïnvesteerd in haar relatie met Guy. Om die investering dividend te laten opbrengen, was aangenomen dat Guy in leven zou blijven en zou aansturen op een huwelijk.

Ook al voelde Ruth een zekere mate van weerzin tegen Anaïs Abbott vanwege het Grote Plan van waaruit ze geloofde dat de vrouw altijd geopereerd had, ze wist dat ze althans een deel van haar intriges zou moeten goedpraten. Want Guy had haar inderdaad doen geloven dat er een mogelijkheid in zat van een verbintenis. Een wettige verbintenis. Hand in hand voor een dominee, of een paar minuten glimlachen en blozen voor een ambtenaar van de burgerlijke stand. Het was logisch dat Anaïs bepaalde verwachtingen had gekoesterd, omdat Guy edelmoedig was geweest. Ruth wist dat hij degene was geweest die Jemima naar Londen had gestuurd, en ze twijfelde er nauwelijks aan dat hij er ook de oorzaak van was – financieel of anderszins – dat Anaïs' borsten als twee stevige, volkomen symmetrische kanteloepen vooruitstaken van een borstkas die van nature te klein was om ze plaats te bieden. Maar was dat alles betaald of stonden er nog rekeningen uit? Dat was de vraag. Het duurde niet lang voor Ruth het antwoord kreeg.

Anaïs zei: 'Ik mis hem, Ruth. Hij was... Je weet dat ik van hem hield, nietwaar? Je weet hóé ik van hem hield, toch?'

Ruth knikte. De kanker die zich voedde met haar ruggengraat begon haar aandacht te vragen. Knikken was het enige wat ze kon doen wanneer de pijn kwam opzetten en ze probeerde die de baas te blijven.
'Hij was alles voor me, Ruth. Mijn rots. Mijn middelpunt.' Anaïs boog haar hoofd. Een paar zachte krullen ontsnapten aan haar cloche en bleven, als waren het liefkozingen van een man, achter in haar nek liggen. 'Hij had een manier om dingen af te handelen... Suggesties die hij deed... dingen die hij deed... Wist je dat het zijn idee was om Jemima naar Londen te laten gaan voor die modellencursus? Om haar zelfvertrouwen te geven, zei hij. Dat was zo echt iets voor Guy. Vol edelmoedigheid en liefde.'
Ruth knikte nogmaals, gevangen in de greep van de kanker. Ze perste haar lippen op elkaar en onderdrukte een gekreun.
'Er was niets wat hij niet voor ons wilde doen,' zei Anaïs. 'De auto... het onderhoud ervan... het zwembad in de tuin... Zo was hij. Hij hielp. Hij gaf. Wat een geweldige man. Ik zal nooit meer iemand ontmoeten die ook maar bij hem in de buurt komt... Hij was zo goed voor me. En nu, zonder hem...? Ik heb het gevoel dat ik alles kwijt ben. Heeft hij je verteld dat hij dit jaar de schooluniformen heeft betaald? Ik wist wel dat hij het niet gezegd had. Dat wilde hij niet, want dat was een deel van zijn goedheid, dat hij de trots wilde beschermen van de mensen die hij hielp. Hij heeft zelfs... Ruth, deze lieve, goede man gaf me zelfs een maandelijkse toelage. "Je betekent meer voor me dan ik ooit gedacht had dat een vrouw voor me zou kunnen betekenen, en ik wil dat je meer hebt dan je jezelf kunt geven." Ik heb hem bedankt, Ruth, telkens en telkens opnieuw. Maar ik heb hem nooit genoeg bedankt. Toch wil ik dat jíj iets af weet van al het goede dat hij deed. Wat hij voor mij deed. Om me te helpen, Ruth.'
Ze had haar verzoek alleen nog onbeschaamder kunnen maken door het op het Wiltontapijt te schrijven. Ruth vroeg zich af hoeveel smakelozer eventuele andere om haar broer treurende mensen zouden kunnen zijn.
'Dank je voor die lovende woorden, Anaïs,' besloot ze ten slotte tegen de vrouw te zeggen. 'Te weten dat jij wist dat hij de goedheid zelve was...' En dat was hij, dat wás hij, schreeuwde Ruths hart. 'Het is heel vriendelijk van je om hiernaartoe te komen en het me te vertellen. Ik ben je ontzettend dankbaar. Je bent heel lief.'
Anaïs opende haar mond om iets te zeggen. Ze haalde zelfs al diep adem, voor ze scheen te beseffen dat er niets meer te zeggen viel. Op dit moment kon ze niet rechtstreeks om geld vragen zonder inhalig en onbe-

houwen over te komen. En ook al zou ze zich daar niet om bekommeren, ze was waarschijnlijk niet bereid op korte termijn op te houden te doen alsof ze een onafhankelijke weduwe was, voor wie een zorgvuldig opgebouwde relatie belangrijker was dan de middelen die deze haar verschafte. Ze had te lang gedaan alsof.

Daarom zei Anaïs Abbott niets meer, en Ruth evenmin, terwijl ze samen in de kleine zitkamer zaten. Wat konden ze tenslotte in vredesnaam nog meer zeggen?

7

In de loop van de dag nam het slechte weer in Londen geleidelijk af, zodat het echtpaar St James en Cherokee River de reis naar Guernsey konden maken. Ze kwamen er laat in de middag aan, en terwijl ze boven het vliegveld cirkelden, zagen ze onder zich in het vervagende licht de wegen die zich als grijze, katoenen draden lukraak afwikkelden, kronkelend door stenen dorpjes en tussen kale akkers. Het glas van de talloze kassen ving het laatste zonlicht op en de kale bomen in de dalen en op de heuvels gaven de gebieden aan waar de wind en de storm minder hevig toesloegen. Vanuit de lucht gezien was het een afwisselend landschap: stijgend naar hoog oprijzende kliffen aan de oost- en de zuidkant van het eiland; glooiend aflopend naar rustige baaien in het westen en het noorden.

In deze tijd van het jaar zag het eiland er troosteloos uit. Vakantiegangers zouden in het late voorjaar en de zomer de wirwar van wegen vullen, op weg naar de stranden, de paden over de rotsen of de havens, en Guernseys kerken, kastelen en forten bezoeken. Ze zouden wandelen en zwemmen en varen en fietsen. Ze zouden de straten verstoppen en de hotels uit hun voegen laten barsten. Maar in december waren er drie soorten mensen die het Kanaaleiland bevolkten: de eilandbewoners zelf, die door gewoonte, traditie en liefde met het eiland verbonden waren; belastingontduikers die vastbesloten waren zo veel mogelijk geld te verbergen voor hun respectieve regeringen; en Engelse bankiers, die in St Peter Port werkten en voor de weekeinden naar huis vlogen.

Het was St Peter Port waar het echtpaar St James en Cherokee River zich naartoe begaven. Dit was de grootste stad en daar zetelde de regering van het eiland. Tevens bevond zich daar het hoofdkwartier van de politie, alsmede het kantoor van China's advocaat.

Cherokee was die dag tijdens het grootste deel van hun reis erg spraakzaam geweest. Hij ging van het ene onderwerp op het andere over, als iemand die doodsbang was voor wat een stilte tussen hen zou kunnen betekenen, en St James had zich afgevraagd of de voortdurende stortvloed aan conversatie bedoeld was om hen ervan te weerhouden te denken aan de zinloosheid van hun missie. Als China River gearresteerd en beschuldigd was, dan moest er bewijsmateriaal zijn om haar vanwege het misdrijf voor de rechter te brengen. Als dat bewijsmateriaal verder ging dan indirecte aanwijzingen, wist St James dat hij weinig of niets zou kunnen doen om het anders te interpreteren dan de politie al had gedaan. Naarmate Cherokee zijn gesprek met St James en zijn vrouw had voortgezet, was het er echter minder op gaan lijken dat hij hen wilde afleiden van het trekken van conclusies over het doel van hun reis, maar meer dat hij zich aan hen wilde hechten. St James speelde bij dit alles de rol van toeschouwer, een vijfde wiel aan een wagen die slingerend op weg was naar het onbekende. Hij vond het een beslist ongemakkelijke rit.

Cherokee praatte het meest over zijn zus. Chine – zoals hij haar noemde – had eindelijk leren surfen. Wist Debs dat? Haar vriend Matt... Had Debs Matt wel eens ontmoet? Dat moest toch wel? ... nou, hij kreeg haar ten slotte het water in... ik bedoel ver genoeg uit de kust, omdat ze altijd doodsbenauwd was voor haaien. Hij bracht haar de beginselen bij en liet haar oefenen, en de dag dat ze eindelijk rechtop bleef staan... Toen pas voelde ze waar het allemaal om ging. Ik bedoel, ze voelde het geestelijk. De zen van het surfen. Cherokee had altijd gewild dat ze naar Huntington kwam om daar met hem te gaan surfen... in februari of maart, wanneer de golven ruig werden, maar ze wilde het nooit, omdat naar Orange County gaan in haar gedachten gelijkstond met naar mam toe gaan, en Chine en mam... Ze hadden altijd ruzie. Ze waren gewoon te verschillend. Mam deed altijd iets verkeerd. Zoals de laatste keer dat Chine was overgekomen voor een weekend – misschien al wel twee jaar geleden – toen werd er een hoop heisa van gemaakt dat mam geen schone glazen in huis had. Niet dat Chine niet zelf een glas kon afwassen, maar mam had ze van tevoren moeten afwassen, omdat van tevoren glazen afwassen iets betekende. Zoals: ik hou van je of welkom of ik vind het fijn dat je hier bent. Hoe het ook zij, Cherokee probeerde zich altijd afzijdig te houden wanneer ze tegen elkaar tekeergingen. Het waren beiden echt goede mensen, zie je, mam en Chine. Ze verschilden alleen zo van elkaar. Maar wanneer Chine naar de canyon kwam... Debs wist toch dat Cherokee in de canyon woonde? Modjeska? In het binnenland? Die hut met de houtblokken ervoor? In elk geval, geloof het of niet, wanneer Chine kwam zette Cherokee overal schone glazen neer. Niet dat hij er zoveel had. Maar die hij had... overal. Chine wilde schone glazen, en Cherokee gaf haar schone glazen. Het was toch vreemd, vind je niet, de dingen waar mensen zich druk om kunnen maken...

Gedurende de hele vlucht naar Guernsey had Deborah vol meegevoel naar Cherokees geratel geluisterd. Hij was overgegaan van herinnering naar onthulling naar uitleg, en binnen een uur begon St James te begrijpen dat de man zich naast de vanzelfsprekende bezorgdheid die hij koesterde vanwege de toestand met zijn zus, ook schuldig voelde. Als hij er niet op had aangedrongen dat ze hem zou vergezellen, zou ze op dit moment niet zijn waar ze was. Hij was er op zijn minst deels verantwoordelijk voor. 'Ellende overkomt mensen nu eenmaal,' zo stelde hij het, maar het was duidelijk dat deze speciale ellende deze speciale persoon niet zou zijn overkomen als Cherokee niet gewild had dat ze met hem meeging. En hij had gewild dat ze meeging, omdat hij haar nodig had, had hij verklaard, want dat was om te beginnen de enige manier waarop hij zelf zou kunnen gaan en hij wílde gaan omdat hij het geld nodig had omdat hij eindelijk een baan op het oog had waarvan hij kon denken dat hij die 25 jaar of meer zou willen houden en hij alleen nog een aanbetaling nodig had om die te financieren. Een vissersboot. Dat was het verhaal in een notendop. China River zat achter de tralies omdat haar klootzak van een broer een vissersboot wilde kopen.
'Je kon toch niet weten wat er zou gebeuren,' wierp Deborah tegen.
'Dat weet ik. Maar ik voel me er niet beter door. Daarom moet ik haar eruit halen, Debs.' En met een ernstig lachje naar haar en daarna naar St James: 'Bedankt dat jullie me hiermee willen helpen. Ik zou niet weten wat ik ooit voor jullie terug kan doen.'
St James wilde Cherokee vertellen dat zijn zus nog niet uit de gevangenis was en dat er een grote kans bestond dat ook al werd er een borgtocht vastgesteld en betaald, haar vrijheid op dat moment niet meer zou zijn dan een tijdelijk respijt. Hij zei echter slechts: 'We zullen doen wat we kunnen.'
Waarop Cherokee antwoordde: 'Bedankt. Jullie zijn fantastisch.'
Waarna Deborah zei: 'We zijn je vrienden, Cherokee.'
Op dat moment leek de man getroffen door emotie, die een ogenblik over zijn gezicht flitste. Hij kon niet meer doen dan knikken, en hij maakte dat eigenaardige gebaar met zijn gebalde vuist dat Amerikanen gebruiken om van alles aan te geven, van dankbaarheid tot politieke overeenstemming.
Of misschien maakte hij het op dat moment vanwege iets anders.
St James kon die gedachte niet uit zijn hoofd zetten. Dat had hij eerlijk gezegd niet gekund sinds het moment dat hij in rechtszaal nummer 3 omhoog had gekeken naar de publieke tribune en zijn vrouw en de Ame-

rikaan boven zich had gezien: schouder aan schouder, terwijl Deborah iets fluisterde tegen Cherokees gebogen, luisterende hoofd. Hier klopte iets niet. St James geloofde dat heel sterk, maar hij kon het niet verklaren. Dus het gevoel dat er iets scheef zat, maakte het voor hem moeilijk de vriendschapsverklaring van zijn vrouw aan de andere man te beamen. Hij zei niets en toen Deborahs blik in zijn richting hem vroeg waarom niet, schonk hij haar geen bevestigende blik als antwoord. Dit zou, dat wist hij, de situatie tussen hen er niet beter op maken. Ze was nog steeds boos op hem na hun gesprek in de Old Bailey.

Nadat ze in de stad waren aangekomen namen ze hun intrek aan Ann's Place, in een voormalig regeringsgebouw dat lang geleden was verbouwd tot een hotel. Daar gingen ze uit elkaar: Cherokee en Deborah naar de gevangenis, waar ze hoopten contact te kunnen krijgen met China in de afdeling voor preventief gedetineerden; St James naar het politiebureau, waar hij de inspecteur die belast was met het onderzoek, wilde spreken.

Hij bleef een onbehaaglijk gevoel houden. Hij wist heel goed dat hij hier niet hoorde, dat hij zich opdrong aan een politieel onderzoek waarbij hij niet welkom zou zijn. In Engeland waren er tenminste zaken waar hij de politie naar kon verwijzen wanneer hij op bezoek kwam en om informatie vroeg. 'Herinnert u zich de Bowen-ontvoeringszaak?' kon hij vrijwel overal in Engeland mompelen... 'En die wurgmoord in Cambridge, van het afgelopen jaar?' St James had gemerkt dat wanneer hij voldoende gelegenheid kreeg om uit te leggen wie hij was en om een gezamenlijke rivier van kennis te zoeken waarin hij met de politie kon zwemmen, de Engelse politie over het algemeen bereid was hem deelgenoot te maken van de informatie waarover ze beschikte, terwijl ze onverstoorbaar bleef bij het vooruitzicht van pogingen die hij zou kunnen doen om iets meer te vinden. Hier lag het anders. Het verkrijgen van medewerking van de politie, of althans hun onwillige acceptatie van zijn aanwezigheid te midden van de mensen die sterk betrokken waren bij het misdrijf, kon geen kwestie zijn van hun geheugen opfrissen met betrekking tot zaken waaraan hij gewerkt had, of processen waarbij hij betrokken was geweest. Dat bracht hem in een positie die hem niet beviel. Hij moest vertrouwen op zijn minst ontwikkelde vaardigheid om toegang te krijgen tot de broederschap van onderzoekers: de vaardigheid om contact te krijgen met een andere persoon.

Hij volgde de bocht van Ann's Place, die uitkwam bij Hospital Lane en het politiebureau, dat erachter stond. Misschien, dacht hij, was die onmacht van hem, die een kloof veroorzaakte tussen hemzelf en andere mensen – altijd en overal de verdomde, koele wetenschapper, altijd en overal naar binnen kijkend en denkend, altijd overwegend, taxerend en observerend terwijl anderen er alleen maar wáren... Misschien was die ook de oorzaak van zijn onbehaaglijke gevoel ten opzichte van Cherokee River.

'Ik herinner me zéker het surfen!' had Deborah gezegd, en haar gezicht veranderde onmiddellijk toen die gezamenlijke ervaring bij haar bovenkwam. 'We gingen alle drie, die ene keer... Weet je nog? Waar waren we?'

Cherokee had nadenkend gekeken voor hij zei: 'Ja zeker. Het was bij Seal Beach, Debs. Gemakkelijker dan Huntington. Meer beschut.'

'Ja, ja. Seal Beach. Ik moest van jou het water op en op de plank rondhannesen en ik bleef maar gillen dat ik de pier zou raken.'

'Waar je,' zei hij, 'niet eens bij in de buurt kwam. Er was geen denken aan dat je zo lang op de plank zou blijven dat je ergens tegenop zou knallen, tenzij je besloot erop te blijven slapen.'

Ze lachten samen, weer een schakel gesmeed, een moeiteloos moment tussen twee mensen die wisten dat er een gemeenschappelijke keten bestond die het heden met het verleden verbond.

En zo ging het tussen alle mensen die een stuk verleden deelden, dacht St James. Zo ging het nu eenmaal.

Hij stak de straat over naar het hoofdbureau van politie van Guernsey. Het stond achter een indrukwekkende muur, waarvan de stenen waren gehouwen uit gesteente dat dooraderd was met veldspaat, een L-vormig gebouw met vier rijen ramen in de beide vleugels, waarboven de vlag van Guernsey wapperde. Bij de receptie gaf St James zijn naam en zijn kaartje aan de dienstdoende agent. Zou het mogelijk zijn, vroeg hij, te spreken met de officier die de leiding had over het onderzoek naar de moord op Guy Brouard? Of anders met de persvoorlichter van de afdeling?

De agent bestudeerde het kaartje met een uitdrukking op zijn gezicht die betekende dat er een paar selecte telefoontjes naar de overkant van Het Kanaal zouden worden gepleegd om precies vast te stellen wie deze forensisch deskundige was die bij hen op de stoep stond. Dit was allemaal prima, want als er telefoongesprekken werden gevoerd, zou dat gebeuren met de politie van Londen, de centrale recherche of de universiteit waaraan St James doceerde, en als dat het geval was, zou de weg voor hem geplaveid zijn.

Het vergde twintig minuten, waarin St James door de receptie ijsbeerde en zes keer de mededelingen op het prikbord las. Het waren echter twintig goedbestede minuten, omdat aan het eind ervan hoofdinspecteur

Louis Le Gallez persoonlijk tevoorschijn kwam om St James mee te nemen naar de meldkamer, een grote, voormalige kapel met een plafond dat uit gebogen balken bestond, en waarin fitnessapparatuur wedijverde met archiefkasten, computertafels, mededelingenborden en borden om dingen op te schrijven.

Hoofdinspecteur Le Gallez wilde natuurlijk weten waarom een forensisch deskundige uit Londen belangstelling had voor een moordonderzoek op Guernsey, in het bijzonder omdat het onderzoek was afgesloten. 'We hebben onze moordenaar,' zei hij, met over zijn borst gekruiste armen en één been over de hoek van een tafel geslagen. Hij liet zijn gewicht – wat aanzienlijk was voor zo'n kleine man – op de tafelrand rusten en tikte onophoudelijk met St James' kaartje tegen de zijkant van zijn hand. Hij leek eerder nieuwsgierig dan op zijn hoede.

St James koos voor volstrekte openhartigheid. De broer van beklaagde, begrijpelijk geschokt door wat er met zijn zus was gebeurd, had St James om hulp gevraagd nadat hij er niet in geslaagd was de Amerikaanse ambassade te bewegen iets voor zijn zus te doen.

'De Amerikanen hebben gedaan wat ze moesten doen,' wierp Le Gallez tegen. 'Ik weet niet wat die man nog meer verwacht. Hij was overigens een van de verdachten. Maar ach, dat waren ze allemaal. Iedereen die op het feest was dat Brouard gaf. De avond voor zijn dood. Het halve eiland was er. En als dat de zaak niet verdomd gecompliceerd maakte, deed niets het, gelooft u me.'

Le Gallez nam de leiding alsof hij zich er volledig van bewust was waar St James het gesprek op aan zou sturen na die opmerking over het feest. Hij vervolgde met te zeggen dat iedereen verhoord was die in het huis van Brouard was geweest op de avond voor de moord, en dat er niets aan het licht was gekomen in de dagen sinds de dood van Guy Brouard om de aanvankelijke verdenking van de rechercheurs te veranderen: iemand die uit Le Reposoir was weggeslopen zoals dc Rivers hadden gedaan op de ochtend van de moord, was iemand naar wie een nader onderzoek moest worden ingesteld.

'Alle andere gasten hadden een alibi voor het tijdstip van de moord?' vroeg St James.

Dat wilde hij er niet mee zeggen, was Le Gallez' reactie. Maar toen het bewijsmateriaal zich eenmaal had opgestapeld, was wat alle anderen gedaan hadden op de ochtend dat Guy Brouard zijn dood tegemoet ging, onbelangrijk waar het de zaak betrof.

Wat ze tegen China River hadden, was zeer belastend, en Le Gallez

scheen het maar al te graag te willen opsommen. Hun vier recherche-teams hadden de plaats delict uitgekamd en hun forensisch patholoog had het lichaam onderzocht. Mevrouw River had een halve afdruk op de plaats van het misdrijf achtergelaten. Dit was een voetafdruk, waarvan hij moest toegeven dat de helft ervan was bedekt door een brede strook zeewier, maar korrels die precies gelijk waren aan het grove zand op het strand, waren ingedrukt in haar schoenzolen aangetroffen, en die schoenen kwamen overeen met de gedeeltelijke voetafdruk.
'Ze kan er een andere keer zijn geweest,' zei St James.
'Het zou kunnen. Dat is waar. Ik ken het verhaal. Brouard heeft hen vrij over zijn terrein laten rondlopen, wanneer hij hen er niet zelf rondleidde. Maar wat hij niet deed, was ervoor zorgen dat haar haar vastraakte in de ritssluiting van het trainingsjasje dat hij aanhad toen hij stierf. En ik zou ook niet durven wedden dat hij zijn hoofd aan haar omslagdoek had afgeveegd.'
'Wat voor omslagdoek?'
'Van zwarte dekenstof. Eén knoop bij de hals, geen mouwen.'
'Een cape?'
'En zijn haren zaten erop, precies waar je verwachtte die te zullen vinden als je je arm om hem heen had geslagen om hem niet te laten bewegen. Het domme mens had er niet aan gedacht om een kleerborstel te gebruiken.'
St James zei: 'Het moordwapen... Het is een beetje ongebruikelijk, vindt u ook niet? De steen? Dat hij erin stikte? Als hij die niet zelf per ongeluk heeft ingeslikt...'
Le Gallez zei: 'Verdomd onwaarschijnlijk.'
'... dan moet iemand die in zijn keel geduwd hebben. Maar hoe? Wanneer? Tijdens een worsteling? Waren er sporen van een worsteling? Op het strand? Op zijn lichaam? Op mevrouw River, toen u haar arresteerde?'
Hij schudde zijn hoofd. 'Geen worsteling. Maar dat zou ook niet nodig zijn geweest. Daarom hebben we van het begin af aan naar een vrouw gezocht.' Hij liep naar een van de tafels en pakte er een plastic bakje af, waarvan hij de inhoud op zijn hand schudde. Hij zocht ertussen, zei 'Aha, hiermee kan het wel', en haalde er een halfopen rolletje Polo's uit. Met zijn duim wipte hij er een uit, stak die omhoog zodat St James het kon zien en zei: 'De steen in kwestie is net iets groter dan dit. Een gat in het midden, om hem aan een sleutelring te bevestigen. Met ingekerfde tekens op de zijkant. Let op.' Hij stak de Polo in zijn mond, duwde het

snoepje met zijn tong in zijn wang, en zei: 'Je kunt meer doen dan bacillen overbrengen wanneer je het op zijn Frans doet, makker.'
St James begreep het, maar niettemin twijfelde hij. De theorie van de inspecteur was, wat hem betrof, uiterst onwaarschijnlijk. Hij zei: 'Maar ze zou meer hebben moeten doen dan alleen de steen in zijn mond duwen. Ja. Ik zie dat het mogelijk is dat ze die op zijn tong geschoven heeft terwijl ze hem kuste, maar zeker niet in zijn keel. Hoe had ze dat voor elkaar moeten krijgen?'
'Bij verrassing,' zei Le Gallez. 'Hij is niet op zijn hoede wanneer de steen in zijn mond terechtkomt. Een hand achter in zijn nek, terwijl hun lippen op elkaar gedrukt zijn en hij in de juiste positie staat. De andere op zijn wang, en op het moment dat hij zich van haar wil losmaken omdat ze de steen in zijn mond heeft geschoven, houdt ze hem vast in de kromming van haar arm, buigt hem achterover en dan gaat haar hand naar zijn keel. En de steen. En dan is hij er geweest.'
'U moet het me niet kwalijk nemen, maar dat is een beetje onwaarschijnlijk,' zei St James. 'Uw openbare aanklager kan toch met geen mogelijkheid hopen te overtuigen... Hebt u hier juryrechtspraak?'
'Doet er niet toe. De steen is niet bedoeld om iemand te overtuigen,' zei Le Gallez. 'Het is gewoon een theorie, die misschien niet eens naar voren wordt gebracht bij de rechtszitting.'
'Waarom niet?'
Le Gallez glimlachte dunnetjes. 'Omdat we een getuige hebben, meneer St James,' zei hij. 'En een getuige is meer waard dan honderd deskundigen met hun duizend mooie theorieën, als u begrijpt wat ik bedoel.'

In de gevangenis, waar China in voorarrest zat, hoorden Deborah en Cherokee dat de gebeurtenissen zich snel hadden voltrokken in de 24 uur sinds hij het eiland had verlaten om in Londen hulp te zoeken. China's advocaat was erin geslaagd haar op borgtocht vrij te krijgen en had haar elders ondergebracht. De gevangenisdirectie wist natuurlijk waar, maar die informatie wilden ze niet prijsgeven.
Daarom keerden Deborah en Cherokee via dezelfde weg van de gevangenis naar St Peter Port terug, en toen ze een telefooncel vonden waar Vale Road zich opende voor het weidse panorama van de Belle Grevebaai, sprong Cherokee de auto uit om de advocaat te bellen. Deborah keek door de glazen deur van de telefooncel en ze begreep dat China's broer opgewonden was, omdat hij onder het spreken met zijn vuist op het glas sloeg. Hoewel ze niet kon liplezen, kon Deborah wel het 'Hé, man, nu

moet jíj eens goed luisteren!' onderscheiden toen Cherokee het zei. Het gesprek duurde drie of vier minuten, niet voldoende tijd om Cherokee gerust te stellen, maar wel genoeg om te ontdekken waar zijn zus naartoe was gebracht.

'Hij heeft haar naar een appartement gebracht, in St Peter Port,' rapporteerde Cherokee nadat hij weer in de auto was gestapt en de versnelling mishandelde. 'Een van die flats die mensen in de zomermaanden verhuren. "Maar al te blij dat ik haar daar heb," zo zei hij het. Wat dat dan ook mag betekenen.'

'Een vakantieappartement,' zei Deborah. 'Het staat waarschijnlijk leeg tot het voorjaar.'

'Hoe dan ook,' zei hij, 'hij had me toch wel een boodschap kunnen sturen of zoiets. Ik ben hierbij betrokken, weet je wel. Ik heb hem gevraagd waarom hij me niet had laten weten dat hij haar eruit gekregen had en hij zei... Weet je wat hij zei? "Mevrouw River heeft niet gezegd dat ik iemand moest vertellen waar ze verbleef." Alsof ze zich wíl verbergen.'

Over de kronkelende weg reden ze terug naar St Peter Port, waar het niet eenvoudig bleek de vakantieappartementen te vinden waar China geïnstalleerd was, ondanks dat ze het adres hadden. De stad was een doolhof van straten met eenrichtingsverkeer: smalle sporen die vanaf de haven tegen de heuvel op klommen en die een stad doorkruisten die al bestond lang voordat de auto was uitgevonden. Deborah en Cherokee reden verscheidene Georgian stadshuizen en Victoriaanse rijtjeswoningen voorbij eer ze ten slotte uitkwamen bij de Queen Margaret Appartementen, op de hoek van Saumarez Street en Clifton Street, op het hoogste punt van laatstgenoemde straat. Het was een plek die een vakantieganger het uitzicht bood waar in het voorjaar en de zomer flink voor wordt betaald. De haven lag in de diepte uitgespreid, Castle Cornet stond duidelijk zichtbaar op zijn landtong, waar het in vroeger tijden de stad beschermde tegen invasies, en op een dag zonder de laaghangende decemberwolken zou de kust van Frankrijk aan de verre horizon verschijnen.

Vandaag, in de vroege schemering, was Het Kanaal echter een grauwe massa vloeibaar landschap. Lampen brandden in een haven waar geen pleziervaartuigen lagen afgemeerd, en in de verte stond het kasteel als een stapel rommelige speelgoedblokken van een kind, die slordig op de hand van een van zijn ouders balanceerde.

Bij de Queen Margaret Appartementen stonden ze voor de opgave iemand te zoeken die hun aanwijzingen kon geven waar ze China's flat konden vinden. Ten slotte troffen ze een ongeschoren, onfrisse man in een zit-slaapkamer aan de achterkant van het verder onbewoonde complex. Hij scheen de rol van conciërge te spelen wanneer hij niet deed wat hij op het moment deed, namelijk een spelletje tegen zichzelf spelen, wat inhield dat glimmende, zwarte stenen in komvormige uitsparingen op een smal, houten bord moesten worden geplaatst.

'Wacht even,' zei hij toen Cherokee en Deborah in zijn eenpersoonskamer verschenen. 'Ik hoef alleen... Verdomme. Hij heeft me weer te pakken.'

'Hij' bleek zijn tegenstander te zijn, die hijzelf was, aan de andere kant van het bord spelend. Met een onverklaarbare zet schoof hij de stenen van deze kant van het bord, waarna hij zei: 'Wat kan ik voor u doen?'

Toen ze hem vertelden dat ze waren gekomen voor zijn huurster – enkelvoud, omdat duidelijk was dat er in deze tijd van het jaar niemand anders in een van de Queen Margaret Appartementen verbleef – deed hij eerst of hij van de hele zaak niets af wist. Pas nadat Cherokee hem zei dat hij China's advocaat kon bellen, gaf hij een vage hint dat de vrouw die van moord was beschuldigd ergens in het gebouw woonde. Daarna was het enige wat hij deed, naar de telefoon sloffen en een paar cijfers intoetsen. Toen aan de andere kant werd opgenomen, zei hij: 'Iemand die zegt dat hij de broer is...?' En met een blik op Deborah: 'Hij heeft een vrouw met rood haar bij zich.' Hij bleef vijf seconden luisteren en zei toen 'Goed dan', om vervolgens de informatie te verstrekken. De persoon die ze zochten, zei hij, konden ze vinden in flat B aan de oostkant van het gebouw.

Het was niet ver. China kwam hun bij de deur tegemoet. Ze zei alleen 'Je bent gekomen', en daarna viel ze Deborah meteen in de armen.

Deborah omhelsde haar hartelijk. 'Natuurlijk ben ik gekomen,' zei ze tegen haar. 'Ik wilde alleen dat ik van tevoren had geweten dat je in Europa was. Waarom heb je me niet laten weten dat je kwam? Waarom heb je niet gebeld? O, het is zo goed om je weer te zien.' Ze knipperde met haar oogleden, waarachter het begon te prikken, verrast door de stortvloed van gevoelens die haar vertelden hoe erg ze haar vriendin gemist had gedurende de jaren waarin ze het contact met elkaar hadden verloren.

'Het spijt me dat het onder deze omstandigheden is.' China schonk Deborah een flets lachje. Ze was veel magerder dan Deborah zich haar herinnerde, en hoewel haar fijne, blonde haar modieus geknipt was, viel het om een gezicht dat leek op dat van een verwaarloosd kind. Ze droeg kleding die haar veganistische moeder een hartaanval zouden hebben bezorgd. Die bestond vooral namelijk uit zwart leer: een broek, een jasje en halfhoge laarzen. De kleur accentueerde de bleekheid van haar huid.

'Simon is er ook,' zei Deborah. 'We gaan dit uitzoeken. Je moet je geen zorgen maken.'

China keek naar haar broer, die de deur achter hen had dichtgedaan. Hij was naar de alkoof gelopen die als keuken diende, waar hij van de ene voet op de andere stond te wiebelen en eruitzag als een man die wilde dat hij in een ander universum was wanneer vrouwen hun emoties tentoonspreidden. Ze zei tegen hem: 'Ik bedoelde niet dat je ze mee moest brengen. Alleen dat je hun om raad moest vragen als je die nodig had. Maar... ik ben blij dat je het gedaan hebt, Cherokee. Bedankt.'

Cherokee knikte. Hij zei: 'Willen jullie tweeën...? Ik bedoel, ik kan een eindje gaan wandelen of zoiets...? Heb je iets te eten in huis, Chine? Weet je wat, ik ga een winkel zoeken.' Hij liep snel de flat uit, zonder op antwoord van zijn zus te wachten.

'Typisch iets voor een man,' zei China toen hij weg was. 'Kan niet tegen tranen.'

'En daar zijn we nog niet eens aan toegekomen.'

China grinnikte, een geluid dat Deborahs hart lichter maakte. Ze kon zich niet voorstellen hoe het moest zijn, gevangen in een land dat niet het jouwe was, en beschuldigd van moord. Dus als ze haar vriendin kon helpen niet te denken aan het gevaar dat haar te wachten stond, wilde ze dat doen. Maar ze wilde China ook geruststellen door haar te laten merken hoeveel liefde ze nog steeds voor haar voelde.

Daarom zei ze: 'Ik heb je gemist. Ik had meer moeten schrijven.'

'Je had moeten schríjven, punt,' antwoordde China. 'Ik heb jou ook gemist.' Ze nam Deborah mee naar de keukenalkoof. 'Ik zal thee voor ons zetten. Ik ben zo blij je te zien.'

Deborah zei: 'Nee, laat mij het doen, China. Je gaat niet opnieuw beginnen voor me te zorgen. Deze keer draai ik de rollen om, en laat je me mijn gang gaan.' Ze liep met haar vriendin naar een tafel, die onder een raam stond dat op het oosten uitkeek. Op de tafel lagen een blocnote en een pen. Op het bovenste vel van de blocnote stonden grote blokletters, data en daaronder zinnen in China's bekende, ronde handschrift.

China zei: 'Je hebt destijds een ellendige tijd gehad. Het betekende veel voor me om te doen wat ik kon.'

'Ik was nogal een zielige sukkel,' zei Deborah. 'Ik begrijp niet hoe je het met me uitgehouden hebt.'

'Je was ver van huis, en je zat zwaar in de problemen, en je probeerde te beslissen wat je moest doen. Dat is alles. Ik was je vriendin. Ik hoefde niets uit te houden. Ik moest alleen om je geven. En dat was verdomd gemakkelijk, om je de waarheid te zeggen.'
Deborah voelde haar huid warm worden, een reactie waarvan ze wist dat die twee onmiskenbare oorzaken had. Ze kwam deels voort uit het pure genoegen van vriendschap van vrouw tot vrouw. Maar ook uit een periode in haar verleden die pijnlijk was om aan terug te denken. China River had deel uitgemaakt van die periode, en ze had Deborah er letterlijk doorheen gesleurd.
Deborah zei: 'Ik ben zo... Welk woord moet ik ervoor gebruiken? Blij je te zien? Maar god, dat klinkt zo egocentrisch, of niet? Jij zit in moeilijkheden en ik ben blij dat ik hier ben? Wat maakt dat me een zelfzuchtige schelvis.'
'Daar weet ik niets van.' China klonk peinzend, voor haar nadenkende opmerking overging in een glimlach. 'Ik bedoel, de vraag is: kán een schelvis zelfzuchtig zijn?'
'O, je weet hoe een schelvis is,' antwoordde Deborah. 'Een haak in zijn bek en opeens is het ik, ik en nog eens ik.'
Ze lachten allebei. Deborah ging terug naar het keukentje. Ze vulde de ketel en stak de stekker in het stopcontact. Ze zocht bekers, thee, suiker en melk. In een van de twee kasten vond ze zelfs een pakje waarop Guernsey Gâche stond. Deborah scheurde het papier eraf en vond een koek in de vorm van een baksteen, die het midden leek te houden tussen krentenbrood en vruchtencake. Daar konden ze het wel mee doen.
China zei niets meer tot Deborah alles op tafel had gezet. Daarna kwam er alleen een gefluisterd 'Ik heb jou ook gemist', dat Deborah misschien niet eens zou hebben gehoord als ze niet heel goed geluisterd had.
Ze kneep haar vriendin in haar schouder. Daarna wierp ze zich op het ritueel van thee inschenken en er suiker en melk aan toevoegen. Ze wist dat de ceremonie haar vriendin waarschijnlijk niet lang zou troosten, maar er was iets aan het vasthouden van een beker thee, je hand om de beker vouwen en toelaten dat de warmte in je hand drong, dat altijd een soort magische uitwerking op Deborah had gehad, alsof het water van de Lethe en niet de blaadjes van een Aziatische plant hadden voortgebracht wat er binnenin stoomde.
China leek te weten wat Deborah bedoelde, want ze pakte haar beker en zei: 'De Engelsen en hun thee.'
'We drinken ook koffie.'

'Niet op een moment als dit.' China hield de beker vast zoals Deborah wilde dat ze het deed, met haar hand behaaglijk eromheen geklemd. Ze keek uit het raam, waar de lichtjes van de stad een twinkelend patroon van geel op houtskool begonnen te vormen terwijl het laatste daglicht opging in de avond. 'Ik kan er maar niet aan wennen hoe vroeg het hier donker wordt.'
'Het is de tijd van het jaar.'
'Ik ben zo aan de zon gewend.' China nam een slokje thee en zette de beker op tafel. Met een vork prikte ze in een stukje van de Guernsey Gâche, maar ze at het niet op. In plaats daarvan zei ze: 'Ik denk dat ik eraan zal moeten wennen. Gebrek aan zonlicht. Voortdurend binnen zijn.'
'Dat zal niet gebeuren.'
'Ik heb het niet gedaan.' China hief haar hoofd op en keek Deborah recht aan. 'Ik heb die man niet vermoord, Deborah.'
Deborah huiverde inwendig bij de gedachte dat China zou kunnen geloven dat het nodig was haar daarvan te overtuigen. 'Mijn god, natuurlijk heb je het niet gedaan. Ik ben hier niet gekomen om dat met eigen ogen te willen zien. En Simon ook niet.'
'Maar ze hebben bewijsmateriaal, zie je?' zei China. 'Mijn haar. Mijn schoenen. Voetafdrukken. Ik heb het gevoel alsof ik in een van die dromen verwikkeld ben waarin je probeert te roepen maar niemand je kan horen omdat je helemaal niet echt roept omdat je niet kúnt roepen omdat het een droom is. Dat je in kringetjes ronddraait. Begrijp je wat ik bedoel?'
'Ik wilde dat ik je hieruit kon halen. Ik zou het doen, als ik kon.'
'Het zat op zijn kleren,' zei China. 'Het haar. Míjn haar. Op zijn kleren, toen ze hem vonden. En ik weet niet hoe het daar is gekomen. Ik heb teruggedacht, maar ik kan het niet verklaren.' Ze wees naar de blocnote. 'Ik heb elke dag opgeschreven, zo goed ik me die kan herinneren. Heeft hij me op een bepaald moment omhelsd? Maar waarom zou hij me omhelzen, en als hij het gedaan heeft, waarom herinner ik het me dan niet? De advocaat wil van me dat ik zeg dat er iets tussen ons was. Geen seks, zegt hij. Zo ver moet je niet gaan. Maar toenaderingspogingen, zegt hij. De hoop op seks die híj in gedachten had. Iets tussen ons wat tot seks had kunnen leiden. Aanrakingen. Dat soort dingen. Maar die waren er niet en ik kan niet zeggen dat ze er waren. Ik bedoel, niet dat ik me druk maak om liegen of zo. Geloof me, ik zou liegen tot ik blauw zag als het zou helpen. Maar wie moet verdomme het verhaal steunen? Mensen hebben me met hem gezien, en hij heeft me nooit met een vinger aange-

raakt. O, misschien mijn arm of zo, maar dat was alles. Dus als ik in de beklaagdenbank sta en zeg dat mijn haar op zijn kleren zat omdat hij... Wat? Me knuffelde? Kuste? Aanhaalde? Wat? ... is het slechts mijn woord tegen dat van iedereen die zal opstaan en zeggen dat hij me niet eens bekeek. We zouden het kunnen weerspreken door Cherokee op te roepen als getuige, maar ik ben zeker niet van plan mijn broer te vragen om te liegen.'

'Hij wil je wanhopig graag helpen.'

China schudde haar hoofd met iets wat op berusting leek. 'Hij is zijn hele leven bij dubieuze zaakjes betrokken geweest. Herinner je je die ruilbeurs nog? Die indiaanse gebruiksvoorwerpen die hij het publiek de ene week na de andere aansmeerde? Pijlpunten, potscherven, gereedschap, wat hij maar kon bedenken. Hij liet míj bijna geloven dat ze echt waren.'

'Je wilt toch niet zeggen dat Cherokee...'

'Nee, nee. Ik bedoel alleen dat ik me wel twee keer had moeten bedenken – tien keer, om precies te zijn – voor ik meeging op deze reis. Wat voor hem eenvoudig lijkt, geen verplichtingen, te mooi om waar te zijn, maar toch waar...? Ik had moeten begrijpen dat er iets meer bij kwam kijken dan alleen een paar tekeningen naar de overkant van de oceaan brengen. Niet iets wat Cherokee van plan was, maar wat iemand ánders had uitgedokterd.'

'Om jullie als dekmantel te gebruiken,' begreep Deborah.

'Dat is het enige wat ik ervan kan maken.'

'Dat betekent dat alles wat er gebeurde van tevoren beraamd was. Zelfs een Amerikaan hiernaartoe halen om de schuld te krijgen.'

'Twee Amerikanen,' zei China. 'Zodat als de een niet geloofwaardig was als verdachte, er een grote kans bestond dat de ander het wel zou zijn. Dat is er gebeurd, en we zijn er met open ogen in getuind. Twee sukkels uit California, die nog nooit in Europa waren geweest en ik wéét dat ze daar ook naar op zoek zijn geweest. Een stel naïeve stumpers die er geen idee van hadden wat ze moesten doen als ze hier in de problemen raakten. En het ergste is dat ik niet mee wilde. Ik wíst dat er iets niet in de haak was. Maar ik ben mijn leven lang totaal niet in staat geweest om nee te zeggen tegen mijn broer.'

'Hij voelt zich ellendig over alles wat er gebeurd is.'

'Hij voelt zich altijd ellendig,' zei China. 'Dan voel ík me schuldig. Hij moet er even uit, zeg ik bij mezelf. Ik weet dat hij hetzelfde voor mij zou doen.'

'Hij scheen te geloven dat hij er jou ook een plezier mee deed. Vanwege Matt. Dat het tijd was om even afstand te nemen. Tussen twee haakjes, hij heeft het me verteld. Over jullie tweeën. Dat het uit is. Ik vind het heel naar. Ik mocht hem wel. Matt.'
China draaide haar beker een halve slag om, waarna ze er strak en langdurig naar bleef staren, zo lang dat Deborah dacht dat ze van plan was niet over het einde van haar jarenlange vriendschap met Matt Whitecomb te praten. Juist op het moment dat Deborah van onderwerp wilde veranderen, begon China echter te spreken.
'In het begin was het moeilijk. Dertien jaar is te lang om te wachten tot een man besluit dat hij eraan toe is. Ik denk dat ik altijd ergens geweten heb dat het niets zou worden tussen ons. Ik had er alleen veel tijd voor nodig om de moed te verzamelen er een punt achter te zetten. Het was het hele idee van alleen zijn waardoor ik me aan hem bleef vastklampen. Wat zal ik doen met nieuwjaar? Wie zal me een valentijnskaart sturen? Waar ga ik op 4 juli naartoe? Het is ongelooflijk wanneer je bedenkt hoeveel relaties in stand worden gehouden, alleen om iemand te hebben met wie je de feestdagen kunt doorbrengen.' China pakte haar stuk van de Guernsey Gâche en schoof het met een lichte huivering van zich af. 'Ik kan dit niet eten. Sorry.' En vervolgens: 'Hoe het ook zij, ik heb op het ogenblik grotere zorgen aan mijn hoofd dan Matt Whitecomb. Waarom ik vanaf mijn twintigste probeerde van seks een geweldig huwelijk te maken, een huis, een hekje eromheen, de terreinwagen, en de kindertjes... dat kan ik op mijn oude dag uitzoeken. Maar nu... Gek, hoe de dingen kunnen lopen. Als ik hier niet vastzat, met een gevangenisstraf die me boven het hoofd hangt, zou ik er misschien over zitten piekeren waarom het zo lang duurde voor ik de waarheid met betrekking tot Matt inzag.'
'En die is?'
'Hij is voortdurend bang. Het was vlak onder mijn neus, maar ik wilde het niet zien. Praten over iets meer dan weekeinden en vakanties samen doorbrengen, dan was hij er al vandoor. Een plotselinge zakenreis. Werk dat zich thuis had opgestapeld. Behoefte aan een pauze, om na te denken. We zijn in die dertien jaar zo vaak uit elkaar gegaan, dat de relatie op een steeds terugkerende nachtmerrie begon te lijken. In de relatie begon het feitelijk alleen nog om de relatie te gaan, als je begrijpt wat ik bedoel. Uren praten over waarom we problemen hebben, waarom ik het een wil en hij het ander, waarom hij terugdeinst en ik vooruitstorm, waarom hij zich verstikt voelt en ik me verlaten voel. Wat is dat toch in

godsnaam met mannen en je aan iemand binden?' China pakte haar lepeltje en begon in haar thee te roeren, kennelijk om iets te doen met haar rusteloosheid, niet omdat het nodig was. Ze keek even naar Deborah. 'Behalve dan dat jij niet degene bent aan wie ik dat moet vragen, geloof ik. Mannen, jij en een verbintenis. Dat probleem heb jij nooit onder ogen moeten zien, Debs.'

Deborah kreeg niet de kans om haar aan de feiten te herinneren: dat ze tijdens haar drie jaar durende verblijf in Amerika totaal van Simon vervreemd was geraakt. Een harde klop op de deur kwam tussenbeide en kondigde de terugkeer van Cherokee aan. Een weekendtas bungelde over zijn schouder.

Hij zette de tas op de vloer en verklaarde: 'Ik ben uit dat hotel weg, Chine. Geen sprake van dat ik je hier alleen laat.'

'Er is maar één bed.'

'Dan slaap ik wel op de grond. Je hebt familie nodig om je heen, en dat betekent mij.'

Zijn toon zei: fait accompli. De tas zei dat er geen discussie mogelijk was over zijn beslissing.

China zuchtte. Ze keek niet blij.

St James vond het kantoor van China's advocaat in New Street, op korte afstand van het Royal Court House. Hoofdinspecteur Le Gallez had van tevoren gebeld om de jurist te laten weten dat deze bezoek kon verwachten, dus toen St James zich bekendmaakte aan de secretaresse, hoefde hij nog geen vijf minuten te wachten voor hij naar de kamer van de advocaat gebracht werd.

Roger Holberry wees hem een van de drie stoelen die om een kleine vergadertafel aan een kant van zijn kamer stonden. Daar gingen beide mannen zitten en St James legde de advocaat de feiten voor die hoofdinspecteur Le Gallez hem had gegeven. Holberry moest die feiten al hebben, wist St James. Maar hij had van de advocaat alles nodig wat Le Gallez tijdens hun onderhoud had weggelaten, en de enige manier om het te krijgen was Holberry mogelijke gaten in de deken van informatie te laten opmerken, zodat hij die kon dichtnaaien.

Holberry leek maar al te bereid dit te doen. Le Gallez, deelde hij mee, had hem in zijn telefoongesprek verteld wie St James was. De hoofdinspecteur was geen tevreden soldaat nu bleek dat er aan de kant van de tegenpartij versterkingen waren aangerukt, maar hij was een eerlijk man en had niet de bedoeling hen dwars te zitten bij hun pogingen om de

onschuld van China River vast te stellen. 'Hij heeft duidelijk gemaakt dat hij niet gelooft dat u veel zult bereiken,' zei Holberry. 'Zijn zaak is gesloten. Althans, dat denkt hij.'
'Wat hebt u van de lijkschouwer losgekregen over het lichaam?'
'Wat er tot dusver is gevonden. Ook wat ze onder de nagels hebben aangetroffen. Alleen uiterlijke sporen.'
'Geen toxicologie? Weefselanalyse? Zijn de organen bekeken?'
'Daar is het nog te vroeg voor. We moeten alles naar Engeland sturen en dan is het een kwestie van op onze beurt wachten. Maar de manier waarop de moord is gepleegd, staat vast. Dat moet Le Gallez u verteld hebben.'
'De steen. Ja.' St James begon de advocaat uit te leggen dat hij Le Gallez erop gewezen had hoe onwaarschijnlijk het was dat een vrouw een steen in de keel geduwd kon hebben van iemand die ouder was dan een kind. 'En als er geen sporen van een worsteling waren... Wat hebt u gezien aan wat er onder de nagels vandaan kwam?'
'Niets. Behalve een beetje zand.'
'De rest van het lichaam? Gekneusd, geschaafd, is ermee rondgesjouwd? Wat dan ook?'
'Niets van dat alles,' antwoordde Holberry. 'Maar Le Gallez weet dat hij vrijwel niets heeft. Hij hangt dit alles op aan de getuige. Brouards zus heeft iets gezien. God mag weten wat. Dat heeft hij ons tot dusver niet verteld, Le Gallez.'
'Kan ze het zelf gedaan hebben? De zus?'
'Mogelijk. Maar onwaarschijnlijk. Iedereen die hen kent is het erover eens dat ze zeer veel van hem hield. Ze zijn het grootste deel van hun leven samen geweest; ze hebben samengewoond, bedoel ik. Ze werkte zelfs voor hem, toen hij in zaken ging.'
'Als wat?'
'Châteaux Brouard,' zei Holberry. 'Ze hebben een smak geld verdiend en zijn naar Guernsey gekomen toen hij ophield met werken.'
Châteaux Brouard, dacht St James. Hij had gehoord van de groep: een keten van kleine maar exclusieve hotels, gevestigd in verbouwde landhuizen, door heel Engeland. Ze waren niet opzichtig, maar ze boden een historische ambiance, antiek, goed eten en rust: hotels die bezocht werden door mensen die privacy en anonimiteit zochten, perfect voor acteurs die een paar dagen weg wilden van de opdringerigheid van de media, en uitstekend voor politici met een affaire. Discretie was van het grootste belang in zakendoen, en de Châteaux Brouard waren de belichaming van die overtuiging.

'U zei dat ze misschien iemand beschermde,' zei St James. 'Wie?'
'De zoon, om te beginnen. Adrian.' Holberry vertelde dat Guy Brouards 37 jaar oude zoon ook op het feest was geweest, de avond voor de moord. Dan, zei hij, waren er de Duffy's om in overweging te nemen: Valerie en Kevin, die deel uitmaakten van het leven op Le Reposoir vanaf de dag dat Brouard het landgoed had overgenomen.
'Ruth Brouard zou voor ieder van hen kunnen liegen,' merkte Holberry op. Ze stond erom bekend dat ze loyaal was ten opzichte van de mensen van wie ze hield. En de Duffy's, dat moest gezegd worden, waren evenzeer op hun werkgevers gesteld. 'We hebben het over een geliefd stel, Ruth en Guy Brouard. Hij heeft veel goeds gedaan voor dit eiland. Hij placht geld weg te geven als papieren zakdoekjes tijdens een griepperiode, en zij is jarenlang actief geweest bij de telefonische hulpdienst.'
'Blijkbaar dus mensen zonder vijanden,' zei St James.
'Dodelijk voor de verdediging,' zei Holberry. 'Maar op dat punt is alles nog niet verloren.'
Holberry klonk tevreden. St James' belangstelling werd sterker. 'U hebt iets ontdekt.'
'Verscheidene dingen,' zei Holberry. 'Misschien blijken het onbruikbare dingen te zijn, maar ze dienen zeker nader te worden bekeken, en ik kan u verzekeren dat de politie van het begin af aan niet serieus heeft gezocht naar iemand anders dan de Rivers.'
Hij vervolgde met de beschrijving van een hechte vriendschap die Guy Brouard had gesloten met een jongen van zestien, ene Paul Fielder, die woonde in wat kennelijk de verkeerde kant van de stad was, in een wijk die de Bouet heette. Brouard was met de jongen in contact gekomen via een plaatselijk project dat volwassenen uit de gemeente koppelde aan minder bevoorrechte tieners van de middelbare school. GAYT – Guernsey Adults-Youth-Teachers – had Paul Fielder gekozen om te worden begeleid door Guy Brouard, en Brouard had de jongen min of meer geadopteerd, een situatie die voor de eigen ouders van de jongen misschien minder plezierig was geweest of, wat dat betrof, voor Brouards eigen zoon. In beide gevallen zouden hartstochten kunnen zijn opgelaaid, en onder die hartstochten de sterkste van alle: jaloezie en waar jaloezie iemand toe zou kunnen brengen.
Dan was er nog dat feest, op de avond voor Guy Brouard aan zijn eind kwam, vervolgde Holberry. Iedereen wist al weken dat het eraan kwam, dus een moordenaar die van plan was Brouard aan te vallen wanneer deze niet in topvorm verkeerde – wat hij niet zou zijn na tot in de kleine

uurtjes feestgevierd te hebben – zou van tevoren precies gepland kunnen hebben hoe hij het beste te werk kon gaan en daarbij de schuld op iemand anders kon werpen. Hoe moeilijk kon het geweest zijn om, terwijl het feest in volle gang was, naar boven te glippen en bewijsmateriaal aan te brengen op kleding of schoenzolen of, nog beter, die schoenen zelfs mee te nemen naar het strand om een paar voetafdrukken achter te laten die de politie later zou vinden? Ja, dat feest en de moord stonden met elkaar in verband, verklaarde Holberry ondubbelzinnig, en ze hielden in meer dan een opzicht verband met elkaar.

'Deze hele kwestie met de architect van het museum dient ook ontleed te worden,' zei Holberry. 'Die was onverwacht en smerig, en wanneer dingen onverwacht en smerig zijn, worden mensen uitgedaagd.'

'De architect was op de vooravond van de moord toch niet aanwezig?' vroeg St James. 'Ik had de indruk dat hij in Amerika verbleef.'

'Niet die architect. Ik bedoel de oorspronkelijke architect, zijn naam is Bertrand Debiere. Hij woont op het eiland en hij geloofde, net als iedereen, dat het zíjn ontwerp was dat gekozen zou worden voor Brouards museum. En waarom niet? Brouard had een maquette van het gebouw, die hij wekenlang had laten zien aan iedereen die erin geïnteresseerd was, en dat was Debieres maquette, die hij eigenhandig had gemaakt. Dus toen hij – dat wil zeggen Brouard – een feest gaf om de architect bekend te maken die hij voor de bouw had gekozen...' Holberry haalde zijn schouders op. 'Je kunt het Debiere niet kwalijk nemen dat hij aannam dat híj de man was.'

'Wraakzucht?'

'Wie zal het zeggen? Je zou denken dat de plaatselijke politie hem meer dan vluchtig zou hebben bekeken, maar hij is een bewoner van Guernsey, dus het is niet waarschijnlijk dat ze hem onder de loep zullen nemen.'

'Omdat Amerikanen van nature gewelddadiger zijn?' vroeg St James. 'Schietpartijen op schoolpleinen, de doodstraf, gemakkelijk verkrijgbare wapens en de rest?'

'Niet zozeer dat als wel de aard van het misdrijf.' Holberry keek naar de deur toen die krakend openging. Zijn secretaresse kwam zachtjes de kamer in, met een air van 'tijd om naar huis te gaan'. In haar ene hand had ze een stapel papieren en in de andere een pen, ze had haar mantel aan, en haar handtas hing over haar arm. Holberry nam de documenten van haar aan en onder het praten begon hij ze te ondertekenen. 'Er is in geen jaren een moord in koelen bloede gepleegd op het eiland. Niemand weet zelfs hoe lang het geleden is. Niemand bij de politie kan het zich herinneren, en hun geheugen gaat een hele tijd terug. Er zijn natuurlijk crimes passionnelles geweest. Doden als gevolg van een ongeluk, en zelfmoorden. Maar een vooropgezette moord? In geen tientallen jaren.' Hij was klaar met tekenen, gaf de brieven aan zijn secretaresse terug en wenste haar goedenavond. Daarna stond hij op en liep naar zijn bureau, waar hij met paperassen begon te rommelen en er enkele in zijn aktetas stopte die op zijn stoel stond. Hij zei: 'Zo ligt de situatie, en de politie is helaas niet bereid te geloven dat een bewoner van Guernsey in staat zou zijn een dergelijk misdrijf te plegen.'

'Verdenkt u nog anderen, behalve de architect?' vroeg St James. 'Ik bedoel andere eilandbewoners die een reden hebben om Guy Brouard te willen vermoorden?'

Holberry schoof zijn papieren terzijde terwijl hij over deze vraag nadacht. In de kamer ernaast werd de deur geopend en vervolgens gesloten toen zijn secretaresse naar buiten ging. 'Ik geloof,' zei Holberry voorzichtig, 'dat het onderwerp amper aangeroerd is wanneer het om Guy Brouard en de mensen van dit eiland gaat. Hij was net de kerstman: een liefdadige instelling, een andere liefdadige instelling, een nieuwe vleugel voor het ziekenhuis, en wat is er nog meer nodig? Ga maar naar meneer Brouard. Hij was beschermheer van een stuk of zes kunstenaars – schilders, beeldhouwers, glazeniers, metaalbewerkers – en hij betaalde de rekening voor meer dan één Engelse universitaire opleiding voor een jongen of meisje van het eiland. Zo'n man was hij. Sommigen zijn van mening dat hij iets terug wilde doen voor een gemeenschap die hem hartelijk had ontvangen. Maar het zou me niet verbazen te merken dat anderen er een andere naam voor hadden.'

'Voor niets gaat de zon op?'

'Daar komt het wel op neer.' Holberry klikte zijn aktetas dicht. 'Mensen hebben de neiging iets terug te verwachten wanneer ze geld uitdelen, zo is het toch? Als we Brouards geld dat hij op het eiland heeft uitgedeeld, traceren, denk ik dat we er vroeg of laat achter zullen komen wat dat iets was.'

8

Vroeg in de ochtend maakte Frank Ouseley een afspraak met een van de boerinnen van de Rue des Rocquettes om naar het dal te komen en bij zijn vader langs te gaan. Hij was niet van plan langer dan drie uur van Moulin des Niaux weg te blijven, maar hij wist echt niet precies hoeveel tijd de kerkdienst, de begrafenis en het condoleren zouden vergen. Het was ondenkbaar dat hij bij een van deze plechtigheden verstek zou laten gaan. Maar zijn vader alleen laten was te riskant om over te denken. Daarom belde hij rond tot hij een meelevende vrouw had gevonden die zei dat ze een paar keer naar zijn huis zou fietsen 'met iets lekkers voor het lieve oudje. Je vader houdt toch van zoetigheid?'
Het hoefde echt niet, had Frank haar verzekerd. Maar als ze dan toch iets lekkers voor zijn vader mee wilde nemen: hij was dol op alles waar appel in zat.
Fuji, Braeburn, Pippin? informeerde de goede vrouw.
Het maakte werkelijk niets uit.
Eerlijk gezegd had ze waarschijnlijk evengoed iets uit meel en beddenlakens kunnen maken en dat kunnen laten doorgaan voor apfelstrudel. Zijn vader had vroeger wel slechtere dingen gegeten en was lang genoeg blijven leven om dat tot een steeds terugkerend gespreksonderwerp te maken. Frank dacht dat het leek of zijn vader, nu het einde van zijn leven naderde, steeds meer over het verre verleden praatte. Dit was iets wat Frank een aantal jaren geleden wel prettig had gevonden, omdat Graham Ouseley, afgezien van zijn belangstelling voor de oorlog in het algemeen en de bezetting van Guernsey in het bijzonder, altijd bewonderenswaardig terughoudend was geweest over zijn eigen heldenrol gedurende die verschrikkelijke periode. Toen Frank nog jong was, had zijn vader persoonlijke vragen meestal ontweken door te zeggen: 'Het ging niet om mij, jongen. Het ging om ons allemaal.' En Frank had leren waarderen dat het ego van zijn vader niet opgepoetst hoefde te worden door herinneringen waarin Graham zelf een sleutelrol speelde. Maar alsof hij wist dat zijn tijd begon op te schieten en hij zijn zoon een erfenis van herinneringen wilde nalaten, was Graham in bijzonderheden gaan treden.

Toen hij hier eenmaal mee begonnen was, scheen er geen eind te komen aan wat Franks vader zich nog van de oorlog kon herinneren.
Vanochtend had Graham een monoloog gehouden over de detectieauto, een wagen die de nazi's op het eiland hadden ingezet om de laatste kortegolfzenders op te sporen die de bewoners gebruikten om informatie te krijgen van degenen die de Duitsers als de vijand beschouwden, voornamelijk de Fransen en de Engelsen. 'De laatste stond in Fort George voor het vuurpeloton,' deelde Graham zijn zoon mee. 'Een arme donder uit Luxemburg. Er zijn mensen die zeggen dat de detectieauto hem had opgespoord, maar ík zeg dat een landverrader de weg gewezen heeft. En die hadden we, de rotzakken: moffenheulers en spionnen. Collaborateurs, Frank. Ze zetten mensen voor het vuurpeloton zonder verdomme met hun ogen te knipperen. Ik hoop dat ze branden in de hel, tot de laatste man.'
Daarna ging het over de campagne V is Victorie, en alle plaatsen waar de 22e letter van het alfabet niet zo geheimzinnig op het eiland verscheen – aangebracht met kalk, met verf en in nog nat beton – om de nazi's te pesten.
Ten slotte was er *G.I.F.T.* – Guernsey Independent From Terror – Graham Ouseleys persoonlijke bijdrage aan een in nood verkerende bevolking. Hij had een jaar in de gevangenis gezeten als gevolg van die ondergrondse nieuwsbrief. Samen met drie andere eilandbewoners was hij erin geslaagd het pamflet 29 maanden lang te verspreiden, voor de Gestapo aan zijn deur kwam kloppen. 'Ik was verraden,' vertelde Graham. 'Net als die kortegolfontvangers. Dus één ding mag je nooit vergeten, Frank: je moet degenen die laf worden wanneer ze bang zijn om gepakt te worden, op de proef stellen. Die lui zijn altijd hetzelfde, wanneer de tijden moeilijk worden. Ze wijzen met hun vinger als ze er zelf beter van kunnen worden. Maar ten slotte zullen we zorgen dat ze in het stof kronkelen. Het kan een hele tijd duren, maar ze zullen ervoor boeten.'
Frank liet zijn vader achter, die nog steeds op het onderwerp doorging en het nu aan de televisie toevertrouwde terwijl hij zich installeerde voor de eerste van zijn programma's van die dag. Frank zei tegen hem dat mevrouw Petit binnen een uur bij hem zou langskomen, en hij legde zijn vader uit dat hij dringende zaken moest afhandelen in St Peter Port. Hij sprak niet over de begrafenis, omdat hij Graham nog steeds niets verteld had over de moord op Guy Brouard.
Gelukkig vroeg zijn vader niet welke zaken. Aanzwellende dramatische muziek van de televisie trok zijn aandacht, en even later liet hij zich mee-

slepen door een verhaal waarin twee vrouwen, een man, een of andere terriër en iemands intrigerende schoonmoeder voorkwamen. Bij het zien ervan nam Frank haastig afscheid.
Omdat er geen synagoge op het eiland was waar de te verwaarlozen joodse bevolkingsgroep terechtkon en ondanks het feit dat Guy Brouard geen aanhanger was van een christelijke religie, werd de herdenkingsdienst gehouden in de Town Church, niet ver van de haven van St Peter Port, in overeenstemming met de belangrijkheid van de overledene en de genegenheid die zijn medebewoners van Guernsey hem toedroegen. De kerk van St Martin – de parochie waar Le Reposoir onder viel – was te klein om het aantal verwachte gasten te bevatten. Hij was gedurende de bijna tien jaar dat hij op het eiland gewoond had zo geliefd geworden bij de bevolking, dat zijn begrafenis werd bijgewoond door niet minder dan zeven geestelijken.
Frank haalde het precies op tijd, wat een wonder mocht heten, gezien de beperkte parkeerruimte in de stad. De politie had echter beide parkeerterreinen bij de Albert Pier aan de kerkgangers toegewezen, en hoewel Frank alleen nog een plek kon vinden aan de uiterste noordkant van de pier, slaagde hij erin door de hele weg naar de kerk rennend af te leggen, nog juist voor de aankomst van de kist en de familie binnen te zijn.
Adrian Brouard, zag hij, had zich opgeworpen als voornaamste nabestaande. Dit was zijn recht, als Guy Brouards oudste kind en enige zoon. Alle vrienden van Guy wisten echter dat de mannen op zijn minst al drie maanden geen contact meer hadden gehad, en dat het contact dat aan die verwijdering voorafging, voornamelijk had bestaan uit ruzies. De moeder van de jongeman moest er de hand in hebben gehad dat Adrians plaats direct achter de kist was, dacht Frank. En om er zeker van te zijn dat hij daar bleef, had ze zichzelf meteen achter hem geplaatst. De arme kleine Ruth kwam als derde, en zij werd gevolgd door Anaïs Abbott en haar twee kinderen, die er op de een of andere manier in geslaagd waren zich voor deze gelegenheid aan de familie op te dringen. De enige mensen die Ruth zelf waarschijnlijk had gevraagd om haar achter de kist van haar broer te vergezellen, waren de Duffy's, maar de plek die Valerie en Kevin was toegewezen – volgend op die van de Abbotts – gaf hun niet de kans haar enige steun te bieden. Frank hoopte dat ze althans troost zou putten uit het aantal mensen die waren gekomen om blijk te geven van hun genegenheid voor haar en haar broer, vriend en weldoener van zovelen.
Het grootste deel van zijn leven was Frank vriendschap uit de weg

gegaan. Voor hem was het voldoende dat hij zijn vader had. Vanaf het moment dat zijn moeder verdronken was in het stuwmeer hadden ze zich aan elkaar vastgeklampt, vader en zoon. Het feit dat Frank getuige was geweest, eerst van Grahams reddingspogingen, daarna van diens pogingen om zijn vrouw weer tot leven te wekken en vervolgens van het verschrikkelijke schuldgevoel waarmee Graham had geleefd omdat hij bij het eerste niet snel genoeg was geweest en bij het tweede niet bekwaam genoeg, had hem onlosmakelijk met zijn vader verbonden. Op zijn veertigste had Graham Ouseley te veel pijn en te veel verdriet gekend, en als kind al besloot Frank dat híj degene zou zijn die aan beide een eind zou maken. Hij had het grootste deel van zijn leven gewijd aan deze taak, en toen Guy Brouard was verschenen was de mogelijkheid om voor het eerst een vriendschappelijke relatie met een andere man te hebben voor Frank zoiets geweest als de appel en de slang. Hij had in die appel gebeten als een slachtoffer van hongersnood, zonder er ook maar bij na te denken dat er slechts één enkele hap voor nodig was geweest om de mensheid voorgoed te verdoemen.
De dienst leek eindeloos. Iedere geestelijke sprak zijn eigen woorden, vóór de feitelijke lijkrede, waar Adrian Brouard zich doorheen worstelde door drie getypte A-4'tjes voor te lezen waarvan de tekst waarschijnlijk door zijn moeder was opgesteld. De kerkgangers zongen voor de gelegenheid passende liederen, en een solozangeres die onzichtbaar ergens boven hen stond, verhief haar stem in een opera-aria ten afscheid.
Toen was het voorbij, althans het eerste deel, dat zou worden gevolgd door de begrafenis en de condoleancebijeenkomst, die beide gehouden werden op Le Reposoir.
De stoet die op weg ging naar het landgoed was indrukwekkend, en strekte zich uit langs de hele kade, van de Albert Pier tot een eind achter de Victoriajachthaven. Langzaam kroop de processie onder de dikke, winters kale bomen omhoog tegen Les Val des Terres op, om de steile, door een muur beschermde heuvel heen. Vandaar volgde de processie de weg die de stad uit voerde, tussen de rijkdom van Fort George aan de oostzijde, met zijn ver uit elkaar staande moderne huizen, beschermd achter hun heggen en hun elektrisch beveiligde hekken, en de goedkopere huizen van het westen: straten en lanen met dichte bebouwing uit de negentiende eeuw, twee-onder-een-kaphuizen uit de Georgian en de Regencyperiode, en rijtjeshuizen die duidelijk betere tijden hadden gekend.
Vlak voor St Peter Port overging in St Martin, boog de stoet naar het

oosten af. De auto's reden onder de bomen door over een smalle weg die uitkwam op een nog smaller pad, aan één kant begrensd door een hoge, stenen muur. Langs de andere kant liep een aarden wal waarop een heg groeide, knoestig en verwrongen door de decemberkoude.

Een opening in de muur bood plaats aan twee ijzeren hekken. Deze stonden open en de lijkauto reed het uitgestrekte terrein van Le Reposoir op. De belangstellenden, onder wie Frank, volgden. Hij zette zijn auto langs de rand van de oprit en ging vervolgens, met alle anderen, te voet verder in de richting van het grote huis.

Na tien stappen kwam er een eind aan zijn eenzaamheid. Een stem naast hem zei: 'Dit verandert alles.' Toen hij opkeek zag hij dat Bertrand Debiere zich bij hem had gevoegd.

De architect zag eruit alsof hij zich te buiten was gegaan aan dieetpillen. Altijd al te mager voor zijn uitzonderlijke lengte, leek hij minstens zeven kilo te zijn afgevallen sinds de avond van het feest op Le Reposoir. Het wit van zijn ogen was dooraderd met dunne, rode lijntjes, en zijn jukbeenderen – die toch al prominent uitstaken – leken uit zijn gezicht naar voren te steken als kippeneieren die probeerden van onder zijn huid te ontsnappen.

'Nobby,' zei Frank, met een knikje ter begroeting. Hij gebruikte de bijnaam van de architect zonder erbij na te denken. Jaren geleden had hij hem als student geschiedenis gehad, en hij had er nooit een gewoonte van gemaakt zich aan plichtplegingen te houden wanneer hij iemand ontmoette wie hij vroeger les had gegeven. 'Ik heb je niet bij de dienst gezien.'

Debiere liet niet merken of het hem hinderde dat Frank zijn bijnaam gebruikte. Omdat hij door zijn vrienden nooit anders werd aangesproken, was het hem waarschijnlijk niet eens opgevallen. Hij zei: 'Ben je het niet met me eens?'

'Waarover?'

'Het oorspronkelijke idee. Mijn idee. Daar zullen we nu wel op moeten terugvallen. Guy is er niet meer en we kunnen niet verwachten dat Ruth de leiding op zich neemt. Ze weet niets af van dergelijke gebouwen, en ik kan me niet voorstellen dat ze er iets over zal willen leren. Jij wel?'

'O. Het museum,' zei Frank.

'Het zal wel doorgaan. Dat zou Guy gewild hebben. Maar wat het ontwerp betreft, dat zal moeten veranderen. Ik heb er met hem over gesproken, maar dat weet je waarschijnlijk al? Ik weet dat jullie goed bevriend waren, Guy en jij, dus hij heeft je vermoedelijk verteld dat ik hem erover

aangesproken heb. Die avond, weet je. Alleen wij tweeën. Na het vuurwerk. Ik had de tekening goed bekeken en ik kon zien – wel, wie niet, als je ook maar iets van architectuur af weet? – dat die vent uit California alles verkeerd had gedaan. Dat was ook te verwachten van iemand die een ontwerp maakt zonder de bouwplaats te hebben gezien, nietwaar? Nogal zelfverzekerd, als je het mij vraagt. Niet iets wat ik gedaan zou hebben, en dat heb ik tegen Guy gezegd. Ik weet dat ik op het punt stond hem van mening te laten veranderen, Frank.'
Nobby's stem klonk gretig. Frank keek hem aan terwijl ze de stoet volgden die nu naar de westkant van het huis trok. Hij gaf geen antwoord, hoewel hij merkte dat Nobby wanhopig graag wilde dat hij het wel deed. De zwakke glans op zijn bovenlip verried hem.
De architect vervolgde: 'Al die ramen, Frank. Alsof er een spectaculair uitzicht naar St Saviour's is waarvan we geacht worden gebruik te maken, of zoiets. Hij zou gewéten hebben dat er geen uitzicht was, als hij eerst de plek was komen bekijken. En bedenk eens wat dat voor de verwarming zou betekenen, al die grote, hoge ramen. Het zal verdomme toch al een fortuin kosten om het gebouw open te houden buiten het seizoen, wanneer het slecht weer is. Ik mag toch zeker aannemen dat je het ook buiten het seizoen open wilt houden? Als het meer voor het eiland bedoeld is dan voor de toeristen, dan moet het open blijven wanneer de mensen van het eiland ernaartoe willen, wat ze waarschijnlijk midden in de zomer, wanneer het hier krioelt van de vakantiegangers, niet eens zullen proberen. Dat ben je toch met me eens?'
Frank wist dat hij iets zou moeten zeggen, omdat het vreemd zou lijken wanneer hij onder deze omstandigheden bleef zwijgen, dus hij zei: 'Pas maar op dat je het paard niet achter de wagen spant, Nobby. Op het moment moeten we het kalm aan doen, geloof ik.'
'Maar je bent toch mijn bondgenoot?' wilde Nobby weten. 'F-Frank, hierin sta je toch aan m-mijn kant?'
Het plotselinge stotteren gaf aan hoe bezorgd hij was. Zo was het ook gegaan toen hij nog op school zat, wanneer hij voor de klas geroepen werd en zich niet door een spreekbeurt heen kon bluffen. Door zijn spraakprobleem was Nobby altijd kwetsbaarder geweest dan de andere jongens, wat meelijwekkend was, maar waardoor hij tegelijkertijd gedoemd was altijd eerlijk te moeten zijn, omdat hij niet, zoals de anderen, kon verbergen wat hij voelde.
Frank zei: 'Het is geen kwestie van bondgenoten en vijanden, Nobby. Deze hele zaak' – met een knikje naar het huis om aan te geven wat zich

daarbinnen had afgespeeld, de beslissingen die er waren genomen en de dromen die er waren vernietigd – 'heeft niets met mij te maken. Ik heb er niet de hand in gehad. Hoe kon ik? Ik had er de middelen niet voor om erbij betrokken te raken. Tenminste, niet zoals jij denkt dat ik erbij betrokken had kunnen zijn.'

'M-maar hij had voor míj gekozen. Frank, je weet dat hij voor m-mij had gekozen. Voor mijn ontwerp. Mijn plan. En ik... ik... luister, ik m-m-moet die op-op-opdracht krijgen.' Hij spuwde het laatste woord uit. Zijn hele gezicht glom van de moeite die het hem kostte. Zijn stem was luider geworden, en verscheidene belangstellenden die onderweg waren naar de begraafplaats, keken nieuwsgierig hun kant op.

Frank stapte uit de stoet en trok Nobby met zich mee. De kist werd langs de serre gedragen, in de richting van de beeldentuin ten noordwesten van het huis. Een graf op die plaats zou meer dan passend zijn, besefte Frank toen hij het zag. Guy, in de dood omringd door de kunstenaars wier weldoener hij bij zijn leven was geweest.

Met zijn hand op Nobby's arm leidde Frank hem om de serre heen, uit het zicht van degenen die op weg waren naar de begrafenis. 'Het is te vroeg om over dit alles te praten,' zei hij tegen zijn voormalige student. 'Als er geen beschikking in zijn testament is opgenomen, dan...'

'Er wordt geen architect g-genoemd in het testament,' zei Nobby. 'Daar kun je van op aan.' Hij veegde met zijn zakdoek over zijn gezicht en deze handeling scheen hem te helpen zijn spraak weer onder controle te krijgen. 'Wanneer hij genoeg tijd had gehad om erover na te denken, zou Guy zijn overgeschakeld naar de plannen van Guernsey, geloof dat maar, Frank. Je weet dat zijn loyaliteit bij het eiland lag. Het idee dat hij een architect zou hebben gekozen die niet van Guernsey afkomstig is, is belachelijk. Dat zou hij op den duur hebben ingezien. Dus nu is het slechts een kwestie van gaan zitten en een grondige reden bedenken waarom de keuze van de architect veranderd moet worden, en dat kan toch niet moeilijk zijn? Tien minuten met de tekeningen, en ik kan alle problemen aanwijzen die er in zijn ontwerp zitten. Het gaat om meer dan alleen de ramen, Frank. Die Amerikaan heeft de aard van de verzameling niet eens begrepen.'

'Maar Guy heeft de keuze al gemaakt,' zei Frank. 'Het werpt een smet op de herinnering aan hem om die te wijzigen, Nobby. Nee, zeg niets. Luister nu eens even. Ik weet dat je teleurgesteld bent. Ik weet dat Guys keuze je niet bevalt. Maar het was aan Guy om die keuze te maken en dat heeft hij gedaan en nu is het aan ons om ermee te leven.'

'Guy is dood.' Nobby sloeg bij elke lettergreep met zijn vuist in zijn andere hand terwijl hij het zei. 'Dus ongeacht wat hij besloot over hoe het gebouw eruit moest gaan zien, kunnen we nu het museum bouwen op de manier zoals het ons goeddunkt. En op de manier die het meest praktisch en geschikt is. Dit is jouw project, Frank. Het is altijd jouw project geweest. Jij hebt de voorwerpen om tentoon te stellen in je bezit. Guy wilde je slechts een plek geven om die in onder te brengen.'
Hij was heel overtuigend, ondanks zijn eigenaardige uiterlijk en zijn spraakgebrek. Onder alle andere omstandigheden zou Frank wel eens hebben kunnen omzwaaien naar Nobby's redenering. Maar onder de omstandigheden van vandaag moest hij voet bij stuk houden. De hel zou losbreken als hij het niet deed.
Hij zei: 'Ik kan je gewoonweg niet helpen, Nobby. Het spijt me.'
'Je zou met Ruth kunnen praten. Die zal naar je luisteren.'
'Misschien, maar ik zou werkelijk niet weten wat ik moest zeggen.'
'Ik kan je voorbereiden. Ik kan je de juiste woorden geven.'
'Als je die hebt, moet je ze zelf uitspreken.'
'Maar ze zal niet naar me luisteren. Niet zoals ze naar jou zal luisteren.'
Frank spreidde zijn lege handen uit en zei: 'Het spijt me, Nobby. Wat kan ik meer zeggen?'
Nobby zag er verslagen uit, nu zijn laatste hoop was vervlogen. 'Je kunt zeggen dat het je zo erg spijt dat je iets wilt doen om de dingen te veranderen. Maar ik veronderstel dat dat je te ver gaat, Frank.'
Eigenlijk ging het lang niet ver genoeg, dacht Frank. Het kwam juist doordat de dingen veranderd waren dat ze op het punt gekomen waren waar ze nu stonden.

St James zag de beide mannen uit de stoet stappen die zich in de richting van het graf bewoog. Hij merkte de intensiteit van hun gesprek op, en hij nam zich voor dat hij te weten moest komen wie ze waren. Voor het ogenblik volgde hij echter de rest van de aanwezigen naar het graf.
Deborah wandelde naast hem. Haar zwijgzaamheid, die de hele ochtend al duurde, vertelde hem dat ze nog steeds gegriefd was door hun gesprek aan het ontbijt, een van die zinloze confrontaties waarin slechts één persoon duidelijk begrijpt waar het over gaat. Helaas was hij niet die persoon geweest. Hij had erover gesproken hoe verstandig het was dat Deborah alleen champignons en gegrilde tomaten had besteld als ochtendmaaltijd, terwijl zij hun hele gezamenlijke levensloop leek door te nemen. Althans, dat nam hij ten slotte aan, na te hebben geluisterd naar

zijn vrouw die hem ervan beschuldigde 'me op allerlei manieren te manipuleren, Simon, alsof ik absoluut niet in staat ben zelf ook maar één enkele actie te ondernemen. Nou, daar heb ik genoeg van. Ik ben een volwassen vrouw, en ik wilde dat je begon me als zodanig te behandelen.' Met knipperende ogen had hij van haar naar het menu gekeken, zich afvragend hoe ze van een gesprek over eiwitten bij een beschuldiging van harteloze overheersing terecht waren gekomen. Hij had dwaas gezegd: 'Waar heb je het over, Deborah?' En het feit dat hij haar logica niet had gevolgd, had tot een ramp geleid.

Het was echter alleen een ramp in zijn ogen. In de hare was het blijkbaar een moment waarop vermeende maar tot dusver verzwegen waarheden omtrent hun huwelijk eindelijk werden onthuld. Hij had gehoopt dat ze er een of twee met hem zou willen delen tijdens hun rit naar de kerkdienst en de begrafenis erna. Maar dat had ze niet gedaan, dus hij ging ervan uit dat de lucht tussen hen gezuiverd zou zijn nadat er een paar uur waren versteken.

'Dat moet de zoon zijn,' fluisterde Deborah nu tegen hem. Ze liepen achter in de stoet op een geleidelijk omhooglopend stuk land dat uitkwam bij een muur. Binnen die muur bevond zich een tuin, afgescheiden van de rest van het landgoed. Paden slingerden zich lukraak tussen zorgvuldig gesnoeide struiken en bloembedden door, onder bomen die nu kaal waren maar opzettelijk zo waren geplaatst dat ze betonnen banken en ondiepe vijvers overschaduwden. Te midden van dit alles stonden moderne beelden: een granieten figuur in foetushouding; een elf van koper – bedekt met een groenige aanslag – die poseerde onder de bladeren van een palmboom; drie meisjes in brons die zeewier achter zich aan sleepten; een marmeren zeenimf die oprees uit een vijver. In deze beeldentuin was een terras aangelegd, dat via vijf treden bereikt kon worden. Over de gehele achterkant liep een pergola, begroeid met klimplanten, die één enkele bank beschutte. In dat terras was het graf gedolven, misschien opdat toekomstige generaties tegelijkertijd zowel de tuin konden aanschouwen als peinzen bij de laatste rustplaats van de man die deze had aangelegd.

St James zag dat men de kist al had laten zakken en dat de laatste afscheidsgebeden waren uitgesproken. Een blonde vrouw, die misplaatst een zonnebril droeg alsof ze een begrafenis in Hollywood bijwoonde, spoorde de man die naast haar stond, nu aan. Eerst deed ze het mondeling, en toen dat niet werkte gaf ze hem een zetje in de richting van het graf. Er lag een berg aarde naast, waaruit een spade stak met zwarte linten eraan. St James was het met Deborah eens: dit moest de zoon, Adrian Brouard, zijn, de enige die naast zijn tante en broer en zus River in het huis had verbleven gedurende de nacht die voorafging aan de moord op zijn vader.

Brouards reactie was dat zijn lippen omkrulden. Hij duwde zijn moeder van zich af en liep vervolgens naar de berg aarde. Onder volslagen stilte van de menigte om het graf schepte hij een hoopje aarde op en wierp dat op de kist. De doffe bons waarmee het zand op het onderliggende hout terechtkwam klonk als het geluid van een dichtvallende deur.

Adrian Brouard werd gevolgd door een vogeltje van een vrouw, zo klein dat ze van achteren gemakkelijk bij vergissing voor een opgroeiende jongen gehouden had kunnen worden. Plechtig gaf ze de spade door aan Adrian Brouards moeder, die eveneens aarde in het graf strooide. Terwijl ze aanstalten maakte de spade weer in de hoop aarde naast het graf te steken, trad er nog een vrouw naar voren, die de steel vastpakte voor de blondine met de zonnebril die kon loslaten.

Bij het zien hiervan ging er een gemompel door de toeschouwers, en St James bekeek de vrouw met meer belangstelling. Hij kon weinig van haar zien, want ze droeg een zwarte hoed die ongeveer zo groot was als een parasol, maar ze had een verbazingwekkend goed figuur, dat geaccentueerd werd door een strak, antracietkleurig mantelpakje. Ze voerde het ritueel met de spade uit en overhandigde die daarna aan een slungelig tienermeisje met afhangende schouders, dat zich wankelend op schoenen met plateauzolen voortbewoog. Dit meisje boog naar het graf, en vervolgens probeerde ze de spade door te geven aan een jongen van ongeveer dezelfde leeftijd, wiens lengte, haarkleur en algemeen uiterlijk aangaven dat hij haar broer moest zijn. Maar in plaats van zijn aandeel in het ritueel te volbrengen draaide de jongen zich abrupt om en begon zich tussen de mensen door te wringen die het dichtst bij het graf stonden. Opnieuw werd er gemompeld.

'Wat is dat allemaal?' vroeg Deborah zacht.

'Iets waar dieper op ingegaan moet worden,' zei St James. Hij zag de kans die hij kreeg door het optreden van de jongen en zei: 'Zou jij hem willen uithoren, Deborah? Of ga je liever terug naar China?'

Hij had haar nog niet ontmoet, die vriendin van Deborah, en hij wist niet zeker of hij het wilde, hoewel hij niet de vinger kon leggen op de reden voor zijn tegenzin. Hij wist echter dat een ontmoeting onvermijdelijk was, dus hij zei bij zichzelf dat hij iets hoopgevends wilde hebben om haar te kunnen vertellen wanneer ze eindelijk aan elkaar werden voorgesteld. Intussen wilde hij Deborah wel de vrijheid geven om naar haar vriendin te gaan. Ze was vandaag nog niet bij haar geweest, en er bestond weinig twijfel aan dat de Amerikaanse en haar broer zich zouden afvragen wat hun Londense vrienden bereikt hadden.

Cherokee had hun die ochtend vroeg gebeld, verlangend te weten wat St James uit de politie had kunnen loskrijgen. Hij had, aan zijn kant van de lijn, zijn stem opzettelijk opgewekt laten klinken terwijl St James hem het weinige wat er te zeggen viel, vertelde, wat duidelijk maakte dat Cherokee het gesprek voerde waar zijn zus bij was. Aan het eind van hun gesprek gaf Cherokee het voornemen te kennen om de begrafenis bij te wonen. Hij was vastbesloten in zijn verlangen deel te nemen aan wat hij 'de actie' noemde en pas toen St James hem er tactvol op wees dat zijn aanwezigheid wellicht onnodige afleiding zou veroorzaken die het de echte moordenaar mogelijk zou maken in de menigte te verdwijnen, stemde Cherokee er met tegenzin in toe om thuis te blijven. Hij zou echter wachten om te horen wat ze hadden kunnen ontdekken, zei hij tegen hen. China zou ook wachten.

'Je kunt naar haar toe gaan, als je wilt,' zei St James tegen zijn vrouw. 'Ik blijf hier nog een poosje rondsnuffelen. Ik kan wel een lift naar de stad krijgen van iemand. Dat hoeft geen probleem te zijn.'

'Ik ben niet naar Guernsey gekomen om niets anders te doen dan China's hand vasthouden,' antwoordde Deborah.

'Dat weet ik. Daarom...'

Ze onderbrak hem voor hij kon uitspreken. 'Ik zal kijken wat hij te zeggen heeft, Simon.'

St James zag haar met grote stappen weglopen, achter de jongen aan. Hij zuchtte en vroeg zich af waarom communiceren met een vrouw – en in het bijzonder met zíjn vrouw – dikwijls een kwestie was van over één ding spreken terwijl je probeerde de verborgen bedoeling van een ander ding te begrijpen. En hij dacht erover na hoe zijn onvermogen om vrouwen goed te begrijpen zijn optreden hier op Guernsey zou beïnvloeden, waar het er steeds meer op begon te lijken dat de omstandigheden die Guy Brouards leven en dood omringden, krioelden van de belangwekkende vrouwen.

Toen Margaret Chamberlain aan het eind van de receptie zag dat de manke man Ruth benaderde, wist ze dat hij niet iemand was die behoorde tot de mensen die bij de kerkdienst en de begrafenis waren geweest. Om te beginnen had hij niet, zoals ieder ander, bij het graf al met haar schoonzus gesproken. Behalve dat had hij tijdens de condoleancebijeenkomst na afloop door het huis gezworven, van de ene onafgesloten kamer naar de andere, alsof hij alles goed in zich op wilde nemen. Aanvankelijk had Margaret gedacht dat hij een of andere inbreker was die bij daglicht opereerde, ondanks zijn mankheid en de beugel aan zijn been, maar nadat hij zich ten slotte aan Ruth had voorgesteld – waarbij hij zelfs zover ging haar zijn kaartje te geven – besefte ze dat hij iets totaal anders moest zijn. Wat dat iets ook was, het had te maken met Guys dood. Of, als dat niet het geval was, met de verdeling van Guys vermogen, waar ze eindelijk iets over zouden horen, zodra de laatste bezoeker hen had verlaten.

Voor die tijd had Ruth niet met Guys advocaat willen spreken. Het leek wel of ze zich ervan bewust was dat er slecht nieuws ophanden was, en of ze probeerde iedereen te besparen het te moeten aanhoren. Iedereen, of iemand, dacht Margaret sluw. De enige vraag was: wie.

Als het Adrian was wiens teleurstelling ze hoopte uit te stellen, zou beslist de hel losbarsten. Ze zou haar schoonzus voor de rechter slepen en alle vuile was buiten hangen die er was, als Guy zijn enige zoon had onterfd. O, ze wist dat er genoeg excuses van Ruths kant zouden komen als Adrians vader dat had gedaan. Maar laat haar maar eens proberen haar, Margaret, ervan te beschuldigen de relatie tussen vader en zoon te hebben ondermijnd, laat haar ook maar één enkele poging wagen om haar af te schilderen als de verantwoordelijke partij voor Adrians verlies... De hel zou echt losbarsten wanneer zij alle redenen zou opsommen waarom ze hen uit elkaar had gehouden. En ze hadden allemaal een naam en een titel, die redenen, hoewel niet helemaal het soort titel dat iemands zonden in de ogen van het publiek vergoelijkt: Danielle de stewardess, Stephanie de nachtclubdanseres, MaryAnn de hondentrimster, Lucy het kamermeisje.

Zíj waren de reden dat Margaret de zoon bij de vader vandaan had gehouden. Wat was dat voor een voorbeeld voor een jongen? kon ze gemakkelijk zeggen tegen iedereen die het haar vroeg. Welk voorbeeld moest zij zijn voor een ontvankelijke jongen van acht, tien of vijftien jaar? Als zijn vader een leven leidde dat langdurige bezoeken van zijn zoon ongewenst maakte, was dat dan de schuld van de zoon? En zou hem nu ontzegd moeten worden waar hij als eigen vlees en bloed recht op had, omdat zijn vaders bloemenslinger van maîtresses door de jaren heen steeds langer was geworden?

Nee. Ze had er het volste recht toe gehad hen goed gescheiden te hou-

den, zich slechts te beperken tot snelle of afgebroken bezoeken. Adrian was tenslotte een overgevoelig kind. Ze was verplicht geweest hem met haar moederliefde te beschermen, hem niet bloot te stellen aan de uitspattingen van zijn vader.
Nu sloeg ze haar zoon gade, die zich ophield in een hoek van de stenen zaal waar de nabestaanden na de begrafenis gecondoleerd werden in de warmte van twee haardvuren, die aan weerszijden van het vertrek brandden. Hij probeerde voorzichtig naar de deur te sluipen, of om helemaal te ontsnappen, of om weg te duiken in de eetzaal, waar een enorm buffet op de fraaie, mahoniehouten tafel was aangericht. Margaret fronste haar voorhoofd. Dit was niet goed. Hij zou zich onder de gasten moeten mengen. In plaats van als een insect langs de muur te kruipen zou hij moeten optreden als de afstammeling van de rijkste man die de Kanaaleilanden ooit hadden gezien. Hoe kon hij verwachten iets meer van zijn leven te maken dan het al was – beperkt en gedicteerd door het huis van zijn moeder in St Alban's – als hij zich niet vertoonde, god nog aan toe?
Margaret drong zich tussen de overgebleven gasten door en onderschepte haar zoon bij de deur van de gang die naar de eetzaal leidde. Ze stak haar arm door de zijne en negeerde zijn poging om zich los te trekken. Glimlachend zei ze: 'Híer ben je dus, schat. Ik wist dat er iemand was die me de mensen kon aanwijzen met wie ik nog moet kennismaken. Ik mag natuurlijk niet hopen ze allemaal te leren kennen. Maar er zijn toch zeker belangrijke personen bij die ik behoor te ontmoeten, vanwege de toekomst?'
'Welke toekomst?' Adrian legde zijn hand op de hare om haar van zich af te schudden, maar ze omklemde zijn vingers, drukte ze en bleef lachen, alsof hij niet probeerde te ontsnappen.
'De jouwe, natuurlijk. We moeten aan de slag, om er zeker van te zijn dat die veiliggesteld is.'
'Moet dat, moeder? Hoe stel je je dat voor?'
'Een woordje hier, een woordje daar,' zei ze luchtig. 'Het is verbazingwekkend hoeveel invloed je kunt uitoefenen wanneer je eenmaal de juiste mensen kent om mee te praten. Die boos kijkende heer daarginds, bijvoorbeeld? Wie is dat?'
Adrian gaf geen antwoord, maar hij begon bij zijn moeder vandaan te schuiven. Zij had echter het voordeel dat ze groter was dan hij – en zwaarder – en ze hield hem bij zich. 'Schat?' vroeg ze opgewekt. 'Die heer? Die met de leren stukken op zijn ellebogen? Aantrekkelijk als een soort té doorvoede Heathcliff?'

Adrian wierp een vluchtige blik op de man. 'Een van pa's kunstenaars. Het huis krioelt ervan. Ze zijn allemaal hier om een wit voetje bij Ruth te halen, voor het geval haar het grootste deel van de duiten is nagelaten.'
'Terwijl ze een wit voetje bij jou zouden moeten halen? Dat is heel eigenaardig,' zei Margaret.
Hij keek haar aan op een manier waarvan ze de bedoeling liever niet wilde raden. 'Geloof me, niemand denkt zo stom.'
'Waarover?'
'Over aan wie pa zijn geld heeft nagelaten. Ze weten dat hij niet zal...'
'Schat, dat maakt totaal geen verschil. Waar hij gewíld zou hebben dat zijn geld naartoe ging en waar het uiteindelijk terechtkomt, zouden wel eens twee heel verschillende plaatsen kunnen zijn. Wijs is de man die dat beseft en dienovereenkomstig handelt.'
'Is de vrouw eveneens wijs, moeder?'
Het klonk hatelijk. Margaret kon niet begrijpen wat ze gedaan had om een dergelijke toon van hem te verdienen. Ze zei: 'Nou, als we het hebben over je vaders laatste slippertje met die mevrouw Abbott, denk ik dat ik rustig kan zeggen dat...'
'Je weet verdomd goed dat we het daar niet over hebben.'
'... je vader zich aangetrokken voelde tot jongere vrouwen, als je daarvan kunt spreken...'
'Ja. Daar gaat het nu verdomme juist om, moeder. Wil je verdomme eens één keer naar jezelf luisteren?'
Margaret zweeg, verward. Ze ging haar laatste opmerking na. 'Wat ik zei? Waarover?'
'Over pa. Over pa's vrouwen. Over zijn jóngere vrouwen. Denk na, wil je? Ik weet zeker dat je de stukjes aan elkaar kunt passen.'
'Schat, welke stukjes? Eerlijk, ik weet niet...'
'"Neem haar mee om haar kennis te laten maken met je vader, lieverd,"' imiteerde haar zoon wrang. '"Geen enkele vrouw zal zich die kans laten ontnemen." Omdat ze was begonnen zich te bedenken, wat mij betrof, en dat zag jij heel goed, waar of niet? God weet dat je het misschien verwachtte. En je dacht dat als ze wist hoeveel geld er in het vooruitzicht lag als ze haar spelletje goed speelde, ze zou besluiten bij me te blijven. Alsof ik haar verdomme toen wilde hebben. Alsof ik haar verdomme nu wil hebben.'
Margaret voelde een ijzige wind in haar nek. 'Bedoel je...?' Maar ze wist wat hij bedoelde. Ze keek om zich heen. Haar glimlach voelde aan als een dodenmasker. Ze trok haar zoon mee de zaal uit. Ze nam hem mee

de gang in, naar de provisiekamer achter de eetkamer, waar ze de deur achter hen sloot. Ze vond het niet prettig eraan te denken waar hun gesprek op aanstuurde. Ze wílde er niet aan denken waar hun gesprek op aanstuurde. Nog minder beviel haar of wilde ze denken aan wat het gesprek zou onthullen over het recente verleden. Maar ze kon de dingen die ze zelf in beweging had gezet, niet tegenhouden. Daarom begon ze te spreken.

'Wat wil je me vertellen, Adrian?' Ze bleef met haar rug tegen de deur van de provisiekamer staan, zodat hij haar niet kon ontglippen. Er was nog een deur – die toegang gaf tot de eetkamer – maar ze vertrouwde erop dat hij daar niet naar binnen zou willen gaan. Het stemmengemompel erachter maakte duidelijk dat het vertrek vol mensen was. En hij begon zenuwtrekkingen te vertonen – zijn ogen stonden wazig – wat voorafging aan een toestand waarvan hij niet zou willen dat vreemden die zagen. Toen hij niet meteen antwoord gaf, herhaalde Margaret haar vraag. Ze sprak nu vriendelijker, omdat ze ondanks haar ongeduld kon zien hoeveel pijn dit hem deed. 'Wat is er gebeurd, Adrian?'

'Dat weet je,' antwoordde hij dof. 'Je kende hem, dan weet je de rest ook.'

Margaret nam zijn gezicht tussen haar handen. Ze zei: 'Nee. Ik kan niet geloven...' Ze verstevigde haar greep. 'Je was zijn zoon. Daar zou hij de grens getrokken hebben. Dáárom. Je was zijn zoon.'

'Alsof dat er iets toe deed.' Adrian maakte zich met een ruk van haar los. 'Net zoals jij zijn vrouw was. En dat deed er verdomme ook niet veel toe.'

'Maar Guy en Carmel? Carmel Fitzgerald? Carmel, die nog geen tien ook maar in de verte grappige woorden tegen iemand kon zeggen en waarschijnlijk geen slimme opmerking kon onderscheiden van...' Margaret dwong zich te zwijgen. Ze keek de andere kant op.

'Precies. Dus ze was perfect voor mij,' zei Adrian. 'Ze was niet gewend aan iemand die slim was, dus ze lag voor het grijpen.'

'Dat bedoelde ik niet. Dat dacht ik niet. Ze is een heel lief meisje. Jij en zij samen...'

'Wat maakt het uit wat je dacht? Het is de waarheid. Hij zag het. Ze zou een gemakkelijke prooi zijn. Pa zag het en hij moest in actie komen. Omdat als hij ooit een stuk grond niet omploegde wanneer het vlak voor hem lag en er gewoon om smeekte, moeder...' Zijn stem brak.

Achter hen in de eetzaal duidde het gerammel van borden en bestek erop dat de cateraars waren begonnen het eten op te ruimen, omdat de ont-

vangst ten einde liep. Margaret wierp een snelle blik op de deur achter haar zoon en wist dat het nog slechts een kwestie van tijd was voor ze gestoord zouden worden. En ze kon de gedachte niet verdragen dat hij zo gezien zou worden, met zijn vettige gezicht en zijn trillende, gebarsten lippen. In een ogenblik was hij gereduceerd tot zijn kinderjaren en was zíj gereduceerd tot de vrouw die ze als zijn moeder altijd was geweest, gevangen tussen de wens hem te zeggen zich te beheersen, vóór iemand hem zag als een snuffend hoopje ellende, en de wens hem aan haar boezem te drukken om hem te troosten en hem te bezweren dat er wraak op zijn tegenstanders genomen zou worden.
Het was echter de gedachte aan wraak die Margaret snel liet omschakelen, zodat ze Adrian zag als de man die hij vandaag was, niet als het kind dat hij vroeger was geweest. En de kilte in haar nek bevroor in haar bloed terwijl ze nadacht over de manier waarop de wraak hier op Guernsey ten uitvoer kon zijn gebracht.
Achter haar zoon rammelde de deurknop, en de deur zwaaide open en trof hem in zijn rug. Een vrouw met grijs haar stak haar hoofd om de hoek, zag Margarets strakke gezicht, zei 'O, sorry' en verdween. Maar haar binnendringen gaf het sein. Margaret loodste haar zoon de provisiekamer uit.
Ze nam hem mee naar boven, naar haar slaapkamer, dankbaar dat Ruth haar in de westelijke helft van het huis had ondergebracht, ver weg van haar eigen kamer en die van Guy. Zij en haar zoon zouden hier privacy hebben, en privacy was waar ze behoefte aan hadden.
Ze liet Adrian plaatsnemen op het krukje voor de toilettafel, en daarna haalde ze een fles whisky uit haar koffer. Ruth stond erom bekend dat ze vrekkig was met drank, en hiervoor was Margaret God dankbaar, omdat ze er anders niet aan zou hebben gedacht goed voorzien hiernaartoe te komen. Ze schonk een glas halfvol en sloeg de inhoud achterover, daarna schonk ze opnieuw in en overhandigde ze het glas aan haar zoon.
'Ik drink niet...'
'Jawel. Dit brengt je zenuwen tot rust.' Ze wachtte tot hij haar gehoorzaamde. Hij dronk het glas leeg en hield het daarna losjes tussen zijn handen. Vervolgens zei ze tegen hem: 'Weet je het zeker, Adrian? Hij hield ervan om te flirten. Dat weet je. Het hoeft niet méér geweest te zijn. Heb je ze samen gezien? Heb je...' Ze vond het afschuwelijk om naar de gore details te vragen, maar ze had de feiten nodig.
'Ik hoefde hen niet te zien. Daarna was ze anders tegen me. Ik raadde het.'

‘Heb je er met hem over gesproken? Hem beschuldigd?’
‘Natuurlijk heb ik dat gedaan. Waar zie je me voor aan?’
‘En wat zei hij?’
‘Hij ontkende het. Maar ik dwong hem om...’
‘Dwóng hem?’ Ze kon nauwelijks ademhalen.
‘Ik loog. Ik zei tegen hem dat ze bekend had. Dus deed hij het ook.’
‘En toen?’
‘Niets. We zijn teruggegaan naar Engeland, Carmel en ik. De rest weet je.’
‘Mijn god, waarom ben je hier dan teruggekomen?’ vroeg ze hem. ‘Hij heeft je verloofde onder je neus vandaan gekaapt. Waarom ben je...’
‘Ik werd ertoe aangezet om terug te gaan, zoals je je misschien nog herinnert,’ zei Adrian. ‘Wat zei je ook weer tegen me? Dat hij zo blij zou zijn me te zien?’
‘Maar als ik het had geweten zou ik nooit hebben voorgesteld, laat staan erop aangedrongen hebben... Adrian, in godsnaam, waarom heb je me niet verteld dat dit was gebeurd?’
‘Omdat ik besloot het te gebruiken,’ zei hij. ‘Als ik hem met redeneren niet zover kon krijgen me de lening te verschaffen die ik nodig had, dacht ik dat schuldgevoelens het misschien wel konden doen. Ik was alleen vergeten dat pa immuun was voor schuldgevoelens. Hij was immuun voor alles.’ Daarna glimlachte hij. En op dat moment veranderde Margarets verkilde bloed in ijs, toen haar zoon erop liet volgen: ‘Nou, voor bijna alles, zoals nu is gebleken.’

9

Deborah St James volgde de puber op een afstand. Ze was niet op haar best wanneer ze een gesprek met een onbekende moest aanknopen, maar ze was niet van plan het toneel te verlaten zonder althans grip op de situatie te krijgen. Ze wist dat haar tegenzin niets anders was dan een bevestiging van Simons ongerustheid vanwege het feit dat ze in haar eentje naar Guernsey had willen gaan om zelf een onderzoek in te stellen naar China's problemen. Cherokees aanwezigheid telde voor hem blijkbaar niet mee. Daarom was ze dubbel vastbesloten dat haar natuurlijke terughoudendheid haar onder de huidige omstandigheden niet mocht tegenwerken.

De jongen wist niet dat ze hem achterna was gelopen. Hij leek geen bepaalde bestemming voor ogen te hebben. Eerst drong hij zich door de mensenmassa in de beeldentuin en daarna stak hij een keurig, ovaal gazon over dat achter een grote serre lag, aan de zijkant van het huis. Aan het eind van het gazon sprong hij tussen twee hoge rododendrons door en rukte een dunne tak van een kastanje die naast een groepje van drie bijgebouwen groeide. Daarna sloeg hij plotseling af naar het oosten, waar Deborah in de verte, tussen de bomen, een stenen muur zag waarachter akkers en weilanden lagen. Maar in plaats van die richting in te slaan – de zekerste weg om de begrafenis en alles wat ermee verband hield, achter zich te laten – begon hij over het grindpad te draven dat weer terugliep naar het huis. Onder het lopen sloeg hij ruw met zijn tak tegen de struiken die overvloedig langs het pad groeiden. Dit begrensde een reeks zorgvuldig onderhouden tuinen aan de oostzijde van het huis, maar daar liep hij ook niet in. In plaats daarvan dook hij tussen de bomen achter het struikgewas, waar hij zijn tempo opvoerde, blijkbaar omdat hij iemand naar een van de auto's hoorde lopen die hier geparkeerd stonden.

Daar raakte Deborah hem even kwijt. Het was schemerig onder de bomen, en hij was van top tot teen in het donkerbruin gehuld, zodat hij moeilijk te onderscheiden was. Ze haastte zich echter voorwaarts in de globale richting die ze hem had zien nemen, en ze kreeg hem weer in het

oog op een pad dat omlaag voerde, naar een weiland. In het midden ervan rees het hellende, met pannen belegde dak op van iets wat op een Japans theehuis leek, achter een groepje fragiele esdoorns en een bewerkte, houten omheining, die geolied was om de oorspronkelijke, warme kleur te bewaren en kleurige accenten droeg in rood en zwart. Het was, zag ze, weer een andere tuin van het landgoed.
De jongen stak een sierlijk, houten bruggetje over dat zich over een verlaging in het terrein welfde. Hij smeet zijn tak weg, liep voorzichtig over een paar stapstenen, en beende vervolgens naar een met een schulprand versierd hek in de omheining. Hij duwde het open en verdween naar binnen. Het hek zwaaide geluidloos achter hem dicht.
Deborah volgde hem snel, over de brug die een kleine greppel overspande waar grijze stenen in waren gelegd met zorgvuldige aandacht voor wat eromheen groeide. Ze naderde het poortje en zag wat ze tot dusver niet had opgemerkt: een kleine, bronzen plaquette die aan het hout was bevestigd. A LA MÉMOIRE DE MIRIAM ET BENJAMIN BROUARD, ASSASSINÉS PAR LES NAZIS À AUSCHWITZ. NOUS N'OUBLIERONS JAMAIS. Deborah las de woorden en ze begreep er voldoende van om te weten dat de tuin was aangelegd ter herinnering.
Ze duwde het hek open en kwam in een wereld die totaal verschillend was van wat ze tot dusver had gezien van het terrein van Le Reposoir. De weelderige, overdadige hoeveelheid planten en bomen was hier tot de orde geroepen. Er was een strenge regelmaat in aangebracht, waarbij veel groen van de bomen was weggehaald en de struiken in formele vormen waren gesnoeid. Ze waren prettig om naar te kijken en ze gingen in elkaar over in een patroon dat de blik van de toeschouwer via de omtrek van de tuin naar weer een ander boogbruggetje richtte. Dit overspande een grote, asymmetrische vijver waarin waterlelies groeiden. Vlak achter deze vijver stond het theehuis waarvan Deborah een glimp van het dak had opgevangen toen ze zich aan de andere kant van de omheining bevond. Het had perkamenten deuren, zoals bij veel Japanse privé-huizen, en een van deze deuren was opengeschoven.
Deborah volgde het pad langs de rand van de tuin en stak de brug over. Onder zich zag ze een grote, kleurige karper zwemmen, terwijl voor haar het interieur van het theehuis zichtbaar werd. Achter de open deur zag ze een vloer die bedekt was met traditionele matten, en één enkel vertrek, gemeubileerd met een lage, ebbenhouten tafel waar zes kussens omheen lagen.
Over de volle breedte van het theehuis liep een brede veranda, die via

twee treden bereikt kon worden vanaf het grindpad, dat verder doorliep om de tuin heen. Deborah ging deze treden op, maar deed geen poging om het heimelijk te doen. Het was beter dat ze zich voordeed als een belangstellende bij de begrafenis die een wandelingetje maakte, dacht ze, dan iemand die een jongen achtervolgde die waarschijnlijk geen zin had in een gesprek.

Hij lag op zijn knieën bij een teakhouten kast, ingebouwd in de verste wand van het theehuis. Hij had de kast opengemaakt en trok er een zware zak uit. Terwijl Deborah bleef kijken, sjorde hij de zak eruit, maakte die open en begon erin te wroeten. Hij haalde er een plastic bus uit. Toen draaide hij zich om en zag Deborah, die naar hem stond te kijken. Hij schrok niet bij het zien van een onverwachte vreemde. Hij keek haar openlijk en zonder de geringste onzekerheid aan. Daarna stond hij op en liep langs haar heen naar de veranda en vandaar naar de vijver.

Toen hij langs haar heen liep zag ze dat de bus kleine, ronde korrels bevatte. Die nam hij mee naar de waterkant, waar hij op een gladde, grijze steen ging zitten en een handvol korrels opschepte, die hij naar de vissen gooide. Het water werd onmiddellijk een zwerm van activiteit in alle kleuren van de regenboog.

Deborah zei: 'Vind je het erg als ik kijk?'

De jongen schudde zijn hoofd. Hij was, zag ze, een jaar of zeventien, en zijn gezicht werd ontsierd door ernstige acne, die nog roder werd toen ze naast hem op de steen plaatsnam. Ze bleef even naar de vissen kijken, die met hun gulzige bekken door het water pompten, instinctmatig happend naar alles wat zich aan het oppervlak bewoog. Gelukkig voor ze, dacht ze, dat ze in deze veilige, beschermde omgeving zijn, waar wat aan het oppervlak beweegt echt voedsel is, en geen lokaas.

Ze zei: 'Ik hou niet zo van begrafenissen. Ik denk dat het komt omdat ik er vroeg mee begonnen ben. Mijn moeder stierf toen ik zeven was, en telkens wanneer ik bij een begrafenis ben komt het allemaal bij me boven.'

De jongen zei niets, maar hij begon iets langzamer met het voer te strooien. Hieruit putte Deborah moed en ze praatte door.

'Gek eigenlijk, omdat ik het niet echt voelde toen het feitelijk gebeurde. De mensen zullen waarschijnlijk zeggen dat het komt omdat ik het niet begreep, maar dat deed ik wel, weet je. Ik wist precies wat het betekende als er mensen doodgingen. Ze waren weg en ik zou ze nooit meer zien. Misschien waren ze bij de engelen, en bij God, maar in elk geval zouden ze op een plaats zijn waar ik nog in een heel lange tijd niet naartoe zou gaan. Dus ik wist wat het betekende. Ik begreep alleen niet wat het inhield. En dat drong pas veel later tot me door, toen de moeder-dochterrelatie die er tussen ons had kunnen zijn, er niet was tussen mij en... nou tussen mij en anderen.'

Nog altijd zei hij niets. Maar hij hield op met voeren en keek naar het water waar de vissen om de korrels bleven vechten. Ze deden Deborah denken aan mensen in een rij wanneer er een bus aankomt en wat eerst ordelijk was, verandert in een massa ellebogen, knieën en paraplu's die allemaal tegelijk duwen.

Ze zei: 'Ze is nu bijna twintig jaar dood en ik vraag me nog steeds af hoe het geweest zou zijn. Mijn vader is nooit hertrouwd en er is geen andere familie en er zijn tijden wanneer het me zo heerlijk lijkt om bij iets meer te horen dan alleen wij tweeën. En dan vraag ik me ook dingen af als hoe het geweest zou zijn als ze meer kinderen hadden gehad, mijn vader en mijn moeder. Ze was pas tweeëndertig toen ze stierf, wat ik oud vond toen ik zeven was, maar nu begrijp ik dat ze nog jaren voor zich had waarin ze meer kinderen had kunnen krijgen. Ik wilde dat dat gebeurd was.'

Toen pas keek de jongen haar aan. Ze schoof haar haren uit haar gezicht. 'Sorry. Ratel ik te veel? Dat doe ik soms.'

'Wil je het ook eens proberen?' Hij stak haar de plastic bus toe.

Ze zei: 'Leuk. Graag. Dank je.' Ze stak haar hand in de bus, schoof naar de rand van de steen en liet het voer van haar vingers in het water vallen. De vissen kwamen onmiddellijk, elkaar verdringend in hun gretigheid om te eten. 'Het lijkt wel of het water kookt. Er moeten er honderden zijn.'

'Honderddrieëntwintig.' De stem van de jongen klonk zacht – Deborah merkte dat ze zich moest inspannen om hem te verstaan – en onder het spreken richtte hij zijn ogen weer op de vijver. 'Hij houdt het aantal op peil omdat de vogels achter ze aan zitten. Grote vogels. Soms een meeuw, maar die zijn meestal niet sterk genoeg of niet snel genoeg. En de vissen zijn slim. Ze verstoppen zich. Daarom steken de stenen zo ver over de rand van de vijver uit: om de vissen een schuilplaats te geven wanneer de vogels komen.'

'Je moet aan alles denken, neem ik aan,' zei Deborah. 'Maar dit is een geweldige plek, vind je ook niet? Ik ging een eindje wandelen omdat ik bij de begraafplaats vandaan moest, en opeens zag ik het dak van het theehuis, en het hek, en het zag ernaar uit dat het hier stil zou zijn. Vredig, bedoel ik. Daarom ben ik naar binnen gegaan.'

'Lieg niet.' Hij zette de bus met vissenvoer tussen hen in alsof hij een streep in het zand trok. 'Ik heb je gezien.'
'Gezien...?'
'Je bent me gevolgd. Ik zag je ginds bij de stallen.'
'O.' Deborah verweet zich dat ze zo nonchalant was geweest om zich bloot te geven, maar meer nog dat het bewees dat haar man gelijk had. Maar ze was verdomme niet zo dom als Simon ongetwijfeld van haar zou beweren, en ze was vastbesloten het te bewijzen. 'Ik zag wat er bij het graf gebeurde,' gaf ze toe. 'Toen ze je de spade gaven. Je leek... Nou, omdat ik ook iemand verloren heb – al is het jaren geleden – dacht ik dat je misschien zou willen... verschrikkelijk arrogant van me, dat zie ik in. Maar iemand verliezen is moeilijk. Soms helpt het om erover te praten.'
Hij pakte de bus en kiepte de helft van de inhoud rechtstreeks in het water, waar opnieuw koortsachtige activiteit ontstond. Hij zei: 'Ik hoef nergens over te praten. En zeker niet over hem.'
Deborah spitste haar oren. 'Was meneer Brouard...? Hij was tamelijk oud om je vader te kunnen zijn, maar omdat je bij de familie stond...? Je grootvader misschien?' Ze wachtte op meer. Ze geloofde dat als ze genoeg geduld had, het zou komen: wat het ook was dat hem vanbinnen opvrat. Behulpzaam zei ze: 'Tussen twee haakjes, ik ben Deborah St James. Ik ben uit Londen overgekomen.'
'Voor de begrafenis?'
'Ja. Zoals ik zei, over het algemeen hou ik niet zo van begrafenissen. Maar ja, wie wel?'
Hij snoof. 'Mijn moeder. Ze is goed bij begrafenissen. Ze heeft ervaring.'
Deborah was zo verstandig om hier niet op te reageren. Ze wachtte tot de jongen zich nader zou verklaren, en dat deed hij, hoewel indirect.
Hij vertelde haar dat hij Stephen Abbott heette en hij zei: 'Ik was ook zeven. Hij raakte verdwaald in een *whiteout*. Weet je wat dat is?'
Deborah schudde ontkennend haar hoofd.
'Dat gebeurt wanneer er een wolk omlaag komt. Of mist. Of wat dan ook. Maar het is echt erg en je weet niet welke kant de heuvel op gaat en je kunt de skisporen niet zien, dus je weet niet hoe je eruit moet komen. Het enige wat je ziet is overal wit: de sneeuw en de lucht. Dus dan verdwaal je. En soms...' Hij wendde zijn gezicht af. 'Soms ga je dood.'
'Je vader?' zei ze. 'Wat erg voor je, Stephen. Wat een afschuwelijke manier om iemand van wie je houdt te verliezen.'
'Ze zei dat hij de weg naar beneden wel zou vinden. Hij heeft ervaring, zei ze. Hij weet wat hij moet doen. Ervaren skiërs vinden altijd een uit-

weg. Maar het duurde te lang en toen begon het te sneeuwen, een echte sneeuwstorm, en hij was kilometers verwijderd van waar hij had moeten zijn. En toen ze hem eindelijk vonden was dat na twee dagen en hij had geprobeerd er weg te komen en hij had zijn been gebroken. En toen zeiden ze... ze zeiden dat als ze er maar zes uur eerder bij waren geweest...' Hij stompte met zijn vuist woest in het restant van de korrels. Ze vlogen uit de bus en belandden op de steen. 'Dan was hij misschien blijven leven. Maar dat zou zíj niet prettig gevonden hebben.'
'Waarom niet?'
'Dan had ze geen vriendjes kunnen verzamelen.'
'O.' Deborah begreep hoe het in elkaar stak. Een kind verliest de vader van wie hij houdt en daarna ziet hij zijn moeder van de ene man naar de andere fladderen, misschien als gevolg van een verdriet dat ze niet onder ogen kan zien, misschien in een wilde poging om te vervangen wat ze is kwijtgeraakt. Maar Deborah begreep ook hoe het op dat kind kon zijn overgekomen: alsof de moeder niet het allermeest van de vader had gehouden.
Ze zei: 'Was meneer Brouard soms een van die vrienden? Was je moeder daarom vanochtend bij de familie? Dat was je moeder toch? De vrouw die wilde dat je de spade aannam?'
'Ja,' zei hij. 'Dat was ze.' Hij veegde de korrels die uit de bus gevallen waren, weg. Ze vielen stuk voor stuk in het water, als de afgedankte hoop van een gedesillusioneerd kind. 'Stom wijf,' mompelde hij. 'Verdomd stom wijf.'
'Omdat ze wilde dat je deelnam aan de...'
'Ze denkt dat ze zo slim is,' viel hij haar in de rede. 'Ze denkt verdomme dat ze haar allemaal zo graag willen neuken... Doe je benen uit elkaar, moeder, dan dansen ze voor je als marionetten. Tot dusver heeft het niet gewerkt, maar als je het lang genoeg doet, zou het verdomme nog wel eens zover kunnen komen.' Stephen sprong overeind en pakte de bus. Met grote stappen beende hij naar het theehuis en ging naar binnen. Weer liep Deborah hem achterna.
Vanuit de deuropening zei ze: 'Soms doen mensen dingen wanneer ze iemand heel erg missen, Stephen. Aan de buitenkant lijkt wat ze doen onredelijk. Ongevoelig, misschien. Of zelfs gemeen. Maar als we verder kunnen kijken dan hoe het er in onze ogen uitziet, als we kunnen proberen de achterliggende reden te begrijpen...'
'Ze begon meteen nadat hij gestorven was, nou goed?' Stephen tilde de zak met vissenvoer weer in de kast. Met een klap gooide hij de deur

dicht. 'Een van de skiërs van de reddingspatrouille, alleen wist ik toen niet precies wat er aan de hand was. En ik kwam er pas achter toen we in Palm Beach waren, en toen hadden we al in Milaan gewoond en in Parijs, en er was altijd een man, zie je, er was altijd... En daarom zijn we nu hier, snap je dat? Omdat de laatste in Londen was en ze hem niet zover kon krijgen dat hij met haar trouwde en dan wordt ze wanhopig, want als haar geld op raakt en er is niemand, wat moet ze dan in godsnaam beginnen?'
Daarna begon de arme jongen te huilen, hartverscheurende, vernederende snikken. Deborah had meelijden met hem en ze liep het theehuis in, tot ze naast hem stond. Ze zei: 'Ga zitten. Ga alsjeblieft zitten, Stephen.'
Hij zei: 'Ik haat haar. Ik haat haar echt. Teringwijf. En ze is zo verdomd stom dat ze niet eens begrijpt...' Hij huilde zo hard dat hij niets meer kon zeggen.
Deborah duwde hem op een van de kussens, waar hij zich op zijn knieën op liet vallen, met zijn hoofd op zijn borst, terwijl zijn lichaam schokte. Deborah raakte hem niet aan, hoewel ze het had gewild. Zeventien jaar oud, diepe wanhoop. Ze wist hoe het voelde: het zonlicht was verdwenen, er kwam geen eind aan de nacht, en het gevoel van hopeloosheid daalde op je neer als een lijkwade.
'Het lijkt op haat, omdat het gevoel zo hevig is,' zei ze. 'Maar het is geen haat. Het is iets heel anders. De keerzijde van liefde, geloof ik. Haat vernietigt. Maar dit...? Dit wat jij voelt...? Dat kan niemand kwaad doen. Dus het is geen haat. Echt niet.'
'Maar je hebt haar gezien,' riep hij uit. 'Je zag toch hoe ze is.'
'Gewoon een vrouw, Stephen.'
'Nee! Meer dan dat. Je zag wat ze gedaan heeft.'
Er ging een alarmbelletje bij Deborah rinkelen. 'Wat ze gedaan heeft?' herhaalde ze.
'Ze is nu te oud. Dat wil ze niet accepteren. En ze wil niet inzien... En ik kan het haar niet vertellen. Hoe kan ik het haar vertellen?'
'Haar wat vertellen?'
'Dat het te laat is. Voor alles. Hij houdt niet van haar. Hij wil haar niet eens. Ze kan alles doen wat ze wil om het te veranderen, maar niets helpt. Seks niet. Een operatie niet. Niets. Ze was hem kwijt en ze was verdomme te stom om het te begrijpen. Maar ze had het moeten zien. Waarom zag ze het niet? Waarom bleef ze aldoor dingen doen om er beter uit te zien? Om te proberen ervoor te zorgen dat hij haar wilde, toen dat allang niet meer zo was?'

Deborah nam dit zorgvuldig in zich op. Tevens dacht ze na over alles wat de jongen daarvóór had gezegd. De bedoeling achter zijn woorden was duidelijk: Guy Brouard voelde niets meer voor zijn moeder. De logische conclusie was dat hij zich tot iemand anders had gewend. Maar het kon ook zo zijn dat de man zich tot íets anders had gewend. Als hij geen belangstelling meer had voor mevrouw Abbott, moesten ze ontdekken wat hij dan wel had gewild.

Paul Fielder kwam bezweet, smerig en buiten adem aan bij Le Reposoir, zijn rugzak scheef op zijn rug hangend. Hoewel hij aannam dat het veel te laat was, was hij eerst op zijn fiets van de Bouet naar de Town Church gereden, langs de kade racend alsof alle vier de ruiters van de Apocalyps hem dicht op de hielen zaten. De kans bestond, dacht hij, dat meneer Guys begrafenis om de een of andere reden uitgesteld was. Als dat was gebeurd, zou hij althans een deel ervan kunnen meemaken.

Het feit dat er geen auto's langs de North Esplanade stonden en evenmin op de parkeerterreinen bij de haven, vertelde hem dat Billy's snode plan had gewerkt. Het was zijn oudste broer gelukt ervoor te zorgen dat Paul de begrafenisplechtigheid van zijn enige vriend niet kon bijwonen.

Paul wist dat het Billy was die met zijn fiets had geknoeid. Zodra hij buiten was gekomen en het had gezien – de achterband kapotgesneden en de ketting eraf gehaald en in de modder gegooid – zag hij de smerige vingerafdrukken van zijn broer op die hele gemene grap. Hij had een gesmoorde uitroep geslaakt en was teruggerend, het huis in, waar zijn broer aan de keukentafel geroosterd brood zat te eten en een beker thee dronk. Een brandende peuk lag in een asbak naast hem, en een andere smeulde vergeten in het afdruiprek boven de gootsteen. Hij deed alsof hij naar een talkshow op de tv keek, terwijl hun zusje op de grond met een zak meel speelde, maar in werkelijkheid zat hij te wachten tot Paul het huis zou binnenstormen om hem te beschuldigen, waar een flinke knokpartij op zou volgen.

Paul zag het meteen toen hij binnenkwam. Billy's meesmuilende grijns verried hem.

Er was een tijd geweest waarin hij naar zijn ouders zou zijn gegaan. Er was zelfs een tijd geweest dat hij zich zonder omhaal op zijn broer zou hebben geworpen, zonder te denken aan de verschillen in hun grootte en hun kracht. Maar die tijden waren voorbij. De vleeshallen – gevestigd in het trotse, oude complex van door zuilen gesteunde gebouwen die het marktplein in St Peter Port vormden – waren voorgoed gesloten, en daarmee waren de middelen van bestaan van zijn familie weggevallen. Zijn moeder zat nu achter de kassa van een Boots in High Street, waar ze de bedragen aansloeg, en zijn vader had een baan gevonden bij een ploeg wegwerkers, waar lange dagen werden gemaakt en het werk zwaar was. Geen van beiden was op het moment in huis om te helpen, en zelfs al was een van hen thuis geweest, dan nog was Paul niet van plan hun nog meer last te bezorgen. Wat het aanpakken van Billy betrof, hij wist dat hij soms niet al te slim was, maar hij was niet dom. Billy uitdagen was wat Billy wilde. Dat wilde hij al maanden en hij had al van alles geprobeerd om het zover te laten komen. Zijn handen jeukten om met iemand te vechten, en wie die iemand was kon hem niet schelen.

Paul keurde hem echter geen blik waardig, maar liep naar het gootsteenkastje om de oude gereedschapskist van zijn vader te pakken.

Billy liep achter hem aan naar buiten, zonder op zijn zusje te letten dat op de keukenvloer achterbleef met haar handen in de zak meel. Boven kibbelden nog twee broertjes. Billy werd geacht hen naar school te helpen. Maar Billy deed meestal niet wat er van hem verwacht werd. In plaats daarvan bracht hij zijn dagen door in de door onkruid overwoekerde achtertuin, waar hij muntjes gooide in de bierblikjes die hij van de ochtend tot de avond leegdronk.

'O,' zei Billy met spottende bezorgdheid en hij keek naar de puinhoop die ooit Pauls fiets was geweest. 'Verdomme, wat is hier gebeurd, Paulie? Iemand heeft met je fiets gerotzooid, hè?'

Paul deed of hij hem niet hoorde en knielde haastig op de grond. Hij begon met de achterband eraf te halen. Taboe, die naast de fiets de wacht had gehouden, bleef er achterdochtig omheen snuffelen, met een gegrom dat diep uit zijn keel kwam. Paul hield op en nam Taboe mee naar een lantaarnpaal in de buurt. Hij bond de hond eraan vast en wees naar de grond, waar hij wilde dat Taboe ging liggen. De hond gehoorzaamde, maar het was te zien dat hij het niet prettig vond. Hij vertrouwde Pauls broer voor geen cent en Paul wist dat de hond veel liever dicht bij hem was gebleven.

'Je moet zeker ergens naartoe?' vroeg Billy. 'En nu is je fiets kapot. Wat gemeen. Wie doet nu zoiets?'

Paul wilde niet huilen, omdat hij wist dat tranen voor zijn broer aanleiding zouden zijn hem nog meer te kwellen. Tranen zouden hem weliswaar minder voldoening geven dan Paul te verslaan tijdens een vechtpartij, maar toch zouden ze beter zijn dan niets, en Paul gaf er de voorkeur aan Billy niets te geven. Lang geleden had hij al begrepen dat zijn broer

geen hart had, en nog minder geweten. Hij leefde om de levens van anderen tot een hel te maken. Het was de enige bijdrage die hij aan het gezin leverde.
Daarom negeerde Paul hem, en dat stond Billy niet aan. Hij ging tegen het huis geleund staan en stak een volgende sigaret op.
Laat je longen maar verrotten, dacht Paul. Maar hij zei het niet. Hij ging rustig door met het plakken van de versleten, oude band, pakte de stukjes rubber en de solutie en legde die over de rafelige snee.
'Nou, laat me 'ns kijken waar me kleine broertje vanochtend naartoe zou willen,' zei Billy nadenkend, terwijl hij aan zijn sigaret trok. 'Een bezoek brengen aan ma, bij Boots? Pa zijn lunch brengen, ergens waar die aan de weg werkt? Hmmm. Dacht het niet. Kleren zijn veel te netjes. Trouwens, waar heeft ie dat overhemd vandaan? Uit míjn kast? Hoop het niet. Want als ie wat van me gejat heeft, moet ie gestraft worden. Misschien moet ik van dichtbij kijken. Om het zeker te weten.'
Paul reageerde niet. Hij wist dat Billy alleen bangeriken treiterde. De enige keer dat hij het lef had om aan te vallen was wanneer hij geloofde dat zijn slachtoffers bang waren. Net als hun ouders, dacht Paul minachtend. Die hielden hem thuis, als een niet-betalende huurder, de ene maand na de andere, omdat ze bang waren voor wat hij zou doen als ze hem eruit gooiden.
Paul was vroeger net als zij geweest; hij had gezien hoe zijn broer de eigendommen van zijn familie meenam om op rommelmarkten te verpatsen, zodat hij genoeg geld had voor bier en sigaretten. Maar dat was voor meneer Guy in zijn leven was gekomen. Meneer Guy, die altijd leek te weten wat er in Pauls hart omging en die er altijd over leek te kunnen praten zonder te preken of eisen te stellen of er iets anders voor terug te verwachten dan vriendschap.
Je moet je ogen gericht houden op wat belangrijk is, prins. En de rest? Laat los, als die niet in je dromen thuishoort.
Daarom kon hij zijn fiets repareren terwijl zijn broer hem bespotte, hem uitdaagde om of te vechten of te gaan huilen. Paul sloot zijn oren ervoor af en concentreerde zich. Een band plakken, een ketting schoonmaken.
Hij had de bus kunnen nemen naar de stad, maar daar dacht hij pas aan toen hij de fiets weer in elkaar had gezet en al halverwege de kerk was. Op dat moment stond zijn hoofd er echter niet naar om zichzelf zijn domheid te verwijten. Hij had er zo graag bij willen zijn om afscheid te nemen van meneer Guy, dat de enige gedachte die bij hem opkwam toen een bus van lijn 5 hem voorbij ronkte en hem eraan herinnerde wat hij

had kunnen doen, was hoe gemakkelijk het zou zijn om dwars voor de bus langs te rijden en een eind aan alles te maken.
Dat was het moment waarop hij eindelijk begon te huilen, uit pure frustratie en wanhoop. Hij huilde om het heden, waarin alles wat hij van plan was geweest, gedwarsboomd leek, en hij huilde om de toekomst, die zwart en leeg voor hem opdoemde.
Ondanks dat hij zag dat er geen enkele auto meer bij de kerk stond, hees hij zijn rugzak hoger op zijn schouders en ging hij toch naar binnen. Maar eerst tilde hij Taboe op. Hij nam de hond mee naar binnen, hoewel hij wist dat dit beslist niet was toegestaan. Maar het kon hem niet schelen. Meneer Guy was ook Taboes vriend geweest, en bovendien was hij niet van zins de hond op het plein achter te laten terwijl het dier niet begreep wat er gaande was. Daarom droeg hij hem naar binnen, waar de geur van bloemen en gedoofde kaarsen nog in de lucht hing en een banier met de woorden REQUIESCAT IN PACE nog rechts van de preekstoel hing. Maar dit waren de enige tekenen die erop wezen dat er een herdenkingsdienst had plaatsgevonden in de kerk van St Peter Port. En nadat hij het hele middenpad over was gelopen en gedaan had alsof hij een van de belangstellenden was, verliet Paul het gebouw om naar zijn fiets terug te keren. Daarna reed hij in zuidelijke richting naar Le Reposoir.
Hij had die ochtend wat doorging voor zijn beste kleren aangetrokken, wensend dat hij de vorige dag niet voor Valerie Duffy was weggelopen toen die hem een van Kevins oude overhemden had willen geven. Als gevolg daarvan was het enige wat hij had een zwarte broek met gebleekte vlekken, zijn enige paar – kapotte – schoenen, en een flanellen overhemd dat zijn vader vroeger op koude dagen in de vleeshallen had gedragen. Om de boord van dit overhemd had hij een gebreide das geknoopt, die ook van zijn vader was. En over dat alles droeg hij zijn moeders rode jack. Het zag er armoedig uit, en dat wist hij, maar meer kon hij er niet van maken.
Alles wat hij aanhad was of vuil, of bedekt met zweetvlekken, toen hij bij het landgoed van de Brouards aankwam. Daarom zette hij zijn fiets achter een enorme struik camelia's, net achter de muur, bleef hij bij de oprijlaan vandaan en liep hij onder de bomen door naar het huis, in plaats van in de open lucht. Taboe draafde naast hem.
In de verte zag Paul mensen in groepjes uit het huis komen, en terwijl hij erlangs liep om te proberen te weten te komen wat er gebeurde, kwam de lijkauto die de kist van meneer Guy had vervoerd, zijn kant uit, reed hem langzaam voorbij waar hij halfverborgen aan de oostkant van de

oprijlaan stond, en draaide het hek uit om aan de terugrit naar de stad te beginnen. Paul volgde de auto met zijn ogen, voor hij zich omdraaide, naar het huis keek en begreep dat hij de begrafenis ook had gemist. Hij had alles gemist.

Hij voelde zijn hele lichaam verstrakken en uitzetten tegelijk, alsof iets even hard probeerde aan hem te ontsnappen als hij probeerde het gevangen te houden. Hij deed zijn rugzak af en klemde die tegen zijn borst, en hij probeerde te geloven dat wat hij met meneer Guy had gedeeld, niet door een daad die in een moment was gepleegd in de vergetelheid was geraakt, maar dat het was geheiligd, voorgoed gezegend door middel van een boodschap die meneer Guy had achtergelaten.

Dit, mijn prins, is een speciale plek, een jij-en-ik-plek. Hoe goed kun je een geheim bewaren, Paul?

Beter dan goed, zwoer Paul Fielder. Beter dan hij de schimpscheuten van zijn broer kon aanhoren zonder ernaar te luisteren. Beter dan hij het verzengende vuur van dit verlies kon verdragen zonder totaal ineen te storten. Om precies te zijn, beter dan wat ook.

Ruth Brouard nam St James mee naar boven, naar de studeerkamer van haar broer. Deze bevond zich in de noordwestelijke hoek, zag hij, en bood naar een kant uitzicht op een ovaal gazon en de serre, en naar de andere kant op een paar in een halve cirkel staande gebouwtjes, die oude stallen schenen te zijn. Naar beide zijden strekte zich daarachter het landgoed uit: meer tuinen, met in de verte omheinde weiden voor paarden, akkers en bossen. St James zag dat de beeldenverzameling die begon in de ommuurde tuin waarin de vermoorde man begraven was, zich voortzette op de rest van het landgoed. Hier en daar was een geometrische vorm in marmer, brons, graniet of hout zichtbaar tussen de bomen en de planten die onbelemmerd overal groeiden.

'Uw broer was een beschermheer van de kunst.' St James wendde zich af van het raam toen Ruth Brouard de deur zachtjes achter hen dichtdeed.

'Mijn broer,' antwoordde ze, 'was een beschermheer van alles.'

Ze zag er niet goed uit, dacht St James. Haar bewegingen waren afgemeten en haar stem klonk mat. Ze liep naar een leunstoel en liet zich erin zakken. Achter haar bril versmalden haar ogen zich in iets wat op ineenkrimpen had kunnen lijken als ze haar gezicht niet zo behoedzaam strak had gehouden als een masker.

In het midden van de kamer stond een notenhouten tafel, met daarop een gedetailleerde maquette van een gebouw, opgezet in een landschap waarin ook de ervoor langs lopende weg was opgenomen en de tuin erachter, zelfs de miniatuurbomen en -struiken die in die tuinen zouden worden geplant. De maquette was zo gedetailleerd dat er zowel deuren als ramen in waren aangebracht, en op de voorgevel waren de woorden die mettertijd in de gevel gebeiteld zouden worden, met een geschoolde hand geschreven. GRAHAM OUSELEY OORLOGSMUSEUM stond op de fries.

'Graham Ouseley.' St James ging een paar passen achteruit van de maquette. Het gebouw bevond zich laag boven de grond, zoals een bunker, behalve de ingang, die dramatisch oprees als een ontwerp van Le Corbusier.

'Ja,' mompelde Ruth. 'Een bewoner van Guernsey. Tamelijk oud. In de negentig. Een plaatselijke held uit de bezettingstijd.' Verder gaf ze geen bijzonderheden, maar het was duidelijk dat ze wachtte. Ze had de naam en het beroep van St James gelezen op het kaartje dat hij haar had overhandigd, en ze had er onmiddellijk in toegestemd met hem te praten. Maar ze was kennelijk voornemens af te wachten en te zien wat hij wilde, voor ze uit zichzelf met meer informatie kwam.

'Is dit de versie van de plaatselijke architect?' vroeg St James. 'Ik heb begrepen dat hij een maquette heeft gebouwd voor uw broer.'

'Ja,' zei Ruth. 'Dit is gemaakt door een man uit St Peter Port, maar zijn ontwerp was niet dat wat Guy ten slotte heeft gekozen.'

'Ik vraag me af waarom. Het ziet er heel fraai uit.'

'Ik heb er geen idee van. Mijn broer heeft het me niet verteld.'

'Het moet een teleurstelling zijn geweest voor de architect uit Guernsey. Hij schijnt er heel wat tijd aan te hebben besteed.' St James boog zich opnieuw over de maquette.

Ruth Brouard bewoog zich in haar stoel, haar bovenlichaam verschuivend alsof ze een gemakkelijker houding zocht. Ze schoof haar bril recht en vouwde haar kleine handen in haar schoot. 'Meneer St James,' zei ze, 'hoe kan ik u helpen? U zei dat u me wilde spreken over Guys dood. Omdat u forensisch deskundige bent... Hebt u nieuws voor me? Bent u daarom hier? Er is me gezegd dat zijn organen nader zouden worden onderzocht.' Ze haperde, kennelijk kostte het haar moeite over haar broer te spreken alsof deze uit gedeelten bestond, in plaats van één geheel. Ze boog haar hoofd en na een ogenblik ging ze verder met: 'Er is me gezegd dat het weefsel en de organen van mijn broer zouden worden bestudeerd. En andere dingen. In Engeland, zeiden ze. Omdat u uit Londen komt, bent u misschien hier om me informatie te brengen.

Hoewel, als er iets ontdekt zou zijn – iets onverwachts – dan zou meneer Le Gallez toch zeker gekomen zijn om het me zelf te vertellen?'
'Hij weet dat ik hier ben, maar hij heeft me niet gestuurd,' zei St James tegen haar. Daarna legde hij voorzichtig uit met welke missie hij feitelijk naar Guernsey was gekomen. Hij besloot met: 'De advocaat van mevrouw River heeft me verteld dat u de getuige bent op wier verklaring hoofdinspecteur Le Gallez zijn zaak heeft gestoeld. Ik ben gekomen om u naar die getuigenis te vragen.'
Ze wendde haar gezicht af. 'Mevrouw River,' zei ze.
'Zij en haar broer zijn hier, voorafgaand aan de moord, een aantal dagen uw gasten geweest, heb ik begrepen.'
'En zij heeft u gevraagd haar te helpen, zodat ze niet de schuld krijgt van wat er met Guy is gebeurd?'
'Ik heb haar nog niet ontmoet,' zei St James. 'Ik heb haar niet gesproken.'
'Waarom bent u dan...?'
'Mijn vrouw en zij zijn oude vriendinnen.'
'En uw vrouw kan niet geloven dat haar oude vriendin mijn broer heeft vermoord.'
'Er is de kwestie van het motief,' zei St James. 'Hoe goed heeft mevrouw River uw broer leren kennen? Bestaat de mogelijkheid dat ze hem kende voor ze hier op bezoek kwam? Haar broer heeft daar niets over gezegd, maar het kan zijn dat hij het zelf niet weet. Weet u het?'
'Als ze eerder in Engeland is geweest, is het mogelijk. Dan zou ze Guy gekend kunnen hebben. Maar alleen daarvan. Guy is nooit in Amerika geweest. Voorzover ik weet.'
'Voorzover u weet?'
'Hij kan er op een keer naartoe zijn gegaan zonder het me te vertellen, maar ik zou niet weten waarom. Of wanneer. Als het zo is, zou dat lang geleden geweest moeten zijn. Sinds we hier wonen, op Guernsey, nee. Dan zou hij het me verteld hebben. Wanneer hij in de afgelopen negen jaar op reis ging, wat zelden gebeurde sinds hij was opgehouden met werken, liet hij me altijd weten waar hij te bereiken was. Daar was hij heel attent in. Feitelijk was hij in veel dingen heel attent.'
'Zodat hij niemand een reden kan hebben gegeven om hem te vermoorden? Niemand anders dan China River, die ook geen reden gehad schijnt te hebben?'
'Ik kan het niet verklaren.'
St James liep bij de maquette van het museum vandaan en ging bij Ruth

Brouard zitten, in de tweede leunstoel, met een tafeltje tussen hen in. Er stond een foto op deze tafel en die pakte hij op: een groot, joods gezin, verzameld om een eettafel, de mannen droegen keppeltjes en hun vrouwen stonden achter hen, met opengeslagen boekjes in hun handen. Er waren twee kinderen bij, een jong meisje en een jongen. Het meisje droeg een bril, de jongen gestreepte bretels. Aan het hoofd van de groep stond een patriarch, op het punt een grote matse in stukken te breken. Achter hem, op een dressoir, stonden een zilveren schaal en brandende kaarsen, die beide een langgerekt schijnsel wierpen op een schilderij aan de wand, terwijl naast hem de vrouw stond die blijkbaar zijn echtgenote was, haar hoofd schuin naar hem toegekeerd en haar hand op zijn schouder.

'Uw familie?' zei hij tegen Ruth Brouard.

'We woonden in Parijs,' antwoordde ze. 'Vóór Auschwitz.'

'Wat vind ik dat erg voor u.'

'Geloof me, u kunt het niet erg genoeg vinden.'

St James was het daarmee eens. 'Dat kan niemand.'

Deze erkenning van zijn kant leek Ruth Brouard een zekere voldoening te schenken, zoals ook misschien de voorzichtigheid waarmee hij de foto op de tafel terugzette. Want ze keek naar de maquette in het midden van de kamer, en daarna begon ze te spreken, zacht en zonder wrok.

'Ik kan u alleen vertellen wat ik die ochtend gezien heb, meneer St James. Ik kan u alleen vertellen wat ik gedaan heb. Ik ging naar het raam van mijn slaapkamer en ik keek Guy na, toen die het huis verliet. Toen hij bij de bomen was gekomen en vandaar het pad op ging, volgde ze hem. Ik heb haar gezien.'

'U weet zeker dat het China River was?'

'In het begin niet,' antwoordde ze. 'Gaat u mee. Ik zal het u laten zien.'

Ze liep met hem door een schemerig verlichte gang, waar oude prenten van het landgoed aan de muren hingen. Niet ver van de trap deed ze een deur open en daarna nam ze St James mee naar binnen in wat blijkbaar haar slaapkamer was: eenvoudig, maar goed gemeubileerd, met zware, antieke stukken en een enorm geborduurd wandtapijt. Dit toonde een reeks voorstellingen, die allemaal bij elkaar hoorden om één enkel verhaal te vertellen, zoals op de gobelins die voorafgingen aan boeken. Dit speciale verhaal ging over een vlucht: een nachtelijke ontsnapping terwijl een vijandig leger naderde, een overhaaste tocht naar de kust, een oversteek die gemaakt werd over een woeste zee, het aan land gaan te midden van vreemden. Slechts twee van de figuren waren in elk tafereel dezelfde: een jong meisje en een jongen.

Ruth Brouard liep naar de ondiepe nis waar het raam zich bevond, waar ze doorzichtige gordijnen wegtrok die voor het glas hingen. 'Kom,' zei ze tegen St James. 'Kijk.'

St James ging naast haar staan en zag dat het raam uitkeek op het terrein voor het huis. Onder hen omcirkelde de oprijlaan een stuk grond dat beplant was met gras en struiken. Daarachter liep het gazon geleidelijk af naar een huisje in de verte. Om dit gebouwtje stond een dichte groep bomen die zich uitstrekte tot de oprijlaan en vandaar terug naar het hoofdgebouw.

Haar broer was, zoals gewoonlijk, de voordeur uit gekomen, vertelde Ruth Brouard aan St James. Terwijl ze naar hem keek was hij het gazon overgestoken in de richting van het huisje en daar tussen de bomen verdwenen. China River was onder die bomen vandaan gekomen en ze was hem gevolgd. Ze was volledig te zien geweest. Ze was in het zwart gekleed. Ze droeg haar cape, met de capuchon op, maar Ruth wist dat het China was.

Waarom? wilde St James weten. Het leek duidelijk dat iedereen de hand had kunnen leggen op China's cape. Het model van het kledingstuk maakte het geschikt om zowel door een man als door een vrouw gedragen te worden. En gaf de capuchon mevrouw Brouard niet te denken...

'Het was niet het enige waar ik van uitging, meneer St James,' zei Ruth Brouard. 'Ik vond het vreemd dat ze Guy achterna zou gaan op dat uur van de ochtend, omdat er geen reden voor leek te bestaan. Ik vond het verwarrend. Ik dacht dat ik me misschien vergist had in wat ik had gezien, daarom ging ik naar haar kamer. Daar was ze niet.'

'Misschien ergens anders in huis?'

'Ik heb gekeken. In de badkamer. De keuken. Guys studeerkamer. De salon. De bovengalerij. Ze was nergens in huis te vinden, meneer St James, omdat ze mijn broer volgde.'

'Had u uw bril op, toen u haar buiten onder de bomen vandaan zag komen?'

'Daarom heb ik in huis rondgekeken,' zei Ruth. 'Omdat ik hem niet ophad toen ik uit het raam keek. Ze leek het te zijn – ik heb geleerd goed afmetingen en vormen te herkennen – maar ik wilde het zeker weten.'

'Waarom? Voelde u achterdocht, wat haar betrof? Of iemand anders?'

Ruth schoof de doorzichtige gordijnen weer op hun plaats. Met haar hand streek ze over de dunne stof. Intussen zei ze: 'Iemand anders? Nee. Nee. Natuurlijk niet,' maar het feit dat ze het zei terwijl ze met de gordijnen bezig was, gaf St James aanleiding erop door te gaan.

Hij zei: ‘Wie waren er op dat moment nog meer in huis, mevrouw Brouard?’
‘Haar broer. Ik. En Adrian, Guys zoon.’
‘Hoe was zijn verstandhouding tot zijn vader?’
‘Goed. Prima. Ze zagen elkaar niet vaak. Dat heeft zijn moeder lang geleden zo geregeld. Maar wanneer ze elkaar zagen, waren ze verschrikkelijk op elkaar gesteld. Natuurlijk hadden ze wel eens verschil van mening. Welke vader en zoon hebben dat niet? Maar ze waren niet ernstig, die meningsverschillen. Niets onoverkomelijks.’
‘Dat weet u zeker?’
‘Natuurlijk weet ik het zeker. Adrian is... Het is een goede jongen, maar hij heeft een moeilijk leven gehad. De scheiding van zijn ouders was vijandig, en hij zat ertussen gevangen. Hij hield van hen alle twee, maar hij werd gedwongen te kiezen. Zoiets veroorzaakt onbegrip. Het veroorzaakt vervreemding. En het is niet eerlijk.’ Ze leek zelf de ondertoon in haar stem te horen, en ze haalde diep adem, alsof ze die wilde beheersen. ‘Ze hielden van elkaar zoals een vader en een zoon van elkaar houden wanneer geen van beiden er enig besef van heeft hoe de ander is.’
‘Waartoe kan dat soort liefde leiden, denkt u?’
‘Niet tot moord. Dat kan ik u verzekeren.’
‘U houdt van uw neef,’ merkte St James op.
‘Bloedverwanten betekenen voor mij meer dan voor de meeste mensen,’ zei ze, ‘om voor de hand liggende redenen.’
St James knikte. Hij zag de waarheid ervan in. Hij zag tevens een andere werkelijkheid, maar daar hoefde hij met haar op dit moment niet dieper op in te gaan. Hij zei: ‘Ik zou graag de weg willen zien die uw broer volgde naar de baai waar hij die ochtend ging zwemmen, mevrouw Brouard.’
Ze zei: ‘Die begint ten oosten van het huis van de tuinman. Ik zal de Duffy’s bellen en zeggen dat ik u toestemming gegeven heb om daar te zijn.’
‘Is het een privé-baai?’
‘Nee, de baai niet. Maar als u langs het huis loopt zal Kevin zich afvragen wat u van plan bent. Hij stelt zich beschermend op tegenover ons. En zijn vrouw ook.’
Maar niet beschermend genoeg, dacht St James.

10

St James ontmoette Deborah weer toen ze tussen de kastanjebomen vandaan kwam die langs de oprijlaan stonden. Onmiddellijk vertelde ze van haar ontmoeting in de Japanse tuin, en wees waar die lag met een gebaar naar het zuidoosten en een groep bomen. Haar ergernis van die ochtend leek vergeten, waar hij dankbaar voor was, en dat herinnerde hem voor de zoveelste keer aan de woorden waarin zijn schoonvader Deborah had beschreven toen St James – met een amusante en naar hij hoopte vertederende, ouderwetse beleefdheid – hem toestemming had gevraagd om met haar te trouwen. 'Deb heeft rood haar en vergis je daarin niet, mijn jongen,' had Joseph Cotter gezegd. 'Ze zal je irriteren zoals niemand het ooit gedaan heeft, maar het is tenminste heel snel weer voorbij.'

Ze had goed werk gedaan met de jongen, ontdekte hij. Ondanks haar terughoudendheid had ze door haar meevoelende aard een flair om met mensen om te gaan die hij zelf nooit had bezeten. Die was van het begin af aan goed van pas gekomen bij haar beroepskeuze – mensen waren veel eerder bereid voor hun foto's te poseren wanneer ze wisten dat de persoon achter de camera dezelfde menselijke gevoelens had als zij – zoals zijn gelijkmatige temperament en zijn analytische geest van oudsher geschikt waren geweest voor het beroep dat *hij* uitoefende. Hij was op en top iemand voor een laboratorium. En Deborahs succes bij Stephen Abbott onderstreepte het feit dat er onder deze omstandigheden meer nodig was dan techniek en vaardigheid in het laboratorium.

'Dus die andere vrouw die naar voren kwam om de spade te pakken,' besloot Deborah, 'die met de enorme hoed? Zij was blijkbaar de huidige vriendin, niet iemand van de familie. Hoewel het erop lijkt alsof ze hoopte dat te worden.'

'Je zag wat ze gedaan heeft,' mompelde St James. 'Wat maakte je eruit op toen hij dat zei, schat?'

'Wat ze gedaan heeft om zich aantrekkelijk te maken, denk ik,' zei Deborah. 'Het viel me op... nou, het was moeilijk om ze over het hoofd te zien, nietwaar? En hier zie je ze niet vaak, niet zoals in Amerika waar grote borsten een soort... nationaal idee-fixe zijn, geloof ik.'

'Niet dat ze iets anders "heeft gedaan?"' vroeg St James. 'Bijvoorbeeld haar minnaar uit de weg ruimen omdat hij de voorkeur gaf aan een andere vrouw?'
'Waarom zou ze dat doen als ze hoopte met hem te trouwen?'
'Misschien wilde ze van hem af.'
'Waarom?'
'Obsessie. Jaloezie. Woede die maar op één manier gestild kan worden. Of misschien wel iets veel eenvoudigers. Misschien stond ze in zijn testament en moest ze hem uit de weg ruimen voor hij de kans had het te veranderen ten gunste van iemand anders.'
'Maar dat houdt geen rekening met het probleem dat we al tegen zijn gekomen,' merkte Deborah op. 'Hoe kan een vrouw Guy Brouard opzettelijk een steen in zijn keel geduwd hebben, Simon? Welke vrouw dan ook.'
'Dan zijn we weer terug bij de kus van hoofdinspecteur Le Gallez,' zei St James, 'hoe onwaarschijnlijk het ook klinkt. Is er dan toch een andere vrouw?'
'Het is China niet geweest,' hield Deborah vol.
St James hoorde de vastberadenheid in haar stem. 'Daar ben je dus heel zeker van.'
'Ze heeft me verteld dat ze het kortgeleden heeft uitgemaakt met Matt. Ze heeft jarenlang van hem gehouden, sinds haar zeventiende. Ik kan me niet voorstellen dat ze zich zo kort daarna met een andere man heeft ingelaten.'
St James wist dat dit hen op gevoelig terrein bracht, een terrein dat zowel door Deborah als door China River was betreden. Het was nog niet zoveel jaar geleden sinds Deborah zich van hem had losgemaakt en een andere minnaar had gevonden. Dat ze nooit over de diepgang van haar relatie met Tommy Lynley hadden gesproken, betekende niet dat die niet het gevolg was van haar verdriet en haar verhoogde kwetsbaarheid. Hij zei: 'Maar ze zou nu toch kwetsbaarder zijn dan ooit? Zou het niet zo kunnen zijn dat ze behoefte had aan een affaire – iets wat Brouard wellicht ernstiger heeft opgevat dan zijzelf – om zichzelf weer moed te geven?'
'Zo is ze helemaal niet.'
'Maar veronderstel...'
'Goed. Veronderstel. Maar ze heeft hem beslist niet vermóórd, Simon. Je moet toch met me eens zijn dat ze daarvoor een motief nodig zou hebben.'

Hij was het met haar eens. Maar hij geloofde ook dat een vooropgezette overtuiging van onschuld even gevaarlijk was als een vooropgezette overtuiging van schuld. Dus toen hij vertelde wat hij van Ruth Brouard had gehoord, besloot hij voorzichtig met: 'Ze heeft het hele huis afgezocht naar China. Die was nergens te vinden.'

'Dat is wat Ruth Brouard *zégt*,' merkte Deborah redelijk op. 'Ze zou kunnen liegen.'

'Ja, dat zou kunnen. De Rivers waren niet de enige gasten in huis. Adrian Brouard was er ook.'

'Met een reden om zijn vader te vermoorden?'

'Dat is iets wat we niet over het hoofd kunnen zien.'

'Ze *ís* zijn bloedverwante,' zei Deborah. 'En met haar achtergrond – haar ouders, de holocaust? – lijkt het me waarschijnlijk dat ze tot het uiterste zou gaan om een bloedverwant te beschermen, denk je ook niet?'

'Ja.'

Ze liepen de oprijlaan af in de richting van het pad. St James ging voorop, tussen de bomen door naar het paadje waarvan Ruth Brouard hem had verteld dat het naar de baai voerde waar haar broer dagelijks was gaan zwemmen. Ze passeerden het stenen huisje waar hij vanuit Ruths kamer naar had gekeken, en hij merkte op dat twee van de ramen rechtstreeks uitzagen op het pad. Hier woonden de huisbewaarders, was hem verteld, en de Duffy's zouden volgens St James vast wel iets toe te voegen hebben aan hetgeen Ruth Brouard hem al had meegedeeld.

Het pad werd koeler en vochtiger naarmate het dieper onder de bomen verdween. Of de natuurlijke vruchtbaarheid van het land of de vastberadenheid van de mens had een indrukwekkende hoeveelheid gebladerte geschapen dat het pad afschermde van de rest van het landgoed. Het dichtst bij het pad groeiden de rododendrons uitbundig. Te midden daarvan ontvouwden verscheidene soorten varens hun bladeren. De grond was sponsachtig waar in de herfst de bladeren erop waren gevallen, die nu tot ontbinding overgingen, en boven hun hoofd spraken de winters kale kastanjetakken van de groene tunnel die ze 's zomers zouden vormen. Het was hier stil, afgezien van het geluid van hun voetstappen.

Die stilte duurde echter niet lang. St James stak zijn vrouw juist een hand toe om haar over een plas water te helpen, toen een ruig hondje uit de bosjes kwam springen en tegen hen begon te blaffen.

'Lieve hemel!' zei Deborah geschrokken. Daarna begon ze te lachen. 'O, wat een lieverdje. Kom maar, hondje. We doen je niets.'

Ze stak haar hand naar de hond uit. Terwijl ze het deed kwam een jon-

gen met een rood jack aan tevoorschijn op dezelfde plek als waar de hond vandaan was gekomen, en hij nam het dier in zijn armen.
'Sorry,' zei St James lachend. 'Ik geloof dat we je hond aan het schrikken hebben gemaakt.'
De jongen zei niets. Hij keek van Deborah naar St James, terwijl zijn hond beschermend bleef blaffen.
'Mevrouw Brouard zei dat dit de weg naar de baai is,' zei St James. 'Zijn we ergens verkeerd gelopen?'
De jongen zei nog steeds niets. Hij zag er nogal haveloos uit, zijn vettige haar kleefde op zijn schedel en zijn gezicht vertoonde vuile vegen. De handen die de hond vasthielden, waren groezelig en van de zwarte broek die hij droeg, was één knie bedekt met aangekoekte olie. Hij ging een paar passen achteruit.
'We hebben jou toch ook niet laten schrikken?' vroeg Deborah. 'We dachten niet dat er iemand...'
Haar stem stierf weg toen de jongen zich abrupt omdraaide en haastig terugliep in de richting vanwaar hij was gekomen. Hij droeg een oude rugzak, die tegen zijn lichaam bonsde als een zak aardappelen.
'Wie kan dat in vredesnaam...?' mompelde Deborah.
Dat vroeg St James zich ook af. 'Dat moeten we nader onderzoeken.'
Ze kwamen bij het weggetje via een poortje in de muur, op enige afstand van de oprijlaan. Daar zagen ze dat het groot aantal auto's van de begrafenisgangers, dat de weg geblokkeerd had, verdwenen was, zodat ze gemakkelijk de afdaling naar de baai vonden, zo'n honderd meter verwijderd van de ingang naar het landgoed van de Brouards.
De afdaling hield het midden tussen een karrenspoor en een weggetje – breder dan het een en te smal om als het andere beschouwd te worden – en het kronkelde een aantal keren in tegengestelde richting terwijl het steil naar het water afdaalde. Erlangs bevond zich een rotswand, en bomen, en ook een riviertje dat klaterend langs de ruwe stenen aan de onderkant van de muur stroomde. Hier stonden geen huizen of vakantiewoningen, slechts een enkel hotel dat in de wintermaanden gesloten was, omringd door bomen, weggedoken in een inham van de helling, met alle vensterluiken dicht.
In de verte, onder St James en zijn vrouw, doemde Het Kanaal op, bespikkeld door het weinige zonlicht dat kans had gezien door de zware bewolking heen te dringen. Bij het zien van het water hoorden ze ook het gekrijs van meeuwen. Ze vlogen boven de granietblokken op de top van de kliffen die de diepe, hoefijzervormige baai omgaven. Gaspel-

doorn en muurpeper groeiden hier in ongestoorde overvloed, en waar de laag aarde dikker was markeerden dooreengevlochten, kale takken de plaatsen waar in de lente meidoorn en braam uitbundig zouden bloeien. Onder aan het pad liet een klein parkeerterrein een duimafdruk achter in het landschap. Er stond geen auto, en die zou er waarschijnlijk in deze tijd van het jaar ook niet komen. Het was een volmaakte plek om rustig te zwemmen, of om iets anders te doen zonder getuigen in de buurt.

Een uit stenen opgetrokken borstwering beschermde het parkeerterrein tegen erosie door de getijden, en aan één kant ervan liep een scheepshelling schuin af tot in het water. Er lagen grote plukken dood en stervend zeewier op, precies het soort rottende vegetatie dat in een ander jaargetijde vergeven zou zijn van vliegen en muggen. Midden december bewoog of kroop er echter niets, en St James en Deborah konden er voorzichtig doorheen lopen en zo het strand bereiken. Het water kabbelde er ritmisch tegenaan, een lichte golfslag tegen het grove zand en de stenen.

'Geen wind,' merkte St James op, terwijl hij naar de monding van de baai keek, op enige afstand van waar ze stonden. 'Dat maakt dit tot een heel goede plek om te zwemmen.'

'Maar verschrikkelijk koud,' zei Deborah. 'Ik begrijp niet hoe hij het klaarspeelde. In december? Het is buitengewoon, vind je niet?'

'Sommige mensen houden van uitersten,' zei St James. 'Laten we maar eens even rondkijken.'

'Wat zoeken we precies?'

'Iets wat de politie over het hoofd kan hebben gezien.'

De feitelijke plaats van de moord was gemakkelijk te vinden: de sporen van een plaats delict waren er nog, in de vorm van een strook geel afzetlint van de politie, twee weggeworpen filmdoosjes van de politiefotograaf, en een klodder wit gips, die was achtergebleven nadat iemand een afdruk van een voetspoor had gemaakt. St James en Deborah begonnen op die plek en vervolgens werkten ze naast elkaar in een steeds groter wordende kring het strand af.

Ze vorderden slechts langzaam. Met hun ogen op de grond gericht draaiden ze rondjes, waarbij ze de grotere stenen die ze tegenkwamen omdraaiden, voorzichtig zeewier opzijschoven, zand zeefden met hun vingertoppen. Zo verstreek een uur, terwijl ze het kleine strand afzochten, het deksel van een blikje babyvoeding vonden, een verbleekt lintje, een lege mineraalwaterfles, en achtenzeventig penny's aan kleingeld.

Toen ze bij de borstwering kwamen, stelde St James voor dat ze ieder aan een tegenovergestelde kant zouden beginnen en vervolgens naar elkaar

toe zouden werken. Op het punt waar ze bij elkaar kwamen, zei hij, zouden ze gewoon doorgaan, zodat ieder van hen afzonderlijk de totale lengte van de muur zou hebben geïnspecteerd.
Ze moesten voorzichtig te werk gaan, want hier lagen zwaardere stenen en er waren meer spleten waar voorwerpen in konden vallen. Maar hoewel ze zich beiden met een slakkengangetje voortbewogen, ontmoetten ze elkaar in het midden met lege handen.
'Dit ziet er niet erg hoopvol uit,' merkte Deborah op.
'Nee,' zei St James instemmend. 'Maar het was te proberen.' Even bleef hij tegen de muur geleund staan, met zijn armen over zijn borst gekruist en zijn ogen op Het Kanaal gericht. Hij dacht na over het idee van leugens, die mensen vertellen en die mensen geloven. Soms, wist hij, waren het in beide gevallen dezelfde mensen. Wanneer ze iets maar lang genoeg vertelden begonnen ze het ten slotte te geloven.
'Je maakt je ongerust, hè?' zei Deborah. 'Als we niets vinden...'
Hij sloeg zijn arm om haar heen en kuste de zijkant van haar hoofd. 'Laten we doorgaan,' zei hij, maar hij liet er niet op volgen wat voor hem duidelijk was: iets vinden zou wel eens belastender kunnen zijn dan de pech hebben helemaal niets te vinden.
Ze bleven als krabben langs de muur schuiven, St James iets meer belemmerd door de beugel om zijn been, die het voor hem lastiger maakte zich tussen de grotere stenen voort te bewegen. Misschien was dit de reden dat de jubelkreet – die de ontdekking aangaf van iets wat tot dusver onopgemerkt was gebleven – werd geslaakt door Deborah, nadat ze ongeveer een kwartier verder had gezocht.
'Hier!' riep ze. 'Simon, kijk hier eens.'
Hij draaide zich om en zag dat ze het uiterste einde van de borstwering had bereikt, op het punt waar de helling in het water uitliep. Ze wees naar de hoek waar muur en helling elkaar ontmoetten, en toen St James haar kant uit liep, ging ze op haar hurken zitten om beter te kunnen zien wat ze had gevonden.
'Wat is het?' vroeg hij, terwijl hij naast haar ging staan.
'Iets van metaal,' zei ze. 'Ik wilde het niet oprapen.'
'Hoe diep?' vroeg hij.
'Nog geen dertig centimeter, schat ik,' antwoordde ze. 'Als je wilt dat ik...'
'Hier.' Hij gaf haar een zakdoek.
Om het voorwerp te bereiken moest ze haar been klemzetten in een kartelige opening, wat ze met enthousiasme deed. Daarna bukte ze zich zo diep dat ze kon pakken wat ze van bovenaf had gezien.

Het bleek een ring te zijn. Deborah haalde hem naar boven en legde hem met de zakdoek als een kussentje eronder op haar vlakke hand, zodat St James hem kon bekijken.
De ring leek van brons gemaakt, bestemd voor een man. De decoratie was ook voor een man, en bestond uit een doodshoofd en gekruiste beenderen. Boven de schedel waren de cijfers 39/40 aangebracht en eronder waren vier woorden gegraveerd, in het Duits. St James kneep zijn ogen half dicht om ze te kunnen lezen: *Die Festung im Westen.*
'Iets uit de oorlog,' mompelde Deborah, terwijl ze zelf de ring aan een nauwkeurig onderzoek onderwierp. 'Maar die kan hier niet al die jaren gelegen hebben.'
'Nee. Daar ziet hij niet naar uit.'
'Wat dan...?'
St James vouwde de zakdoek om de ring, maar liet die op Deborahs hand liggen. 'Hij moet onderzocht worden,' zei hij. 'Le Gallez zal willen weten of er vingerafdrukken op zitten. Het kan niet veel zijn, maar zelfs een gedeelte zou al helpen.'
'Hoe kunnen ze dit over het hoofd gezien hebben?' vroeg Deborah, en St James begreep dat ze geen antwoord verwachtte.
Niettemin zei hij: 'Hoofdinspecteur Le Gallez beschouwt de verklaring van een vrouw op leeftijd die haar bril niet ophad tot op de dag van vandaag als afdoende. Ik denk dat we mogen veronderstellen dat hij niet zo hard zoekt als hij zou kunnen naar iets wat zou kunnen weerspreken wat zij hem heeft verteld.'
Deborah keek naar het kleine, witte pakje in haar hand en daarna keek ze haar man aan. 'Dit zou bewijsmateriaal kunnen zijn,' zei ze. 'Naast de haren die ze hebben gevonden, naast de voetafdruk die ze hebben, naast getuigen die wel eens zouden kunnen liegen over wat ze gezien hebben. Dit zou alles kunnen veranderen, denk je ook niet, Simon?'
'Ja, het zou inderdaad kunnen,' zei hij.

Margaret Chamberlain feliciteerde zichzelf omdat ze erop had aangedrongen dat het testament direct na de condoleancebijeenkomst geopend zou worden. Eerder die dag had ze gezegd: 'Bel de advocaat, Ruth. Laat hem hierheen komen na de begrafenis.' En toen Ruth haar verteld had dat Guys advocaat in elk geval aanwezig zou zijn – wéér zo'n saaie bekende op het eiland die de begrafenis moest bijwonen – bedacht ze dat dit meer dan uitstekend was. Het was beslist voorbeschikt. Voor het geval haar schoonzus van plan was haar plannen te dwarsbomen had

Margaret zelf de man aangeklampt, terwijl hij een hap nam van een broodje krab. Mevrouw Brouard, deelde ze hem mee, wilde dat het testament onmiddellijk nadat de laatste gast van de bijeenkomst was vertrokken, zou worden voorgelezen. Hij had de benodigde documenten toch bij zich? Ja? Mooi. En zou het een probleem zijn om op de bijzonderheden in te gaan zodra ze de privacy hadden om het te doen? Nee? Mooi. Dus nu zaten ze bij elkaar. Maar Margaret was niet blij met de personen uit wie de groep bestond.

Op Margarets aandringen had Ruth blijkbaar meer gedaan dan contact opnemen met de advocaat. Ze had er tevens voor gezorgd dat er een veelbetekenende verzameling individuen aanwezig was om naar de mededelingen van de man te luisteren. Dit kon maar één ding betekenen: dat Ruth op de hoogte was van de inhoud van het testament en dat de bepalingen ervan behalve voor familieleden ook gunstig zouden luiden voor anderen. Waarom zou ze er anders toe zijn overgegaan om een verzameling buitenstaanders uit te nodigen zich voor deze gelegenheid bij de familie aan te sluiten? En ongeacht hoe hartelijk Ruth hen begroette en hen in de salon liet plaatsnemen, het wáren buitenstaanders, mensen die – volgens Margarets definitie – niet rechtstreeks door bloedverwantschap of huwelijk aan de overledene gerelateerd waren.

Onder hen bevonden zich Anaïs Abbott en haar dochter, eerstgenoemde even zwaar opgemaakt als ze dat de vorige dag was geweest, en laatstgenoemde even slungelig en met afhangende schouders als toen Margaret haar gisteren gezien had. Het enige verschil aan hen was hun kleding. Anaïs was erin geslaagd zich in een zwart pakje te wurmen waarvan de rok om haar smalle billen spande als plasticfolie om een meloen, terwijl Jemima een bolero had aangetrokken die ze droeg met de gratie van een vuilnisman in jacquet. De norse zoon was blijkbaar verdwenen, want toen het gezelschap zich verzamelde in de salon op de eerste verdieping onder weer zo'n saaie, door Ruth geborduurde afbeelding van 'Leven als een vluchteling' – deze had waarschijnlijk iets te maken met opgroeien in een pleeggezin, alsof zij het enige kind was dat dit had moeten meemaken in de naoorlogse jaren – bleef Anaïs haar handen wringen en iedereen die het horen wilde vertellen dat 'Stephen ergens naartoe gegaan was... Hij was ontroostbaar...', waarna haar ogen zich weer met tranen vulden in een irritant vertoon van eeuwige toewijding aan de overledene.

Behalve de Abbotts waren ook de Duffy's aanwezig. Kevin – beheerder, terreinknecht, huisbewaarder van Le Reposoir en blijkbaar alles wat Guy hem nog meer had gevraagd te zijn op elk willekeurig moment – hield

zich op een afstand. Hij stond voor een raam, waar hij de tuinen beneden hem bestudeerde, wat in overeenstemming was met zijn gedrag om nooit méér te doen dan iets tegen iemand brommen. Zijn vrouw, Valerie, zat apart van de anderen, met haar handen samengeklemd in haar schoot. Beurtelings keek ze naar haar man, naar Ruth en naar de advocaat, die zijn aktetas uitpakte. Ze leek volslagen verbijsterd dat ze voor deze ceremonie was uitgenodigd.
En dan was Frank er. Margaret was na de begrafenis aan hem voorgesteld. Frank Ouseley, was haar verteld, een levenslange vrijgezel en een heel goede vriend van Guy. Een echte zielsverwant, om precies te zijn. Ze hadden ontdekt dat ze een gezamenlijke hartstocht koesterden voor dingen die met de oorlog verband hielden en daardoor was er een band tussen hen ontstaan, wat voor Margaret voldoende was om de man achterdochtig op te nemen. Hij zat achter dat hele ellendige museumproject, had ze gehoord. Hij zou de reden kunnen zijn dat god weet hoeveel van Guys miljoenen heel goed een kant op zouden kunnen gaan die niet die van haar zoon was. Margaret vond hem bepaald weerzinwekkend, met zijn slecht passende tweedpak en de lelijke kronen op zijn voortanden. Bovendien was hij dik, wat nog een punt in zijn nadeel was. Een dikke buik sprak van gulzigheid en die sprak weer van hebzucht.
En op het moment praatte hij met Adrian, Adrian die blijkbaar niet genoeg verstand had om een tegenstander te herkennen wanneer die voor hem stond en dezelfde lucht inademde. Als de zaken zouden lopen zoals Margaret vreesde dat ze het komende halve uur of zo zouden verlopen, dan konden zij en haar zoon wel eens juridisch overhoop komen te liggen met deze gezette man. Adrian zou toch in elk geval verstandig genoeg moeten zijn om dat te beseffen, en om zich dientengevolge op een afstand te houden.
Margaret zuchtte. Ze sloeg haar zoon gade en voor het eerst viel haar op hoe veel hij eigenlijk op zijn vader leek. Het viel haar ook op wat hij allemaal deed om die gelijkenis ongedaan te maken. Hij droeg zijn haar heel kortgeknipt zodat Guys krullen niet zichtbaar waren, hij kleedde zich slecht, en hij had zich heel glad geschoren om alles te vermijden wat ook maar in de verte op Guys welverzorgde baard leek. Maar hij kon niets veranderen aan zijn ogen, die zo op die van zijn vader leken. Slaapkamerogen waren ze genoemd, met zware oogleden en sensueel. En hij kon evenmin iets doen aan zijn huidskleur, donkerder dan die van de doorsnee-Engelsman.
Ze liep naar de haard, waar hij voor stond met de vriend van zijn vader.

Ze stak haar arm door die van hem. 'Kom bij me zitten, lieverd,' zei ze tegen haar zoon. 'Mag ik hem van u stelen, meneer Ouseley?'
Frank Ouseley hoefde geen antwoord te geven, omdat Ruth de deur van de salon had dichtgedaan, ten teken dat alle betrokken partijen aanwezig waren. Margaret nam Adrian mee naar een sofa die deel uitmaakte van een zitgroep vlak bij de tafel waarop Guys advocaat – een schriele man die de naam Dominic Forrest droeg – zijn paperassen had uitgestald.
Het ontging Margaret niet dat iedereen probeerde er zo weinig verwachtingsvol uit te zien als mogelijk was. Onder wie haar eigen zoon, op wie ze druk had moeten uitoefenen om deze bijeenkomst bij te wonen. Hij zat onderuitgezakt, zijn gezicht stond uitdrukkingloos en zijn lichaamshouding gaf te kennen hoe weinig het hem kon schelen te horen hoe zijn vader over zijn geld had beschikt.
Het maakte Margaret niets uit, want het kon háár wel schelen. Dus toen Dominic Forrest zijn halve brilletje opzette en zijn keel schraapte, was ze een en al aandacht. Hij had Margaret duidelijk te kennen gegeven dat deze formele voorlezing van het testament hoogst ongebruikelijk was. Het was veel beter dat begunstigden van hun erfenis op de hoogte werden gesteld in een omgeving die hun de privacy bood om de informatie in zich op te nemen en om alle vragen te stellen die ze eventueel zouden hebben, zonder dat de gevoeligheid van hun situatie bekend werd aan partijen die geen gevestigd belang hadden in hun individuele welzijn.
Wat, wist Margaret, de wettelijke bewoordingen waren om uit te drukken hoezeer meneer Forrest er de voorkeur aan zou hebben gegeven om het zo te regelen dat hij iedere begunstigde afzonderlijk sprak, om later iedereen afzonderlijk een rekening te kunnen sturen. Vervelend mannetje.
Ruth balanceerde als een vogeltje op de leuning van een Queen Annestoel, niet ver bij Valerie vandaan. Kevin Duffy bleef bij het raam staan, Frank bij het vuur. Anaïs Abbott en haar dochter hadden plaatsgenomen op een *loveseat*, waar de een haar handen wrong en de ander probeerde haar giraffebenen ergens weg te stoppen waar ze niet zo zouden opvallen.
Forrest ging zitten en schudde zijn paperassen met een snelle polsbeweging. Het testament van de heer Brouard, begon hij, was geschreven en door hem en de getuigen ondertekend op de 2e oktober van dit jaar. Het was een eenvoudig document.
De manier waarop de dingen zich ontwikkelden, beviel Margaret niet. Ze bereidde zich erop voor nieuws te horen dat waarschijnlijk minder dan goed was. Dit was, zoals bleek, verstandig van haar, omdat Forrest er

buitengewoon weinig tijd voor nodig had om te onthullen dat Guys gehele vermogen bestond uit één enkele bankrekening en een aandelenportefeuille. De rekening en de portefeuille moesten volgens de wet op het erfrecht in de staat Guernsey – wat dat ook mocht betekenen – gelijkelijk verdeeld worden, in twee delen. Het eerste deel, weer overeenkomstig de wet op het erfrecht in de staat Guernsey, zou gelijkelijk verdeeld worden onder Guys drie kinderen. Van het tweede deel was de helft bestemd voor Paul Fielder en de andere helft voor ene Cynthia Moullin. Ruth, de geliefde zus die haar leven lang met de overledene had samengewoond, werd in het geheel niet genoemd. Maar gezien het onroerend goed dat Guy bezat in Engeland, in Frankrijk, in Spanje en op de Seychellen, gezien zijn internationale bedrijven, gezien zijn aandelen, zijn obligaties, zijn verzameling kunstwerken – om nog maar niet te spreken van Le Reposoir zelf – waarvan geen enkele ook maar was genóémd in zijn testament, was het niet moeilijk te concluderen dat Guy Brouard zijn gevoelens ten opzichte van zijn kinderen kristalhelder had getoond, terwijl hij tegelijkertijd voor zijn zus had gezorgd. God in de hemel, dacht Margaret. Hij moet Ruth alles gegeven hebben toen hij nog leefde.
Een stilte, eerst verbijsterd en daarna slechts langzaam overgaand in verontwaardiging van Margarets kant, begroette het besluit van Forrests opsomming. Het eerste wat ze dacht was dat Ruth deze hele bijeenkomst op touw had gezet om haar te vernederen. Ruth had haar nooit gemogen. Nooit, nooit, nooit, op geen enkel moment had ze haar gemogen. En gedurende de jaren waarin Margaret Guy bij zijn zoon vandaan had gehouden, had Ruth ongetwijfeld een enorme haat tegen haar opgebouwd. Wat zou ze van dit moment genieten, nu ze er getuige van kon zijn hoe Margaret Chamberlain haar verdiende loon kreeg: niet alleen door op ruwe wijze te vernemen dat Guys nalatenschap niet was wat ze zich ervan had voorgesteld, maar ook door te moeten horen dat haar zoon zelfs nog minder van die nalatenschap zou krijgen dan twee volslagen onbekenden, Fielder en Moullin genaamd.
Margaret wendde zich driftig naar haar schoonzus, gereed om de strijd aan te gaan. Op Ruths gezicht zag ze echter een waarheid die ze niet wilde geloven. Ruth was zo bleek geworden dat haar lippen krijtwit waren, en haar gezicht illustreerde beter dan wat ook dat het testament van haar broer niet was wat ze ervan had verwacht. Er lag echter meer informatie dan dát besloten in de combinatie van Ruths gelaatsuitdrukking en haar uitnodiging aan de anderen om bij het voorlezen van het testament aanwezig te zijn. Werkelijk, deze twee feiten lieten Margaret tot een onver-

mijdelijke conclusie komen: niet alleen had Ruth geweten van het bestaan van een éérder gemaakt testament, maar ze was tevens op de hoogte geweest van de inhoud van die wilsbeschikking.

Waarom zou ze anders Guys meest recente minnares hebben uitgenodigd? Waarom Frank Ouseley? Waarom de Duffy's? Daar kon slechts één reden voor zijn: Ruth had hen allen in goed vertrouwen gevraagd aanwezig te zijn omdat Guy op een zeker moment ieder van hen een erfenis had nagelaten.

Een erfenis, dacht Margaret zwakjes. Adrians erfenis. De erfenis van haar eigen zoon. Haar gezichtsvermogen leek belemmerd door een dunne, rode sluier, in het besef van wat er feitelijk had plaatsgevonden. Dat haar zoon Adrian ontzegd zou worden wat hem rechtens toekwam... Dat hij, om precies te zijn, uit zijn vaders testament was geschrapt, ondanks de kunstgrepen die Guy had toegepast om het anders te doen lijken... Dat hij in de vernederende positie was gemanoeuvreerd nog minder te krijgen dan twee mensen – Fielder en Moullin, wie dat verdomme ook mochten zijn – die geen bloedverwanten van Guy waren... Dat het merendeel van zijn vaders bezittingen kennelijk al was weggegeven... Dat hij derhalve letterlijk met níéts afgescheept zou worden door dezelfde man die hem het leven had geschonken en hem vervolgens zonder te vechten in de steek had gelaten; en die daarna kennelijk níéts had gevoeld bij dat in de steek laten en vervolgens de afwijzing had bezegeld door zich in te laten met de vriendin van zijn enige zoon, toen die vriendin op het punt stond – ja, op het punt – om zich aan Adrian te binden, zodat zijn leven voorgoed zou zijn veranderd en hij eindelijk een volwaardig mens zou zijn geworden... Het was ongelooflijk. De daad zelf was onmenselijk. En iemand zou ervoor moeten boeten.

Margaret wist niet hoe en ze wist niet wie. Maar ze was vastbesloten om de kwestie recht te zetten.

Rechtzetten betekende om te beginnen het geld loskrijgen dat haar exman aan twee volslagen onbekenden had nagelaten. Wie waren het, trouwens? Waar waren ze? En, wat belangrijker was, wat hadden ze met Guy te maken?

Er waren blijkbaar twee mensen die de antwoorden op deze vragen kenden. Dominic Forrest was een van hen, de man die zijn paperassen weer in zijn aktetas stopte en iets mompelde over gerechtelijke accountants en bankverklaringen en effectenmakelaars en dergelijke. Ruth was de andere, zij die nu bedrijvig op Anaïs Abbott toeliep en haar iets in het oor fluisterde. Het was niet waarschijnlijk, wist Margaret, dat Forrest meer informatie zou willen prijsgeven dan hij hun tijdens de voorlezing van het testament had verstrekt. Maar Ruth, als haar eigen schoonzus en, wat belangrijker was, als de tante van Adrian, Adrian, die zo gemeen gebruikt was door zijn vader... Ja, Ruth zou wel met feiten op de proppen komen wanneer ze op de juiste manier werd benaderd.

Naast zich voelde Margaret Adrian trillen, en ze kwam abrupt weer tot zichzelf. Ze was zo verzonken geweest in gedachten aan wat nu te doen, dat ze er zelfs niet eens bij stil had gestaan welke uitwerking dit moment vermoedelijk op haar zoon zou hebben. God wist dat Adrians relatie met zijn vader moeilijk was geweest, omdat Guy nu eenmaal de voorkeur gaf aan een lange rij seksuele liaisons boven een hechte band met zijn oudste kind. Maar op een dergelijke manier behandeld worden was wreed, veel wreder dan een leven zonder vaderlijke invloed ooit had kunnen zijn. En nu leed hij eronder.

Daarom wendde ze zich tot hem, bereid hem te vertellen dat het hiermee nog lang niet afgelopen was, bereid hem erop te wijzen dat er juridische wegen waren, middelen om verhaal te halen, manieren om tot overeenstemming te komen of te dreigen of te manipuleren, maar in elk geval manieren om te krijgen wat je wilde, dus dat hij zich geen zorgen hoefde te maken en bovenal dat hij beslist niet moest geloven dat de bepalingen van zijn vaders testament ook maar íéts anders betekenden dan zijn vaders tijdelijke krankzinnigheid, opgewekt door God alleen wist wat...

En ze was gereed dit te zeggen, gereed haar arm om zijn schouders te slaan, gereed hem op te monteren en haar stalen kracht op zijn lichaam over te brengen. Ze zag echter dat niets van dat alles nodig zou zijn.

Adrian huilde niet. Hij trok zich niet eens in zichzelf terug.

Margarets zoon zat geluidloos te lachen.

Valerie Duffy was bezorgd naar de voorlezing van het testament gekomen, om meer dan één reden, en aan het eind van de gebeurtenis werd slechts een van haar zorgen weggenomen. Dit was de angst om haar huis en haar werk te verliezen, en ze had gevreesd dat dit zou gebeuren nadat Guy Brouard was gestorven. Maar het feit dat Le Reposoir niet genoemd was in het testament gaf aan dat er al op een andere manier over het landgoed was beschikt, en Valerie was er tamelijk zeker van in wier zorg en bezit het nu was overgegaan. Dat betekende dat zij en Kevin niet onmiddellijk zonder werk op straat zouden komen te staan, en dat was een enorme opluchting.

De rest van Valeries zorgen bleef echter bestaan. Ze hielden verband met

Kevins zwijgzaamheid, waar ze gewoonlijk geen probleem mee had maar die haar nu nerveus maakte.
Zij en haar man liepen over het terrein van Le Reposoir, het grote huis achter zich latend, op weg naar hun woning. Valerie had de diverse reacties gezien op de gezichten van degenen die bijeen waren in de salon, en ze had op elk ervan de hoop gezien die ze van tevoren hadden gekoesterd. Anaïs Abbott had gerekend op een financiële opgraving uit het graf dat ze zelf had gedolven bij haar pogingen zich aan haar geliefde vast te klampen. Frank Ouseley had een enorm legaat verwacht, groot genoeg om een monument voor zijn vader op te richten. Margaret Chamberlain had meer dan genoeg geld verwacht om haar volwassen zoon voorgoed onder haar dak vandaan te sturen. En Kevin...? Nou, het was duidelijk genoeg dat Kevin heel wat aan zijn hoofd had, waarvan het meeste niets te maken had met testamenten en legaten, dus Kevin was de salon binnengewandeld zonder de handicap van een groot stuk linnen waarop hij zijn aspiraties had geschilderd.
Ze keek nu naar hem, niet meer dan een snelle blik, terwijl hij naast haar voortbeende. Ze wist dat hij het onnatuurlijk zou vinden als ze geen commentaar leverde, maar ze wilde voorzichtig zijn met hoeveel ze zei. Over sommige dingen kon nu eenmaal niet gepraat worden.
'Denk je dat we Henry moeten bellen?' vroeg ze haar man ten slotte.
Kevin schoof zijn das omlaag en maakte het bovenste knoopje van zijn overhemd los, niet gewend aan het soort kleren dat de meeste andere mannen met gemak dragen. Hij zei: 'Ik neem aan dat hij het gauw genoeg zal horen. Ongetwijfeld weet het halve eiland het tegen het avondeten.'
Valerie wachtte of hij nog meer zou zeggen, maar hij deed het niet. Daar wilde ze opluchting over voelen, maar het feit dat hij haar niet aankeek vertelde haar dat zijn gedachten op volle toeren werkten.
'Toch vraag ik me af hoe hij zal reageren,' zei Valerie.
'O, ja, schat?' vroeg Kevin.
Hij zei het zo zacht, dat Valerie hem bijna niet kon verstaan, maar zijn toon alleen al was voldoende om haar rillingen te bezorgen. 'Waarom vraag je dat, Kev?' zei ze, in de hoop dat ze hem uit zijn tent kon lokken.
Hij zei: 'Wat mensen zeggen dat ze zullen doen en wat ze feitelijk doen, zijn soms twee verschillende dingen, nietwaar?' Hij richtte zijn ogen op haar.
Valeries huivering ging over in een ijzige koude. Ze voelde die tegen haar benen op kruipen en in haar maag doordringen, waar ze zich oprolde als

een haarloze kat en er gewoon bleef liggen, haar vragend er iets aan te doen. Ze wachtte tot haar man het voor de hand liggende onderwerp zou aansnijden, waar iedereen die in de salon had gezeten op dit moment waarschijnlijk of over nadacht of tegen iemand anders over sprak. Toen hij het niet deed zei ze: 'Henry was bij de herdenkingsdienst, Kev. Heb je hem gesproken? Hij kwam ook naar de begrafenis. En naar de condoleancebijeenkomst. Heb je hem daar gezien? Ik neem aan dat het betekent dat hij en meneer Brouard tot het einde toe vrienden waren. Dat is goed, denk ik. Omdat het afschuwelijk zou zijn als meneer Brouard gestorven was terwijl hij ruzie met iemand had, in het bijzonder met Henry. Henry zou toch niet willen dat een breuk in hun vriendschap aan zijn geweten knaagde?'

'Nee,' zei Kevin. 'Een bezwaard geweten is een akelig ding. Het houdt je 's nachts wakker. Het maakt het moeilijk om aan iets anders te denken dan aan wat je feitelijk hebt gedaan om het te krijgen.' Hij bleef staan, en Valerie deed hetzelfde. Ze stonden op het gazon. Een plotselinge windvlaag uit de richting van Het Kanaal bracht zilte lucht mee, en daarmee ook de herinnering aan wat er in de baai gebeurd was.

'Denk jij, Val,' zei Kevin, toen er ruim een halve minuut tussen hen verstreken was zonder dat Valerie reageerde op zijn opmerking, 'dat Henry zich iets zal afvragen over dat testament?'

Ze keek de andere kant op, wetend dat zijn blik nog steeds strak op haar gericht was, nog steeds proberend haar uit te lokken. Meestal kon hij haar overhalen om te spreken, deze man van haar, omdat ze, ongeacht de 27 jaar dat hun huwelijk had geduurd, nog steeds van hem hield zoals ze dat van het begin af aan had gedaan, toen hij de kleren van haar willige lichaam had gerukt en dat lichaam met zijn eigen lichaam had bemind. Ze kende de grote waarde om zoiets in je leven met een man te kunnen vieren en de vrees om het te verliezen wilde haar dwingen te spreken en Kevin om vergeving te vragen voor wat ze gedaan had ondanks de belofte die ze had gedaan om het nooit te doen omdat het grote problemen zou veroorzaken als ze het deed.

Maar de dwingende kracht van Kevins ogen was niet voldoende. Ze werd erdoor naar de rand gesleurd, maar kon er niet overheen getrokken worden, naar de vernietiging die haar wachtte. Ze bleef zwijgen, wat hem dwong om door te gaan.

Hij zei: 'Ik kan me niet voorstellen dat hij zich niets zou afvragen, jij wel? Het hele eigenaardige eraan roept vragen op die gesteld en beantwoord moeten worden. En als hij ze niet stelt...' Kevin keek in de richting van de eendenvijvers, naar het eendenkerkhofje met de verminkte lijfjes van die onschuldige vogels. Hij zei: 'Te veel dingen betekenen macht voor een man, en wanneer hem die macht wordt afgenomen, kan hij daar niet lichtvaardig overheen stappen. Omdat je het niet kunt weglachen, zie je, je kunt niet zeggen "Ach, het had toch eigenlijk niets te betekenen". Niet wanneer een man zijn macht heeft gekend. En niet wanneer hij die is kwijtgeraakt.'

'En denk je...' Valerie begon weer door te lopen, vastbesloten niet opnieuw vastgehouden te worden door de speld van de starende blik van haar man, op een bord geprikt als een gevangen vlinder, met het etiket *afgedankte vrouw* eronder. 'Denk je dat dat gebeurd is, Kev? Dat iemand zijn macht kwijt is geraakt? Denk je dat het daar allemaal om gaat?'

'Ik weet het niet,' antwoordde hij. 'Jij?'

Een bedeesde vrouw had kunnen zeggen 'Waarom zou ik...?', maar de laatste eigenschap die Valerie bezat was bedeesdheid. Ze wist precies waarom haar man haar die vraag stelde en ze wist waar het toe zou leiden als ze hem een rechtstreeks antwoord gaf: naar een onderzoek van beloften die gegeven waren en een discussie over afwegingen die waren gemaakt.

Maar afgezien van deze dingen die Valerie niet wilde toelaten in een gesprek met haar man, was er het feit van haar eigen gevoelens, die ze nu ook onder ogen moest zien. Want het was geen eenvoudige zaak, te leven met de wetenschap dat je mogelijk verantwoordelijk was voor de dood van een goed mens. Doorgaan met de dingen van alledag met dat in je gedachten was al moeilijk genoeg. Wanneer je er ook nog mee moest worstelen dat iemand anders dan jijzelf af wist van je verantwoordelijkheid, zou dat de last ervan ondraaglijk maken. Dus er zat niets anders op dan het uit de weg te gaan en het te verdonkeremanen. Het kwam Valerie voor dat ze bij elke stap die ze zou doen, iets zou verliezen, een korte reis via de lange weg van verbroken beloften en verantwoordelijkheden die niet onder ogen waren gezien.

Het liefst zou ze de raderen van de tijd hebben stilgezet. Maar dat kon ze niet. Daarom bleef ze gestadig doorlopen, naar huis, waar ze beiden tenminste iets te doen zouden hebben, iets om hun gedachten af te leiden van de kloof die in snel tempo tussen hen ontstond.

'Heb je die man gezien die met mevrouw Brouard praatte?' vroeg Valerie haar man. 'De man met het manke been? Ze heeft hem mee naar boven genomen. Toen de ontvangst bijna afgelopen was. Ik heb hem hier nooit eerder gezien, dus ik vroeg me af... Zou hij haar dokter kunnen zijn? Ze is niet in orde. Dat weet je toch, Kev? Ze heeft geprobeerd het te verbergen, maar nu wordt het erger. Ik zou zo graag willen dat ze er iets over zei. Dan zou ik haar beter kunnen helpen. Ik kan begrijpen waarom ze er geen woord over wilde zeggen zolang hij nog leefde – ze zou hem immers niet ongerust willen maken? – maar nu hij dood is... We zouden heel veel voor haar kunnen doen, Kev, jij en ik, als ze het toeliet.'

Ze verlieten het gazon en staken het deel van de oprit over dat langs hun huis liep. Ze naderden de voordeur, Valerie voorop. Ze zou direct naar binnen zijn gestapt, haar mantel opgehangen hebben en verder gegaan zijn met haar dagtaak, maar Kevins volgende woorden hielden haar tegen.

'Wanneer hou je nu eens op met tegen me te liegen, Val?'

De woorden bevatten precies het soort vraag waarop ze op elk ander moment zou hebben móéten antwoorden. Ze suggereerden zo veel over de veranderende aard van hun relatie, dat onder alle andere omstandigheden de enige manier om die suggestie tegen te spreken zou zijn geweest dat ze haar man gaf waar hij om vroeg. Maar in de huidige situatie hoefde Valerie het niet te doen, omdat nog terwijl Kevin sprak dezelfde man over wie ze kortgeleden hadden gepraat, tussen de bosjes vandaan kwam die bij het pad naar de baai stonden.

Hij werd vergezeld door een roodharige vrouw. De twee mensen zagen de Duffy's en na snel een paar woorden gewisseld te hebben, kwamen ze onmiddellijk naar hen toe. De man zei dat hij Simon St James heette en hij stelde de vrouw aan hen voor, die zijn echtgenote Deborah bleek te zijn. Ze waren uit Londen overgekomen voor de begrafenis, verklaarde hij, en hij vroeg de Duffy's of hij hen beiden even kon spreken.

De meest recente pijnstiller – waarvan haar oncoloog had gezegd dat die 'het laatste was wat ze zouden proberen' – bezat niet langer de kracht om de hevige pijn in Ruths botten te verlichten. Kennelijk was nu de tijd gekomen om uitgebreid op morfine over te gaan, maar dat was de fysieke tijd. De geestelijke tijd, bepaald door het moment waarop ze toegaf een nederlaag geleden te hebben bij haar pogingen om de manier waarop haar leven zou eindigen, te regisseren, was nog niet gekomen. Tot dat moment was aangebroken was Ruth vastbesloten door te gaan alsof de ziekte niet huishield in haar lichaam als een invasie van vikingen die hun leider hadden verloren.

Ze was die ochtend wakker geworden met hevige pijn, die niet was afgenomen naarmate de dag vorderde. In de vroege uren had ze zich er zo op geconcentreerd haar plichten te vervullen jegens haar broer, zijn familie, zijn vrienden, en de gemeenschap, dat ze de wurggreep waarin het vuur het grootste deel van haar lichaam hield, had kunnen negeren. Maar toen de gasten eindelijk afscheid namen werd het steeds moeilijker om te negeren wat zo drastisch probeerde beslag op haar te leggen. De voorlezing van het testament had Ruth een tijdelijke afleiding van de ziekte bezorgd. Wat op de voorlezing volgde bleef dat doen.

Haar gesprek met Margaret was goddank verrassend kort geweest. 'Ik zal me later met de rest van deze puinhoop bezighouden,' had haar schoonzus haar verzekerd, met het gezicht van een vrouw die bedorven vlees ruikt, en haar lichaam verstrakt van verontwaardiging. 'Op dit moment wil ik weten wie ze verdomme zijn.'

Ruth wist dat Margaret doelde op de twee andere begunstigden van Guys testament, behalve zijn kinderen. Ze gaf Margaret de inlichtingen die deze wilde hebben en keek haar vervolgens na toen ze met opgestoken zeil de salon uit liep om zich te storten in wat Ruth heel goed wist dat een hoogst dubieuze strijd zou worden.

Dus bleef Ruth achter met de anderen. Met Frank Ouseley was het verrassend gemakkelijk verlopen. Toen ze naar hem toe ging om hem stamelend een gegeneerde verklaring te geven, waarbij ze zei dat er zeker iets aan de situatie gedaan kon worden omdat Guy zijn gevoelens ten opzichte van het oorlogsmuseum duidelijk kenbaar had gemaakt, had Frank als antwoord gegeven: 'Doe maar geen moeite, Ruth.' En hij had afscheid van haar genomen zonder een spoortje wrok. Hij moest echter behoorlijk teleurgesteld zijn, gezien de tijd en het werk die hij en Guy in het project voor het eiland hadden gestoken, dus voor hij kon vertrekken had ze tegen hem gezegd dat hij niet moest denken dat de situatie hopeloos was, dat ze er zelf van overtuigd was dat er iets kon worden gedaan om zijn droom te verwezenlijken. Guy had geweten hoe veel het project voor Frank betekende en hij zou zeker gewild hebben... Meer kon ze echter niet zeggen. Ze kon haar broer en zijn wensen niet verraden omdat ze nog niet begreep wat hij had gedaan, of waarom.

Frank had haar hand in zijn beide handen genomen en gezegd: 'Later is er tijd om over dit alles na te denken. Pieker er nu maar niet over.'

Daarna was hij vertrokken, haar achterlatend om zich als volgende met Anaïs bezig te houden.

Shellshock was het woord dat bij Ruth opkwam toen ze ten slotte alleen was met de minnares van haar broer. Anaïs zat als verdoofd op dezelfde loveseat waarop ze had plaatsgenomen gedurende Dominic Forrests uitleg van het testament, haar houding was onveranderd en het enige verschil was dat ze er nu alleen zat. De arme Jemima wilde zo graag weg dat toen Ruth mompelde 'Misschien kun jij Stephen ergens buiten gaan zoeken, lieverd...?', ze met een van haar grote voeten aan de rand van een sofa was blijven haken en bijna een tafeltje omver had gelopen in haar haast om de kamer uit te geraken. De haast was begrijpelijk. Jemima kende haar moeder heel goed en ze voorzag kennelijk wat er de komende weken van haar zou worden gevraagd op het vlak van dochterlijke toewijding. Anaïs zou zowel een vertrouwelinge als een zondebok zoeken. De tijd zou leren welke rol ze zou besluiten dat haar onhandige dochter zou moeten spelen.

Dus nu waren Ruth en Anaïs alleen, en Anaïs zat te plukken aan de zoom van een kussentje van de loveseat. Ruth wist niet wat ze tegen haar moest zeggen. Haar broer was een goede, vrijgevige man geweest, ondanks zijn zwakheden, en in een eerder testament had hij voor Anaïs Abbott en haar kinderen gezorgd op een manier die haar zorgen enorm zou hebben verlicht. Dat was beslist altijd de manier geweest waarop Guy met zijn vrouwen omsprong. Telkens wanneer hij een nieuwe vriendin nam voor een periode van meer dan drie maanden, had hij zijn testament veranderd om aan te geven in welke mate hij en zij elkaar toegewijd waren. Ruth wist dit omdat Guy het altijd nodig had gevonden haar van de inhoud van zijn testamenten op de hoogte te brengen. Met uitzondering van het meest recente en laatste document had Ruth ze allemaal gelezen, in het bijzijn van Guy en zijn advocaat, omdat Guy altijd zeker had willen weten dat Ruth begreep hoe hij wilde dat zijn geld verdeeld werd.

Het laatste testament dat Ruth had gelezen, was opgemaakt toen de relatie van haar broer met Anaïs Abbott ongeveer een halfjaar duurde, kort nadat het tweetal was teruggekeerd van Sardinië, waar ze blijkbaar heel weinig meer hadden gedaan dan alle mogelijkheden onderzoeken van wat een man en een vrouw met elkaar konden doen met hun respectieve lichaamsdelen. Guy was glazig kijkend van die reis teruggekomen en had gezegd: 'Zíj is de ware, Ruth.' En zijn testament was een afspiegeling geweest van dit optimistische vertrouwen. Dat was de reden dat Ruth Anaïs had gevraagd om hier aanwezig te zijn, maar aan haar gezicht kon ze zien dat Anaïs geloofde dat Ruth haar uit boosaardigheid had uitgenodigd.

Ruth wist niet welk alternatief op dit moment erger zou zijn: Anaïs laten geloven dat ze haar zo graag wilde kwetsen dat ze toeliet dat al haar hoop in het bijzijn van een publiek forum de bodem werd ingeslagen, of haar

vertellen dat er een eerder testament was geweest waarin de vierhonderdduizend pond die haar waren nagelaten het antwoord op haar huidige dilemma zouden zijn geweest. Het moet het eerste alternatief worden, besloot Ruth. Want hoewel ze niet bepaald het onderwerp van iemands antipathie wilde zijn, wanneer ze Anaïs over het eerder opgestelde testament vertelde, zou dat waarschijnlijk tot gevolg hebben dat ze zou moeten praten over waarom het veranderd was.
Ruth liet zich op de bank zakken. Ze fluisterde: 'Anaïs, ik vind het heel erg voor je. Ik weet niet wat ik er anders over moet zeggen.'
Anaïs draaide haar hoofd om als iemand die langzaam weer tot bewustzijn komt. Ze zei: 'Als hij zijn geld aan tieners wilde nalaten, waarom dan niet aan die van mij? Jemima. Stephen. Heeft hij maar gedaan alsof...?' Ze drukte het kussen tegen haar borst. 'Waarom heeft hij me dit aangedaan, Ruth?'
Ruth wist niet hoe ze het moest verklaren. Op dit ogenblik was Anaïs al genoeg overstuur. Het leek onmenselijk om haar nog meer van streek te brengen. Ze zei: 'Ik denk dat het er iets mee te maken had dat Guy zijn eigen kinderen is kwijtgeraakt. Aan hun moeders. Vanwege de scheidingen. Ik denk dat hij die anderen zag als een manier om weer een vader te kunnen zijn, toen hij niet langer de vader van zijn eigen kinderen kon zijn.'
'En die van mij waren niet goed genoeg voor hem?' vroeg Anaïs fel. 'Mijn eigen Jemima? Mijn Stephen? Ze waren minder belangrijk? Het is zo inconsequent dat twee volslagen vreemden...'
'Niet voor Guy,' verbeterde Ruth. 'Hij kende Paul Fielder en Cynthia Moullin al jaren.' Langer dan jou, langer dan jouw kinderen, wilde ze eraan toevoegen, maar ze deed het niet omdat ze wilde dat er een einde aan dit gesprek kwam voor ze aan een punt toekwamen dat ze niet kon verdragen te bespreken. Ze zei: 'Je weet van GAYT af, Anaïs. Je weet hoe Guy zich ervoor inzette om mentor te zijn.'
'Dus ze hebben zich in zijn leven gedrongen, nietwaar? Aldoor in de hoop... Ze werden aan hem voorgesteld en ze kwamen hier en keken eens goed rond en ze wisten dat er, als ze het handig speelden, een kans bestond dat hij hun iets zou nalaten. Dat is het. Dat is er gebeurd.' Ze gooide het kussen opzij.
Ruth luisterde en keek. Ze stond er versteld van dat Anaïs zich zulke waanideeën in het hoofd haalde. Ze kreeg de neiging te zeggen: en dat was jij zelf niet van plan, beste kind? Bond jij je aan een man die bijna 25 jaar ouder was dan jij uit blinde toewijding? Ik dacht het niet, Anaïs. Ze

zei echter: 'Ik denk dat hij er het volste vertrouwen in had dat het Jemima en Stephen onder jouw hoede goed zou gaan in het leven. Maar de andere twee... Zij hadden niet dezelfde voordelen waarmee jouw kinderen gezegend zijn. Hij wilde hen vooruithelpen.'

'En ik dan? Wat was hij van plan voor mij te doen?'

Aha, dacht Ruth. Nu zijn we gekomen bij waar het om gaat. Maar ze had geen antwoord op Anaïs' vraag dat ze bereid was te geven. Het enige wat ze zei was: 'Ik vind het heel naar voor je.'

Waarop Anaïs reageerde met: 'Ja, dat zal wel.' Ze keek om zich heen alsof ze nu volkomen wakker was, haar omgeving in zich opnemend alsof ze die voor het allereerst zag. Ze pakte haar spullen bij elkaar en stond op. Ze liep naar de deur, maar daar bleef ze staan en keerde zich om naar Ruth. 'Hij heeft beloften gedaan,' zei ze. 'Hij heeft me dingen verteld, Ruth. Heeft hij tegen me gelogen?'

Ruth antwoordde met het enige feit waarvan ze het veilig vond om het aan de vrouw te geven. 'Ik heb mijn broer nooit horen liegen.'

Dat had hij ook nooit gedaan, niet één keer, niet tegen haar. *Sois forte,* had hij tegen haar gezegd. *Ne crains rien. Je reviendrai te chercher, petite soeur.* En hij had zich aan die simpele belofte gehouden: hij was teruggekeerd en hij had haar gevonden in het pleeggezin waar ze was ondergebracht door een door de vijand bestookt land, waarvoor twee vluchtelingenkinderen uit Frankrijk slechts betekenden: nog twee monden meer om te voeden, nog twee tehuizen om te zoeken, nog twee toekomsten die ervan afhingen of twee dankbare ouders zouden komen opdagen om hen op te halen. Toen die ouders niet waren gekomen en de enorme verschrikking van wat zich in de kampen had afgespeeld wereldwijd bekend werd, was Guy zelf gekomen. Hij had zich over zijn eigen angst heen gezet en haar ernstig bezworen *cela n'a d'importance, d'ailleurs rien n'a d'importance,* om haar vrees weg te nemen. Hij had zijn leven eraan gewijd te bewijzen dat ze ook zonder ouders konden overleven – zelfs, zo nodig, zonder vrienden – in een land dat ze niet zelf hadden gekozen, maar dat hun was opgedrongen. Daarom beschouwde Ruth haar broer niet als een leugenaar en had ze hem ook nooit als zodanig beschouwd, ondanks dat ze wist dat hij er wel een had moeten zijn om zo'n netwerk van bedrog te creëren teneinde twee vrouwen en een groot aantal minnaressen te bedriegen terwijl hij van de ene vrouw naar de andere fladderde.

Nadat Anaïs was vertrokken dacht Ruth over deze punten na. Ze beschouwde ze in het licht van Guys activiteiten van de laatste paar maanden. Ze besefte dat als hij tegen haar gelogen had, al was het door iets te verzwijgen – zoals was gebeurd met een nieuw testament waar ze niets van af had geweten – hij ook over andere dingen had kunnen liegen.

Ze stond op en ze ging naar Guys studeerkamer.

11

'En u weet heel zeker wat u die ochtend hebt gezien?' vroeg St James. 'Hoe laat was het toen ze langs uw huis kwam?'

'Even voor zevenen,' antwoordde Valerie Duffy.

'Het was dus nog niet helemaal licht.'

'Nee. Maar ik stond voor het raam.'

'Waarom?'

Ze haalde haar schouders op. 'Eerste kop thee van de ochtend. Kevin nog niet beneden. Nieuwsberichten op de radio. Ik stond er gewoon, bezig in gedachten de dag in te delen, zoals mensen dat doen.'

Ze bevonden zich in de zitkamer van de woning van de Duffy's, waar Valerie hen had binnengelaten terwijl Kevin voor een paar minuten naar de keuken was verdwenen om water op te zetten voor een kop thee. Daar zaten ze, onder het lage plafond, te midden van planken met fotoalbums, grote boeken over kunst en alle video's die gemaakt waren door Sister Wendy. Wanneer de kamer goed zou zijn ingericht, zou het al moeite hebben gekost er vier mensen in te laten verblijven. Met alle boeken die bovendien op de vloer lagen opgestapeld, en verscheidene stapels kartonnen dozen tegen de muren – om nog maar niet te spreken van de grote aantallen familiefoto's die overal waren neergezet – was de menselijke aanwezigheid overweldigend. Evenals het bewijs – als dat nog nodig mocht zijn – van Kevin Duffy's verrassende opleiding. Je zou niet verwachten dat een tuinman, tevens manusje-van-alles, was afgestudeerd in kunstgeschiedenis, en misschien hingen daarom, naast de familiefoto's, ook Kevins ingelijste diploma's van de universiteit aan de muren, en verscheidene portretten van de afgestudeerde, veel jonger en zonder echtgenote.

'Kev had ouders die geloofden dat het doel van een opleiding de opleiding zelf is,' had Valerie gezegd, als in antwoord op een voor de hand liggende en niet-gestelde vraag. 'Ze geloofden dat die niet noodzakelijkerwijs een baan tot gevolg hoefde te hebben.'

Geen van de Duffy's had St James gevraagd naar het doel van zijn komst, of zijn recht om informatie in te winnen over de dood van Guy Brouard.

Nadat hij had uitgelegd wat zijn beroep was en zijn kaartje had overhandigd zodat ze het konden bestuderen, waren ze maar al te bereid geweest om met hem te praten. Ze vroegen evenmin waarom hij zijn vrouw bij zich had, en St James zei niets wat erop wees dat de vrouw die van de moord was beschuldigd, een goede bekende was van Deborah.
Valerie vertelde hun dat ze 's morgens meestal om halfzeven opstond om Kevins ontbijt klaar te maken, voor ze naar het grote huis ging om de ochtendmaaltijd van de Brouards te verzorgen. Meneer Brouard, verklaarde ze, had graag een warm ontbijt wanneer hij van het strand terugkwam, dus op de ochtend in kwestie was ze als gewoonlijk opgestaan, ondanks dat het de avond tevoren erg laat was geworden. Meneer Brouard had duidelijk gemaakt dat hij, als altijd, zou gaan zwemmen, en hij had woord gehouden, hij was langs het raam gelopen terwijl zij er stond met haar thee. Geen halve minuut later had ze gezien dat een gestalte in een donkere cape hem volgde.
'Had die cape een capuchon?' wilde St James weten.
Ja.
En was die opgezet, of omlaag?
Opgezet, zei Valerie Duffy tegen hem. Maar dat had haar niet belet het gezicht te zien van de persoon die de cape droeg, omdat ze vlak langs de lichtstraal liep die door het raam viel, zodat ze duidelijk zichtbaar was.
'Het was de Amerikaanse dame,' zei Valerie. 'Ik weet het zeker. Ik heb een glimp van haar haren opgevangen.'
'Niet iemand die ongeveer even groot was?' vroeg St James.
'Nee,' verzekerde Valerie hem.
'Niemand anders die ook blond was?' bracht Deborah naar voren.
Valerie verzekerde hun nogmaals dat ze China River gezien had. En dit was geen verrassing, zei ze erbij. China River was goed bevriend geraakt met meneer Brouard tijdens haar verblijf op Le Reposoir. Meneer Brouard was natuurlijk altijd een charmeur geweest, maar zelfs wanneer je dat in aanmerking nam, had de vriendschap met de Amerikaanse vrouw zich snel ontwikkeld.
St James zag zijn vrouw bij die woorden haar wenkbrauwen fronsen, en hijzelf was ook terughoudend om Valerie Duffy op haar woord te geloven. Het gemak waarmee ze zijn vragen beantwoordde, was opvallend. Evenals de manier waarop ze vermeed haar echtgenoot aan te kijken.
Deborah was degene die beleefd zei: 'Hebt u iets van dit alles gezien, meneer Duffy?'
Kevin Duffy stond zwijgend in de schaduw. Hij leunde tegen een van de

boekenplanken, met zijn das losgeknoopt; zijn donkere gezicht stond ondoorgrondelijk. 'Val staat 's morgens meestal eerder op dan ik,' zei hij kortaf.
Waaruit, nam St James aan, ze blijkbaar moesten concluderen dat hij niets gezien had. Toch zei hij: 'En op deze bijzondere dag?'
'Hetzelfde als altijd,' antwoordde Kevin Duffy.
Deborah zei tegen Valerie: 'Goed bevriend op wat voor manier?' En toen de vrouw haar niet-begrijpend aankeek, verduidelijkte ze: 'U zei dat China River en meneer Brouard goed bevriend waren? Ik vroeg me af op wat voor manier.'
'Ze trokken met elkaar op. Ze vond het landgoed heel mooi en ze wilde het fotograferen. Hij wilde toekijken. En dan was er de rest van het eiland. Hij vond het leuk om haar alles te laten zien.'
'En haar broer?' vroeg Deborah. 'Ging die met hen mee?'
'Soms wel, andere keren bleef hij hier rondhangen. Of hij trok er in zijn eentje opuit. Zo leek ze het prettig te vinden, de Amerikaanse dame. Dan waren ze met hun tweeën. Zij en meneer Brouard. Maar dat is immers niet echt een verrassing? Hij kon goed met vrouwen overweg.'
'Meneer Brouard had toch een relatie?' vroeg Deborah. 'Met mevrouw Abbott?'
'Hij had altijd wel een relatie met iemand en dat duurde niet altijd lang. Mevrouw Abbott was gewoon de laatste. Toen kwam die Amerikaanse.'
'Nog iemand anders?' vroeg St James. Om een of andere reden leek de lucht verstikkend te worden bij die vraag. Kevin Duffy ging van de ene voet op de andere leunen, en Valerie streek haar rok glad met een bestudeerde, trage beweging. Ze zei: 'Voorzover ik weet niet.'
St James en Deborah keken elkaar aan. St James zag op het gezicht van zijn vrouw dat ze begreep dat ze met hun onderzoek een andere richting op moesten, en hij was het niet met haar oneens. Het feit dat hier nog een getuige voor hen stond die gezien had dat China River Guy Brouard naar Het Kanaal was gevolgd – en een veel betere getuige dan Ruth Brouard, gezien de geringe afstand tussen het huis van de Duffy's en het pad naar de baai – was echter iets wat niet genegeerd kon worden.
Hij zei tegen Valerie: 'Hebt u hoofdinspecteur Le Gallez hier iets van verteld?'
'Ik heb hem er alles van verteld.'
St James vroeg zich af of het misschien iets te betekenen had dat noch Le Gallez, noch China Rivers advocaat de informatie aan hem had doorgegeven. 'We hebben iets gevonden wat u misschien zou kunnen thuis-

brengen,' zei hij, en daarna haalde hij de zakdoek uit zijn zak waar hij de ring in had gewikkeld die Deborah tussen de rotsen uit had gepeuterd. Hij vouwde het stukje linnen open en liet de ring eerst aan Valerie en daarna aan Kevin Duffy zien. Geen van beiden reageerde bij het zien van het voorwerp.

'Dat lijkt op iets uit de oorlog,' zei Kevin Duffy. 'Uit de bezettingstijd. Een of andere nazi-ring, denk ik. Een doodshoofd en gekruiste beenderen. Ik heb ze eerder gezien.'

'Ringen zoals deze?' vroeg Deborah.

'Ik bedoelde het doodshoofd en de gekruiste beenderen,' antwoordde Kevin. Hij wierp een blik op zijn vrouw. 'Ken jij iemand die er zo een heeft, Val?'

Ze schudde haar hoofd, terwijl ze naar de ring keek die op St James' hand lag. 'Het is een aandenken, denk je niet?' zei ze tegen haar man, en vervolgens tegen St James of Deborah: 'Er zwerven zo veel van die spullen rond op het eiland. Hij kan overal vandaan gekomen zijn.'

'Zoals?' vroeg St James.

'Een winkel die militaire souvenirs verkoopt, bijvoorbeeld,' zei Valerie. 'Of misschien uit iemands privé-verzameling.'

'Of van de hand van een of andere vandaal,' merkte Kevin Duffy op. 'Het doodshoofd en de gekruiste beenderen? Precies iets waarmee een vandaal van het Nationale Front tegenover zijn maten zou willen opscheppen. Laten zien dat hij een echte man is, u weet wel. Maar hij is een beetje te groot, en als de drager niet uitkijkt verliest hij hem.'

'Nog een ander idee waar hij vandaan kan zijn gekomen?' vroeg St James.

De Duffy's dachten hierover na. Opnieuw keken ze elkaar aan. Valerie was degene die langzaam, als in gedachten, zei: 'Geen enkele plek die ik kan bedenken.'

Frank Ouseley voelde een astma-aanval opkomen op het moment dat hij met zijn auto Fort Road op draaide. Dit was niet ver van Le Reposoir en omdat hij eigenlijk onderweg niet was blootgesteld aan iets wat zijn luchtwegen had kunnen irriteren, moest hij wel tot de conclusie komen dat het een reactie was die vooruitliep op het gesprek dat hij weldra moest voeren.

Dit was niet eens een noodzakelijk gesprek. Hoe Guy Brouard over de verdeling van zijn geld had beschikt wanneer hij zou komen te overlijden, was niet Franks verantwoordelijkheid, omdat Guy hem in deze kwestie niet om advies had gevraagd. Hij hoefde dus feitelijk niet de brenger van slecht nieuws te zijn, aan wie dan ook, omdat over enkele dagen iedereen ongetwijfeld op de hoogte zou zijn van het hele testament. Het roddelcircuit van het eiland zou daar wel voor zorgen. Hij voelde echter nog steeds een loyaliteit die zijn oorsprong had in zijn jaren als docent. Toch was hij niet enthousiast om te doen wat gedaan moest worden, en dat maakte de beklemming op zijn borst hem duidelijk.

Toen hij voor het huis aan Fort Road gestopt was, pakte hij zijn inhaler uit het handschoenenkastje en gebruikte die. Hij bleef even wachten tot de benauwheid voorbijging en tijdens dit moment zag hij dat midden in het park aan de overkant van de straat waar hij zich bevond, een lange, magere man en twee kleine jongens een voetbal heen en weer trapten over het gras. Geen van hen was er erg goed in.

Frank stapte uit de auto in een lichte, koele bries. Hij hees zich in zijn overjas en liep vervolgens naar het grasveld. De bomen die op de uiterste grens ervan stonden, droegen geen bladeren op deze hoge, meer aan de wind blootgestelde plek op het eiland. Tegen de grauwe hemel bewogen hun takken als de armen van smekelingen; er zaten vogels ineengedoken op, alsof ze naar de balspelers onder zich keken.

Frank probeerde zijn inleidende opmerkingen voor te bereiden terwijl hij Bertrand Debiere en diens zoontjes naderde. Eerst zagen ze hem niet, en dat was maar goed ook, omdat Frank wist dat zijn gezicht waarschijnlijk overbracht wat zijn tong met tegenzin zou gaan onthullen.

Beide jongetjes kraaiden van plezier nu ze de onverdeelde aandacht van hun vader genoten. Nobby's gezicht, zo dikwijls getekend door zorgen, stond tijdelijk ontspannen terwijl hij met hen speelde, de bal zachtjes hun kant uit schoppend en aanmoedigingen roepend wanneer ze probeerden hem terug te trappen. De oudste jongen was zes jaar, wist Frank; hij zou even lang worden als zijn vader en waarschijnlijk even slungelig. De jongste was pas vier, hij holde vrolijk in kringetjes rond en zwaaide met zijn armen wanneer de bal in de richting van zijn broer werd geschopt. Ze heetten Bertrand Junior en Norman, mogelijk niet de leukste namen voor jongens van deze tijd, maar dat zouden ze pas merken wanneer ze naar school gingen en zouden beginnen te smeken om bijnamen die ervan getuigden dat ze beter door hun schoolkameraden werden geaccepteerd dan destijds met hun vader het geval was geweest.

Dit was, besefte Frank, voornamelijk waarom hij zijn vroegere leerling een bezoek kwam brengen: Nobby's weg naar volwassenheid was moei-

lijk begaanbaar geweest. Frank had niet zo veel gedaan als hij kon om die weg voor hem te effenen.
Bertrand Junior was de eerste die hem zag. Midden in een schop bleef hij staan en staarde naar Frank, met zijn gele, gebreide muts diep over zijn gezicht getrokken zodat zijn haar bedekt was en alleen zijn ogen zichtbaar waren. Norman nam de gelegenheid te baat om zich op het gras te laten vallen en daar heen en weer te rollen als een hond waarvan de riem is losgemaakt. Hij schreeuwde om een onduidelijke reden 'Regen, regen, regen' en liet zijn benen in de lucht dansen.
Nobby draaide zich om in de richting waar zijn oudste zoontje naar keek. Toen hij Frank zag, ving hij de bal op die Bertrand Junior eindelijk had teruggeschopt, en gooide die naar zijn zoontje. 'Let op je broertje, Bert,' zei hij, waarna hij naar Frank toe liep terwijl Bertrand Junior zich onmiddellijk op Norman liet vallen en hem in zijn nek begon te kietelen.
Nobby knikte naar Frank en zei: 'Ze zijn bijna net zo goed in sport als ik dat was. Norman belooft iets, maar hij heeft de concentratie van een mug. Maar het zijn brave jongens. Zeker op school. Bert maakt zijn sommen en hij leest als de beste. Het is nog te vroeg om te weten hoe Norman het gaat doen.'
Frank wist dat dit veel zou betekenen voor Nobby, die zowel door leerproblemen was geplaagd als door het feit dat zijn ouders hadden aangenomen dat die problemen waren ontstaan doordat hij de enige zoon was – en zich bijgevolg langzamer ontwikkelde – in een gezin dat verder uit meisjes bestond.
'Ze hebben het van hun moeder geërfd,' zei Nobby. 'Bofkonten. Bert,' riep hij, 'doe niet zo wild met hem.'
'Goed, pap,' riep de jongen terug.
Frank zag dat Nobby zwol van trots bij die woorden, in het bijzonder bij het woord 'Pap', omdat hij wist dat het alles betekende voor Nobby Debiere. Juist omdat zijn gezin voor hem het middelpunt van zijn universum betekende, had Nobby zich in de positie gemanoeuvreerd waarin hij zich nu bevond. Hun behoeften – echte en denkbeeldige – kwamen voor hem sinds lang op de eerste plaats.
Behalve de woorden over zijn zoons zei de architect niets meer tegen Frank nadat hij zich bij hem had gevoegd. Toen hij zich van de jongens had afgewend werd zijn gezicht hard, alsof hij zich vermande voor wat hij wist dat er komen ging, en zijn ogen straalden een afwachtende vijandigheid uit. Frank merkte dat hij wilde beginnen met te zeggen dat hij-

zelf met geen mogelijkheid verantwoordelijk kon worden gehouden voor beslissingen die Nobby impulsief had genomen, maar het was nu eenmaal zo dat hij zich in zekere zin verantwoordelijk voelde voor Nobby. Hij wist dat dit gevoel voortkwam uit het feit dat hij geen betere vriend was geweest voor de man toen deze nog als jongen in de bank in zijn klaslokaal zat en de vernederingen onderging van een kind dat een beetje te langzaam en een beetje te vreemd was.

Hij zei: 'Ik kom net van Le Reposoir, Nobby. Ze hebben het testament doorgenomen.'

Nobby wachtte, zwijgend. Er trilde een spiertje in zijn wang.

'Ik denk dat het Adrians moeder was die erop heeft aangedrongen dat het zou gebeuren,' vervolgde Frank. 'Ze schijnt een leidende rol te spelen in een drama waar de rest van ons heel weinig van af weet.'

Nobby zei: 'En?' Hij slaagde erin onverschillig te kijken, maar Frank wist dat hij het niet was.

'Het is een beetje eigenaardig, vrees ik. Niet zo direct als je zou verwachten, alles in aanmerking genomen.' Frank begon de eenvoudige bepalingen van het testament uit te leggen: de bankrekening, de aandelenportefeuille, Adrian Brouard en zijn zussen, de twee tieners die op het eiland woonden.

Nobby fronste zijn voorhoofd. 'Maar wat heeft hij gedaan met...? Het moet een enorme nalatenschap zijn, die veel verder gaat dan een rekening en een aandelenportefeuille. Hoe heeft hij dat omzeild?'

'Ruth,' zei Frank.

'Hij kan Le Reposoir niet aan haar hebben nagelaten.'

'Nee. Natuurlijk niet. Dat zou de wet hem verboden hebben. Dus van het landgoed aan haar nalaten was geen sprake.'

'Wat dan?'

'Ik weet het niet. Een of andere juridische kunstgreep. Hij moet er een toegepast hebben. En zij zal zijn meegegaan met hetgeen hij wilde.'

Bij die woorden leek Nobby's ruggengraat enigszins te ontdooien en zijn oogleden ontspanden zich. Hij zei: 'Dat is dan toch een goede zaak? Ruth weet wat zijn plannen waren, wat hij gedaan wilde hebben. Ze zal doorgaan met het project. Wanneer ze begint zal het niet eenvoudig zijn, samen met haar naar die tekeningen en ontwerpen uit California te kijken. Haar te laten inzien dat hij het slechtst denkbare ontwerp heeft gekozen. Volkomen ongeschikt voor de plek, om nog maar te zwijgen over dit deel van de wereld. Niet effectief qua onderhoudskosten. Wat betreft de kosten van de bouw...'

'Nobby,' viel Frank hem in de rede, 'zo eenvoudig ligt het niet.'
Achter hem krijste een van de jongens en toen Nobby omkeek zag hij dat Bertrand Junior zijn gebreide muts had afgezet en bezig was die helemaal over het gezicht van zijn jongere broertje te trekken. Nobby riep nijdig: 'Bert, hou daar meteen mee op. Als je niet lief kunt spelen, zul je binnen moeten blijven, bij mama.'
'Maar ik wilde alleen...'
'Bertrand!'
De jongen rukte de muts van het hoofd van zijn broertje en begon daarna de bal over het grasveld te trappen, met Norman op zijn hielen. Nobby bleef even naar hen kijken voor hij zijn aandacht weer op Frank richtte. Zijn gezicht, ontdaan van de aanvankelijke veel te korte opluchting, stond nu achterdochtig.
'Niet zo eenvoudig?' zei hij. 'Waarom niet, Frank? Wat kan er eenvoudiger zijn? Je wilt toch niet zeggen dat je het ontwerp van de Amerikaan goed vindt? Beter dan het mijne?'
'Nee, dat is niet zo.'
'Wat dan?'
'Het gaat om wat er in het testament is vastgelegd.'
'Je zei toch net dat Ruth...' Nobby's gezicht stond weer hard, een uitdrukking die Frank nog kende uit zijn puberteit, die woede die hij in zich droeg als jonge vent te midden van velen, de eenzame figuur die niet de vriendschap werd betoond die zijn weg gemakkelijker of althans minder eenzaam zou hebben gemaakt. 'Wat staat er dan in het testament?'
Hier had Frank over nagedacht. Hij had het vanuit elk gezichtspunt bekeken tijdens de rit van Le Reposoir naar Fort Road. Als Guy Brouard van plan was geweest het museumproject te laten doorgaan, zou dat uit zijn testament zijn gebleken. Ongeacht hoe of wanneer hij over de rest van zijn bezittingen had beschikt, hij zou een bepaald bedrag hebben nagelaten dat bestemd was voor het oorlogsmuseum. Dat hij het niet gedaan had, leek voor Frank zijn laatste wensen duidelijk te maken.
Hij legde dit alles uit aan Nobby Debiere, die luisterde met een uitdrukking van toenemend ongeloof.
'Ben je helemaal gek?' vroeg Nobby, nadat Frank zijn uitleg had beëindigd. 'Wat was het doel van dat feest dan? De grote aankondiging? De champagne? Het vuurwerk? De grootse onthulling van die verdomde maquette?'
'Dat kan ik niet verklaren. Ik kan alleen kijken naar de feiten die we hebben.'

'Maar een deel van die feiten is wat er die avond gebeurde, Frank. En wat hij zei. Wat hij deed.'
'Ja, maar wat heeft hij feitelijk gezegd?' hield Frank aan. 'Heeft hij het gehad over het slaan van de eerste paal? Over een opleverdatum? Is het niet vreemd dat hij geen van beide heeft genoemd? Ik geloof dat er slechts één reden voor is.'
'En die is?'
'Dat hij niet echt van plan was om het museum te bouwen.'
Nobby staarde Frank aan, terwijl zijn kinderen achter hem op het gras ravotten. In de verte kwam, uit de richting van Fort George, een gestalte in een blauw trainingspak naar het park joggen, met een hond aan een riem. Hij liet het dier los, dat met flapperende oren naar de bomen rende. Nobby's zoons slaakten opgewonden kreten, maar hun vader draaide zich niet om zoals hij dat eerder had gedaan. In plaats daarvan keek hij langs Frank heen naar de huizen aan Fort Road, en in het bijzonder naar zijn eigen huis: een groot, geel gebouw, met wit afgezet, met een tuin erachter waar de kinderen konden spelen. Binnen, wist Frank, zat Caroline Debiere waarschijnlijk aan haar boek te werken, de roman waar ze lang van had gedroomd. Nobby had erop aangedrongen dat zijn vrouw die zou schrijven. Ze had er haar baan als journaliste bij de *Architectural Review* voor opgegeven, werk dat ze met plezier had gedaan voor zij en Nobby elkaar hadden leren kennen en voor zichzelf een reeks dromen hadden verzonnen die nu vernietigd werden door de koude realiteit die teweeggebracht werd door Guy Brouards dood.
Nobby kreeg een hoogrode kleur toen Franks woorden en hun bedoeling tot hem doordrongen. 'N-niet v-v-van plan... N-nooit? B-bedoel je dat die el-ellendeling...' Hij zweeg. Hij scheen zich tot kalmte te dwingen, maar die kalmte leek niet te willen komen.
Frank probeerde hem te helpen. 'Ik bedoel niet dat hij ons allemaal om de tuin heeft geleid. Maar ik denk wel dat hij van gedachte veranderd is, Nobby. Om welke reden dan ook. Dat is er denk ik gebeurd.'
'M-m-maar het feest dan?'
'Ik weet het niet.'
'Z-z...' Nobby kneep zijn ogen stijf dicht. Zijn gezicht was vertrokken. Hij zei het woord 'zomaar' drie keer, alsof het een bezwering was die hem kon bevrijden van zijn kwelling, en toen hij daarna weer iets zei had hij zijn gestotter onder controle. Hij zei nogmaals: 'En die grootse aankondiging dan, Frank? En dat ontwerp? Hij haalde het tevoorschijn. Je was erbij. Hij liet het aan iedereen zien. Hij... God, waarom heeft hij het gedaan?'

'Ik weet het niet. Ik kan er niets van zeggen. Ik begrijp het niet.'
Toen keek Nobby hem aan. Hij ging een stap achteruit alsof hij Frank beter wilde bekijken, zijn ogen versmalden zich en zijn gezicht leek magerder dan ooit. 'Een grap ten koste van mij, hè?' zei hij. 'Net als vroeger.'
'Grap? Welke grap?'
'Jij en Brouard. Lachen ten koste van mij. Het was destijds niet genoeg voor jou en de jongens, toch? Zet Nobby niet in ónze groep, meneer Ouseley. Als hij voor de klas moet komen voor een spreekbeurt maakt hij dat we allemaal dom lijken.'
'Doe niet zo absurd. Heb je wel naar me geluisterd?'
'Natuurlijk. Ik begrijp hoe het gedaan werd. Haal hem naar voren, schop hem terug. Laat hem geloven dat hij de opdracht heeft, en zaag daarna de poten onder zijn stoel vandaan. De regels zijn dezelfde. Alleen het spelletje is anders.'
'Nobby,' zei Frank, 'luister naar jezelf. Denk je nu echt dat Guy dit heeft bedacht – dit álles heeft bedacht – om het beperkte genoegen te hebben jou te vernederen?'
'Ja,' zei hij.
'Onzin. Waarom?'
'Omdat hij het leuk vond. Omdat het hem de stimulans gaf die hij was kwijtgeraakt nadat hij zijn bedrijf had verkocht. Omdat het hem macht gaf.'
'Dat slaat nergens op.'
'Nee? Kijk dan eens naar zijn zoon. Kijk naar Anaïs, die arme ziel. En als het erop aankomt, Frank, kijk dan eens naar jezelf.'
We moeten hier iets aan doen, Frank. Dat begrijp je toch?
Frank ontweek Nobby's blik. Hij voelde de benauwenis, de benauwenis, de benauwenis. Opnieuw zweefde er echter niets in de lucht wat zijn ademhaling kon bemoeilijken.
'Hij zei: "Ik heb je geholpen voorzover dat in mijn vermogen ligt,"' zei Nobby zacht. 'Hij zei: "Ik heb je een duwtje in de goede richting gegeven, jongen. Meer mag je niet verwachten, vrees ik. En zeker niet voor altijd, mijn beste man." Maar hij had het beloofd, zie je. Hij had me laten gelóven...' Nobby knipperde driftig met zijn ogen en wendde zich af. Hij schoof zijn handen ontmoedigd in zijn zakken. Hij zei nog een keer: 'Hij liet me geloven...'
'Ja,' zei Frank fluisterend. 'Daar was hij goed in.'

De wegen van St James en zijn vrouw scheidden zich op korte afstand van het huis van de Duffy's. Tegen het eind van hun gesprek met het echtpaar was er een telefoontje gekomen van Ruth Brouard, en dat had tot gevolg dat St James de ring, die ze op het strand gevonden hadden, aan Deborah gaf. Hij zou teruggaan naar het grote huis om met mevrouw Brouard te spreken. Deborah nam op zich de in een zakdoek gewikkelde ring naar hoofdinspecteur Le Gallez te brengen voor een eventuele identificatie. Het was niet waarschijnlijk dat er een bruikbare vingerafdruk op zou worden gevonden, gezien de vorm. Maar er was altijd een kans. Omdat St James niets bij zich had om de ring te onderzoeken – om nog maar niet te spreken over de bevoegdheid om het te doen – zou Le Gallez de zaak moeten overnemen.

'Ik ga op eigen gelegenheid terug en dan zie ik je straks in het hotel.' St James keek zijn vrouw ernstig aan en vervolgde: 'Gaat het wel, Deborah?' Hij bedoelde niet de boodschap die hij haar had opgedragen, maar meer wat ze van de Duffy's te weten waren gekomen, in het bijzonder van Valerie, die onwrikbaar was in haar overtuiging dat ze China River Guy Brouard naar de baai had zien volgen. Deborah zei: 'Ze kan er een reden voor hebben om ons te willen doen geloven dat er iets was tussen China en Guy. Als hij zo'n rokkenjager was, waarom zou hij dan ook niet achter haar aan gezeten hebben?'

'Ze is ouder dan de anderen.'

'Ouder dan China. Maar toch zeker niet veel ouder dan Anaïs Abbott. Een paar jaar, schat ik. En dan is ze toch nog altijd... hoeveel? Twintig jaar jonger dan Guy Brouard?'

Dat kon hij niet buiten beschouwing laten, hoewel het op hem overkwam alsof ze zichzelf er maar al te graag van wilde overtuigen. Niettemin zei hij: 'Le Gallez vertelt ons niet alles wat hij heeft. Dat hoeft hij ook niet te doen. Ik ben een vreemde voor hem, en zelfs al was ik het niet, dan nog gaat het niet zo eenvoudig dat degene die belast is met het onderzoek zijn kaarten op tafel gooit voor iemand die normaal gesproken deel zou uitmaken van een andere tak van een moordonderzoek. En zelfs dat ben ik niet. Niet hier. Ik ben een vreemde die bij hem is gekomen zonder de juiste introductie en zonder dat ik een echte rol speel in wat er gaande is.'

'Dus je denkt dat er meer is. Een reden. Een verband. Ergens. Tussen Guy Brouard en China. Simon, ik kan dat niet geloven.'

St James keek haar teder aan en dacht aan alle manieren waarop hij van haar hield en aan alle manieren waarop hij haar voortdurend wilde

beschermen. Hij wist echter dat hij haar de waarheid verschuldigd was, en dus zei hij: 'Ja, lieverd. Ik denk dat er meer kan zijn.'
Deborah fronste haar voorhoofd. Ze keek over zijn schouder, naar de plek waar het pad naar de baai verdween in een dichte massa rododendronstruiken. 'Ik kan het niet geloven,' zei ze. 'Zelfs niet als ze zo kwetsbaar was. Vanwege Matt. Je weet wel. Wanneer zoiets gebeurt – wanneer er een eind komt aan de relatie tussen een man en een vrouw – is er toch tijd voor nodig, Simon. Een vrouw moet voelen dat er iets meer is tussen haar en de volgende man. Ze wil niet geloven dat het alleen maar... nou, alleen maar om seks gaat...' Een rode waaier ontvouwde zich in haar hals terwijl ze het zei. De kleur kroop omhoog over haar wangen.
St James wilde zeggen: 'Zo was het voor jou, Deborah.' Hij wist dat ze onbewust hun liefde het grootste compliment gaf dat er bestond: door hem te vertellen dat ze niet zo gemakkelijk van hem naar Tommy Lynley was overgestapt toen het erop aankwam. Maar niet alle vrouwen waren als Deborah. Sommigen, wist hij, zouden na het beëindigen van een lange relatie behoefte hebben gehad aan de onmiddellijke geruststelling door middel van verleiding. Weten dat ze nog steeds begeerlijk waren voor een man zou belangrijker zijn dan te weten dat die man van hen zou houden. Maar dat kon hij niet zeggen. Het hield te zeer verband met Deborahs liefde voor Lynley. Het hield te zeer verband met zijn eigen vriendschap voor de man.
Daarom zei hij: 'We zullen alles in overweging nemen. Tot we meer weten.'
Zij zei: 'Ja, dat zullen we doen.'
'Ik zie je straks?'
'In het hotel.'
Hij kuste haar snel, en daarna nog twee keer. Haar mond was zacht en haar hand raakte zijn wang aan en hij wilde bij haar blijven, ook al wist hij dat het niet kon. 'Vraag op het politiebureau naar Le Gallez,' zei hij tegen haar. 'Geef de ring niet aan iemand anders.'
'Natuurlijk niet,' antwoordde ze.
Hij liep terug in de richting van het grote huis.
Deborah keek hem na, ze zag hoe de beugel om zijn been belemmerde wat anders een natuurlijke gratie en schoonheid zou zijn geweest. Ze wilde hem terugroepen en hem uitleggen dat ze China River kende op een manier die voortkwam uit moeilijkheden die hij niet kon begrijpen, een manier waarop een vriendschap wordt gesloten die het begrip tussen twee vrouwen volmaakt laat zijn. Er kunnen dingen gebeuren tussen

vrouwen, wilde ze haar man vertellen, die een bepaalde waarheid tot stand brengen die nooit vernietigd en nooit ontkend kan worden, die nooit een uitgebreide verklaring nodig heeft. Die waarheid ís er gewoon, en de manier waarop iedere vrouw binnen die waarheid handelt staat vast, als de vriendschap echt is. Maar hoe kon ze dat een man uitleggen? En niet zomaar een man, maar haar echtgenoot, die al meer dan tien jaar leefde in een poging zich te verbergen achter de waarheid van zijn eigen invaliditeit – als hij die al niet totaal ontkende – die hij behandelde als niet meer dan een bagatel, terwijl ze wist dat die het grootste deel van zijn jeugd had geruïneerd.

Het kon eenvoudig niet. Het enige wat ze kon doen, was hem te laten zien dat de China River die zij kende niet een China River was die zich gemakkelijk aan verleiding zou hebben overgegeven, die niet iemand zou hebben vermoord.

Ze verliet het terrein en reed terug naar St Peter Port, via de kronkelende weg naar de stad over de lange, beboste helling van Le Val des Terres, om net boven Havelet Bay uit te komen. Er wandelden slechts een paar mensen langs de waterkant. Een straat hoger, tegen de helling op, zou er bij de banken waarom de Kanaaleilanden beroemd waren, in elke andere tijd van het jaar grote bedrijvigheid hebben geheerst, maar nu was er geen spoortje levendigheid te bekennen: geen belastingontduikers die op hun jacht lagen te zonnen en geen toeristen die foto's namen van het kasteel of van de stad.

Deborah parkeerde bij hun hotel aan Ann's Place, nog geen minuut lopen van het politiebureau achter zijn hoge, stenen muur aan Hospital Lane. Even bleef ze in de auto zitten nadat ze de motor had afgezet. Ze had op zijn minst een uur – waarschijnlijk meer – voor Simon terugkeerde van Le Reposoir. Ze besloot het te gebruiken door een kleine verandering aan te brengen in de plannen die hij voor haar had gemaakt.

Niets lag ver van iets anders in St Peter Port. Je bevond je op loopafstand van minder dan twintig minuten van alles, en in het centrum van de stad – dat ruwweg werd bepaald door een misvormd ovaal van straten dat begon met Vauvert en tegen de klok in draaide tot het eindigde bij Grange Road – werd de tijd om van A naar B te komen nog gehalveerd. Toch waren de straten, omdat de stad al bestond lang voor er gemotoriseerd verkeer kwam, nauwelijks zo breed dat er een auto door kon. Ze liepen slingerend om de heuvel heen waarop St Peter Port zich had ontwikkeld en ontrolden zich zonder enige zin of orde waar de stad zich boven de oude haven uitbreidde.

Deborah liep kriskras door deze straten om bij de Queen Margaret Appartementen aan Clifton Street te komen. Toen ze er aankwam en op de deur klopte, trof ze tot haar frustratie China's flat echter leeg aan. Ze keerde op haar schreden terug naar de voorkant van het gebouw en overwoog wat ze wilde doen.

China zou overal kunnen zijn, besefte ze. Ze zou een bespreking kunnen hebben met haar advocaat, zich kunnen melden op het politiebureau, wat lichaamsbeweging kunnen nemen, of doelloos door de straten kunnen dwalen. Haar broer zou echter vermoedelijk bij haar zijn, dus Deborah besloot te proberen of ze hen kon vinden. Ze zou globaal in de richting van het politiebureau lopen. Ze zou afdalen naar de hoofdstraat en daar teruglopen via de route die haar uiteindelijk weer bij het hotel zou brengen.

Tegenover het appartementengebouw kerfden treden een pad dat heuvelafwaarts liep in de richting van de haven. Deborah nam die trap en daalde af tussen hoge muren en stenen gebouwen, om ten slotte uit te komen in een van de oudere stadswijken, waar een vroeger majestueus gebouw van roodachtige steen zich langs een kant van de straat uitstrekte, en aan de andere kant een reeks poorten toegang gaf tot winkels waar bloemen, cadeaus en fruit werden verkocht.

Het grote, oude gebouw had hoge vensters en binnen was het schemerig; het zag er onbewoond uit omdat er, ondanks de somberheid van de dag, geen licht brandde. In een gedeelte ervan heerste echter activiteit bij iets wat op kraampjes leek. Ze stonden achter een brede, vervallen, blauwe deur die aan Market Street lag en waardoor het spelonkachtige gebouw betreden kon worden. Deborah stak de straat over naar die ingang.

De onmiskenbare stank overviel haar het eerst: het bloed en het vlees van een slagerij. In glazen uitstalkasten lagen karbonades en bouten en gehakt, maar er waren slechts heel weinig kraampjes over in wat blijkbaar ooit een florerende vleeshal was geweest. Hoewel het gebouw met zijn smeedijzer en zijn decoratieve bepleistering China's belangstelling als fotografe zou hebben gewekt, wist Deborah dat de stank van dode dieren beide Rivers snel verjaagd zou hebben, dus het verbaasde haar niet dat ze hen niet daarbinnen aantrof. Toch controleerde ze de rest van het gebouw om het zeker te weten, een weg volgend door iets wat een treurig, verlaten pakhuis was, maar waar vroeger tientallen goedlopende bedrijfjes moesten zijn geweest. In het midden van de grote ruimte, waar het plafond zich hoog boven haar welfde en maakte dat haar voetstappen griezelig weergalmden, stond een rij gesloten kraampjes. Op een ervan

waren met een markeerstift de woorden JE WORDT BEDANKT, SAFEWAY gekrabbeld, de gevoelens uitdrukkend van althans een van de kooplieden die zijn broodwinning was kwijtgeraakt aan de supermarktketen die zich blijkbaar in de stad had gevestigd.
Aan het verste eind van de vleeshal vond Deborah een kraampje met groenten en fruit, dat nog in bedrijf was, en weer daarachter was de straat. Ze hield erbij stil om een paar kaslelies te kopen voor ze het gebouw verliet, en daarna bleef ze buiten staan om de andere winkels te bekijken.
Achter de bogen aan de overkant kon ze niet alleen de winkeltjes zien, maar ook iedereen die er aankopen deed, omdat er slechts heel weinig mensen waren. China en Cherokee bevonden zich niet onder deze klanten, dus Deborah probeerde te bedenken waar ze dan zouden kunnen zijn.
Ze zag haar antwoord vlak naast de trap waarlangs ze van Clifton Street was afgedaald. Een kleine kruidenierswinkel diende zich aan als Channel Islands Cooperative Society Limited, wat klonk als iets wat de Rivers zou aanspreken, die ondanks alle grappen over hun veganistische moeder altijd haar kinderen waren gebleven.
Deborah stak de straat over en ging die winkel binnen. Ze hoorde hen meteen omdat het een kleine zaak was, hoewel vanwege het grote aantal schappen de klanten door de ramen niet zichtbaar waren.
'Ik hoef niets,' zei China ongeduldig. 'Als ik niet kan eten, kán ik niet eten. Zou jij kunnen eten, als je in mijn plaats was?'
'Er moet toch iets zijn,' antwoordde Cherokee. 'Hier. Soep, misschien?'
'Ik háát soep uit blik.'
'Je maakte het thuis anders wel klaar voor het avondeten.'
'Dat moet ik toch weten. Wil je iets wat je eraan doet denken? Rotzooi uit een motel, Cherokee. Dat is nog erger dan eten in een camper.'
Deborah liep om de hoek van het pad heen, waarna ze hen zag staan voor een kleine uitstalling van Campbell's producten. Cherokee had een blik met tomatenrijstsoep in zijn ene hand en een zak linzen in de andere. China droeg een metalen winkelmandje aan haar arm. Op het moment lag er niets anders in dan een brood, een pak spaghetti en een flesje tomatensaus.
'Debs!' Cherokees glimlach was deels als begroeting bedoeld maar drukte voor een groter deel opluchting uit. 'Ik heb een bondgenoot nodig. Ze eet niet.'
'Ik eet wél.' China zag er doodmoe uit, erger dan de vorige dag, met gro-

te, donkere wallen onder haar ogen. Ze had geprobeerd die onder make-up te verbergen, maar het was geen succes. Ze zei: 'Channel Islands Cooperative. Ik dacht dat het gezond voedsel zou zijn, maar...' Ze wees met een hopeloos gebaar naar de winkel om hen heen.
De enige verse artikelen die de winkel leek te hebben waren eieren, kaas, voorverpakt vlees en brood. Al het andere zat in blikken of lag in de koeling. Teleurstellend voor iemand die gewend was rond te neuzen in de reformwinkels van California.
'Cherokee heeft gelijk,' zei Deborah. 'Je moet iets eten.'
'Ik geef het op.' Cherokee begon dingen in het mandje te stapelen zonder er veel aandacht aan te schenken wat hij koos.
China leek te ontmoedigd om ertegenin te gaan. Binnen een paar minuten hadden ze hun boodschappen bij elkaar.
Buiten was Cherokee benieuwd naar een verslag van wat de dag tot dusver aan het echtpaar St James had onthuld. Deborah stelde voor dat ze naar de flat zouden gaan alvorens te praten, maar China zei: 'God, nee. Ik ben nog maar net buiten. Laten we een eindje gaan lopen.'
Daarom slenterden ze naar de haven, tot ze bij de langste van de steigers kwamen. Deze strekte zich uit tot in Havelet Bay en vandaar tot het kleine stuk grond waarop Castle Cornet stond, als schildwacht voor de haven. Achter dit fort liepen ze verder, helemaal tot het einde, waar de steiger met een bescheiden bocht uitkwam in de wateren van Het Kanaal.
Aan het einde van de steiger was het China die het feitelijke gespreksonderwerp naar voren bracht. Ze zei tegen Deborah: 'Het is niet goed, hè? Ik zie het aan je gezicht. Je kunt het net zo goed vertellen.' En ondanks haar woorden draaide ze zich om en keek naar het water, de grote, grijze, woelige massa onder hen. Niet al te ver weg rees een ander eiland – was het Sark Alderney, vroeg Deborah zich af – als een rustende walvis op uit de mist.
'Wat heb je, Debs?' Cherokee zette de zakken met boodschappen neer en pakte de arm van zijn zus.
China liep bij hem vandaan. Ze zag eruit als een vrouw die zich op het ergste voorbereidt. Deborah besloot bijna de zaken in een positief licht af te schilderen. Maar ze kon geen enkel positief licht vinden, en zelfs als dat er was geweest, wist ze dat ze verplicht was haar vrienden de feiten te geven.
Dus vertelde ze de Rivers wat zij en Simon hadden kunnen ontdekken bij hun gesprekken op Le Reposoir. China was niet dom, en ze zag de

logische richting die de gedachten van ieder redelijk denkend mens zouden inslaan wanneer eenmaal duidelijk werd dat ze niet slechts tijd alleen met Guy Brouard had doorgebracht, maar dat ze ook was gezien – duidelijk en door meer dan een persoon – terwijl ze hem volgde op de ochtend van zijn dood.

Ze zei: 'Je denkt dat ik iets met hem had, nietwaar, Deborah? Nou. Dat is geweldig.' In haar stem lag een mengeling van vijandigheid en wanhoop.'

'Eigenlijk dacht ik...'

'Waarom niet, trouwens? Iedereen zal het wel denken. Een paar uur alleen, een paar dagen... En hij was verdomd rijk. Ja hoor. We neukten als konijnen.'

Deborah knipperde met haar ogen bij die grove uitdrukking. Het was zo helemaal niet de China die ze had gekend, die altijd de meer romantische van hen beiden was geweest, jaren één man had liefgehad, tevreden met een in pastelkleuren geschilderde toekomst.

China vervolgde: 'Het maakte me niet uit dat hij oud genoeg was om mijn grootvader te kunnen zijn. Verrek, er zat geld aan vast. Het maakt toch niet uit met wie je neukt wanneer je er geld uit kunt slaan, zo is het toch?'

'Chine!' protesteerde Cherokee. 'Jezus.'

China leek te beseffen wat ze had gezegd, nog terwijl haar broer sprak. Meer nog, ze scheen in een flits te begrijpen hoe dat op Deborahs leven van toepassing was, want ze zei gejaagd: 'God, Deborah. Het spijt me.'

'Het geeft niet,' zei Deborah.

'Ik bedoelde niet... ik dacht niet aan jou en... je weet wel.'

Tommy, dacht Deborah. China bedoelde dat ze niet aan Tommy en Tommy's geld had gedacht. Het had nooit iets uitgemaakt, maar het was er altijd geweest, gewoon een van wel duizend dingen die er vanbuiten zo goed uitzagen als je niet wist hoe het vanbinnen voelde. Ze zei: 'Laat maar. Ik weet het.'

China zei: 'Het is alleen zo dat... Geloof je echt dat ik... Met hem? Geloof je dat?'

'Ze vertelde je alleen wat ze weet, Chine,' zei Cherokee. 'We moeten immers weten wat iedereen denkt?'

China viel tegen hem uit. 'Hoor eens, Cherokee. Hou je mond. Je weet niet wat je... O, god, vergeet het maar. Hou gewoon je mond, oké?'

'Ik probeer alleen maar...'

'Nou, hou dan op met proberen. En hou ook op met om me heen te

draaien. Ik kan niet eens ademhalen. Ik kan geen stap doen zonder dat je achter me aan loopt.'
'Hoor eens. Niemand wil dat je dit moet doormaken,' zei Cherokee tegen haar.
Ze produceerde een lachje dat brak, maar ze smoorde de snik door een vuist tegen haar mond te drukken. 'Ben je gek of zo?' vroeg ze. 'Iedereen wil dat ik dit doormaak. Ze zoeken een zondebok. Ik pas in het plaatje.'
'Ja, nou, daarom hebben we nu vrienden hier.' Cherokee lachte naar Deborah en daarna knikte hij naar de lelies die ze vasthield. 'Vrienden met bloemen. Waar heb je die vandaan, Debs?'
'Van de markt.' Impulsief stak ze China de bloemen toe. 'Die flat mag wel een beetje opgefleurd worden, vind ik.'
China keek naar de bloemen, en daarna naar Deborahs gezicht. 'Ik geloof dat je de beste vriendin bent die ik ooit gehad heb,' zei ze.
'Daar ben ik blij om.'
China pakte de bloemen aan. Haar gezicht werd zachter toen ze erop neerkeek. Daarna zei ze tegen haar broer: 'Cherokee, laat ons even alleen, wil je?'
Hij keek snel van zijn zus naar Deborah. 'Natuurlijk. Ik zal deze in het water zetten.' Hij pakte de twee zakken met boodschappen op en haakte zijn arm om de bloemen. Tegen Deborah zei hij 'Tot straks dan', en hij wierp haar een blik toe die de woorden 'veel succes' even duidelijk maakte als wanneer hij ze had uitgesproken.
Hij liep terug over de steiger. China keek hem na, en ze zei: 'Ik weet dat hij het goed bedoelt. Ik weet dat hij zich zorgen maakt. Maar dat hij hier is, maakt het erger. Alsof ik, tegelijk met deze hele situatie, ook nog met hem te kampen heb.' Ze sloeg haar armen om haar bovenlichaam, wat het eerste moment was waarop Deborah zag dat ze alleen een trui droeg tegen de kou. Haar cape zou natuurlijk nog bij de politie zijn. En die cape was de essentie van haar probleem.
Deborah zei: 'Waar heb je je cape die avond gelaten?'
China bleef even naar het water kijken, voor ze zei: 'De avond van het feest? Hij moet in mijn kamer gelegen hebben. Ik heb het niet bijgehouden. Ik ben de hele dag in- en uitgelopen, maar ik moet hem op een zeker moment meegenomen hebben naar boven, omdat hij toen we ons gereedmaakten om die ochtend weg te gaan... ik weet bijna zeker dat hij op een stoel lag. Naast het raam.'
'Je herinnert je niet dat je hem daar had neergelegd?'
China schudde haar hoofd. 'Het zal allemaal automatisch gebeurd zijn.

De cape dragen, afdoen, ergens neergooien. Ik ben nooit zo'n opruimtype geweest. Dat weet je.'
'Dus iemand zou hem weggenomen kunnen hebben om hem die ochtend vroeg te dragen toen Guy Brouard naar de baai ging, en hem daarna weer teruggebracht kunnen hebben?'
'Het zou kunnen. Maar ik begrijp niet hoe. Of zelfs niet wanneer.'
'Lag hij er toen je naar bed ging?'
'Het zou kunnen.' Ze fronste haar voorhoofd. 'Ik weet het eenvoudig niet.'
'Valerie Duffy zweert dat ze gezien heeft dat je hem volgde, China.' Deborah zei het zo rustig mogelijk. 'Ruth Brouard beweert dat ze in huis naar je heeft gezocht, nadat ze vanuit het raam iemand zag van wie ze dacht dat jij het was.'
'Geloof je hen?'
'Daar gaat het niet om,' zei Deborah. 'Het gaat erom dat er eerder misschien iets gebeurd kan zijn wat maakt dat hun verklaringen de politie redelijk in de oren klinken.'
'Iets gebeurd kan zijn?'
'Tussen jou en Guy Brouard.'
'Daar gaan we weer.'
'Het is niet wat ík denk. Het is wat de politie...'
'Vergeet het maar,' viel China haar in de rede. 'Ga mee.'
Ze liep voor Deborah uit over de steiger terug. Bij de Esplanade stak ze over zonder het verkeer een blik waardig te keuren. Ze liep tussen een aantal wachtende bussen bij het station door en nam vervolgens een zigzaggende route naar Constitution Steps, de trap die als een omgekeerd vraagteken tegen een van de heuvels op liep. Deze trap – eenzelfde als die waarlangs Deborah eerder die middag naar de markt was afgedaald – bracht hen bij Clifton Street en de Queen Margaret Appartementen. China liep achterom, nog steeds voorop, naar flat B. Ze was binnen en ging aan de kleine keukentafel zitten voor ze weer iets zei.
Toen was het: 'Hier. Ga zitten. Lees dit. Als dat de enige manier is om te maken dat je me gelooft, kun je elk weerzinwekkend detail controleren, als je wilt.'
'China, ik geloof je,' zei Deborah. 'Je hoeft niet...'
'Vertel me niet wat ik niet hoef,' zei China koppig. 'Je denkt dat de kans bestaat dat ik lieg.'
'Niet dat je liegt.'
'Goed dan. Dat ik iets verkeerd heb geïnterpreteerd. Maar ik zeg je dat er

níéts is wat ik verkeerd geïnterpreteerd kan hebben. En evenmin iets wat iemand anders verkeerd uitgelegd kan hebben, omdat er niets gebeurd is. Niet tussen mij en Guy Brouard. Niet tussen mij en iemand anders. Dus ik vraag je om dit zelf te lezen. Opdat je er zeker van kunt zijn.' Ze sloeg met de blocnote waarop ze haar verslag van de dagen die ze op Le Reposoir had doorgebracht, tegen haar hand.

'Ik geloof je verhaal,' zei Deborah.

'Lees,' was China's reactie.

Deborah zag dat ze haar vriendin alleen maar tevreden kon stellen door te lezen wat ze had geschreven. Ze ging aan tafel zitten en pakte de blocnote, terwijl China naar het aanrecht liep, waar Cherokee de zakken met boodschappen en de bloemen had neergelegd voor hij met onbekende bestemming verdwenen was.

China was heel grondig te werk gegaan, zag Deborah toen ze het document van haar vriendin begon te lezen. Ze gaf tevens blijk van een bewonderenswaardig goed geheugen. Elk contact dat ze met de Brouards had gehad, leek verantwoord te zijn, en de tijd dat ze niet of bij Guy Brouard of bij diens zus of bij beiden tegelijk was geweest, was ook genoteerd. Die tijd had ze blijkbaar doorgebracht met Cherokee, of alleen, toen ze haar foto's van het landgoed had genomen.

Ze had opgeschreven waar elke ontmoeting tijdens haar verblijf op Le Reposoir had plaatsgevonden. Op die manier was het mogelijk haar bewegingen na te gaan, wat alleen maar goed was, omdat er zeker iemand zou zijn die ze kon bevestigen.

Woonkamer, had ze geschreven, *historische foto's van L.R. bekeken. Guy, Ruth, Cherokee en Paul F. erbij.* Gevolgd door de tijd en de dag.

Eetkamer, vervolgde ze, *lunch met Guy, Ruth, Cherokee, Frank O. en Paul F. AA komt later, tegen het dessert, met Duck en Stephen. Blikken als dolksteken naar mij. Veel dolksteken naar Paul F.*

Studeerkamer, kwam daarna, *met Guy, Frank O. en Cherokee, gesprek over het museum in wording. Frank O. vertrekt. Cherokee gaat met hem mee om kennis te maken met zijn vader en om de watermolen te zien. Guy en ik blijven. Praten. Ruth komt binnen met AA. Duck buiten met Stephen en Paul F.*

Galerij, schreef ze, *boven in het huis, met Guy. Guy laat schilderijen zien, poseert voor camera. Adrian komt opdagen. Net aangekomen. Aan elkaar voorgesteld.*

Buiten, ging het verder, *Guy en ik. Gepraat over foto's van het landgoed. Gepraat over* Architectural Digest. *Uitgelegd over dingen doen zonder opdracht. Gebouwen en verschillende tuinen bekeken. De koikarper gevoerd. Cherokees kamer,* ging ze door, *hij en ik. Gesproken over blijven of weggaan.*

Ze was doorgegaan met schrijven aan wat een getrouw en gedetailleerd verslag scheen te zijn van de gebeurtenissen op de dagen voorafgaande aan Guys dood. Deborah las alles door en probeerde te zoeken naar belangrijke momenten waarop ze kon zijn bespied door iemand die de verkregen kennis gebruikte om ervoor te zorgen dat China in haar huidige situatie verkeerde.

'Wie is Paul F.?' vroeg Deborah.

China legde het uit: een protégé van Guy Brouard. Een soort Grote Broerproject. Kenden de Engelsen Grote Broers, zoals ze die in de Verenigde Staten hadden? Een oudere man die een kind zonder een behoorlijk iemand aan wie het een voorbeeld kan nemen, onder zijn hoede neemt? Dat was het geval met Guy Brouard en Paul Fielder. De jongen sprak nooit meer dan tien woorden achter elkaar. Hij keek alleen maar naar Guy met zwijmelende ogen, en liep als een hondje achter hem aan.

'Hoe oud is die jongen?'

'Tiener. Tamelijk arm, aan zijn kleren te zien. En aan zijn fiets. Hij kwam bijna elke dag aanzetten op die oude rammelkast, meer roest dan iets anders. Hij was altijd welkom. Zijn hond ook.'

De jongen, de kleren en de hond. De beschrijving paste bij de tiener die zij en Simon hadden ontmoet toen ze op weg waren naar de baai.

Deborah zei: 'Was hij op het feest?'

'Wat, de avond ervóór?' Toen Deborah knikte zei China: 'Ja. Iedereen was er. Het was zo'n beetje dé sociale happening van het seizoen, begrepen we.'

'Hoeveel mensen?'

China dacht na. 'Driehonderd? Min of meer.'

'Bleven ze op één plaats?'

'Niet precies. Ik bedoel, het was geen open huis of zoiets, maar de mensen zwierven de hele avond rond. Personeel van het cateringbedrijf liep de keuken in en uit. Er waren vier bars. Het was nog net geen chaos, maar ik denk niet dat iemand erop lette wie waarnaartoe ging.'

'Dus je cape kan weggenomen zijn,' zei Deborah.

'Het zou kunnen. Maar hij was er toen ik hem nodig had, Debs. Toen Cherokee en ik de volgende ochtend weggingen.'

'Heb je niemand gezien toen jullie vertrokken?'

'Geen levende ziel.'

Daarna zwegen ze. China legde de inhoud van de zakken in de kleine koelkast en de enige kast. Ze ging op zoek naar iets waar ze de bloemen in kon zetten en koos uiteindelijk een hoge pan. Deborah sloeg haar gade, terwijl ze zich afvroeg hoe ze zou vragen wat ze moest vragen, hoe ze de vraag op zo'n manier kon stellen dat haar vriendin die niet als achterdochtig of vijandig zou beschouwen. Ze had al problemen genoeg.
'Eerder,' zei Deborah, 'ik bedoel, op een van de voorgaande dagen, ben je toen met Guy Brouard meegegaan wanneer hij 's morgens ging zwemmen? Misschien alleen maar om te kijken?'
China schudde ontkennend haar hoofd. 'Ik wist dat hij in de baai ging zwemmen. Iedereen bewonderde hem erom. Koud water, elke ochtend, in deze tijd van het jaar. Ik geloof dat hij het leuk vond dat mensen er ontzag voor hadden dat hij elke dag ging zwemmen, wat er ook gebeurde. Maar ik ben nooit naar hem gaan kijken.'
'Iemand anders wel?'
'Ik geloof zijn vriendin, uit de manier waarop mensen erover praatten. Zo van "Anaïs, kun je niet íéts doen om die man te bepraten, zodat hij zijn verstand gebruikt?" en "Ik probeer het elke keer, wanneer ik daar ben".'
'Dus ze kan die ochtend met hem meegegaan zijn?'
'Als ze 's nachts was blijven slapen. Maar ik weet niet of ze dat gedaan heeft. Ze is niet blijven slapen toen Cherokee en ik er logeerden.'
'Maar soms bleef ze wel?'
'O, ja. Dat liet ze heel duidelijk merken. Ze zorgde er wel voor dat ik het wist, bedoel ik. Dus ze kan zijn gebleven, de nacht na het feest, maar ik geloof het niet.'
Het feit dat China weigerde het beetje wat ze wist zo in te kleuren dat de verdenking op iemand anders zou vallen, was geruststellend voor Deborah. Het gaf blijk van een karakter dat veel beter was dan het hare. Ze zei: 'China, ik denk dat er heel wat kanten aan zijn waar de politie naar had kunnen kijken.'
'Denk je dat? Echt?'
'Ja.'
Toen ze dat hoorde leek China iets enorms los te laten wat niet onder woorden te brengen was, iets wat ze met zich meegedragen had vanaf het moment dat Deborah haar en haar broer in de kruidenierswinkel had aangetroffen. Ze zei: 'Dank je, Debs.'
'Je hoeft me niet te bedanken.'
'Ja, dat moet ik wél. Omdat je hiernaartoe gekomen bent. Omdat je een

vriendin voor me bent. Zonder jou en Simon ben ik hier een slachtoffer. Zal ik met hem kennismaken? Met Simon? Dat zou ik graag willen.'
'Natuurlijk,' zei Deborah. 'Hij wil het ook graag.'
China kwam terug naar de tafel en ze pakte de blocnote. Ze bestudeerde die even, alsof ze ergens over nadacht, daarna stak ze Deborah de aantekeningen toe, even impulsief als Deborah haar kort tevoren de lelies had overhandigd.
Ze zei: 'Geef dit aan hem. Zeg hem dat hij er met een stofkam doorheen moet gaan. Vraag hem me het vuur na aan de schenen te leggen, wanneer hij wil en zo vaak als hij denkt dat het nodig is. Zeg hem dat hij de waarheid moet achterhalen.'
Deborah nam de blocnote aan en beloofde die aan haar man te geven. Opgemonterd verliet ze de flat. Buiten liep ze naar de achterkant van het gebouw, waar ze Cherokee aantrof, die aan de overkant van de straat tegen een hek leunde, voor een vakantiehotel dat in de winter gesloten was. Hij had de kraag van zijn jack opgezet tegen de koude wind, en hij dronk iets uit een dampende, papieren beker, intussen de Queen Margaret Appartementen in het oog houdend als een undercoveragent. Hij liep bij het hek vandaan toen hij Deborah opmerkte en kwam naar haar toe.
'Hoe was het?' vroeg hij. 'Is alles goed gegaan? Ze is de hele dag erg nerveus geweest.'
'Het gaat goed met haar,' zei Deborah. 'Maar ze is wel een beetje gespannen.'
'Ik wil iets doen, maar ze wil het niet toelaten. Als ik het probeer stuift ze op. Ik vind dat ze daar niet alleen moet zijn, dus ik blijf bij haar en zeg dat we een ritje moeten gaan maken, of wandelen, of kaartspelen, of naar CNN kijken om te zien wat er thuis gebeurt. Wat dan ook. Maar ze slaat op tilt.'
'Ze is doodsbang. Ik denk dat ze niet wil dat jij weet hoe bang ze is.'
'Ik ben haar bróér.'
'Misschien juist daarom.'
Hij dacht hierover na, terwijl hij zijn beker leegdronk en die daarna tussen zijn vingers verfrommelde. Hij zei: 'Zij was altijd degene die voor mij zorgde. Toen we nog klein waren, weet je. Toen mam... nou, toen mam gewoon mam was. De protesten. Voor de goede zaak. Niet aldoor, maar wanneer ze iemand nodig hadden die bereid was zich aan een boom vast te binden of een spandoek te dragen. Weg was ze. Weken achter elkaar. China was dan altijd de sterkste. Ik niet.'
'Dus je staat bij haar in het krijt.'

‘Nou en of. Ja, ik wil haar helpen.’

Deborah overwoog dit: zijn vurige wens, afgezet tegen de situatie die ze onder ogen moesten zien. Ze keek op haar horloge en besloot dat er nog tijd was.

‘Ga mee,’ zei ze. ‘Er is iets wat je kunt doen.’

12

In de kleine zitkamer van het huis op het landgoed was een enorm raamwerk geplaatst, zag St James, zo een dat wordt gebruikt om wandtapijten te maken. Maar in plaats van weven werd met behulp van dit toestel borduurwerk uitgevoerd op een onvoorstelbare schaal. Ruth Brouard zei niets toen hij het met een op linnen gelijkend materiaal bespannen raam bekeek, en vervolgens zijn aandacht wijdde aan een voltooid werk dat tegen een van de wanden van het vertrek hing, een kleed dat veel weg had van dat wat hij eerder die dag in haar slaapkamer had gezien.

Het enorme borduurwerk scheen de val van Frankrijk tijdens de Tweede Wereldoorlog uit te beelden, zag St James. Het verhaal begon met de Maginotlinie en eindigde met een vrouw die koffers pakte. Twee kinderen keken naar deze vrouw – een jongen en een meisje – terwijl achter hen een gebaarde, oude man met een gebedssjaal om stond, met een geopend boek in zijn hand, en een huilende vrouw van zijn leeftijd die een man leek te troosten die haar volwassen zoon zou kunnen zijn.

'Dit is opmerkelijk,' zei St James.

Op een bureautje waarvan de klep omlaag was geklapt, legde Ruth een grote envelop neer die ze in haar hand had gehouden toen ze de deur opendeed. 'Ik vind het therapeutisch,' zei ze, 'en veel minder duur dan psychoanalyse.'

'Hoe lang hebt u erover gedaan?'

'Acht jaar. Maar toen was ik nog niet zo snel. Dat hoefde niet.'

St James observeerde haar. Hij zag de ziekte in haar te zorgvuldige bewegingen en in de spanning op haar gezicht. Maar hij aarzelde die met name te noemen of er zelfs maar tegen haar over te beginnen, omdat ze er zo zeer op gesteld leek de schijn van vitaliteit op te houden.

'Hoeveel bent u er van plan te maken?' vroeg hij, terwijl hij vervolgens zijn aandacht richtte op het onafgemaakte werk dat op het raam was gespannen.

'Zo veel als nodig zijn om het hele verhaal te vertellen,' antwoordde ze. 'Dit' – met een knikje naar de muur – 'was de eerste. Die is een beetje grof, maar naarmate ik het meer deed werd ik er beter in.'

'Het vertelt een belangrijk verhaal.'
'Ja, dat vind ik ook. Wat is er met u gebeurd? Ik weet dat het onbeleefd is om het te vragen, maar tegenwoordig heb ik de sociale beleefdheden achter me gelaten. Ik hoop dat u het niet erg vindt.'
Hij zou het zeker erg hebben gevonden wanneer de vraag door iemand anders gesteld was. Maar zij leek in staat te zijn tot een begrip dat boven louter nieuwsgierigheid uitging en haar tot een verwante ziel maakte. Misschien, dacht St James, misschien omdat ze zo duidelijk stervende was.
Hij zei: 'Auto-ongeluk.'
'Lang geleden?'
'Ik was vierentwintig.'
'Ach. Dat vind ik heel erg voor u.'
'Dat is volslagen onnodig. We waren allebei dronken.'
'U en de vrouw?'
'Nee. Een oude schoolvriend.'
'Die reed, neem ik aan. Die ervan afkwam zonder een schrammetje.'
St James glimlachte. 'Bent u een heks, mevrouw Brouard?'
Ze lachte terug. 'Was dat maar waar. Dan zou ik door de jaren heen meer dan één bezwering hebben uitgesproken.'
'Over een gelukkige man?'
'Over mijn broer.' Ze draaide de bureaustoel met de rechte rug zo dat die naar de kamer gekeerd werd, en ze liet zich erop neer, met één hand op de zitting. Daarna wees ze op een dichtbij staande leunstoel. St James nam plaats en wachtte tot ze hem zou vertellen waarom ze hem nog een keer wilde zien.
Het duurde niet lang voor ze het hem duidelijk maakte. Wist meneer St James, vroeg ze, iets af van het erfrecht op het eiland Guernsey? Of was hij misschien op de hoogte van de beperkingen die deze wetten oplegden met betrekking tot de verdeling van iemands geld en bezittingen, na zijn dood? Het was een nogal ingewikkeld systeem, zei ze, dat zijn oorsprong had in het Normandische gewoonterecht. Het belangrijkste kenmerk ervan was dat familiebezittingen in de familie moesten blijven, en het opvallendste aspect was dat er niet zoiets bestond als een kind onterven, of dat nu onhandelbaar was of niet. Kinderen hadden het recht een bepaald deel van de bezittingen te erven, ongeacht de verhouding met hun ouders.
'Er waren veel dingen waarom mijn broer van de Kanaaleilanden hield,' zei Ruth Brouard tegen St James. 'Het weer, de atmosfeer, de sterke

gemeenschapszin. En natuurlijk de belastingwetten en de mogelijkheid van goed bankieren. Maar Guy vond het niet prettig dat een wettelijk stelsel hem voorschreef hoe hij zijn eigendommen na zijn dood moest verdelen.'

'Begrijpelijk,' zei St James.

'Daarom zocht hij naar een manier om eronderuit te komen, een maas in de wet. En die vond hij, zoals iedereen die hem kende dat voorspeld zou hebben.'

Voorafgaand aan hun verhuizing naar het eiland, legde Ruth Brouard uit, had haar broer al zijn bezittingen op haar naam laten overschrijven. Voor zichzelf behield hij één enkele bankrekening, waar hij een aanzienlijk geldbedrag op deponeerde. Hij wist dat hij het niet alleen kon investeren, maar er ook goed van kon leven. Maar voor het overige waren al zijn bezittingen – het onroerend goed, de aandelen, de obligaties, de andere rekeningen, de bedrijven – op Ruths naam komen te staan. Er was slechts één voorwaarde aan verbonden: dat ze, wanneer ze goed en wel op Guernsey woonden, ermee zou instemmen een testament te tekenen dat hij en een advocaat voor haar zouden opstellen. Omdat ze geen man of kinderen had, kon ze in het geval van haar dood over haar eigendommen beschikken zoals ze wilde, en op die manier zou haar broer met zíjn bezittingen kunnen doen wat híj wilde, omdat ze een testament zou maken volgens zijn aanwijzingen. Het was een slimme manier om de wet te omzeilen.

'U moet weten dat mijn broer al jaren geen contact meer had met zijn jongste twee kinderen,' verklaarde Ruth. 'En hij zag niet in waarom hij gedwongen zou zijn beide meisjes een vermogen na te laten, alleen omdat hij hun vader was, iets wat op Guernsey van hem vereist werd door de daar geldende wet op het erfrecht. Hij had hen gesteund tot ze volwassen waren. Hij had hen naar de beste scholen gestuurd, zijn relaties gebruikt om de een op de universiteit van Cambridge geplaatst te krijgen en de ander op de Sorbonne. Hij kreeg er niets voor terug. Zelfs geen bedankje. Dus hij zei "nu is het genoeg" en hij zocht een manier om iets te geven aan andere mensen in zijn leven, die hem zoveel gegeven hadden wat zijn eigen kinderen niet hadden gedaan. Toewijding, bedoel ik. Vriendschap, aandacht en liefde. Hij kon hen ruimschoots bedenken, die mensen – zoals hij het wilde – maar alleen als hij alles via mij liet lopen. Dus dat hebben we gedaan.

'En zijn zoon?'

'Adrian?'

‘Wilde uw broer hem ook onterven?’
‘Hij wilde geen van hen totaal onterven. Hij wilde alleen het bedrag verlagen dat hij hun volgens de wet zou moeten nalaten.’
‘Wie wisten hiervan?’ vroeg St James.
‘Voorzover ik weet alleen Guy, Dominic Forrest – dat is de advocaat – en ik.’ Daarna stak ze haar hand uit naar de kartonnen envelop, maar ze maakte de metalen sluiting niet open. Ze legde de envelop op haar schoot en vouwde haar handen eroverheen, terwijl ze vervolgde: ‘Ik was het er gedeeltelijk mee eens, om Guy gerust te stellen. Hij voelde zich verschrikkelijk ongelukkig over het soort relatie dat zijn vrouwen hem toestonden met zijn kinderen te hebben, dus ik dacht: och, waarom niet? Waarom zou ik hem niet helpen de mensen te bedenken die zijn leven hadden verrijkt toen zijn eigen familie niet bij hem in de buurt wilde komen? Ziet u, ik verwachtte niet...’ Ze aarzelde, en ze vouwde haar handen zorgvuldig, alsof ze overdacht hoeveel ze zou onthullen. Ze leek een beslissing te nemen nadat ze de envelop die op haar schoot lag had bestudeerd, want ze ging verder: ‘Ik verwachtte niet dat ik mijn broer zou overleven. Ik dacht dat wanneer ik hem ten slotte zou vertellen over mijn... fysieke toestand, hij hoogstwaarschijnlijk zou voorstellen dat we mijn testament zouden wijzigen en misschien alles aan hem zouden nalaten. Op dat moment zou hij door de wet opnieuw gedwarsboomd worden met betrekking tot zijn eigen testament, maar ik denk dat hij daar de voorkeur aan zou hebben gegeven boven achterblijven met niet meer dan een enkele bankrekening, een paar investeringen en zonder middelen om die aan te vullen, mocht het nodig zijn.’
‘Ja, ik begrijp het,’ zei St James. ‘Ik begrijp wat de bedoeling was. Maar ik neem aan dat het niet helemaal zo werkte?’
‘Ik was er nog niet aan toegekomen om hem te vertellen over mijn... toestand. Soms betrapte ik hem erop dat hij naar me keek en dan dacht ik: hij weet het. Maar hij zei er nooit iets over. En ik ook niet. Ik zei tegen mezelf: morgen, morgen zal ik er met hem over spreken. Ik heb het echter niet gedaan.’
‘Dus toen hij plotseling overleed...’
‘Waren er bepaalde verwachtingen.’
‘En nu?’
‘Nu is er begrijpelijke verontwaardiging.’
St James knikte. Hij keek naar het grote wandtapijt en de afbeelding van een belangrijk deel van hun leven. Hij zag dat de moeder die de koffers pakte, huilde, dat de kinderen zich angstig aan elkaar vastklampten.

Door een raam waren nazi-tanks te zien die in de verte over een weiland rolden, en een divisie militairen die in ganzenpas kwamen aanzetten in een smalle straat.

'Ik neem aan dat u me niet hebt gevraagd te komen om u te adviseren wat u nu moet doen,' zei hij. 'Iets zegt me dat u het al weet.'

'Ik heb alles aan mijn broer te danken, en ik ben een vrouw die haar schulden betaalt. Dus, ja. Ik heb u niet gevraagd hierheen te komen om me te vertellen wat ik met mijn eigen testament moet doen, nu Guy dood is. Helemaal niet.'

'Mag ik dan vragen...? Hoe kan ik u helpen?'

'Tot vandaag,' zei ze, 'ben ik altijd precies op de hoogte geweest van de bepalingen van Guys testamenten.'

'Meervoud?'

'Hij maakte vaker een nieuw testament dan de meeste mensen. Telkens wanneer hij een nieuw had laten opstellen, maakte hij een afspraak voor me met zijn advocaat, zodat ik wist wat de bepalingen van het testament zouden zijn. Daar was hij attent in, en hij was altijd consequent. Op de dag dat het testament in het bijzijn van getuigen ondertekend zou worden, gingen we naar het kantoor van meneer Forrest. We namen de documenten door, om te zien of er als gevolg daarvan veranderingen in mijn eigen testament moesten worden aangebracht. Daarna werden alle documenten door ons en door de getuigen getekend, en daarna gingen we lunchen.'

'Ik begrijp echter dat dit met het laatste testament niet is gebeurd?'

'Nee, dat is niet gebeurd.'

'Misschien was hij er nog niet aan toegekomen,' opperde St James. 'Hij had natuurlijk niet verwacht dat hij zou overlijden.'

'Dit laatste testament is in oktober opgesteld, meneer St James. Meer dan twee maanden geleden. Ik ben in die tijd het eiland niet af geweest. Guy is – was – evenmin op reis gegaan. Om dit laatste testament rechtsgeldig te maken, moest hij naar St Peter Port om de papieren te tekenen. Dat hij me niet heeft meegenomen, wijst erop dat hij niet wilde dat ik wist wat hij van plan was.'

'En dat was?'

'Anaïs Abbott, Frank Ouseley en de Duffy's eruit schrappen. Dat heeft hij voor me geheimgehouden. Toen ik dat besefte, begreep ik dat het mogelijk was dat hij ook andere dingen voor me had verzwegen.'

Nu waren ze eraan toegekomen, begreep St James: de reden waarom ze had gevraagd of ze hem nogmaals kon spreken. Ruth Brouard maakte de sluitclips van de envelop op haar schoot open. Ze haalde de inhoud eruit en St James zag dat Guy Brouards paspoort zich daarbij bevond. Dat was het eerste wat Guys zus hem overhandigde.

'Dit was zijn eerste geheim,' zei ze. 'Kijkt u eens naar het laatste stempel, het meest recente.'

St James bladerde het boekje door en vond de betreffende immigratiestempels. Hij zag dat, in tegenstelling tot wat Ruth Brouard hem gedurende hun eerdere gesprek van die dag had meegedeeld, haar broer in maart de staat California was binnengekomen, via Los Angeles International Airport.

'Hij heeft u hier niets over verteld?' vroeg St James haar.

'Natuurlijk niet. Anders zou ik het u wel gezegd hebben.' Vervolgens gaf ze hem een stapeltje documenten. St James zag dat er rekeningen van creditcards bij waren, evenals hotelrekeningen en bonnetjes van restaurants en autoverhuurbedrijven. Guy Brouard had vijf nachten in het Hilton gelogeerd, in een stad die Irvine heette. Daar had hij gegeten in een restaurant, Il Fornaio, evenals bij Scott's Seafood, in Costa Mesa, en bij de Citrus Grille in Orange. In Tustin had hij een bespreking gehad met een advocaat, ene William Kiefer, wie hij iets meer dan duizend dollar had betaald voor drie afspraken in vijf dagen, en hij had het kaartje van die jurist bewaard, met een ontvangstbewijs van een architectenbureau, genaamd Southby, Strange, Willows en Ward. Onder aan het betalingsbewijs van zijn creditcard stond *Jim Ward* gekrabbeld, en het woord *mobiel,* gevolgd door het bijbehorende telefoonnummer.

'Hij schijnt de zaken voor zijn museum dus persoonlijk te hebben geregeld,' merkte St James op. 'Dit klopt met wat we over zijn plannen weten.'

'Ja,' zei Ruth. 'Maar hij heeft me er niets over vertéld. Geen woord over deze hele reis. Begrijpt u niet wat dat betekent?'

Ruths vraag was beladen met een sinistere ondertoon, maar St James zag alleen dat de informatie betekende dat haar broer wellicht behoefte aan een beetje privacy had gehad. Hij had zelfs iemand kunnen meenemen en niet gewild kunnen hebben dat zijn zus het wist. Maar toen Ruth vervolgde, besefte hij dat de nieuwe feiten waar ze op was gestuit haar niet zozeer verontrustten dan wel bevestigden wat ze al vermoedde.

Ze zei: 'California, meneer St James. Zij wóónt in California. Dus hij moet haar hebben leren kennen voor ze naar Guernsey kwam. Ze kwam hier met een vooropgezet doel.'

'Ik begrijp het. Mevrouw River. Maar ze woont niet in dit deel van Cali-

fornia,' bracht St James naar voren. 'Ze komt uit Santa Barbara.'
'Hoe ver kan dat daarvandaan zijn?'
St James fronste zijn voorhoofd. Hij wist het niet precies, omdat hij nooit in California was geweest en er totaal geen steden kende, behalve Los Angeles en San Francisco, die volgens hem min of meer in tegenovergestelde delen van de staat lagen. Hij wist echter wel dat het een enorm gebied was, verbonden door een onbegrijpelijk stelsel van snelwegen die gewoonlijk oververzadigd waren met auto's. Deborah was degene die een mening kon geven over de mogelijkheid dat Guy Brouard gedurende zijn verblijf in California een rit naar Santa Barbara had gemaakt. Toen ze er woonde, had ze veel gereisd, niet alleen met Tommy maar ook met China.
China. Bij de gedachte aan haar herinnerde hij zich dat zijn vrouw hem had verteld over de bezoeken die ze aan China's moeder had gebracht, en ook aan China's broer. Een stad met de naam van een kleur, had ze gezegd: Orange. De stad van de Citrus Grille, waarvan Guy Brouard de rekening tussen zijn papieren had bewaard. En Cherokee River – niet zijn zus China – woonde ergens in die buurt. Dus hoe onwaarschijnlijk was het dat Cherokee River, en niet China, Guy Brouard al kende voor hij naar Guernsey kwam?
St James dacht na over wat dit suggereerde. Hij zei tegen Ruth: 'Waar in dit huis logeerden de Rivers, gedurende de nachten dat ze bij u verbleven?'
'Op de eerste verdieping.'
'Waar keken hun kamers op uit?'
'Ze liggen aan de voorkant, dus op het zuiden.'
'Een duidelijk zicht op de oprijlaan? De bomen die erlangs staan? Het huis van de Duffy's?'
'Ja. Waarom?'
'Waarom bent u die ochtend naar het raam gelopen, mevrouw Brouard? Toen u de gedaante zag die uw broer volgde, waarom keek u toen eigenlijk naar buiten? Was het iets wat u gewoonlijk deed?'
Ze dacht een poosje over zijn vraag na. Ten slotte zei ze langzaam: 'Meestal was ik nog niet op wanneer Guy het huis uit ging. Dus ik denk dat het kwam doordat...' Ze keek peinzend. Ze vouwde haar magere handen op de grote envelop, en St James zag hoe dun haar huid was, als vloeipapier over haar beenderen gespannen. Ze zei: 'Om precies te zijn, ik hoorde een geluid, meneer St James. Ik werd er wakker van, en ik schrok er een beetje van omdat ik dacht dat het nog midden in de nacht was maar dat er toch iemand rondsloop. Het was zo donker. Maar toen

ik op de wekker keek zag ik dat het bijna de tijd was waarop Guy altijd ging zwemmen. Ik bleef een poosje luisteren, toen hoorde ik hem in zijn kamer. Dus ik nam aan dat hij degene was die het geluid gemaakt had.'
Ze zag waar St James naartoe wilde en ze liet erop volgen: 'Maar het zou iemand anders geweest kunnen zijn, nietwaar? Niet Guy. Iemand die al op was, al aangekleed. Iemand die op het punt stond naar buiten te gaan en hem bij de bomen op te wachten.'
'Het lijkt er wel op,' zei St James.
'En hun kamers liggen boven de mijne,' zei ze. 'De kamers van de Rivers. Op de verdieping hierboven. Dus u ziet...'
'Mogelijk,' zei St James. 'Mogelijk.' Maar hij zag meer dan dat. Hij zag hoe je een deel van je verkregen informatie kon bekijken en de rest kon negeren. Daarom vroeg hij: 'En waar sliep Adrian?'
'Hij kán toch niet...'
'Wist hij van die kwestie met de testamenten af? Van die van u en die van uw broer?'
'Meneer St James, ik verzeker u, hij kon niet... Gelooft u me, hij zou niet...'
'Aangenomen dat hij de wetgeving van het eiland kende en aangenomen dat hij níét wist wat zijn vader had gedaan om hem doeltreffend uit te sluiten van een vermogen waarvan hij geloofde dat hij het zou erven... hoeveel?'
'Of de helft van Guys gehele vermogen, in drieën gedeeld voor hem en zijn zussen.' Ruth zei het duidelijk met tegenzin.
'Of eenderde van alles, als zijn vader het geheel eenvoudig aan zijn kinderen had nagelaten?'
'Ja, maar...'
'Een aanzienlijk fortuin,' merkte St James op.
'Ja, ja. Maar u moet me geloven, Adrian zou geen haar op het hoofd van zijn vader gekrenkt hebben. Nergens om. En zeker niet om een erfenis.'
'Heeft hij dan geld van zichzelf?'
Ze gaf geen antwoord. Een klok tikte op de schoorsteenmantel en het geluid werd harder, als van een op scherp staande bom. Haar zwijgen was voldoende antwoord voor St James.
Hij zei: 'Hoe staat het met uw eigen testament, mevrouw Brouard? Wat was de afspraak die u met uw broer had gemaakt? Hoe wilde hij dat u de bezittingen zou verdelen die op uw naam stonden?'
Ze likte langs haar onderlip. Haar tong was bijna even bleek als alles aan haar. Ze zei: 'Adrian is een moeilijke jongen, meneer St James. Het

grootste deel van zijn leven is hij heen en weer geschoven tussen zijn ouders, alsof het om een spelletje touwtrekken ging. Hun huwelijk is slecht geëindigd en Margaret heeft Adrian tot instrument van haar wraak gemaakt. Het maakte voor haar geen verschil dat ze opnieuw trouwde, en goed trouwde – Margaret trouwt altijd goed, ziet u – omdat er nog altijd het feit was dat Guy haar had bedrogen en dat ze het niet snel genoeg wist, dat ze niet slim genoeg was geweest om hem bij de feitelijke daad te betrappen. Ik geloof dat ze dát meer dan alles gewild had: mijn broer in bed met een of andere vrouw, en Margaret die op hen afvloog als een van de furiën. Maar zo is het niet gegaan. Slechts een of andere smerige ontdekking... ik weet niet eens wat. En daar kon ze niet overheen komen, ze kon er niet mee verder leven. Guy moest zo veel mogelijk lijden, omdat hij haar vernederd had. Adrian was het werktuig dat ze gebruikte. En om op zo'n manier gebruikt te worden... De boom kan niet groeien en sterk worden als je met de wortels blijft knoeien. Maar Adrian is geen moordenaar.'

'Dus u hebt hem als compensatie alles nagelaten?'

Ze had naar haar handen zitten staren, maar nu keek ze op. 'Nee. Ik heb gedaan wat mijn broer wilde.'

'En dat was?'

Le Reposoir, zei ze, zou worden nagelaten aan de bevolking van Guernsey, die het naar goeddunken mocht gebruiken, met een trustfonds dat was opgericht om te zorgen voor het onderhoud van het terrein, de gebouwen en het meubilair. De rest van het onroerend goed, in Spanje, Frankrijk en Engeland, de aandelen en de obligaties, de bankrekeningen en alle persoonlijke bezittingen die op het moment van haar dood niet werden gebruikt om het grote huis in te richten of de parken te verfraaien, zouden worden verkocht en de opbrengst van een dergelijke verkoping zou het fonds tot in eeuwigheid van geld voorzien.

'Ik heb ermee ingestemd omdat het is wat hij wilde,' zei Ruth Brouard. 'Hij beloofde me dat zijn kinderen in zijn eigen testament bedacht zouden worden, en dat is ook gebeurd. Niet zo edelmoedig als ze bedacht zouden zijn wanneer alles normaal was verlopen, natuurlijk, maar ze kregen een erfenis.'

'Hoe?'

'Hij gebruikte de optie die hij had om zijn bezit in tweeën te delen. Zijn drie kinderen krijgen de ene helft, gelijkelijk tussen hen verdeeld. De andere helft gaat naar twee andere jonge mensen, tieners die hier op Guernsey wonen.'

'Zodat die feitelijk meer krijgen dan zijn eigen kinderen zullen ontvangen.'
'Ik... Ja,' zei ze. 'Ik geloof dat het klopt.'
'Wie zijn die tieners?'
Ze vertelde hem dat ze Paul Fielder en Cynthia Moullin heetten. Haar broer, zei ze, had zich als hun mentor opgeworpen. De jongen trok zijn aandacht door een sponsorproject van de plaatselijke middelbare school. Het meisje leerde hij kennen via haar vader, Henry Moullin, een glazenier die de serre had gebouwd en de ramen van Le Reposoir had vervangen.
'Het zijn tamelijk arme gezinnen, in het bijzonder de Fielders,' besloot Ruth. 'Guy moet het gezien hebben, en omdat hij de kinderen graag mocht, moet hij iets voor hen hebben willen doen, iets waartoe hun eigen ouders nooit in staat zouden zijn geweest.'
'Maar waarom zou hij dit voor u geheimgehouden hebben, als hij dat gedaan heeft?' vroeg St James.
'Ik weet het niet,' zei ze. 'Ik begrijp het niet.'
'Zou u het niet goedgekeurd hebben?'
'Ik zou hem waarschijnlijk gezegd hebben hoeveel problemen hij daarmee zou kunnen veroorzaken.'
'In zijn eigen familie?'
'Ook in die van hen. Paul en Cynthia hebben broers en zusjes.'
'Die niet genoemd zijn in het testament van uw broer?'
'Die niet genoemd zijn in het testament van mijn broer. Dus wanneer de één een legaat krijgt en de anderen niet... Ik zou tegen hem gezegd hebben dat het een breuk in hun families zou veroorzaken.'
'Zou hij naar u geluisterd hebben, mevrouw Brouard?'
Ze schudde haar hoofd. Ze keek oneindig bedroefd. 'Dat was het zwakke punt van mijn broer,' zei ze. 'Guy luisterde nooit naar iemand.'

Margaret Chamberlain moest veel moeite doen zich een moment te herinneren waarop ze zo woedend was geweest of zo erop gefixeerd iets met haar woede te doen. Ze dacht dat ze misschíén zo meegesleept was geweest door haar kwaadheid op de dag dat haar vermoedens over Guys buitenechtelijke activiteiten niet langer vermoedens waren, maar een grimmige werkelijkheid waren geworden die aanvoelde als een stomp in haar maag. Die dag was echter lang geleden en in de tussenliggende jaren was er zoveel gebeurd – nog drie huwelijken en nog drie kinderen, om precies te zijn – dat dat moment was vervaagd tot een doffe herinnering die ze meestal niet met een zilverdoekje oppoetste, omdat ze die, evenals

een stuk oud, uit de mode geraakt zilverwerk, niet meer kon gebruiken. Niettemin geloofde ze dat wat haar nu verteerde, verwant was aan die eerdere provocatie. En was het niet ironisch dat zowel toen als nu het zaad van wat haar verteerde uit dezelfde bron afkomstig was?
Wanneer ze zich zo voelde, had ze er meestal moeite mee om te besluiten waar ze het eerst wilde toeslaan. Ze wist dat ze met Ruth moest spreken, omdat de bepalingen van Guys testament zo volslagen bizar waren dat er slechts één verklaring voor kon zijn, en Margaret was bereid haar leven eronder te verwedden dat die verklaring gespeld werd R-u-t-h. Behalve Ruth waren er echter ook de twee begunstigden die de hélft hadden gekregen van wat zogenaamd Guys hele nalatenschap was. Er was geen sprake van, noch in de hemel, noch op aarde, noch in de hel, dat Margaret Chamberlain van plan was te blijven toekijken hoe twee onbelangrijke figuren – die zelfs niet door het kleinste druppeltje bloed aan Guy verwant waren – wegwandelden met meer geld dan de eigen zoon van die schoft.
Adrian was totaal niet behulpzaam met het geven van informatie. Hij had zich in zijn kamer teruggetrokken en toen ze hem daar aansprak en eiste meer bijzonderheden over wie, waar en waarom te horen te krijgen dan Ruth bereid was geweest te geven, had hij alleen maar gezegd: 'Het zijn kinderen. Kinderen die tegen pa opkeken zoals hij vond dat de vruchten van zijn lendenen tegen hem moesten opkijken. Wij wilden niet meewerken. Zij deden het graag. Zo was pa toch, of niet soms? Toewijding werd altijd beloond.'
'Waar zijn ze? Waar kan ik ze vinden?'
'Hij woont in de Bouet,' antwoordde hij. 'Ik weet niet waar. Het is een wijk met gemeentewoningen. Hij kan overal zijn.'
'En de andere?'
Dat was veel gemakkelijker. De Moullins woonden in La Corbière, ten zuidwesten van het vliegveld, in een parochie die Forest heette. Ze woonden in het krankzinnigste huis van het eiland. De mensen noemden het het Schelpenhuis, en wanneer je eenmaal in de buurt van La Corbière was, kon je het niet missen.
'Goed. Dan gaan we,' zei Margaret tegen haar zoon.
Op welk moment Adrian het volkomen duidelijk maakte dat hij nergens heen ging. 'Wat denk je ermee te bereiken?' vroeg hij.
'Ik ben van plan duidelijk te maken met wie ze van doen hebben. Ik ben van plan duidelijk te maken dat als ze verwachten jou te beroven van wat je rechtens toekomt...'
'Doe geen moeite.' Hij rookte onophoudelijk, door de kamer ijsberend,

heen en terug over het Perzische tapijt alsof hij vastbesloten was er een geul in te maken. 'Het is wat pa wilde. Het is zijn laatste... je weet wel... De laatste klap ten afscheid.'
'Hou op met in dit alles te zwelgen, Adrian.' Ze kon er niets aan doen. Het was te veel voor haar, het feit onder ogen te moeten zien dat haar zoon volkomen bereid zou kunnen zijn een vernederende nederlaag te accepteren, alleen omdat zijn vader had besloten dat hij het moest doen. 'Het gaat hier om meer dan de wensen van je vader. Jij hebt er recht op, als zijn vlees en bloed. Als het erop aankomt hebben je zussen er evenveel recht op en je kunt me niet vertellen dat JoAnna Brouard zal blijven stilzitten en nietsdoen wanneer ze hoort wat je vader haar dochters heeft aangedaan. Dit is iets wat zich bij een rechtbank jaren kan blijven voortslepen, als we niets doen. Dus we pakken eerst de twee begunstigden aan. En daarna pakken we Ruth aan.'
Hij liep naar de ladekast, voor deze keer godzijdank een andere route nemend. Hij drukte zijn sigaret uit in een asbak die de bron was van negentig procent van de muffe lucht in de slaapkamer. Onmiddellijk stak hij een volgende op. 'Ik ga nergens heen,' zei hij tegen haar. 'Ik doe niet mee, moeder.'
Margaret weigerde dat te geloven, althans niet dat hij het zou volhouden. Ze zei bij zichzelf dat hij gewoon ontmoedigd was. Hij was vernederd. Hij rouwde. Niet om Guy, natuurlijk. Maar om Carmel, die hij kwijt was geraakt aan Guy, God vervloeke zijn ziel, omdat hij zijn eigen en enige zoon had verraden op die onnavolgbare manier van hem, de volmaakte judas. Maar dit was nu juist dezelfde Carmel die terug zou komen kruipen, smekend om vergeving, wanneer Adrian goed en wel zijn rechtmatige plaats had ingenomen aan het hoofd van zijn vaders fortuin. Daar twijfelde Margaret niet aan.
Adrian vroeg niets toen Margaret zei 'Heel goed', waarna ze tussen zijn spullen begon te zoeken. Hij protesteerde niet toen ze zijn autosleutels uit het jasje haalde dat hij op een stoel had gelegd. Ze voegde eraan toe: 'Goed dan. Voorlopig hou je je erbuiten.' Daarna liet ze hem alleen.
In het handschoenenkastje van de Range Rover vond ze een kaart van het eiland, zo een die autoverhuurbedrijven weggeven, waarop hun vestigingen in het oog lopend zijn aangegeven en al het andere vrijwel onleesbaar is. Maar omdat het verhuurbedrijf op het vliegveld was gevestigd en La Corbière niet ver daarvandaan lag, kon ze het gehucht lokaliseren, dicht bij de zuidkust van het eiland, aan een weggetje dat ongeveer zo breed leek als een snorhaar van een kat.

Ze gaf vol gas, om haar gevoelens tot uitdrukking te brengen, en ging op weg. Hoe moeilijk kon het zijn, zei ze bij zichzelf, om een weg terug naar het vliegveld te vinden en daarna links af te slaan bij La Rue de la Villiaze? Ze was toch niet gek. Ze kon de richtingborden lezen. Ze zou niet verdwalen.

Die overweging ging er natuurlijk van uit dat er werkelijk richtingborden zouden zíjn. Margaret kwam echter al snel tot de ontdekking dat een deel van de grillige aard van het eiland was gelegen in de manier waarop straatnaamborden verborgen waren: meestal op borsthoogte en achter een dichte begroeiing van klimop. Ze merkte ook al snel dat je moest weten naar welke parochie je wilde worden gedirigeerd, om niet midden in St Peter Port terecht te komen dat, evenals Rome, de plaats leek te zijn waar alle wegen naartoe leidden.

Na vier valse starts was ze klam van gespannen transpiratie, en toen ze eindelijk het vliegveld gevonden had reed ze La Rue de la Villiaze finaal voorbij, zo klein was de straat toen die eindelijk opdoemde. Margaret was gewend aan Engeland, waar hoofdwegen tenminste op hoofdwegen leken. Op de kaart was de straat rood gekleurd, dus volgens haar moest die op zijn minst twee keurig aangegeven rijbanen bevatten, om nog maar niet te spreken van een groot bord dat aangaf dat ze had gevonden wat ze zocht. Helaas was ze al helemaal bij een driesprong midden op het eiland terechtgekomen, die gemarkeerd werd door een kerk, half verborgen in een verlaagd stuk terrein, voor ze bedacht dat ze misschien te ver gereden was. Op dat punt stopte ze in wat voor de berm moest doorgaan, bestudeerde de kaart, en zag – met toenemende irritatie – dat ze haar doel voorbijgereden was en dat ze het weer helemaal opnieuw zou moeten proberen.

Dat was het moment waarop ze eindelijk haar zoon verwenste. Als hij niet zo'n slap en zielig stuk... Maar nee, nee. Toegegeven, het zou gemakkelijker zijn geweest om hem bij zich te hebben, om rechtstreeks naar haar bestemming te kunnen rijden zonder een half dozijn valse starts. Maar Adrian moest zich herstellen van de slag van zijn vaders testament – dat verdomde, verdomde, verdomde testament – en als hij daar een uur of zo voor nodig had, het zij zo, dacht Margaret. Ze kon zich wel alleen redden.

Hierdoor begon ze zich echter af te vragen of dat ook met Carmel Fitzgerald gebeurd was, net één ogenblik te veel waarop ze beseft had dat er momenten zouden zijn dat ze zich alleen zou moeten redden, momenten dat Adrian op zijn kamer bleef, of erger. God wist dat Guy iemand met een gevoelige natuur te gronde kon richten, hem zelfs een afschuw van zichzelf kon laten krijgen. En als dat met Adrian gebeurd was toen hij en Carmel op Le Reposoir gelogeerd hadden, wat kon de jonge vrouw dan gedacht hebben, hoe ontvankelijk zou ze feitelijk geweest kunnen zijn voor de avances van een man die zo duidelijk in zijn element was, zo viriel, en zo verdomd competent. Zo ontvankelijk als de pest, dacht Margaret. Wat Guy ongetwijfeld had gezien en waar hij volslagen gewetenloos op gereageerd had.

God nog aan toe, hij zou boeten voor wat hij gedaan had. Hij kon er niet meer voor boeten tijdens zijn leven, maar hij zou er nu voor boeten.

Margaret was zo bezig met dit voornemen dat ze La Rue de la Villiaze bijna voor de tweede keer miste. Op het laatste moment zag ze echter een smalle weg naar rechts afbuigen, in de buurt van het vliegveld. Ze nam die blindelings en daarna reed ze eerst langs een café en toen langs een hotel en vervolgens kwam ze weer op het platteland, tussen hoge aarden wallen en heggen waarachter boerderijen stonden en winterkale akkers lagen. B-weggetjes die meer op tractorsporen leken, begonnen om haar heen te verschijnen, en juist toen ze besloot een ervan te proberen, in de hoop dat dat haar naar iets herkenbaars zou brengen, kwam ze bij een kruispunt in de weg waar ze op reed en zag ze het wonder van een richtingwijzer, die naar rechts wees en naar La Corbière.

Margaret prevelde een dankjewel tegen de god van de automobilisten die haar naar dit punt had gebracht en sloeg een weggetje in dat zich niet onderscheidde van de andere. Als haar een andere auto tegemoet zou zijn gekomen, had een van hen achteruit moeten rijden tot naar het begin van de weg, maar ze had nog steeds geluk en op haar route zag ze geen ander voertuig, alleen een witgekalkte boerderij en twee vleeskleurige, stenen huisjes.

Wat ze wel zag na een scherpe bocht, was het Schelpenhuis. Zoals Adrian al had opgemerkt, kon slechts een blinde het missen. Het gebouw zelf was geel gestuukt. De schelpen waaraan het zijn naam dankte dienden als versiering langs de oprit, en de muur die het stuk grond begrensde, en in de grote voortuin.

Het was de meest smakeloze vertoning die Margaret ooit gezien had, iets wat leek te zijn samengesteld door een krankzinnige. Trompetschelpen, hoornschelpen, sint-jakobsschelpen en af en toe een abaloneschelp vormden randen, om te beginnen. Ze lagen langs bloembedden waarin meer schelpen – op twijgjes en takjes en buigzaam metaal gelijmd – de bloemen vormden. Midden op het gazon verhief een ondiepe, door schelpen omrande vijver zijn met schelpen ingelegde randen en bood onderdak aan – godzijdank – niet uit schelpen bestaande goudvissen. Maar rondom de vijver stonden met schelpen beplakte zuilen waarop uit schelpen vervaardigde beeldjes poseerden om bewonderd te worden. Op twee grote, met schelpen beplakte tuintafels, met hun bijpassende schelpenstoelen, stonden theeserviezen, vervaardigd van schelpen, met schelpenvoedsel op hun bordjes. En langs de muur aan de voorkant stonden een miniatuurbrandspuithuisje, een school, een schuur en een kerk, allemaal schitterend wit van de schelpdieren die hun leven hadden gegeven om ze te maken. Het was, dacht Margaret terwijl ze uit de Range Rover stapte, genoeg om iemand voorgoed een afkeer van bouillabaisse te bezorgen.

Ze huiverde bij het zien van een dergelijk monument van vulgariteit. Het haalde te veel onaangename herinneringen boven: vakanties uit haar kindertijd, aan de kust van Essex, al dat platte gepraat, al die vettige frites die gegeten werden, al dat kwabbige vlees, zo walgelijk rood verbrand om iedereen te laten zien dat er genoeg geld gespaard was voor een vakantie aan zee.

Margaret zette de gedachte eraan van zich af, de herinnering aan haar ouders, op het trapje van een gehuurd strandhuisje, met hun armen om elkaar geslagen, flesjes bier in hun handen. Hun slobberige kussen en daarna het gegiechel van haar moeder en wat er op het gegiechel volgde. Genoeg, dacht Margaret. Vastbesloten liep ze de oprit op. Ze riep vol vertrouwen hallo, daarna een tweede en een derde keer. Er kwam niemand uit het huis. Op het pad aan de voorkant lag echter tuingereedschap, hoewel God alleen wist voor welk doel iemand het in deze omgeving had willen gebruiken. Niettemin duidde het erop dat er iemand thuis was en in de tuin werkte, dus ze benaderde de voordeur. Terwijl ze erop afliep kwam een man, met een schop bij zich, om de hoek van het huis. Hij was slonzig gekleed, in een spijkerbroek die zo smerig was dat die rechtop zou blijven staan wanneer hij hem uittrok. Ondanks de kou droeg hij geen jasje, alleen een vaal, blauw werkoverhemd waar iemand in rood MOULLIN GLAS op had geborduurd. Het thema van onverschilligheid voor het klimaat werd doorgezet tot 's mans voeten, waaraan hij slechts sandalen droeg, hoewel hij ook sokken aanhad. Deze vertoonden echter meer dan één gat, en uit een ervan stak zijn rechter grote teen.

Bij het zien van Margaret bleef hij staan, zonder iets te zeggen. Het verraste haar dat ze hem herkende: de weldoorvoede Heathcliff die ze had gezien op Guys condoleancebijeenkomst. Van dichtbij zag ze dat zijn donkere gelaatskleur het gevolg was van het feit dat zijn gezicht zo verweerd was dat de huid op ongelooid leer leek. Zijn ogen namen haar vijandig op, en zijn handen waren bedekt met talloze genezen en nog niet geheelde sneden. Margaret had misschien geïntimideerd kunnen zijn door de mate van vijandigheid die hij uitstraalde, maar ze was zelf al even vijandig, en zelfs al was dat niet het geval geweest, ze was geen vrouw die gemakkelijk schrok.

'Ik ben op zoek naar Cynthia Moullin,' zei ze zo vriendelijk mogelijk tegen de man. 'Kunt u me misschien vertellen waar ik haar kan vinden?'

'Waarom?' Hij liep met de schop naar het grasveld, waar hij aan de voet van een van de bomen begon te graven.

Margaret reageerde kwaad. Ze was eraan gewend dat mensen haar stem hoorden – God wist dat ze er genoeg jaren aan had besteed om die te ontwikkelen – en vervolgens onmiddellijk deden wat ze vroeg. Ze zei: 'Ik geloof dat het of ja, of nee is. U kunt me helpen haar te vinden, of u kunt het niet. Hebt u er een probleem mee om me te begrijpen?'

'Ik heb er een probleem mee of het me wat kan schelen.' Zijn accent was zo beladen met wat Margaret aannam dat het eilandpatois was, dat hij klonk als iemand uit een kostuumstuk.

Ze zei: 'Ik moet haar spreken. Het is belangrijk dat ik haar spreek. Mijn zoon heeft me verteld dat ze in dit huis woont...' Ze probeerde 'dit huis' niet te laten klinken als 'deze puinhoop', maar ze besloot dat het haar vergeven kon worden als ze er niet in slaagde.' '... maar als hij me verkeerde inlichtingen heeft gegeven zou ik het op prijs stellen als u het me vertelde. En dan zal ik u niet meer tegen de haren in strijken.' Niet, dacht Margaret, dat ze over zijn haar wilde strijken, dat er, hoewel het dik was, ongewassen en luizig uitzag.

Hij zei: 'Uw zoon. Wie mag dat wezen?'

'Adrian Brouard. Guy Brouard was zijn vader. Ik neem aan dat u weet wie hij is, nietwaar? Guy Brouard? Ik heb u gezien op de condoleancebijeenkomst.'

Deze laatste opmerkingen leken zijn aandacht te trekken, want hij keek op van zijn graafwerk en inspecteerde Margaret van top tot teen, waarna hij zonder iets te zeggen het grasveld overstak naar de veranda, waar hij een emmer pakte. Deze was gevuld met een soort korrels, die hij naar de boom bracht en royaal in de geul strooide die hij rondom de stam had gespit. Hij zette de emmer neer en daarna liep hij naar de volgende boom, waar hij opnieuw begon te graven.

'Hoor eens,' zei Margaret, 'ik zoek Cynthia Moullin. Ik zou haar graag onmiddellijk willen spreken, dus als u weet waar ik haar kan vinden... Ze woont hier toch? Dit is toch het Schelpenhuis?' Wat volgens Margaret de belachelijkste vraag was die ze had kunnen stellen. Als dit niet het Schelpenhuis was dan wachtte haar ergens een grotere nachtmerrie, en dat kon ze moeilijk aannemen.

'Dus u bent de eerste,' zei de man met een knikje. 'Heb me altijd afgevraagd hoe de eerste eruit zou zien. Het zegt veel over een man, zijn eerste. Weet u waarom? Dat vertelt je waarom hij overstapte op de volgende.'

Margaret spande zich in om zijn woorden te ontcijferen door het accent heen. Ze ving elk vierde of vijfde woord op en daaruit concludeerde ze dat deze bruut op een manier die beslist niet vleiend genoemd kon worden, toespelingen maakte op haar seksuele relatie met Guy. Dit ging de verkeerde kant op. Het was de bedoeling dat zij de leiding had over het gesprek. Mannen brachten de zaken altijd terug tot neuken, als ze konden. Ze dachten dat het een doeltreffende manoeuvre was, die gegarandeerd iedere vrouw met wie ze spraken, zou laten blozen. Maar Margaret Chamberlain was niet iedere vrouw. Ze maakte zich gereed om de man dit duidelijk te maken, toen een mobiele telefoon ging en hij gedwongen was die uit zijn zak te halen, aan te zetten en zichzelf daarmee als bedrieger te ontmaskeren.

'Henry Moullin' zei hij in het toestel, en bleef vervolgens bijna een minuut luisteren. Daarna, met een stem die volslagen anders was dan die waarmee hij Margaret had toegesproken, zei hij: 'Ik zal het eerst ter plaatse moeten opmeten, mevrouw. Ik kan u werkelijk niet zeggen hoe lang een dergelijk karwei gaat duren voor ik weet waarmee ik moet werken.' Hij luisterde opnieuw, terwijl hij tegelijkertijd uit een andere zak een zwarte agenda viste. Daar schreef hij een afspraak in met iemand, tegen wie hij zei: 'Natuurlijk. Ik zal het graag doen, mevrouw Felix.' Hij stopte de telefoon weer in zijn zak en daarna keek hij Margaret onschuldig aan, alsof hij niet geprobeerd had haar beet te nemen door haar te doen geloven dat hij iemand was die schapen schoor ergens bij Casterbridge.

'Aha,' zei Margaret grimmig spottend, 'nu we dat uit de weg hebben, wilt u misschien de vraag beantwoorden en me vertellen waar ik Cynthia Moullin kan vinden. Ik neem aan dat u haar vader bent?'

Hij toonde even weinig berouw als verlegenheid. Hij zei: 'Cyn is niet hier, mevrouw Brouard.'

'Chamberlain,' corrigeerde Margaret ijzig. 'Waar is ze dan? Het is heel belangrijk dat ik haar direct spreek.'

'Dat gaat niet,' zei hij. 'Ze is naar Alderney. Om haar grootmoeder te helpen.'
'En die grootmoeder heeft geen telefoon?'
'Wanneer die werkt heeft ze er een.'
'O, juist. Nou, misschien is het maar goed ook, meneer Moullin. U en ik kunnen zelf de kwestie wel regelen en zij hoeft er niets van te weten. Dan is het ook geen teleurstelling voor haar.'
Moullin haalde een tube met een of andere zalf uit zijn zak, en kneep er een hoeveelheid uit op zijn handpalm. Hij bleef haar aankijken terwijl hij de zalf in de vele sneden in zijn handen wreef, alsof hij er zich totaal niet druk om maakte dat hij er ook zand uit de tuin in smeerde. 'Dan kunt u me beter vertellen wat er is,' zei hij, en er was een mannelijke directheid in zijn optreden die tegelijkertijd onthutsend en een beetje erotisch was. Even had Margaret een bizar visioen van haarzelf als vrouw tegenover hem als man, pure, dierlijke opwinding waarvan ze niet voor mogelijk had gehouden dat ze die zou kunnen voelen. Hij deed een stap in haar richting en in een reflex ging ze een pas achteruit. Zijn lippen bewogen in iets wat op geamuseerdheid leek. Ze huiverde. Ze voelde zich als de hoofdpersoon in een slecht liefdesromannetje, één moment verwijderd van opperste vervoering.
Dat was precies genoeg om haar woedend te maken, om haar in staat te stellen weer de boventoon te voeren. 'Dit is iets wat u en ik waarschijnlijk zelf kunnen oplossen, meneer Moullin. Ik kan me niet voorstellen dat u verwikkeld wilt raken in een langdurige, juridische strijd. Heb ik gelijk?'
'Een juridische strijd waarover?'
'De bepalingen van het testament van mijn ex-man.'
Een glinstering in zijn ogen wees op verhoogde interesse. Margaret zag het en ze besefte dat een compromis misschien tot de mogelijkheden behoorde: een lager bedrag overeenkomen en zo vermijden dat alles aan advocaten uitgegeven moest worden – of hoe ze die hier ook noemden – die de zaak voor de rechtbank jaren zouden laten voortslepen, alsof leden van de Jarndyceclan hun hulp hadden ingeroepen.
Ze zei: 'Ik zal niet tegen u liegen, meneer Moullin. Mijn ex-man heeft uw dochter in zijn testament een aanzienlijk vermogen nagelaten. Mijn zoon – Guys oudste kind en zijn enige mannelijke erfgenaam, zoals u wellicht weet – heeft veel minder gekregen. Ik ben ervan overtuigd dat u het met me eens zult zijn dat dit een grove onrechtvaardigheid is. Daarom zou ik het willen rechtzetten zonder juridische tussenkomst.'
Margaret had er niet van tevoren over nagedacht hoe de reactie van de

man zou zijn wanneer hij hoorde van de erfenis die zijn dochter had gekregen. Feitelijk kon het haar niet veel schelen hoe zijn reactie zou zijn. Het enige waar ze aan dacht, was deze situatie zo goed ze kon recht te zetten in het voordeel van Adrian. Een redelijk mens, had ze besloten, zou het met haar eens zijn wanneer ze haar voorstel uiteenzette in termen die doorspekt waren met toespelingen op een toekomstig proces.
Henry Moullin zei eerst niets. Hij wendde zich van haar af. Hij ging weer door met graven, maar zijn ademhaling was veranderd. Die was hortend, en sneller dan ze geweest was. Met een ruk pakte hij de schop en dreef die in de grond. Een, twee, drie keer. Terwijl hij het deed veranderde de kleur van zijn nek van ongelooid leer tot een zo diep rood dat Margaret vreesde dat hij ter plekke een beroerte kreeg. Toen zei hij 'Mijn dochter, wel verdomme', en hij hield op met graven. Hij greep de emmer met korrels. Hij smeet ze in de tweede geul zonder erop te letten dat ze over de rand vlogen. Hij zei: 'Denkt hij dat hij kan... Geen moment... Geen enkel verdomd moment...' En voor Margaret nog een woord kon zeggen, voor ze haar medeleven, hoe onecht ook, kon betuigen met zijn kennelijke verwarring omdat Guy zich bemoeid had met zijn vermogen om zijn eigen kind te onderhouden, greep Henry Moullin opnieuw de schop. Deze keer draaide hij zich echter om. Hij hief de schop op en kwam op haar af.
Margaret gaf een gil, ze deinsde terug, haatte zichzelf omdat ze terugdeinsde, haatte hem omdat hij haar liet terugdeinzen, en daarna zocht ze een snelle mogelijkheid om te ontsnappen. Haar enige optie om te vluchten was om over het van schelpen gemaakte brandspuithuisje te springen, over de van schelpen gemaakte chaise longue, de tafel of – als een verspringer – over de door schelpen omrande vijver. Terwijl ze op weg wilde gaan naar de chaise longue, drong Henry Moullin zich echter langs haar heen en vloog op het brandspuithuisje af. Hij begon er blindelings op in te slaan. 'Godverdomme.' De scherven vlogen alle kanten op. Met drie brute klappen sloeg hij het bouwwerk in puin. Hij ging verder met de schuur en daarna met de school, terwijl Margaret toekeek, verbijsterd door de kracht van zijn razernij.
Hij zei niets meer. Hij rende van de ene fantastische schelpencreatie naar de andere: de school, de theetafel, de stoelen, de vijver, de tuin met de uit schelpen gemaakte kunstbloemen. Niets scheen hem te kunnen remmen. Hij hield niet op voor hij helemaal terug was bij het pad dat van de oprit naar de voordeur leidde. Daar smeet hij ten slotte zijn schop naar het gele huis zelf. Het stuk gereedschap miste op een haar na een van de

grote, getraliede ramen en viel kletterend op het pad.
De man bleef hijgend staan. Een paar sneden in zijn handen waren weer opengegaan. Verse wonden waren veroorzaakt door scherven van de schelpen en het cement dat ze bijeen had gehouden. Zijn vuile spijkerbroek was wit van het stof en toen hij de rug van zijn handen eraan afveegde, verschenen er dunne bloedsporen op dat wit.
Margaret zei 'Niet doen!', zonder er zelfs maar bij na te denken. 'Laat hij je dit niet aandoen, Henry Moullin.'
Hij staarde haar aan, zwaar ademend, met zijn ogen knipperend alsof hij daardoor weer helder zou kunnen denken. Alle agressie leek uit hem weg te sijpelen. Hij keek om zich heen naar de verwoesting die hij voor zijn huis had aangericht en zei: 'De schoft had er al twee.'
JoAnna's dochters, dacht Margaret. Guy had zijn eigen dochters. Hij had de kans op het vaderschap gekregen, en verloren. Maar hij was er niet de man naar geweest om een dergelijk verlies luchtig op te vatten, dus hij had al zijn kinderen die hij was kwijtgeraakt, vervangen door andere, andere die veel waarschijnlijker een oogje dicht zouden knijpen voor de fouten die voor zijn eigen vlees en bloed zo duidelijk waren. Want zij waren arm, en hij was rijk. Met geld waren liefde en toewijding overal te koop.
Margaret zei: 'U moet iets aan uw handen doen. U hebt zich gesneden. Ze bloeden. Nee, u moet ze niet afvegen...'
Hij deed het toch, zodat er nog meer strepen op het stof en het vuil van zijn spijkerbroek bij kwamen, en toen dat niet voldoende was veegde hij ze ook nog eens af aan zijn met stof besmeurde werkhemd. Hij zei: 'We willen dat verdomde geld van hem niet. We hebben het niet nodig. We willen het niet. Wat ons betreft mag u het op Trinity Square in brand steken.'
Margaret vond dat hij dat wel eerder had kunnen zeggen, dan had hij hun beiden een angstaanjagende scène bespaard, om nog maar niet te spreken van het redden van de voortuin. Ze zei: 'Ik ben heel blij dat te horen, meneer Moullin. Het is alleen maar eerlijk tegenover Adrian...'
'Maar het is Cyns geld, toch,' vervolgde Henry Moullin, haar hoop even doeltreffend vernietigend als hij de creaties van schelpen en cement had verwoest die nu in scherven om hen heen verspreid lagen. 'Als Cyn zich wil laten afkopen...' Hij slofte naar de schop die op het pad bij de deur lag, raapte hem op, en deed hetzelfde met een hark en een stofblik. Toen hij alles in zijn handen had keek hij echter om zich heen alsof hij niet wist wat hij er feitelijk mee gedaan had.

Hij keek Margaret aan en ze zag dat zijn ogen van verdriet met bloed doorlopen waren. Hij zei: 'Hij komt hier. Ik ga daarnaartoe. We werken jaren naast elkaar. "Je bent een echte kunstenaar, Henry. Je bent niet bestemd om je hele leven kassen te bouwen. Breek eruit, maak je ervan los, man. Ik geloof in je. Ik zal je een beetje helpen. Laat mij je onder mijn hoede nemen. Wie niet waagt, die niet wint, verdomme." En ik geloofde hem, ziet u. Ik wilde het. Meer dan dit leven hier. Voor mijn meisjes wilde ik het, ja, voor mijn meisjes. Maar ook voor mezelf. Wat steekt daar voor kwaads in?'

'Niets kwaads,' zei Margaret. 'We willen immers allemaal het beste voor onze kinderen? Ik ook. Daarom ben ik hier, vanwege Adrian. Mijn zoon en die van Guy. Om wat hem is aangedaan. Hij is bezwendeld, hij kreeg niet wat hem toekwam, meneer Moullin. U begrijpt toch hoe verkeerd dat is?'

'We zijn allemaal bezwendeld,' zei Henry Moullin. 'Daar was uw ex-man goed in. Hij is jaren bezig geweest ons allemaal op weg te helpen, hij heeft zijn tijd met ons afgewacht. Geen man om iets te stelen, onze meneer Brouard, geen man om aan de verkeerde kant van de wet te opereren. Maar wel aan de verkeerde kant van wat moreel was, ziet u. De verkeerde kant van wat plicht was, en wat juist was. Hij liet ons melk van zijn handen likken zonder dat we wisten dat hij er vergif in had gedaan.'

'Wilt u er dan niet aan meewerken om dat recht te zetten?' zei Margaret. 'Dat kunt u, ziet u. U kunt met uw dochter praten, u kunt het uitleggen. We willen Cynthia niet vragen al het geld op te geven dat hij haar nagelaten heeft. We willen alleen de zaak gelijktrekken, zodat het een afspiegeling wordt van wie Guys bloedverwant is en wie niet.'

'Is dat wat u wilt?' zei Henry Moullin. 'Denkt u dat de weegschaal daardoor in balans komt? Dan bent u toch net als hij, mevrouw? Geld maakt alle zonden goed. Maar zo is het niet, en zo zal het ook nooit zijn.'

'U wilt dus niet met haar praten? U wilt het haar niet uitleggen? Moeten we dit op een ander niveau uitvechten?'

'U begrijpt het nog steeds niet, hè?' vroeg Henry Moullin. 'Er valt niet meer met mijn dochter te praten. Er valt niets meer uit te leggen.'

Hij draaide zich om en liep weg met zijn gereedschap, zoals hij pas enkele minuten daarvoor gekomen was, met de schop. Hij verdween om de hoek van het huis.

Margaret bleef even onbeweeglijk op het pad staan. Voor het eerst van haar leven zat ze om woorden verlegen. Ze was bijna overweldigd door de kracht van de haat die Henry Moullin had uitgestraald, en die aan-

voelde als een stroming die haar meesleurde op het getij, bijna zonder hoop op ontsnapping.
Hoewel ze het niet verwacht had, voelde ze een soort verwantschap met deze onverzorgde man. Ze begreep wat hij doormaakte. Je kinderen waren van jou, ze behoorden aan niemand anders op dezelfde manier zoals ze aan jou toebehoorden. Ze waren niet hetzelfde als je echtgenoot, je ouders, je broers en zussen, je partners of je vrienden. Je kinderen kwamen voort uit je eigen lichaam en ziel. En geen enkele indringer kon gemakkelijk de band verbreken die uit een dergelijke materie was ontstaan.
Maar als een indringer het probeerde of, wat God verhoede, erin slaagde...?
Niemand wist beter dan Margaret Chamberlain hoe ver iemand wilde gaan om de relatie in stand te houden die hij met zijn kind had.

13

St James ging eerst naar het hotel, nadat hij naar St Peter Port teruggekeerd was, maar hij trof hun kamer leeg en zijn vrouw had geen boodschap achtergelaten bij de receptie. Daarom ging hij door naar het politiebureau, waar hij hoofdinspecteur Le Gallez stoorde bij het naar binnen schrokken van een stokbroodje met garnalensalade. De hoofdinspecteur nam hem mee naar zijn kamer, bood hem een stuk van zijn broodje aan (wat St James afsloeg) en een kop koffie (die St James accepteerde). Hij had ook chocoladebiscuittjes in de aanbieding, maar omdat die eruitzagen alsof het glazuur een keer te veel was gesmolten en weer opgestijfd, bedankte St James en hield hij het maar bij de koffie.

Hij vertelde Le Gallez over de testamenten van broer en zus Brouard. Le Gallez luisterde al kauwend en maakte aantekeningen op een blocnote die hij uit een postbakje op zijn bureau griste. Terwijl St James sprak zag hij de hoofdinspecteur *Fielder* en *Moullin* onderstrepen, en een vraagteken plaatsen naast de tweede naam. Le Gallez onderbrak de informatiestroom door te verklaren dat hij wist van de relatie van de dode man en Paul Fielder, maar dat de naam van Cynthia Moullin nieuw voor hem was. Hij maakte ook aantekeningen van de feiten van de testamenten van de Brouards en luisterde beleefd naar St James toen deze met een theorie kwam die hij op de terugweg naar de stad had opgebouwd.

In het eerdere testament, waar Ruth Brouard van af wist, waren mensen tot erfgenaam benoemd die geschrapt waren uit het meer recente document: Anaïs Abbott, Frank Ouseley, Kevin en Valerie Duffy, samen met Guy Brouards kinderen, zoals dat bij de wet vereist werd. Daarom had ze deze personen uitgenodigd erbij aanwezig te zijn toen het testament werd voorgelezen. Als, merkte St James tegen Le Gallez op, een van deze begunstigden van het eerdere testament had geweten, had die een duidelijk motief om Guy Brouard uit de weg te ruimen, in de hoop zo snel mogelijk te incasseren wat hem of haar toekwam.

'Fielder en Le Moullin stonden niet in het eerdere testament?' informeerde Le Gallez.

'Ze heeft hen niet genoemd,' antwoordde St James, 'en omdat geen van beiden vanmiddag aanwezig was toen het testament werd voorgelezen, denk ik dat we veilig kunnen concluderen dat de legaten die zij kregen een verrassing betekenden voor mevrouw Brouard.'
'Maar voor hen?' vroeg Le Gallez. 'Brouard kan het hun zelf verteld hebben. Wat hen ook naar voren schuift met een motief. Denkt u ook niet?'
'Ik neem aan dat het mogelijk is.' Hij achtte het niet waarschijnlijk, omdat beiden tieners waren, maar hij verwelkomde elke aanwijzing dat Le Gallez' denkwijze, althans voor het moment, iets verder ging dan China Rivers vermoedelijke schuld.
Nu St James merkte dat de gedachten van de hoofdinspecteur een groter bereik hadden dan tevoren, vond hij het vervelend iets te doen wat Le Gallez aan zijn eerdere overtuiging zou herinneren, maar hij wist dat zijn geweten hem niet met rust zou laten tenzij hij volkomen eerlijk was tegenover zijn collega. 'Aan de andere kant...' St James zei het met enige tegenzin – zijn loyaliteit tegenover zijn vrouw leek te vragen om eenzelfde loyaliteit ten opzichte van haar vrienden – en ondanks dat hij wist hoe de inspecteur waarschijnlijk op de informatie zou reageren, overhandigde hij hem vervolgens het materiaal dat Ruth Brouard hem tijdens hun laatste gesprek had meegegeven. Le Gallez bladerde eerst door Guy Brouards paspoort en ging daarna verder met de afrekeningen van de creditcards en de nota's. Een ogenblik bestudeerde hij de rekening van de Citrus Grille, er met zijn potlood op tikkend terwijl hij een volgende hap van zijn stokbrood nam. Na even te hebben nagedacht, draaide hij zijn stoel om en pakte een kartonnen map. Deze opende hij en hij haalde er een aantal keurig getypte aantekeningen uit, waar hij doorheen bladerde tot hij gevonden had wat hij blijkbaar zocht.
'Postcodes,' zei hij tegen St James. 'Ze beginnen allebei met 92, 928 en 926.'
'Een ervan is die van Cherokee River, veronderstel ik?'
'U wist het al?'
'Ik weet dat hij ergens in het gebied woont dat Brouard heeft bezocht.'
'De tweede code is van hem,' zei Le Gallez. 'De 926. De andere is van dit restaurant, de Citrus Grille. Wat maakt u daaruit op?'
'Dat Guy Brouard en Cherokee River enige tijd in dezelfde buurt hebben doorgebracht.'
'Niet meer dan dat?'
'Hoe kan het op meer wijzen? California is een grote staat. De provincies zijn waarschijnlijk ook groot. Ik ben er niet zeker van dat iemand uit

postcodes kan afleiden dat Brouard en River elkaar hebben ontmoet vóór River met zijn zus naar het eiland kwam.'
'U vindt hier niets toevalligs aan? Niets verdacht toevalligs?'
'Dat zou ik doen, ja, als we op dit moment alleen de feiten hier voor ons hadden liggen: het paspoort, de rekeningen en Cherokees adres. Maar een advocaat – ongetwijfeld met dezelfde postcode – heeft River ingehuurd om tekeningen van een architect naar Guernsey te brengen. Dus het lijkt redelijk te veronderstellen dat Guy Brouard in California was voor een bespreking met die advocaat – evenals met de architect, die waarschijnlijk ook dezelfde postcode heeft – en niet met Cherokee River. Ik geloof niet dat ze elkaar kenden tot het moment dat River en zijn zus op Le Reposoir aankwamen.'
'Maar u bent het ermee eens dat we het niet buiten beschouwing kunnen laten?'
'Ik zou zeggen dat we niets buiten beschouwing kunnen laten.'
Waarbij inbegrepen, dacht St James, de ring die hij en Deborah op het strand hadden gevonden. Hij vroeg hoofdinspecteur Le Gallez ernaar, naar de mogelijkheid dat er vingerafdrukken op zouden zitten, of althans een gedeeltelijke afdruk die bruikbaar kon zijn voor de politie. Uit de toestand waarin de ring verkeerde viel op te maken dat die niet lang op het strand gelegen kon hebben, bracht hij naar voren. Maar ongetwijfeld was de hoofdinspecteur zelf al tot die conclusie gekomen toen hij de ring had bekeken.
Le Gallez legde zijn broodje neer en veegde zijn vingers af aan een papieren servetje. Hij pakte een kop koffie, die hij onaangeroerd had laten staan terwijl hij at, en vouwde zijn hand eromheen voor hij iets zei. De twee woorden die hij sprak veroorzaakten een schok bij St James. Hij wilde er niet aan denken wat ze betekenden.
'Welke ring?'
Brons, koper, een of andere legering, vertelde St James hem. De ring was versierd met een doodshoofd en gekruiste beenderen, met de cijfers 39/40 op het doodshoofd, en een inscriptie in het Duits. Hij had de ring die middag naar het politiebureau laten brengen met de instructie dat die aan hoofdinspecteur Le Gallez persoonlijk moest worden overhandigd.
Hij voegde er niet aan toe dat zijn eigen vrouw de koerier was geweest, omdat hij zich kalm wilde houden wanneer hij het onvermijdelijke van de hoofdinspecteur zou horen. Hij vroeg zich al af wat dat onvermijdelijke betekende, hoewel hij dacht dat hij het antwoord wist.

'Niet gezien,' zei Le Gallez tegen hem. Hij pakte de telefoon en belde naar de receptie om zich ervan te overtuigen dat de ring niet beneden op hem lag te wachten. Hij sprak met de wachtcommandant, de ring beschrijvend zoals St James dat had gedaan. Hij bromde iets toen de agent antwoordde en hij bleef St James aankijken terwijl hij geruime tijd luisterde naar een verhaal over een of ander onderwerp. Ten slotte zei hij: 'Nou, breng het dan boven, man.' Wat St James aanleiding gaf om weer rustig adem te halen. Hij vervolgde met: 'In godsnaam, Jerry, ik ben niet degene tegen wie je moet kankeren over dat verdomde faxapparaat. Zoek het uit en handel het af, wil je?' Met een vloek smeet hij de hoorn op de haak en verpletterde St James' gemoedsrust voor de tweede maal binnen drie minuten toen hij weer iets zei.

'Geen ring te vinden. Wilt u me er nog iets meer over vertellen?'

'Er kan een misverstand zijn ontstaan.' Of een verkeersongeval, wilde St James eraan toevoegen, hoewel hij wist dat dit een onmogelijkheid was, omdat hij dezelfde weg had genomen die zijn vrouw zou hebben gereden op de terugweg van Le Reposoir, en er zelfs geen kapotte koplamp op de weg had gelegen die erop wees dat een auto-ongeluk Deborah ervan had weerhouden haar plicht te doen. Niet dat er trouwens iemand op het eiland snel genoeg reed om een ongeluk te veroorzaken. Een kleine aanrijding, misschien, waarbij bumpers werden verbogen of wieldoppen een deuk opliepen. Maar verder zou het niet gaan. En het zou haar er niet van hebben weerhouden de ring naar Le Gallez te brengen, zoals hij haar had opgedragen.

'Een misverstand.' Le Gallez sprak nu heel wat minder vriendelijk. 'Juist. Ik begrijp het, meneer St James. We hebben hier te maken met een misverstand.' Hij keek op toen er iemand in de deuropening verscheen, een agent in uniform met papieren in zijn hand. Le Gallez gebaarde dat hij een ogenblik moest wachten. Hij stond van zijn stoel op en sloot de deur van zijn kamer. Daarna kwam hij tegenover St James staan met zijn armen over zijn borst gekruist. Hij zei: 'Het kan me niet veel schelen dat u hier rondneust, meneer St James. Het is een vrij je-weet-wel, en als u met deze of gene wilt spreken en hij erin toestemt, vind ik het best. Maar wanneer u met bewijsmateriaal begint te knoeien, hebben we een heel andere situatie.'

'Dat begrijp ik. Ik...'

'Begrijpt u het? Ik geloof het niet. U bent hier gekomen met een vooropgezette mening en als u denkt dat ik me daar niet van bewust ben, of waar het toe kan leiden, dan kunt u zich beter tweemaal bedenken, goed? Nu wil ik die ring. Ik wil hem nú. We zullen later bezien waar die is geweest sinds u hem van het strand hebt meegenomen. En bovendien waarom u hem hebt meegenomen. Omdat u verdomd goed wist wat u behoorde te doen. Ben ik duidelijk genoeg geweest?'

St James had sinds zijn tienerjaren geen reprimande meer gekregen en de ervaring – zo gelijk aan een standje van een boze schooldirecteur – was niet plezierig. Zijn gezicht werd rood als gevolg van de schande van dit moment, die des te erger was omdat hij wist dat hij het ruimschoots verdiende. Dat maakte de beproeving niet minder hevig, en evenmin deed het iets om de slag te verzachten die dit voorval zijn reputatie kon toebrengen als hij de situatie niet snel aanpakte.

Hij zei: 'Inspecteur, ik weet niet precies wat er gebeurd is, maar ik bied u mijn oprechte verontschuldiging aan. De ring...'

'Ik wíl je verdomde verontschuldiging niet,' blafte Le Gallez. 'Ik wil die ring.'

'Die krijgt u zo snel mogelijk.'

'Dat, meneer St James, mag ik verdomme hopen.' De hoofdinspecteur liep naar de deur en gooide die open.

St James kon zich de tijd niet heugen dat hij met zo weinig ceremonieel was weggestuurd. Hij stapte de hal in, waar de agent in uniform stond te wachten, met zijn paperassen in zijn hand. De man ontweek zijn ogen, alsof hij zich geneerde, en verdween daarna haastig in de kamer van de hoofdinspecteur.

Le Gallez smeet de deur achter hem dicht. Maar niet voor hij ten afscheid had gesnauwd: 'Verrekte mankepoot.'

Vrijwel alle antiekwinkels op Guernsey bevonden zich in St Peter Port, merkte Deborah. Zoals te verwachten was, waren ze in het oudste gedeelte van de stad, niet ver van de haven. Liever dan ze allemaal te bezoeken, stelde ze Cherokee voor dat ze met de telefoon zouden beginnen. Daarom liepen ze terug naar de markt en staken vandaar over naar de Town Church. Opzij daarvan stond de telefooncel die ze nodig hadden, en terwijl Cherokee wachtte en haar ernstig gadesloeg, gooide Deborah muntjes in het toestel en begon ze antiekwinkels te bellen tot ze de zaken had gelokaliseerd die militaire voorwerpen aanboden. Het leek logisch om daar te beginnen, en daarna, zo nodig, het onderzoek uit te breiden.

Het bleek dat er slechts twee winkels in de stad militaire voorwerpen onder hun koopwaar hadden. Ze stonden beide aan Mill Street, een met kinderhoofdjes geplaveide voetgangersstraat die van de vleeshallen kronkelend tegen een heuvel op liep en wijselijk voor alle verkeer was afgesloten. Niet, dacht Deborah toen ze de straat gevonden hadden, dat een auto er met enige mogelijkheid door had kunnen rijden zonder het risico te lopen langs de gebouwen aan weerszijden te schuren. Het deed haar denken aan de Shambles in New York: iets breder, maar het deed evenzeer denken aan een verleden waarin met paarden bespannen wagens het enige transportmiddel waren.

De kleine winkels aan Mill Street getuigden van een eenvoudiger periode, gekarakteriseerd door weinig versiering en no-nonsenseramen en deuren. Ze waren gevestigd in gebouwen die gemakkelijk als woonhuizen konden dienen, met drie nette verdiepingen, dakkapellen, en schoorstenen als wachtende schooljongens in een rij op hun daken.

Er waren slechts weinig mensen te zien in deze wijk, die op enige afstand lag van de winkelcentra en de bankgebouwen aan High Street en omgeving, Le Pollet. Terwijl zij en Cherokee op zoek waren naar de eerste naam en het adres, die ze op de achterkant van een blanco cheque had gekrabbeld, dacht Deborah dat zelfs de meest optimistische winkelier een grote kans op mislukking liep wanneer hij hier een zaak opende. Veel gebouwen stonden leeg, met een bordje TE HUUR of TE KOOP achter hun ramen. Toen ze de eerste van de twee winkels die ze zochten, hadden gevonden, zagen ze in de etalage een treurig bordje met DEZE ZAAK WORDT OPGEHEVEN, wat eruitzag of het al geruime tijd van de ene winkelier aan de andere was doorgegeven.

John Steven Mitchell Antiek had weinig te bieden op het punt van militaire souvenirs. Misschien als gevolg van de ophanden zijnde sluiting bevatte de zaak slechts één enkele vitrine waarvan de inhoud een militaire oorsprong had. Ze bestond voornamelijk uit medailles, die vergezeld gingen van drie sierdolken, vijf pistolen en twee Wehrmachtpetten. Deborah vond het een teleurstellende uitstalling, maar omdat alles in de vitrine van het Duitse leger afkomstig was, was de zaak misschien hoopvoller dan die leek.

Zij en Cherokee stonden over de vitrine gebogen om de artikelen te bekijken toen de winkelier – vermoedelijk John Steven Mitchell zelf – zich bij hen voegde. Ze hadden hem blijkbaar gestoord bij de afwas na de maaltijd, als ze konden afgaan op zijn gevlekte schort en vochtige handen. Vriendelijk bood hij zijn hulp aan, intussen zijn handen afdrogend aan een onsmakelijk uitziende theedoek.

Deborah haalde de ring tevoorschijn die zij en Simon op het strand gevonden hadden, waarbij ze ervoor zorgde het sieraad zelf niet aan te

raken en ze John Steven Mitchell vroeg er eveneens af te blijven. Herkende hij deze ring? vroeg ze hem. Kon hij hun er iets over vertellen?
Mitchell pakte zijn bril, die boven op de kassa lag, en boog zich over de ring, die Deborah op de vitrine met militaire souvenirs had neergelegd. Hij haalde er een vergrootglas bij, en hij bekeek de inscriptie op het doodshoofd.
'Westelijk bolwerk,' mompelde hij, '39/40.' Hij zweeg even alsof hij over zijn eigen woorden nadacht. 'Dat is de vertaling van *Die Festung im Westen*. En het jaar... Feitelijk doet het denken aan een herinnering aan een of ander verdedigingswerk. Maar het kan ook een metaforische verwijzing zijn naar de aanval op Denemarken. Anderzijds waren het doodshoofd en de gekruiste beenderen specifiek iets van de Waffen-SS, dus dat verband is er ook.'
'Maar het is niet iets van de bezetting?' vroeg Deborah.
'De ring zal ongetwijfeld achtergelaten zijn toen de Duitsers zich overgaven aan de geallieerden. Maar het zou niet direct verband hebben gehouden met de bezetting. De data kloppen er niet mee. En de uitdrukking *Die Festung im Westen* heeft hier geen enkele betekenis.'
'Waarom niet?' Cherokee had zijn blik gefascineerd op de ring gevestigd gehouden terwijl Mitchell die bestudeerde, maar nu keek hij op.
'Vanwege de implicatie,' antwoordde Mitchell. 'Ze bouwden tunnels, natuurlijk. Forten, geschutsposten, uitkijktorens, ziekenhuizen, van alles. Zelfs een spoorlijn. Maar niet een echt bolwerk. En zelfs al hadden ze dat gedaan, dit is een herinnering aan iets uit een jaar vóór de bezetting begon.' Hij boog zich voor de tweede maal met zijn vergrootglas over de ring. 'Ik heb nooit iets dergelijks gezien. Bent u van plan hem te verkopen?'
Nee, nee, zei Deborah tegen hem. Ze probeerden alleen erachter te komen waar de ring vandaan kwam, omdat er duidelijk aan te zien was dat hij niet sinds 1945 in de openlucht had gelegen. Een antiekwinkel had een logische plaats geleken om met hun zoektocht naar informatie te beginnen.
'Juist,' zei Mitchell. Nou, als ze informatie zochten, zouden ze er verstandig aan doen om met de Potters te spreken, even verderop in de straat. Potter en Potter Antiek, Jeanne en Mark, moeder en zoon, verduidelijkte hij. Zij was expert in porselein en aan haar zouden ze weinig hebben. Maar er was heel weinig over het Duitse leger tijdens de Tweede Wereldoorlog wat hij niet wist.
Even later liepen Deborah en Cherokee weer in Mill Street. Deze keer

klommen ze hoger, langs een schimmige opening tussen twee gebouwen die Back Lane heette. Op de hoek van deze steeg vonden ze Potter en Potter. In tegenstelling tot de vorige winkel leek dit een levensvatbare onderneming.

Moeder Potter paste op de winkel, zagen ze toen ze er binnenstapten. Ze zat in een schommelstoel, met haar in pantoffels gestoken voeten op een grote poef, en ze had haar aandacht gericht op een televisiescherm dat niet groter was dan een schoenendoos. Ze keek naar een film: Audrey Hepburn en Albert Finney die door het landschap reden in een antieke MG. Een auto die veel leek op die van Simon, zag Deborah, en voor het eerst sinds ze het besluit had genomen het politiebureau voorbij te lopen en in plaats daarvan China River te gaan zoeken, knaagde er iets aan haar geweten. Het leek of er een draad aan trok, een draad die kon uitrafelen als er te hard aan gerukt werd. Ze kon het niet precies schuldgevoel noemen, omdat ze wist dat er niets was waarover ze zich schuldig hoefde te voelen. Maar het was beslist iets onaangenaams, een vieze, psychische smaak die ze kwijt moest zien te raken. Ze vroeg zich af wat het betekende dat ze het voelde. Het was echt om dol van te worden, wanneer je midden in iets belangrijks zat en iets anders een onredelijke poging deed om je aandacht op te eisen.

Ze zag dat Cherokee de militaire afdeling in de winkel gevonden had, en die was aanzienlijk. In tegenstelling tot John Steven Mitchell Antiek had Potter en Potter van alles te bieden, van oude gasmaskers tot nazi-servetringen. Er was zelfs een stuk luchtafweergeschut te koop, evenals een oude filmprojector en een film met als titel *Eine gute Sache*. Cherokee was meteen naar een vitrine gelopen met elektrisch beweegbare schappen, die omhoog en omlaag gingen wanneer men op een knop drukte. Hierin bewaarden de Potters medailles, speldjes en onderscheidingstekens van militaire uniformen. China's broer bekeek elk schap grondig. Zijn ene voet, waarmee hij nerveus op de grond tikte, vertelde hoezeer hij erop gebrand was iets te vinden wat nuttig zou blijken voor de situatie waarin zijn zus zich bevond.

Moeder Potter rukte zich los van Audrey en Albert. Ze was gezet, en aan haar ogen was te zien dat ze problemen had met haar schildklier, maar niettemin keek ze Deborah vriendelijk aan toen ze zei: 'Kan ik u misschien helpen?'

'Met iets wat uit het leger afkomstig is?'

'Daarvoor hebt u mijn Mark nodig.' Ze waggelde naar een half openstaande deur, die ze verder openduwde, zodat een trap zichtbaar werd.

Ze liep als een vrouw die een nieuwe heup nodig had, zich met een hand vasthoudend aan alles waar ze langskwam. Ze riep naar boven om haar zoon, en zijn lichaamloze stem antwoordde. Ze zei dat er klanten beneden waren en dat hij de computer in de steek moest laten. 'Internet,' zei ze vertrouwelijk tegen Deborah. 'Ik geloof dat het even slecht is als heroïne.'
Mark Potter daverde de trap af. Hij zag er niet uit als iemand die ergens aan verslaafd was. Ondanks het jaargetijde was hij heel bruin, en zijn bewegingen straalden vitaliteit uit.
Wat kon hij voor hen doen? wilde hij weten. Wat zochten ze? Hij kreeg voortdurend nieuwe voorwerpen binnen... 'Mensen overlijden, maar hun verzamelingen blijven bestaan. Des te beter voor ons, achterblijvers, als u het mij vraagt.' Dus als ze iets zochten wat hij niet had, was er een grote kans dat hij het voor hen kon krijgen.
Deborah haalde de ring weer tevoorschijn. Mark Potters gezicht begon te stralen toen hij hem zag. 'Nog een!' riep hij uit. 'Wat buitengewoon! In al die jaren dat ik erin handel heb ik er maar één gezien. En nu weer een. Hoe bent u eraan gekomen?'
Jeanne Potter ging bij haar zoon staan aan de andere kant van de kast waar Deborah de ring op had gelegd, opnieuw met het verzoek om die niet aan te raken. Ze zei: 'Dat is er toch net zo een als de ring die je verkocht hebt, jongen?' En tegen Deborah: 'We hebben er hier heel lang precies zo een gehad. Een beetje griezelig, net als die. Nooit gedacht dat we hem zouden verkopen. Niet iedereen vindt zoiets mooi, toch?'
'Hebt u hem pas verkocht?' vroeg Deborah.
De Potters keken elkaar aan. Zij zei: 'Wanneer...?'
Hij zei: 'Tien dagen geleden? Twee weken misschien?'
'Wie heeft hem gekocht?' vroeg Cherokee. 'Weet u dat nog?'
'Absoluut,' zei Mark Potter.
Zijn moeder voegde er met een lachje aan toe: 'Dat zal wel, jongen. Je hebt er altijd oog voor.'
Potter grinnikte en zei: 'Daar gaat het niet om, en dat weet je. Je moet me niet zo plagen, mal oud mens.' Daarna zei hij tegen Deborah: 'Een Amerikaanse dame. Ik herinner me haar omdat we niet veel Amerikanen zien op Guernsey en nooit om deze tijd van het jaar. Waarom zouden we ook? Ze hebben belangrijker plaatsen op het oog voor hun reizen dan de Kanaaleilanden, nietwaar?'
Deborah hoorde dat Cherokee naast haar zijn adem inhield. Ze zei: 'Weet u zeker dat het een Amerikaanse was?'

'Dame uit California. Ik hoorde haar accent en ik heb het gevraagd. Ma heeft het ook gehoord.'
Jeanne Potter knikte. 'We hebben over filmsterren gepraat,' zei ze. 'Ik ben er zelf nooit geweest, maar ik dacht altijd dat als je in California woonde, je ze op straat zag lopen. Zij zei: nee, dat was niet zo.'
'Harrison Ford,' zei Mark Potter. 'Niet liegen, ma.'
Ze lachte en ze bloosde een beetje. 'Ga toch weg, jij.' En daarna tegen Deborah: 'Ik vind Harrison heel aardig. Dat littekentje op zijn kin? Hij heeft zoiets echt mannelijks over zich.'
'Je bent heel ondeugend,' zei Mark tegen haar. 'Wat zou pa wel gedacht hebben?'
Cherokee kwam tussenbeide. Hoopvol vroeg hij: 'Hoe zag ze eruit? Die Amerikaanse dame? Weet u dat nog?'
Het bleek dat ze niet veel van haar hadden gezien. Ze had iets over haar hoofd – Mark dacht dat het een sjaal was, zijn moeder geloofde dat het een capuchon was – wat haar haren bedekte en over de bovenkant van haar gezicht viel. Omdat er niet veel licht in de winkel was en het die dag waarschijnlijk regende... Ze konden weinig meer zeggen over hoe ze eruitzag. Maar ze was geheel in het zwart gekleed, als dat iets hielp. En ze droeg een leren broek, herinnerde Jeanne Potter zich. Ze herinnerde zich die speciaal, die broek. Juist iets wat zij op die leeftijd had willen dragen, als ze toen bestaan hadden en als ze er het figuur voor had gehad, wat niet zo was.
Deborah keek Cherokee niet aan, maar dat hoefde ook niet. Ze had hem verteld waar zij en Simon de ring gevonden hadden, dus ze wist dat hij wanhopig werd bij het horen van deze nieuwe informatie. Hij probeerde er echter het beste van te maken door de Potters te vragen of er een andere plek op het eiland was waar een ring als deze – eenzelfde ring als deze, benadrukte hij – gevonden had kunnen worden.
Beide Potters dachten over de vraag na, en uiteindelijk was Mark degene die antwoord gaf. Er was maar één plaats, deelde hij hun mee, waar een soortgelijke ring vandaan kon zijn gekomen. Hij noemde de plek, en zijn moeder was het onmiddellijk met hem eens.
In de Talbot Valley, zei Mark, woonde een serieuze verzamelaar van oorlogstuig. Hij had meer voorwerpen dan de rest van de eilandbewoners bij elkaar.
Zijn naam was Frank Ouseley, voegde Jeanne Potter eraan toe, en hij woonde met zijn vader in een gehucht dat Moulin des Niaux heette.

Met Nobby Debiere spreken over het mogelijk ter ziele gaan van de plannen om een museum te bouwen was voor Frank niet gemakkelijk geweest. Hij had het echter gedaan, omdat hij het gevoel had dat hij de man toen hij nog jong was, in veel opzichten in de steek had gelaten. Daarna zou hij met zijn vader moeten praten. Hij was Graham Ouseley ook veel verschuldigd, maar het was krankzinnig te geloven dat hij eeuwig kon doorgaan te doen alsof hun dromen aan het eind van de weg bij de St Saviour's kerk gerealiseerd zouden worden, zoals zijn vader verwachtte.

Hij kon natuurlijk altijd nog Ruth benaderen over het project. Of hij kon wat dat betreft met Adrian Brouard spreken, met diens zussen – vooropgesteld dat hij ze kon vinden – en ook met Paul Fielder en Cynthia Moullin. De advocaat had geen specifieke som geld genoemd die deze personen zouden erven, omdat dat zou afhangen van bankiers, effectenmakelaars en juridische accountants. Maar er moest een groot bedrag mee gemoeid zijn, omdat het onmogelijk was te geloven dat Guy over Le Reposoir, de inrichting ervan en zijn andere bezittingen zou hebben beschikt, op welke manier dan ook, zonder zijn eigen toekomst veilig te stellen met een enorme bankrekening en een investeringsportefeuille om die rekening zo nodig aan te vullen. Daar was hij veel te slim voor.

Met Ruth gaan praten zou de doeltreffendste manier zijn om het project door te zetten. Zij was de meest waarschijnlijke kandidate om de wettige eigenares van Le Reposoir te zijn – hoe die manoeuvre ook was uitgevoerd – en als dat zo was, zou ze zo bewerkt kunnen worden dat ze het als haar plicht beschouwde om de beloften van haar broer aan allerlei mensen na te komen, en er misschien mee instemmen een bescheidener versie van het Graham Ouseley Oorlogsmuseum te bouwen op het terrein van Le Reposoir zelf. Dan zou de grond die ze bij St Saviour's voor het museum hadden aangekocht verkocht kunnen worden, en dat zou weer helpen om het gebouw te financieren. Hij kon echter ook met Guys erfgenamen spreken en proberen het geld van hen los te krijgen, hen over te halen een gebouw neer te zetten wat in feite een monument voor hun weldoener zou zijn.

Dan kon hij doen, wist Frank, en dat moest hij doen. Wanneer hij een ander soort man was geweest zóú hij het ook doen. Maar er waren andere overwegingen, behalve het creëren van een gebouw waarin een verzameling militaire artikelen die in een halve eeuw bijeen waren gebracht, gehuisvest zou worden. En hoe een dergelijk gebouw de bevolking van

Guernsey ook zou kunnen informeren, wat een dergelijk gebouw ook zou kunnen doen om Nobby Debieres reputatie als architect bij het publiek te vestigen, het was nu eenmaal zo dat Franks persoonlijke wereld een veel betere plek zou zijn zonder een oorlogsmuseum.
Daarom zou hij er niet met Ruth over spreken om het nobele werk van haar broer voort te zetten. Evenmin zou hij een van de anderen aanklampen, in de hoop geld van hen los te krijgen. Wat Frank betrof was de zaak voorbij. Het museum was even dood als Guy Brouard.
Frank draaide zijn oude Peugeot het weggetje op dat naar Moulin des Niaux leidde. Terwijl hij hobbelend de vijftig meter tot aan de watermolen aflegde, viel het hem op hoe overwoekerd het pad was. De braamstruiken namen in hoog tempo bezit van het asfalt. Komende zomer zouden er genoeg bramen zijn, maar geen weg om bij de molen of de bijbehorende huisjes te komen als hij niet iets ondernam om de massa takken, klimop, hulst en varens terug te snoeien.
Hij wist dat hij nu iets aan het struikgewas zou kunnen doen. Nu hij zijn besluit had genomen, eindelijk de spreekwoordelijke streep in het niet-bestaande zand had getrokken, had hij voor zichzelf een mate van vrijheid gekocht waarvan hij niet beseft had dat hij die miste. Die vrijheid opende zijn wereld, hij kon nu zelfs denken aan zoiets alledaags als het snoeien van struiken. Wat was het vreemd, dacht hij, om ergens bezeten van te zijn. De rest van de wereld vervaagde eenvoudigweg wanneer je je overgaf aan de verstikkende omhelzing van één enkele obsessie.
Vlak achter het scheprad draaide hij het hek in en daarna reed hij knarsend over het grind van de oprit. Hij parkeerde naast het laatste huisje; de motorkap van de Peugeot wees naar de rivier die hij kon horen, maar niet kon zien door een bosje olmen die sinds lang dik begroeid waren met klimop. De ranken hingen van de takken tot bijna op de grond, als een uitnodiging van Rapunzel. Ze vormden een nuttige afscheiding van de hoofdweg door de Talbot Valley, maar tegelijkertijd hielden ze een aangenaam gorgelend stroompje verborgen voor de tuin, waarvan je in de lente en de zomer, in een tuinstoel gezeten, zou kunnen genieten. Er was nog meer werk te doen rondom de huisjes, besefte Frank. Weer een teken hoe hij alles had verwaarloosd vanaf het moment dat hij Guy Brouard had ontmoet.
Binnen trof hij zijn vader knikkebollend in zijn stoel, met de pagina's van een exemplaar van de *Guernsey Press* als bovenmaatse speelkaarten om hem heen over de vloer verspreid. Bij het zien van de krant drong het tot Frank door dat hij niet tegen mevrouw Petit had gezegd dat ze die bij

zijn vader weg moest houden, dus hij beleefde een paar onplezierige ogenblikken terwijl hij de pagina's bijeenzocht en ze doorkeek om te zien of er iets over Guys dood vermeld werd. Hij haalde pas opgelucht adem nadat hij gezien had dat er vandaag niets over in stond. Morgen zou het anders zijn, met het verslag van de begrafenis. Voor vandaag was hij veilig.

Hij liep door naar de keuken, waar hij de krantenpagina's weer op volgorde legde en daarna met de voorbereidingen voor de maaltijd begon. Bij haar laatste bezoek aan Graham was mevrouw Petit zo attent geweest een pastei mee te brengen, en ze had een vrolijk briefje aan het bakblik bevestigd. *Kip en prei, eet smakelijk!* was geschreven op een uit-Betty's-keuken kaartje aan een miniatuur plastic vorkje, dat in de korst was gestoken. Dit zou wel voldoende zijn, dacht Frank. Hij vulde de ketel en zocht het theebusje, waarna hij English Breakfastthee in de pot schepte.

Hij plaatste juist de borden en het bestek op de placemats toen zijn vader zich verroerde in de zitkamer. Frank hoorde hem eerst snurkend wakker worden, gevolgd door de geschrokken uitroep van iemand die niet van plan was geweest in slaap te vallen.

'Hoe laat is het?' riep Graham Ouseley. 'Ben jij daar, Frank?'

Frank liep naar de deur. Hij zag dat zijn vaders kin nat was en dat langs een rimpel bij zijn mond een straaltje speeksel was gelopen, dat nu als een stalactiet aan zijn kaak hing.

'Ik ben met het eten bezig,' zei hij.

'Hoe lang ben je al thuis?'

'Een paar minuten. Je sliep. Ik wilde je niet wakker maken. Hoe is het gegaan met mevrouw Petit?'

'Ze heeft me naar de wc geholpen. Ik vind het niet prettig als er een vrouw met me naar de wc gaat, Frank.' Graham plukte aan de deken die over zijn knieën lag. 'Waar ben je al die uren geweest? Hoe laat is het?'

Frank keek op het oude klokje van het fornuis. Hij was verbaasd te zien dat het al over vieren was. 'Ik zal mevrouw Petit even bellen, zodat ze niet denkt dat ze nog een keer langs moet komen,' zei hij. Na het telefoontje liep hij terug om de vraag van zijn vader te beantwoorden, maar hij zag dat de oude man alweer was ingedommeld. De deken was weggegleden, dus Frank trok die recht, stopte hem in om Grahams spillebenen en duwde de rugleuning van de stoel naar achteren om te voorkomen dat het hoofd van de oude baas op zijn benige borst knikte. Met een zakdoek veegde hij zijn vaders kin af en haalde hij het kleverige speeksel van zijn kaak. Ouderdom, dacht hij, was een echte pest. Wanneer iemand een-

maal over de zeventig was, bevond hij zich op de glibberige helling op weg naar volslagen onvermogen.
Hij ging verder met hun eten: een echt middagmaal zoals arbeiders dat vanouds gewend waren. Hij warmde de pastei op en sneed die in punten. Hij mengde een salade en beboterde het brood. Toen het eten klaarstond en de thee getrokken was, ging hij Graham halen en nam hem mee naar de keuken. Hij had hem een blad kunnen brengen, maar hij wilde dat ze tegenover elkaar zaten tijdens het gesprek dat ze moesten voeren. Tegenover elkaar betekende man tegen man: twee mannen die met elkaar spreken, niet vader en zoon.
Graham at met smaak van de kip-en-preipastei; de belediging omdat hij door mevrouw Petit naar de wc was geholpen vergeten door het genoegen dat haar kookkunst verschafte. Hij nam zelfs een tweede portie, een zeldzame gebeurtenis voor een man die gewoonlijk minder at dan een tienermeisje.
Frank besloot hem van zijn eten te laten genieten voor hij met het nieuws kwam. Daarom aten ze merendeels zwijgend, terwijl Frank nadacht over de beste aanloop tot hun gesprek, en Graham slechts sporadisch commentaar leverde op het eten, voornamelijk op de jus die volgens hem de lekkerste was die hij had geproefd sinds Franks moeder was heengegaan. Zo sprak hij altijd over de verdrinkingsdood van Grace Ouseley. De tragedie bij het stuwmeer – Graham en Grace, die in het water spartelden, waarbij slechts een van hen er levend uit was gekomen – was verloren geraakt met de tijd.
Het eten bracht Grahams gedachten van zijn vrouw op de oorlogstijd en in het bijzonder op de Rode-Kruispakketten die de eilandbewoners ten slotte hadden ontvangen toen het voedselgebrek op Guernsey de bevolking niet méér te bieden had dan surrogaatkoffie en suikerbietenstroop. Uit Canada was een ongelooflijke rijkdom gekomen, deelde Graham zijn zoon mee: chocoladebiscuit, jongen, en smaakte die niet heerlijk met echte thee? Sardientjes en melkpoeder, blikjes zalm en gedroogde pruimen en ham en cornedbeef. Ja, het was een geweldige, gewéldige dag toen de Rode-Kruispakketten de bevolking van Guernsey bewezen dat het eiland, al was het nog zo klein, niet door de rest van de wereld vergeten was.
'Dat hadden we nodig, om dat te begrijpen, zie je,' verklaarde Graham. 'De moffen wilden ons dan wel laten geloven dat hun smeerlap van een Führer over water kon lopen en de broden kon vermenigvuldigen wanneer de wereld eenmaal van hem was, maar we zouden doodgegaan zijn,

Frankie, voor hij ook maar een worstje onze kant op zou hebben geschoven.'
Er zat een veeg jus op Grahams kin, en Frank leunde naar voren en veegde die weg. Hij zei: 'Dat waren zware tijden.'
'Maar de mensen beseffen het niet echt, zo is het toch? O, ze denken aan de joden en de zigeuners, dat wel. Ze denken aan landen als Holland en Frankrijk. En de blitz. Verdomme, wat denken ze aan de blitz, met die nobele Engelsen – dezelfde Engelsen wier koning ons verdomme aan de moffen had overgeleverd, jawel, met een vaarwel-voor-nu-en-ik-weet-dat-jullie-zullen-strijden-tegen-de-vijand-jongens-en-meisjes...' Graham had een stuk kippenpastei op zijn vork en stak dat trillend omhoog, waar het bleef hangen als voorbeeld van die Duitse bommenwerpers, met dezelfde kans dat de lading gelost zou worden.
Frank leunde opnieuw naar voren en bracht de vork voorzichtig naar zijn vaders mond. Graham hapte in de kip, kauwend en pratend tegelijk. 'Ze leven nog steeds, die Engelsen, jawel, Frank. Londen wordt gebombardeerd en de wereld mag het nog geen vijftien seconden vergeten, terwijl hier...? Verdomme. We zouden maar een beetje overlast hebben ondervonden, als je de herinnering die de wereld eraan heeft moet geloven. Het doet er niet toe dat de haven gebombardeerd werd – 29 doden vielen er, Frankie, en we hadden niet eens wapens om ons te verdedigen – dat die arme joodse vrouwen naar de kampen gestuurd werden en dat iedereen die ze een spion noemden geëxecuteerd werd. Wat de wereld betreft is dat alles niet gebeurd. Maar dat zullen we eens gauw rechtzetten. Zo is het toch, jongen?'
Dit was eindelijk het moment, dacht Frank. Hij hoefde geen opening te bedenken voor het gesprek dat hij met zijn vader moest voeren. Het enige wat hem te doen stond was de gelegenheid aangrijpen, dus hij nam de beslissing voor hij zich kon bedenken en zei: 'Pa, ik ben bang dat er iets tussen is gekomen. Ik wilde het je eerst niet vertellen. Ik weet wat het museum voor je betekent, en ik geloof dat ik die droom niet wilde verstoren.'
Graham hield zijn hoofd schuin en bood zijn zoon het oor waarvan hij altijd beweerde dat het zijn goede oor was. 'Zeg dat nog eens?' zei hij.
Frank wist zeker dat er niets aan zijn vaders oren mankeerde, tenzij er iets gezegd werd wat Graham liever niet hoorde. Daarom ging hij gewoon door. Guy Brouard, zei hij tegen zijn vader, was een paar dagen geleden gestorven. Zijn dood was heel plotseling en onverwacht gekomen, en blijkbaar was hij zo fit als een hoentje geweest en had hij niet

over zijn eigen overlijden nagedacht, omdat hij niet had beseft wat zijn dood zou betekenen voor hun plannen voor het oorlogsmuseum.
'Wat is dit?' Graham schudde zijn hoofd, alsof hij daardoor helderder kon denken. 'Vertel je me dat Guy dood is? Dat meen je toch niet, jongen?'
Helaas, zei Frank, was dat precies wat hij gezegd had. En het feit lag er dat Guy Brouard om de een of andere reden niet op alle eventualiteiten voorbereid was geweest, zoals men van hem had kunnen verwachten. Volgens zijn testament had hij geen geld nagelaten voor het oorlogsmuseum, dus de bouwplannen zouden op de lange baan geschoven worden.
Graham zei 'Wat?' terwijl hij zijn hap eten doorslikte en met een trillende hand zijn kop thee met veel melk pakte. 'Ze hebben mijnen gelegd. *Schrapnellemine.* Vijfendertigers. Springladingen ook. *Riegel*-mijnen. Ze zetten er waarschuwingsvlaggetjes bij, maar bedenk eens wat dat betekende. Kleine, gele vlaggetjes die ons vertelden dat we geen voet mochten zetten op wat van ons was. De wereld moet dit weten, jochie. Ze moeten weten dat we gedroogd mos gebruikten als brandstof.'
'Ik weet het, pa. Het is belangrijk dat niemand het vergeet.' Frank had weinig trek meer in de rest van zijn pastei. Hij schoof zijn bord naar het midden van de tafel en draaide zijn stoel om, zodat hij rechtstreeks in zijn vaders oor sprak. Vergis je niet in wat ik je vertel, zeiden die handelingen. Luister goed, pa. Alles is voor altijd veranderd. Hij zei: 'Pa, er komt geen museum. We hebben er het geld niet voor. We rekenden erop dat Guy het gebouw zou financieren en hij heeft bij zijn testament geen geld nagelaten om dat te doen. Ik weet dat je verstaat wat ik zeg, pa, en het spijt me dat ik het zeggen moet, het spijt me heel erg, geloof me. Ik zou het je helemaal niet verteld hebben – ik was niet eens van plan je te vertellen dat Guy overleden is – maar nadat ik zijn testament had horen voorlezen, wist ik dat er niets anders op zat. Het spijt me.' En hij zei bij zichzelf dat het hem werkelijk speet, hoewel dat maar een deel van zijn verhaal was.
Graham morste thee op zijn borst toen hij probeerde het kopje naar zijn lippen te brengen. Frank stak zijn hand uit om zijn vaders hand te steunen, maar Graham deinsde met een ruk achteruit, waarbij hij nog meer morste. Hij droeg een dik vest dat tot boven aan toe over zijn flanellen hemd was dichtgeknoopt, dus hij brandde zich niet aan de hete vloeistof. En het leek belangrijker voor hem contact met zijn zoon te vermijden dan dat zijn kleren nat waren. 'Jij en ik,' mompelde Graham. Zijn ogen stonden dof. 'We hadden een plan, Frankie.'

Frank had niet gedacht dat hij zich zo verschrikkelijk gewond zou voelen bij het zien van de val van zijn vaders verdediging. Het gevoel, dacht hij, stond gelijk aan het zien van een Goliath die voor hem op zijn knieën viel. Hij zei: 'Pa, ik wil je voor niets ter wereld verdriet doen. En als ik een manier wist om je museum te bouwen zonder Guys hulp, zou ik het doen. Maar er is geen manier. Het kost te veel. Er zit niets anders op dan het idee uit ons hoofd te zetten.'

'De mensen moeten het weten,' wierp Graham Ouseley tegen, maar zijn stem was zwak, en thee en eten interesseerden hem niet meer. 'Niemand mag het vergeten.'

'Dat ben ik met je eens.' Frank pijnigde zijn hersens af om een manier te vinden om de pijn van de slag te verzachten. 'Misschien vinden we mettertijd een uitweg om daarvoor te zorgen.'

Grahams schouders zakten omlaag en hij keek de keuken rond als een wakker gemaakte, verwarde slaapwandelaar. Zijn handen vielen op zijn schoot en begonnen krampachtig zijn servet te verfrommelen. Zijn mond bewoog in woorden die hij niet uitsprak. Zijn ogen namen bekende voorwerpen op en hij leek zich troost zoekend aan ze vast te klampen. Hij duwde zijn stoel bij de tafel vandaan en Frank stond eveneens op, denkend dat zijn vader naar het toilet wilde, naar bed, of naar zijn stoel in de zitkamer. Maar toen hij Graham bij zijn elleboog pakte verzette de oude man zich. Wat hij wilde hebben, bleek op het aanrecht te liggen, waar Frank het had neergelegd, netjes tot krantenformaat opgevouwen, met het schild en de twee kruisen in offset tussen het woord GUERNSEY en wat erbij hoorde, PRESS.

Graham griste de krant weg en drukte die tegen zijn borst. 'Het zij zo,' zei hij tegen Frank. 'De manier waarop is anders, maar het resultaat is hetzelfde. Daar gaat het om.'

Frank probeerde te bedenken wat het verband was dat zijn vader legde tussen het uiteenvallen van hun plannen en de krant van het eiland. Weifelend zei hij: 'Ik neem aan dat de krant het verhaal zal afdrukken. En dan kunnen we misschien een paar belastingontduikers zover krijgen dat ze een bedrag schenken. Maar of we alleen met een krantenartikel genoeg geld bij elkaar kunnen krijgen... Ik denk niet dat we daarop moeten rekenen, pa. En zelfs al zou het lukken, zoiets vergt jaren.' Hij liet er niet de rest op volgen: dat zijn vader, met zijn 92 jaar, die jaren niet meer had.

Graham zei: 'Ik zal ze zelf opbellen. Ze komen wel. Ze zijn vast geïnteresseerd. Wanneer ze het eenmaal weten, komen ze hard aanlopen.' Hij

deed zelfs drie wankele stappen naar de telefoon, en nam de hoorn op alsof hij van plan was het gesprek meteen te voeren.
Frank zei: 'Ik denk niet dat we kunnen verwachten dat de krant inziet dat het artikel dringend is, pa. Ze zullen het waarschijnlijk plaatsen. Het bevat zeker een menselijk element. Maar ik geloof niet dat je je hoop...'
'Het is nu de tijd,' hield Graham vol, alsof Frank niets had gezegd. 'Dat heb ik mezelf beloofd. Voor ik doodga, doe ik het, heb ik tegen mezelf gezegd. Er zijn mensen die het vertrouwen hebben behouden en mensen die het niet hebben gedaan. En het moment is gekomen. Voor ik doodga, Frank.' Hij zocht tussen een paar tijdschriften die op het aanrecht lagen, onder een stapeltje post van een paar dagen. Hij zei: 'Waar is dat telefoonboek gebleven? Wat is het nummer, jongen? We gaan nu bellen.'
Frank was echter gefixeerd op het vertrouwen behouden en het vertrouwen verliezen en wat zijn vader daar feitelijk mee bedoelde. Er waren duizend verschillende redenen voor beide in het leven – het vertrouwen behouden en het verliezen – maar in oorlogstijd, wanneer een land bezet was, kon je maar één ding doen. Hij zei behoedzaam: 'Pa, ik denk niet...' God, dacht hij, hoe kon hij zijn vader ervan weerhouden zoiets roekeloos te ondernemen? 'Hoor eens, dit is niet de juiste manier om het aan te pakken. En het is veel te vroeg...'
'De tijd verstrijkt,' zei Graham. 'De tijd is bijna om. Ik heb het mezelf bezworen. Ik heb het gezworen op hun graven. Ze zijn gestorven voor *G.I.F.T.* en niemand heeft ervoor geboet. Maar nu zal dat gebeuren. En zo is het.' Hij viste het telefoonboek uit een la met theedoeken en onderzetters, en hoewel het geen dik boekwerk was tilde hij het kreunend op het aanrecht. Hij begon erin te bladeren terwijl hij snel ademhaalde, als een hardloper tegen het eind van de wedstrijd.
In een laatste poging om hem tegen te houden, zei Frank: 'Pa, we moeten het bewijsmateriaal verzamelen.'
'We hébben verdomme het bewijsmateriaal. Het zit allemaal hier.' Hij wees naar zijn schedel met een kromgetrokken vinger, slecht geheeld in de oorlog tijdens zijn vruchteloze vlucht om niet ontdekt te worden: de Gestapo die de mannen van *G.I.F.T.* kwam halen, verraden door iemand op het eiland wie ze hun vertrouwen hadden geschonken. Twee van de vier mannen die verantwoordelijk waren voor de nieuwsbrief waren in de gevangenis gestorven. Een derde was gedood bij een vluchtpoging. Graham was de enige die het had overleefd, maar niet ongeschonden. En niet zonder de herinnering aan drie goede levens die verloren waren gegaan voor de zaak van de vrijheid, door de hand van een verrader die te

lang onbekend was gebleven. De stilzwijgende afspraak tussen politici in Engeland en politici op het eiland verhinderde onderzoek en straf toen de oorlog goed en wel voorbij was. Het verleden moest blijven rusten, en omdat het bewijsmateriaal onvoldoende werd beschouwd om 'het instellen van een gerechtelijk onderzoek te rechtvaardigen', konden degenen wier eigenbelang de dood van hun kameraden had teweeggebracht, doorleven, onberoerd door hun verleden, in een toekomst die mannen die veel beter waren dan zij, door hun daden was ontzegd. Een deel van het museumproject zou dat hebben rechtgezet. Zonder de afdeling collaborateurs van het museum zou de geschiedenis tot in eeuwigheid blijven zoals ze was: het verraad opgesloten in de gedachten van degenen die het hadden gepleegd en degenen die erdoor waren getroffen. En alle anderen zouden kunnen doorleven zonder te weten wie de prijs had betaald voor de vrijheid die ze nu genoten en wie hun dat lot had toebedeeld.

'Maar pa,' zei Frank, hoewel hij wist dat hij tevergeefs sprak, 'er zal je gevraagd worden naar meer bewijzen dan je woord alleen. Dat moet je toch begrijpen.'

'Nou, dan moet je het tussen al die troep vandaan halen,' zei Graham, met een knikje naar de muur om de buurhuisjes aan te duiden waarin hun verzameling was ondergebracht. 'We zullen het voor ze klaar hebben liggen wanneer ze komen. Aan de slag, jongen.'

'Maar pa...'

'Nee!' Graham sloeg met zijn zwakke vuist op het telefoonboek en hij zwaaide met de telefoonhoorn naar zijn zoon. 'Je gaat aan de slag en je gaat nu. Geen onzin, Frank. Ik ga namen noemen.'

14

Deborah en Cherokee zeiden heel weinig op de terugweg naar de Queen Margaret Appartementen. De wind was toegenomen en er viel een lichte regen, die hun een excuus gaf om te zwijgen. Deborah beschermde zich met een paraplu en Cherokee liep met opgetrokken schouders en de kraag van zijn jack opgeslagen. Ze keerden langs dezelfde weg terug door Mill Street en staken het pleintje over. Het gebied was geheel verlaten, op een gele bestelauto na die midden in Market Street geparkeerd stond en waar een lege vitrine uit een van de gesloten slagerskraampjes werd ingeladen. Het was een treurig teken van de teloorgang van de vleeshallen, en om de gang van zaken nog te benadrukken struikelde een van de verhuizers en liet hij het deel van de vitrine dat hij vasthield, vallen. Het glas brak en de zijkant werd ingedeukt. Zijn collega schold hem uit en noemde hem een verdomde, onhandige sukkel.

'Dat gaat ons een smak geld kosten!' schreeuwde hij.

Wat de andere man terugzei was niet meer te verstaan, omdat Deborah en Cherokee de hoek omsloegen en Constitution Steps begonnen te beklimmen. De gedachte was er echter, en bleef tussen hen in hangen: dat wat ze gedaan hadden zou hun veel kosten.

Cherokee was degene die hun zwijgen verbrak. Halverwege de heuvel, waar de trap een bocht maakte, bleef hij staan en zei Deborahs naam. Ze stopte met klimmen en keek naar hem. De regen, zag ze, had zijn krullende haar bedekt met een net van druppeltjes waarin het licht gevangen werd, en zijn wimpers stonden, als bij een kind, recht van het vocht. Hij huiverde. Ze waren hier beschermd tegen de wind, maar zelfs al was dat niet het geval geweest, hij droeg een dik jack, dus Deborah wist dat hij niet op de kou reageerde.

Zijn woorden bevestigden het. 'Het kan niets te betekenen hebben.'

Ze deed niet alsof ze opheldering nodig had. Ze wist hoe onwaarschijnlijk het was dat hij iets anders in gedachten had. Ze zei: 'Toch zullen we haar ernaar moeten vragen.'

'Ze zeiden dat er andere op het eiland konden zijn. En die man die ze noemden – die in de Talbot Valley? – die heeft een ongelooflijke verza-

meling spullen uit de oorlog. Ik heb het zelf gezien.'
'Wanneer?'
'Op een van die dagen... Hij kwam lunchen en praatte erover met Guy. Hij bood aan het me te laten zien en Guy gaf er hoog van op, dus ik dacht: waarom niet? En ik ging; we gingen met zijn tweeën.'
'Wie nog meer?'
'Die jonge vriend van Guy. Paul Fielder.'
'Heb je toen een soortgelijke ring gezien?'
'Nee. Maar dat betekent niet dat er niet een was. Die man had overal spullen liggen. Dozen en zakken vol. Archiefkasten. Planken. Alles is in een paar aan elkaar gebouwde huisjes gestouwd en het is volslagen ongeorganiseerd. Als hij een ring had en die ring is om een of andere reden zoekgeraakt... Verdomme, hij zou het niet eens weten. Hij kan al die troep niet gecatalogiseerd hebben of zoiets.'
'Wil je daarmee zeggen dat Paul Fielder een ring achterovergedrukt kan hebben terwijl jullie daar waren?'
'Ik zeg niets. Alleen dat er een andere ring moet zijn, omdat China beslist niet...' Onhandig stopte hij zijn handen in zijn zakken. Hij wendde zijn blik van Deborah af en keek langs de heuvel omhoog in de richting van Clifton Street, de Queen Margaret Appartementen, en de zus die op hem wachtte in flat B. 'Het bestaat niet dat China iemand iets heeft aangedaan. Dat weet jij. Dat weet ik. Die ring... die moet van iemand anders zijn.'
Zijn stem klonk vastberaden, maar waar die vastberadenheid vandaan kwam, was een vraag die Deborah niet wilde stellen. Ze wist dat er geen enkele manier was waarop ze de confrontatie met China uit de weg konden gaan. Wat ze ook geloofden, er bleef de kwestie van de ring die afgehandeld diende te worden.
Ze zei: 'Laten we maken dat we bij de flat komen. Ik denk dat het over een minuut of twee gaat stortregenen.'
China zat naar een bokswedstrijd op de televisie te kijken. Een van de boksers kreeg er op een bijzonder gemene manier vanlangs en het was duidelijk dat de wedstrijd zou moeten worden beëindigd. Maar het joelende publiek wilde dat blijkbaar niet toestaan. Bloed, bleek uit hun kreten, vroeg beslist om meer bloed. China leek van dit alles niets te merken. Haar gezicht stond uitdrukkingloos.
Cherokee liep naar de televisie en zocht een ander kanaal. Hij vond een wielerwedstrijd die werd uitgezonden vanuit een zondoordrenkt land dat Griekenland zou kunnen zijn, maar die feitelijk overal elders zou

kunnen plaatsvinden behalve in dit gure land. Hij zette het geluid zacht, maar liet het beeld aanstaan. Daarna ging hij naar zijn zus en hij vroeg: 'Gaat het? Wil je iets hebben?' Aarzelend raakte hij China's schouder aan.

Toen verroerde ze zich. 'Het gaat goed,' zei ze tegen haar broer. Ze schonk hem een vaag glimlachje. 'Ik zat maar wat te denken.'

Hij lachte terug. 'Daar moet je mee ophouden. Je ziet waar het bij mij toe geleid heeft. Ik denk altijd. Als ik dat niet had gedaan, zouden we niet in de ellende zitten, zoals nu.'

Ze haalde haar schouders op. 'Ja. Och.'

'Heb je iets gegeten?'

'Cherokee...'

'Oké. Goed. Sorry dat ik het vroeg.'

China scheen te beseffen dat Deborah er ook was. Ze zei: 'Ik dacht dat je naar Simon was gegaan, om hem die lijst te geven van wat ik op het eiland heb gedaan.'

Dit was een simpele manier om over de ring te beginnen, dus Deborah greep de kans aan. Ze zei: 'Maar die is niet helemaal compleet. Op die lijst staat niet echt alles.'

'Hoe bedoel je?'

Deborah zette haar paraplu in een standaard bij de deur en daarna liep ze naar de sofa en ging naast haar vriendin zitten. Cherokee trok een stoel naar voren en kwam bij hen zitten, zodat ze een gelijkbenige driehoek vormden.

'Je hebt niets opgeschreven over Potter en Potter Antiek,' begon Deborah. 'In Mill Street. Daar ben je geweest en je hebt er een ring gekocht, van de zoon. Was je dat vergeten?'

China wierp haar broer een blik toe alsof ze om nadere uitleg vroeg, maar Cherokee zei niets. Daarna keek ze Deborah weer aan. 'Ik heb geen van de winkels waar ik geweest ben, opgeschreven. Ik dacht niet... Waarom zou ik? Ik ben een aantal keren bij Boots geweest, ik was in een paar schoenwinkels. Ik heb een of twee keer een krant gekocht, en wat pepermuntjes. Het batterijtje van mijn camera was leeg, dus dat heb ik vervangen door een die ik in de galerij heb gekocht... die achter High Street? Maar daar heb ik niets van genoteerd en er zijn waarschijnlijk meer winkels die ik ben vergeten. Waarom? En daarna tegen haar broer: 'Waar gaat dit over?'

Deborah reageerde door de ring tevoorschijn te halen. Ze vouwde de zakdoek open waar hij in gewikkeld was, en daarna stak ze haar hand uit

zodat China de ring in zijn linnen nestje kon zien liggen. 'Deze lag op het strand,' zei ze, 'in de baai waar Guy Brouard is gestorven.'
China deed geen poging de ring aan te raken, alsof ze wist wat het betekende dat Deborah hem in een zakdoek gewikkeld had en dat hij was gevonden in de buurt van een plaats delict. Ze keek er echter wel naar. Ze keek lang, en strak. Ze was al zo bleek dat Deborah niet kon zien of er nog kleur uit haar wangen wegtrok. Maar haar tanden raakten haar lippen binnen in haar gesloten mond en toen ze Deborah weer aankeek stonden haar ogen onmiskenbaar angstig.
'Wat wil je me vragen?' zei ze. 'Of ik hem vermoord heb? Wilde je dat ronduit vragen?'
Deborah zei: 'De man in de winkel – meneer Potter? – zei dat een Amerikaanse vrouw een ring als deze bij hem had gekocht. Een Amerikaanse vrouw, uit California. Een vrouw die een leren broek droeg en misschien een cape, neem ik aan, omdat ze een capuchon over haar hoofd had getrokken. Zij en de moeder van die man – mevrouw Potter? – praatten over filmsterren. Ze herinnerden zich dat ze – die vrouw uit Amerika? – hun verteld had dat je gewoonlijk geen filmsterren op...'
'Goed dan,' zei China. 'Je bent duidelijk genoeg geweest. Ik heb de ring gekocht. Een ring. Die ring. Ik weet het niet. Ik heb verdomme een ring van hen gekocht, nou goed?'
'Zo een als deze?'
'Nou, dat lijkt me duidelijk,' zei China bits.
'Hoor eens, China, we moeten erachter zien te komen...'
'Ik werk mee!' krijste China tegen haar broer. 'Goed? Ik werk mee, als een braaf meisje. Ik ben naar de stad gegaan en ik zag die ring en ik dacht dat hij perfect was, dus ik heb hem gekocht.'
'Perfect?' vroeg Deborah. 'Waarvoor?'
'Voor Matt. Oké? Ik heb hem voor Matt gekocht.' China leek verlegen door wat ze zelf toegaf, een cadeautje voor de man van wie ze verklaard had dat hij voor haar had afgedaan. Alsof ze wist hoe dit op de anderen moest overkomen, vervolgde ze: 'Hij was lelijk, en dat vond ik er zo goed aan. Het was zoiets als hem een voodoopoppetje sturen. Een doodshoofd en gekruiste beenderen. Vergif. Dood. Het leek me een goede manier om hem te vertellen hoe ik me voel.'
Na die woorden stond Cherokee op en liep naar de televisie, waar de wielrenners langs de rand van een klif raceten. De zee lag achter hen en de zon glinsterde erop. Hij zette het beeld uit en ging daarna weer zitten. Hij keek zijn zus niet aan. Hij keek Deborah niet aan.

Alsof zijn handelingen het commentaar leverden dat in zijn zwijgen besloten lag, reageerde China door te zeggen: 'Ik weet het, het was stom om te doen. Ja, het zorgt ervoor dat er tussen ons nog iets bestaat terwijl dat niet zo zou moeten zijn. Ja, het vraagt om een of andere reactie van zijn kant. Dat weet ik, oké? Ik weet dat het stom is. En toch wilde ik het doen. Zo is het nu eenmaal. Zo was het toen ik die ring zag. Ik heb hem gekocht, en dat is dat.'

'Wat heb je ermee gedaan?' zei Deborah. 'Op de dag dat je hem kocht?'

'Hoe bedoel je?'

'Hebben ze de ring voor je in een zakje gedaan? Heb je dat zakje in een tas gestopt? Heb je het in je zak gestoken? Wat is er daarna gebeurd?'

China dacht over deze vragen na. Cherokee, die naar zijn schoenen had zitten staren, keek op. Hij leek te begrijpen waar Deborah naartoe wilde, want hij zei zacht: 'Probeer het je te herinneren, Chine.'

'Ik weet het niet. Waarschijnlijk heb ik hem in mijn handtas gedaan,' zei ze. 'Dat doe ik meestal wanneer ik iets kleins koop.'

'En daarna? Toen je ermee terugkwam op Le Reposoir? Wat kun je er toen mee gedaan hebben?'

'Waarschijnlijk... Ik weet het niet. Als hij in mijn tas zat zou ik hem daar gelaten hebben en hem vergeten zijn. Of ik kan hem in mijn koffer hebben gelegd. Of op de toilettafel, tot we gingen pakken om te vertrekken.'

'Waar iemand hem kan hebben zien liggen,' mompelde Deborah.

'Als het dezelfde ring is,' zei Cherokee.

Dat was een punt, dacht Deborah. Want als de ring die ze in haar hand hield slechts een duplicaat was van de ring die China bij de Potters had gekocht, hadden ze te maken met een verbazingwekkende samenloop van omstandigheden. Hoe onwaarschijnlijk die ook leek, ze moesten schoon schip maken voor ze verdergingen. Ze zei: 'Heb je de ring ingepakt toen jullie vertrokken? Ligt hij nu tussen je spullen? Misschien weggestopt op een plek die je bent vergeten?'

China glimlachte, alsof ze zich bewust was van de ironie van hetgeen ze op het punt stond op te merken. 'Ik zou het niet weten, Debs. Op het moment heeft de politie al mijn bezittingen. Tenminste, alles wat ik naar Guernsey had meegenomen. Als ik de ring heb ingepakt of in mijn koffer heb gestopt nadat ik naar Le Reposoir was teruggekeerd, moet die bij al mijn andere spullen zijn.'

'Dat moet dan nagegaan worden,' zei Deborah.

Cherokee knikte naar de ring op Deborahs vlakke hand. 'Wat gebeurt daarmee?'

'Die gaat naar de politie.'
'Wat zal die ermee doen?'
'Ik neem aan dat ze zullen proberen er vingerafdrukken op te vinden. Misschien vinden ze een gedeeltelijke afdruk.'
'En als ze die vinden, wat dan? Ik bedoel, als de afdruk van Chine is... als het dezelfde ring is... Zullen ze dan niet begrijpen dat die er opzettelijk is neergelegd? De ring, bedoel ik.'
'Dat zouden ze kunnen vermoeden,' zei Deborah. Ze voegde er niet aan toe wat ze nog meer wist over een dergelijke situatie. De politie had er altijd belang bij om de schuld vast te stellen en een zaak te sluiten. De rest legden ze in andere handen. Als China geen ring in haar bezit had die identiek was aan deze, en als haar vingerafdrukken gevonden werden op de ring die Deborah op het strand had gevonden, werd er van de politie niet meer gevraagd dan deze twee feiten vast te stellen en ze vervolgens door te geven aan de openbare aanklager. Het was de taak van China's advocaat om voor de rechter, gedurende haar moordproces, een andere interpretatie van de ring te bepleiten.
Dit moest zowel China als Cherokee toch weten, dacht Deborah. Ze waren geen onnozele kinderen. De problemen die China's vader had gehad met de politie in California moest hun beiden duidelijk gemaakt hebben wat er gebeurde wanneer er een misdrijf was gepleegd.
Cherokee zei 'Debs', op een nadenkende toon die de bijnaam verlengde, zodat die als een smeekbede klonk. 'Is er een manier...' Hij keek naar zijn zus alsof hij haar reactie wilde peilen op iets wat hij nog niet had gezegd. 'Dit is heel moeilijk om te vragen. Kun je die ring op de een of andere manier verliezen?'
'Verliezen...?'
China zei: 'Cherokee, niet doen.'
'Ik moet wel,' zei hij tegen haar. 'Debs, als die ring de ring is die China heeft gekocht... En we weten dat die kans bestaat, nietwaar? Ik bedoel, waarom moet de politie weten dat jullie hem gevonden hebben? Kun je hem niet gewoon in een riool gooien of zo?' Hij leek de enormiteit te beseffen van wat hij Deborah vroeg, want hij ging haastig door: 'Hoor eens, de politie gelooft toch al dat ze het gedaan heeft. Als ze haar vingerafdrukken hierop vinden, gebruiken ze dat als nog een manier om haar erin te laten lopen. Maar als je hem verliest... laten we zeggen, als hij op weg naar je hotel uit je zak valt...?' Hoopvol bleef hij haar aankijken, met één hand naar haar uitgestoken alsof hij wilde dat ze de aanstootgevende ring erop zou leggen.

Deborah voelde zich gevangen in zijn blik, met zijn openhartigheid en zijn hoop. Ze voelde zich gevangen door wat zijn ogen uitdrukten over het verleden dat ze met China River deelde.
'Soms,' zei Cherokee tegen haar, 'raken goed en verkeerd door elkaar. Wat goed lijkt, blijkt verkeerd te zijn, en wat verkeerd lijkt...'
'Vergeet het maar,' viel China hem in de rede. 'Cherokee, vergeet het.'
'Het is toch een kleine moeite.'
'Vergeet het, zei ik.' China pakte Deborahs hand en klemde haar vingers stevig om het pakje met de ring. 'Jij doet wat je moet doen, Deborah.' En daarna tegen haar broer: 'Ze is niet zoals jij. Voor haar ligt het niet zo gemakkelijk.'
'Zij spelen een smerig spelletje. Wij moeten hetzelfde doen.'
'Nee,' zei China, en ze ging verder tegen Deborah: 'Je bent gekomen om me hieruit te helpen. Daar ben ik je dankbaar voor. Doe jij nu maar wat je moet doen.'
Deborah knikte, maar ze vond het moeilijk om te zeggen: 'Het spijt me.' Ze kon zich niet aan het gevoel onttrekken dat ze hen in de steek liet.

St James beschouwde zichzelf niet als een man die zich door spanning liet overmeesteren. Sinds de dag waarop hij wakker was geworden in een ziekenhuisbed – zich niets anders herinnerend dan een laatste glas tequila dat hij niet had moeten drinken – en had opgekeken naar het gezicht van zijn moeder, waarop hij het nieuws had gezien dat hij zelf nog geen uur later van de neuroloog bevestigd kreeg, had hij zichzelf en zijn reacties onder controle gehouden met een discipline die een militair eer aan zou hebben gedaan. Hij had zich beschouwd als een overlevende die door niets van zijn stuk gebracht kon worden; het ergste was gebeurd en hij was niet gebroken op het rad van persoonlijk onheil. Hij was verminkt, hij zou mank blijven, en hij was in de steek gelaten door de vrouw van wie hij hield, en hij was er ongeschonden uit gekomen. Als ik dat aankan, kan ik alles aan.
Daarom was hij niet voorbereid op de ongerustheid die hij begon te voelen zodra hij hoorde dat zijn vrouw de ring niet bij hoofdinspecteur Le Gallez had afgeleverd, zoals hij haar had opgedragen. En hij was uiterst ontdaan door het niveau dat die ongerustheid bereikte toen de minuten verstreken zonder dat Deborah naar het hotel terugkeerde.
Eerst begon hij door hun kamer te ijsberen, en op het balkonnetje ervoor. Daarna liet hij zich voor vijf minuten in een stoel vallen om erover na te denken wat Deborahs handelwijze zou kunnen betekenen. Dit

liet zijn ongerustheid echter slechts toenemen, dus hij greep zijn jas en liep ten slotte het gebouw uit. Hij zou haar gaan zoeken, besloot hij. Hij stak de straat over zonder duidelijk idee welke richting hij moest inslaan, alleen maar dankbaar dat het minder hard was gaan regenen, wat het voor hem gemakkelijker maakte om vooruit te komen.

Heuvelafwaarts leek goed, dus hij ging die kant op, dicht langs de stenen muur lopend die een soort berenkuil van een tuin omringde, verzonken in het park tegenover het hotel. Aan het verste eind stond het oorlogsmonument van het eiland, en St James had dit juist bereikt toen hij zijn vrouw om de hoek zag komen waar de eerbiedwaardige, grijze voorgevel van het Royal Court House zich over de volle lengte van de Rue du Manoir uitstrekte.

Deborah stak haar hand op ter begroeting. Terwijl ze dichterbij kwam deed hij zijn uiterste best om kalm te blijven.

'Dus je bent terug,' zei ze lachend, terwijl ze naar hem toe kwam.

'Dat lijkt me nogal duidelijk,' antwoordde hij.

Haar glimlach vervaagde. Ze hoorde het allemaal in zijn stem. Dat kon ook niet anders. Ze had hem het grootste deel van haar leven gekend. En hij had gedacht dat hij haar kende, maar hij kwam snel tot de ontdekking dat het verschil tussen wat hij dacht en wat er werkelijk gebeurde de afmetingen van een kloof begon aan te nemen.

'Wat is er?' vroeg ze. 'Simon, wat is er mis?'

Hij pakte haar bij haar arm in een greep waarvan hij wist dat die veel te stevig was, maar hij scheen het niet te kunnen opbrengen die wat losser te maken. Hij nam haar mee naar de verzonken tuin en dwong haar de trap af te lopen.

'Wat heb je met die ring gedaan?' vroeg hij nors.

'Ermee gedaan? Niets. Ik heb hem hier...'

'Je zou hem direct naar Le Gallez brengen.'

'Dat doe ik ook. Ik was nu op weg naar hem toe. Simon, wat is er in vredesnaam...?'

'Nu? Je ging de ring nú wegbrengen? Waar is hij in die tussentijd geweest? Het is uren geleden dat we hem gevonden hebben.'

'Je hebt nooit gezegd... Simon, waarom doe je zo? Hou op. Laat me los. Je doet me pijn.' Ze rukte zich los en ging voor hem staan, met een brandende kleur op haar wangen. Er liep een pad om de tuin en dat begon ze af te lopen, hoewel het feitelijk nergens heen ging, behalve langs de muur. Regenwater had hier zwarte plassen gevormd waarin zich een snel donker wordende hemel weerspiegelde, en Deborah liep er zonder te aarzelen dwars doorheen, geen acht slaand op het feit dat haar benen drijfnat werden.

St James volgde haar. Het maakte hem nog kwader dat ze op deze manier bij hem wegliep. Ze leek een totaal andere Deborah, en hij was niet van plan het erbij te laten zitten. Als het op een achtervolging tussen hen aankwam zou zij natuurlijk winnen. Als het op iets anders dan woorden en intellect tussen hen zou aankomen, zou ze ook winnen. Dat was de vloek van zijn handicap, die hem zwakker en langzamer maakte dan zijn eigen vrouw. Ook dat maakte hem kwaad, toen hij zich voorstelde hoe het er moest uitzien in de ogen van iemand die toevallig vanuit de straat boven de verzonken tuin omlaag keek: haar zekere passen die haar steeds verder bij hem vandaan brachten, hij als een zielige bedelaar achter haar aan hobbelend.

Ze was nu bij het verste eind van het parkje, waar dat het diepst was. Ze bleef staan in de hoek, waar een vuurdoorn, zwaar van de rode bessen, zijn beladen takken naar voren strekte tot bij de rugleuning van een houten bank. Ze ging niet zitten, maar bleef naast de armleuning van de bank staan, waar ze een handvol bessen van de struik trok en die doelloos op het gras begon te gooien.

De kinderlijkheid hiervan maakte hem nog bozer. Hij voelde zich teruggeworpen in de tijd, toen hij drieëntwintig was en zij twaalf, en hij zich geconfronteerd zag met een aanval van onbegrijpelijke, jeugdige hysterie over een kapsel waar ze een hekel aan had, en hij de schaar uit haar handen wrong voor ze de kans kreeg te doen wat ze wilde doen, wat betekende het haar nog lelijker maken, zichzelf er lelijker te laten uitzien, zichzelf te straffen omdat ze dacht dat haar kapsel verschil zou uitmaken voor haar gevoelens over de pukkels op haar kin die in één nacht waren verschenen en haar voorgoed hadden veranderd. 'Ja, ze is me er eentje, onze Deb,' had haar vader gezegd. 'Ze heeft moederlijke zorg nodig.' Maar dat was iets wat Joseph haar nooit had gegeven.

Wat zou het gemakkelijk zijn, dacht St James, om Joseph Cotter de schuld te geven van dit alles, om te besluiten dat hij en Deborah op dit punt in hun huwelijk waren aangeland omdat haar vader tot op de dag van vandaag weduwnaar was gebleven. Dat zou alles immers veel eenvoudiger maken. Dan zou hij niet verder hoeven te zoeken naar een verklaring waarom Deborah op zo'n onbegrijpelijke manier had gehandeld.

Hij had haar ingehaald. Als een dwaas zei hij het eerste wat er in zijn hoofd opkwam: 'Loop nooit meer voor me weg, Deborah.'

Ze draaide zich om, met een handvol bessen in haar vuist. 'Waag het niet... Praat nooit meer zo tegen me!'

Hij probeerde rustig te blijven. Hij wist dat een escalerende ruzie het enige resultaat van deze woordenwisseling zou zijn, tenzij een van hen iets deed om te kalmeren. Hij wist ook hoe onwaarschijnlijk het was dat Deborah degene zou zijn om in te binden. Zo vriendelijk als hij kon, wat, dat moest hij toegeven, slechts iets minder strijdlustig was dan tevoren, zei hij: 'Ik wil een verklaring.'

'O, dat wil je, hè? Nou, neem me niet kwalijk dat ik er geen zin in heb je die te geven.' Ze smeet de bessen op het pad.

Als een handschoen, dacht hij. Hij wist heel goed dat als hij die opnam, dat een regelrechte oorlog tussen hen zou betekenen. Hij was kwaad, maar die oorlog wilde hij niet. Hij was nog verstandig genoeg om in te zien dat elke vorm van strijd nutteloos zou zijn. Hij zei: 'Die ring is bewijsmateriaal. Bewijsmateriaal hoort naar de politie te gaan. Als die het niet rechtstreeks krijgt...'

'Alsof elke vorm van bewijsmateriaal er rechtstreeks terechtkomt,' wierp ze tegen. 'Je weet dat het niet zo is. Je weet dat de politie de helft van de tijd bewijsmateriaal vindt waarvan niemand aanvankelijk wíst dat het bewijsmateriaal was. Dus het is zeker vijf stations gepasseerd voor ze het in handen krijgen. Dat weet je, Simon.'

'Dat geeft jou niet het recht om die stations te creëren,' antwoordde hij. 'Waar ben je met die ring geweest?'

'Neem je me een verhoor af? Heb je er enig idee van hoe dat klinkt? Kan het je iets schelen?'

'Wat mij op dit moment kan schelen is het feit dat bewijsmateriaal, waarvan ik aannam dat Le Gallez het in handen had, niet in zijn handen was toen ik er tegen hem over begon. Kan het jóú iets schelen wat dat betekent?'

'O, nu begrijp ik het.' Ze stak haar kin omhoog. Ze klonk triomfantelijk, zoals een vrouw geneigd is te klinken wanneer een man op een mijnenveld loopt dat zij heeft gelegd. 'Dit gaat allemaal om jou. Jíj hebt een slechte indruk gemaakt. Boter op je hoofd zonder een zakdoek om het af te vegen.'

'Een politieonderzoek tegenwerken is niet boter op iemands hoofd,' zei hij kortaf. 'Het is een misdrijf.'

'Ik heb niet tegengewerkt. Ik héb die verdomde ring.' Ze stak haar hand in haar schoudertas, haalde de in zijn zakdoek gewikkelde ring eruit, pakte zijn arm in een greep die even fors was als de manier waarop hij haar arm had vastgegrepen, en drukte hem de ingepakte ring in zijn hand. 'Hier. Ben je nu tevreden? Breng hem naar je dierbare inspecteur

Le Gallez. God weet wat hij van je zal denken als je niet onmiddellijk naar hem toe gaat, Simon.'
'Waarom doe je zo?'
'Ik? Waarom doe jij zo?'
'Omdat ik je een opdracht heb gegeven. Omdat we bewijsmateriaal hebben. Omdat we weten dat het bewijsmateriaal is. Omdat we het toen wisten en...'
'Nee,' zei ze. 'Dat klopt niet. We wisten het níét. We vermoedden het. En gebaseerd op dat vermoeden heb je me gevraagd de ring mee te nemen. Maar als het zo ontzettend belangrijk was dat de politie hem à la minute in handen kreeg – als de ring zo duidelijk cruciaal was – had je hem verdomme zelf mee kunnen nemen naar de stad in plaats van rond te banjeren waar je dan ook besloot rond te banjeren, wat blijkbaar voor jou belangrijker was dan de ring.'
St James hoorde dit alles met toenemende irritatie aan. 'En jij wist verdomd goed dat ik met Ruth Brouard ging praten. Gezien het feit dat ze de zus is van het slachtoffer, gezien het feit dat ze me had gevráágd te komen, zoals je heel goed weet, zou ik zeggen dat we op Le Reposoir iets hadden wat voor mij belangrijk genoeg was om er aandacht aan te schenken.'
'Ja, natuurlijk. Terwijl dat waar ik voor moest zorgen de waarde had van stofdeeltjes.'
'Waar jij verondersteld werd voor te zorgen...'
'Zeur daar toch niet zo over door!' Haar stem verhief zich tot een gekrijs. Ze leek het zelf te horen, want toen ze verderging sprak ze rustiger, hoewel niet met minder woede. 'Waar ik mijn aandacht aan geschonken heb...' – ze zei het merkbaar hatelijk – was dit. China heeft het opgeschreven. Ze dacht dat jij het misschien kon gebruiken.' Voor de tweede keer zocht ze in haar schoudertas, en ze haalde er een dubbelgevouwen blocnote uit. 'Ik ben ook iets te weten gekomen over de ring,' liet ze erop volgen met een gemaakte beleefdheid die even veelbetekenend was als de hatelijkheid. 'Wat ik je zal vertellen als je denkt dat de informatie belangrijk genoeg zou kunnen zijn, Simon.'
St James nam de blocnote van haar aan. Hij liet zijn ogen gaan over de data, de tijden, de plaatsen en de beschrijvingen, allemaal genoteerd in wat hij aannam dat China Rivers handschrift was.
Deborah zei: 'Ze wilde dat jij het las. Om precies te zijn, ze heeft me gevraagd het je te geven. En ze heeft ook de ring gekocht.'
Hij keek op van het document. 'Wát zeg je?'

'Je hebt me wel verstaan. De ring, of een die er precies op lijkt... die heeft China gekocht in een winkel aan Mill Street. Cherokee en ik hebben die gevonden. Daarna hebben we haar ernaar gevraagd. Ze gaf toe dat ze hem gekocht had om aan haar vriend te sturen. Haar ex Matt.'

Deborah vertelde hem de rest. Ze kwam formeel met de informatie: de antiekwinkels, de Potters, wat China met de ring had gedaan, de mogelijkheid dat er een soortgelijke ring was, afkomstig uit de Talbot Valley. Ze besloot met: 'Cherokee zegt dat hij de verzameling zelf gezien heeft. En hij had een jongen, Paul Fielder, bij zich.'

'Cherokee?' vroeg St James scherp. 'Was hij erbij toen je achter de herkomst van de ring kwam?'

'Ik geloof dat ik dat al gezegd heb.'

'Dus hij weet er alles van?'

'Ik denk dat hij er recht op heeft.'

In stilte verwenste St James zichzelf, haar, de hele situatie, het feit dat hij zich erbij had laten betrekken om redenen waar hij niet over na wilde denken. Deborah was niet dom, maar ze zat er duidelijk tot over haar oren in. Als hij dat tegen haar zou zeggen zou het probleem tussen hen escaleren. Maar er niets van zeggen – hoe dan ook, diplomatiek of op een andere manier – bracht het risico met zich mee het hele onderzoek in gevaar te brengen. Hij had geen keus.

'Dat was niet verstandig, Deborah.'

Ze hoorde zijn toon. Haar antwoord was scherp. 'Waarom niet?'

'Ik wilde dat je me het van tevoren had verteld.'

'Wat verteld?'

'Dat je van plan was hem op de hoogte te brengen...'

'Ik heb hem niet op de hoogte...'

'Je zei toch dat hij erbij was toen je op zoek ging naar de herkomst van de ring?'

'Hij wilde helpen. Hij is ongerust. Hij voelt zich verantwoordelijk omdat hij degene was die deze reis naar Europa wilde maken, en nu moet zijn zus waarschijnlijk terechtstaan voor moord. Toen ik bij China wegging zag hij eruit alsof... Hij lijdt met haar. Om haar. Hij wilde helpen en ik dacht niet dat er kwaad in stak om hem dat te laten doen.'

'Hij is een verdachte, Deborah, net als zijn zus. Als zij Brouard niet heeft vermoord, heeft iemand anders het gedaan. En hij is een van de mensen die op het landgoed waren.'

'Je kunt toch niet geloven... Hij heeft niet... O, god nog aan toe! Hij kwam naar Londen. Hij kwam ons opzoeken. Hij ging naar de ambassade. Hij stemde erin toe om naar Tommy te gaan. Hij is wanhopig op zoek naar iemand die haar onschuld kan bewijzen. Geloof je oprecht dat hij dat alles – wat dan ook – zou hebben gedaan als hij de moordenaar was? Waarom?'

'Daar heb ik geen antwoord op.'

'O, ja. Maar toch hou je vol...'

'Maar ik heb dit,' onderbrak hij haar. Hij vond het afschuwelijk van zichzelf, omdat hij overspoeld werd door een bittere golf van genoegen: hij had haar in een hoek gedreven en nu kon hij haar de slag toebrengen die haar verdediging zou breken, kon hij precies vaststellen wie gelijk had en wie niet. Hij vertelde haar van de paperassen die hij bij Le Gallez had afgeleverd en wat die paperassen zeiden over waar Guy Brouard was geweest tijdens een reis naar Amerika waar zijn zus niets van had geweten. Het kon St James niet schelen dat hij bij zijn onderhoud met Le Gallez precies het tegenovergestelde naar voren had gebracht van dat wat hij nu aan zijn vrouw vertelde: over het mogelijke verband tussen Brouards reis naar California en Cherokee River. Waar het op aankwam was dat hij haar duidelijk maakte hoe oppermachtig hij was in zaken die verband hielden met moord. Haar wereld was die van de fotografie, suggereerden zijn woorden: op celluloid vastgelegde beelden die in een donkere kamer werden gemanipuleerd. Zijn wereld, daarentegen, was die van de wetenschap, de wereld van de feiten. Fotografie echter was een ander woord voor fictie. Dat moest ze allemaal goed in gedachten houden voor het geval ze nog eens een pad wilde inslaan waar hij niets van wist.

Aan het slot van zijn opmerkingen zei ze: 'Ik begrijp het.' Haar houding was stijfjes. 'Dan spijt het me van de ring.'

'Ik ben ervan overtuigd dat je hebt gedaan wat je dacht dat juist was,' zei St James tegen haar, met de grootmoedigheid van een echtgenoot die zijn rechtmatige plaats in zijn huwelijk weer heeft afgebakend. 'Ik zal de ring nu meteen naar Le Gallez brengen en uitleggen wat er gebeurd is.'

'Prima,' zei ze. 'Ik ga mee als je wilt. Ik zal het graag uitleggen, Simon.'

Hij was dankbaar voor het aanbod en wat het zei over haar besef iets verkeerds gedaan te hebben. 'Dat is echt niet nodig,' zei hij vriendelijk. 'Ik zal het wel afhandelen, lieverd.'

'Weet je zeker dat dat is wat je wilt?' De vraag klonk schalks.

Hij had moeten weten wat haar toon betekende, maar daar faalde hij schromelijk. In plaats daarvan zei hij, als een dwaas die gelooft dat hij altijd alles beter kan dan een vrouw: 'Ik doe het graag, Deborah.'

'Grappig, dat had ik niet gedacht.'
'Wat?'
'Dat je de kans voorbij zou laten gaan om te zien hoe Le Gallez me de duimschroeven aandraaide. Dat moet een leuk gezicht zijn. Het verbaast me dat je het wilt missen.'
Ze schonk hem een bitter lachje, en daarna liep ze abrupt bij hem vandaan.

Hoofdinspecteur Le Gallez stapte juist in zijn auto op de binnenplaats van het politiebureau toen St James het hek door liep. Het was weer begonnen te regenen nadat Deborah hem in de verzonken tuin alleen had gelaten, en hoewel hij in de haast uit het hotel was weggegaan zonder paraplu, was hij Deborah niet achternagelopen om er een te halen bij de receptie. Deborah op dat moment volgen zou erop lijken dat hij haar lastigviel. Omdat hij niets had om haar mee lastig te vallen, wilde hij ook niet de indruk wekken dat hij dat deed.
Ze gedroeg zich afschuwelijk. Het was waar dat ze erin geslaagd was enige informatie te verzamelen die waardevol kon blijken: de ontdekking waar de ring vandaan kwam spaarde iedereen tijd, en erin slagen een mogelijke tweede herkomst van de ring te achterhalen verschafte munitie die de plaatselijke politie misschien kon afbrengen van hun overtuigd-zijn van China's schuld. Maar dat was geen excuus voor de heimelijke en oneerlijke manier waarop ze bij haar privé-onderzoek te werk was gegaan. Als ze een zelfgekozen pad wilde volgen, had ze hem dat eerst moeten vertellen, zodat hij uiteindelijk niet voor gek zou komen te staan tegenover de politieman die de leiding had in de zaak. En wat ze ook gedaan had, wat ze ook ontdekt had en wat ze ook uit China River had losgekregen, het feit bleef bestaan dat ze de broer van de vrouw op de hoogte had gebracht van een groot aantal waardevolle details. Ze moest absoluut inzien hoe volslagen dom zo'n actie was.
Einde verhaal, dacht St James. Hij had gedaan waar hij het recht toe had, en de plicht. Toch wilde hij haar niet achternagaan. Hij zei bij zichzelf dat hij haar de tijd zou geven om af te koelen en na te denken. Een beetje regen zou hem niet deren, het was voor de goede zaak van haar opvoeding.
Op het parkeerterrein van de politie zag Le Gallez hem. Hij bleef staan, met het portier van zijn Escort open. Twee identieke kinderstoeltjes waren, leeg, vastgegespt op de achterbank van de auto. 'Tweeling,' zei Le Gallez abrupt toen St James er een blik op wierp. 'Acht maanden.' Alsof

deze opmerking ongewild een kameraadschap met St James uitdrukte die hij niet voelde, vervolgde hij: 'Waar is de ring?'
'Ik heb hem.' St James deelde hem alles mee wat Deborah hem over de ring had verteld, en hij besloot met: 'China River kan zich niet herinneren waar ze hem het laatst heeft neergelegd. Ze zegt dat als dit niet de ring is die zij heeft gekocht, u de hare bij de rest van haar bezittingen moet hebben.'
Le Gallez vroeg niet meteen om de ring te zien. In plaats daarvan gooide hij het portier van zijn auto dicht en zei: 'Ga maar mee, dan.' Daarna liep hij het bureau in.
St James volgde hem. Le Gallez ging hem voor naar boven, naar een volgestouwd vertrek dat bleek te dienen als forensisch laboratorium. Zwartwitfoto's van voetafdrukken hingen aan slappe touwtjes langs een van de wanden, en de eenvoudige apparatuur om vingerafdrukken met cyanideacrylaat naar boven te halen, stond eronder. Daarachter brandde op een deur met een bordje DONKERE KAMER een rood lampje, ten teken dat de doka in gebruik was. Le Gallez bonsde drie keer op die deur, blafte 'Vingerafdrukken, McQuinn', en zei daarna tegen St James: 'Laat zien.'
St James overhandigde hem de ring. Le Gallez vulde de noodzakelijke papieren in. McQuinn kwam uit de doka tevoorschijn op het moment dat de hoofdinspecteur zijn handtekening zette, met een zwierige rij stippels eronder. Korte tijd later was wat doorging voor de volledige sterkte van de forensische afdeling van het eiland aan het werk met het bewijsmateriaal, afkomstig van het strand waar Guy Brouard was overleden.
Le Gallez liet McQuinn over aan diens fixeerdampen en liep met St James naar de meldkamer. Bij de dienstdoende agent aldaar vroeg hij de lijst op van China Rivers bezittingen. Hij keek die door en meldde wat St James al was begonnen te vermoeden: er was geen ring bij de spullen van China River die de politie in beslag had genomen.
Le Gallez, dacht St James, zou hier al zeer voldaan over moeten zijn. De informatie was tenslotte weer een nagel aan China Rivers snel dichtvallende doodskist. Maar in plaats van voldoening leek het gezicht van de hoofdinspecteur irritatie te weerspiegelen. Hij keek alsof een stukje van de puzzel waarvan hij had gedacht dat het een bepaalde vorm zou aannemen, een andere afmeting had gekregen.
Le Gallez keek hem aan. Vervolgens bekeek hij de lijst van de voorwerpen voor de tweede maal. De agent zei: 'Het zit er echt niet bij, Lou. Toen niet, nu ook niet. Ik heb alles nog een keer bekeken. Alles klopt. Er zit niets bij wat erop lijkt.'

Hieruit begreep St James dat Le Gallez niet alleen naar een ring zocht bij zijn onderzoek van de documenten. De hoofdinspecteur was blijkbaar nog iets anders tegengekomen, iets wat hij tijdens hun gesprek dat eerder die dag had plaatsgevonden, had verzwegen. Hij bestudeerde St James alsof hij overwoog hoeveel hij hem wilde vertellen. Binnensmonds prevelde hij 'Verdomme', en daarna zei hij: 'Ga mee.'

Ze gingen naar zijn kamer, waar hij de deur achter hen dichtdeed en naar de stoel wees waarop hij wilde dat St James plaatsnam. Zelf trok hij zijn bureaustoel naar achteren en liet zich erop vallen, terwijl hij over zijn voorhoofd wreef en vervolgens de telefoon pakte. Hij toetste een paar cijfers in en toen iemand aan de andere kant opnam, zei hij: 'Le Gallez hier. Heb je al iets? ... Verdomme. Blijf dan zoeken. De hele omtrek. Met een stofkam. Wat er ook voor nodig is. ... Ja, ik weet verdomme heel goed hoeveel mensen de kans hebben gehad om er daar een rotzooitje van te maken, Rosumek. Geloof het of niet, kunnen tellen is een van de vereisten om de rang te bereiken die ik heb. Schiet op.' Hij gooide de hoorn op de haak.

'Bent u bezig met een huiszoeking?' vroeg St James. 'Waar? Bij Le Reposoir?' Hij wachtte niet op een bevestiging. 'Maar die zou u hebben afgeblazen als die ring was wat u zocht.' Hij dacht erover na, begreep dat er maar één conclusie was die hij eruit kon trekken, en zei: 'Ik neem aan dat u een rapport uit Engeland hebt ontvangen. Zijn er details van de lijkschouwing die een huiszoeking nodig maken?'

'U bent niet van gisteren, hè?' Le Gallez pakte een map en haalde er een aantal vellen papier uit, die met een nietje aan elkaar bevestigd waren. Hij zei er verder niets over toen hij St James op de hoogte bracht. 'Toxicologie,' zei hij.

'Iets onverwachts in het bloed?'

'Opiaat.'

'Opiaat? Op het moment van overlijden? Wat zeggen ze? Dat hij bewusteloos was toen hij stikte?'

'Het lijkt erop.'

'Maar dat kan alleen maar betekenen...'

'Dat het nog niet voorbij is.' Le Gallez leek er niet blij mee, en dat was geen wonder. Met deze nieuwe informatie moest, om alles op een rijtje te zetten, of het slachtoffer of de voornaamste verdachte die de politie in de moordzaak had, in verband worden gebracht met opium of een derivaat ervan. Als hij daar niet in slaagde, viel de aanklacht die Le Gallez tegen China River had opgebouwd, uit elkaar als een ei op een stenen vloer.

'Wat denkt u ervan?' vroeg St James. 'Bestaat de mogelijkheid dat hij gebruikte?'
'Een shot nam voor hij ging zwemmen? Vroeg in de ochtend een bezoek brengen aan de plaatselijke dealer? Niet waarschijnlijk, tenzij hij wilde verdrinken.'
'Geen injectiesporen op zijn armen?'
Le Gallez wierp hem een denk-je-dat-we-achterlijk-zijn-blik toe.
'Kan het een overblijfsel in het bloed zijn van de avond ervoor? U hebt gelijk, het is niet logisch dat hij een verdovend middel zou gebruiken voor hij ging zwemmen.'
'Het klinkt helemaal niet logisch dat hij drugs gebruikte.'
'Dan zou iemand hem die ochtend een verdovend middel toegediend hebben? Hoe?'
Le Gallez leek niet op zijn gemak. Hij gooide de papieren op zijn bureau. Hij zei: 'De man is gestikt in die steen. Wat er ook in zijn bloed zat, hij is nog steeds op een klotemanier overleden. Hij is gestikt in die steen. Dat moeten we niet vergeten.'
'Maar dan kunnen we tenminste begrijpen hoe die steen in zijn keel is blijven steken. Als hij verdoofd was, als hij het bewustzijn had verloren, hoe moeilijk kan het dan geweest zijn om een steen in zijn keel te duwen en hem te laten stikken? De enige vraag blijft dan op welke manier hij verdoofd werd. Hij zal niet rustig zijn blijven zitten om zich een injectie te laten toedienen. Was hij diabeticus? Kan zijn insuline door iets anders zijn vervangen? Nee? Dan moet hij het... Hoe kan het gegaan zijn? Het in een oplossing opgedronken hebben?' St James zag dat Le Gallez zijn ogen een fractie dichtkneep. Hij zei tegen de hoofdinspecteur: 'Dus u denkt dat hij het opgedronken heeft.' En hij besefte waarom de politieman plotseling zo vriendelijk was geweest om hem nieuwe informatie te verstrekken, ondanks de problemen die veroorzaakt waren doordat Deborah de ring niet onmiddellijk naar het bureau had gebracht. Het was een vorm van quidproquo: een onuitgesproken verontschuldiging voor een belediging en een driftuitbarsting, in ruil voor St James' bereidheid ervan af te zien Le Gallez de les te lezen over diens onderzoek. Dit in aanmerking nemend zei St James langzaam, terwijl hij nadacht over wat hij van de zaak wist: 'U moet op de plaats delict iets over het hoofd hebben gezien, iets wat er onschuldig uitzag.'
'We hebben het niet over het hoofd gezien,' zei Le Gallez. 'Het is onderzocht, samen met al het andere.'
'Wat?'

'Brouards thermosfles. Zijn dagelijkse dosis ginkgo en groene thee. Dat dronk hij elke morgen nadat hij gezwommen had.'
'Op het strand, bedoelt u?'
'Op dat verdomde strand. Een echte fanaat, wat zijn dagelijkse dosis ginkgo en groene thee betrof, om precies te zijn. Het verdovende middel moet erin gezeten hebben.'
'Maar er zijn geen sporen van gevonden toen u de inhoud hebt onderzocht?'
'Zout water. We namen aan dat Brouard de thermosfles omgespoeld had.'
'Iemand heeft het in elk geval gedaan. Wie heeft het lichaam gevonden?'
'Duffy. Hij gaat naar de baai omdat Brouard niet thuis is gekomen en de zus heeft gebeld om te vragen of hij misschien bij de Duffy's langs is gegaan voor een kop thee. Hij vindt hem languit liggend, zo koud als een vis, en hij komt terugrennen om de ambulance te bellen omdat hij denkt dat het een hartaanval is, en wie zou dat niet denken? Brouard was bijna zeventig.'
'Dus in alle drukte kan Duffy de thermosfles omgespoeld hebben.'
'Dat had hij kunnen doen, ja. Maar als hij Brouard vermoord heeft, heeft hij het of gedaan met zijn vrouw als medeplichtige, of met haar medeweten, en in beide gevallen maakt dat haar tot de beste leugenaar die ik ooit ben tegengekomen. Zij zegt dat hij boven was en zij in de keuken, toen Brouard ging zwemmen. Hij – Duffy – is het huis niet uit geweest, zegt ze, tot hij naar de baai ging om Brouard te zoeken. Ik geloof haar.'
St James keek naar de telefoon en dacht na over het gesprek dat Le Gallez had gevoerd, met de toespelingen op het voortzetten van een huiszoeking. 'Dus als u er niet naar op zoek bent hoe hij die ochtend verdoofd kan zijn – als u tot de conclusie bent gekomen dat het verdovende middel in de thermosfles heeft gezeten – moet u op zoek zijn naar datgene waar het opiaat in verpakt was tot het werd gebruikt, iets waar het in gedaan kan zijn om het mee te nemen naar buiten.'
'Als het in de thee zat,' zei Le Gallez, 'en ik zou niet weten waar het anders in gezeten kan hebben, duidt dat op een vloeibare vorm. Of een oplosbaar poeder.'
'Wat op zijn beurt wijst op een fles, een ampul, een potje... met vingerafdrukken erop, mag men hopen.'
'Die overal kan zijn,' gaf Le Gallez toe.
St James begreep het probleem waar de hoofdinspecteur zich voor

gesteld zag: niet alleen een enorm gebied om te doorzoeken, maar ook een groep van enige honderden mogelijke verdachten, omdat het op de avond voorafgaand aan de moord op Guy Brouard op Le Reposoir gekrioeld had van de feestgangers, en ieder van hen had naar het feest kunnen komen met het vooropgezette plan voor een moord. Want ondanks de aanwezigheid van China Rivers haar op Guy Brouards lichaam, ondanks het beeld van iemand die hem vroeg in de ochtend, met China Rivers cape om, was gevolgd, en ondanks de ring met het doodshoofd en de gekruiste beenderen die op het strand was gevonden – een ring die door China River was gekocht – schreeuwde het opiaat dat Guy Brouard binnen had gekregen een verhaal waarnaar Le Gallez nu gedwongen was te luisteren.

Hij zou het echter niet prettig vinden dat hij zich nu in zo'n hachelijke situatie bevond: tot op dit moment had zijn bewijsmateriaal gesuggereerd dat China River de moord gepleegd had, maar de aanwezigheid van het verdovende middel in Brouards bloed wees op voorbedachten rade, wat rechtstreeks in conflict stond met het feit dat ze Brouard pas had ontmoet nadat ze naar het eiland was gekomen.

'Als mevrouw River het gedaan heeft,' zei St James, 'zou ze het verdovende middel meegebracht moeten hebben uit de Verenigde Staten, nietwaar? Ze kon niet hopen het hier op Guernsey te zullen vinden. Ze kan niet geweten hebben hoe het hier was: hoe groot de stad was, waar ze een dealer zou kunnen vinden. En zelfs al had ze gehoopt hier drugs te kunnen krijgen en ze in St Peter Port had rondgevraagd tot ze die gevonden had, blijft nog altijd de vraag: waarom heeft ze het gedaan?'

'Bij haar spullen is niets wat ze gebruikt kon hebben om het in te vervoeren,' zei Le Gallez, alsof St James zojuist niet een uiterst sterk punt naar voren had gebracht. 'Geen flesje, geen ampul. Niets. Dat wijst erop dat ze het heeft weggegooid. Als we het vinden – wanneer we het vinden – moet er iets in zijn achtergebleven. Of er staan vingerafdrukken op. Al is het er maar een. Niemand houdt bij een moord rekening met alle mogelijkheden. Ze denken dat ze het doen. Maar een moord plegen is niet iets natuurlijks, tenzij de moordenaar een psychopaat is, dus ze raken van de kaart wanneer ze het gedaan hebben en dan vergeten ze iets. Een detail. Ergens.'

'Maar u bent weer terug bij het waarom,' bracht St James naar voren. 'China River heeft geen motief. Zijn dood levert haar niets op.'

'Als ik de verpakking vind met haar afdrukken erop, is dat niet mijn probleem,' zei Le Gallez.

Die opmerking gaf blijk van het slechtst denkbare politiewerk: die verwenste neiging van onderzoekers om eerst de schuld vast te stellen en daarna de feiten zo te interpreteren dat die erin pasten. Toegegeven, de politie van Guernsey had een cape, haren op het lijk en ooggetuigenverklaringen dat iemand Guy Brouard gevolgd was naar de baai. En nu hadden ze een ring, gekocht door hun voornaamste verdachte en gevonden op de plaats delict. Maar ze hadden tevens een element dat meteen een spaak in het wiel had moeten steken. Het feit dat het toxicologische rapport dat niet deed, verklaarde waarom onschuldige mensen in de gevangenis belandden en waarom het vertrouwen van het publiek in een eerlijk proces allang was overgegaan in cynisme.

'Inspecteur Le Gallez,' begon St James voorzichtig, 'enerzijds hebben we een multimiljonair die dood is en een verdachte die niet beter is geworden van zijn dood. Anderzijds hebben we mensen in zijn leven die misschien op een erfenis hebben gerekend. We hebben een zoon die niet gekregen heeft waar hij recht op had, een klein vermogen dat is nagelaten aan twee tieners die geen familie zijn van de overledene, en een aantal teleurgestelde personen met vervlogen dromen die betrekking schijnen te hebben op plannen die Brouard had gemaakt om een museum te bouwen. Het komt me voor dat de motieven voor moord voor het oprapen liggen. Daar geen aandacht aan schenken, maar...'

'Hij was in California. Hij moet haar daar ontmoet hebben. Het motief stamt uit die tijd.'

'Maar u bent de gangen van de anderen toch wel nagegaan?'

'Geen van hen is naar...'

'Ik bedoel niet dat ze naar California zijn gegaan,' zei St James. 'Ik bedoel de ochtend van de moord. Hebt u vastgesteld waar de anderen waren? Adrian Brouard, de mensen die iets te maken hebben met het museum, de tieners, familieleden van de tieners die om geld zitten te springen, Brouards andere bekenden, zijn maîtresse, haar kinderen?'

Le Gallez bleef zwijgen, wat op zich voldoende antwoord was.

St James drong verder aan. 'China River was in het huis, dat is waar. En het is ook waar dat ze Guy Brouard in California ontmoet kan hebben, hoewel dat nog te bezien staat. Of haar broer kan hem daar ontmoet hebben en hen aan elkaar hebben voorgesteld. Maar afgezien van dat verband – wat misschien niet eens bestaat – gedráágt China River zich als een moordenares? Heeft ze zich ooit als zodanig gedragen? Ze heeft geen pogingen gedaan van de plek weg te vluchten. Ze is die ochtend volgens plan samen met haar broer vertrokken en ze heeft niet de moeite

gedaan hun bestemming geheim te houden. Brouards dood leverde haar absoluut niets op en ze had geen reden hem dood te wensen.'
'Voorzover we weten,' kwam Le Gallez tussenbeide.
'Voorzover we weten,' gaf St James toe. 'Maar haar hiervan beschuldigen, gebaseerd op bewijsmateriaal dat iedereéén opzettelijk kon hebben achtergelaten... Inspecteur, alleen al hierom moet u toch inzien dat China Rivers advocaat niets van uw zaak heel zal laten.'
'Ik denk het niet,' zei Le Gallez rustig. 'Volgens mijn ervaring, meneer St James, vind je wanneer je de rook volgt, het vuur.'
'U blijft dus overtuigd.'
'Als we die verpakking vinden. Daarna zullen we wel zien.'

15

Paul Fielder werd meestal wakker van het gerinkel van zijn wekker, een oud, gebutst, zwart blikken klokje dat hij elke avond plichtsgetrouw opwond en zorgvuldig zette, altijd erop bedacht dat een van zijn jongere broertjes er ergens gedurende de dag mee had kunnen rommelen. De volgende ochtend werd hij echter gewekt door de telefoon, gevolgd door het geluid van voeten die de trap op kwamen klossen. Hij herkende de zware stap en kneep zijn ogen stijf dicht voor het geval Billy de slaapkamer binnen zou komen. Waarom zijn broer zo vroeg in de ochtend al op was, was Paul een raadsel, tenzij Billy de vorige avond helemaal niet naar bed was gegaan. Dat zou niet ongebruikelijk zijn. Soms bleef Billy op om televisie te kijken tot er niets meer te kijken viel en daarna bleef hij in de zitkamer zitten roken en platen draaien op de oude grammofoon van hun ouders. Hij zette de muziek hard, maar niemand zei tegen hem dat hij het geluid zachter moest zetten zodat de rest van de familie kon slapen. De dagen dat iemand iets tegen Billy zei wat hem kwaad kon maken, waren allang voorbij.

De deur van de slaapkamer werd opengegooid en Paul bleef zijn ogen stijf dichthouden. Aan de andere kant van de kamer, tegenover zijn bed, slaakte zijn jongste broertje een verschrikte kreet en even voelde Paul de schuldige opluchting van iemand die weet dat hij aan een kwelling zal ontkomen omdat er een ander slachtoffer is gevonden. Het bleek echter dat die kreet alleen het gevolg was van verrassing over het plotselinge geluid, want het abrupte openen van de deur werd onmiddellijk gevolgd door een klap op Pauls schouder. Daarna zei Billy's stem: 'Hé, sukkel, dacht je dat ik niet wist dat je doet alsof? Sta op. Je krijgt bezoek.'

Paul bleef koppig zijn ogen dichthouden, wat voor Billy al dan niet aanleiding was hem bij zijn haar te grijpen en zijn hoofd omhoog te rukken. Hij blies zijn zurige ochtendadem in Pauls gezicht en zei: 'Wil je tongen, kleine rukker? Om je te helpen wakker te worden? Je doet het graag met jongens, toch?' Hij schudde Pauls hoofd heen en weer en liet het daarna weer op het kussen vallen. 'Je bent een slappeling, dat ben je. Maar je hebt vast wel een stijve die je nergens in kunt stoppen. Laten we dat 'ns effe bekijken.'

Paul voelde de handen van zijn broer op de deken en hij reageerde erop. Het was waar, hij had een stijve. Die had hij 's morgens altijd. Uit gesprekken die hij op school tijdens spelletjes had afgeluisterd had hij begrepen dat het normaal was, wat een grote opluchting voor hem was geweest, omdat hij zich al had afgevraagd wat het betekende dat hij elke dag wakker werd met een rechtopstaande pik.
Hij slaakte een kreet die veel weg had van die van zijn broertje, en hield de deken vast. Toen duidelijk werd dat Billy van plan was om door te zetten, sprong hij uit bed en holde naar de badkamer. Hij smeet de deur achter zich dicht en deed die op slot. Billy bonsde op het hout.
'Nu gaat ie zich aftrekken,' zei hij lachend. 'Maar het is niet leuk zonder hulp, of wel? Jij en ik met z'n tweeën, dat vind je toch zo lekker?'
Paul liet water in de badkuip stromen en spoelde de wc door. Hij wilde alles doen om het geluid van zijn broer te overstemmen.
Boven het rumoer van het water uit hoorde hij andere stemmen voor de deur roepen, gevolgd door Billy's waanzinnige gelach, en daarna een geklop dat zachter was, maar dringend. Paul draaide de kraan dicht en ging naast de badkuip staan. Hij hoorde de stem van zijn vader.
'Doe open, Paulie. Ik moet met je praten.'
Paul deed de deur open en zag zijn vader staan, gekleed om zijn werkdag met de ploeg wegwerkers te beginnen. Hij had een met modder aangekoekte spijkerbroek aan, vuile hoge schoenen, en een dik flanellen overhemd dat een zware zweetlucht afgaf. Hij zou zijn slagerskleren aan moeten hebben, dacht Paul, en het trieste ervan bezorgde hem een brok in zijn keel. Hij zou de keurige witte jas moeten dragen en de keurige witte schort die een broek bedekte die elke dag schoon was. Hij zou naar het werk moeten gaan waar hij gewerkt had sinds Paul het zich kon herinneren. Hij had gereed moeten zijn om het vlees uit te stallen in zijn eigen kraam, aan het verste eind van de markt, waar nu niemand werkte omdat alles wat er vroeger geweest was, nu verdwenen was, zoals alles uiteindelijk door de dood verdwijnt.
Paul wilde het liefst de deur in zijn vaders gezicht dichtgooien: voor de vuile kleren die zijn vader niet zou moeten dragen, voor zijn ongeschoren gezicht zoals het vroeger nooit was geweest. Maar voor hij er de kans toe kreeg, verscheen zijn moeder ook in de deuropening. Er hing een geur van gebakken spek om haar heen, die hoorde bij het ontbijt dat ze Pauls vader elke dag opdrong, zodat hij op krachten zou blijven.
'Kleed je aan, Paulie,' zei ze over de schouder van haar man. 'Er komt een advocaat op bezoek om je te spreken.'

'Weet je waar het om gaat, Paul?' vroeg zijn vader.
Paul schudde zijn hoofd. Een advocaat? Om hem te spreken? Verbaasd dacht hij dat het een misverstand moest zijn.
'Ben je naar school gegaan zoals je moest?' zei zijn vader.
Paul knikte, zonder berouw over de leugen. Hij was naar school gegaan wanneer hij dácht dat hij moest, wat betekende dat hij ging als er geen andere dingen tussen kwamen. Dingen zoals meneer Guy en wat er gebeurd was. Er kwam weer een golf van verdriet in Paul opzetten.
Zijn moeder leek het te zien, want ze stak haar hand in de zak van haar doorgestikte ochtendjas en haalde een papieren zakdoekje tevoorschijn, dat ze in Pauls hand drukte. Ze zei 'Schiet nu maar op, jochie', en 'Ol, we gaan ontbijten' tegen haar man. Over haar schouder liet ze er nog op volgen: 'Hij is naar beneden gegaan.' Waarna ze Paul alleen lieten om zich gereed te maken voor zijn bezoeker. Als onnodige verduidelijking klonk het dreunende geluid van de televisie. Billy had iets anders gevonden om zijn aandacht op te richten.
Alleen gelaten deed Paul wat hij kon om zich voor te bereiden op het bezoek van een advocaat. Hij waste zijn gezicht en zijn oksels. Hij trok de kleren aan die hij de vorige dag had gedragen. Hij poetste zijn tanden en hij kamde zijn haar. Daarna bekeek hij zich in de spiegel, terwijl hij zich iets afvroeg. Wat had het feitelijk te betekenen? De vrouw, het boek, de kerk en de arbeiders. Ze hield een ganzenveer vast die ergens naar wees: de punt wees naar het boek en de veren naar de hemel. Maar wat betekende dat? Misschien helemaal niets, maar dat kon hij niet geloven.
Hoe goed kun je een geheim bewaren, mijn prins?
Hij ging naar beneden, waar zijn vader zat te eten en Billy – die de televisie leek te zijn vergeten – onderuitgezakt in een stoel lag te roken, in de keuken, met zijn voeten op de afvalemmer. Naast hem stond een kop thee en die hief hij op toen Paul het vertrek binnenkwam, in een spottend saluut. 'Lekker afgetrokke, Paulie? Toch wel de wc-bril schoongemaakt, hoop ik.'
'Sla niet zulke taal uit,' zei Ol Fielder tegen zijn oudste zoon.
'Oei oei, wat ben ik nu bang,' was Billy's reactie.
'Eieren, Paulie?' vroeg zijn moeder. 'Ik kan ze voor je bakken. Of koken, als je dat liever hebt.'
'Laatste maaltijd voor ze 'm meeneme,' zei Billy grinnikend. 'Als je je in de nor aftrekt wille alle jonges het met je doen, Paulie.'
Het geluid van de jongste Fielder die op de trap stond te krijsen, onderbrak dit gesprek. Pauls moeder gaf de koekenpan aan haar man, vroeg

hem erop te letten dat de eieren niet aanbrandden, en ging daarna op zoek naar haar enige dochter. Nadat die op de heup van haar moeder naar de keuken was gebracht, was er heel wat voor nodig om haar te laten ophouden met huilen.

De deurbel ging op het moment dat de twee jongere broertjes Fielder de trap af daverden en vervolgens hun plaats aan de keukentafel innamen. Ol Fielder liep naar de voordeur en even later riep hij naar Paul dat deze naar de zitkamer moest komen. 'Jij ook, Mave,' riep hij tegen zijn vrouw, wat voor Billy voldoende aanleiding was om zich onuitgenodigd bij hen te voegen.

Paul bleef aarzelend in de deuropening staan. Hij wist niet veel van advocaten af en wát hij wist, maakte hem niet enthousiast om er een te ontmoeten. Ze waren betrokken bij strafprocessen, en processen betekenden dat mensen in moeilijkheden zaten. En waar het ook over ging, die iemand in moeilijkheden zou wel eens Paul kunnen zijn.

De advocaat bleek ene meneer Forrest te zijn, die enigszins verward van Billy naar Paul keek, zich kennelijk afvragend wie wie was. Billy loste het probleem op door Paul naar voren te duwen. Hij zei: 'Deze hier mot u hebbe. Wat heeft ie gedaan?'

Ol Fielder stelde iedereen aan elkaar voor. Meneer Forrest keek zoekend om zich heen naar een plek waar hij kon gaan zitten. Mave Fielder schoof een stapel schoon wasgoed van de grootste leunstoel en zei: 'Gaat u toch zitten', hoewel ze zelf bleef staan. Niemand leek precies te weten wat hij moest doen. Voeten schuifelden, een maag rommelde, en de baby wriemelde in de armen van haar moeder.

Meneer Forrest had een aktetas bij zich, die hij op een met kunststof beklede bank legde. Hij ging niet zitten, omdat de anderen het ook niet deden. Hij zocht tussen een paar paperassen en daarna schraapte hij zijn keel.

Paul, deelde hij de ouders en de oudste broer mee, was in het testament van wijlen Guy Brouard genoemd als een van de belangrijkste begunstigden. Waren de Fielders op de hoogte van het erfrecht op Guernsey? Nee? Nu, dan zou hij het uitleggen.

Paul luisterde, maar hij begreep er niet veel van. Pas toen hij de gezichten van zijn ouders zag en hoorde dat Billy zei 'Wat? Wát? Shit!', drong het tot hem door dat er iets buitengewoons gebeurde. Maar hij wist niet dat het met hém gebeurde, tot zijn moeder uitriep: 'Onze Paulie? Wordt hij rijk?'

Billy zei 'Wel verdomme!' en draaide zich om naar Paul. Hij had mis-

schien nog meer willen zeggen, maar meneer Forrest begon de uitdrukking 'onze jonge meneer Paul' te gebruiken met betrekking tot de erfgenaam die hij was komen opzoeken, en dit leek Billy zo diep te raken, dat hij Paul opzijschoof en de kamer uit beende. Daarna verliet hij het huis, waarbij hij de voordeur zo hard achter zich dichtsmeet, dat het leek of de luchtdruk in de kamer veranderde.
Pauls vader lachte naar hem en zei: 'Dat is zeker goed nieuws. Goed nieuws voor jou, jongen.'
Zijn moeder fluisterde: 'Lieve jezus, lieve god.'
Meneer Forrest zei iets over accountants en over de juiste bedragen uitzoeken en over wie hoe veel kreeg en hoe het was verdeeld. Hij noemde meneer Guys kinderen en ook de dochter van Henry Moullin, Cynthia. Hij vertelde hoe meneer Guy over zijn bezittingen had beschikt, en waarom, en hij zei dat als Paul advies nodig had wat betreft investeringen, spaarrekeningen, verzekeringen, bankleningen en dergelijke, hij hem rechtstreeks kon bellen. Meneer Forrest zou hem graag alle hulp geven waartoe hij in staat was. Hij haalde zijn visitekaartjes tevoorschijn en hij duwde een ervan in Pauls hand en een andere in de hand van Pauls vader. Ze moesten hem bellen wanneer ze bedacht hadden welke vragen ze wilden stellen, zei hij tegen hen. Omdat er, verklaarde hij glimlachend, vragen zouden zijn. Die waren er altijd, in een situatie als deze.
Mave Fielder stelde de eerste vraag. Ze likte over haar droge lippen, wierp een nerveuze blik op haar man, en schoof de baby op haar heup recht. Ze zei: 'Hoeveel...?'
Ah, zei meneer Forrest. Wel, dat wisten ze nog niet precies. Er waren bankverklaringen, effectenrekeningen en uitstaande rekeningen die doorgenomen moesten worden – een juridisch accountant was daar al mee bezig – en wanneer dat afgerond was zouden ze het juiste bedrag weten. Maar hij was wel bereid een schatting te maken... hoewel hij niet graag zou zien dat ze er vast op rekenden of in afwachting van het bedrag iets zouden doen, voegde hij er haastig aan toe.
'Wil je het weten, Paulie?' vroeg zijn vader. 'Of wil je liever wachten tot ze het juiste bedrag hebben?'
'Ik denk dat hij het meteen wil weten,' zei Mave Fielder. 'Ik zou het willen weten, jij niet, Ol?'
'Paulie moet het zeggen. Wat denk je ervan, zoon?'
Paul keek naar hun gezichten, een en al blijdschap en glimlach. Hij wist welk antwoord er van hem verwacht werd. En hij wilde het geven omdat hij wist wat het voor hen zou betekenen om goed nieuws te horen. Dus

hij knikte, een snelle hoofdbeweging, de erkenning van een toekomst die zich plotseling verruimde op een manier waar geen van hen van had kunnen dromen.
Ze konden er niet absoluut zeker van zijn tot alles was berekend, vertelde meneer Forrest, maar omdat meneer Brouard een verdraaid slimme zakenman was geweest, meende hij dat hij veilig kon zeggen dat Paul Fielders aandeel in de erfenis iets in de buurt van de zevenhonderdduizend pond zou bedragen.
'Jezus aan het kruis,' verzuchtte Mave Fielder.
'Zevenhonderd...' Ol Fielder schudde zijn hoofd, alsof hij daardoor helderder zou kunnen denken. Daarna lichtte zijn gezicht – dat zo lang zo treurig had gestaan met de droefheid van een man die gefaald heeft – op in een onverwoestbare glimlach. 'Zevenhonderdduizend pond? Zevenhonderd...! Denk je dat eens in! Paulie, jongen. Bedenk wat je daarmee kunt doen!'
Paul prevelde het woord 'zevenhonderdduizend', maar hij kon het niet bevatten. Hij bleef als aan de grond genageld staan en voelde zich overmand door de plicht die nu op hem rustte.
Bedenk wat je daarmee kunt doen.
Dat deed hem denken aan meneer Guy, aan woorden die waren uitgesproken toen ze helemaal boven in het grote huis op Le Reposoir stonden, vanwaar ze uitkeken over bomen die zich in de lentepracht van april ontplooiden, en over de ene tuin na de andere die tot leven kwam.
Van wie veel heeft ontvangen, wordt nog méér verwacht, mijn prins. Die wetenschap houdt iemands leven in evenwicht. Maar ernaar leven is de echte test. Zou je het kunnen, jongen, als je je in die positie bevond? Hoe zou je beginnen ermee om te gaan?
Paul wist het niet. Hij had het destijds niet geweten en hij wist het nu ook niet. Maar hij had een vaag idee, omdat meneer Guy hem dat had gegeven. Niet rechtstreeks, omdat, zoals Paul had ontdekt, meneer Guy nooit iets rechtstreeks deed. Maar desondanks had hij het.
Hij liet zijn ouders en meneer Forrest achter, pratend over de wanneers en de geweldige waaroms van zijn wonderbaarlijke erfenis. Hij ging terug naar zijn slaapkamer, waar hij zijn rugzak onder zijn bed had geschoven, zodat er niemand aan kon komen. Hij knielde neer – met zijn achterste in de lucht en zijn handen op de vloer – om de rugzak eronder vandaan te trekken, en terwijl hij hiermee bezig was hoorde hij het gekrabbel van Taboes nagels op het zeil in de gang. Even later kwam de hond snuffelend binnen.

Dat herinnerde Paul eraan dat hij de deur op slot moest doen, en voor alle zekerheid schoof hij een van de twee kasten die in de kamer stonden, ervoor. Taboe sprong op Pauls bed, draaide een paar kringetjes om een plek te zoeken die het meest naar Paul rook, en toen hij die gevonden had, liet hij zich tevreden zakken en bleef toekijken terwijl zijn baasje de rugzak tevoorschijn haalde, de vlokken stof eraf veegde, en de plastic gespen losmaakte.

Paul ging naast de hond zitten. Taboe legde zijn kop op Pauls been. Paul wist dat het de bedoeling was dat hij de hond achter zijn oren krabde, en dat deed hij ook, maar hij maakte er niet veel werk van. Er waren vanochtend andere zaken die voorrang hadden boven het aanhalen van zijn hond.

Hij wist niet wat hij moest denken van wat hij hier had. Toen hij het voor de eerste maal ontrolde, had hij gezien dat het niet precies het soort zeeroversschatkaart was dat hij verwachtte, maar toch had hij geweten dat het een of andere kaart was, omdat meneer Guy die niet daar voor hem zou hebben neergelegd als het iets anders was geweest. Hij had zich destijds, toen hij zijn vondst bekeek, herinnerd dat meneer Guy dikwijls in raadsels had gesproken: waarin een eend die door de rest van zijn soortgenoten was verstoten de plaatsvervanger was van Paul en zijn schoolkameraden; of waarin een auto die wolken smerige, zwarte uitlaatgassen verspreidde de plaatsvervanger was van een lichaam dat hopeloos vervuild was door slecht eten, sigaretten en gebrek aan lichaamsbeweging. Dat was meneer Guys manier van doen, omdat hij het niet prettig vond tegen iemand te preken. Wat Paul echter niet verwacht had, was dat meneer Guys opvattingen over een zinvol gesprek zich ook zouden uitstrekken tot boodschappen die hij had achtergelaten.

De vrouw die hij voor zich zag, hield een ganzenveer vast. Het wás toch een ganzenveer? Het léék op een ganzenveer. Een opengeslagen boek lag op haar schoot. Achter haar rees een hoog, groot gebouw op en eronder werkten arbeiders aan de bouw ervan. Volgens Paul was het een kathedraal. En ze keek... Hij kon het niet zeggen. Terneergeslagen, misschien. Oneindig droevig. Ze schreef in het boek alsof ze iets wilde vastleggen... Wat? Haar gedachten? Het werk? Wat er achter haar gedaan werd? Wat werd er gedaan? Er werd een gebouw opgetrokken. Een vrouw met een boek en een ganzenveer en een gebouw dat opgetrokken werd, dat alles bevatte een laatste boodschap aan Paul van meneer Guy.

Je weet veel dingen waarvan je denkt dat je ze niet weet, jongen. Je kunt alles doen wat je wilt.

Maar hiermee? Wat moest ermee gedaan worden? De enige gebouwen die Paul met meneer Guy in verband kon brengen waren, voorzover hij wist, zijn hotels, zijn huis op Le Reposoir en het museum, over de bouw waarvan hij en meneer Ouseley hadden gepraat. De enige vrouwen die Paul met meneer Guy in verband kon brengen waren Anaïs Abbott en meneer Guys zus. Het leek niet waarschijnlijk dat de boodschap die meneer Guy Paul wilde geven, iets te maken had met Anaïs Abbott. En het leek nog veel onwaarschijnlijker dat meneer Guy hem een geheime boodschap had nagelaten over een van zijn hotels, of over zijn huis. Dan bleven meneer Guys zus en meneer Ouseleys museum over als de bedoeling van de boodschap. Dat moest zijn wat de boodschap betekende.

Misschien was het boek dat de vrouw op schoot hield een verslag dat ze bijhield van de bouw van het museum. En meneer Guy had deze boodschap natuurlijk voor hém achtergelaten – terwijl hij die toch zeker ook aan iemand anders had kunnen geven – omdat die zijn opdracht voor de toekomst bevatte. En de erfenis die meneer Guy Paul had nagelaten paste bij de boodschap die hem was gestuurd: Ruth Brouard zou doorgaan met het project, maar het zou gebouwd worden met Pauls geld.

Dat moest het zijn. Paul wist het. Meer nog, hij kon het voelen. En meneer Guy had meer dan eens met hem over gevoelens gesproken.

Vertrouw op wat er vanbinnen zit, mijn jongen. Daar ligt de waarheid.

Met een schok van blijdschap begreep Paul dat 'vanbinnen' meer had betekend dan alleen maar in je hart en je ziel. Het had ook betekend: binnen de dolmen. Hij moest vertrouwen op wat hij in die donkere kamer vond. Nou, dat zou hij doen.

Hij knuffelde Taboe met het gevoel dat er een loden mantel van zijn schouders was gevallen. Hij had in het duister getast sinds hij van de dood van meneer Guy had gehoord. Nu had hij licht. Maar eigenlijk meer dan dat. Hij had veel meer. Hij had nu een goed gevoel over welke richting hij moest inslaan.

Ruth hoefde het vonnis van de oncoloog niet te horen. Ze zag het aan zijn gezicht, in het bijzonder aan zijn voorhoofd, dat nog doorgroefder leek dan gewoonlijk. Hieruit begreep ze dat hij met de gevoelens worstelde die onvermijdelijk samenhingen met een dreigend falen. Ze vroeg zich af hoe het moest zijn om een beroep te kiezen dat meebracht dat men getuige was van het sterven van talloze patiënten. Artsen waren tenslotte bestemd om te genezen en om daarna de overwinning te vieren in de strijd tegen ziekte, ongeluk of aandoening. Maar kankerdokters trokken ten strijde met wapens die dikwijls onvoldoende waren tegen een vijand die geen beperkingen kende en die zich niet aan regels hield. Kanker, dacht Ruth, was een terrorist. Geen subtiele tekenen, niets dan onmiddellijke verwoesting. Het woord alleen al was voldoende om te vernietigen.

'We zijn zo ver gegaan als we kunnen, met wat we gebruikt hebben,' zei de dokter. 'Maar er komt een moment waarop een sterker opiaat nodig is voor de pijnbestrijding. Ik denk dat je begrijpt dat we dat moment hebben bereikt, Ruth. Hydromorfon is nu niet genoeg. We kunnen de dosis niet verhogen. We zullen op iets anders moeten overgaan.'

'Ik zou liever een ander alternatief hebben.' Ruth wist dat haar stem zwak was, en ze vond het afschuwelijk wat dat duidelijk maakte over haar aandoening. Het was de bedoeling dat ze zich verborg voor het vuur, en als ze dat niet kon, dat ze het vuur voor de wereld verborgen hield. Ze dwong zich tot een glimlachje. 'Het zou niet zo erg zijn als het alleen maar klopte. Dan zou er respijt zijn tussen het kloppen, als u begrijpt wat ik bedoel. Ik zou me kunnen herinneren hoe het was... in die korte pauzes... hoe het daarvóór was.'

'Nog een chemokuur dan.'

Ruth hield voet bij stuk. 'Nee. Niet nog eens.'

'Dan moeten we overgaan op morfine. Het is de enige oplossing.' Hij observeerde haar van achter zijn bureau, en de sluier voor zijn ogen die hem voor haar afgeschermd had gehouden, leek even te vallen. De man zat nu voor haar alsof hij naakt was, een mens die te veel pijn van andere mensen voelde. 'Waar ben je nu eigenlijk bang voor?' Zijn stem was vriendelijk. 'Is het de chemo zelf? De bijwerkingen?'

Ze schudde haar hoofd.

'De morfine dan? Het idee dat je verslaafd raakt? Heroïnegebruikers, opiumkitten, verslaafden die bezwijken in steegjes?'

Opnieuw schudde ze haar hoofd.

'Dan het feit dat morfine het laatste is? En wat dat betekent?'

'Nee. Helemaal niet. Ik weet dat ik doodga. Daar ben ik niet bang voor.' Om mama en papa weer te zien na zo'n lange tijd, Guy te zien en hem te kunnen zeggen dat ik het zo erg vond... Wat, dacht Ruth, viel daaraan te vrezen? Maar ze wilde de manier waaróp onder controle kunnen houden, en ze wist wat morfine deed, iedereen wist dat: hoe die je ten slotte beroofde van juist datgene wat je zelf zo dapper probeerde met een zucht los te laten.

'Maar het is niet nodig om met zoveel pijn te sterven, Ruth. De morfine...'
'Ik wil wéten dat ik ga,' zei Ruth. 'Ik wil geen levend lijk in een bed zijn.'
'Ah.' De dokter legde zijn handen op zijn bureau, vouwde ze keurig zodat zijn zegelring het licht ving. 'Je hebt je er een voorstelling van gemaakt, nietwaar? De patiënte die in coma ligt en de familie die zich om het bed verzameld heeft en haar ziet terwijl ze uiterst weerloos is. Ze ligt daar, onbeweeglijk en niet eens bij bewustzijn, niet in staat te communiceren, ongeacht wat er in haar hoofd omgaat.'
Ruth voelde de tranen dringen, maar ze reageerde er niet op. Uit angst dat ze toch zouden komen, knikte ze alleen maar.
'Dat is een beeld van lang geleden,' zei de arts tegen haar. 'We kunnen het natuurlijk tot een beeld van deze tijd maken, als dat is wat de patiënt wil: zorgvuldig geregisseerd wegglijden in een coma, met de dood die aan het eind van de afdaling wacht. Of we kunnen de dosering onder controle houden, zodat de pijn verdoofd wordt en de patiënt alert blijft.'
'Maar als de pijn te erg is, moet de dosis worden opgevoerd. En ik weet wat morfine doet. U kunt me niet vertellen dat die de patiënt niet sloopt.'
'Als je er problemen mee hebt, als het je te slaperig maakt, kunnen we de morfine in evenwicht brengen met iets anders. Ritalin, een stimulerend middel.'
'Nog meer drugs,' zei Ruth. De bitterheid die ze in haar stem hoorde paste bij de pijn in haar botten.
'Wat is het alternatief, Ruth, behalve wat je al hebt?'
Dat was de vraag, waar geen eenvoudig antwoord op te geven was, geen antwoord dat ze kon accepteren en waar ze zich bij neer kon leggen. Er was de dood door haar eigen hand, er was het ondergaan van kwelling als een christenmartelaar, of er was het verdovende middel. Zíj zou de beslissing moeten nemen.
Ze dacht erover na bij een kop koffie, waar ze kleine teugjes van dronk, in de Admiral de Saumarez Inn. Er brandde een behaaglijk vuur, het café stond op slechts enkele passen afstand van Berthelot Street, en Ruth had een leeg tafeltje bij de haard gevonden. Ze liet zich voorzichtig op een stoel zakken en bestelde koffie, die ze langzaam opdronk, genietend van de bittere smaak terwijl ze toekeek hoe de vlammen gulzig aan de houtblokken likten.
Ze zou niet in de situatie moeten verkeren waarin ze zich nu bevond, dacht Ruth vermoeid. Als jong meisje had ze gedacht dat ze op een goe-

de dag zou trouwen en een gezin zou stichten, zoals andere meisjes. Als vrouw, die eerst tegen de dertig liep en vervolgens tegen de veertig, had ze gedacht dat ze de broer van dienst kon zijn die haar hele leven alles voor haar had betekend. Ze was niet voorbestemd voor een andere levenswijze, hield ze zich voor. Het zij zo. Ze zou leven voor Guy.

Leven voor Guy confronteerde haar echter door de jaren heen met Guys levenswijze, en dat had ze moeilijk kunnen accepteren. Uiteindelijk was het haar gelukt, doordat ze zich voorhield dat wat hij deed slechts een reactie was op het verlies dat hij in zijn jeugd had geleden en op de eindeloze verantwoordelijkheden waarmee hij opgezadeld was als gevolg van dat verlies. Zij was een van die verantwoordelijkheden geweest. Hij had die gewetensvol op zich genomen. Ze was hem veel verschuldigd. Daarom had ze het door de vingers kunnen zien tot er een tijd kwam dat ze voelde dat het niet langer ging.

Ze vroeg zich af waarom mensen zo reageerden op de problemen die ze in hun jeugd hadden gehad. Wat voor de één een uitdaging was, werd een excuus voor de ander, maar in beide gevallen bleef hun jeugd de drijfveer achter alles wat ze deden. Dit eenvoudige principe had haar lange tijd voor ogen gestaan, telkens wanneer ze het leven van haar broer evalueerde: zijn drang om te slagen en te bewijzen wat hij waard was, voortgekomen uit vervolging en verlies in zijn jeugd; zijn rusteloze, nooit eindigende jacht op vrouwen, louter een gevolg van een jeugd waarin hij had gesnakt naar moederliefde; zijn mislukte pogingen als vader, slechts het gevolg van een relatie met zijn eigen vader die was geëindigd voor ze de kans kreeg tot bloei te komen. Ze wist dit alles. Ze had het in overweging genomen. Maar bij al haar overwegingen had ze er nooit over nagedacht hoe de principes die de rol die de jeugd speelt bepalen, in andere levens werkten dan in dat van Guy.

In haar eigen leven bijvoorbeeld: een bestaan dat geheel werd gedomineerd door angst. Mensen zeiden dat ze terug zouden komen, maar ze kwamen niet terug; dat was de achtergrond waartegen ze haar rol had gespeeld in het drama dat zich ontrolde en haar leven werd. Je kon echter niet functioneren in zo'n angstige sfeer, dus je zocht manieren om te doen alsof de vrees niet bestond. Een man zou kunnen weggaan, dus je moest je aan de man vastklampen die dat niet kon doen. Een kind kon opgroeien en veranderen en het nest verlaten, dus vermijd die mogelijkheid op de eenvoudigste manier: neem geen kinderen. De toekomst kon uitdagingen brengen die je in het onbekende zouden storten, dus leef in het verleden. Maak van je leven een eerbetoon aan het verleden, leg het vast, koester het, schrijf er een dagboek over. En al doende was gebleken dat leven zonder angst alleen maar een andere manier was om te leven buiten het leven.

Maar was dat zo verkeerd? Ruth kon het niet geloven, zeker niet wanneer ze bedacht waar haar pogingen om binnen het leven te leven, toe hadden geleid.

'Ik wil weten wat je van plan bent eraan te doen,' had Margaret die ochtend willen weten. 'Adrian is beroofd van wat hem rechtens toekomt – in meer dan één opzicht, en dat weet je – en ik wil weten wat je eraan gaat doen. Het kan me eerlijk gezegd niet schelen hoe hij het voor elkaar heeft gekregen, wat voor legale trucs hij heeft uitgehaald. Daar sta ik boven. Ik wil alleen weten hoe jij van plan bent het recht te zetten. Niet of, Ruth. Hoe. Omdat ik denk dat je weet waartoe dit zal leiden als je niets doet.'

'Guy wilde...'

'Het kan me verdomme niet schelen wat je denkt dat Guy wilde, omdat ik wéét wat hij wilde: wat hij altijd gewild heeft.' Margaret liep naar Ruth toe, die aan haar toilettafel zat, waar ze probeerde wat kunstmatige kleur op haar gezicht aan te brengen. 'Jong genoeg om zijn dochter te kunnen zijn, Ruth. Jonger dan zijn eigen dochters, zelfs, als het erop aankomt. Iemand van wie je je met geen mogelijkheid kunt voorstellen dat ze beschikbaar voor hem is. Dat heeft hij de laatste keer uitgehaald. En dat weet je, waar of niet?'

Ruths hand trilde zo dat ze haar lippenstift niet uit de huls kon draaien. Margaret zag het en ze reageerde er onmiddellijk op, het uitleggend als het antwoord dat Ruth niet van plan was hardop uit te spreken.

'Mijn god, je wist het.' Margarets stem was schor. 'Je wist dat hij van plan was haar te verleiden en je hebt niets gedaan om het te voorkomen. Wat jou betrof – en het was altijd zo wat jou betrof – kon die ellendige kleine Guy niets verkeerds doen, wie er ook door gekwetst werd.'

Ruth, ik wil het. Zij wil het ook.

'Wat deed het er ten slotte toe dat ze niet méér was dan de laatste in een heel lange rij van vrouwen die hij eenvoudig moest hebben? Wat deed het ertoe dat hij door haar te nemen een verraad pleegde waar niemand overheen zou kunnen komen? Hij had altijd het voorwendsel dat hij hun een of andere gunst bewees, als heer: hun wereld verruimde, hen onder zijn hoede nam, hen uit een benarde situatie redde – en we weten beiden wat die situatie was. Terwijl hij aldoor alleen maar zijn eigen plezier najaagde op de gemakkelijkste manier die hij kon vinden. Je wist het. Je zag het. En je liet het gebeuren. Alsof je geen verantwoordelijkheid had tegenover iemand anders dan jezelf.'

Ruth liet haar hand zakken, die veel te veel trilde om er iets mee te kunnen doen. Guy hád verkeerde dingen gedaan, dat wilde ze wel toegeven. Maar hij had het niet met opzet gedaan. Hij had het niet van tevoren beraamd... of er zelfs maar aan gedacht... Nee, zo'n monster was hij niet. Het was gewoon zo gegaan dat zij er op een dag was en dat Guy de schellen van de ogen vielen, wat altijd gebeurde wanneer hij plotseling zag en even plotseling wilde hebben en dacht dat hij haar moest hebben omdat... Zij is de ware, Ruth. En ze was altijd 'de ware' voor Guy, en zo rechtvaardigde hij alles, wat hij ook deed. Dus Margaret had gelijk. Ruth had het gevaar gezien.

'Heb je gekeken?' vroeg Margaret haar. Ze had achter Ruth naar haar schoonzus staan staren, naar haar beeld in de spiegel, maar nu liep ze om en ging ze zo staan dat Ruth wel naar haar moest kijken, en voor het geval ze hoopte dat ze iets anders zou kunnen doen, pakte Margaret de lippenstift uit haar hand. 'Ging het zo? Heb je meegedaan? Niet langer op de achtergrond, Guys kleine Boswell van het borduurwerk, maar deze keer een actieve medespeelster in het drama. Of misschien een gluurster? Een vrouwelijke Polonius achter het wandtapijt?'

'Nee!' riep Ruth uit.

'O. Dus je was gewoon iemand die zich er niet mee bemoeide, wat hij ook deed.'

'Dat is níét waar.' Het was te veel om te verdragen: haar eigen fysieke pijn, het verdriet om de moord op haar broer, getuige moeten zijn hoe dromen voor haar ogen in rook opgingen, van te veel mensen houden die met elkaar overhoop lagen, zien hoe het wiel van Guys misplaatste hartstocht bleef draaien in omwentelingen die nooit veranderden. Zelfs niet op het laatst. Zelfs niet na 'Zij is echt de ware, Ruth', voor de laatste keer. Ze was het niet geweest, maar hij had zichzelf moeten wijsmaken dat ze het was, want anders had hij onder ogen moeten zien wie hij zelf in werkelijkheid was: een oude man die had geprobeerd te herstellen van een levenslang verdriet dat hij nooit had willen voelen, iets wat hem niet was gelukt. Er was geen ruimte voor geweest na dat '*Prends soin de ta petite soeur*', het gebod dat het motto werd op een familieblazoen dat slechts in de gedachten van haar broer bestond. Dus hoe had ze hem ter verantwoording kunnen roepen? Welke eisen had ze kunnen stellen? Welke bedreigingen had ze kunnen uiten?

Geen enkele. Ze kon slechts proberen hem tot rede te brengen. Toen dat mislukte, omdat het tot mislukking gedoemd was op het moment dat hij zei 'Zij is de ware', voor de zoveelste maal, alsof hij dat geen dertig keer eerder had verklaard, wist ze dat ze een andere weg moest inslaan om hem tegen te houden. Dit zou een nieuwe weg zijn, en dat betekende voor haar angstaanjagend, niet in kaart gebracht terrein. Maar ze moest die weg volgen.

Daarom had Margaret ongelijk, althans wat dit betrof. Ze had niet de rol van Polonius gespeeld, verstopt en luisterend, haar vermoedens bevestigd ziend en tegelijkertijd een indirecte voldoening verkrijgend uit iets wat ze zelf nooit gekend had. Ze had het geweten. Ze had geprobeerd haar broer tot rede te brengen. Toen ze daar niet in geslaagd was, was ze in actie gekomen.

En nu? Nu bleef ze zitten met de nasleep van wat ze gedaan had.

Ruth wist dat ze dit op de een of andere manier zou moeten herstellen. Margaret wilde haar doen geloven dat Adrians wettige erfdeel naar boven halen uit het juridische drijfzand dat Guy had geschapen om ervoor te zorgen dat de jongeman het niet kreeg, een gepaste vorm van herstel zou zijn. Maar dat kwam doordat Margaret een snelle oplossing wilde voor een probleem dat al jaren bestond. Alsof, dacht Ruth, een geldinfuus in Adrians aderen ooit het antwoord zou kunnen zijn op wat hem al zo lang mankeerde.

In de Admiral de Saumarez Inn dronk Ruth het laatste beetje koffie op, waarna ze een aantal geldstukken op het tafeltje legde. Met enige moeite wurmde ze zich weer in haar mantel, frunnikend met de knopen en haar sjaal. Buiten viel nog steeds een lichte regen, maar een lichte streep aan de hemel, in de richting van Frankrijk, beloofde dat het weer zou verbeteren naarmate de dag vorderde. Ruth hoopte dat het zou gebeuren. Ze was zonder paraplu naar de stad gekomen.

Ze moest tegen de helling van Berthelot Street op klimmen, en dat kostte haar moeite. Ze vroeg zich af hoe lang ze het nog zou kunnen volhouden en hoeveel maanden of misschien zelfs weken ze nog had voor ze gedwongen zou zijn in bed te blijven tot het laatste aftellen begon. Niet lang, hoopte ze.

Bijna aan het eind van de klim boog New Street af naar rechts, zo ongeveer in de richting van het Royal Court House. In deze buurt bevond zich het kantoor van Dominic Forrest.

Ruth liep naar binnen en hoorde dat de advocaat juist was teruggekeerd van een paar ochtendvisites. Hij kon haar ontvangen, als ze het niet erg vond om een kwartiertje te wachten. Hij moest twee mensen terugbel-

len, gesprekken die zeer belangrijk waren. Wilde ze misschien koffie? Ruth bedankte. Ze ging niet zitten, omdat ze niet zeker wist of ze zonder hulp weer zou kunnen opstaan. Ze pakte een exemplaar van *Country Life,* en keek naar de foto's zonder ze echt te zien.
Meneer Forrest kwam haar binnen het beloofde kwartier halen. Hij keek ernstig toen hij haar naam riep, en ze vroeg zich af of hij in de deuropening van zijn kantoor had gestaan en naar haar had gekeken, inschattend hoeveel langer ze het nog zou kunnen volhouden. Ruth had de indruk dat een groot deel van de mensen om haar heen haar nu op die manier bekeek. Hoe meer ze deed om er normaal uit te zien, niet gehinderd door haar ziekte, des te meer schenen mensen haar gade te slaan alsof ze wachtten tot de leugen aan het licht zou komen.
Ruth ging in Forrests kamer op een stoel zitten, wetend hoe vreemd het zou lijken als ze gedurende hun gesprek zou blijven staan. Hij vroeg of ze het niet erg vond dat hij een kop koffie nam. Hij was al uren op, om vroeg aan de werkdag te kunnen beginnen, en hij had op dit moment behoefte aan een stoot cafeïne. Wilde ze dan ten minste een plak *gâche* nemen?
Nee, dank u, zei Ruth, ze was heel tevreden want ze had zojuist een kop koffie gedronken in de Admiral de Saumarez. Ze wachtte tot meneer Forrest zijn koffie en zijn plak van de plaatselijke cake had gekregen, voor ze over het doel van haar bezoek begon.
Ze vertelde de advocaat van haar verwarring met betrekking tot Guys testament. Ze was getuige geweest bij zijn eerdere testamenten, zoals meneer Forrest wist, en het was een behoorlijke schok voor haar geweest om de veranderingen te horen die hij in de erfenis had aangebracht: niets voor Anaïs Abbott en haar kinderen, het oorlogsmuseum was vergeten, de Duffy's waren overgeslagen. En te horen dat Guy zijn eigen kinderen minder had nagelaten dan deze twee... Ze zocht naar woorden en koos 'plaatselijke protégés'... Het was een zeer verbijsterende situatie.
Dominic Forrest knikte ernstig. Hij had zich afgevraagd wat er gaande was, gaf hij toe, toen hem gevraagd was het testament voor te lezen in aanwezigheid van personen van wie hij wist dat ze geen begunstigden waren. Dat was ongebruikelijk – tja, de hele voorlezing van het testament op een dergelijke bijeenkomst was in deze tijd een beetje ongebruikelijk, nietwaar? – maar hij had gedacht dat Ruth zich misschien in deze moeilijke periode door vrienden en geliefden wilde omringen. Nu begreep hij dat Ruth zelf onkundig was gebleven van het laatste testament van haar broer. Dat verklaarde veel over de eigenaardigheid van de

formele voorlezing. 'Ik had me afgevraagd waarom je niet met hem meekwam op de dag dat hij de documenten ondertekende. Dat had je daarvóór altijd gedaan. Ik dacht dat je je misschien niet goed voelde, maar ik heb het destijds niet gevraagd. Omdat...' Hij haalde zijn schouders op, tegelijkertijd meelevend en verlegen kijkend. Hij wist het ook, besefte Ruth. Dus Guy had het waarschijnlijk ook geweten. Maar zoals de meeste mensen wist hij niet wat te zeggen. 'Ik vind het erg dat je doodgaat' leek te grof.

'Maar ziet u, eerder had hij het me altijd verteld,' zei Ruth. 'Elk testament. Elke keer. Ik probeer te begrijpen waarom hij deze laatste versie geheim heeft gehouden.'

'Misschien dacht hij dat het je van streek zou brengen,' zei Forrest. 'Misschien wist hij dat je het niet eens zou zijn met de wijzigingen in de legaten. Een deel van het geld buiten de familie houden.'

'Nee. Dat kan het niet zijn,' zei Ruth. 'In de andere testamenten gebeurde hetzelfde.'

'Maar geen fiftyfiftyverdeling. En volgens de eerdere versies erfden zijn kinderen ieder meer dan de andere begunstigden. Misschien dacht Guy dat je daar kritiek op zou hebben. Hij wist dat je zou begrijpen wat de bepalingen van het testament betekenden zodra je ze hoorde.'

'Ik zou geprotesteerd hebben,' gaf Ruth toe. 'Maar dat zou niets aan de zaak veranderd hebben. Guy schonk nooit aandacht aan mijn protesten.'

'Ja, maar dat was vóór...' Forrest gebaarde met zijn handen. Ruth begreep eruit dat hij de kanker bedoelde.

Ja, het zou logisch geweest zijn als Guy geweten had dat ze ging sterven. Hij zou geluisterd hebben naar de wensen van een zus die niet lang meer te leven had. Zelfs Guy zou dat doen. En naar haar luisteren zou hebben betekend zijn drie kinderen een erfenis nalaten die op zijn minst gelijkstond aan – zo niet groter was dan – dat wat hij aan de twee tieners van het eiland had nagelaten, en dat was precies wat Guy niet gewild had. Zijn dochters waren allang van hem vervreemd; zijn zoon was zijn leven lang een teleurstelling geweest. Hij wilde iets doen voor de mensen die zijn liefde hadden beantwoord op de manier waarvan hij dacht dat liefde beantwoord moest worden. En dus had hij zich gehouden aan de Wet op het erfrecht en zijn kinderen slechts de vijftig procent nagelaten waarop ze recht hadden, wat hem de vrijheid gaf met de rest te doen wat hij wilde.

Maar om dat haar niet te vertellen... Ruth kreeg het gevoel alsof ze in de ruimte zweefde, maar het was een door stormen geteisterde ruimte waarin ze niets meer had om zich aan vast te klampen. Want Guy, haar broer, haar steun en toeverlaat, had haar onwetend gelaten. In minder dan 24 uur had ze ontdekt dat hij in het geheim een reis naar California had gemaakt en vervolgens dat hij opzettelijk een list had toegepast om straf en beloning uit te delen, aan de jonge mensen die hem hadden teleurgesteld en aan de jonge mensen die dat niet hadden gedaan.

'Hij wist precies wat hij wilde met dit laatste testament,' zei meneer Forrest, als om haar gerust te stellen. 'En zoals het was opgesteld, zou hij zijn kinderen een aanzienlijk geldbedrag nalaten, ongeacht wat de andere begunstigden ontvingen. Hij begon bijna tien jaar geleden met twee miljoen pond, zoals je je herinnert. Wanneer dit verstandig belegd geweest zou zijn, zou het een zo groot vermogen hebben opgeleverd dat iedereen tevreden was, al kregen ze er slechts een deel van.'

Afgezien van het pijnlijke besef van wat haar broer gedaan had om zoveel mensen te kwetsen, hoorde Ruth het 'geweest zou zijn' en 'zou het' in de opmerkingen van Forrest. Hij leek zich plotseling op grote afstand van haar te bevinden, en de ruimte waar ze in was geslingerd voerde haar nog verder weg van de rest van de mensheid. Ze zei: 'Is er nog meer wat ik moet weten, meneer Forrest?'

Dominic Forrest leek deze vraag te overwegen. Hij zei: 'Wat je moet weten? Ik zal niet zeggen dat het moet. Maar anderzijds, denkend aan Guys kinderen en hoe die zullen reageren, denk ik dat het verstandig is om voorbereid te zijn.'

'Waarop?'

De advocaat pakte een vel papier dat naast de telefoon op zijn bureau lag. 'Ik heb bericht gekregen van de juridisch accountant. De telefoongesprekken die ik moest voeren? Hem terugbellen was er een van.'

'En?' Ruth zag de aarzeling waarmee Forrest naar het papier keek, dezelfde aarzeling die haar dokter toonde wanneer hij zich vermande om haar slecht nieuws over te brengen. Daaruit begreep ze voldoende om zich voor te bereiden, hoewel dat niets veranderde aan het feit dat ze het liefst de kamer uit wilde rennen.

'Ruth, er is heel weinig geld over. Iets minder dan 250.000 pond. Een aanzienlijk bedrag, onder normale omstandigheden, ja. Maar wanneer je bedenkt dat hij begon met twee miljoen... Hij was een gewiekste zakenman, een gewiekstere was er niet. Hij wist wanneer, waar en hoe hij moest investeren. Er zou veel meer moeten zijn dan wat er nu op zijn rekeningen staat.'

'Wat is er gebeurd...?'

'Met de rest van dat geld?' besloot Forrest. 'Ik weet het niet. Toen de juridisch accountant met zijn bevindingen kwam, heb ik tegen hem gezegd dat het een vergissing moest zijn. Hij onderzoekt het nu, maar hij zei dat het, voorzover hij kon zien, een uitgemaakte zaak was.'
'Wat betekent dat?'
'Blijkbaar heeft Guy tien maanden geleden een aanzienlijk deel van zijn beleggingen verkocht. Destijds meer dan drieënhalf miljoen pond.'
'Om het op de bank te zetten? Op zijn spaarrekening, misschien?'
'Daar staat het niet op.'
'Om iets te kopen?'
'Daar is niets aantoonbaars van bekend.'
'Wat dan?'
'Ik weet het niet. Ik heb pas tien minuten geleden gehoord dat het geld zoek is, en het enige wat ik je kan vertellen is wat er over is: een kwart miljoen pond.'
'Maar als zijn advocaat moet u toch geweten hebben...'
'Ruth, ik ben zojuist een deel van de ochtend bezig geweest om zijn erfgenamen te laten weten dat ze ieder iets in de buurt van zevenhonderdduizend pond zouden erven, misschien meer. Geloof me, ik wist niet dat het geld weg was.'
'Kan iemand het gestolen hebben?'
'Ik zou niet weten hoe.'
'Verduisterd bij de bank, of bij de effectenmakelaar?'
'Nogmaals: hoe?'
'Kan hij het weggegeven hebben?'
'Dat zou kunnen, ja. Op dit moment zoekt de accountant naar op schrift gestelde bewijzen. De logische persoon die hij in het geheim een fortuin toegestopt kan hebben, is zijn zoon. Maar op het ogenblik?' Hij haalde zijn schouders op. 'We weten het niet.'
'Als Guy Adrian geld gegeven heeft,' zei Ruth, meer tegen zichzelf dan tegen de advocaat, 'heeft hij het geheimgehouden. Hebben ze het beiden geheimgehouden. En zijn moeder weet er niets van. Margaret, zijn moeder' – dit tegen de advocaat – 'Ze weet het niet.'
'Tot we meer ontdekken, kunnen we slechts aannemen dat iedereen een legaat krijgt dat veel minder is dan wat het had kunnen zijn,' zei Forrest. 'En als gevolg daarvan moet je je voorbereiden op een behoorlijk vijandige houding van die personen.'
'Minder. Ja. Daar had ik niet aan gedacht.'
'Begin er dan aan te denken,' zei Forrest. 'Zoals het er nu voor staat,

erven Guys kinderen ieder minder dan zestigduizend pond, is de andere twee ongeveer zevenentachtigduizend pond nagelaten, en zit jij op een landgoed met toebehoren dat miljoenen waard is. Wanneer dit alles bekend wordt, zal er enorme druk op je worden uitgeoefend om de kwestie in de ogen van anderen recht te zetten. Tot we alles achterhaald hebben, adviseer ik je om je nadrukkelijk te houden aan wat we weten over Guys wensen met betrekking tot zijn nalatenschap.'

'Misschien is er nog meer dat we moeten weten,' zei Ruth fluisterend.

Forrest liet de aantekeningen van het gesprek met de juridisch accountant op zijn bureau vallen. 'Geloof me, er is beslist nog meer dat we moeten weten,' zei hij instemmend.

16

Valerie luisterde terwijl de telefoon aan de andere kant van de lijn bleef overgaan. Ze fluisterde 'Neem op, neem op, neem op', maar het bellen hield aan. Hoewel ze de verbinding niet wilde verbreken, dwong ze zich ten slotte het toch te doen. Even later had ze zichzelf ervan overtuigd dat ze een verkeerd nummer had gedraaid, dus ze begon opnieuw. De verbinding kwam tot stand, het bellen begon. Het resultaat was hetzelfde.
Ze keek naar buiten en zag dat de politie nog steeds bezig was met het onderzoek. Ze waren plichtsgetrouw maar grondig te werk gegaan in het grote huis en daarna hadden ze zich verplaatst naar de bijgebouwen en de tuinen. Weldra, dacht Valerie, zouden ze besluiten ook haar huis te doorzoeken. Het maakte deel uit van Le Reposoir en volgens de rechercheur die de leiding had hadden ze de opdracht gekregen het hele landgoed grondig en nauwgezet te onderzoeken.
Ze wilde er niet aan denken waarnaar ze op zoek waren, maar ze had er een tamelijk goed idee van. Een agent was de trap af gekomen met Ruths medicijnen, in een zak die voor bewijsmateriaal bedoeld was, en slechts door te benadrukken hoe belangrijk de medicijnen waren voor Ruths welzijn had Valerie de agent ervan kunnen overtuigen niet alle pillen uit het huis mee te nemen. Ze hadden die toch zeker niet allemaal nodig, had ze geredeneerd. Mevrouw Brouard leed verschrikkelijk veel pijn en zonder haar medicijnen...
Pijn? was de agent haar in de rede gevallen. Dus we hebben hier pijnstillers? En om het te benadrukken had hij met de zak gezwaaid, alsof dat nodig was.
Ja, zeker. Het enige wat ze hoefden doen was de etiketten te lezen en te letten op de woorden *tegen de pijn*, die ze toch beslist hadden moeten zien toen ze de pillen uit haar medicijnkastje hadden gehaald.
We hebben onze instructies, mevrouw, was de reactie van de agent. Uit die verklaring maakte Valerie op dat ze alle medicijnen die ze aantroffen, moesten meenemen, ongeacht hun werking.
Ze vroeg of ze het grootste deel van de pillen wilden achterlaten. Neem een monster uit elk flesje en laat de rest hier, had ze geopperd. Dat kunt

u toch wel doen, ter wille van mevrouw Brouard. Ze zal zich heel slecht voelen zonder haar medicijnen.

De agent stemde toe, maar niet van harte. Toen Valerie hem verliet om door te gaan met haar werkzaamheden in de keuken, had ze zijn ogen in haar rug voelen priemen. Ze wist dat ze zijn achterdocht had opgewekt. Dat was de reden waarom ze haar telefoongesprek niet vanuit het grote huis wilde voeren. Ze was naar haar eigen huis gelopen, en liever dan de telefoon in de keuken te pakken, vanwaar ze niet zou kunnen zien wat er op het terrein van Le Reposoir gaande was, gebruikte ze het toestel in de slaapkamer boven. Ze was op Kevins kant van het bed gaan zitten, waar ze dichter bij het raam was. Daarom kon ze, terwijl ze keek hoe de agenten zich verspreidden en op weg gingen naar de tuinen en de vrijstaande bijgebouwen, Kevs geur inademen van een werkoverhemd dat hij over een stoelleuning had gehangen.

Neem op, dacht ze. Neem op. Neem op. Het bellen hield aan.

Ze keerde zich van het raam af en boog zich over de telefoon, zich erop concentrerend haar wilskracht via de hoorn over te brengen. Als ze de verbinding lang genoeg in stand bleef houden zou het irritante geluid alleen al een reactie moeten uitlokken.

Kevin zou dit niet prettig vinden. Hij zou zeggen: 'Waarom doe je dit, Val?' En ze zou geen antwoord kunnen geven dat rechtstreeks en eerlijk was, omdat er te lang te veel op het spel gestaan had om nog ergens rechtstreeks en eerlijk over te kunnen zijn.

Neem op, neem op, neem op, dacht ze.

Hij was tamelijk vroeg weggegaan. Het weer werd met de dag slechter, had hij gezegd, en hij moest iets doen aan die lekkage in de ramen aan de voorkant van Mary Beths huis. Zoals dat aan het weer was blootgesteld – recht op het westen met uitzicht op Portelet Bay – zou ze wanneer het hard begon te regenen, met een groot probleem zitten. De benedenramen waren van de zitkamer, en het water zou haar vloerbedekking ruïneren, om nog maar niet te spreken over de schimmel, en Val wist dat Mary Beths beide dochters allergisch waren voor vocht. Boven was het nog erger, die ramen waren van de slaapkamers van de twee meisjes. Hij kon toch zeker zijn nichtjes niet in hun bed laten slapen terwijl de regen binnensijpelde en langs het behang liep, of wel? Hij had zijn verantwoordelijkheden als zwager, en daar wilde hij zich niet aan onttrekken.

Dus was hij vertrokken om de ramen van zijn schoonzus te repareren. Die hulpeloze, hulpeloze Mary Beth Duffy, dacht Valerie, te vroeg weduwe geworden omdat haar man was getroffen door een hartaanval terwijl

hij van een taxi naar de ingang van een hotel in Kuweit liep. Binnen een minuut was het voorbij geweest voor Corey. Kev had dezelfde hartafwijking als zijn tweelingbroer, maar ze hadden het geen van beiden geweten tot Corey op straat was gestorven, in die genadeloze zonneschijn, in die hitte van Kuweit. Dus had Kevin zijn leven te danken aan Coreys dood. Een aangeboren afwijking bij de ene tweelingbroer duidde op de mogelijkheid van een soortgelijke afwijking bij de andere. Kevin had nu een tovermiddel in zijn borst ingeplant gekregen, een apparaatje dat Corey had kunnen redden als iemand ooit vermoed had dat er iets mis was met zijn hart.
Valerie wist dat haar man zich als gevolg daarvan dubbel verantwoordelijk voelde voor de vrouw en kinderen van zijn broer. Terwijl ze probeerde zich voor te houden dat hij niet meer deed dan gehoor geven aan een plichtsgevoel dat niet eens zou hebben bestaan als Corey niet was gestorven, keek ze onwillekeurig toch op de wekker, terwijl ze zich afvroeg hoe lang het eigenlijk duurde om vier of vijf ramen af te dichten.
De meisjes – Kevins twee nichtjes – zouden naar school zijn, en Mary Beth zou dankbaar zijn. Haar dankbaarheid in combinatie met haar verdriet zou wel eens een bedwelmend brouwseltje kunnen blijken.
Zorg ervoor dat ik het vergeet, Kev. Help me het te vergeten.
De telefoon bleef overgaan, overgaan, overgaan. Valerie luisterde, met gebogen hoofd. Ze drukte haar vingers tegen haar ogen.
Ze wist heel goed hoe verleiding werkte. Ze had het voor haar ogen zien gebeuren. Er ontwikkelde zich een wereldgeschiedenis tussen een man en een vrouw uit zijdelingse, begrijpende blikken. Die werd intenser door toevallige contacten waarvoor een eenvoudige verklaring bestond: vingers raken elkaar aan wanneer er een bord wordt doorgegeven; een hand die op een arm gelegd wordt benadrukt een grappige opmerking. Daarna gaat een blozende huid vooraf aan een hongerige blik in de ogen. En ten slotte komen de redenen om te blijven talmen, de geliefde te zien, gezien en begeerd te worden.
Hoe hadden ze het allemaal zover kunnen laten komen? vroeg ze zich af. Waar moest het allemaal naartoe als niemand iets zei?
Ze had nooit overtuigend kunnen liegen. Wanneer haar iets gevraagd werd, moest ze óf het negeren, ervoor weglopen, doen alsof ze het niet begreep, óf de waarheid spreken. Iemand in de ogen kijken en hem opzettelijk misleiden ging haar schaarse acteercapaciteiten te boven. Wanneer haar gevraagd zou worden 'Wat weet je hierover, Val?', had ze slechts twee opties: weglopen of spreken.

Ze had volkomen zeker geweten wat ze op de ochtend van Guy Brouards dood vanuit haar raam gezien had. Ze wist het zeker, ook nu nog. Toen was ze er zeker van geweest omdat het haar allemaal zo in overeenstemming had geleken met de manier waarop Guy Brouard leefde: het voorbijlopen in de vroege ochtend, op weg naar de baai waar hij elke dag ging zwemmen, iets wat voor hem niet zozeer lichaamsbeweging betekende, maar de bevestiging van een dapperheid en een viriliteit die de tijd hem uiteindelijk zou afnemen, en dan, enkele ogenblikken later, de gestalte die hem volgde. Valerie was er zeker van wie die gestalte was geweest, omdat ze gezien had hoe Guy Brouard met de Amerikaanse omging – innemend en charmant, deels met Europese hoffelijkheid, deels met de familiariteit van de nieuwe wereld – en ze wist welke gevoelens zijn gedrag bij een vrouw kon opwekken en wat zijn gedrag een vrouw kon laten doen.

Maar een moord plegen? Dat was het probleem. Ze kon geloven dat China River hem achternagegaan was naar het strand, mogelijk voor een rendez-vous dat van tevoren was afgesproken. Ze kon ook geloven dat er veel – zo niet alles – tussen hen had plaatsgevonden vóór die ochtend. Maar ze kon niet zover gaan te denken dat de Amerikaanse Guy Brouard had vermoord. Een man vermoorden – en in het bijzonder op de manier zoals deze man vermoord was – was niet het werk van een vrouw. Vrouwen vermoordden hun rivalen om de genegenheid van een man; ze vermoordden niet de man.

Met dit in gedachten leek het redelijk dat China River zelf degene was geweest die in gevaar had verkeerd. Anaïs Abbott kon het niet prettig gevonden hebben te zien dat haar minnaar zijn aandacht aan een andere vrouw schonk dan aan haar. En zouden er nog anderen zijn, vroeg Valerie zich af, die het tweetal – China River en Guy Brouard – hadden gadegeslagen, die de verstandhouding die zich zo snel tussen hen had ontwikkeld, hadden aangezien voor een opbloeiende relatie? Niet slechts een onbekende, die een paar dagen op Le Reposoir logeerde en daarna weer verder trok, maar een bedreiging voor iemands toekomstplannen, plannen die tot China Rivers komst naar Guernsey heel dicht bij hun verwezenlijking leken te zijn. Maar als dat zo was, waarom moest Guy Brouard dan vermoord worden?

Neem op, neem op, zei Valerie tegen de telefoon.

Toen hoorde ze: 'Val, wat doet de politie hier?'

Valerie liet de hoorn op haar schoot vallen. Met een ruk draaide ze zich om, en ze zag Kevin in de deuropening van hun slaapkamer staan, met

zijn overhemd half losgeknoopt, wat erop wees dat hij van plan was zich te verkleden. Vluchtig vroeg ze zich af waarom – is haar geur aan je blijven hangen, Kev? – maar toen zag ze dat hij in de kast zocht naar iets warmers tegen de koude: een dikke, wollen visserstrui waarin hij op het land kon werken.
Kevin keek eerst naar de hoorn op haar schoot, en daarna keek hij haar aan. Uit de microfoon klonk zwakjes het gerinkel aan de andere kant van de lijn. Valerie griste de hoorn op en legde die op de haak. Ze realiseerde zich iets wat ze tot dusver niet had opgemerkt: een felle pijn in de gewrichten van haar handen. Ze bewoog haar vingers, maar kromp ineen bij de schok van de doffe pijn. Ze verbaasde zich dat ze het niet eerder had gemerkt.
Kevin zei: 'Is het erg?'
'Het komt en gaat.'
'Wilde je de dokter bellen?'
'Alsof dat iets zou veranderen. Er is niets aan de hand, zegt hij steeds. U hebt geen artritis, mevrouw Duffy. En die pillen van hem... ik denk dat het niets anders is dan suiker, Kevin. Om me zoet te houden. Maar de pijn is echt. Er zijn dagen dat ik mijn vingers niet kan bewegen.'
'Een andere dokter, dan?'
'Ik vind het zo moeilijk iemand te vinden die ik kan vertrouwen.' Wat was dat waar, dacht ze. Op wiens schoot had ze zoveel achterdocht en twijfel meegekregen?
'Ik bedoelde de telefoon,' zei Kevin, terwijl hij de grijze, wollen trui over zijn hoofd trok. 'Probeerde je een andere dokter te bereiken? Als de pijn erger is geworden, moet je toch iets doen.'
'O.' Valerie keek naar de telefoon op het nachtkastje, om haar ogen van haar man te kunnen afwenden. 'Ja. Ja. Ik probeerde... ik kon hem niet bereiken.' Ze schonk hem een snel lachje. 'Ik weet niet waar het met de wereld naartoe moet als dokters hun telefoon niet opnemen, zelfs niet in hun praktijk.' Ze klopte met haar handen op haar dijen als om aan te geven dat het nu afgelopen was, en ze stond van het bed op. 'Ik zal maar een paar van die pillen nemen. Als het allemaal tussen mijn oren zit, zoals de dokter denkt, misschien houden de pillen dan mijn lichaam voor de gek en ga ik erin geloven.'
De pillen gaven haar tijd haar zelfbeheersing terug te krijgen. Ze haalde ze uit de badkamer en nam ze mee naar beneden, naar de keuken, zodat ze ze kon innemen zoals ze altijd medicijnen innam: met sinaasappelsap. Daar zou Kevin niets ongewoons aan vinden.

Toen hij de trap af was gekomen en bij haar in de keuken stond, was ze klaar voor hem. Opgewekt zei ze: 'Is alles goed met Mary Beth? Heb je haar ramen kunnen repareren?'
'Ze ziet op tegen de komende kerstdagen. De eerste Kerstmis zonder Corey.'
'Ja, dat is moeilijk. Ze zal hem nog heel lang missen. Zoals ik jou zou missen, Kev.' Valerie haalde een schone theedoek uit de lade met linnengoed en begon er het aanrecht mee af te vegen. Het was niet nodig, maar ze wilde iets doen om te voorkomen dat de waarheid haar over de lippen kwam. Bezig blijven zorgde ervoor dat haar stem, haar lichaam en haar gezichtsuitdrukking haar niet verrieden, en dat wilde ze: het vredige gevoel dat ze veilig was, met haar gevoelens onder controle. 'Ik denk dat het zwaar voor haar is wanneer ze jou ziet, Kev. Als ze naar jou kijkt, ziet ze Corey.'
Kevin gaf geen antwoord. Daarom was ze gedwongen hem aan te kijken. Hij zei: 'Ze maakt zich zorgen om de meisjes. Die vragen de kerstman of hij hun vader terug wil brengen. Mary Beth is bezorgd wat er zal gebeuren wanneer hij het niet doet.'
Valerie wreef over het aanrecht waar een te hete pan een zwarte vlek in het oude oppervlak had gebrand. Wrijven zou het probleem echter niet oplossen. Het was te lang geleden ontstaan en toen had er iets aan gedaan moeten worden.
Kevin vroeg: 'Wat doet de politie hier, Val?'
'Zoeken.'
'Waarnaar?'
'Dat zeggen ze niet.'
'Heeft het te maken met...?'
'Ja. Waarmee anders? Ze hebben Ruths pillen meegenomen...'
'Ze denken toch niet dat Ruth...'
'Nee. Ik weet het niet. Ik geloof het niet.' Valerie hield op met poetsen en ze vouwde de theedoek op. De vlek was er nog steeds, onveranderd.
'Niets voor jou om hier te zijn op deze tijd van de dag,' zei Kevin. 'Is er niets te doen in het grote huis? Eten klaarmaken?'
'Ik moest die lui niet voor de voeten lopen,' zei ze, waarmee ze de politie bedoelde.
'Hebben ze je dat gevraagd?'
'Het leek me beter.'
'Ze zullen hier huiszoeking komen doen, als ze daar klaar zijn.' Hij keek naar het raam alsof hij vanuit de keuken het grote huis kon zien, wat niet zo was. 'Ik vraag me af waar ze naar zoeken.'

'Ik weet het niet,' zei ze nogmaals, maar ze voelde haar keel dik worden. Buiten, voor het huis, begon een hond te blaffen. Het blaffen ging over in gejank. Iemand schreeuwde. Valerie en haar man liepen de zitkamer in, waar de ramen uitzicht boden op een grasveld met daarachter de oprijlaan, op de plek waar die een cirkel beschreef om het bronzen beeld van de zwemmers en de dolfijnen. Daar, zagen ze, hadden Paul Fielder en Taboe onenigheid met de plaatselijke politie in de persoon van een enkele agent, die met zijn rug tegen een boom stond terwijl de hond naar zijn broek hapte. Paul gooide zijn fiets op de grond en begon de hond weg te sleuren. De agent deed een paar stappen naar voren, zijn gezicht was rood en zijn stem luid.

'Ik moest maar eens gaan kijken,' zei Valerie. 'Ik wil niet dat onze Paul in de problemen raakt.'

Ze pakte haar mantel, die ze over de rugleuning van een armstoel had gelegd toen ze het huis in was gekomen. Ze ging op weg naar de deur.

Kevin zei niets tot haar hand op de knop rustte, en op dat moment zei hij niet meer dan haar naam.

Ze keek om naar hem: het verweerde gezicht, de door het werk vereelte handen, de onpeilbare ogen. Toen hij weer iets zei hoorde ze zijn vraag, maar ze kon zich er niet toe brengen erop te antwoorden.

'Is er iets wat je me wilt vertellen?' vroeg hij.

Ze lachte opgewekt tegen hem, en ze schudde ontkennend haar hoofd.

Deborah zat onder de zilveren hemel, niet ver van het hoog oprijzende standbeeld van Victor Hugo, wiens granieten mantel en granieten sjaal voor eeuwig opbolden in de wind die vanuit zijn geboorteland, Frankrijk, kwam aanwaaien. Ze bevond zich alleen op de flauwe helling van Candie Gardens, ze was vanaf Ann's Place meteen tegen de heuvel op gelopen nadat ze het hotel had verlaten. Ze had slecht geslapen, omdat ze zich te zeer bewust was van het lichaam van haar man en ze zich vast had voorgenomen gedurende de nacht niet per ongeluk tegen hem aan te rollen. Deze gemoedstoestand betekende geen welkom voor Morpheus. Ze was al voor het aanbreken van de dag opgestaan om een eindje te gaan wandelen.

Na de ruzie met Simon, de vorige avond, was ze naar het hotel teruggekeerd. Daar voelde ze zich echter als een schuldig kind. Woedend op zichzelf omdat ze ook maar een greintje berouw in haar bewustzijn toeliet, hoewel ze wist dat ze niets verkeerds had gedaan, was ze korte tijd later weer weggegaan en pas na middernacht teruggekomen, toen ze er redelijk zeker van kon zijn dat Simon sliep.

Ze was naar China gegaan. 'Simon,' had ze tegen haar vriendin gezegd, 'is volslagen onmogelijk.'
'Dat is nu precies de definitie van een man.' China had Deborah binnengehaald en ze hadden samen pasta gemaakt, met China bij het fornuis en Deborah tegen het aanrecht geleund. 'Vertel me alles,' zei China vriendelijk. 'Tante is hier om de pleisters op te plakken.'
'Die stomme ring,' zei Deborah. 'Hij heeft zich er ontzettend kwaad over gemaakt.' Ze vertelde het hele verhaal terwijl China een blik tomatensaus in een pan goot en begon te roeren. 'Het lijkt wel of ik een misdaad heb begaan,' besloot ze.
'Het was in elk geval stom,' zei China, nadat Deborah uitgesproken was. 'Ik bedoel, dat ik hem gekocht heb. Het gebeurde in een opwelling.' Met scheef gehouden hoofd keek ze Deborah aan. 'Precies iets wat jij nooit zou doen.'
'Simon lijkt anders te denken dat het behoorlijk impulsief was om de ring hiernaartoe mee te nemen.'
'O, ja?' China bleef even naar de kokende pasta staren voor ze nuchter opmerkte: 'Nou, dan begrijp ik waarom hij niet bepaald heeft staan springen om kennis met me te maken.'
'Daar gaat het niet om,' protesteerde Deborah snel. 'Je moet niet... Je ontmoet hem nog wel. Hij wil dolgraag... Door de jaren heen heeft hij zoveel over je gehoord.'
'Ja?' China keek op van de saus. Deborah voelde zich klam worden onder haar strakke blik. China zei: 'Het geeft niet. Jij ging door met je leven. Daar is niets mis mee. California waren niet je beste drie jaren. Ik begrijp wel dat je er, als het even kon, niet meer aan terug wilde denken. En met elkaar in contact blijven... Dat zou een vorm van herinneren zijn geweest, hè? Zoiets gebeurt nu eenmaal soms met vriendschappen. Mensen gaan een poosje heel intensief met elkaar om en daarna niet meer. Dingen veranderen. Behoeften veranderen. Mensen gaan door. Zo gaat dat. Maar ik heb je wel gemist.'
'We hadden met elkaar in contact moeten blijven,' zei Deborah.
'Beetje lastig, wanneer iemand niet schrijft. Of belt. Of wat dan ook.' China glimlachte. Het was echter een treurig lachje, en Deborah voelde het.
'Het spijt me zo, China. Ik weet niet waarom ik niet geschreven heb. Ik was het van plan, maar de tijd verstreek en toen... Ik had moeten schrijven. E-mailen. Bellen.'
'Een tamtam hebben gebruikt.'

‘Wat dan ook. Je moet gedacht hebben... ik weet het niet... Je dacht waarschijnlijk dat ik je vergeten was. Maar dat was niet zo, weet je. Hoe had ik dat kunnen doen? Na alles?’
‘Ik heb de aankondiging van je huwelijk gekregen.’ Maar geen uitnodiging voor het huwelijk zelf was wat ze niet zei.
Deborah hoorde het niettemin. Ze zocht een manier om het uit te leggen. ‘Ik veronderstel dat ik dacht dat je het raar zou vinden. Na Tommy. Plotseling, na alles wat er gebeurd is, ga ik met iemand anders trouwen. Ik kon niet... Ik geloof dat ik niet wist hoe ik het moest uitleggen.’
‘Vond je dat je dat moest doen? Waarom?’
‘Omdat het leek alsof...’ Deborah zocht naar het juiste woord om te beschrijven hoe haar overstap van Tommy Lynley naar Simon St James eruit moest hebben gezien in de ogen van iemand die niet de hele achtergrond kende van haar liefde voor Simon en de manier waarop ze van hem vervreemd was geraakt. Het was allemaal te pijnlijk geweest om er met iemand over te spreken gedurende haar verblijf in Amerika. En toen was Tommy gekomen, die in een leegte stapte waarvan hij op dat moment niet wist dat die bestond. Het was allemaal te ingewikkeld. Zo was het altijd geweest. Misschien had ze daarom China erbuiten gehouden, als deel van een Amerikaanse ervaring waar Tommy bij hoorde en die dus naar het verleden moest worden verbannen toen haar periode met Tommy beëindigd werd. Ze zei: ‘Ik heb nooit veel over Simon gesproken, hè?’
‘Je hebt zijn naam zelfs nooit genoemd. Je wachtte met smart op de post en je keek als een hongerige puppy wanneer de telefoon ging. Wanneer de brief waar je op wachtte niet kwam en er ook niet opgebeld werd, verdween je voor een paar uur. Ik nam aan dat er in Engeland iemand was die je probeerde te vergeten, maar ik wilde er niet naar vragen. Ik dacht dat je het me zou vertellen wanneer je eraantoe was. Maar dat heb je nooit gedaan.’ China stortte de gekookte pasta in een vergiet. Ze draaide zich bij het aanrecht om, achter haar steeg de stoom op. ‘Het was iets wat we hadden kunnen delen,’ zei ze. ‘Ik vind het jammer dat je me niet voldoende vertrouwde.’
‘Dat was het niet. Denk aan alles wat er gebeurd is, al die dingen die aantonen dat ik je volkomen vertrouwde.’
‘De abortus, ja, natuurlijk. Maar dat was fysiek. Je emoties heb je nooit aan iemand toevertrouwd. Zelfs niet toen je met Simon trouwde. Zelfs niet nu je ruzie met hem hebt gehad. Vriendinnen zijn er om je gevoelens mee te delen, Debs. Ze zijn er niet alleen voor het gemak, zoals Kleenex wanneer je je neus moet snuiten.’

'Denk je dat je dat voor me betekende? Dat je dat nu voor me betekent?'

China haalde wanhopig haar schouders op. 'Ik geloof dat ik het niet zeker weet.'

Nu, in Candie Gardens, dacht Deborah na over haar avond met China. Cherokee was niet komen opdagen terwijl ze er was... 'Hij zei dat hij naar de bioscoop ging, maar waarschijnlijk probeert hij een vrouw te versieren in de een of andere kroeg.' Dus er was geen afleiding en geen manier om te voorkomen dat ze geconfronteerd werd met wat er met hun vriendschap was gebeurd.

Op Guernsey waren de rollen op een vreemde manier omgedraaid, en dat veroorzaakte onzekerheid tussen hen. China, die lange tijd de zorgende partner in hun relatie was geweest, zich bekommerend om een buitenlandse die, gekwetst door een onbeantwoorde en sinds lang genegeerde liefde, naar California was gekomen, werd door de huidige omstandigheden gedwongen China de smekelinge te worden, afhankelijk van de vriendelijkheid van anderen. Deborah, altijd degene die de zorg van China ontving, had nu de mantel van de Samaritaan overgenomen. Deze verandering in de wijze waarop ze met elkaar omgingen, verwijderde hen op de een of andere manier van elkaar, verder dan het geval geweest zou zijn wanneer er tussen hen slechts het verdriet had bestaan dat was veroorzaakt door de jaren waarin ze geen contact meer met elkaar hadden gehad. Daarom wist geen van beiden nu wat juist was om te doen of te zeggen. Maar ze voelden beiden diep in hun hart hetzelfde, geloofde Deborah, ongeacht hoeveel moeite ze ermee hadden om die gevoelens tot uitdrukking te brengen. Beiden waren ze bezorgd om het welzijn van de ander, en beiden gingen ze wat henzelf betrof een beetje in de verdediging. Ze maakten een periode door waarin ze elkaar weer moesten leren aanvoelen, een weg voorwaarts, die tevens een weg uit het verleden was.

Deborah stond op van de bank toen het fletse zonlicht op het sintelpad viel dat naar het hek van het park liep. Ze volgde dit pad tussen het gazon en de struiken door, en daarna om een vijver waarin goudvissen zwommen, fragiele miniaturen van de vissen in de Japanse tuin van Le Reposoir.

Op straat nam de verkeersdrukte van de ochtend toe; voetgangers spoedden zich naar het centrum van de stad. De meesten staken de straat over naar Ann's Place. Deborah volgde hen de flauwe bocht om, waarachter het hotel zichtbaar werd.

Daar zag ze Cherokee, die met zijn heupen tegen het lage muurtje geleund stond dat de begrenzing vormde van de verzonken tuin. Hij at

iets wat in een papieren servetje gewikkeld was, en dronk uit een dampende wegwerpbeker. Zijn aandacht bleef echter voortdurend op de voorgevel van het hotel gericht.
Ze liep naar hem toe. Hij observeerde het gebouw aan de overkant van de straat zo gespannen, dat hij haar niet zag aankomen, en hij schrok toen ze zijn naam zei. Daarna begon hij te grinniken. 'Het werkt echt,' zei hij. 'Ik was bezig je een telepathische boodschap te sturen om naar buiten te komen.'
'De telefoon werkt meestal beter,' antwoordde ze. 'Wat eet je?'
'Een chocoladecroissant. Wil je een hapje?' Hij stak haar het broodje toe. Ze legde haar hand op de zijne en hield die stil. 'Vers nog wel. Wat lekker.' Ze begon te kauwen.
Hij hield haar de beker voor waaruit de geur van hete koffie opsteeg. Ze nam een slokje. Hij lachte. 'Geweldig, Debs.'
'Wat?'
'Wat hier zojuist gebeurde.'
'En dat is?'
'Ons huwelijk. Bij sommige van de primitiefste Amazonestammen zou je zojuist mijn vrouw geworden zijn.'
'Wat zou dat inhouden?'
'Ga met me mee naar de Amazone, dan kom je er wel achter.' Terwijl hij een hap van zijn croissantje nam bekeek hij haar nauwlettend. 'Ik weet niet wat er destijds met me aan de hand was. Ik geloof niet dat ik ooit beseft heb hoe lief je bent. Het moet gekomen zijn doordat je al besproken was.'
'Ik ben nog steeds besproken,' merkte Deborah op.
'Getrouwde vrouwen tellen niet mee.'
'Waarom niet?'
'Dat is nogal moeilijk uit te leggen.'
Ze ging naast hem tegen de muur leunen, pakte de beker met koffie van hem aan en genoot van een volgende slok. 'Probeer het toch maar.'
'Het is een opvatting van mannen. De basisregels. Je kunt contact zoeken met een vrouw als ze vrijgezel is, of getrouwd. Vrijgezel, omdat ze beschikbaar is en, laten we eerlijk zijn, ze meestal op zoek is naar iemand die haar een complimentje maakt over haar uiterlijk, dus ze zal een toenaderingspoging accepteren. Getrouwd, omdat haar man haar waarschijnlijk een keer te veel heeft verwaarloosd en als hij dat niet gedaan heeft zal ze je dat ronduit zeggen, dus dan hoef je geen tijd te verspillen. Maar de vrouw die een relátie heeft met een man, maar niet met hem

getrouwd is, is absoluut verboden terrein. Ze is immuun voor je toenaderingspogingen en als je het toch een keer probeert, zul je op den duur met haar man te maken krijgen.'
'Dat klinkt alsof je uit ervaring spreekt,' merkte Deborah op.
Hij grinnikte spottend.
'China dacht dat je gisteravond eropuit was een vrouw te versieren.'
'Ze zei dat je langsgekomen was. Ik vroeg me af waarom.'
'De stemming was hier gisteravond een beetje prikkelbaar.'
'Wat je beschikbaar maakt voor een toenaderingspoging. Prikkelbaar is daar heel goed nieuws voor. Neem nog een stukje croissant. Neem nog een slok koffie.'
'Om ons Amazonehuwelijk te bezegelen?'
'Zie je wel? Je denkt al als een Zuid-Amerikaanse.'
Ze lachten allebei, als goede kameraden.
Cherokee zei: 'Je had vaker naar Orange County moeten komen. Dat zou leuk geweest zijn.'
'Zodat je me had kunnen versieren?'
'Nee. Dat doe ik nu.'
Deborah giechelde. Hij plaagde haar, natuurlijk. Hij wilde haar net zomin als hij zijn eigen zus wilde. Maar de onderstroming tussen hen – die man-vrouwuitdaging – was leuk, moest ze toegeven. Ze vroeg zich af hoe lang die al aan haar huwelijk ontbrak. Ze vroeg zich af óf die ontbrak. Ze vroeg zich van alles af.
Cherokee zei: 'Ik heb je raad nodig. Ik heb vannacht geen oog dichtgedaan. Ik probeerde te beslissen wat ik moet doen.'
'Waaraan?'
'Mam bellen. China wil niet dat ze hierbij betrokken wordt. Ze wil niet dat mam er iets van weet. Maar ik vind dat ze er recht op heeft. Het is wel onze moeder over wie we het hebben. China zegt dat ze hier niets kan doen, en dat is waar. Maar ze zou toch hier kunnen zíjn, vind je niet? In elk geval, ik dacht erover om haar te bellen. Wat denk jij ervan?'
Deborah dacht erover na. Op zijn best was China's relatie met haar moeder een soort gewapend bestand geweest tussen twee legers die in een moordlustige strijd verwikkeld waren. Op zijn slechtst was het regelrechte oorlog geweest. China's afkeer van haar moeder was diep geworteld in een ontaarde jeugd, die weer was voortgekomen uit Andromeda Rivers passie voor sociale en milieuaangelegenheden, die ervoor had gezorgd dat ze de aangelegenheden die rechtstreeks betrekking hadden op haar eigen kinderen, had veronachtzaamd. Als gevolg daarvan had ze heel

weinig tijd gehad voor Cherokee en China, die hun kinderjaren hadden doorgebracht in motels met dunne wanden, waar de enige luxe een ijsmachine naast het kantoor van de eigenaar was. Zo lang Deborah China had gekend, had deze een diepgaande wrok gekoesterd tegen haar moeder vanwege de omstandigheden waaronder die haar kinderen had opgevoed, terwijl ze voortdurend rondliep met protestborden voor bedreigde diersoorten, bedreigde planten, en kinderen die in gevaar werden gebracht door omstandigheden die weinig verschilden van die waarin haar eigen kinderen verkeerden.

'Misschien moet je nog een paar dagen wachten,' stelde Deborah voor. 'China is gespannen... en wie zou dat niet zijn? Als ze jullie moeder niet hier wil hebben, zou je er misschien goed aan doen haar wensen te respecteren. Althans voorlopig.'

Cherokee keek haar strak aan. 'Je denkt dat het nog erger wordt, hè?'

Ze zuchtte. 'Er ís die kwestie met de ring. Ik wilde dat ze die niet had gekocht.'

'Je bent niet de enige.'

'Cherokee, wat is er tussen haar en Matt Whitecomb voorgevallen?'

Cherokee keek naar het hotel. Hij leek de ramen van de benedenverdieping te bestuderen, waarvoor de gordijnen nog waren dichtgeschoven. 'Het kon nooit iets worden. Zij wilde dat niet inzien. Het was wat het was, en dat was niet veel, en zij wilde dat het meer werd en zo bleef ze het bekijken.'

'Het was niet veel, na dertien jaar?' vroeg Deborah. 'Hoe kan dat?'

'Het kan, omdat mannen klootzakken zijn.' Cherokee dronk het laatste beetje koffie op en zei: 'Ik moest maar eens naar haar teruggaan, oké?'

'Natuurlijk.'

'En jij en ik, Debs? We zullen harder moeten werken om haar uit deze ellende te halen. Dat weet je toch?' Hij stak zijn hand uit en even leek het erop of hij van plan was haar haren of haar gezicht te strelen. Hij liet zijn hand echter op haar schouder vallen en kneep erin. Daarna beende hij weg in de richting van Clifton Street, op enige afstand van het Royal Court House waar China terecht zou moeten staan als ze niet snel iets deden om ervoor te zorgen dat het niet gebeurde.

Deborah keerde naar haar hotelkamer terug. Daar kwam ze tot de ontdekking dat Simon midden in een van zijn ochtendrituelen zat. Meestal had hij daar echter hulp bij van haar of van haar vader, en zelf de elektroden aanbrengen was nogal lastig voor hem. Toch leek hij ze met een redelijke mate van precisie te hebben geplaatst. Hij lag op bed, met een exemplaar van de *Guardian* van de vorige dag, en hij las de voorpagina terwijl elektriciteit de nutteloze spieren in zijn been stimuleerde om te voorkomen dat ze verschrompelden.

Dit was, wist ze, zijn voornaamste ijdelheid. Het vertegenwoordigde echter ook een overblijfsel van de hoop dat er op een dag een manier zou worden gevonden om hem weer normaal te laten lopen. Wanneer die dag aanbrak wilde hij dat zijn been het aankon.

Haar hart ging uit naar Simon wanneer ze hem op een moment als dit aantrof. Hij wist het echter, en omdat hij een hekel had aan alles wat naar medelijden zweemde, deed ze altijd haar best om te doen alsof het een even normale activiteit was als tandenpoetsen.

Hij zei: 'Toen ik wakker werd en je er niet was, schrok ik even. Ik dacht dat je de hele nacht was weggebleven.'

Ze trok haar mantel uit en daarna liep ze naar de elektrische ketel, die ze met water vulde en vervolgens inschakelde. Ze hing twee zakjes in de theepot. 'Ik was razend op je, maar niet genoeg om op straat te slapen.'

'Ik dacht ook eigenlijk niet dat je ten slotte op straat zou belanden.'

Ze wierp hem een snelle blik toe, maar hij bekeek een binnenpagina van de krant. 'Ik heb met China over vroeger gepraat. Je sliep toen ik terugkwam. En daarna kon ik niet slapen. Een van die nachten waarin je maar blijft liggen woelen. Ik ben vroeg opgestaan en ben gaan wandelen.'

'Is het mooi weer?'

'Koud en grijs. We konden net zo goed in Londen zijn.'

'December,' zei hij.

'Hmmm,' antwoordde ze. Inwendig schreeuwde ze echter: 'Waarom praten we in godsnaam over het weer. Komt het in elk huwelijk zo ver?'

Alsof hij haar gedachten kon lezen en wilde bewijzen dat ze ongelijk had, zei Simon: 'Het is blijkbaar haar ring, Deborah. Er zat geen andere ring tussen haar spullen die ze op het politiebureau hebben. Ze weten het natuurlijk niet zeker, tot ze...'

'Zitten haar vingerafdrukken erop?'

'Ik weet het nog niet.'

'Dan...'

'We zullen moeten afwachten.'

'Jij denkt dat ze schuldig is, hè?' Deborah hoorde de bitterheid in haar stem en hoewel ze probeerde om net als hij te klinken – rationeel, bedachtzaam, de feiten onder ogen ziend zonder toe te laten dat die de gevoelens kleurden – slaagde ze er niet in. 'Wat zijn wij een ongelooflijke hulp voor haar aan het worden.'

'Deborah,' zei Simon rustig, 'kom hier. Ga op het bed zitten.'
'God, ik vind het afschuwelijk wanneer je zo tegen me praat.'
'Je bent kwaad over gisteren. De manier waarop ik je benaderd heb was... ik weet dat die verkeerd was. Ruw. Onvriendelijk. Ik geef het toe. Het spijt me. Kunnen we het laten rusten? Omdat ik je graag wil vertellen wat ik te weten ben gekomen. Ik wilde het je gisteravond vertellen. Ik zou het je verteld hebben. Maar het was allemaal zo moeilijk. Ik deed gemeen tegen je en jij had het volste recht om ertussenuit te knijpen.'
Zo ver was Simon nog nooit gegaan wanneer hij toegaf dat hij in hun huwelijk een misstap had begaan. Deborah erkende dit, en ze liep naar het bed, waar zijn beenspieren schokten door de elektrische activiteit. Ze ging op de rand van de matras zitten en zei: 'De ring mag dan van haar zijn, maar dat betekent niet dat zij daar was, Simon.'
'Mee eens.' Hij begon uit te leggen hoe hij zijn uren had doorgebracht nadat ze in de verzonken tuin uit elkaar waren gegaan.
Het tijdsverschil tussen Guernsey en California had het mogelijk gemaakt om contact op te nemen met de advocaat die Cherokee River had aangenomen om de bouwtekeningen naar de overkant van de oceaan te brengen. William Kiefer was het gesprek begonnen met zich te beroepen op zijn geheimhoudingsplicht tegenover een cliënt, maar hij werkte mee nadat hij had vernomen dat de cliënt in kwestie was vermoord op een strand van Guernsey.
Guy Brouard, had Kiefer tegenover Simon verklaard, had hem aangenomen om een nogal ongebruikelijke reeks opdrachten op gang te brengen. Hij wilde dat Kiefer een uiterst betrouwbare figuur zocht die bereid was om als koerier een stel bouwtekeningen van Orange County naar Guernsey te brengen.
Aanvankelijk, zei Kiefer tegen Simon, had het hem een idiote opdracht geleken, al had hij dat woord niet tegenover de heer Brouard gebezigd tijdens hun korte gesprek. Waarom niet een van de bestaande koeriersdiensten gebruiken, die er juist waren om datgene te doen wat Brouard gedaan wilde hebben en tegen minimale kosten? FedEx? DHL? Zelfs UPS? Maar het bleek dat meneer Brouard een intrigerende combinatie was van autoriteit, excentriciteit en paranoia. Hij beschikte over voldoende geld om dingen op zijn manier te doen, had hij tegen Kiefer gezegd, en zijn manier was ervoor te zorgen dat hij kreeg wat hij wilde wanneer hij het wilde. Hij had de tekeningen zelf kunnen meenemen, maar hij was alleen maar in Orange County om afspraken te maken voor de vervaardiging ervan. Hij kon niet zo lang blijven als nodig was, tot ze gereed waren.

Hij wilde iemand met verantwoordelijkheidsgevoel om als koerier te fungeren, zei hij. Hij was bereid te betalen wat ervoor nodig was om precies die persoon te krijgen. Hij vertrouwde er niet op dat een man alleen het karwei goed zou volbrengen – kennelijk, legde Kiefer uit, had hij een mislukkeling van een zoon zodat hij van mening was dat geen enkele jongeman zijn vertrouwen waard was – en hij wilde geen vrouw alleen naar Europa laten reizen omdat hij het idee van een alleengaande vrouw niet prettig vond en hij zich niet verantwoordelijk wilde voelen, mocht haar iets overkomen. In dat opzicht was hij ouderwets. Daarom kwamen ze overeen dat het een man en een vrouw moesten zijn. Ze zouden op zoek gaan naar een getrouwd stel, de leeftijd deed er niet toe, dat in het plaatje paste. Brouard, zei Kiefer, was excentriek genoeg om vijfduizend dollar over te hebben voor het karwei. Hij was zuinig genoeg om niet meer dan economy class te bieden. Omdat het stel in kwestie moest kunnen vertrekken zodra de tekeningen gereed waren, leek het erop dat de beste bron voor mogelijke koeriers de universiteit van California was. Daarom had Kiefer daar een kaartje opgehangen en daarna had hij gewacht om te zien wat er zou gebeuren.

Intussen had Brouard hem zijn honorarium betaald, plus de vijfduizend dollar die de koerier beloofd zou worden. Geen van beide cheques was ongedekt en omdat Kiefer vond dat het scenario uiterst bizar was, had hij zich er bovendien van vergewist dat het niet illegaal was, door na te gaan of de architect inderdaad architect was en niet een of andere wapenhandelaar, een plutoniumverkoper, een drugsdealer, of iemand die grondstoffen voor biologische oorlogvoering leverde.

Omdat, zei Kiefer, geen van dergelijke typen bereid zou zijn iets te versturen via een legitieme koeriersdienst.

De architect bleek echter iemand te zijn die Jim Ward heette, en die zelfs samen met Kiefer op de middelbare school had gezeten. Hij bevestigde alle details van het verhaal. Hij stelde een serie bouwtekeningen en vooraanzichten samen voor meneer Guy Brouard, Le Reposoir, St Martin, Guernsey. Brouard wilde deze plannen en tekeningen zo snel mogelijk hebben.

Daarom ging Kiefer aan de slag om van zijn kant alles rond te maken. Er kwam een massa sollicitanten op de baan af, en uit hen koos hij ene Cherokee River. Hij was ouder dan de anderen, verklaarde Kiefer, en hij was getrouwd.

'Het komt erop neer,' besloot Simon, 'dat William Kiefer het verhaal van de Rivers bevestigde tot en met de laatste komma, het vraagteken en de punt. Het was een vreemde manier van zakendoen, maar ik krijg de indruk dat Brouard het prettig vond om vreemde dingen te doen. Mensen uit hun evenwicht brengen zou ervoor zorgen dat hij de touwtjes in handen hield. Dat is belangrijk voor rijke mensen. Gewoonlijk worden ze daar om te beginnen rijk door.'

'Weet de politie dit alles?'

Hij schudde zijn hoofd. 'Maar Le Gallez heeft alle papieren. Ik neem aan dat hij er nog één stap van verwijderd is om het te ontdekken.'

'Zal hij haar dan vrijlaten?'

'Omdat het basisverhaal dat ze verteld heeft, klopt?' Simon stak zijn hand uit naar het kastje waarmee de elektroden verbonden waren. Hij zette het apparaat uit en begon de draden van zijn been los te maken. 'Ik denk het niet, Deborah. Tenzij hij met iets komt wat definitief naar iemand anders wijst.' Hij pakte zijn krukken van de vloer en zwaaide zijn benen van het bed.

'Is er iets anders? Dat naar iemand anders wijst?'

Hij gaf geen antwoord, maar nam er de tijd voor de beugel, die naast de leunstoel onder het raam lag, aan zijn been te bevestigen. Deborah kreeg de indruk dat hij die vanochtend talloze malen verstelde en dat er een eindeloze procedure voor nodig was voor hij zich had aangekleed, rechtop stond en bereid was hun gesprek voort te zetten.

Toen zei hij: 'Je klinkt bezorgd.'

'China vroeg zich af waarom je... Nou, het lijkt erop dat je haar niet wilt ontmoeten. Ze krijgt het idee dat je een reden hebt om je op een afstand te houden. Is dat zo?'

'Oppervlakkig bezien is zij de logische persoon om voor deze misdaad op te laten draaien: zij en Brouard hebben kennelijk heel wat tijd samen doorgebracht, iemand lijkt gemakkelijk haar cape in handen te hebben kunnen krijgen, en iemand die zich toegang kon verschaffen tot haar slaapkamer zou ook toegang hebben tot haar haren en haar schoenen. Maar moord met voorbedachten rade vraagt om een motief. En hoe je het ook bekijkt, een motief is iets wat ze niet had.'

'Toch zou de politie kunnen denken...'

'Nee. Ze weten dat ze geen motief hebben. En dat maakt voor ons de weg vrij.'

'Om iemand anders te vinden?'

'Ja. Waarom beramen mensen een moord? Wraak, jaloezie, chantage, of geldelijk gewin. Daar moeten we onze energie nu op concentreren, zou ik zeggen.'

‘Maar die ring... Simon, als die nu eens werkelijk van China is?’
‘We kunnen maar beter verdomd snel aan de slag gaan.’

17

Margaret Chamberlain omklemde het stuur in een dodelijke greep terwijl ze terugreed naar Le Reposoir. De dodelijke greep zorgde ervoor dat ze geconcentreerd bleef, zich slechts bewust van de inspanning die ervoor nodig was om de juiste druk te blijven uitoefenen. Dit maakte weer dat ze in de Range Rover kon blijven zitten, zodat ze in zuidelijke richting langs de Belle Grevebaai kon rijden zonder te denken aan haar ontmoeting met wat doorging voor de familie Fielder.

Hen vinden was een eenvoudige zaak gebleken: er stonden slechts twee Fielders in het telefoonboek en een ervan woonde op Alderney. De andere had een adres in de Rue des Lierres, in een woonwijk tussen St Peter Port en St Sampson. Die op de kaart vinden had weinig moeilijkheden opgeleverd. De straat in werkelijkheid vinden was echter een andere kwestie gebleken, omdat dit deel van de stad – de Bouet genaamd – even slecht was aangegeven als het eruitzag.

De Bouet bleek een buurt te zijn die Margaret iets te veel herinnerde aan haar verre verleden, als een van zes kinderen in een gezin waar de eindjes niet alleen niet aan elkaar geknoopt konden worden, maar zelfs niet bij elkaar in de buurt kwamen. In de Bouet woonden de randgroeperingen van de eilandgemeenschap, en hun huizen zagen eruit als de huizen van dergelijke mensen zoals die in elke stad van Engeland te vinden waren. Er waren afschuwelijke rijtjeswoningen met smalle voordeuren, aluminium ramen, en verroeste kozijnen. Propvolle vuilniszakken namen de plaats in van struikjes en de weinige grasveldjes die er waren hadden vuilnishopen in plaats van bloemperken.

Toen Margaret haar auto in de straat parkeerde en uitstapte, bliezen twee katten tegen elkaar om het bezit van een half opgegeten varkensvleespastei die in de goot lag. Een hond wroette in een omgevallen afvalbak. Zeemeeuwen deden zich te goed aan de restanten van een brood, die op een grasveld lagen. Ze huiverde bij het zien van dit alles, ook al wist ze dat het betekende dat ze beslist in het voordeel zou zijn bij het komende gesprek. De Fielders verkeerden duidelijk niet in de positie om zich tot een advocaat te wenden die hun zou uitleggen waar ze recht op hadden.

Het zou daarom, dacht ze, niet moeilijk blijken om Adrians rechtmatige deel van hen los te wurmen.
Ze had niet gerekend op de verschijning die na haar kloppen de deur opendeed. Hij was één kolossale massa slordig, ongewassen, onfatsoenlijk mannelijk antagonisme. Op haar vriendelijke vraag 'Goedemorgen. Wonen de ouders van Paul Fielder hier?' antwoordde hij 'Misschien wel, misschien niet', en daarna richtte hij zijn ogen op haar borsten met de opzettelijke bedoeling haar te intimideren.
Ze zei: 'U bent toch niet meneer Fielder? Niet de vader...' Maar dat kon hij natuurlijk niet zijn. Ondanks al zijn uitdagende seksuele vroegrijpheid kon hij niet ouder zijn dan twintig. 'Jij moet een broer van hem zijn? Ik zou je ouders graag spreken, als ze thuis zijn. Misschien wil je hun vertellen dat het om je broer gaat. Paul Fielder is je broer, neem ik aan?'
Hij wendde zijn ogen even van haar borst af. 'Klein mispunt,' zei hij, en daarna ging hij een stap bij de deur vandaan.
Margaret vatte dit op als een uitnodiging om binnen te komen en toen de bruut ergens achter in het huis verdween, beschouwde ze dit als een verdere uitnodiging om hem te volgen. Ze kwam terecht in een benauwde keuken waar het naar ranzig spek rook, alleen met hem, waar hij een sigaret aanstak aan een van de gaspitten van het fornuis en zich vervolgens omdraaide om haar aan te kijken terwijl hij een trek nam.
'Wat heeft ie nu weer uitgevreten?' vroeg broer Fielder.
'Hij heeft een aanzienlijke som geld geërfd van mijn man, mijn ex-man om precies te zijn. Hij heeft die erfenis gekregen in plaats van mijn zoon, wie het toekomt. Ik wil graag een langdurige rechtszaak over deze kwestie vermijden, en het leek me het beste om te zien of je ouders er net zo over denken.'
'O, ja?' vroeg broer Fielder. Hij sjorde zijn smerige spijkerbroek over zijn heupen, verplaatste zijn benen en liet een harde wind. 'Pardon,' zei hij. 'Ik moet me gedragen wanneer er een dame bij is. Dat was ik vergeten.'
'Je ouders zijn niet huis, begrijp ik?' Margaret klemde haar tas onder haar arm om aan te geven dat hun gesprek snel ten einde liep. 'Als je hun zou willen vertellen...'
'Zou kunnen dat ze boven zijn. Ze maken 's morgens graag een nummertje. En u? Wanneer vindt u het lekker?'
Margaret besloot dat haar gesprek met deze griezel lang genoeg had geduurd. Ze zei: 'Zeg maar dat Margaret Chamberlain – vroeger Brouard – langs is gekomen... Ik zal ze later bellen.' Ze maakte aanstalten om terug te gaan langs de weg die ze gekomen was.

'Margaret Chamberlain voormalig Brouard,' herhaalde broer Fielder. 'Ik weet niet of ik dat allemaal ken onthoue. Daar heb ik een beetje hulp bij nodig. Het is nogal een mondvol.'
Margaret bleef staan, op weg naar de voordeur. 'Als je een papiertje hebt zal ik het voor je opschrijven.'
Ze bevond zich in de gang tussen de voordeur en de keuken en de jongeman kwam daar bij haar staan. Zijn nabijheid in de smalle doorgang liet hem bedreigender schijnen dan hij anders misschien zou zijn geweest, en de stilte in het huis, om hen heen en boven hen, leek plotseling oorverdovend. Hij zei: 'Ik dacht feitelijk niet aan een papiertje. Ik ben nooit goed geweest met papieren.'
'Nou, dan doen we het toch niet? Ik zal moeten opbellen om me aan hen voor te stellen.' Margaret draaide zich om – hoewel ze het vervelend vond dat ze hem dan niet meer kon zien – en ze liep naar de deur.
Met twee stappen had hij haar ingehaald, waarna hij haar hand, die op de deurknop rustte, onder de zijne gevangenhield. Ze voelde zijn adem heet in haar nek. Hij drong zich tegen haar aan, zodat ze tegen de deur gedrukt werd. Toen hij haar in die positie had, liet hij haar hand los en tastte omlaag tot hij haar kruis gevonden had. Hij kneep hard en rukte haar achterwaarts naar zich toe. Hij stak zijn andere hand uit en kneep in haar linkerborst. Het gebeurde allemaal in een seconde. 'Hierdoor zal ik het wel kenne onthouwe,' mompelde hij.
Het enige waaraan Margaret, belachelijk genoeg, kon denken, was: wat had hij gedaan met de sigaret die hij had opgestoken. Had hij die in zijn hand? Was hij van plan haar ermee te branden?
Het krankzinnige van die gedachten onder omstandigheden waarin branden duidelijk het laatste was wat de bruut van plan was, spoorde haar aan zich van haar angst los te maken. Ze stootte haar elleboog achterwaarts tussen zijn ribben. Ze ramde de hak van haar schoen midden op zijn voet. Op het moment dat zijn greep verslapte duwde ze hem achteruit en maakte ze dat ze de deur uit kwam. Ze wilde blijven en haar knie in zijn ballen boren – god, ze snakte ernaar het te doen – maar hoewel ze een tijgerin kon zijn wanneer ze woedend was, was ze nooit een dwaas geweest. Ze liep haastig naar haar auto.
Terwijl ze in de richting van Le Reposoir reed, voelde ze de adrenaline door haar lichaam racen en haar reactie op de adrenaline was woede. Woede, die ze richtte op dat walgelijke stuk mens dat ze in de Bouet had aangetroffen. Hoe durfde hij... Wie dacht hij verdomme wel... Wat was hij van plan geweest... Ze had verdomme wel vermoord kunnen wor-

den... Maar het duurde niet lang. Het ebde weg toen het besef van wat er had kunnen gebeuren langzaam tot haar doordrong, en dát richtte haar woede op een toepasselijker onderwerp: haar zoon.

Hij was niet met haar meegegaan. Hij had het gisteren aan haar overgelaten in haar eentje Henry Moullin te gaan opzoeken, en vanochtend had hij precies hetzelfde gedaan.

Ze had er nu genoeg van, besloot Margaret. God nog aan toe, wat had ze er genoeg van. Ze had er genoeg van Adrians leven te manipuleren zonder de geringste medewerking, zelfs zonder een bedankje. Ze had voor hem gevochten sinds de dag van zijn geboorte, en dat was voorbij.

Bij Le Reposoir aangekomen, smeet ze het portier van de Range Rover achter zich dicht, waarna ze met grote stappen naar het huis liep, waar ze de voordeur opendeed en die eveneens met een klap dichtgooide. De dreunen onderstreepten de monoloog die ze in haar hoofd voerde. Ze had er genoeg van. Dreun. Hij zocht het voortaan zelf maar uit. Nog een dreun.

Er klonk geen geluid als reactie op haar mishandeling van de zware voordeur. Dit maakte haar kwaad op een manier die ze niet had verwacht, en ze beende door de oude, stenen hal, waar haar laarzen een woeste taptoe op de tegelvloer uitvoerden. Ze vloog letterlijk de trap op, naar Adrians kamer. Het enige wat haar ervan weerhield hem aan te vliegen was de angst dat iets van wat ze zojuist had doorgemaakt op haar persoon zichtbaar zou zijn, plus de vrees dat ze Adrian zou aantreffen bij een of andere walgelijke privé-activiteit.

Misschien, dacht ze, was dat het wat Carmel Fitzgerald in de al te gretige armen van Adrians vader had gedreven. Ze moest uit de eerste hand iets smerigs hebben meegemaakt waarmee Adrian zichzelf kalmeerde wanneer hij onder druk stond, en daarna had ze zich in haar verwarring tot Guy gewend, zoekend naar troost en een verklaring, die Guy haar beide al te graag had willen geven.

Hij is nogal eigenaardig, die zoon van me, niet direct wat je van een echte man zou verwachten, beste kind.

O, ja, dat was maar al te waar, dacht Margaret. Adrians enige kans op een normaal leven was hem uit handen gerukt. En dat was zijn eigen schuld, wat Margaret buitengewoon kwaad maakte. Wanneer – goede god, wanneer – zou haar zoon zichzelf veranderen in de man die ze wilde dat hij was?

Boven hing op de overloop een vergulde spiegel boven een mahoniehouten kast, en Margaret bleef ervoor staan om haar uiterlijk te controleren.

Ze richtte haar ogen op haar boezem, waar ze half verwachtte de afdruk van broer Fielders smerige vingers op haar gele kasjmieren trui te zien. Ze kon zijn handen nog steeds voelen. Ze kon zijn adem nog steeds ruiken. Monster. Smeerlap. Psychopaat. Bruut.

Ze klopte twee keer op Adrians deur, niet zachtjes. Ze riep zijn naam, draaide de knop om en ging naar binnen. Hij lag in bed. Hij sliep echter niet. Hij lag met zijn ogen op het raam gefixeerd, waarvoor de gordijnen waren opengeschoven om de grijze dag binnen te laten, en het raam stond helemaal open.

Margarets maag draaide zich om en de woede zakte uit haar weg. Geen normaal mens, dacht ze, zou onder deze omstandigheden in bed liggen.

Margaret huiverde. Ze beende naar het raam en bekeek de vensterbank, en de grond eronder. Daarna liep ze naar het bed. Het dekbed was tot Adrians kin opgetrokken, de bobbels eronder gaven de plaats van zijn ledematen aan. Ze volgde deze topografie tot haar blik op zijn voeten viel. Ze zou kijken, zei ze bij zichzelf. Ze moest het ergste weten.

Hij protesteerde niet toen ze het dekbed van zijn benen tilde. Hij bewoog zich niet toen ze zijn voetzolen bekeek, op zoek naar tekenen dat hij 's nachts buiten was geweest. De gordijnen en het raam wezen er beide op dat hij een aanval had gehad. Hij was nog niet eerder midden in de nacht op een vensterbank of een dak geklommen, maar zijn onderbewustzijn werd niet altijd geleid door wat normale mensen al dan niet deden.

'Slaapwandelaars brengen zichzelf meestal niet in gevaar,' was Margaret verteld. 'Ze doen 's nachts wat ze overdag zouden doen.' Daar, dacht Margaret grimmig, ging het nu juist om.

Als Adrian de kamer uit was gedwaald in plaats van er alleen maar in rond te lopen, was er aan zijn voeten geen spoor van te zien. Ze streepte slaapwandelen af van de lijst van mogelijke bliepjes op de psychologische monitor van haar zoon, en daarna bekeek ze het bed. Ze deed geen moeite om voorzichtig met hem te doen terwijl ze met haar handen om zijn heupen voelde, zoekend naar natte plekken op de lakens en de matras. Tot haar opluchting vond ze er geen. Ze kon dus handelend optreden bij de wakende coma – zoals ze zijn periodiek overdag wegzinken in een trance noemde.

Vroeger had ze het behoedzaam gedaan. Hij was haar arme jongen, haar liefste schat, zo verschillend van haar andere, uitermate succesvolle zoons, zo gevoelig voor alles wat er om hem heen gebeurde. Ze had hem door zachtjes zijn wangen te strelen uit deze schemertoestand gewekt. Ze

had zijn hoofd gemasseerd tot hij wakker was en hem met fluisterende woordjes teruggeroepen op aarde.
Nu echter niet. Broer Fielder had de melk van moederlijke vriendelijkheid en zorg uit haar geknepen. Als Adrian met haar naar Le Bouet was gegaan zou er niets gebeurd zijn van wat daar had plaatsgevonden. Hoe volslagen incapabel hij ook was als man, zijn aanwezigheid als een ander menselijk wezen – als getuige, nog wel – in huize Fielder zou er beslist voor gezorgd hebben dat broer Fielders aanval werd verhinderd.
Margaret greep het dekbed en rukte het van haar zoons lichaam. Ze gooide het op de grond en daarna trok ze het kussen onder Adrians hoofd vandaan. Toen hij met zijn ogen knipperde zei ze: 'Nu is het genoeg. Neem je leven in eigen hand en doe het nu.'
Adrian keek naar zijn moeder, daarna naar het raam, vervolgens weer naar zijn moeder en ten slotte naar het dekbed op de grond. Hij huiverde niet in de koude. Hij bewoog zich niet. 'Kom je bed uit!' schreeuwde Margaret.
Bij die woorden werd hij klaarwakker. 'Heb ik...' zei hij, en hij keek naar het raam.
'Wat denk je? Ja en nee,' zei Margaret, wat zowel betrekking had op het raam als op het bed. 'We schakelen een advocaat in en ik wil dat je met me meegaat.' Ze liep naar de kleerkast en pakte zijn ochtendjas, die ze hem toegooide, waarna ze het raam sloot terwijl hij eindelijk uit bed stapte.
Toen ze zich omdraaide stond hij naar haar te kijken, en aan zijn gezicht kon ze zien dat hij geheel bij bewustzijn was en eindelijk erop reageerde dat ze zijn kamer was binnengedrongen. Het was alsof de wetenschap dat ze zijn lichaam en zijn bed had onderzocht, langzaam tot zijn gedachten doordrong, en ze zag het begrip dagen, en wat ermee samenhing. Dit zou het moeilijker maken om hem aan te pakken, maar Margaret had altijd geweten dat ze haar zoon gemakkelijk aankon.
'Heb je geklopt?' vroeg hij.
'Doe niet zo belachelijk. Wat denk je?'
'Geef antwoord.'
'Waag het niet zo tegen je moeder te spreken. Weet je wat ik vanochtend heb meegemaakt? Weet je waar ik geweest ben? Weet je waarom?'
'Ik wil weten of je geklopt hebt.'
'Hoor jezelf nu eens. Heb je er enig idee van hoe het klinkt?'
'Praat er niet overheen. Ik heb het recht...'
'Ja. Je hebt het recht. En daar heb ik me sinds de vroege ochtend mee

beziggehouden. Voor jouw rechten opkomen. Proberen ze voor je te krijgen. Proberen – zonder dat ik er een bedankje voor krijg – om de mensen die jou je rechten uit handen hebben gerukt, weer bij hun verstand te brengen.'

'Ik wil weten...'

'Je klinkt als een snotterend kind van twee. Hou ermee op. Ja, ik heb geklopt. Ik heb gebonsd. Ik heb geschreeuwd. En als je denkt dat ik van plan was weg te wandelen en af te wachten tot jij weer uit de fantasiewereld terugkwam waar je je in verstopt had, dan moet je nog maar eens goed nadenken. Ik ben er doodmoe van om voor je te werken als jij geen belangstelling toont om voor jezelf te werken. Kleed je aan. Je gaat iets ondernemen. Nu. Of anders stop ik hier helemaal mee.'

'Stop dan maar.'

Margaret liep naar haar zoon toe, dankbaar voor het feit dat hij de lengte van zijn vader had geërfd en niet de hare. Ze was zeker vijf centimeter groter dan hij, misschien wel acht. Die gebruikte ze nu. 'Je bent onmogelijk. Je vernietigt jezelf. Besef je dat? Heb je er enig idee van hoe walgelijk het is? Hoe het voor een vrouw aanvoelt?'

Hij liep naar de ladekast, waar hij een pakje Benson & Hedges had neergelegd. Hij schudde er een sigaret uit en stak die op. Hij inhaleerde diep en bleef een ogenblik zwijgen. Met zijn trage bewegingen haalde hij haar het bloed onder de nagels vandaan.

'Adrian!' hoorde Margaret zichzelf krijsen, en ze wist tot haar afschuw dat ze net zo klonk als haar moeder: die visvrouwenstem, doordrongen van de tonen van hopeloosheid en vrees, die beide verborgen moesten worden door ze boosheid te noemen. 'Geef antwoord, verdomme. Ik kan dit niet accepteren. Ik ben naar Guernsey gekomen om je toekomst veilig te stellen en ik ben niet van plan hier te blijven staan en toe te laten dat je me behandelt als...'

'Wat?' Met een ruk draaide hij zich naar haar om. 'Als een wat? Als een meubelstuk? Dat van de ene naar de andere kant geschoven wordt? Zoals je mij behandelt?'

'Ik behandel je niet...'

'Denk je dat ik niet weet waar dit alles om gaat? Waar het altijd om ging? Om wat jíj wilt. Om de plannen die jíj hebt gemaakt.'

'Hoe kun je zoiets zeggen? Ik heb gewerkt. Ik heb gesloofd. Ik heb georganiseerd. Ik heb geregeld. Meer dan de helft van mijn leven heb ik eraan besteed jouw leven te maken tot iets waar je trots op kunt zijn. Om je de gelijke te laten zijn van je broers en zussen. Om een mán van je te maken.'

'Laat me niet lachen. Je hebt gewerkt om me tot een nietsnut te maken en nu ik dat ben doe je je best om van me af te komen. Dacht je dat ik het niet begrijp? Dacht je dat ik het niet weet? Hier gaat het allemaal om. Vanaf het moment dat je uit het vliegtuig stapte.'
'Dat is niet waar. Erger nog, het is gemeen, ondankbaar en bedoeld om...'
'Nee. Laten we tenminste zorgen dat we op één lijn zitten met dit alles als jij wilt dat ik eraan meewerk te verwerven wat ik zou moeten krijgen. Jij wilt dat ik dat geld krijg, dan ben je van me af. "Geen excuses meer, Adrian. Je bent nu op jezelf aangewezen."'
'Dat is niet waar.'
'Denk je dat ik niet weet wat voor mislukkeling ik ben? Wat een gênant persoon om om je heen te hebben?'
'Dat mag je niet over jezelf zeggen. Zeg dat nooit!'
'Met een fortuin in handen zijn er geen excuses meer. Dan verdwijn ik uit je huis, en uit je leven. Dan heb ik zelfs genoeg geld om me in een gekkenhuis te laten opsluiten als het zo ver zou komen.'
'Ik wil dat je krijgt wat je toekomt. God, begrijp je dat dan niet?'
'Ik begrijp het,' antwoordde hij. 'Geloof me, ik begrijp het. Maar waarom denk je dat ik niet heb wat me toekomt? Nu al, moeder. Nu al.'
'Je bent zijn zoon.'
'Ja. Dat is het punt. Zijn zoon.'
Adrian bleef haar lang en strak aankijken. Margaret kreeg de indruk dat hij haar een boodschap overbracht, en ze kon de intensiteit ervan voelen in de blik, maar niet in de woorden. Opeens scheen het of ze vreemden voor elkaar waren geworden, twee mensen die beiden een verleden hadden dat niet in verband stond met het huidige moment, waarop hun levens elkaar bij toeval hadden gekruist.
Er lag echter veiligheid besloten in die vervreemding en die afstand. Al het andere bracht het risico met zich mee dat ze toeliet dat het ondenkbare haar gedachten binnendrong.
Margaret zei kalm: 'Kleed je aan, Adrian. We gaan naar de stad. We moeten een advocaat in de arm nemen en we hebben geen tijd te verliezen.'
'Ik slaapwandel,' zei hij, en eindelijk klonk hij althans enigszins gebroken. 'Ik doe allerlei dingen.'
'Dat is beslist niet iets waar we nu over hoeven te praten.'

St James en Deborah gingen ieder huns weegs na hun gesprek in de hotelkamer. Zij zou de mogelijkheid onderzoeken dat er een andere

Duitse ring bestond. Hij zou zich bezighouden met de begunstigden van Guy Brouards testament. Hun bedoelingen waren in wezen dezelfde – een poging om een motief voor de moord te ontdekken – maar hun benadering zou verschillend zijn.

Nadat hij voor zichzelf had toegegeven dat de duidelijke tekenen van voorbedachten rade bij de moord sterk wezen op ieder ander behálve broer en zus River, vond St James het een goed idee dat Cherokee Deborah zou vergezellen om met Frank Ouseley over diens verzameling oorlogssouvenirs te gaan praten. Wanneer het erop aankwam was het veiliger dat ze een man bij zich had, mocht ze in gesprek raken met een moordenaar. Hijzelf zou er alleen opuit gaan, om de personen op te zoeken die het nauwst betrokken waren bij Guy Brouards testament.

Hij begon met een rit naar La Corbière, waar hij het huis van de Moullins vond bij een bocht in een van de smalle weggetjes die over het eiland kronkelden tussen winterkale heggen en hoge, aarden wallen, begroeid met knoestige klimop en dik helmgras. Hij wist slechts ongeveer waar de Moullins woonden – La Corbière zelf – maar het was niet moeilijk hen precies te lokaliseren. Hij stopte bij een grote, gele boerderij even buiten het gehucht, en deed navraag bij een vrouw die optimistisch de was ophing in de mistige buitenlucht. 'O, je zoekt het Schelpenhuis, liefje,' zei ze, en ze wees vaag naar het oosten. Volg de weg voorbij de bocht, in de richting van de zee, deelde ze hem mee. Hij kon het niet missen.

Dat bleek het geval te zijn.

St James bleef op de oprit staan, vanwaar hij een moment het terrein van huize Moullin overzag alvorens door te lopen. Hij fronste zijn wenkbrauwen bij de merkwaardige aanblik: een puinhoop van schelpen en ijzerdraad en cement waar blijkbaar ooit een bizarre tuin had bestaan. Er waren een paar objecten overgebleven om te illustreren hoe het er moest hebben uitgezien. Een met schelpen beplakte wensput stond onder een enorme tamme kastanje, en op een grillige chaise longue van schelpen en cement lag een schelpenkussen waarop de woorden PAPA ZEGT... waren aangebracht in donkerblauwe stukjes glas. Al het andere was aan puin gehakt. Het leek erop of een orkaan van mokers de grond rondom het kleine, ineengedoken huis had getroffen.

Aan een kant van dit gebouw stond een schuur, en daarbinnen klonk muziek: Frank Sinatra, zo te horen, die een popsong ten gehore bracht in het Italiaans. St James liep die kant op. De schuurdeur hing deels open, en hij zag dat het interieur witgekalkt was en werd verlicht door

rijen neonbuizen die aan het plafond bungelden.
Hij riep hallo, maar kreeg geen antwoord. Hij stapte naar binnen en zag dat hij in het atelier van een glazenier terecht was gekomen. Het leek een plek te zijn waar twee geheel verschillende soorten objecten vervaardigd werden. De ene helft werd gebruikt voor het nauwkeurig in elkaar zetten van glas voor kassen en serres. De andere helft was gewijd aan glas als kunstvorm. In dit gedeelte lagen grote zakken met chemicaliën opgestapeld, naast een niet-brandende oven. Tegen deze oven leunden op pijpen lijkende buizen om glas te blazen, en wat er geblazen was, stond op planken gerangschikt, decoratieve, rijk gekleurde stukken: grote schalen op standaarden, gestileerde vazen, moderne beelden. De voorwerpen zouden allemaal beter tot hun recht komen in een Conran-restaurant in Londen dan in een schuur op Guernsey. St James bekeek ze met enige verbazing. De staat waarin ze verkeerden – zonder een stofje en smetteloos – was in tegenstelling met de toestand van het fornuis, de pijpen en de zakken chemicaliën, die alle met een dikke laag vuil waren bedekt.
De glazenier zelf merkte niet dat er iemand was binnengekomen. Hij werkte aan een brede werkbank in de kas- en serreafdeling van de loods. Boven hem hingen de tekeningen voor een ingewikkelde serre. Aan weerszijden daarvan en eronder hingen ontwerpen voor andere, nog moeilijker projecten. Terwijl hij snel een snede aanbracht in het transparante stuk glas dat op de werkbank lag, raadpleegde de man geen enkele van deze tekeningen of ontwerpen, maar keek hij op een eenvoudig, papieren servetje waarop een paar maten leken te zijn gekrabbeld.
Dit moest Moullin zijn, dacht St James, de vader van een van Brouards erfgenamen. Hij riep de man bij diens naam, deze keer wat luider. Moullin keek op. Hij haalde propjes was uit zijn oren, wat verklaarde waarom hij St James niet had horen aankomen, maar waardoor niet duidelijk werd waarom hij zich door Sinatra had laten toezingen.
Daarna liep hij naar de bron van de muziek – een cd-speler – waar Frank inmiddels vervolgde met *Luck Be a Lady Tonight.* Moullin zette hem midden in een zin af. Hij pakte een grote handdoek, bedrukt met spuitende walvissen, en legde die over de cd-speler, terwijl hij zei: 'Ik zet deze aan, dan weten de mensen waar ze me kunnen vinden. Maar hij werkt me op mijn zenuwen, daarom gebruik ik ook oordopjes.'
'In plaats van andere muziek?'
'Ik vind geen enkele soort muziek mooi, dus het doet er niet toe. Wat kan ik voor u doen?'
St James stelde zich voor en gaf de man zijn kaartje. Moullin las het en

gooide het vervolgens op de werkbank, waar het naast zijn servetje met berekeningen belandde. Zijn gezicht werd onmiddellijk achterdochtig. Hij had St James' beroep blijkbaar gelezen, en was waarschijnlijk niet geneigd te geloven dat een forensisch deskundige uit Londen op bezoek was gekomen met de bedoeling een serre te laten bouwen.
St James zei: 'Er lijkt wat schade te zijn ontstaan in uw tuin. Ik had niet gedacht dat vandalisme hier veel voorkwam.'
'Bent u gekomen om die te inspecteren?' vroeg Moullin. 'Is dat een baan voor iemand als u?'
'Hebt u de politie gebeld?'
'Dat hoefde niet.' Moullin haalde een metalen meetlint uit zijn zak en legde het tegen de glasplaat die hij had afgesneden. Hij vinkte een van zijn berekeningen af en zette daarna de plaat voorzichtig tegen een stapel van een stuk of tien andere die hij al gesneden had. 'Ik heb het zelf gedaan,' zei hij. 'Het werd tijd.'
'Ik begrijp het. Een verbetering van uw huis.'
'Een verbetering van mijn leven. Mijn dochters zijn ermee begonnen nadat mijn vrouw ons verliet.'
'Hebt u meer dan één dochter?' vroeg St James.
Moullin scheen de vraag te overwegen alvorens te antwoorden. 'Ik heb er drie.' Daarna draaide hij zich om en pakte een volgende glasplaat. Hij legde die op de werkbank en boog zich eroverheen: een man die zich niet laat storen bij zijn werk. St James greep de gelegenheid aan om dichterbij te komen. Hij wierp een blik op de schetsen en de ontwerpen boven de werkbank. De woorden *Yates, Dobree Lodge, Le Vallon,* gaven de plaats aan waar de ingewikkelde serre moest komen. De andere tekeningen, zag hij, waren voor gestileerde ramen. Die waren bestemd voor het *G.O. Oorlogsmuseum.*
St James bleef even kijken terwijl Henry Moullin aan het werk was, voor hij weer iets zei. De glazenier was een man met een grof beendergestel, die er sterk en gezond uitzag. Zijn handen waren gespierd, wat zelfs zichtbaar was onder de pleisters die er kriskras op waren geplakt.
'U hebt zich gesneden, zie ik,' zei St James. 'Dat moet het risico van uw beroep zijn.'
'Maar al te waar.' Moullin gaf een snee in het glas en daarna nog een, met een vaardigheid die zijn opmerking logenstrafte.
'Maakt u behalve serres ook ramen?'
'Dat kunt u zien aan de tekeningen.' Hij hief zijn hoofd op en knikte naar de muur met de ontwerpen. 'Als het van glas is, maak ik het, meneer St James.'

'Hebt u daarmee de aandacht van Guy Brouard getrokken?'
'Ja.'
'Was het de bedoeling dat u de ramen voor het museum maakte?' St James wees naar de tekeningen die tegen de muur geplakt waren. 'Of hebt u die op goed geluk getekend?'
'Ik heb al het glaswerk voor de Brouards gedaan,' antwoordde Moullin. 'Heb de originele kassen op het terrein gesloopt, de serre gebouwd, ramen van het huis vervangen. Zoals ik al zei: als het van glas is, maak ik het. Dus dat zou ook het geval zijn voor het museum.'
'Maar u kunt toch niet de enige glazenier zijn op het eiland? Niet met al die kassen die ik gezien heb. Dat zou niet mogelijk zijn.'
'Niet de enige, dat is zo,' gaf Moullin toe. 'Maar wel de beste. De Brouards wisten dat.'
'Dat maakte u de logische keuze voor het oorlogsmuseum?'
'Zo kun je het wel stellen.'
'Ik heb echter begrepen dat niemand precies wist hoe het gebouw eruit zou gaan zien. Tot de avond van het feest. En om dan alvast tekeningen te maken... Hebt u ze aangepast aan het ontwerp van de plaatselijke architect? Tussen twee haakjes, ik heb zijn maquette gezien. Uw tekeningen lijken heel goed te passen bij zijn ontwerp.'
Moullin streepte weer een getal af van de lijst op het servetje, en hij zei: 'Bent u hier gekomen om over ramen te praten?'
'Waarom maar één?' vroeg St James.
'Hoezo, maar één?'
'Dochter. U hebt er drie, maar Brouard heeft er maar één genoemd in zijn testament. Cynthia Moullin. Uw... wat is ze? Uw oudste?'
Moullin pakte een volgende glasplaat en gaf er twee sneden in. Hij gebruikte het meetlint om het resultaat te controleren en zei: 'Cyn is mijn oudste.'
'Enig idee waarom hij juist haar heeft uitgekozen? Hoe oud is ze, trouwens?'
'Zeventien.'
'Al van school af?'
'Ze doet een vervolgopleiding in St Peter Port. Hij stelde voor dat ze naar de universiteit zou gaan. Ze is pienter genoeg, maar zoiets hebben we hier niet. Daarvoor zou ze naar Engeland moeten. Engeland kost geld.'
'Wat u niet hebt, neem ik aan. En zij had het ook niet.'
Tot hij doodging hing tussen hen als rook van een onzichtbare sigaret.
'Klopt. Het ging allemaal om geld. Boffen wij even.' Moullin wendde

zijn ogen van de werkbank af om St James aan te kijken. 'Is dat alles wat u wilt weten, of is er meer?'
'Enig idee waarom slechts een van uw dochters in het testament is genoemd?'
'Nee.'
'De andere twee meisjes zouden toch zeker ook profiteren van een voortgezette opleiding.'
'Dat is waar.'
'Waarom dan...?'
'Ze hadden niet de juiste leeftijd. Nog niet eraan toe om naar de universiteit te gaan. Alles op zijn tijd.' Deze opmerking wees op het onlogische in Moullins redenering, en St James haakte erop in.
'Meneer Brouard zal toch niet verwacht hebben dat hij zou sterven. Hij was 69, geen jonge man meer, maar volgens iedereen was hij kerngezond. Zo is het toch?' Hij wachtte niet op Moullins antwoord. 'Dus als het Brouards bedoeling was dat uw oudste dochter naar de universiteit kon gaan met het geld dat hij haar zou nalaten... Wanneer zou ze dan volgens zijn berekening kunnen gaan studeren? Hij had nog wel twintig jaar kunnen blijven leven. Of langer.'
'Tenzij we hem vermoordden, natuurlijk,' zei Moullin. 'Of is dat niet waar u naartoe wilt?'
'Waar is uw dochter, meneer Moullin? Is ze thuis?'
'Schei toch uit, man. Ze is zeventien.'
'Is ze thuis, dan? Mag ik met haar spreken...'
'Ze is op Alderney.'
'Wat doet ze daar?'
'Ze verzorgt haar grootmoeder. Of ze houdt zich schuil voor de politie. U zegt het maar. Het kan mij niet schelen.' Hij ging weer door met zijn werk, maar St James zag de ader in zijn slaap kloppen en toen hij de volgende kerf in het glas maakte, ging het verkeerd. Hij mompelde een vloek en smeet de waardeloze stukken glas in een afvalbak.
'Bij uw werk kunt u zich niet veroorloven om fouten te maken,' merkte St James op. 'Ik neem aan dat het u geld zou gaan kosten.'
'Nou, u leidt me nogal af, vindt u ook niet?' zei Moullin korzelig. 'Dus als er niets anders is, ik heb werk te doen en verdomd weinig tijd om het af te maken.'
'Ik begrijp waarom meneer Brouard geld heeft nagelaten aan een jongen die Paul Fielder heet,' zei St James. 'Brouard was zijn mentor, via een organisatie die op het eiland is opgericht, GAYT. Hebt u ervan gehoord?

Dus zij hadden een formele regeling voor hun relatie. Heeft uw dochter hem ook op die manier leren kennen?'

'Cyn had geen relatie met hem,' zei Henry Moullin. 'Niet via GAYT, noch op een andere manier.' Ondanks wat hij zojuist had gezegd, besloot hij blijkbaar om niet door te gaan met zijn werk. Hij begon zijn gereedschap en het papiertje met de maten op hun plaats te leggen. Daarna pakte hij een plumeau en veegde minuscule glassplinters van de werkbank. 'Hij had zo zijn voorkeuren, en zo ging het met Cyn. Vandaag had de een de voorkeur, morgen de andere. Een beetje van "ik kan dit doen, ik kan dat doen, en ik kan alles doen wat ik wil omdat ik het geld heb om voor kerstman die naar Guernsey is gekomen, te spelen, als ik er zin in heb". Cyn heeft gewoon geluk gehad. Zoals bij een stoelendans, met haar op de juiste plaats wanneer de muziek stopt. Op een andere dag had het een van haar zussen kunnen zijn. Nog een maand, dan was dat waarschijnlijk ook gebeurd. Zo was het. Hij kende haar beter dan de andere meisjes omdat ze met me meeging naar zijn landgoed wanneer ik daar aan het werk was. Of ze ging ernaartoe om haar tante op te zoeken.'

'Haar tante?'

'Val Duffy. Mijn zus. Ze helpt met de meisjes.'

'Hoe?'

'Wat nou hoe?' wilde Moullin weten, en het was duidelijk dat de man zijn geduld verloor. 'Meisjes hebben een vrouw nodig in hun leven. Wilt u dat ik voor u spel waarom, of kunt u het zelf bedenken? Cyn ging naar haar toe en dan praatten ze. Over meisjeszaken, als u me begrijpt?'

'Veranderingen in haar lichaam? Problemen met jongens?'

'Ik weet het niet. Ik hou mijn neus waar die hoort, en dat is op mijn gezicht, ik steek hem niet in hun zaken. Ik was alleen dolgelukkig dat Cyn een vrouw had met wie ze kon praten, en die vrouw was toevallig mijn zus.'

'Een zus die het u zou vertellen als er iets mis was?'

'Er was niets mis.'

'Maar hij had zijn voorkeuren.'

Moullin fronste zijn voorhoofd. 'Wat?'

'Brouard. U zei dat hij zo zijn voorkeuren had. Was Cynthia er een van?'

Moullins gezicht werd paars. Hij deed een stap in de richting van St James. 'Wel verdomme. Ik zou je moeten...' Hij bleef staan. Het leek hem moeite te kosten. 'We hebben het over een meisje,' zei hij. 'Niet een volwassen vrouw. Een meisje.'

'Oudere mannen hebben wel eerder een voorkeur voor jonge meisjes gehad.'
'U verdraait mijn woorden.'
'Vertelt u me dan hoe het wel in elkaar zit.'
Moullin nam er even de tijd voor. Hij liep een paar stappen bij St James vandaan. Hij keek naar de andere kant van de loods, naar zijn creatieve glazen voorwerpen. 'Ik zei het toch. Hij had voorkeuren. Iets trok zijn aandacht, hij strooide er toverpoeder op. Hij maakte dat het iets bijzonders werd. Dan trok iets anders zijn aandacht en bestrooide hij dat met toverpoeder. Zo was hij nu eenmaal.'
'Toverpoeder betekende geld?'
Moullin schudde zijn hoofd. 'Niet altijd.'
'Wat dan?'
'Geloof,' zei hij.
'Wat voor soort geloof?'
'Geloof in jezelf. Daar was hij goed in. Het probleem was dat je begon te denken dat er wel eens iets uit dat geloof van hem zou kunnen voortkomen, als je geluk had.'
'Zoals geld.'
'Een belofte. Alsof iemand zei: ik kan je helpen als je hard genoeg werkt, maar je moet eerst dát doen – het harde werk zelf – en daarna zullen we wel verder zien. Maar niemand zei het ooit, niet ronduit. Maar op de een of andere manier nestelde die gedachte zich in je hoofd.'
'Ook in het uwe?'
Met een zucht zei Moullin: 'Ook in het mijne.'
St James dacht na over wat hij over Guy Brouard te weten was gekomen, over de geheimen die de man eropna hield, zijn toekomstplannen, wat iedere persoon kennelijk had geloofd over de man zelf en over die plannen. Misschien, dacht St James, waren deze aspecten van de vermoorde man – die anders wellicht louter afspiegelingen zouden zijn geweest van de grillen van een rijke ondernemer – eerder symptomen van een groter, schadelijker gedrag: een bizar machtsspel. In dit spel behoudt een invloedrijk man die niet langer aan het roer staat van een succesvolle onderneming, een vorm van macht over bepaalde mensen, waarbij de uitoefening van die macht het ultieme doel van het spel is. Mensen werden schaakstukken en het bord vertegenwoordigde hun levens. En de belangrijkste speler was Guy Brouard.
Zou dat voldoende zijn om iemand tot moord aan te zetten?
St James nam aan dat het antwoord op die vraag lag in wat iedere per-

soon feitelijk deed als gevolg van Brouards zogenaamde geloof in hem. Hij keek nogmaals de schuur rond en zag iets van het antwoord in de glazen voorwerpen die zo nauwgezet verzorgd waren, en de oven en de blaaspijpen die het niet waren. 'Ik veronderstel dat hij u in uzelf liet geloven als kunstenaar,' merkte hij op. 'Is dat gebeurd? Heeft hij u aangemoedigd uw droom te volgen?'
Moullin begon abrupt naar de deur van de loods te lopen, waar hij het licht uitknipte, zodat zijn silhouet zich aftekende tegen het daglicht buiten. Hij was reusachtig, zoals hij daar stond, niet alleen door de dikke kleren die hij droeg maar ook door zijn dierlijke kracht. St James veronderstelde dat hij er weinig moeite mee had gehad om het knutselwerk van zijn dochters in de tuin te vernielen.
Hij liep hem achterna. Buiten schoof Moullin de schuurdeur dicht, waarna hij die afsloot met een hangslot aan een dikke, metalen ring. Hij zei: 'Mensen laten denken dat ze méér waren dan wat ze waren, dat deed hij. Als ze stappen ondernamen die ze niet zouden hebben genomen zonder dat hij ze aanmoedigde... Nou, ik denk dat het hun zaken zijn. Een ander heeft er niets mee te maken, nietwaar, als iemand zich probeert te verbeteren en het risico neemt.'
'Mensen proberen zich meestal niet te verbeteren zonder dat ze ervan overtuigd zijn dat het waagstuk succes zal hebben,' zei St James.
Henry Moullin keek naar de tuin, waar de verpulverde schelpen als sneeuw op het gras lagen. 'Hij was goed met ideeën. Hij had ze, en hij gaf ze weg. De rest van ons... Wij waren goed in het geloven van die ideeën.'
'Wist u van de bepalingen van meneer Brouards testament af?' vroeg St James. 'Wist uw dochter ervan?'
'Of we hem vermoord hebben, bedoelt u? Snel zijn lampje uitdoven voor hij van gedachte kon veranderen?' Moullin stak zijn hand in zijn zak. Hij haalde er een ring met zwaar uitziende sleutels uit. Over het pad begon hij naar het huis te lopen, knarsend door het grind en de schelpen. St James bleef naast hem wandelen, niet omdat hij verwachtte dat Moullin zou uitweiden over het onderwerp dat hij zelf had aangesneden, maar omdat hij een glimp van iets had opgevangen tussen de sleutels van de man, en hij zeker wilde weten dat het was wat hij dacht dat het was.
'Het testament,' zei hij. 'Wist u wat erin stond?'
Moullin gaf geen antwoord voor hij de veranda aan de voorkant van het huis had bereikt en zijn sleutel in het nachtslot had gestoken. Daarna draaide hij zich om. 'We wisten niets, over niemands testament,' zei hij.

'Ik wens u goedendag.'
Hij keerde zich weer om naar de deur en ging naar binnen, het slot klikte driftig achter hem dicht. Maar St James had gezien wat hij wilde zien. Er hing een kleine, doorboorde steen aan de ring met Henry Moullins sleutels.
St James liep bij het huis vandaan. Hij was niet zo dom te denken dat hij alles gehoord had wat er van Henry Moullin te horen viel, maar hij wist dat hij op dit moment ver genoeg was gegaan. Toch bleef hij op de terugweg nog even op de oprit staan om naar het Schelpenhuis te kijken: met zijn tegen het daglicht stijf dichtgetrokken gordijnen, zijn afgesloten deur, zijn verwoeste tuin. Hij overwoog wat het betekende om voorkeuren te hebben. Hij bleef stilstaan bij de invloed die het iemand gaf, zich te mengen in de dromen van anderen.
Terwijl hij daar stond, niet speciaal op iets geconcentreerd, trof een beweging in het huis zijn oog. Hij keek nauwkeuriger en zag die achter een klein venster.
In het huis schoof een gedaante achter het glas de gordijnen op hun plaats. Maar niet voordat St James een glimp had opgevangen van blond haar, en een schimmige gestalte had gezien die zich aan zijn blik onttrok. Onder andere omstandigheden had hij misschien gedacht dat hij een geest had gezien. Maar het onmiskenbare lichaam van een zeer stoffelijke vrouw werd van achteren kort beschenen door een licht in de kamer.

18

Paul Fielder was geweldig opgelucht toen hij Valerie Duffy over het gazon zag komen aanstormen. Haar zwarte mantel wapperde open onder het voortgaan en het feit dat ze die niet had dichtgeknoopt vertelde hem dat ze aan zijn kant stond.

'Hoor eens even,' riep ze, terwijl de agent Paul bij zijn schouder greep en Taboe de agent bij zijn been vasthield. 'Wat doe je met hem? Dit is onze Paul. Hij hoort hier.'

'Waarom zegt hij dan niet wie hij is?' De agent had een walrussnor, zag Paul, waar nog een klodder aan hing van zijn ontbijtpap, die trilde wanneer hij sprak. Paul keek er geboeid naar, zoals die heen en weer slingerde als een klimmer die boven een gevaarlijke afgrond hangt.

'Ik zeg je toch wie hij is,' zei Valerie Duffy. 'Hij heet Paul Fielder en hij hoort hier. Taboe, hou op. Laat die stoute man los.' Ze pakte de hond bij zijn halsband en sleurde hem bij het been van de agent vandaan.

'Ik zou jullie allebei moeten arresteren wegens geweldpleging.' De man liet Paul los met een duw die hem in de richting van Valerie schoof. Hierdoor begon Taboe weer te blaffen.

Paul liet zich op zijn knieën naast de hond vallen, hij sloeg zijn armen om het harige hondenlijf en begroef zijn gezicht in de onfrisse vacht van Taboes hals. Taboe hield op met blaffen. Hij bleef echter nog steeds grommen.

'De volgende keer,' zei de walrussnor, 'maak je jezelf bekend wanneer het je gevraagd wordt, jongen. Als je het niet doet, gooi ik je zo snel in de cel... En dan wordt die hond afgemaakt. Dat zou trouwens toch moeten gebeuren, na wat hij gedaan heeft. Kijk mijn broek nu eens. Hij heeft er verdomme een gat in gebeten. Zie je dat? Het had mijn been wel kunnen zijn. Vlees, jongen. Bloed. Is hij wel ingeënt? Waar zijn zijn papieren? Die wil ik nu meteen zien.'

'Doe niet zo idioot, Trev Addison,' zei Valerie, en haar stem klonk scherp. 'Ja, ik weet wie je bent. Ik heb met je broer op school gezeten. En je weet net zo goed als ik, ja zeker, dat niemand rondloopt met de papieren van zijn hond bij zich. Nou, jij bent geschrokken, en de jongen ook.

En de hond. Laten we het erbij laten en het niet erger maken dan het is.'
Het gebruik van zijn naam leek de agent wat te kalmeren, merkte Paul, omdat de man van Paul naar de hond keek en daarna naar Valerie. Hij trok zijn uniform recht en klopte zijn broek af. Hij zei: 'We hebben onze orders.'
'Ja, die hebben jullie,' zei Valerie, 'en van ons mogen jullie je er ook aan houden. Ga nu maar met mij mee, dan zorgen we ervoor dat die broek gerepareerd wordt. Ik kan het in een oogwenk voor je doen en dan vergeten we de rest.'
Trev Addison keek naar de rand van de oprijlaan, waar een van zijn collega's de struiken opzij duwde, gebogen over zijn taak. Het leek vermoeiend werk, waar je best tien minuten vrij van zou willen nemen. Aarzelend zei hij: 'Ik weet niet of ik wel...'
'Vooruit, ga mee,' zei Valerie. 'Dan krijg je een kop thee van me.'
'In een oogwenk, zei je?'
'Ik heb twee volwassen zoons, Trev. Ik kan sneller een broek repareren dan jij je thee kunt opdrinken.'
'Goed dan,' zei hij, en daarna tegen Paul: 'Denk erom dat je niemand voor de voeten loopt, hoor je me? De politie heeft werk te doen op dit terrein.'
Valerie zei tegen Paul: 'Ga jij maar naar de keuken in het grote huis, lieverd. Maak een kop chocola voor jezelf. Er zijn ook verse gemberkoekjes.' Ze knikte tegen hem en daarna liep ze over het gazon terug, met Trev Addison achter zich aan.
Paul wachtte, als aan de grond genageld, tot ze in het huis van de Duffy's verdwenen waren. Hij merkte dat zijn hart als een stoomhamer tekeerging, en hij liet zijn voorhoofd tegen Taboes rug rusten. De muffe, vochtige hondengeur was voor hem even welkom en vertrouwd als zijn moeders hand die zijn wang streelde, wanneer hij als kind koortsig was geweest.
Ten slotte begon zijn hart langzamer te kloppen; hij hief zijn hoofd op en veegde over zijn gezicht. Toen de agent hem had vastgegrepen was zijn rugzak van zijn schouders gegleden, en die lag nu in een hoopje op de grond. Hij raapte hem op en draafde naar het huis.
Paul liep achterom, zoals hij gewend was. Er was veel activiteit gaande. Hij had nog nooit zoveel politiemensen op één plek bij elkaar gezien – behalve op de tv – en hij bleef vlak achter de serre staan om te proberen erachter te komen wat ze deden. Zoeken, ja. Dat zag hij wel. Maar hij kon zich niet voorstellen waarnaar. Hij dacht dat iemand op de dag van

de begrafenis misschien iets kostbaars had verloren, toen iedereen naar Le Reposoir terugging voor de begrafenis en de bijeenkomst daarna. Hoewel dat heel goed kon, leek het níét waarschijnlijk dat de halve politiemacht van het eiland naar dat iets op zoek was. Het zou van een verschrikkelijk belangrijk iemand moeten zijn, en de belangrijkste persoon op het eiland was degene die gestorven was. Dus wie anders...? Paul wist het niet en kon het evenmin bedenken. Hij liep het huis in.

Hij nam de serredeur, die zoals altijd niet op slot zat. Taboe dribbelde achter hem aan, zijn nagels kletterden op de tegels waaruit de vloer van de serre bestond. Binnen was het aangenaam warm en vochtig, en het druppelen van het water uit het irrigatiesysteem had een hypnotiserend ritme, waar Paul graag een poosje naar was blijven zitten luisteren. Dat kon hij echter niet doen, omdat hem opgedragen was een kop chocola voor zichzelf te maken. En boven alles, wanneer het op Le Reposoir aankwam, wilde Paul precies doen wat hem was opgedragen. Zo behield hij het privilege van op bezoek gaan bij het landgoed, een kostbaar privilege. Als je iets goeds doet voor mij, doe ik iets goeds voor jou. Dat ligt ten grondslag aan alles wat belangrijk is, prins.

Dat was nog een reden waarom Paul wist wat hij zou moeten doen. Niet alleen wat de chocola en de koekjes betrof, maar ook met betrekking tot de erfenis. Zijn ouders waren naar zijn kamer gekomen nadat de advocaat was vertrokken, en ze hadden aan zijn deur geklopt. Zijn vader had gezegd: 'Paulie, we moeten hierover praten, jongen,' En zijn moeder had gezegd: 'Je bent nu een rijke jongen, schat. Denk je toch eens in wat je met al dat geld kunt doen.' Hij had hen binnengelaten en ze hadden met hem en met elkaar gesproken, maar hoewel hij hun lippen duidelijk had zien bewegen en zo nu en dan een woord of een zin had opgevangen, had hij al bedacht wat hij moest doen. Hij was direct naar Le Reposoir gegaan om ermee te beginnen.

Hij vroeg zich af of mevrouw Ruth thuis was. Hij had er niet aan gedacht om te kijken of haar auto buiten stond. Zij was degene die hij kwam opzoeken. Als ze er niet was, zou hij blijven wachten.

Hij begaf zich naar de keuken: door de stenen hal, door de deur en daarna weer langs een gang. Het was stil in huis, hoewel het kraken van de vloer boven zijn hoofd hem vertelde dat mevrouw Ruth waarschijnlijk thuis was. Toch was hij verstandig genoeg om te weten dat hij niet in het huis van een ander kon rondlopen om iemand te zoeken, zelfs al was hij speciaal voor die persoon gekomen. Dus toen hij bij de keuken kwam, dook hij naar binnen. Hij zou zijn chocola opdrinken en de koekjes op-

eten en tegen de tijd dat hij klaar was zou Valerie er zijn, en zij zou hem naar boven brengen, naar mevrouw Ruth.
Paul was vaak genoeg in de keuken van Le Reposoir geweest om te weten waar alles stond. Hij schoof Taboe onder de tafel die midden in het vertrek stond, legde de rugzak naast hem, zodat de hond zijn kop erop kon leggen, en daarna liep hij naar de provisiekamer.
Evenals de rest van Le Reposoir was het een wonderbaarlijke plek, vol geuren die hij niet kon thuisbrengen, en er stonden dozen en blikken met etenswaren waar hij nog nooit van had gehoord. Hij vond het altijd heerlijk wanneer Valerie hem naar de provisiekamer stuurde om iets voor haar te halen terwijl ze aan het koken was en hij om haar heen hing. Hij wilde het altijd zo lang mogelijk laten duren, om de geur van de mengelmoes van extracten, kruiden en andere ingrediënten voor het koken in te ademen. Die voerde hem mee naar een plekje in het heelal dat volslagen anders was dan dat wat hij kende.
Hij bleef er nu talmen. Hij schroefde de doppen van een rij flessen af en tilde ze op om er een voor een aan te ruiken. *Vanille,* las hij op een etiket. *Sinaasappel, amandel, citroen.* De geuren waren zo sterk dat, wanneer hij inademde, hij voelde dat het aroma achter zijn ogen bleef hangen. Ze voerden hem mee naar landen die hij nooit gezien had, brachten hem in contact met mensen die hij nooit zou kennen.
Van de extracten ging hij naar de kruiden, te beginnen met de kaneel. Toen hij bij de gember kwam, nam hij een snuifje, niet groter dan het randje van zijn pinknagel. Hij legde het op zijn tong en voelde dat het water hem in de mond liep. Hij lachte en ging door naar de nootmuskaat, de komijn, de kerrie, de kruidnagelen. Daarna kwamen de gedroogde kruiden, dan de verschillende soorten azijn, vervolgens de diverse oliën. Vandaar kwam hij terecht bij het meel, de suiker, de rijst en de bonen. Hij pakte dozen op en las wat er op de achterkant stond. Hij hield pakken pasta tegen zijn wang en wreef met de cellofaanverpakking over zijn huid. Hij had nog nooit zo'n overvloed gezien als hier. Voor hem was het een wonder.
Ten slotte zuchtte hij van verzadigd genoegen, en haalde het blikje cacaopoeder tevoorschijn. Hij nam het mee naar het aanrecht en pakte melk uit de koelkast. Hij pakte een pan die boven het fornuis hing en mat zorgvuldig één beker melk af, niet meer, die hij nog voorzichtiger in de pan schonk om warm te maken. Dit was de allereerste keer dat hij ooit de keuken had mogen gebruiken, en hij was vastbesloten dat Valerie Duffy trots op hem zou kunnen zijn vanwege de zorg waarmee hij

met dit zeldzame voorrecht omging.
Hij stak een gaspit aan en zocht een lepel om de cacao in zijn beker te scheppen. De gemberkoekjes stonden op de tafel, vers uit de oven, op roosters om af te koelen. Hij nam er een af voor Taboe en voerde het koekje aan de hond. Daarna pakte hij er twee voor zichzelf en stopte er een in zijn mond. De andere wilde hij bewaren voor bij de chocolademelk.
Ergens in het huis sloeg een klok. Als om het geluid te begeleiden klonken voetstappen op de overloop recht boven hem. Een deur ging open, een lamp floepte aan, en iemand begon langs de achtertrap af te dalen naar de keuken.
Paul glimlachte. Mevrouw Ruth. Nu Valerie er niet was, zou ze zelf haar ochtendkoffie moeten halen, als ze die wilde hebben. En die was er, dampend in de glazen kan van het koffiezetapparaat. Paul pakte nog een beker, een lepeltje en de suiker, om alles voor haar in gereedheid te brengen, zich intussen voorstellend hoe het komende gesprek zou verlopen: haar ogen, wijd opengesperd van verrassing, haar lippen die een O vormden, haar gefluisterde 'Paul, wat ben je toch een lieve jongen' wanneer ze precies begreep wat hij van plan was.
Hij bukte zich en trok de rugzak onder Taboes kop uit. De hond keek op en spitste zijn oren, in de richting van de trap. Een laag gegrom klonk diep in zijn keel. Gevolgd door een gejank, daarna een forse blaf. Iemand op de trap zei: 'Wat is dat in vredesnaam...?'
Die stem was niet van mevrouw Ruth. Een vrouw met de gestalte van een viking kwam de hoek om, nadat ze de trap af was gelopen. Ze zag Paul en vroeg fel: 'Wie ben jij, verdomme? Hoe ben je binnengekomen? Wat doe je hier? Waar is mevrouw Duffy?'
Veel te veel vragen tegelijk, en Paul werd betrapt met een gemberkoekje in zijn hand. Hij voelde zijn ogen rond worden, zoals mevrouw Ruths lippen dat zouden hebben gedaan, en zijn wenkbrauwen vlogen in de richting van zijn haargrens. Op hetzelfde moment schoot Taboe onder de tafel vandaan, blaffend als een dobermann, met ontblote tanden. Zijn poten stonden wijd uit elkaar en zijn oren lagen achter in zijn nek. Hij had er een hekel aan wanneer mensen luid spraken.
De vikingvrouw deinsde terug. Taboe vloog op haar af voor Paul kans zag hem bij zijn halsband te pakken. Ze begon te krijsen: 'Haal hem weg, pak hem, verdomme, pák hem!' Alsof ze dacht dat de hond haar werkelijk kwaad wilde doen.
Haar geschreeuw maakte dat Taboe nog harder blafte. En juist op dat moment kookte de melk, die op het fornuis stond, over.

Het was te veel tegelijk: de hond, de vrouw, de melk, het koekje in zijn hand dat eruitzag alsof hij het gepikt had, maar dat had hij niet gedaan, want Valerie had hem gezegd dat hij er een kon nemen, en ook al had hij er drie gepakt, wat meer was dan ze gezegd had, het was goed, echt, het was goed, het was geen misdaad.
Fsssshhhh. De melk schuimde op de brander onder de pan. De stank van de melk die rechtstreeks met het open vuur in contact kwam, vulde de keuken als een zwerm vogels. Taboe blafte. De vrouw schreeuwde. Paul was als een betonnen pilaar.
'Stommeling!' De stem van de vikingvrouw klonk als het gekras van metaal op metaal. 'Blijf daar niet zo sullig staan, in godsnaam.' De melk verbrandde achter hem. Ze ging met haar rug tegen de muur staan. Ze draaide haar hoofd om alsof ze niet wilde zien hoe ze werd gewond door de tanden van een hond die in werkelijkheid banger was dan zij, maar in plaats van flauw te vallen of te proberen weg te komen, begon ze te roepen: 'Adrian! Adrian! In godsnaam, Adrian!' En omdat haar aandacht niet meer op hem of op de hond gevestigd was, voelde Paul zijn ledematen ontdooien en in beweging komen.
Hij schoot naar voren en greep Taboe, waarbij zijn rugzak op de grond viel. Hij trok de hond mee naar het fornuis en zocht naar de knop die het vuur onder de melk zou doven. Intussen blafte de hond nog steeds, schreeuwde de vrouw nog steeds, en kwam iemand langs de achtertrap naar beneden hollen.
Paul nam de pan van het fornuis om ermee naar de gootsteen te lopen, maar met één hand voor de hond, die probeerde weg te komen, verloor hij zijn evenwicht. Hij moest de pan loslaten. De aangebrande massa belandde op de grond en Taboe was weer waar hij eerst had gestaan: op enkele centimeters afstand van de vikingvrouw, naar haar kijkend alsof hij van plan was haar op te eten. Paul dook hem na en sleurde hem weg. Taboe bleef blaffen als een duivel.
Toen kwam Adrian Brouard de keuken binnengestormd. Hij schreeuwde boven alle opschudding uit: 'Wat is hier voor de donder...?' En daarna: 'Taboe! Zo is het genoeg! Kop dicht!'
De vikingvrouw riep: 'Kén je dit mormel?' Paul wist niet zeker of ze hem bedoelde, of de hond.
Niet dat het er iets toe deed, want Adrian Brouard kende hen allebei. Hij zei: 'Dit is Paul Fielder, vaders...'
'Dít?' De vrouw richtte haar blik op Paul. 'Deze smerige, kleine...' Ze leek geen woorden te kunnen vinden die bij de indringer in de keuken pasten.

Adrian zei: 'Dit.' Hij was naar beneden gekomen met alleen zijn pyjamabroek aan, en op slippers, alsof hij was gestoord toen hij zich eindelijk voor die dag aankleedde. Paul kon zich niet voorstellen dat iemand op dit tijdstip niet op was en met iets bezig was.
Pluk de dag, mijn prins. Je weet nooit of er een volgende zal zijn.
Tranen prikten achter Pauls ogen. Hij kon de stem hóren. Hij kon zijn aanwezigheid zo duidelijk voelen alsof meneer Guy de keuken was binnengestapt. Hij zou dit probleem in een handomdraai hebben opgelost. Hij zou een hand naar Taboe hebben uitgestoken, en de andere naar Paul, en met zijn geruststellende stem gezegd hebben: wat hebben we hier?
'Laat dat beest zijn kop dichthouden,' zei Adrian tegen Paul, hoewel Taboe nog slechts zachtjes gromde. 'Als hij mijn moeder bijt, heb je een probleem.'
'Meer problemen dan je al hebt,' beet Adrians moeder hem toe. 'En dat zijn er genoeg, dan kan ik je wel vertellen. Waar is mevrouw Duffy? Heeft zij je binnengelaten?' En daarna schreeuwde ze: 'Valerie! Valerie Duffy! Kom onmiddellijk hier.'
Taboe hield niet van geschreeuw, maar daar was de domme vrouw nog niet achter gekomen. Zodra ze haar stem verhief begon hij opnieuw te blaffen. Er zat niets anders op dan hem de keuken uit te loodsen, maar Paul kon niet tegelijkertijd de hond wegbrengen, de rommel opruimen en zijn rugzak oprapen. Hij voelde zijn ingewanden verslappen in de angst van het moment. Hij voelde zijn hersens opzwellen in zijn hoofd. Nog even, wist hij, dan zou hij aan twee kanten exploderen, en die wetenschap was voldoende om hem aan te sporen een beslissing te nemen.
Achter de Brouards begon een gang naar een deur, die toegang gaf tot de moestuin. Paul begon Taboe in die richting mee te trekken, maar de vikingvrouw zei: 'Dénk er zelfs niet aan om weg te gaan voor je de rommel die je gemaakt hebt, hebt opgeruimd, kleine pad die je bent.'
Taboe grauwde. De Brouards deinsden terug. Paul slaagde erin hem de gang in te sleuren zonder een volgende uitbarsting – ondanks het gegil van de vikingvrouw: 'Kom onmiddellijk terug!' – en hij duwde de hond naar buiten, de braakliggende tuin in. Hij deed de deur voor Taboes neus dicht, zich dwingend niet op het protesterende gejank van de hond te letten.
Paul wist dat de hond slechts probeerde hem te beschermen. Hij wist ook dat iedereen met een greintje gezond verstand dat zou hebben begre-

pen. Maar de wereld was immers geen plek waar je erop kon rekenen dat mensen gezond verstand bezaten. Dat maakte hen gevaarlijk, omdat het hen bang maakte, en sluw.

Daarom moest hij bij hen vandaan zien te komen. Omdat mevrouw Ruth niet gekomen was om te zien waar al die herrie om ging, wist Paul dat ze met geen mogelijkheid thuis kon zijn. Hij zou terug moeten komen wanneer hij dat veilig kon doen. Maar hij kon de restanten van dit rampzalige treffen met de andere Brouards niet achter zich laten. Dat zou helemaal niet goed zijn.

Hij ging terug naar de keuken, waar hij in de deuropening bleef staan. Hij zag dat, ondanks de woorden van de vikingvrouw, zij en Adrian al bezig waren de vloer te vegen en de bovenkant van het fornuis schoon te maken. De stank van aangebrande melk hing echter nog steeds in de keuken.

'... een eind aan deze onzin,' zei Adrians moeder. 'Ik zal meteen uitzoeken wat hij heeft uitgevoerd, en vergis je niet, als hij denkt dat hij hier zomaar kan binnenwandelen zonder toestemming... alsof hij de eigenaar is... alsof hij niet is wat hij duidelijk is, en dat is een nutteloos stuk ordinair...'

'Moeder.' Adrian, zag Paul, had hem bij de deur opgemerkt, en bij het horen van dat ene woord zag de vikingvrouw hem ook. Ze had het aanrecht afgeveegd, maar nu bleef ze staan, met de theedoek in haar hand, die ze tot een bal oprolde met haar grote, beringde vingers. Ze bekeek hem zo grondig van top tot teen, met zo'n blik van afkeer op haar gezicht, dat Paul begon te huiveren en wist dat hij meteen weg zou moeten gaan. Maar hij was niet van plan te vertrekken zonder de rugzak en de boodschap die deze bevatte over het plan en de droom.

'Je kunt tegen je ouders zeggen dat we een advocaat inschakelen over deze kwestie van het testament,' zei de vikingvrouw tegen hem. 'Als je verbeelding je heeft wijsgemaakt dat je kunt wegkomen met ook maar één cent van Adrians geld, dan heb je je deerlijk vergist. Ik ben van plan het aan te vechten voor elke rechtbank die ik kan vinden, en tegen de tijd dat ik klaar ben, zal al het geld dat je Adrians vader hebt ontfutseld, verdwenen zijn. Begrijp je me? Je zult níét winnen. En nu eruit. Ik wil je gezicht niet meer zien. Als dat wel gebeurt, stuur ik de politie achter je aan. En die verdomde straathond van je zal ik laten afmaken.'

Paul bewoog zich niet. Hij wilde niet weg zonder zijn rugzak, maar hij wist niet precies hoe hij die zou kunnen meenemen. De rugzak lag waar hij hem naartoe had geschopt, naast de tafelpoot, midden in de keuken.

Maar tussen hem en de rugzak stonden de Brouards. En hun nabijheid betekende gevaar voor hem.
'Heb je me verstaan?' vroeg de vikingvrouw scherp. 'Ik zei: eruit. Je hebt hier geen vrienden, ondanks wat je blijkbaar denkt. Je bent niet welkom in dit huis.'
Paul begreep dat hij alleen bij de rugzak kon komen door onder de tafel door te kruipen, dus dat deed hij. Voor Adrians moeder was uitgesproken, had hij zich op handen en knieën laten vallen en scharrelde hij als een krab over de vloer.
'Waar gaat hij naartoe?' vroeg ze. 'Wat doet hij nu?'
Adrian scheen Pauls bedoeling te begrijpen. Hij griste de rugzak weg op hetzelfde moment dat Pauls vingers zich eromheen sloten.
'Mijn god, dat kleine loeder heeft iets gestolen!' riep de vikingvrouw. 'Nu is het genoeg geweest. Hou hem tegen, Adrian.'
Adrian probeerde het. Maar alle beelden die het woord 'gestolen' in Pauls hoofd opriep – de rugzak die leeggehaald zou worden, de ontdekking, de vragen, de politie, een cel, de angst, de schande – gaven hem een kracht die hij anders niet zou hebben bezeten. Paul gaf zo'n harde ruk dat hij Adrian Brouard zijn evenwicht liet verliezen. De man sloeg voorover tegen de tafel, viel op zijn knieën, en klapte met zijn kin tegen het hout. Zijn moeder gaf een gil en dat gaf Paul de ruimte die hij nodig had. Hij rukte de rugzak weg en sprong overeind.
Paul rende de gang in. De moestuin was ommuurd, maar via het hek kon hij op het terrein van het landgoed komen. Er waren plaatsen op Le Reposoir waar hij zich kon verbergen, waarvan hij dacht dat geen van de Brouards die kende, dus hij wist dat hij, als hij de braakliggende tuin zou kunnen bereiken, volkomen veilig zou zijn.
Hij vloog de gang door, terwijl de vikingvrouw riep: 'Lieverd, is alles goed met je?' En daarna: 'Ga hem achterna, in godsnaam! Adrian! Pak hem!' Maar Paul was sneller dan moeder en zoon. Het laatste wat hij hoorde was: 'Hij heeft iets in die rugzak!' voor de deur achter hem dichtviel en hij met Taboe in de richting van het tuinhek vluchtte.

Deborah werd verrast door de Talbot Valley. Het leek een miniatuurdal, overgebracht vanuit Yorkshire, waar zij en Simon hun huwelijksreis hadden gemaakt. Sinds eeuwen werd het doorsneden door een rivier, en één kant bestond uit glooiende, groene hellingen waar het lichtbruine vee van het eiland op graasde, door groepjes eiken beschut tegen de zon en de zo nu en dan voorkomende perioden van slecht weer. De weg vervolgde langs de andere kant, een steile heuvel, afgeschermd door granietblokken. Er groeiden esdoorns en olmen tussen en daarachter rees het land op en lagen er weilanden op de top. Het gebied was even verschillend van de rest van het eiland als Yorkshire was vergeleken bij de South Downs.

Ze zochten naar een weggetje dat Les Niaux heette. Cherokee wist tamelijk zeker waar het moest zijn, omdat hij er al eens op bezoek was geweest. Desondanks had hij een kaart op zijn knieën uitgespreid, om tijdens de rit als navigator op te treden. Ze schoten hun doel nog bijna voorbij toen ze er dichtbij waren, maar hij zei 'Hier! Afslaan' toen ze bij een opening in een haag kwamen. Hij voegde eraantoe: 'Ik zweer het. Deze straten lijken op de inritten bij ons.'

Het geplaveide pad een straat noemen was inderdaad meer dan het toekwam. Het pad dook van de hoofdweg af als de toegang tot een andere dimensie, een die bestond uit dichte vegetatie, vochtige lucht, en water dat vlakbij door de rotsspleten stroomde. Nog geen vijftig meter verder doemde aan de rechterkant van het weggetje een oude watermolen op. Deze stond bijna vijf meter van de weg af, naast een oude sluis, begroeid met groene slierten.

'Dit is het.' Cherokee vouwde de kaart op en legde die in het handschoenenkastje. 'Ze wonen in het laatste huisje van de rij. De rest...' Hij wees naar de woningen die ze passeerden, waarna Deborah de auto tot stilstand bracht op het grote stuk grond voor de watermolen. 'Hier bewaart hij al zijn spullen uit de oorlog.'

'Hij moet wel veel hebben,' zei Deborah, want er stonden twee andere huisjes naast dat wat Cherokee aanwees als het huis van Frank Ouseley.

'Dat is nog zacht uitgedrukt,' antwoordde Cherokee. 'Daar staat Ouseleys auto. Misschien hebben we geluk.'

Deborah wist dat ze het nodig hadden. De aanwezigheid van een ring op het strand waar Guy Brouard was gestorven – een ring die identiek was aan het sieraad dat China River had gekocht, die tevens identiek was aan de ring die nu blijkbaar aan haar bezittingen ontbrak – bood weinig hulp om China's vermeende onschuld aan te tonen. Zij en Cherokee hadden Frank Ouseley nodig om een beschrijving van die ring te herkennen. Wat belangrijker was, hij moest beseffen dat een soortgelijke ring uit zijn verzameling was gestolen.

Ergens dichtbij brandde een houtvuur. Deborah en Cherokee roken de geur toen ze naar de voordeur van Ouseleys huis liepen. 'Doet me denken aan de canyon,' zei Cherokee. 'Daar, midden in de winter, zou je

niet geloven dat je in Orange County was. Al die hutten en die vuren. Soms sneeuw op Saddleback Mountain. De beste plek die er is.' Hij keek om zich heen. 'Ik geloof dat ik het nu pas besef.'
'Heb je je bedacht, wat dat wonen op een vissersboot betreft?' zei Deborah.
'Verdomme,' zei hij spijtig, 'ik heb me al bedacht nadat ik een kwartier in de gevangenis van St Peter Port was geweest.' Hij bleef staan op het vierkante stuk beton dat dienstdeed als veranda voor het huisje. 'Ik weet dat dit allemaal mijn schuld is. Ik heb China in de situatie waarin ze nu verkeert, verzeild laten raken, omdat ik altijd snel en gemakkelijk geld heb willen verdienen, en ik weet het. Ik weet dat het mijn schuld is. Dus ik moet haar uit deze ellende halen. Als het me niet lukt...' Hij zuchtte, zijn adem vormde een mistig wolkje in de lucht. 'Ze is bang, Debs. En ik ook. Ik denk dat ik daarom mam wilde bellen. Het zou niet veel geholpen hebben – misschien had ze de zaak zelfs erger gemaakt – maar toch...'
'Blijft ze je moeder,' maakte Deborah de zin voor hem af. Ze kneep in zijn arm. 'Het komt wel goed. Vast wel. Je zult het zien.'
Hij legde zijn hand over de hare en kneep hard terug. 'Bedankt,' zei hij. 'Je bent...' Hij lachte. 'Laat maar.'
Ze trok één wenkbrauw op. 'Dacht je erover om te proberen me te versieren, Cherokee?'
Hij lachte opnieuw. 'Nou en of.'
Ze klopten op de deur en drukten vervolgens op de bel. Ondanks de herrie van een televisie binnen en de aanwezigheid van een Peugeot buiten deed er niemand open. Cherokee merkte op dat Frank misschien bezig was te midden van zijn enorme verzameling, en hij ging bij de twee andere huisjes kijken, terwijl Deborah nog een keer aanklopte. 'Beetje kalm, graag,' hoorde ze een beverige stem roepen, en ze zei tegen Cherokee: 'Er komt iemand aan.' Hij kwam weer bij haar staan en intussen werd er met sleutels en grendels gerammeld aan de andere kant van de deur.
Een oude man deed open. Een heel oude man. Zijn dikke brillenglazen schitterden hun tegemoet, en met één tengere hand steunde hij tegen de muur. Hij scheen rechtop te blijven staan door de combinatie van die muur en wilskracht, maar het leek erop dat het hem enorme moeite kostte. Hij zou een looprek hebben moeten gebruiken, of op zijn minst een wandelstok, maar hij had geen van beide hulpmiddelen bij zich.
'Zo, daar zijn jullie dan,' zei hij openhartig. 'Een dag te vroeg, zo is het

toch? Nou, dat geeft niet. Dit is ook goed. Kom binnen. Kom binnen.'
Het was duidelijk dat hij iemand anders verwachtte. En Deborah had een veel jongere man verwacht. Maar Cherokee bracht de oplossing, toen hij zei: 'Is Frank thuis, meneer Ouseley? We zagen zijn auto buiten staan.' Waarmee hij duidelijk maakte dat de bejaarde man Frank Ouseleys vader was.
'Het is niet Frank, die jullie moeten hebben,' zei de man. 'Mij, Graham. Frank is naar de boerderij van Petit om de bakvorm terug te brengen. Als we geluk hebben maakt ze weer zo'n kip-en-preipastei voor ons, voor het eind van de week. Daar hoop ik op, jawel.'
'Komt Frank gauw terug?' vroeg Deborah.
'O, we hebben tijd genoeg voor ons gesprek vóór hij terugkomt,' verklaarde Graham Ouseley. 'Maak je daar geen zorgen over. Frankie vindt het niet leuk wat ik van plan ben, dat moet ik je wel vertellen. Maar ik heb met mezelf afgesproken dat ik zou doen wat juist is, voor ik doodga. En dat zal ik doen, met of zonder de goedkeuring van de jongen.'
Hij schuifelde naar een veel te warme zitkamer, waar hij een afstandsbediening van een stoelleuning pakte en ermee naar de televisie wees – waar een kok handig bananen stond te snijden – om het beeld uit te zetten. Hij zei: 'Laten we naar de keuken gaan. Er is koffie.'
'Eigenlijk zijn we gekomen...'
'Kleine moeite,' viel de oude man Deborah in de rede, blijkbaar denkend dat ze wilde protesteren. 'Ik wil graag gastvrij zijn.'
Er zat niets anders op dan hem te volgen naar de keuken. Het was een klein vertrek, dat nog kleiner leek doordat het zo rommelig was. Stapels kranten, brieven en documenten vochten om ruimte met kookattributen, serviesgoed, bestek en hier en daar een misplaatst stuk tuingereedschap. 'Ga zitten,' zei Graham Ouseley tegen hen, terwijl hij langzaam op weg ging naar een koffiepercolator die tien centimeter van een erg vettig uitziende vloeistof bevatte die hij zonder plichtplegingen, samen met het drabbige bezinksel, in de gootsteen dumpte. Van een doorzakkende plank pakte hij een blik, waaruit hij met een trillende hand versgemalen koffie begon te scheppen, die zowel in de percolator als op de grond terechtkwam. Hij schuifelde om het laatste heen en haalde de ketel van de kookplaat. Daarmee liep hij naar de kraan en hij vulde de ketel met water, waarna hij die op het fornuis zette om hem aan de kook te brengen. Toen dit alles gelukt was, straalde hij van trots. 'Dat is dat,' kondigde hij handenwrijvend aan, en daarna vroeg hij verbaasd: 'Waarom staan jullie tweeën nog?'

Ze waren blijven staan omdat ze kennelijk niet de gasten waren die de oude man in zijn huis hoopte te ontvangen. Maar nu zijn zoon niet thuis was – al zou hij weldra terugkomen als ze op zijn boodschap en de auto die buiten stond, konden afgaan – wisselden Deborah en Cherokee een blik die zei: 'Och, waarom ook niet?' Ze zouden een kop koffie met de oude man drinken en gewoon blijven wachten.

Toch leek het Deborah eerlijk om te zeggen: 'Verwacht u Frank snel terug, meneer Ouseley?'

Waarop hij, nogal knorrig, antwoordde: 'Hoor eens. Jullie hoeven je niet druk te maken om Frank. Ga zitten. Heb je je notitieblokje bij de hand? Nee? Goeie god. Jullie tweeën moeten een geheugen hebben als een olifant.' Hij liet zich op een van de stoelen zakken en maakte zijn das los. Deborah zag nu pas dat hij keurig gekleed was, in een tweedpak met vest, en dat zijn schoenen gepoetst waren. 'Frank,' deelde Graham Ouseley hun mee, 'is een geboren piekeraar. Hij wil er niet graag aan denken wat er kan voortkomen uit deze kwestie tussen jullie en mij. Maar ik maak me niet druk. Wat kunnen ze met me doen dat ze niet al tien keer gedaan hebben, hè? Ik ben het de doden verschuldigd, zo is het, om de levenden aansprakelijk te stellen. Dat is de plicht van ons allemaal, en ik ben van plan mijn plicht te doen voor ik doodga. Tweeënnegentig ben ik. Dat is tachtig en meer dan tien. Wat zeg je daarvan?'

Deborah en Cherokee uitten mompelend hun verbazing. Op het fornuis begon de ketel te fluiten.

'Laat mij maar,' zei Cherokee, en voor Graham Ouseley kon protesteren, stond hij op. 'Vertelt u uw verhaal, meneer Ouseley, dan zet ik koffie,' en hij schonk de oude man een aantrekkelijk lachje.

Dit leek genoeg om hem tevreden te stellen, want Graham bleef zitten waar hij zat terwijl Cherokee voor de koffie zorgde, in de keuken heen en weer lopend om kopjes, lepeltjes en suiker te zoeken. Toen hij alles op tafel zette, leunde Graham Ouseley achterover in zijn stoel. Hij zei: 'Luister, jullie tweeën, het is me nogal een verhaal. Ik zal jullie erover vertellen.' En hij begon.

Zijn verhaal ging meer dan vijftig jaar terug, tot de Duitse bezetting van de Kanaaleilanden. Vijf jaar hadden ze onder die verrekte laars geleefd, noemde hij het, vijf jaar waarin ze probeerden die verdomde moffen te slim af te zijn en waardig te leven, ondanks hun onderdrukking. Voertuigen die werden gevorderd, tot fietsen toe, radio's die *verboten* werden verklaard, mensen die lang op het eiland woonden die werden gedeporteerd, executies van degenen die tot 'spion' verklaard werden. Slavenkampen waar Russische en Oekraïense gevangenen werkten om verdedigingswerken voor de nazi's te bouwen. Doden in Europese concentratiekampen, waar degenen die zich tegen de Duitse overheersing verzetten, naartoe werden gestuurd. Documenten die teruggingen tot de tijden van je grootouders werden bestudeerd om te zien of de gemeenschap van joods bloed gezuiverd moest worden. En verraders onder de eerlijke bewoners van Guernsey: duivels, bereid om hun ziel te verkopen – en hun mede-eilandbewoners – voor wat de Duitsers hun maar beloofden.

'Jaloezie en afgunst,' verklaarde Graham Ouseley. 'Ook daarom hebben ze ons verraden. Oude veten die beslecht werden door de duivelse nazi's een naam toe te fluisteren.'

Hij was blij hun te kunnen vertellen dat het meestal om een buitenlander ging die iemand verried: een Hollander die in St Peter Port woonde en die erachter kwam dat iemand een radio had verstopt; een Ierse visserman uit St Sampson die er getuige van was dat een Engelse boot midden in de nacht bij Petit Port Bay landde. En hoewel er geen excuus voor was en het nog minder kon worden vergeven, maakte het feit dat de verrader een buitenlander was het verraad minder ernstig dan wanneer het een geboren eilander was geweest. En dat was ook gebeurd: een van Guernsey afkomstige man die zijn makkers had verraden. Dat was er gebeurd met *G.I.F.T.*

'Gif?' vroeg Deborah. 'Wat was dat?'

Niet gif. *G.I.F.T.*, deelde Graham Ouseley hun mee, de afkorting van Guernsey Independent From Terror. Het was het ondergrondse krantje van het eiland en de enige bron waar de mensen de waarheid uit te weten kwamen over geallieerde activiteiten tijdens de oorlog. Het nieuws werd 's nachts secuur opgevangen door verstopte radio's die afgestemd waren op de BBC. Bijzonderheden over de oorlog werden in de kleine uurtjes bij kaarslicht op losse vellen papier getypt achter de verduisterde vensters van de consistoriekamer van de St Pierre du Bois, en vervolgens persoonlijk afgeleverd aan vertrouwde personen die zo snakten naar nieuws uit de buitenwereld, dat ze bereid waren ondervraging door de nazi's en de nasleep van die ondervraging te ondergaan om dat nieuws te krijgen.

'Er waren verraders bij,' verklaarde Graham Ouseley. 'We hadden het moeten weten, de rest van ons. We hadden voorzichtiger moeten zijn. We hadden ze nooit moeten vertrouwen. Maar ze hoorden bij óns.' Hij bonkte met zijn vuist op zijn borst. 'Begrijpen jullie me? Ze hoorden bij ons.'

De vier mannen die verantwoordelijk waren voor *G.I.F.T.* werden gearresteerd na te zijn aangegeven door een van deze verraders, vervolgde hij. Drie van de mannen overleden als gevolg van die arrestatie, twee in de gevangenis en de derde toen hij probeerde uit de gevangenis te ontsnappen. Slechts een van de mannen – Graham Ouseley zelf – overleefde twee helse jaren alvorens hij werd vrijgelaten, vijftig kilo huid, botten, luizen en tuberculose.
Ze hadden echter meer kapotgemaakt dan alleen de makers van *G.I.F.T.*, die verraders die hen erin hadden geluisd, zei Ouseley. Ze verklikten degenen die Britse spionnen verborgen, degenen die ontsnapte Russische gevangenen onderdak boden, degenen wier enige 'misdaad' was dat ze de V van Victorie op de fietszadels van nazi-soldaten kalkten wanneer die 's avonds in hotelbars zaten te drinken. Maar de verraders waren nooit gedwongen voor hun misdaden te boeten, en dat zat degenen die door hun optreden hadden geleden, behoorlijk dwars. Mensen stierven, mensen werden geëxecuteerd, mensen gingen naar de gevangenis en sommigen keerden nooit terug. Meer dan vijftig jaar had niemand zijn mond opengedaan om de namen te noemen van degenen die ervoor verantwoordelijk waren.
'Bloed aan hun handen,' verklaarde Graham Ouseley. 'En ik ben van plan hen ervoor te laten boeten. O, ze zullen zich ertegen verzetten, ja zeker. Ze zullen het vurig en luidkeels ontkennen. Maar wanneer we met bewijs komen... En luister, jullie tweeën, zo wil ik het doen. Eerst de namen in de krant, en laat ze dan de hele zaak maar ontkennen en advocaten inschakelen om het tegendeel te beweren. Daarna komt het bewijs, en dan zullen we ze zien kronkelen zoals ze verdomme hadden moeten kronkelen toen de moffen zich ten slotte overgaven aan de geallieerden. Tóén had dit alles aan het licht moeten komen. De verraders, de verdomde profiteurs, de moffenmeiden en hun bastaardmoffenbaby's.'
De oude man schuimbekte van woede, zijn lippen waren nat van het speeksel. Deborah begon voor zijn hart te vrezen toen zijn huid een blauwachtige tint kreeg. Ze wist dat dit het moment was om hem duidelijk te maken dat ze niet waren wie hij dacht dat ze waren, en dat waren blijkbaar journalisten die zouden komen om naar zijn verhaal te luisteren en het af te drukken in de plaatselijke krant.
Ze zei: 'Meneer Ouseley, ik ben heel bang...'
'Nee!' Hij schoof zijn stoel bij de tafel vandaan met een verrassende kracht die de koffie uit hun bekers liet klotsen en de melk uit het kannetje. 'Gaan jullie maar met me mee, als je het verhaal niet gelooft. Mijn

zoon Frank en ik, we hebben het bewijs, begrijp je dat?' Hij begon moeizaam overeind te komen en Cherokee schoot hem te hulp. Graham wilde echter van geen assistentie weten; op wankele benen schuifelde hij naar de voordeur. Er leek niets anders op te zitten dan hem te volgen en te hopen dat zijn zoon naar de watermolen zou terugkeren voor de oude man ziek werd van inspanning.

St James ging eerst bij het huis van de Duffy's langs. Het verbaasde hem niet dat er niemand thuis was. Midden op de dag zouden Valerie en Kevin ongetwijfeld aan het werk zijn: hij ergens op het terrein van Le Reposoir en zij in het grote huis. Zij was degene met wie hij wilde spreken. De onderliggende spanning die hij gevoeld had tijdens zijn vorige gesprek met haar moest opgehelderd worden nu hij wist dat ze de zus was van Henry Moullin.

Hij trof haar, zoals hij verwachtte, in het grote huis, waar hij naar binnen mocht nadat hij zich bekend had gemaakt bij de politie die nog steeds het terrein afzocht. Ze deed de deur open met een bundel verkreukelde lakens onder haar arm.

St James verspilde geen tijd met plichtplegingen. Dat zou hem beroven van het voordeel van de verrassing en haar de gelegenheid geven haar gedachten te ordenen. In plaats daarvan zei hij: 'Waarom hebt u, toen we elkaar de vorige maal spraken, niet gezegd dat er nog een vrouw met lichtblond haar bij deze zaak betrokken is?'

Valerie Duffy gaf geen antwoord, maar hij zag de verwarring in haar ogen, gevolgd door de berekening in haar hoofd. Ze wendde haar blik van hem af, alsof ze ergens buiten haar man zocht. Ze had behoefte aan zijn steun, dacht St James, en hij was vastbesloten dat ze die niet zou krijgen.

Zwakjes zei ze: 'Ik begrijp u niet.' Ze legde de lakens op de grond, vlak achter de deur, en daarna liep ze het huis in.

Hij volgde haar, naar de stenen hal, waar het ijzig koud was en waar de geur van uitgebrande vuren hing. Bij de enorme kloostertafel in het midden van de ruimte bleef ze staan, en ze begon dorre bladeren en afgevallen bessen bijeen te zoeken van het stuk met herfstbloemen dat er ter decoratie was neergezet, en waar witte kaarsen tussen waren gestoken.

St James zei: 'U verklaarde dat u een blonde vrouw hebt gezien die Guy Brouard op de ochtend van zijn dood naar de baai volgde.'

'De Amerikaanse...'

'Zoals u ons wilde laten geloven.'

Ze keek op van de bloemen. 'Ik heb haar gezien.'
'U hebt iemand gezien. Maar er zijn andere mogelijkheden, nietwaar? Die hebt u alleen niet genoemd.'
'Mevrouw Abbott is blond.'
'Evenals, naar ik vermoed, uw nichtje. Cynthia.'
Het moest Valerie nagegeven worden dat ze haar ogen niet van zijn gezicht afwendde. Ook moest haar nagegeven worden dat ze niets zei tot ze er zeker van was dat ze wist hoeveel hij zelf wist. Ze was niet dom, Valerie Duffy.
'Ik heb met Henry Moullin gesproken,' zei hij. 'Ik geloof dat ik uw nichtje gezien heb. Hij wilde me laten geloven dat ze op Alderney is bij haar grootmoeder, maar iets zegt me dat als er een grootmoeder bestaat, ik haar niet op Alderney zal vinden. Waarom verbergt uw broer Cynthia in huis, mevrouw Duffy? Heeft hij haar misschien in haar kamer opgesloten?'
'Ze maakt een moeilijk stadium door,' zei Valerie Duffy eindelijk, en daarna wijdde ze zich onder het spreken weer aan de bloemen, de bladeren en de bessen. 'Meisjes van haar leeftijd hebben er allemaal last van.'
'Wat voor stadium rechtvaardigt opsluiting?'
'Een stadium waarin er niet met ze valt te praten. Niet verstandig te praten, bedoel ik. Ze willen niet luisteren.'
'Waarover zou er verstandig gepraat moeten worden?'
'Over wat ze zich op een bepaald moment in hun hoofd halen.'
'En dat doet zij...?'
'Ik zou het niet weten.'
'Uw broer denkt er anders over,' merkte St James op. 'Hij zegt dat ze u vertrouwde. Hij gaf me de indruk dat u beiden heel goed bevriend bent.'
'Niet goed genoeg.' Ze liep met een handvol bladeren naar de haard en gooide ze erin. Uit een zak van de schort die ze voorhad, haalde ze een stofdoek, waarmee ze het tafelblad begon op te wrijven.
'Dus u bent het ermee eens dat hij haar in huis opsluit? Terwijl ze dit stadium doormaakt?'
'Dat zeg ik niet. Ik wilde dat Henry niet...' Ze zweeg, hield op met wrijven en scheen opnieuw te proberen haar gedachten te ordenen.
St James zei: 'Waarom heeft meneer Brouard háár geld nagelaten? Haar, en niet haar zussen? Een meisje van zeventien, dat een klein fortuin erft ten koste van de kinderen van haar weldoener en haar eigen zusjes? Wat was daar de bedoeling van?'
'Ze was niet de enige. Als u het weet van Cynthia, moet u het ook

gehoord hebben over Paul. Ze hebben beiden familieleden. Hij heeft er zelfs meer dan Cyn. Geen van de overige broers of zussen werd iets nagelaten. Ik weet niet waarom meneer Brouard het zo heeft gedaan. Misschien vond hij de gedachte aan de breuk die een massa geld kon veroorzaken bij de jonge mensen van één gezin, wel grappig.'

'Dat is niet wat Cynthia's vader beweert. Hij zegt dat het geld voor haar opleiding bedoeld was.'

Valerie wreef over een smetteloos plekje op de tafel.

'Hij zegt ook dat Guy Brouard zo zijn voorkeuren had. Ik vraag me af of een ervan tot zijn dood heeft geleid. Weet u wat een feeënwiel is, mevrouw Duffy?'

Haar hand stofte langzamer. 'Folklore.'

'Eilandfolklore, veronderstel ik,' zei St James. 'U bent hier toch geboren? U en uw broer?'

Ze hief haar hoofd op. 'Henry heeft het niet gedaan, meneer St James.' Ze zei het heel kalm. Er klopte een ader in haar hals, maar verder liet ze niet blijken dat ze zich zorgen maakte over de richting die St James' woorden insloegen.

'Ik dacht eigenlijk niet aan Henry,' zei St James. 'Heeft hij een reden om Guy Brouard dood te wensen?'

Ze bloosde hevig en vervolgens boog ze zich weer over haar nodeloze taak de tafel af te stoffen.

'Ik zag dat hij betrokken was bij meneer Brouards museumproject. Bij het originele ontwerp, zo te zien aan de tekeningen die in zijn atelier hangen. Ik vraag me af of hij ook dacht dat hij bij het gewijzigde project betrokken zou worden? Weet u het?'

'Henry is goed met glas,' was het enige wat ze zei. 'Zo zijn ze om te beginnen aan elkaar gekomen. Meneer Brouard zocht iemand om hier de serre te bouwen. Die is groot, en ingewikkeld. Een prefab serre was ongeschikt. Hij zocht ook iemand voor de kassen. En de ramen, toen ze eraantoe waren. Ik vertelde hem over Henry. Ze hebben met elkaar gesproken en ze werden het eens. Vanaf dat moment heeft Henry voor hem gewerkt.'

'Heeft Cynthia op die manier de aandacht van meneer Brouard getrokken?'

'Veel mensen trokken meneer Brouards aandacht,' zei Valerie geduldig. 'Paul Fielder. Frank Ouseley. Nobby Debiere. Henry en Cynthia. Hij heeft zelfs Jemima Abbott naar een modellencursus in Londen gestuurd en haar moeder de helpende hand geboden toen ze die nodig had. Hij

was belangstellend. Hij investeerde in mensen. Zo was hij.'
'Gewoonlijk verwachten mensen iets terug voor hun investeringen,' bracht St James naar voren. 'Dat hoeft niet altijd financieel te zijn.'
'Dan zou u er goed aan doen om ieder van hen te vragen wat meneer Brouard terugvroeg,' zei ze geprikkeld. 'En misschien kunt u beginnen met Nobby Debiere.' Ze rolde haar stofdoek tot een bal op, die ze weer in haar schortzak stopte. Daarna liep ze naar de voordeur. Ze raapte het linnengoed op dat ze op de grond had gelegd, liet het op haar heup balanceren, en ze keek St James aan. 'Als er verder niets is...'
'Waarom Nobby Debiere?' vroeg St James. 'Dat is toch de architect? Heeft meneer Brouard iets speciaals van hem gevraagd?'
'Als hij het gedaan heeft, leek Nobby niet al te bereid het hem te geven op de avond voor hij stierf,' verkondigde Valerie. 'Na het vuurwerk hadden ze ruzie, bij de vijver. "Ik laat me door jou niet ruïneren," was wat Nobby zei. Nu vraag ik me af wat hij daarmee bedoelde.'
Dit was een te opvallende poging om zijn aandacht van haar eigen familieleden af te leiden. St James was niet van plan het er zo gemakkelijk bij te laten. Hij zei: 'Hoe lang hebben u en uw man voor de Brouards gewerkt, mevrouw Duffy?'
'Vanaf het begin.' Ze sjorde de lakens onder haar andere arm en ze keek veelbetekenend op haar horloge.
'Dus u was op de hoogte van hun gewoonten.'
Ze gaf hier niet direct antwoord op, maar haar ogen versmalden zich een millimeter terwijl ze naging welke mogelijkheden achter deze veronderstelling schuilgingen. 'Gewoonten,' zei ze.
'Zoals bijvoorbeeld dat meneer Brouard elke morgen ging zwemmen.'
'Iedereen wist dat hij ging zwemmen.'
'En ook wat hij daarna altijd dronk? De ginkgo en groene thee? Waar werd die trouwens bewaard?'
'In de keuken.'
'Waar?'
'In de kast van de provisiekamer.'
'En u werkt in de keuken.'
'Wilt u beweren dat ik...?'
'Waar uw nichtje met u kwam babbelen? Waar uw broer – misschien toen hij aan de serre werkte – ook een praatje kwam maken?'
'Iedereen die bevriend was met meneer Brouard kon de keuken in en uit lopen. Het gaat er in dit huis niet formeel aan toe. We maken geen onderscheid tussen degenen die achter de met groene stof beklede deur

werken en degenen die niets doen aan de andere kant ervan. We hebben geen met groene stof beklede deur, of iets wat er ook maar in de verte op lijkt. Zo zijn de Brouards niet, en zo zijn ze ook nooit geweest. Juist daarom...' Ze zweeg en ze hield de lakens nog steviger vast.

'Juist daarom...' herhaalde St James rustig.

'Ik moet aan het werk,' zei ze. 'Maar als ik een suggestie mag doen?' Ze wachtte niet tot hij te kennen gaf dat hij wilde luisteren naar de gedachten die ze uitsprak. 'Onze familieaangelegenheden hebben niets te maken met de dood van meneer Brouard, meneer St James. Maar ik denk dat u, wanneer u nog wat verder rondvraagt, tot de ontdekking zult komen dat dat met de familieaangelegenheden van anderen wel het geval is.'

19

Frank had de bakvorm niet naar Betty Petit kunnen terugbrengen en daarna zo snel naar Moulin des Niaux kunnen terugkeren als hij had gehoopt. De kinderloze weduwe kreeg weinig bezoekers en wanneer er een langskwam, was dat dé gelegenheid voor koffie en brioches. De enige factor die Frank ertoe in staat stelde binnen een uur te ontsnappen, was zijn vader. 'Ik kan pa niet lang alleen laten' kwam hem goed uit wanneer het nodig bleek.

Toen hij het erf van de molen op liep, was het eerste wat hij zag de Escort die naast zijn Peugeot geparkeerd stond, met een grote Harlequin-sticker op de achterruit, een teken dat de auto op het eiland gehuurd was. Hij keek onmiddellijk naar het huis, waarvan de voordeur openstond. Bij het zien daarvan fronste hij zijn voorhoofd en begon hij er snel op af te lopen. Op de drempel riep hij 'Pa?' en 'Hallo?', maar een moment was voldoende om hem te vertellen dat er niemand was.

Er was maar één plaats als alternatief. Frank baande zich haastig een weg naar het eerste van de huisjes waar hun souvenirs waren opgeslagen. Terwijl hij langs het raampje van de zitkamer liep, gaf hetgeen hij binnen zag hem een gevoel of zijn hoofd gevuld werd met het geluid van stromend water. De broer van China River stond bij de archiefkast, met een roodharige vrouw naast zich. De bovenste lade gaapte open en Franks vader stond ervoor. Graham Ouseley klemde zich met een hand aan de rand van deze lade vast om zich overeind te houden. Met zijn andere hand worstelde hij met een stapel documenten die hij eruit probeerde te trekken.

Frank bleef niet staan. In drie grote stappen was hij bij de deur van het huisje, die hij opengooide. Het uitgezette hout kraste over de oude vloer. 'Verdomme,' zei hij scherp. 'Verdomme, wat doe je? Pa! Hou daarmee op! Die documenten zijn kwetsbaar!' Wat natuurlijk bij ieder redelijk denkend mens de vraag zou oproepen wat ze dan lukraak opgepropt in de archiefkast deden. Maar dit was niet het moment om je daar zorgen over te maken.

Terwijl Frank nijdig de kamer in liep, keek Graham op. 'Het is tijd, jongen,' zei hij. 'Ik heb het steeds gezegd. Je weet wat we moeten doen.'

'Ben je gek geworden?' zei Frank kwaad. 'Blijf van die spullen af!' Hij pakte zijn vader bij zijn arm en probeerde hem een stap achteruit te laten gaan.
Zijn vader rukte zich los. 'Nee! We zijn die mannen iets verplicht. Er moeten schulden vereffend worden en ik ben van plan ze te vereffenen. Ik heb het overlééfd, Frank. Drie van hen zijn dood en ik leef nog. Zoveel jaar later, terwijl zij er ook nog konden zijn geweest. Grootvaders, Frank. Overgrootvaders, zo langzamerhand. Maar daar is allemaal niets van terechtgekomen vanwege een verdomde verrader die nu de waarheid onder ogen zal moeten zien. Snap je dat, jongen? Het wordt tijd dat mensen ervoor boeten.'
Hij verzette zich tegen Frank als een tiener die een standje krijgt, maar zonder de jeugdige behendigheid van een tiener. Omdat hij zo zwak was wilde Frank hem niet ruw aanpakken. Tegelijkertijd maakte het de pogingen om hem tot rede te brengen veel moeilijker.
De vrouw met het rode haar zei: 'Ik geloof dat hij denkt dat we journalisten zijn. We hebben geprobeerd hem te vertellen... Eigenlijk zijn we hiernaartoe gekomen om met u te praten.'
'Ga naar buiten,' zei Frank over zijn schouder tegen haar, en hij zwakte het bevel af met: 'Een minuutje, alstublieft.'
River en de roodharige vrouw verlieten het huis. Frank wachtte tot ze goed en wel buiten waren. Daarna trok hij zijn vader bij de archiefkast vandaan en ramde de lade weer op zijn plaats, waarbij hij binnensmonds 'verdomde dwaas' mompelde.
De vloek trok Grahams aandacht. Frank vloekte zelden, en nooit tegen zijn vader. Zijn liefde voor de man, de interesses die ze deelden, het verleden dat hen met elkaar verbond en het lange leven dat ze samen hadden doorgebracht hadden altijd elke neiging tot boosheid of ongeduld onderdrukt wanneer zijn vader zich koppig toonde. Maar deze situatie bereikte de absolute grens van wat Frank kon verdragen. In zijn binnenste brak een dijk door – ondanks dat deze de afgelopen twee maanden zo zorgvuldig was opgebouwd – en hij uitte een stroom van verwensingen waarvan hij zelf niet wist dat hij ze kende.
Graham kromp ineen toen hij het hoorde. Zijn schouders hingen omlaag, zijn armen vielen langs zijn lichaam, en achter zijn dikke brillenglazen vulden zijn ogen zich met gefrustreerde en angstige tranen.
'Ik bedoelde...' Er kwam een kuiltje in zijn stoppelige kin. 'Ik bedoelde het goed.'
Frank verhardde zich. 'Luister naar me, pa,' zei hij. 'Die twee zijn geen

journalisten. Begrijp je me? Het zijn geen journalisten. Die man... Hij is...' God. Hoe moest hij het uitleggen? En wat zou het voor zin hebben om het uit te leggen? 'En de vrouw...' Hij wist niet eens wie ze was. Hij dacht dat hij haar bij Guys begrafenis had gezien, maar wat ze bij de watermolen kwam doen... en nog wel met de broer van die mevrouw River... Hij moest meteen antwoord op die vraag hebben.

Graham keek hem volslagen verward aan. 'Ze zeiden... Ze zijn gekomen om...' Daarna zette hij die gedachte geheel van zich af. Hij omklemde Franks schouder en riep uit: 'Het is tijd, Frank. Ik kan elke dag doodgaan. Dat kan ik. En ik ben de enige die nog over is. Dat begrijp je toch wel? Zeg me dat je het begrijpt. Zeg me dat je het weet. En als we ons museum niet krijgen...' Zijn greep was krachtiger dan Frank voor mogelijk had gehouden. 'Frankie, ik kan niet toelaten dat ze vergeefs gestorven zijn.'

Frank voelde zich getroffen door die opmerking, alsof die niet alleen zijn geest maar ook zijn lichaam doorboorde. Hij zei: 'Pa, in godsnaam...' Maar hij kon de zin niet afmaken. Hij trok zijn vader naar zich toe en omhelsde hem stevig. Een zucht ontsnapte Graham, tegen de schouder van zijn zoon.

Frank wilde met hem meehuilen, maar hij had geen tranen. En zelfs al zou er een bron van tranen in hem opgeslagen zijn, dan nog kon hij die bron niet laten overstromen.

'Ik moet het doen, Frankie,' jammerde zijn vader. 'Het is belangrijk.'

'Dat weet ik,' zei Frank.

'Dan...' Graham ging een stap bij zijn zoon vandaan en veegde zijn wangen af met de mouw van zijn tweedjasje.

Frank sloeg zijn arm om zijn vaders schouders en zei: 'We praten er later nog wel over, pa. We zullen een manier vinden.' Hij schoof hem in de richting van de deur en nu de 'journalisten' uit het zicht verdwenen waren, werkte Graham mee alsof hij het tweetal compleet vergeten was, en waarschijnlijk was dat ook zo. Frank nam hem mee naar hun eigen huis, waarvan de deur nog steeds openstond. Hij hielp zijn vader naar binnen en zette hem in zijn stoel.

Graham leunde met zijn volle gewicht tegen hem aan toen Frank hem naar de zitting van de gemakkelijke stoel loodste. Zijn hoofd hing naar beneden alsof het te zwaar geworden was en zijn bril gleed op het puntje van zijn neus. 'Ik voel me een beetje raar, jongen,' zei hij fluisterend. 'Misschien moest ik maar even een dutje doen.'

'Je hebt je veel te veel ingespannen,' zei Frank tegen zijn vader. 'Ik moet je niet meer alleen laten.'

‘Ik ben geen baby met een vuile luier, Frank.’
‘Nee. Maar je haalt kattenkwaad uit als ik niet thuis ben om op je te letten. Je bent net zo koppig als kauwgum op een schoenzool, pa.’
Graham glimlachte bij die gedachte, en Frank gaf hem de afstandsbediening van de televisie. ‘Kun je vijf minuten alleen blijven zonder problemen?’ zei hij vriendelijk tegen zijn vader. ‘Ik wil even gaan kijken wat er buiten gebeurt.’ Hij wees naar het raam van de zitkamer en knikte in de richting van het erf.
Nadat zijn vader weer in een televisie-uitzending verdiept was geraakt, ging Frank River en de roodharige vrouw zoeken. Ze stonden bij de haveloze tuinstoelen op het overwoekerde grasveld achter de huisjes. Ze schenen in een ernstig gesprek gewikkeld te zijn. Toen Frank hen naderde hielden ze op met praten.
River stelde de vrouw voor als een vriendin van zijn zus. Ze heette Deborah St James, zei hij, en zij en haar man waren uit Londen overgekomen om China bij te staan. ‘Hij is voortdurend met dit soort zaken bezig,’ zei River.
Franks voornaamste zorg gold zijn vader, die hij niet alleen wilde laten zodat hij nog meer onheil kon aanrichten, dus hij reageerde op het voorstellen met zo veel beleefdheid als hij kon opbrengen. ‘Wat kan ik voor u doen?’
Ze antwoordden hem tweestemmig. Hun bezoek had kennelijk iets te maken met een ring die verband hield met de bezetting. De ring droeg een inscriptie in het Duits, een datum, en had een ongewone versiering van een doodshoofd en gekruiste beenderen.
‘Hebt u iets dergelijks in uw verzameling?’ River klonk gretig.
Frank keek hem nieuwsgierig aan, en daarna naar de vrouw die hem ernstig gadesloeg, waaruit hij begreep hoe belangrijk de informatie voor hen beiden was. Hij dacht hierover na, en over alle mogelijke implicaties van alle mogelijke antwoorden die hij zou kunnen geven. Ten slotte zei hij: ‘Ik geloof niet dat ik ooit iets dergelijks gezien heb, voorzover ik het me herinner.’
Waarop River zei: ‘Maar u weet het niet zeker, of wel?’ Toen Frank dit niet bevestigde, ging hij verder, wijzend naar de twee aan elkaar grenzende huisjes die naast de watermolen stonden. ‘U hebt daar heel wat spullen liggen. Ik herinner me dat u zei dat nog lang niet alles is gecatalogiseerd. Daar waren jullie toch mee bezig, is het niet? U en Guy waren bezig het gereed te maken om tentoon te stellen, maar eerst moest u lijsten maken van wat u hebt en waar het op dit moment is en waar u het in het museum wilde plaatsen, nietwaar?’

'Daar waren we mee bezig, ja.'
'En de jongen heeft u erbij geholpen. Paul Fielder. Guy bracht hem af en toe mee.'
'Evenals zijn zoon, één keer, en die jongen van Abbott,' zei Frank. 'Maar wat heeft dat te maken met...'
River wendde zich tot de roodharige vrouw. 'Zie je wel? Er zijn andere wegen om in te slaan. Paul. Adrian. Die jongen van Abbott. De politie wil graag geloven dat alle wegen naar China leiden, maar dat is verdomme niet zo, en hier hebben we het bewijs.'
De vrouw zei zacht: 'Niet noodzakelijk. Niet tenzij...' Ze keek nadenkend en richtte haar volgende opmerkingen tot Frank. 'Bestaat de kans dat u een ring zoals we die hebben beschreven, hebt gecatalogiseerd en die vervolgens bent vergeten? Of een kans dat iemand anders dan uzelf die heeft gecatalogiseerd? Of zelfs dat u er een had bij uw spullen, en dat u vergeten bent dat u zo'n ring had?'
Frank moest toegeven dat die mogelijkheid bestond, maar hij liet het weifelend klinken, omdat hij wist welk verzoek ze waarschijnlijk zou doen en hij het niet wilde inwilligen. Ze deed het echter toch, meteen. Mochten ze dan misschien zijn oorlogssouvenirs bekijken? O, ze wist dat ze met geen mogelijkheid alles zouden kunnen nalopen, maar er bestond altijd een kleine kans dat ze geluk hadden...
'Laten we dan de lijsten bekijken,' zei Frank. 'Als er een ring was, zou een van ons het hebben opgeschreven, mits we die waren tegengekomen.'
Hij nam hen mee naar waar zijn vader hen naartoe had gebracht, en daarna haalde hij het eerste aantekenboek tevoorschijn. Er waren er vier, en er zouden er nog meer bij komen, en ze waren allemaal zo ingedeeld dat ze een bepaald soort oorlogssouvenir vermeldden. Tot dusver had hij een boek voor kleding, een voor medailles en insignes, een voor munitie en wapens, en een voor documenten en papieren. Een zoektocht in het boek voor medailles en insignes liet River en mevrouw St James zien dat er tot dusver geen ring aan het licht was gekomen die aan hun beschrijving beantwoordde. Dit betekende echter niet dat er niet ergens te midden van die grote hoeveelheid objecten die nog gesorteerd moest worden, een ring kon liggen. Binnen een minuut werd het Frank duidelijk dat zijn beide bezoekers dat wisten.
Werd de rest van de medailles en de andere onderscheidingstekenen op één plaats bewaard, wilde Deborah St James weten, of lagen ze door de hele verzameling verspreid? Ze bedoelde de medailles en de onderscheidingstekens die nog niet gecatalogiseerd waren. Dat begreep Frank.

Hij vertelde haar dat ze niet op één plek bewaard werden. Hij verklaarde dat de enige voorwerpen die opgeslagen werden bij gelijksoortige zaken, degene waren die al waren bekeken, gesorteerd en gecatalogiseerd. Deze voorwerpen, legde hij uit, bevonden zich in gerubriceerde dozen die zorgvuldig van etiketten waren voorzien, zodat ze gemakkelijk gevonden konden worden wanneer het moment was aangebroken om ze in het oorlogsmuseum tentoon te stellen. Elk artikel was ingeschreven in het daarvoor bestemde boek, waar het een nummer had gekregen, en waar ook het nummer van de doos vermeld werd, om het tevoorschijn te kunnen halen wanneer de dag daar was.

'Omdat er geen ring in de catalogus vermeld staat...' zei Frank spijtig, en hij liet de opmerking aanvullen door een veelzeggende stilte. Er was waarschijnlijk helemaal geen ring, tenzij die ergens verborgen lag te midden van de gordiaanse knoop van artikelen die nog ingedeeld moesten worden.

'Maar er wáren ringen in de catalogus,' merkte River op.

Deborah voegde eraan toe: 'Dus gedurende een periode waarin gesorteerd werd, zou iemand zelfs een ring met een doodshoofd en gekruiste beenderen hebben kunnen wegnemen zonder dat u het wist, klopt dat?'

'Die persoon zou een van de mensen geweest kunnen zijn die Guy op een keer had meegenomen,' verklaarde River. 'Paul Fielder. Adrian Brouard. Die jongen, Abbott.'

'Misschien,' zei Frank, 'maar ik zou niet weten waarom iemand dat zou doen.'

'Of de ring kan op een ander moment van u gestolen zijn, nietwaar?' zei Deborah St James. 'Want als er iets van uw ongecatalogiseerde materiaal gestolen werd, zou u dan merken dat het weg was?'

'Ik veronderstel dat het ervan afhangt wat er weggenomen zou zijn,' antwoordde Frank. 'Iets groots, iets gevaarlijks... dat zou ik waarschijnlijk merken. Iets kleins...'

'Zoals een ring,' hield River aan.

'... zou ik over het hoofd kunnen zien.' Frank zag de voldane blikken die ze wisselden. Hij zei: 'Maar hoort u eens, waarom is dit zo belangrijk?'

'Fielder, Brouard en Abbott.' Cherokee River zei het tegen de roodharige vrouw, niet tegen Frank, en korte tijd later nam het tweetal afscheid. Ze bedankten Frank voor zijn hulp en haastten zich naar hun auto. Hij hoorde nog dat River, in antwoord op iets wat de vrouw tegen hem opmerkte, zei: 'Het kan zijn dat ze hem allemaal wilden pakken, om verschillende redenen. Maar China niet. Absoluut niet.'

Eerst dacht Frank dat River doelde op de ring met het doodshoofd en de gekruiste beenderen. Maar hij besefte al snel dat ze over de moord praatten: iemand die Guy dood wilde hebben, en voor wie het misschien nodig was dat hij doodging. En behalve dat, iemand die wist dat de dood het enige antwoord zou zijn op dreigend gevaar.
Hij huiverde, en hij wilde dat hij een godsdienst had die hem de antwoorden kon geven die hij nodig had en de weg die hij moest inslaan. Hij sloot de deur van het huisje af, denkend aan de dood – vroegtijdig, onnodig of anderszins – na nog een blik geworpen te hebben op de onordelijke hoeveelheid oorlogssouvenirs die zijn eigen leven en dat van zijn vader door de jaren heen zoveel betekenis had gegeven.
Hoe vaak was het niet geweest: 'Kijk eens wat ik hier heb, Frankie!'
En: 'Vrolijk kerstfeest, Pa. Je raadt nooit waar ik dit heb gevonden.'
Of: 'Denk aan de handen die dit pistool hebben afgevuurd, jongen. Denk aan de haat die de trekker overhaalde.'
Alles wat hij nu bezat was bijeengebracht om een onverbrekelijke band te smeden met een reus van een man, een kolos van geestkracht, waardigheid, moed en sterkte. Je kon niet zoals hij zijn – kon zelfs niet hopen om als hij te zijn, te hebben geleefd zoals hij geleefd had, alles overleefd te hebben wat hij had overleefd – dus je deelde datgene waar hij van hield met hem, en op die manier zette je een kleine notitie in het boek waarin de notitie van je eigen vader was opgetekend, die altijd meer dan levensgroot zou blijven, dapper en trots.
Daar was het mee begonnen, die behoefte om zijn gelijke te zijn, zo fundamenteel en ingeworteld dat Frank zich vaak afvroeg of zoons op de een of andere manier vanaf het moment van hun conceptie geprogrammeerd waren om te streven naar perfecte wedijver met hun vaders. Als dat niet mogelijk was – pa te zeer een herculische figuur, nooit aangetast door ziekte of ouderdom – dan moest er iets anders gecreëerd worden dat kon dienen als het onweerlegbare bewijs dat de zoon een waardigheid bezat, gelijk aan die van zijn vader.
In het huisje bekeek Frank de concrete getuigenis van zijn persoonlijke waarde. Het plan voor de oorlogsverzameling en de jaren waarin alles was uitgezocht, van kogels tot verbandmiddelen, was even hard gegroeid als de overdadige vegetatie die de watermolen omringde: ongedisciplineerd, overdadig en onbelemmerd. Het zaad was geplant in de vorm van een hutkoffer met zaken die Grahams eigen moeder bewaard had: bonnenboekjes, voorzorgsmaatregelen bij luchtaanvallen, vergunningen om kaarsen te kopen. Nadat ze bekeken en doorgebladerd waren, hadden

deze bezittingen gediend als inspiratie voor het grote project dat Frank Ouseleys leven en zijn liefde voor zijn vader had bepaald. Hij had de verzameling artikelen gebruikt als middel om alle woorden van toewijding, bewondering en pure verrukking uit te spreken die hij lange tijd onmogelijk had kunnen zeggen.

Het verleden is altijd bij ons, Frankie. Het is de plicht van diegenen van ons die er deel van uitmaakten, om hun ervaringen door te geven aan onze opvolgers. Hoe kunnen we anders voorkomen dat het kwaad zich verspreidt? Hoe kunnen we anders het goede verwelkomen?

Wat was een betere manier om dat verleden te bewaren en het volledig te erkennen dan anderen te onderrichten, niet alleen in de klas, zoals hij dat jaren had gedaan, maar ook door de relikwieën tentoon te stellen die een lang vervlogen tijdperk vertegenwoordigden? Zijn vader had illegale *G.I.F.T.*-krantjes, een enkele proclamatie van de nazi's, een Luftwaffepet, een lidmaatschapspeldje van de partij, een verroest pistool, een gasmasker en een carbidlamp. Als jongen had Frank deze voorwerpen in zijn handen gehouden en, toen hij zeven jaar oud was, plechtig beloofd dat hij ze zou gaan verzamelen.

Laten we met een verzameling beginnen, pa. Wil je dat? Dat zal leuk zijn, denk je niet? Er moet heel wat op het eiland zijn.

Het was geen spelletje, jongen. Je mag nooit denken dat het een spelletje was. Begrijp je me?

En hij begreep het. Hij begréép het. Dat was zijn kwelling. Hij begreep het. Het was nooit een spelletje geweest.

Frank bande het geluid van zijn vaders stem uit zijn gedachten, maar daarvoor in de plaats kwam een ander geluid, een verklaring van zowel het verleden als de toekomst, die uit het niets leek voort te komen, die woorden bevatte waarvan hij wist dat hij de oorsprong goed kende maar die hij op dat moment niet kon benoemen: het gaat om de zaak, het gaat om de zaak, mijn ziel. Hij jammerde als een kind dat gevangenzit in een boze droom, en hij dwong zich de nachtmerrie binnen te gaan.

De archiefkast, zag hij, was niet helemaal dichtgegaan toen hij de lade terug had geschoven. Hij liep er aarzelend op af, als een ongeoefend soldaat die een mijnenveld betreedt. Nadat hij ongedeerd bij de kast was gekomen, kromde hij zijn vingers om het handvat van de lade, half en half verwachtend dat zijn huid zou schroeien wanneer hij trok.

Eindelijk maakte hij deel uit van de oorlog waarin hij had willen dienen en zich had willen onderscheiden. Eindelijk wist hij wat het betekende om haastig van de vijand weg te willen rennen, naar een veilig plekje waar hij zich kon verbergen, een plek die niet echt bestond.

Toen Ruth Brouard bij Le Reposoir terugkwam, zag ze dat een groep politieagenten zich van het terrein van het landgoed naar het weggetje had verplaatst, waar ze nu verdergingen in de richting van het pad waarlangs ze bij de baai konden komen. Het zag ernaar uit dat hun werkzaamheden op Le Reposoir zelf beëindigd waren. Nu zouden ze de aarden wal en de heggen doorzoeken – en misschien zelfs zowel het beboste gebied als de akkers erachter – om op te sporen wat het dan ook mocht zijn dat zou bewijzen wat bewezen moest worden over wat ze wisten of dachten dat ze wisten of zich in het hoofd hadden gehaald met betrekking tot de dood van haar broer.

Ze negeerde hen. De tijd die ze in St Peter Port had doorgebracht had bijna elk greintje van haar kracht uit haar gezogen en dreigde haar te beroven van dat wat haar zo lang had gesteund in een leven dat gekenmerkt werd door vlucht en vrees en verlies. Tijdens alles wat de kern van een ander kind zou hebben verwoest – die grondslag, zorgvuldig gelegd door twee liefhebbende ouders, door grootouders en toegewijde ooms en tantes – had ze zich kunnen vastklampen aan wie ze was. De reden was Guy geweest, en wat Guy vertegenwoordigde: familie en het gevoel van een plaats afkómstig te zijn, ook al was die plaats voorgoed verdwenen. Maar nu had Ruth het gevoel dat het bestáán van Guy zelf, als een levend, ademend menselijk wezen dat ze had gekend en liefgehad, op het punt stond in de vergetelheid te raken. Als dat gebeurde, wist ze niet hoe en of ze zich zou kunnen herstellen. Meer nog, ze geloofde niet dat ze het zou willen.

Voorzichtig reed ze over de oprit onder de rij kastanjebomen door, terwijl ze eraan dacht hoe heerlijk het zou zijn om te slapen. Elke beweging kostte haar moeite, dat was al weken zo, en ze wist dat de nabije toekomst geen pijnstiller kende voor haar lijden. Zorgvuldig toegediende morfine zou de hevige pijn die haar botten onophoudelijk teisterde, kunnen verlichten, maar slechts totale vergetelheid zou de verdenking die aan haar begon te knagen, uit haar hoofd kunnen verwijderen.

Ze hield zich voor dat er voor wat ze gehoord had duizend-en-een verklaringen waren. Maar die wetenschap veranderde er niets aan dat het heel goed mogelijk was dat sommige van die verklaringen haar broer het leven hadden gekost. Het deed er niet toe dat wat ze ontdekt had over Guys laatste maanden de schuldgevoelens kon hebben weggenomen die ze had over haar aandeel in de tot dusver onverklaarde omstandigheden die de moord op hem omgaven. Belangrijk was het feit dat ze niet geweten had wat haar broer deed, en het bestaan van dat simpele niet-weten was voldoende om het proces in werking te zetten waardoor ze werd beroofd van alles waar ze zo lang in geloofd had. Dat toelaten zou echter de ene verschrikking na de andere in Ruths leven brengen. Daarom wist ze dat ze een bolwerk zou moeten opwerpen tegen de mogelijkheid datgene te verliezen wat haar wereld zin had gegeven. Maar ze wist niet hoe ze dat moest doen.

Van Dominic Forrests kantoor was ze naar Guys effectenmakelaar gegaan en daarna naar zijn bankier. Deze mensen hadden haar inzicht verschaft in de reis die haar broer had gemaakt in de tien maanden voorafgaande aan zijn dood. Door de verkoop van een enorm aantal aandelen had hij contant geld op zijn bankrekening gezet en er weer af gehaald, op zo'n manier dat alles wat hij gedaan had, besmeurd leek te zijn met de vingerafdrukken van iets onwettigs. De onbewogen gezichten van Guys financieel adviseurs hadden veel gesuggereerd, maar het enige wat ze tegenover haar wilden loslaten waren feiten, zo naakt dat ze erom smeekten gekleed te worden met de gewaden van haar donkerste vermoedens.

Van 50.000 pond hier en 75.000 pond daar, geleidelijk aan oplopend tot een immense 250.000 pond, begin november. Er moest natuurlijk een spoor van bestaan op papier, maar dat wilde ze op dit moment nog niet volgen. Het enige wat ze wilde, was bevestigen wat Dominic Forrest haar had verteld, de resultaten van het onderzoek van de forensisch accountant naar Guys financiële situatie. Hij had zorgvuldig en verstandig geïnvesteerd en geherinvesteerd, zoals hij dat al die negen jaar na hun komst naar het eiland had gedaan, maar plotseling, in zijn laatste maanden, was het geld als zand door zijn vingers gegleden... of was het van hem afgenomen als bloed... of was het opgeëist... of was het weggegeven... of... wat?

Ze wist het niet. Eén lachwekkend moment zei ze bij zichzelf dat het haar niet kon schelen. Het was niet belangrijk – het geld op zich – en dat was zeker waar. Maar wat het geld vertegenwoordigde, wat de afwezigheid van geld suggereerde in een situatie waarin Guys testament erop leek te wijzen dat er meer dan genoeg was om verdeeld te worden onder zijn kinderen en zijn twee andere begunstigden... Dit kon Ruth niet gemakkelijk over het hoofd zien. Omdat de gedachte aan dit alles haar onvermijdelijk leidde naar de moord op haar broer, en hoe en of die verband hield met dat geld.

Haar hoofd deed pijn. Er zwommen te veel fragmenten informatie in rond, en ze leken tegen haar schedel te drukken, elk ervan vechtend om

een positie waarin die de meeste aandacht zou krijgen. Maar Ruth wilde aan geen enkele ervan aandacht schenken. Ze wilde alleen maar slapen.
Ze reed de auto om de zijkant van het huis, langs de rozentuin waar de kale struiken al gesnoeid waren voor de winter. Vlak achter deze tuin maakte de oprit opnieuw een bocht en leidde vandaar naar de oude stal waar ze haar auto altijd binnen zette. Toen ze voor het gebouwtje remde, wist ze dat ze niet de kracht had om de deuren te openen. Daarom draaide ze slechts het contactsleuteltje om, zette de motor af en liet haar hoofd op het stuur rusten.
Ze voelde dat de kilte de Rover binnensijpelde, maar ze bleef waar ze was, met gesloten ogen luisterend naar de rustgevende stilte. Die kalmeerde haar zoals niets anders het had kunnen doen. Tijdens die stilte was er niets anders wat ze zou vernemen.
Ze wist echter dat ze hier niet lang zou kunnen blijven. Ze moest haar medicijnen innemen. En rusten. God, wat had ze behoefte aan rust.
Ze moest met haar schouder tegen het portier duwen om het te openen. Toen ze buiten stond, verraste het haar dat ze niet in staat was om over het grind naar de serre te lopen, vanwaaruit ze het huis zou kunnen binnengaan. In plaats daarvan bleef ze tegen de auto geleund staan, en zo kwam het dat ze iets zag bewegen in de buurt van de eendenvijver.
Ze dacht onmiddellijk aan Paul Fielder, en die gedachte leidde haar tot de ingeving dat iemand hem het nieuws zou moeten meedelen dat zijn erfenis niet zo geweldig groot was als Dominic Forrest hem eerder had doen geloven. Niet dat het er veel toe deed. Zijn familie was verarmd, het bedrijf van zijn vader geruïneerd door de genadeloze druk van modernisering en de komst van supermarkten op het eiland. Alles wat hij in handen kreeg, zou heel wat meer zijn dan hij ooit had kunnen hopen te krijgen... als hij van Guys testament had geweten. Maar dat was weer zo'n speculatie waar Ruth niet verder op in wilde gaan.
De wandeling naar de eendenvijver vergde een grote wilsinspanning. Toen Ruth er aankwam, tussen twee rododendrons door zodat de vijver zich voor haar uitspreidde als een tinnen schaal die de kleur van de hemel had aangenomen, merkte ze dat het helemaal niet Paul Fielder geweest was die ze gezien had, druk bezig eendenhokken te bouwen om de hokken die vernield waren, te vervangen. Nee, het was de man uit Londen, die aan de rand van de vijver stond. Hij bevond zich op een meter afstand van een paar slordig neergegooide stukken gereedschap. Maar hij bleek zijn aandacht geconcentreerd te hebben op het eendenkerkhof aan de overkant van het water.

Ruth was van plan zich om te draaien en naar het huis terug te lopen, in de hoop ongezien te blijven. Hij keek echter haar kant op, en vervolgens weer naar de graven. Hij vroeg: 'Wat is er gebeurd?'
'Iemand hield niet van eenden,' antwoordde ze.
'Wie houdt er nu niet van eenden? Ze zijn toch onschadelijk?'
'Dat zou je denken.' Verder zei ze niets, maar toen hij zich omdraaide en haar aankeek, had ze het gevoel dat hij de waarheid op haar gezicht kon lezen.
Hij zei: 'De hokken werden ook vernield? Wie was bezig ze weer op te bouwen?'
'Guy en Paul. Zij hadden de oorspronkelijke hokken gebouwd. De hele vijver was een van hun projecten.'
'Misschien vond iemand dat niet prettig.' Hij richtte zijn blik op het huis.
'Ik zou niet weten wie,' zei ze, hoewel ze zelf hoorde hoe gekunsteld haar woorden klonken, en ze wist – en vreesde – dat hij haar geen moment geloofde. 'Zoals u zei, wie heeft er nu een hekel aan eenden?'
'Iemand die een hekel had aan Paul? Of de relatie die Paul met uw broer had?'
'U denkt aan Adrian.'
'Is het waarschijnlijk dat hij jaloers was?'
Het was waarschijnlijk, dacht Ruth, dat Adrian van alles was. Maar ze was niet van plan over haar neef te praten, niet met deze man en niet met iemand anders. Daarom zei ze: 'Het is hier vochtig. Ik laat u aan uw overpeinzingen over, meneer St James. Ik ga naar binnen.'
Hij liep met haar mee, ongevraagd. Zwijgend hinkte hij naast haar voort, en er zat niets anders op dan toe te laten dat hij haar volgde, terug door de struiken en daarna de serre in, waarvan de deur, zoals altijd, niet afgesloten was.
Het viel hem op. Was het altijd zo? vroeg hij haar.
Ja, dat was zo. Op Guernsey wonen was niet hetzelfde als in Londen wonen. De mensen voelden zich hier veiliger. Sloten waren niet nodig.
Ze voelde dat hij naar haar staarde terwijl ze sprak, voelde zijn grijsblauwe ogen in haar achterhoofd boren terwijl ze voor hem uit liep over het stenen pad, in de vochtige lucht onder het glas. Ze wist wat hij dacht over een niet-afgesloten deur: een in- en uitgang voor iemand die haar broer iets zou willen aandoen.
Dit was tenminste een betere richting die zijn gedachten konden inslaan dan waar hij op aangestuurd had toen hij over de dood van de onschuldi-

ge eenden had gesproken. Ze geloofde geen ogenblik dat een onbekende indringer iets te maken had met de dood van haar broer. Maar ze zou er niets over zeggen als het de man uit Londen ervan weerhield aan Adrian te denken.

Hij zei: 'Ik heb eerder op de dag met mevrouw Duffy gesproken. Bent u naar de stad geweest?'

Ruth zei: 'Ik heb Guys advocaat opgezocht. En ook zijn bankiers en zijn effectenmakelaars.' Ze ging hem voor naar de kleine zitkamer. Valerie, zag ze, was er al geweest. De gordijnen waren opengeschoven om het melkachtige decemberlicht binnen te laten, en de gashaard brandde om de kilte te verjagen. Een kan met koffie stond op een tafel naast de sofa, met een kop en schotel ernaast. Haar borduurdoos stond open, in afwachting van haar werk aan het nieuwe wandtapijt, en de post lag op een stapeltje op haar secretaire.

Alles in het vertrek wees erop dat dit een normale dag was. Maar dat was niet zo. Er zou nooit meer een normale dag komen.

Deze gedachte spoorde Ruth aan tot spreken. Ze vertelde St James precies wat ze in St Peter Port te weten was gekomen. Onder het spreken liet ze zich op de sofa zakken en wees ze hem een van de stoelen. Hij bleef zwijgend zitten luisteren, en toen ze uitgesproken was, bood hij haar een hele reeks verklaringen. De meeste ervan had ze zelf bedacht op de terugrit uit de stad. Hoe kon ze anders, nu er een moord opdoemde aan het eind van het spoor dat ze leken uit te zetten?

'Het doet denken aan chantage, natuurlijk,' zei St James. 'Een dergelijk vrijmaken van fondsen, waarbij de bedragen steeds hoger worden...'

'Er was niets in het leven van mijn broer waarvoor iemand chantage op hem zou kunnen plegen.'

'Dat mag zo lijken, op het eerste gezicht. Maar blijkbaar had hij geheimen, mevrouw Brouard. Dat weten we van zijn reis naar Amerika, toen u dacht dat hij ergens anders naartoe was, nietwaar?'

'Hij had geen geheimen die dergelijke maatregelen nodig maakten. Er moet een eenvoudige verklaring zijn voor wat Guy met het geld gedaan heeft, een die volkomen te rechtvaardigen is. We weten alleen nog niet welke.' Nog terwijl ze sprak, geloofde ze haar eigen woorden niet, en ze kon aan de sceptische uitdrukking op St James' gezicht zien dat hij haar evenmin geloofde.

Ze merkte dat hij probeerde het zo vriendelijk mogelijk te brengen toen hij zei: 'Ik neem aan dat u in uw hart weet dat de manier waarop hij met zijn geld heen en weer schoof waarschijnlijk onwettig was.'

'Nee, dat weet ik níét...'
'En als u zijn moordenaar wilt vinden – en ik geloof dat u dat wilt – weet u dat we alle mogelijkheden in overweging moeten nemen.'
Ze gaf geen antwoord. Maar het verdriet dat ze voelde werd versterkt door het medeleven op zijn gezicht. Ze haatte dat, het medeleven van mensen. Dat had ze altijd gedaan. Het arme, lieve kind dat haar familie heeft verloren aan de klauwen van de nazi's. We moeten mild zijn. We moeten toelaten dat ze haar kleine momenten van angst en verdriet heeft.
'We hebben zijn moordenaar,' verklaarde Ruth ijzig. 'Ik heb haar die ochtend gezien. We weten wie ze is.'
St James volgde zijn eigen richting, alsof ze niets gezegd had. 'Hij kan iemand hebben afgekocht. Of een enorme aankoop hebben gedaan. Misschien zelfs een illegale aankoop. Wapens? Drugs? Explosieven?'
'Belachelijk,' zei ze.
'Als hij sympathiseerde met een zaak...'
'Arabieren? Algerijnen? Palestijnen? De Ieren?' zei ze honend. 'Mijn broer had evenveel belangstelling voor politiek als een tuinkabouter, meneer St James.'
'Dan is de enige conclusie dat hij vrijwillig gedurende enige tijd geld aan iemand gaf. En als dat het geval is, moeten we zoeken naar mogelijke ontvangers van een massa contant geld.' Hij keek naar de deur, alsof hij nadacht over wat erachter lag. 'Waar is uw neef vanochtend, mevrouw Brouard?'
'Dit heeft niets met Adrian te maken.'
'Niettemin...'
'Ik neem aan dat hij zijn moeder ergens naartoe rijdt. Ze is niet bekend met het eiland. De wegen zijn slecht aangegeven. Ze zal zijn hulp nodig hebben.'
'Heeft hij zijn vader dan geregeld bezocht? Door de jaren heen? Bekend met...'
'Dit heeft níéts met Adrian te maken!' Haar stem klonk schril, zelfs in haar eigen oren. Haar botten voelden aan alsof ze door honderd spijkers werden doorboord. Ze moest van deze man af zien te komen, hoe goed zijn bedoelingen met haar en haar familie ook waren. Ze moest haar medicijnen innemen en zich er voldoende mee verdoven om haar lichaam bewusteloos te maken, als dat mogelijk was. Ze zei: 'Meneer St James, u bent hiernaartoe gekomen om een of andere reden, neem ik aan. Ik weet dat dit geen beleefdheidsbezoek is.'

'Ik ben bij Henry Moullin geweest,' vertelde hij haar.
Ze werd behoedzaam. 'Ja?'
'Ik wist niet dat mevrouw Duffy zijn zus is.'
'Er is ook geen reden dat iemand u dat zou vertellen.'
Hij glimlachte even, om dat punt te bevestigen. Daarna vertelde hij haar dat hij Henry's ontwerpen voor de ramen van het museum gezien had. Hij zei dat hij erdoor was herinnerd aan de plannen van de architect, die meneer Brouard in zijn bezit had. Hij vroeg zich af of hij die zou mogen bekijken.
Ruth was zo opgelucht dat het verzoek eenvoudig bleek, dat ze het onmiddellijk inwilligde zonder erbij na te denken welke kant haar toestemming hem op zou sturen. De tekeningen lagen boven, in Guys studeerkamer, zei ze. Ze zou ze meteen gaan halen.
St James zei dat hij met haar mee zou lopen, als ze het niet erg vond. Hij wilde nog een keer kijken naar de maquette die Bertrand Debiere voor meneer Brouard had gemaakt. Het zou niet lang duren, verzekerde hij haar.
Er zat niets anders op dan erin toe te stemmen. Ze waren al op de trap voor de man uit Londen weer iets zei.
'Henry Moullin,' zei hij, 'schijnt zijn dochter Cynthia in huis te hebben opgesloten. Hebt u er enig idee van hoe lang dat al aan de gang is, mevrouw Brouard?'
Ruth bleef doorlopen en deed of ze de vraag niet had gehoord.
St James gaf het echter niet op. Hij zei: 'Mevrouw Brouard...?'
Ze antwoordde snel, terwijl ze op de overloop naar de studeerkamer van haar broer liep, dankbaar voor de grauwe dag buiten en de schemering in de gang, die haar gezichtsuitdrukking zou verhullen. 'Ik heb er geen flauw idee van,' antwoordde ze. 'Ik heb niet de gewoonte me met de zaken van mijn mede-eilanders te bemoeien, meneer St James.'

'Dus er was geen ring ingeschreven bij de rest van zijn verzameling,' zei Cherokee River tegen zijn zus. 'Maar dat betekent niet dat iemand die niet op een keer kan hebben weggenomen zonder dat hij het wist. Hij zegt dat Adrian, Steve Abbott en de jongen van Fielder er alle drie zo af en toe geweest zijn.'
China schudde haar hoofd. 'De ring van het strand is van mij. Ik weet het. Ik kan het voelen. Jij niet?'
'Dat moet je niet zeggen,' zei Cherokee. 'Er moet een andere verklaring voor zijn.'
Ze waren in de flat van de Queen Margaret Appartementen bijeengeko-

men in de slaapkamer, waar Deborah en Cherokee China hadden aangetroffen, die bij het raam zat op een stoel met een houten spijltjesleuning, die ze uit de keuken had gehaald. Het was buitengewoon koud in de kamer, des te meer omdat het raam openstond; het vormde de omlijsting van het uitzicht op Castle Corner in de verte.
'Ik dacht dat ik er maar beter aan kon wennen naar de wereld te kijken vanuit een klein, vierkant vertrekje met één enkel raam,' had China wrang verklaard toen ze binnenkwamen.
Ze had geen jas aangetrokken, zelfs geen trui. Ze had kippenvel, maar ze leek zich er niet van bewust te zijn.
Deborah trok haar mantel uit. Ze wilde haar vriendin geruststellen met dezelfde vurigheid als die van Cherokee, maar ze wilde haar evenmin valse hoop geven. Het open venster verschafte een excuus om een gesprek te vermijden over de toenemende zorgelijkheid van China's situatie. 'Je bevriest. Sla deze om,' zei ze, en ze drapeerde haar mantel over China's schouders.
Cherokee leunde langs hen heen en sloot het raam. 'Laten we haar hiervandaan halen,' zei hij tegen Deborah, met een knikje in de richting van de zitkamer, waar de temperatuur slechts een fractie hoger was.
Nadat ze China daar hadden neergezet en Deborah een deken had gehaald en die om de benen van haar vriendin had gewikkeld, zei Cherokee tegen zijn zus: 'Weet je, je moet beter op jezelf passen. We kunnen een paar dingen voor je doen, maar dat niet.'
China zei tegen Deborah: 'Hij denkt dat ik het gedaan heb, hè? Hij is niet gekomen omdat hij denkt dat ik het gedaan heb.'
Cherokee zei: 'Wat wil je...'
Deborah begreep het, en ze viel hem in de rede. 'Zo werkt Simon niet. Hij is aldoor bezig met bewijsmateriaal. Hij moet ervoor openstaan. Dat doet hij in dit geval ook. Hij staat voor alles open.'
'Waarom is hij dan niet naar me toe gekomen? Ik wilde dat hij kwam. Als hij het deed, als we elkaar konden ontmoeten en ik met hem kon praten, zou ik dingen kunnen uitleggen, als er uitleg nodig was.'
'Er hoeft niets uitgelegd te worden,' zei Cherokee, 'omdat je niemand iets hebt aangedaan.'
'Die ring...'
'Die is daar terechtgekomen. Op het strand. Die is er gewoon op de een of andere manier terechtgekomen. Als de ring van jou is, en je je niet kunt herinneren dat je hem in je zak had toen je op een keer bij het strand ging kijken, dan word je erin geluisd. Einde verhaal.'
'Ik wilde dat ik hem niet gekocht had.'

'Verdomme, ja. Je hebt gelijk. Jezus, ik dacht dat je het boek Matt allang gesloten had. Je zei dat je het uitgemaakt had.'

China keek haar broer strak aan, zo lang dat hij ten slotte zijn blik afwendde. 'Ik ben niet zoals jij,' zei ze vlak.

Deborah zag dat er op een voor haar onbegrijpelijke manier werd gecommuniceerd tussen broer en zus. Cherokee werd rusteloos, en hij verplaatste zijn gewicht van zijn ene been op het andere. Met zijn vingers streek hij door zijn haar en hij zei: 'Verdomme, China. Toe nou.'

China zei tegen Deborah: 'Cherokee surft nog steeds. Wist je dat, Debs?'

Deborah zei: 'Hij heeft het wel over surfen gehad, maar ik geloof niet dat hij feitelijk gezegd heeft...' Ze liet haar stem wegsterven. Surfen was duidelijk niet waar haar oude vriendin over praatte.

'Matt heeft het hem geleerd. Zo zijn ze met elkaar bevriend geraakt. Cherokee had toen nog geen surfplank, maar Matt was bereid hem les te geven op zijn eigen plank. Hoe oud was je toen?' vroeg China haar broer. 'Veertien?'

'Vijftien,' mompelde hij.

'Vijftien. Juist. Maar je had geen plank.' Daarna vervolgde ze tegen Deborah: 'Om er goed in te worden heb je een plank nodig. Je kunt niet die van iemand anders blijven lenen, omdat je voortdurend moet oefenen.'

Cherokee liep naar de televisie en pakte de afstandsbediening. Hij bekeek die en richtte hem op het toestel. Hij zette een programma aan, en zette het even snel weer af. Hij zei: 'Chine, hou toch op.'

'Matt was eerst Cherokees vriend, maar ze groeiden uit elkaar toen Matt en ik met elkaar begonnen op te trekken. Ik vond dat jammer, en ik heb Matt een keer gevraagd waarom het zo gelopen was. Hij zei dat er soms dingen tussen mensen veranderen, en meer heeft hij er nooit over gezegd. Ik dacht dat het kwam doordat ze verschillende interesses hadden. Matt begon films te maken, en Cherokee deed wat hij leuk vond: hij maakte muziek, brouwde bier, deed zijn verkooptruc met de indiaanse namaakspullen. Ik kwam tot de conclusie dat Matt volwassen was geworden, terwijl Cherokee altijd negentien wilde blijven. Maar vriendschappen zijn nooit zo eenvoudig, hè?'

'Wil je dat ik wegga?' vroeg Cherokee zijn zus. 'Ik kan vertrekken, dat weet je. Teruggaan naar California. Ma kan hiernaartoe komen, dan kan zij bij je blijven.'

'Ma?' China uittte een verstikt lachje. 'Dat zou geweldig zijn. Ik zie haar al in deze flat rommelen – om over mijn kleren nog maar niet te spreken –

en alles weggooien wat ook maar in de verte met dieren te maken heeft. Erop toezien dat ik mijn dagelijkse portie vitaminen en tofoe binnenkrijg. Controleren of de rijst wel bruin is, en het brood van volkorenmeel. Dat zou leuk zijn. Al was het maar om de afleiding.'

'Wat wil je dan?' vroeg Cherokee. Het klonk wanhopig. 'Zeg het dan. Wat wil je?'

Ze keken elkaar aan, Cherokee stond nog steeds en zijn zus zat nog steeds, maar bij haar vergeleken leek hij veel kleiner. Misschien, dacht Deborah, was het de afspiegeling van hun persoonlijkheid waardoor China in verhouding tot hem zo groot leek. 'Je doet maar wat je denkt dat je moet doen,' zei China tegen hem.

Hij was degene die het oogcontact verbrak. Tijdens de stilte die tussen hen bleef hangen dacht Deborah vluchtig aan wat er allemaal kwam kijken bij de relatie tussen broers en zussen. Zijzelf was een vis op het droge wanneer het aankwam op begrip van wat er tussen broers en zussen plaatsvond.

Met haar ogen nog steeds op haar broer gericht zei China: 'Heb jij wel eens gewild dat je de tijd kon terugdraaien, Debs?'

'Ik denk dat iedereen dat af en toe wil.'

'Welke tijd zou je dan kiezen?'

'Een keer, met Pasen, was er, voor mijn moeder stierf... een openluchtfeest in een van de parken van het dorp. Je kon er ponyrijden, voor vijftig cent, en ik had precies genoeg geld. Ik wist dat, als ik het uitgaf, het in één keer op zou zijn, in rook opgegaan voor drie minuten op de rug van een pony, en dat ik niets anders meer zou kunnen kopen. Ik kon maar niet besluiten wat ik zou doen. Ik werd helemaal warm en nerveus omdat ik bang was dat wát ik ook deed, ik de verkeerde beslissing zou nemen en dat ik er spijt van zou krijgen en me ellendig zou voelen. Dus we praatten erover, mam en ik. Er is geen verkeerde beslissing, zei ze tegen me. Er is alleen wat we besluiten en wat we leren van dat besluit.'

Deborah glimlachte bij de herinnering. 'Ik zou naar dat moment terug willen gaan en vandaar helemaal opnieuw verder willen leven, als het zou kunnen. Behalve dat zij deze keer niet dood zou gaan.'

'Wat heb je gedaan?' vroeg Cherokee. 'Heb je op de pony gereden? Of niet?'

Deborah dacht over de vraag na. 'Is het niet raar? Ik weet het niet meer. Ik denk dat de pony niet zo belangrijk voor me was, zelfs toen niet. Wat ze tegen me zei, dat maakte het verschil uit. Zo was ze.'

'Je hebt geboft met haar,' zei China.

'Ja,' antwoordde Deborah.
Na die woorden hoorden ze een klop op de deur, gevolgd door een druk op de bel waar geen eind aan leek te komen. Cherokee ging kijken wie er op bezoek kwam.
Nadat hij de voordeur had geopend zag hij twee agenten in uniform staan; een van hen keek gespannen om zich heen alsof hij de mogelijkheden van een hinderlaag onderzocht, en de ander had een wapenstok bij zich waarmee hij zachtjes tegen zijn handpalm tikte.
'Meneer Cherokee River?' zei agent Stok. Hij wachtte niet op antwoord, kennelijk wist hij tegen wie hij sprak. 'U zult met ons mee moeten, meneer.'
Cherokee zei: 'Wat? Waarheen?'
China stond op. 'Cherokee? Wat...?' Maar het was duidelijk dat ze haar vraag niet af hoefde te maken.
Deborah liep naar haar toe en sloeg haar arm om het middel van haar vriendin. Daarna vroeg ze: 'Wat is er gebeurd? Wat is er aan de hand?'
Waarop Cherokee River de formele waarschuwing kreeg van de politie van de staat Guernsey.
Ze hadden handboeien bij zich, maar die gebruikten ze niet. Een van hen zei: 'Wilt u nu met ons meegaan, meneer?'
De ander pakte Cherokee bij zijn arm en leidde hem snel weg.

20

De onbewoonde huisjes bij de watermolen waren slecht verlicht, omdat Frank er meestal niet laat in de middag of 's avonds in werkte. Maar hij had niet veel licht nodig om te vinden wat hij zocht tussen de paperassen in de archiefkast. Hij wist waar het ene document was, en zijn persoonlijke hel bestond uit het feit dat hij ook wist wat het document behelsde. Hij trok het tevoorschijn. Een keurige kartonnen map zat eromheen als een gladde huid. Het skelet was echter een gehavende envelop met verkreukelde hoeken, waar de metalen clip sinds lang aan ontbrak.
Tijdens de laatste dagen van de oorlog had het bezettingsleger op het eiland geleden onder een zekere mate van overmoed die verbazingwekkend was, gezien de nederlagen die het Duitse leger overal elders leed. Op Guernsey hadden ze aanvankelijk zelfs geweigerd zich over te geven, zo vastbesloten waren ze om niet te geloven dat hun plan voor de heerschappij over Europa en genetische perfectie op niets zou uitdraaien. Toen generaal Heine ten slotte aan boord klom de van de HMS *Bulldog* om te onderhandelen over zijn voorwaarden voor de overgave van het eiland, was dat een volle dag nadat in de rest van Europa de overwinning was uitgeroepen en werd gevierd.
Zich vastklampend aan het weinige dat ze die laatste dagen hadden, en misschien met het idee hun sporen op het eiland achter te laten, zoals elke achtereenvolgende bezettende macht dat door de jaren heen op Guernsey had gedaan, hadden de Duitsers niet alles vernietigd wat ze hadden geproduceerd. Sommige bouwwerken, zoals geschutsemplacementen, konden niet gemakkelijk gesloopt worden. Andere zaken, zoals dat wat Frank in zijn handen hield, dienden als stilzwijgende boodschap dat er eilandbewoners waren wier eigenbelang de overhand had gekregen op hun gevoelens van broederschap, en wier daden als gevolg daarvan aantoonden dat ze de Duitse zaak een warm hart toedroegen. Dat deze bewijzen onnauwkeurig waren, zou voor de bezetters niets betekend hebben. Waar het om ging was de schok, verraad duidelijk op schrift te zien, in een puntig handschrift, zwart op wit.
Franks noodlot was zijn respect voor geschiedenis, wat ertoe had geleid

dat hij eerst was gaan studeren aan de universiteit en er vervolgens bijna dertig jaar les in had gegeven aan voornamelijk ongeïnteresseerde pubers. Het was hetzelfde respect dat er door zijn vader bij hem was ingehamerd. Het was hetzelfde respect dat hem ertoe had aangezet een verzameling samen te stellen die, naar hij had gehoopt, de herinnering levendig zou houden, lang nadat hij er niet meer was.

Hij had altijd geloofd in de waarheid van het aforisme over je het verleden herinneren of gedoemd te zijn het te herhalen. Lange tijd had hij in de gewapende conflicten die overal ter wereld plaatsvonden het falen van de mens gezien om de nutteloosheid van agressie te erkennen. Invasie en overheersing hadden onderdrukking en haat tot gevolg. Wat daaruit voortvloeide was geweld in al zijn vormen. Wat er niet uit voortvloeide was iets goeds. Frank wist dit, en hij geloofde er heilig in. Hij was een missionaris die probeerde zijn wereldje te bekeren tot de kennis waarvan hij had geleerd dat hij die in ere moest houden, en zijn preekstoel was vervaardigd uit de oorlogssouvenirs die hij in de loop der jaren had verzameld. Laat deze voorwerpen voor zichzelf spreken, had hij besloten. Laat ze aan de mensen zien. Laat hen het nooit vergeten.

Dus had hij, evenals de Duitsers vóór hem, niets vernietigd. Hij had zo'n enorme massa artikelen verzameld, dat hij er allang geen idee meer van had wat hij bezat. Als het iets te maken had met de oorlog of de bezetting, had hij het willen hebben.

Hij had nooit precies geweten waaruit zijn verzameling bestond. Lange tijd had hij eenvoudig aan alles gedacht in de meest algemene termen. Geweren. Uniformen. Dolken. Papieren. Kogels. Gereedschap. Petten. Pas na de komst van Guy Brouard was hij er anders over gaan denken.

Het zou eigenlijk een soort monument kunnen zijn, Frank. Iets waardoor het eiland en de mensen die hebben geleden, zich kunnen onderscheiden. Om nog maar niet te spreken van de mensen die gestorven zijn.

Dat was de ironie. Daar ging het om.

Frank nam de dunne, oude envelop mee naar een stoel met een halfverteerde, rieten zitting. Naast de stoel stond een schemerlamp waarvan de kap was verkleurd en de kwastjes waren losgeraakt. Hij knipte de lamp aan en ging zitten. Er viel gelig licht op zijn schoot, waar hij de envelop had neergelegd, en hij bleef er een minuut lang naar kijken voor hij hem openmaakte en er een stapel van veertien broze vellen papier uit haalde. Hij trok er een tussenuit, halverwege de stapel. Hij streek het papier glad op zijn dijen; de overige vellen legde hij op de grond. Hij bestudeerde het overgebleven vel zo intens, dat een onwetende toeschouwer had kun-

nen denken dat hij het nog niet eerder had bekeken. Waarom zou hij ook? Het was zo'n onschuldig stuk papier.
6 Würstchen, las hij. *1 Dutzend Eier, 2 Kg. Mehl, 6 Kg. Kartoffeln, 1 Kg. Bohnen, 200 Gr. Tabak.*
Het was feitelijk zo'n simpel lijstje, dat tussen de gegevens van aankopen van allerlei zaken was geschoven, van benzine tot verf. In het totale systeem was het een onbelangrijk document, het soort lijstje dat verkeerd had kunnen worden opgeborgen zonder dat er een haan naar kraaide. Toch vertelde het Frank zoveel dingen, waarvan niet het minste de arrogantie was van de bezetters, die alles wat ze deden noteerden en vervolgens die documenten bewaarden voor het moment dat de overwinning aanbrak en ze bekend zouden willen maken wie eraan hadden bijgedragen.
Als Frank niet vanaf zijn kinderjaren tot zijn eenzame volwassenheid de onschatbare waarde was bijgebracht van alles wat ook maar enigszins te maken had met de periode van Guernseys beproeving, zou hij misschien dit enkele vel papier opzettelijk zoek hebben gemaakt, en niemand zou het gemerkt hebben. Maar híj zou altijd hebben geweten dat het ooit bestaan had, en niets zou het hem kunnen laten vergeten.
Wanneer de Ouseleys niet over een museum zouden hebben gedacht, zou dit papier vermoedelijk onontdekt zijn gebleven, zelfs door Frank. Maar toen hij en zijn vader Guy Brouards aanbod om het Graham Ouseley Oorlogsmuseum te bouwen, hadden aangegrepen voor de educatie en de verbetering van de huidige en toekomstige bewoners van Guernsey, was het sorteren, ziften en organiseren dat met een dergelijke onderneming gepaard ging, begonnen. Daarbij was deze lijst tevoorschijn gekomen: *6 Würstchen,* in 1943. *1 Dutzend Eier, 2 Kg. Mehl, 6 Kg. Kartoffeln, 1 Kg. Bohnen, 200 Gr. Tabak.*
Guy was degene geweest die het had gevonden, degene die zei 'Frank, wat maak jij hiervan?', omdat hij geen Duits sprak.
Frank had het zelf vertaald, zonder erbij na te denken en automatisch, zonder te stoppen om elke regel te lezen, zonder te stoppen om over de gevolgen na te denken. De betekenis drong tot hem door toen het laatste woord – *Tabak* – over zijn lippen kwam. Nadat hij zich bewust was geworden van wat hieraan vastzat, had hij zijn ogen op de bovenkant van het papier gericht en het daarna aan Guy gegeven, die het al gelezen had. Guy, die aan de Duitsers zijn beide ouders had verloren, zijn hele familie, zijn erfdeel.
Guy zei: 'Hoe ga je dit aanpakken?'

Frank gaf geen antwoord.
Guy zei: 'Je zult wel moeten. Je kunt het er niet bij laten zitten. Lieve god, Frank. Je bent toch niet van plan het erbij te laten zitten, of wel?'
Vanaf dat moment had het netelige onderwerp hun dagen beheerst. Heb je er iets aan gedaan, Frank? Heb je het er met hem over gehad?
Frank had gedacht dat hij het nu niet hoefde te doen, nu Guy, de enige die ervan wist, dood en begraven was. Hij had echt gedacht dat het nooit nodig zou zijn. Maar de vorige dag had hem iets anders duidelijk gemaakt.
Wie het verleden vergeet, herhaalt het.
Hij stond op. Hij stopte de andere papieren in hun envelop en schoof de envelop weer in de map. Hij sloot de archiefkast af en deed het licht uit. Hij trok de deur van het huisje achter zich dicht.
In zijn eigen huis trof hij zijn vader slapend in diens leunstoel. Er was een Amerikaanse detectivefilm op de televisie, twee agenten met NYPD op de achterkant van hun jacks – pistolen in de aanslag – gereed om een gesloten deur in te trappen en het geweld erachter te lijf te gaan. Een andere keer zou Frank zijn vader wakker hebben gemaakt en hem naar boven hebben gebracht. Nu liep hij echter langs hem heen om zelf naar boven te gaan, om de eenzaamheid van zijn slaapkamer op te zoeken.
Op zijn ladekast stonden twee ingelijste foto's. De ene was een afbeelding van zijn ouders op hun trouwdag, na de oorlog. Op de andere poseerden Frank en zijn vader aan de voet van de Duitse uitkijktoren, niet ver van het eind van de Rue de la Prevote. Frank kon zich niet herinneren wie de foto genomen had, maar de dag zelf herinnerde hij zich wel. Het had gegoten van de regen, maar ze waren er toch opuit gegaan, langs het pad over het klif, en toen ze bij de toren aankwamen was de zon boven hen doorgebroken. Gods goedkeuring voor hun pelgrimstocht, had Graham gezegd.
Frank zette het lijstje uit de archiefkast tegen deze tweede foto. Hij ging een paar stappen achteruit, als een priester die het gewijde brood niet de rug wil toekeren. Achter zich voelde hij naar het voeteneind van zijn bed, en hij liet zich erop zakken. Hij staarde naar het fragiele document en probeerde de uitdaging van die stem niet te horen.
Je kunt het er niet bij laten zitten.
Hij wist dat hij het niet kon. Het ging om zijn ziel.
Frank had een beperkte levenservaring, maar hij was geen onwetend man. Hij wist dat de menselijke geest een merkwaardige schepping is, die dikwijls werkt als een lachspiegel wanneer het op details aankomt die

te pijnlijk zijn om je te herinneren. De geest kan ontkennen, vervormen of vergeten. Hij kan, zo nodig, een parallelle wereld creëren. Hij kan een afzonderlijke werkelijkheid bedenken voor elke situatie die te moeilijk is om te verdragen. Door dit te doen, wist Frank, loog de geest niet, maar kwam hij eenvoudig met een strategie om met een bepaalde kwestie om te gaan.
Er ontstond pas een probleem wanneer deze strategie de waarheid uitwiste in plaats van iemand tijdelijk ertegen te beschermen. Wanneer dat gebeurde, was wanhoop het gevolg. Verwarring regeerde. Chaos volgde.
Frank wist dat ze zich op de rand van chaos bevonden. Het moment om in actie te komen was aangebroken, maar hij voelde zich lamgeslagen. Hij had zijn leven in dienst gesteld van een hersenschim en hoewel hij het al twee maanden wist, merkte hij dat hij er nog steeds voor terugdeinsde.
Ontmaskering nu zou de betekenis ontnemen aan meer dan een halve eeuw toewijding, bewondering en geloof. Het zou van een held een ploert maken. Het zou een leven doen eindigen in publiekelijke schande. Frank wist dat hij dit alles kon voorkomen. Er stond tenslotte slechts één enkel stukje papier tussen de fantasie van een oude man en de waarheid.

Aan Fort Road deed een aantrekkelijke, hoewel hoogzwangere vrouw de deur open van het huis van Bertrand Debiere. Haar naam was Caroline, en ze was de vrouw van de architect, deelde ze St James mee. Bertrand werkte in de achtertuin, met de jongens. Hij nam ze een paar uur onder zijn hoede, dan kon zij aan haar boek werken. Daar was hij goed in, een modelechtgenoot. Ze wist niet hoe of waarom ze zoveel geluk had gehad door zijn vrouw te worden.
Caroline Debiere zag de verzameling grote vellen papier die St James opgerold onder zijn arm droeg. Was dit een zakelijk bezoek? wilde ze weten. Haar stem gaf aan hoe graag ze wilde dat dat het geval zou zijn. Hij was een goede architect, die man van haar, zei ze tegen St James. Iedereen die een nieuw gebouw wilde laten neerzetten, een oud wilde laten renoveren of een aanbouw aan een bestaande woning wenste, zou er niet verkeerd aan doen wanneer hij Bertrand Debiere aannam om het te ontwerpen.
St James vertelde haar dat hij graag wilde dat meneer Debiere een paar bestaande plannen bekeek. Hij was naar zijn kantoor gegaan, maar een secretaresse had hem meegedeeld dat de heer Debiere de rest van de dag vrijaf genomen had. Hij had in het telefoonboek gekeken en was zo vrij

geweest de architect thuis te gaan opzoeken. Hij hoopte dat hij niet ongelegen kwam...?
Helemaal niet. Caroline zou Bertrand uit de tuin halen als meneer St James zo goed wilde zijn in de zitkamer te wachten.
Buiten, aan de achterkant van het huis, klonk een vrolijke kreet, gevolgd door gedreun: het geluid van een hamer die spijkers en hout raakte. Toen hij dit hoorde zei St James dat hij meneer Debiere niet wilde afhouden van zijn werkzaamheden, dus als de vrouw van de architect het niet erg vond zou hij hem en de kinderen in de tuin gaan opzoeken.
Caroline Debiere leek opgelucht, ongetwijfeld blij dat ze met haar werk kon doorgaan zonder dat ze haar zoontjes op haar nek geschoven kreeg. Ze wees St James de weg naar de achterdeur en liet hem over aan zijn bespreking met haar man.
Bertrand Debiere bleek een van de twee mannen te zijn die St James de vorige dag uit de stoet had zien stappen die op weg was naar het graf van Guy Brouard, en die op het terrein van Le Reposoir in zo'n ernstig gesprek gewikkeld waren geweest. Hij leek op een kraanvogel, zo lang en slungelig dat hij eruitzag als een figuur uit een roman van Dickens. Op dit moment zat hij in de onderste takken van een plataan, waar hij de fundering in elkaar timmerde van wat blijkbaar een boomhut voor zijn zoontjes moest worden. Er waren er twee, en ze hielpen hem zoals kleine kinderen dat doen: de oudste gaf zijn vader de spijkers aan, die hij uit een leren buidel haalde die om zijn hals hing, terwijl de jongste met een plastic hamertje op een stuk hout aan de onderkant van de boom sloeg. Hij zat erbij op zijn hurken en zong 'Ik timmer, ik spijker', en deed totaal niets waar zijn vader iets aan had.
Debiere zag St James het gazon oversteken, maar hij sloeg eerst zijn spijker dieper in het hout voor hij liet merken dat hij zijn bezoeker had gezien. St James zag dat de aandacht van de architect was getrokken door het feit dat hij hinkte en dat hij zijn ogen op de oorzaak ervan richtte – de beugel waarvan het dwarsstuk door de hak van zijn schoen liep – maar daarna keek hij hoger en vestigde zijn ogen, net als zijn vrouw had gedaan, op de rol tekeningen onder St James' arm.
Debiere liet zich uit de boomtakken zakken en zei tegen de oudste jongen: 'Bert, wil je je broertje meenemen naar binnen? Mama heeft nu die koekjes voor jullie. Maar denk erom, jullie mogen er allebei maar één. Anders hebben jullie straks geen trek in eten.'
'Die met citroen?' vroeg de oudste. 'Heeft ze citroenkoekjes gebakken, pap?'

'Ik denk het wel. Daar hadden jullie toch om gevraagd?'
'Citroenkoekjes!' Bert fluisterde het woord tegen zijn jongere broertje.
Bij het vooruitzicht van de koekjes hielden de jongens op met hun bezigheden en holden ze naar het huis, onder het roepen van 'Mama! Mama! We willen koekjes!', waarmee ze een eind maakten aan de afzondering van hun moeder. Debiere keek hen liefdevol na en raapte vervolgens de spijkerzak op die Bert achteloos had neergegooid, waarbij de helft van de inhoud op het gras terecht was gekomen.
Terwijl de architect de spijkers bijeenzocht, stelde St James zich voor en legde hij zijn connectie met China River uit. Hij was naar het eiland gekomen op verzoek van de broer van de vrouw die in staat van beschuldiging was gesteld, vertelde hij Debiere, en de politie wist dat hij een onafhankelijk onderzoek instelde.
'Wat voor onderzoek?' vroeg Debiere. 'De politie heeft de moordenaar al.'
St James wilde niet ingaan op China Rivers schuld of onschuld. In plaats daarvan wees hij op de rol tekeningen onder zijn arm, en vroeg hij de architect of die ernaar zou willen kijken.
'Wat zijn het?' vroeg Debiere.
'De tekeningen van het ontwerp dat meneer Brouard heeft gekozen. Voor het oorlogsmuseum. Die hebt u zeker nog niet gezien?'
Hij had slechts gezien wat de overige eilandbewoners tijdens Brouards feest hadden gezien, deelde Debiere hem mee: de gedetailleerde, driedimensionale tekening van het gebouw, zoals het volgens de Amerikaan eruit zou gaan zien.
'Een volslagen onzinnig ontwerp,' zei Debiere. 'Ik weet niet wat Guy zich in zijn hoofd haalde toen hij ervoor koos. Het is ongeveer even geschikt voor een museum op Guernsey als een spaceshuttle. Enorme ramen aan de voorkant. Plafonds als van een kathedraal. Het zou onmogelijk zijn het gebouw voor minder dan een fortuin te verwarmen, om nog maar niet te spreken van het feit dat het hele gebouw eruitziet als iets wat ontworpen is om boven op een klif te staan, vanwege het uitzicht.'
'Terwijl de feitelijke locatie van het museum...?
'Aan het eind van de weg die vanaf de St Saviour's kerk loopt, vlak naast de onderaardse tunnels. Wat ongeveer even ver landinwaarts en zo ver weg van elk klif is als je kunt komen op een eiland van deze afmetingen.'
'Het uitzicht?'
'Niks uitzicht. Tenzij je het prettig zou vinden om naar het parkeerterrein voor de tunnels te kijken.'

'Hebt u uw bezwaren met meneer Brouard besproken?'
Debieres gelaatsuitdrukking werd behoedzaam. 'Ik heb met hem gepraat.' Hij woog de spijkerzak in zijn hand alsof hij erover nadacht of hij die zou omhangen en doorgaan met zijn werk aan de boomhut. Een snelle blik op de hemel, die hem duidelijk maakte dat er nog slechts weinig daglicht overbleef, was blijkbaar aanleiding van verder bouwen af te zien. Hij begon de planken te verzamelen die hij op het pad onder aan de boom had neergelegd. Hij droeg ze naar een groot, blauw stuk plastic aan de zijkant van de tuin, waar hij ze netjes opstapelde.
'Er is me verteld dat het tussen u beiden tot iets meer gekomen is dan praten,' zei St James. 'U kreeg blijkbaar ruzie met hem. Meteen na het vuurwerk.'
Debiere gaf geen antwoord. Hij ging slechts door met planken naar de stapel brengen, een geduldige sjouwer, als Ferdinand die doet wat de tovenaar hem opdraagt. Nadat hij deze taak had volbracht, zei hij zacht: 'Ik z-z-zou verdomme die opdracht krijgen. Iedereen wist het. Dus toen d-d-die naar iemand anders ging...' Hij liep terug naar de plataan waar St James stond te wachten, en hij legde een hand op de pokdalige stam. Hij nam een minuut de tijd, waarin het erop leek dat hij moeite deed zijn plotselinge gestotter de baas te worden. 'Een boomhut,' zei hij ten slotte minachtend over zijn eigen inspanningen. 'Daar ben ik goed genoeg voor. Een verdomde boomhut.'
'Had meneer Brouard tegen u gezegd dat u de opdracht zou krijgen?' vroeg St James.
'Rechtstreeks gezegd? Nee. Zo w-w...' Hij keek gepijnigd. Na even te hebben gezwegen probeerde hij het opnieuw. 'Zo was Guy niet. Hij beloofde nooit iets. Hij suggereerde alleen. Hij liet je denken aan de mogelijkheden. Als je dít doet, beste man, zal er voor je het weet dát gebeuren.'
'Wat betekende dat in uw geval?'
'Onafhankelijkheid. Mijn eigen bureau. Geen ondergeschikte, geen slaaf die werkt tot meerdere glorie van iemand anders, maar mijn eigen ideeën in mijn eigen ruimte. Hij wist dat ik dat dolgraag wilde, en hij moedigde het aan. Hij was tenslotte ondernemer. Waarom zou de rest van ons het ook niet kunnen zijn?' Debiere keek naar de bast van de plataan en produceerde een bitter lachje. 'Dus ik zei mijn baan op en waagde de stap, ik begon mijn eigen architectenbureau. Hij had in zijn leven risico's genomen. Dat zou ik ook doen. Natuurlijk was het voor mij gemakkelijker, omdat ik dacht dat ik goed zat, met een enorme opdracht.'

'U hebt gezegd dat u niet zou toelaten dat hij u ruïneerde,' bracht St James hem in herinnering.
'Woorden, opgevangen tijdens een feest?' zei Debiere. 'Ik weet het niet. Ik herinner me niet wat ik gezegd heb. Ik herinner me alleen dat ik een blik op die tekening heb geworpen, en er niet bij heb staan zwijmelen zoals alle anderen. Ik zag hoe verkeerd het was en ik kon niet begrijpen waarom hij daarvoor had gekozen, terwijl hij gezegd had... terwijl hij... het zo goed als beloofd had. En ik herinner me dat ik v-v-*voelde...*' Hij zweeg. De knokkels van de hand waarmee hij de stam vastgreep, werden wit.
'Wat gebeurt er nu, na zijn dood?' vroeg St James. 'Wordt het museum toch gebouwd?'
'Ik weet het niet,' zei Debiere. 'Frank Ouseley heeft me verteld dat er niets in het testament stond over het museum. Ik kan me niet voorstellen dat Adrian er genoeg voor zou voelen om het te financieren, dus ik neem aan dat de beslissing bij Ruth ligt, als zij ermee door wil gaan.'
'Ik zou zeggen dat ze wat dat betreft zal openstaan voor suggesties.'
'Guy heeft duidelijk gemaakt dat het museum belangrijk voor hem was. Dat weet ze ook zonder dat iemand het haar vertelt, geloof me.'
'Ik bedoelde niet ervoor openstaan om het museum te bouwen,' zei St James. 'Ik bedoelde openstaan voor het ontwerp. Op een manier zoals haar broer het misschien niet deed. Hebt u met haar gesproken? Bent u het van plan?'
'Ik ben het van plan,' zei Debiere. 'Ik heb weinig keus.'
'Hoezo?'
'Kijk om u heen, meneer St James. Ik heb twee zoontjes, en een baby op komst. Een vrouw die ik ertoe heb overgehaald haar baan op te zeggen om haar boek te kunnen schrijven. Een hypotheek op dit huis, en een nieuw kantoor aan Trinity Square, waar mijn secretaresse verwacht dat ze zo nu en dan betaald wordt. Ik heb de opdracht nodig, en als ik die niet krijg... Dus ik zal met Ruth praten. Ja. Ik zal mijn zaak bepleiten. Ik zal alles doen wat nodig is.'
Blijkbaar hoorde hij zelf de beladenheid van zijn laatste opmerking, want hij liep abrupt bij de boom vandaan en ging terug naar de stapel planken aan de rand van het gazon. Hij trok de zijkanten van het blauwe stuk plastic omhoog langs de keurige stapel hout, zodat een stuk touw zichtbaar werd dat netjes opgerold op de grond lag. Dit raapte hij op en hij gebruikte het om het plastic dekzeil als bescherming van de planken vast te binden. Daarna begon hij zijn gereedschap bij elkaar te zoeken.

St James liep achter hem aan, terwijl hij zijn hamer, spijkers, waterpas, meetlint en zaag naar een aardig schuurtje achter in de tuin bracht. Debiere hing alles op boven een werkbank, en op deze bank legde St James de tekeningen die hij van Le Reposoir had meegenomen. Zijn voornaamste bedoeling was geweest te horen of Henry Moullins fraaie ramen gebruikt konden worden in het ontwerp dat Guy Brouard had gekozen, maar nu begreep hij dat Moullin niet de enige was voor wie deelname aan de bouw van het oorlogsmuseum van cruciaal belang was. Hij zei: 'Dit zijn de ontwerpen die de Amerikaanse architect naar meneer Brouard heeft laten brengen. Ik ben bang dat ik niets weet van bouwtekeningen. Wilt u ze bekijken en me vertellen wat u ervan vindt? Er lijken verschillende soorten te zijn.'

'Dat heb ik u al verteld.'

'Misschien wilt u er nog iets aan toevoegen nadat u ze bekeken hebt.'

De vellen papier waren groot, ruim een meter lang en bijna even breed. Zuchtend stemde Debiere erin toe ze te inspecteren. Hij pakte een hamer om de zijkanten te verzwaren.

Het waren geen blauwdrukken. Debiere deelde hem mee dat blauwdrukken de weg waren gegaan van carbonpapier en met de hand bediende typemachines. Dit waren zwartwitdocumenten die eruitzagen alsof ze uit een reusachtige kopieermachine waren gekomen, en terwijl hij ze doorbladerde, legde Debiere van elke tekening afzonderlijk uit wat die was: een schematische voorstelling van elke verdieping van het gebouw; de constructietekeningen met aantekeningen voor het ontwerp van de plafonds; het schema voor de elektriciteit, het schema voor het sanitair, de afzonderlijke bouwsecties; de schets die liet zien waar het gebouw zou staan op de gekozen locatie; de driedimensionale tekeningen.

Debiere bladerde ze hoofdschuddend door. Hij mompelde: 'Belachelijk,' en: 'Wat denkt die idioot wel?', en hij wees op de lachwekkende afmetingen van de afzonderlijke vertrekken die het gebouw zou bevatten. 'Hoe,' vroeg hij, met een schroevendraaier naar een van de kamers wijzend, 'wordt dít geacht ingericht te worden als een galerij? Of een tentoonstellingsruimte? Of waar het verdomme ook voor is ontworpen? Kijk toch eens. Je kunt met gemak drie personen in een vertrek van die grootte passen, maar dat is dan ook alles. Het is niet groter dan een cel. En zo zijn ze allemaal.'

St James bekeek het schema waar de architect naar wees. Het viel hem op dat er geen aanduidingen op de tekening stonden en hij vroeg Debiere of dit normaal was. 'Zou je meestal niet aangeven waar elk vertrek voor

bestemd is?' vroeg hij. 'Waarom ontbreekt dat aan deze tekeningen?'
'Wie zal het verdomme weten,' zei Debiere geringschattend. 'Slordig werk, denk ik. Geen wonder, in aanmerking genomen dat hij zijn ontwerp heeft gemaakt zonder ook maar de moeite te nemen op de bouwplaats rond te lopen. En kijk hier eens naar...' Hij trok een van de tekeningen ertussenuit en legde die boven op de stapel. Hij tikte erop met zijn schroevendraaier. 'Godallemachtig, is dit een binnenplaats met een zwembad? Wat zou ik graag met deze krankzinnige willen praten. Waarschijnlijk ontwerpt hij huizen in Hollywood en denkt hij dat geen enkel gebouw compleet is tenzij meisjes van twintig in bikini een plek hebben om in de zon te liggen. Wat een ruimteverspilling. Het is één grote ramp. Ik kan niet geloven dat Guy...' Hij fronste zijn voorhoofd. Plotseling boog hij zich over de tekening om die van dichtbij te bekijken. Hij scheen iets te zoeken, maar wat het ook was, het maakte geen deel uit van het gebouw zelf, omdat Debiere naar alle vier de hoeken van het papier keek en zijn ogen daarna over de zijkanten liet dwalen. Hij zei: 'Dit is heel eigenaardig.' En daarna schoof hij het bovenste vel opzij, zodat hij de tekening kon zien die eronder lag. Daarna ging hij naar de volgende, en de volgende. Eindelijk keek hij op.
'Wat is er?' vroeg St James.
'Ze zouden gestempeld moeten zijn,' zei Debiere. 'Elke tekening. Maar geen enkele ervan draagt een stempel.'
'Wat bedoelt u?'
Debiere wees naar de ontwerpen. 'Wanneer deze compleet zijn, stempelt de architect ze. Daarna zet hij zijn handtekening over het stempel.'
'Is dat een formaliteit?'
'Nee, het is essentieel. Zo geef je aan dat de plannen volgens de wettelijke voorschriften zijn gemaakt. Je kunt ze niet goedgekeurd krijgen door planning- of bouwcommissies als ze niet gestempeld zijn, en het staat vast dat je ook geen aannemer kunt vinden die de bouw wil uitvoeren.'
'Dus als ze niet wettig zijn, wat zijn ze dan?' vroeg St James de architect.
Debiere keek van St James naar de tekeningen. En daarna opnieuw naar St James. 'Gestolen,' antwoordde hij.
Ze zwegen. Beiden dachten ze na over de documenten, de schema's en de tekeningen die op de werkbank lagen. Buiten sloeg een deur en een stem riep: 'Pap? Mama heeft ook nog sprits gebakken, voor jou.'
Debiere schrok op uit zijn overpeinzingen. Hij trok rimpels in zijn voorhoofd terwijl hij blijkbaar probeerde te begrijpen wat zo volslagen onbegrijpelijk leek: een grote bijeenkomst van eilandbewoners en anderen op

Le Reposoir, een galafeest, een verrassende aankondiging, een groots vuurwerk om de gelegenheid te vieren, de aanwezigheid van alle belangrijke personen van Guernsey, de aandacht die de krant en de lokale televisie eraan hadden besteed.
Zijn zoontjes riepen 'Pap! Pap! Kom je eten?', maar Debiere leek hen niet te horen. Hij mompelde: 'Wat was hij toch van plan?'
Het antwoord op die vraag, dacht St James, zou wel eens veel meer licht op de moord kunnen werpen.

Het vinden van een jurist – Margaret Chamberlain weigerde om aan hen te denken als advocaten, of ze zo te noemen, omdat ze niet van plan was zo'n jurist langer in te huren dan ervoor nodig was om de begunstigden uit het testament van haar ex-man met harde hand van hun erfenis te ontdoen – bleek een eenvoudige zaak te zijn. Nadat ze de Range Rover hadden achtergelaten op het parkeerterrein van een hotel aan Ann's Place, wandelden zij en haar zoon langs een schuin aflopende straat omlaag en daarna via een andere weer omhoog. Hun weg voerde hen langs het Royal Court House, wat Margaret het geruststellende gevoel gaf dat het in dit deel van de stad heel gemakkelijk zou zijn om een jurist te vinden. Dat had Adrian tenminste geweten. Wanneer ze alleen in actie zou zijn gekomen, zou ze zich hebben moeten beperken tot het telefoonboek en een plattegrond van St Peter Port. Ze zou hebben moeten bellen en haar verzoek kenbaar moeten maken, zonder de omgeving te zien waar haar telefoontje werd aangenomen. Op deze manier hoefde ze echter niet te bellen. Ze kon het fort van haar keuze bestormen en ervoor zorgen dat ze een jurist aannam die tot haar tevredenheid zou doen wat ze van hem wilde.
Uiteindelijk koos ze voor het kantoor van Gibbs, Grierson en Godfrey. De alliteratie was irritant, maar de voordeur indrukwekkend, en de letters op de koperen plaat ernaast kwamen krachtig over, de meedogenloosheid suggererend die Margarets missie vereiste. Daarom ging ze, zonder een afspraak gemaakt te hebben, met haar zoon naar binnen en vroeg een van de kopstukken van de maatschap te spreken. Terwijl ze haar verzoek deed, bedwong ze haar aandrang om tegen Adrian te zeggen dat hij voet bij stuk moest houden, zich geruststellend met de gedachte dat het voldoende was dat hij – om haar te helpen en te beschermen – eerder die dag die kleine schooier, Paul Fielder, in de houdgreep had genomen.
Het toeval wilde dat die middag geen van de oprichters van de firma op

kantoor was. Een van hen was blijkbaar vier jaar geleden overleden, en de andere twee waren eropuit voor een of andere quasi-belangrijke juridische kwestie, volgens hun klerk. Maar een van de junioradvocaten zou mevrouw Chamberlain en meneer Brouard kunnen ontvangen.

Hoe junior? wilde Margaret weten.

Dat was maar een uitdrukking, werd haar verzekerd.

De junioradvocaat bleek slechts wat haar titel betrof een junior te zijn. Overigens was ze een vrouw van middelbare leeftijd, die zich voorstelde als Juditha Crown – juffrouw Crown, zei ze erbij – met een dikke pukkel onder haar linkeroog, die een beetje last had van slechte adem, wat veroorzaakt leek te zijn door een half-opgegeten broodje salami, dat op een papieren bordje op haar bureau lag.

Terwijl Adrian er lummelig bij bleef staan, onthulde Margaret de reden van hun bezoek: een zoon die zijn erfenis door de neus was geboord en een erfenis waaraan op zijn minst driekwart ontbrak van het vermogen waaruit die zou hebben moeten bestaan.

Dat, deelde juffrouw Crown hun mede, met een schalksheid die Margaret een beetje te neerbuigend vond naar haar zin, was hoogst onwaarschijnlijk, mevrouw Chamberlain. Had meneer Chamberlain ...

Meneer Brouard, onderbrak Margaret haar. Meneer Guy Brouard van Le Reposoir, in de parochie van St Martin's. Zij was zijn ex-vrouw, en dit was hun zoon. Adrian Brouard, verduidelijkte ze juffrouw Crown, en ze voegde er nadrukkelijk aan toe: meneer Guy Brouards oudste en enige mannelijke erfgenaam.

Tot haar genoegen zag Margaret dat Juditha Crown rechtop ging zitten en hier nota van nam, zij het dan metaforisch. De wimpers van de juriste trilden achter haar goudomrande brillenglazen. Ze bekeek Adrian met verhoogde belangstelling. Het was een moment waarin Margaret merkte dat ze eindelijk dankbaar kon zijn voor Guys voortdurende inzet om erkenning te vinden. Zijn naam was in elk geval bekend en, door de associatie, ook die van zijn zoon.

Margaret zette de situatie voor juffrouw Crown uiteen: een erfenis die in tweeën was gedeeld, met twee dochters en een zoon die de ene helft deelden, en twee betrekkelijk vreemden – vréémden, let wel, in de persoon van twee tieners die op het eiland woonden maar bij de familie vrijwel onbekend waren – tussen wie de andere helft gelijkelijk werd verdeeld. Hier moest iets aan gedaan worden.

Juffrouw Crown knikte wijsgerig en wachtte tot Margaret verderging. Toen Margaret dat niet deed vroeg juffrouw Crown of er een huidige echtgenote in het spel was. Nee? Tja, dan – en nu vouwde ze haar handen op het bureaublad en plooide ze haar lippen tot een ijzig, beleefd lachje – leek er niets onregelmatigs aan de hand te zijn met het testament. De wetten van Guernsey schreven de manier voor waarop bezittingen konden worden nagelaten. De helft ervan moest, volgens de wet, naar de wettige nakomelingen van de erflater gaan. In het geval er geen overlevende echtgenote was, kon over de andere helft worden beschikt zoals het de erflater uitkwam. Dit was blijkbaar wat de overledene in kwestie had gedaan.

Margaret was zich bewust van Adrian naast haar, van de rusteloosheid die hem ertoe aanzette op dit moment in zijn zakken te voelen en een boekje lucifers tevoorschijn te halen. Ze dacht dat hij een sigaret wilde opsteken, hoewel er nergens in de kamer een asbak te zien was. Hij gebruikte echter een hoekje ervan om zijn vingernagels schoon te maken. Juffrouw Crown keek afkeurend toen ze het zag.

Margaret wilde tegen haar zoon uitvallen, maar ze stelde zich ermee tevreden zijn voet met de hare aan te stoten. Hij schoof zijn voet weg. Ze schraapte haar keel.

De verdeling van de erfenis, zoals die in het testament was beschreven, was slechts een deel van wat haar zorgen baarde, vertelde ze de juriste. Er was de veel dringender kwestie van alles wat ontbrak aan waaruit de wettelijke nalatenschap zou moeten bestaan, ongeacht wie die ontving. In het testament werd niets gezegd over het landgoed zelf – het huis, de inrichting en de grond van Le Reposoir. Er was niets in terug te vinden over Guys bezittingen in Spanje, in Engeland, in Frankrijk, op de Seychellen en god wist waar nog meer. Er werden geen persoonlijke bezittingen in genoemd zoals auto's, boten, een vliegtuig en een helikopter, en evenmin werd tot in detail de aanzienlijke hoeveelheid miniaturen, antiek, zilver, kunstvoorwerpen, munten en dergelijke beschreven die Guy in de loop der tijd had verzameld. Dit alles hoorde toch zeker in het testament van iemand die tenslotte een succesvol ondernemer was en over vele miljoenen beschikte. Toch waren in zijn testament slechts genoemd één spaarrekening, één lopende rekening en een effectenrekening. Hoe, vroeg Margaret, verklaarde juffrouw Crown dat alles?

Juffrouw Crown keek nadenkend, maar dat duurde hooguit drie seconden, waarna ze Margaret vroeg of deze zeker was van haar feiten. Margaret vertelde haar uit de hoogte dat ze er natuurlijk zeker van was. Ze zou geen pogingen doen om een jurist in de arm te nemen – advocaat, mompelde juffrouw Crown – zonder zich er eerst van te overtuigen dat haar

feiten klopten. Zoals ze zo-even had gezegd, ontbrak er minstens driekwart aan de nalatenschap van Guy Brouard, en ze was voornemens daar iets aan te doen omwille van Adrian Brouard, de afstammeling, het oudste kind, de enige zoon van zijn vader.
Hier keek Margaret naar Adrian, wachtend op een of ander instemmend of enthousiast gemompel. Hij liet zijn rechterenkel op zijn linkerknie balanceren, zodat een onaantrekkelijk stuk van zijn spierwitte been zichtbaar werd, en hij zei niets. Hij had, zag zijn moeder, geen sokken aan.
Juditha Crown staarde naar het levenloos uitziende stuk been van haar potentiële cliënt, maar was zo beleefd om niet te huiveren. Daarna richtte ze haar aandacht weer op Margaret. Als mevrouw Chamberlain een ogenblik wilde wachten, ze had misschien iets wat zou kunnen helpen.
Wat zou helpen was ruggengraat, dacht Margaret. Ruggengraat, om de plaats in te nemen van de gekookte spaghetti die momenteel doorging voor Adrians beendergestel. Ja, ja, zei ze echter tegen de advocaat, alles wat hen zou kunnen helpen was meer dan welkom, en als juffrouw Crown het te druk had om hun zaak op zich te nemen, was ze dan misschien bereid iemand anders aan te bevelen...?
Juffrouw Crown verliet de kamer terwijl Margaret deze smeekbede tot haar richtte. Ze sloot de deur tactvol achter zich en daarna kon Margaret haar horen spreken tegen de klerk in de receptie. 'Edward, waar hebben we die uitleg over *Retrait Linager,* die je aan cliënten stuurt?' Het antwoord van de klerk was onverstaanbaar.
Margaret gebruikte dit intermezzo in de gang van zaken door driftig tegen haar zoon te zeggen: 'Je zou kunnen meewerken. Je zóú het gemakkelijker kunnen maken.' Even had ze, in de keuken van Le Reposoir, werkelijk gedacht dat haar zoon een keerpunt had bereikt. Hij had met Paul Fielder geworsteld als een man die van plan was op te treden, en ze had zelfs hoop voelen opbloeien... echter voortijdig. Die hoop was in de knop gebroken. 'Je zou zelfs belangstelling voor je toekomst kunnen tonen,' liet ze erop volgen.
'Ik kan met geen mogelijkheid meer belangstelling tonen dan jij, moeder,' antwoordde Adrian laconiek.
'Je maakt me gek. Geen wonder dat je vader...' Ze maakte de zin niet af.
Hij hield zijn hoofd scheef en schonk haar een sardonisch lachje. Maar hij zei niets toen Juditha Crown zich weer bij hen voegde. Ze had een paar getypte vellen papier in haar hand. Deze, vertelde ze, bevatten een uitleg omtrent de wetten van *Retrait Linager.*

Margaret was in niets anders geïnteresseerd dan in het verkrijgen van de instemming of de weigering van de juriste om voor hen aan het werk te gaan, zodat zij verder kon met de rest. Er was veel te doen en in een advocatenkantoor de verklaring van geheimzinnige statuten zitten lezen, stond niet hoog op haar lijst van prioriteiten. Toch nam ze de papieren aan, waarna ze in haar tas rommelde, op zoek naar haar bril. Intussen gaf juffrouw Crown Margaret en haar zoon informatie over de wettelijke implicaties van het bezit en het beheer van een grote nalatenschap als inwoner van Guernsey.

Op dit speciale Kanaaleiland, vertelde ze, maakte de wet het iemand niet makkelijk om zijn nakomelingen te onterven. Niet alleen kon je niet lukraak geld nalaten, ongeacht of je kinderen had, maar je kon ook niet eenvoudigweg je gehele nalatenschap verkopen vóór je overleed en hopen op die manier de wet te omzeilen. Je kinderen, legde ze uit, hadden als eerste het recht om je bezittingen te kopen voor hetzelfde bedrag waarvoor je het te koop zou aanbieden, mocht je daartoe besluiten. Natuurlijk was je als je het je niet kon veroorloven, vrij om te doen wat je wilde, en dan kon je het verkopen en elke cent weggeven die het had opgebracht, of het uitgeven vóór je dood. Maar in beide gevallen moesten je kinderen er eerst van op de hoogte worden gesteld dat je van plan was je te ontdoen van wat zij anders zouden erven. Dit stelde bezit van eigendom binnen een en dezelfde familie veilig, zolang die familie zich kon veroorloven het te houden.

'Ik begrijp dat uw vader u niets heeft gezegd over plannen om iets vóór zijn dood te verkopen,' zei juffrouw Crown rechtstreeks tegen Adrian.

'Natuurlijk niet,' zei Margaret.

Juffrouw Crown wachtte tot Adrian deze verklaring bevestigde. Ze zei dat, als dat inderdaad het geval was, er slechts één verklaring was voor het feit dat een groot deel van de erfenis zoek was. Er was, om precies te zijn, slechts één heel eenvoudige verklaring voor.

En die is? vroeg Margaret beleefd.

Dat meneer Brouard nooit eigenaar was geweest van de eigendommen waarvan werd aangenomen dat hij die bezat, antwoordde ze.

Margaret staarde de vrouw aan. 'Dat is absurd,' zei ze. 'Natuurlijk was hij de eigenaar. Al jaren. Van het onroerend goed en van al het andere. Hij wás de eigenaar... Hoort u eens even. Hij was niet iemands huurder.'

'Ik bedoel ook niet dat hij dat was,' antwoordde juffrouw Crown. 'Ik bedoel alleen dat wat zijn eigendom scheen te zijn – wat hij inderdaad ongetwijfeld door de jaren heen heeft gekocht, of althans in de jaren dat hij op dit eiland woonde – feitelijk door hem gekocht was voor iemand anders. Of door iemand anders gekocht op zijn aanwijzingen.'

Bij het horen van deze mogelijkheid voelde Margaret een ontzetting bij zich opkomen die ze niet wilde erkennen, laat staan onder ogen zien. 'Dat is onmogelijk!' hoorde ze zichzelf schor zeggen, en ze voelde haar lichaam opveren alsof haar benen en haar voeten de oorlog hadden verklaard aan haar capaciteit om ze onder controle te houden. Voor ze het wist stond ze over Juditha Crowns bureau gebogen, recht in haar gezicht ademend. 'Dat is volslagen krankzinnig, hoort u me? Het is idioterie. Weet u wel wie hij was? Hebt u enig idee van het fortuin dat hij bijeen heeft gebracht? Hebt u wel eens gehoord van de Chateaux Brouard? Engeland, Schotland, Wales, Frankrijk en god weet hoeveel hotels. Wat was dat alles, als het niet Guys imperium was? Wie anders kan de eigenaar geweest zijn dan Guy Brouard?'

'Moeder...' Adrian was eveneens opgestaan. Margaret draaide zich om en ze zag dat hij zijn leren jasje aantrok, ter voorbereiding op zijn vertrek. 'We zijn te weten gekomen wat we...'

'We zijn niets te weten gekomen!' riep Margaret uit. 'Je vader heeft je je hele leven bedrogen en ik zal niet toelaten dat hij het na zijn dood blijft doen. Hij heeft geheime bankrekeningen en niet-genoemde bezittingen, en ik ben van plan ze te vinden. Ik wil dat jij ze krijgt en níéts – hoor je me? – zal verhinderen dat het gebeurt.'

'Hij is je te slim af geweest, moeder. Hij wist...'

'Niets. Hij wist niets.' Ze richtte zich fel tot de advocaat, alsof Juditha Crown degene was die haar plannen had gedwarsboomd. 'Wie dan?' vroeg ze dwingend. 'Wie? Een van zijn scharreltjes? Is dat wat u bedoelt?'

Juffrouw Crown scheen te weten waar Margaret over sprak zonder dat het haar verteld werd, want ze zei: 'Het moet iemand geweest zijn die hij kon vertrouwen, zou ik denken. Iemand die hij onvoorwaardelijk kon vertrouwen. Iemand die over zijn bezittingen zou beschikken zoals hij het wilde, ongeacht op wiens naam ze stonden.'

Er was natuurlijk slechts één persoon. Margaret wist het zonder dat die persoon met name genoemd werd, en ze geloofde dat ze het geweten had vanaf het moment dat ze het testament had horen voorlezen in de salon op de eerste verdieping. Er was slechts één levende ziel op aarde die Guy voldoende vertrouwd zou hebben om haar álles te geven nadat hij het had gekocht, en die er niets mee zou doen, behalve erbovenop blijven zitten en het, in het geval van haar eigen dood, verdelen volgens zijn wensen... of eerder, als haar dat werd gevraagd.

Waarom had ze hier niet aan gedacht? vroeg Margaret zich af.
Het antwoord op die vraag was eenvoudig genoeg. Ze had er niet aan gedacht omdat ze niet op de hoogte was geweest van de wet.
Ze zeilde het kantoor uit en de straat op, gloeiend van top tot teen. Ze was echter niet verslagen. Ze kwam zelfs niet in de buurt van een nederlaag en dat wilde ze haar zoon duidelijk maken. Ze begon er onmiddellijk mee.
'We gaan meteen met haar praten. Ze is je tante. Ze weet wat juist is. Als ze de onrechtvaardigheid van dit alles nu nog niet onder ogen ziet... Ze heeft hem altijd als een god beschouwd... Hij was geestelijk in de war, en dat heeft hij voor haar verborgen gehouden. Hij heeft het voor iedereen verborgen gehouden, maar wij zullen bewijzen...'
'Tante Ruth wist het,' zei Adrian botweg. 'Ze begreep wat hij wilde. Ze heeft met hem meegewerkt.'
'Dat kan ze niet hebben gedaan.' Margaret greep zijn arm met een kracht die bedoeld was om het hem te laten inzien en te laten begrijpen... Het werd tijd dat hij zijn lendenen omgordde voor de strijd, voorzover hij die had, en als hij het niet kon, zou zij het verdomme voor hem doen. 'Hij moet haar verteld hebben...' Wat? vroeg ze zich af. Wat had Guy tegen zijn zus gezegd dat haar had doen geloven dat wat hij van plan was, voor ieders bestwil was: voor die van hem, van haar, van zijn kinderen, van iedereen? Wat had hij gezegd?
'Het is nu eenmaal gebeurd,' zei Adrian. 'We kunnen het testament niet veranderen. We kunnen de manier waarop hij dit alles bedacht heeft, niet veranderen. We kunnen niets anders doen dan ons erbij neerleggen.'
Hij stak zijn hand in zijn leren jasje en haalde opnieuw het boekje lucifers tevoorschijn, en een pakje sigaretten. Hij stak er een op en hij grinnikte, hoewel zijn gezicht niet bepaald vrolijk stond. 'Die goeie, ouwe pa,' zei hij hoofdschuddend. 'Hij heeft ons allemaal besodemieterd.'
Margaret huiverde bij zijn emotieloze toon. Ze probeerde een andere tactiek. 'Adrian, Ruth is een goede ziel. Ze is ruimhartig. Als ze weet hoezeer dit je gekwetst heeft...'
'Dat heeft het niet.' Adrian plukte een stukje tabak van zijn tong, bekeek het op zijn duim en gooide het vervolgens op straat.
'Dat moet je niet zeggen. Waarom moet je altijd doen alsof je vader...'
'Ik doe niet alsof. Ik ben niet gekwetst. Wat zou het voor zin hebben? En zelfs áls ik hierdoor gekwetst zou zijn, zou het er niet toe doen. Het zou niets veranderen.'
'Hoe kun je dat zeggen? Ze is je tante. Ze houdt van je.'

‘Ze was erbij,’ zei Adrian. ‘Ze weet wat hij van plan was. En geloof me, ze zal er geen duimbreed van afwijken. Niet nu ze al weet wat hij wilde, vanwege die toestand.’

Margaret trok haar wenkbrauwen op. ‘Ze was erbij. Waar? Wanneer? Welke toestand?’

Adrian liep bij het gebouw vandaan. Hij zette de kraag van zijn jasje op tegen de koude, en daarna liep hij met grote stappen in de richting van het Royal Court House. Margaret beschouwde dit alles als een manier om een antwoord op haar vragen te vermijden, en haar antennes schoten omhoog. Evenals een dodelijk angstgevoel. Ze haalde haar zoon in aan de voet van het oorlogsmonument en ze hield hem staande onder de sombere blik van die melancholieke soldaat.

‘Loop niet zo bij me weg. We zijn nog niet uitgesproken. Welke toestand? Wat heb je me niet verteld?’

Adrian smeet zijn sigaret weg in de richting van een aantal scooters die in slordige rijen niet ver van het monument geparkeerd stonden. ‘Het was niet pa’s bedoeling dat ik geld zou krijgen,’ zei hij. ‘Nu niet. Nooit. Tante Ruth wist dat. Dus zelfs als we een beroep op haar doen... op haar gevoelens van loyaliteit of eerlijkheid of hoe je het ook wilt noemen... zal ze zich herinneren wat hij wilde, en dat zal ze doen.’

‘Hoe kan ze in vredesnaam weten wat Guy wilde op het moment van zijn dood?’ zei Margaret schamper. ‘O, ik begrijp dat ze geweten kan hebben wat hij wilde op het moment dat dit plan werd uitgedacht. Toen moest ze het weten, anders had ze niet met hem kunnen samenwerken, nietwaar. Maar daar gaat het juist om. Toen. Het is wat hij tóén wilde. Mensen veranderen. Hun wensen veranderen. En geloof me, je tante Ruth zal dat begrijpen, wanneer het haar wordt voorgelegd.’

‘Nee. Het was meer dan alleen toen,’ zei Adrian, en hij begon langs haar heen te schuiven om naar het parkeerterrein te gaan waar ze de Range Rover hadden achtergelaten.

‘Verdomme. Blijf hier, Adrian,’ zei Margaret, en ze hoorde de ongerustheid in haar stem, die haar irriteerde, waarop ze haar irritatie op hem richtte. ‘We moeten plannen bedenken om haar te benaderen. We zullen deze situatie, zoals je vader die heeft veroorzaakt, niet accepteren: als brave christenen die de vijand de andere wang toekeren. Wat ons betreft heeft hij op een dag in een nijdige bui afspraken met Ruth gemaakt, en daar heeft hij naderhand spijt van gekregen, maar hij heeft niet verwacht te zullen sterven voor hij de gelegenheid kreeg om het allemaal recht te zetten.’ Margaret haalde diep adem en dacht na over wat er onder haar

woorden schuilging. 'En iemand wist dat,' zei ze. 'Dat moet wel. Iemand wist dat hij van plan was om alles terug te draaien, om jou tot zijn erfgenaam te maken, zoals het hoorde. Daarom moest Guy uit de weg geruimd worden.'
'Hij was niet van plan ook maar iets terug te draaien,' zei Adrian.
'Wacht even! Hoe kun jij weten...'
'Omdat ik het hem gevraagd heb, nou goed?' Adrian stak zijn handen in zijn zakken en keek behoorlijk ellendig, zijn gezicht van zijn moeder afgekeerd. 'Ik heb het hem gevráágd,' herhaalde hij. 'En zij was erbij. Tante Ruth. In de kamer. Ze hoorde ons praten. Ze hoorde dat ik het hem vroeg.'
'Om zijn testament te veranderen?'
'Om me geld te geven. Ze heeft alles gehoord. Ik vroeg het. Hij zei dat hij het niet had. Niet wat ik nodig had. Niet zo veel. Ik geloofde hem niet. We kregen ruzie. Ik ging kwaad weg en zij bleef in de kamer.' Toen pas keek hij haar weer aan, beheerst. 'Je kunt toch niet geloven dat ze daarna niet alles hebben doorgesproken. Ze zal gezegd hebben: wat doen we met Adrian? En hij zal gezegd hebben: we laten het zoals het is.'
Margaret hoorde dit alles aan alsof ze door een ijskoude windvlaag werd getroffen. Ze zei: 'Je hebt het je vader weer gevraagd...? Na september? Je hebt hem opnieuw om geld gevraagd sinds september?'
'Ik heb het gevraagd. Hij weigerde.'
'Wanneer?'
'De avond voor het feest.'
'Maar je hebt tegen mij gezegd dat je het niet meer had gevraagd... sinds vorig jaar september...' Margaret zag dat hij zich opnieuw van haar afwendde, met gebogen hoofd, zoals hij zijn hoofd in zijn jeugd zo vaak gebogen had vanwege een heel leger teleurstellingen en mislukkingen. Ze wilde tegen al die dingen uitvallen, maar in het bijzonder tegen het noodlot dat Adrians leven zo moeilijk voor hem maakte. Behalve die moederlijke reactie voelde Margaret echter iets anders, wat ze niet wilde voelen. Evenmin kon ze het risico nemen om het te benoemen. Ze zei: 'Adrian, je hebt me gezegd...' In gedachten ging ze de volgorde van de gebeurtenissen na. Wat had hij gezegd? Dat Guy was overleden voor zijn zoon de gelegenheid had gekregen hem een tweede maal om het geld te vragen dat hij nodig had om zijn bedrijfje te financieren. Internet Access, de golf van de toekomst. Een golf waar hij op mee kon rijden om zijn vader trots te laten zijn dat hij een zoon met zoveel visie had voortgebracht. 'Je zei dat je tijdens dit bezoek geen kans had gekregen hem om geld te ragen.'

'Dat was gelogen,' antwoordde Adrian vlak. Hij stak een volgende sigaret op en vermeed het om haar aan te kijken.
Margarets keel werd droog. Ze zei: 'Waarom?'
Hij gaf geen antwoord.
Ze kon hem wel door elkaar schudden. Ze moest hem dwingen antwoord te geven, omdat ze slechts met een antwoord achter de rest van de waarheid zou kunnen komen. Dan zou ze weten waar ze mee te maken kreeg, zodat ze snel kon handelen en plannen kon maken voor wat er vervolgens zou kunnen gebeuren. Maar onder die behoefte tot manipuleren, tot verontschuldigen, tot het doen van alles wat nodig was om haar zoon veilig te laten zijn, was Margaret zich bewust van een dieper gevoel.
Als hij tegen haar gelogen had over het gesprek met zijn vader, had hij ook over andere dingen gelogen.

Na zijn gesprek met Bertrand Debiere keerde St James in een nadenkende stemming in het hotel terug. De jonge receptioniste in de lobby gaf hem een briefje, maar hij maakte het niet open terwijl hij de trap op liep naar zijn kamer. In plaats daarvan vroeg hij zich af wat het betekende dat Guy Brouard zich behoorlijk wat moeite had gegeven en kosten had gemaakt om een stel bouwtekeningen te krijgen die blijkbaar niet goedgekeurd waren. Had hij dit geweten, of was hij de dupe geworden van een gewetenloze Amerikaanse zakenman die zijn geld had aangepakt en hem een ontwerp had overhandigd voor een gebouw dat niemand zou kunnen bouwen omdat het eigenlijk geen officieel ontwerp was? En wat betekende het dat het geen goedgekeurd ontwerp was? Was het plagiaat? Kón er plagiaat gepleegd worden met een ontwerp van een architect?
In zijn kamer liep hij naar de telefoon, intussen in zijn zak voelend naar de informatie die hij eerder van Ruth Brouard en hoofdinspecteur Le Gallez had verkregen. Hij vond het nummer van Jim Ward en toetste het in terwijl hij zijn gedachten ordende.
Het was nog ochtend in California en de architect was blijkbaar zojuist op zijn kantoor aangekomen. De vrouw die de telefoon aannam zei: 'Hij komt net binnenlopen...' En daarna: 'Meneer W, iemand met een bekakt accent vraagt naar u...' En vervolgens in de telefoon: 'Waar belt u eigenlijk vandaan? Hoe was uw naam ook weer?'
St James herhaalde het. Hij belde van St Peter Port op het eiland Guernsey, een van de Kanaaleilanden, verklaarde hij.
Ze zei: 'Wow. Blijft u even hangen?' En net voor ze hem naar de vergetel-

heid zond, hoorde St James haar zeggen: 'Hé, jongens, waar liggen de Kanaaleilanden?'
Er verstreken 45 seconden, waarin St James beziggehouden werd met opgewekte reggaemuziek die uit de hoorn klonk. Daarna klikte de muziek abrupt uit en een prettige mannenstem zei: 'Met Jim Ward. Wat kan ik voor u doen? Gaat het weer over Guy Brouard?'
'Dus u hebt al met hoofdinspecteur Le Gallez gesproken,' zei St James. Hij legde uit wie hij was en wat hij deed met betrekking tot de gebeurtenissen op Guernsey.
'Ik denk niet dat ik veel kan doen om u te helpen,' zei Ward. 'Zoals ik die inspecteur al heb verteld toen hij belde, heb ik meneer Brouard maar één keer ontmoet. Zijn project klonk interessant, maar ik ben niet verder gekomen dan regelen dat hij die voorbeelden kreeg. Ik wachtte op bericht van hem, of hij iets anders wilde. Ik heb een paar nieuwe foto's op de post gedaan, zodat hij een aantal andere gebouwen kon bekijken die ik in het noorden van San Diego neerzet. Maar daar is het bij gebleven.'
'Wat bedoelt u met voorbeelden?' vroeg St James. 'Wat we hier hebben – en wat ik vandaag bekeken heb – lijkt een uitgebreide set tekeningen te zijn. Ik heb ze samen met een plaatselijke architect bestudeerd...'
'Dat zijn het ook. Uitgebreide tekeningen. Ik heb de ontwerpen van één project van begin tot eind voor hem bij elkaar gezocht: een groot kuuroord dat hier aan de kust wordt gebouwd. Ik heb alles bijeengevoegd, behalve de achtenhalf bij elf-tekeningen, het ingebonden boek. Ik vertelde hem dat ze hem een idee zouden geven van hoe ik werk; dat was wat hij wilde voor hij me zou vragen om iets méér te doen. Het was een eigenaardige benadering, als u het mij vraagt. Maar het was niet echt een probleem om hem een genoegen te doen, en het spaarde mij tijd om...'
St James onderbrak hem. 'Wilt u daarmee zeggen dat wat hier per koerier naartoe is gebracht, géén serie ontwerpen voor een museum was?'
Ward begon te lachen. 'Museum? Nee. Het is een chic kuuroord, waar de lui die geregeld plastische chirurgie ondergaan, van top tot teen in de watten worden gelegd. Toen hij me om een voorbeeld van mijn werk vroeg – een zo compleet mogelijke serie tekeningen die ik hem kon geven – was dit voor mij het gemakkelijkst om in handen te krijgen. Dat heb ik hem ook gezegd. Ik zei dat wat ik zou sturen niet zou weergeven wat ik voor een museum zou doen. Maar hij zei dat hij het prima vond. Alles was goed, zolang het compleet was en hij zou kunnen begrijpen wat hij zag.'

'Dus daarom zijn dit geen goedgekeurde plannen,' zei St James, meer tegen zichzelf dan tegen Ward.
'Klopt. Het zijn gewoon kopieën die hier op kantoor zijn gemaakt.'
St James bedankte de architect en legde de hoorn op het toestel. Daarna ging hij op de rand van het bed zitten en staarde naar de neuzen van zijn schoenen.
Hij kreeg het gevoel dat hij in een wijdvertakt konijnenhol verzeild was geraakt. Het begon er steeds meer op te lijken dat het museum iets was wat Brouard als afleidingsmanoeuvre gebruikte. Maar waarvoor? In elk geval was de grote vraag: was het vanaf het allereerste begin een afleidingsmanoeuvre geweest? En als dat waar zou blijken te zijn, had een van de belangrijkste betrokkenen bij de ontwikkeling ervan – misschien iemand die rekende op de bouw van het museum en die er op verschillende manieren in had geïnvesteerd – dit ontdekt en had hij vervolgens toegeslagen uit wraak, omdat hij door Brouard gemanipuleerd was?
St James drukte zijn vingers tegen zijn voorhoofd en eiste van zijn hersens dat ze dit alles zouden uitzoeken. Maar, zoals het geval scheen te zijn met iedereen die iets te maken had met het slachtoffer, bleef Guy Brouard hem steeds één stap voor. Het was om gek van te worden.
Hij had het opgevouwen briefje van de receptie op de toilettafel gelegd, en toen hij van het bed opstond viel zijn oog erop. Het was, zag hij, een boodschap van Deborah en het leek in geweldige haast te zijn geschreven.
Cherokee is gearresteerd! had ze gekrabbeld. *Kom alsjeblieft zodra je dit gekregen hebt.* Het woord 'alsjeblieft' was tweemaal onderstreept en ze had er een haastig geschetste routebeschrijving naar de Queen Margaret Appartementen in Clifton Street bijgevoegd. St James begaf zich onmiddellijk op weg.
Zijn knokkels hadden nauwelijks de deur van flat B aangeraakt, of Deborah deed open. Ze zei: 'Goddank. Ik ben zo blij dat je er bent. Kom binnen, schat. Dan kun je eindelijk kennismaken met China.'
China River zat in kleermakerszit op de sofa, met een deken om haar schouders die ze tegen zich aan drukte als een sjaal. Ze zei tegen St James: 'Ik had nooit gedacht dat ik je echt zou ontmoeten. Ik had nooit gedacht...' Haar gezicht verschrompelde. Ze bracht een vuist naar haar mond.
'Wat is er gebeurd?' vroeg St James aan Deborah.
'Dat weten we niet,' antwoordde ze. 'De politie wilde niets zeggen toen ze hem meenamen. China's advocaat zou met hen gaan praten zodra we

hem gebeld hadden, maar we hebben nog niets van hem gehoord. Maar, Simon,' en ze liet haar stem dalen, 'ik denk dat ze iets hebben... iets wat ze hebben gevonden. Wat kan het anders zijn?'
'Zijn vingerafdrukken op die ring?'
'Cherokee wist niets van de ring af. Hij had die nooit gezien. Hij was even verbaasd als ik toen we ermee naar de antiekzaak gingen en ze ons vertelden...'
'Deborah,' viel China haar vanaf de sofa in de rede. Ze keken haar aan. Het was duidelijk dat ze aarzelde. En daarna, even duidelijk spijtig: 'Ik... Hoe kan ik...?' Ze scheen bij zichzelf te rade te gaan om tot een besluit te komen. 'Deborah, ik heb die ring meteen nadat ik hem gekocht had aan Cherokee laten zien.'
St James zei tegen zijn vrouw: 'Weet je zeker dat hij niet...'
'Debs wist het niet. Ik heb het niet verteld. Dat wilde ik niet, want toen ze me de ring liet zien – hier, in de flat – zei Cherokee geen woord. Hij liet zelfs niet merken dat hij de ring herkende. Ik begreep maar niet... weet je, waarom hij...' Nerveus beet ze op een velletje bij haar duimnagel. 'Hij zei niets... En ik dacht niet...'
'Ze hebben zijn spullen ook meegenomen,' zei Deborah tegen St James. 'Hij had een reistas en een rugzak. Die wilden ze speciaal hebben. Er waren er twee – twee agenten, bedoel ik – en ze zeiden: "Is dit het? Is dat alles waarmee u hier gekomen bent?" Nadat ze hem hadden weggebracht kwamen ze terug en hebben ze alle kasten doorzocht. En ook onder de meubels gekeken. En in de vuilnisbak.'
St James knikte. Hij zei tegen China: 'Ik ga meteen met hoofdinspecteur Le Gallez praten.'
China zei: 'Iemand heeft het van het begin af aan in elkaar gezet. Zoek twee domme Amerikanen, twee mensen die nog nooit het land uit zijn geweest, die waarschijnlijk nooit genoeg geld zullen hebben om zelfs maar uit California weg te komen, tenzij ze gaan liften. Bied hun de kans van hun leven. Het zal zo mooi klinken, te mooi om waar te zijn, en ze zullen de kans met beide handen aangrijpen. En dan hebben we ze.' Haar stem trilde. 'We zijn erin geluisd. Eerst ik. Nu hij. Ze zullen zeggen dat we het samen beraamd hebben, nog voor we uit Amerika vertrokken. En hoe kunnen we bewijzen dat het niet zo is? Dat we die mensen niet eens kenden. Geen van hen. Hoe kunnen we het bewijzen?'
St James voelde er weinig voor tegen Deborahs vriendin te zeggen wat er gezegd moest worden. Het was inderdaad een bizarre troost voor haar te weten dat zij en haar broer nu samen in het drijfzand terechtgekomen

waren. Maar de waarheid van de kwestie lag verborgen in wat twee getuigen gezien hadden op de ochtend van de moord, en in de sporen die op de plaats delict waren achtergelaten. De waarheid die er nu bij kwam school in wie er nu gearresteerd was, en waarom.
Hij zei: 'Ik ben bang dat het tamelijk duidelijk is dat er slechts één moordenaar was, China. Er is één persoon gezien die Brouard naar de baai is gevolgd, en er was maar één stel voetafdrukken naast zijn lichaam.'
Het licht in de kamer was schemerig, maar hij zag China slikken. 'Dan deed het er niet toe wie van ons zou worden beschuldigd. Ik of hij. Maar ze hadden ons beslist alle twee hier nodig om de kans te verdubbelen dat een van ons gepakt zou worden. Het was allemaal gepland. Het was van het begin tot het eind geregeld. Dat begrijp je toch?'
St James zweeg. Hij begreep inderdaad dat iemand alles had gepland. Hij begreep dat de moord niet het werk van één enkel moment was geweest. Maar hij begreep ook dat, voorzover hij nu wist, slechts vier mensen ervan op de hoogte waren geweest dat twee Amerikanen – twee potentiële zondebokken om voor een moord op te draaien – naar Guernsey zouden reizen om iets bij Guy Brouard af te leveren. Brouard zelf, de advocaat met wie hij in California had gesproken, en broer en zus River. Nu Brouard dood was en de advocaat een alibi had, bleven slechts de Rivers over die de moord beraamd konden hebben. Een van de Rivers.
Hij zei voorzichtig: 'Het probleem is dat blijkbaar niemand van jullie komst af wist.'
'Iemand moet het geweten hebben. Omdat het feest was georganiseerd... het feest voor het museum...'
'Ja, dat begrijp ik. Maar Brouard schijnt een aantal mensen te hebben laten geloven dat het ontwerp dat hij had gekozen, dat van Bertrand Debiere zou zijn. Dat vertelt ons dat jullie komst – jullie aanwezigheid op Le Reposoir – een verrassing was voor iedereen, behalve voor Brouard zelf.'
'Hij moet het iemand verteld hebben. Iederéén vertelt iets in vertrouwen aan iemand anders. Wat denk je van Ouseley? Ze waren goede vrienden. Of Ruth? Zou hij het zijn eigen zus niet verteld hebben?'
'Daar ziet het niet naar uit. En ook al had hij het haar verteld, ze had geen reden om...'
'En wij wel?' China's stem werd luider. 'Toe nu toch. Hij heeft iemand verteld dat we zouden komen. Als het niet Frank of Ruth geweest is... Iemand wist het. Ik zeg het je. Iemand wist het.'
Deborah zei tegen St James: 'Misschien heeft hij het tegen mevrouw

Abbott gezegd. Anaïs. De vrouw met wie hij een relatie had.'
'En zij kan het hebben doorverteld,' zei China. 'Vanaf dat moment kan iedereen het geweten hebben.'
St James moest toegeven dat dit mogelijk was. Hij moest toegeven dat het zelfs waarschijnlijk was. Het probleem was natuurlijk dat als Brouard tegen wie dan ook iets had gezegd over de mogelijke komst van de Rivers, dit de kwestie opwierp van een cruciaal detail dat nog steeds nader bezien moest worden: de ongeloofwaardige bouwtekeningen. Brouard had de aquarel gepresenteerd als het echte ontwerp, het toekomstige oorlogsmuseum, terwijl hij aldoor geweten had dat het iets totaal anders was. Dus als hij tegen iemand had gezegd dat de Rivers tekeningen uit California zouden meebrengen, had hij die persoon dan ook verteld dat de tekeningen niet echt waren?
'We moeten met Anaïs spreken, schat,' zei Deborah met nadruk. En ook met haar zoon. Hij was... Hij was beslist overstuur, Simon.'
'Zie je wel?' zei China. 'Er zijn anderen, en een van hen wist dat we kwamen. Een van hen heeft, met dat als uitgangspunt, plannen gemaakt. En we moeten die persoon vinden, Simon. Omdat de politie het beslist niet zal doen.'

Buiten gekomen merkten ze dat het zachtjes was gaan regenen en Deborah gaf Simon een arm, zich behaaglijk tegen hem aan drukkend. Ze zou het liefst geloven dat hij haar gebaar zou houden voor dat van een vrouw die bescherming zoekt bij haar sterke man, maar ze wist dat het niet in zijn aard lag zichzelf op die manier te vleien. Hij zou weten dat ze het deed om ervoor te zorgen dat hij niet uitgleed op een kinderhoofdje dat glibberig was geworden van het water, en afhankelijk van zijn stemming zou hij haar haar zin geven of niet.
Hij bleek ervoor te kiezen zijn vrouw haar zin te geven, om welke reden dan ook. Hij sloeg geen acht op haar bedoelingen, maar hij zei: 'Het feit dat hij niets tegen je heeft gezegd over de ring... Zelfs niet dat zijn zus die had gekocht of gezegd had dat ze hem had gekocht, of had gezegd dat ze iets dergelijks gezien had... Het ziet er niet goed uit, schat.'
'Ik wil er niet aan denken wat het betekent,' gaf ze toe. 'Zeker als haar vingerafdrukken er zo duidelijk op staan.'
'Hmmm, ik dacht al dat je op het laatst daaraan dacht. Ondanks de opmerking over mevrouw Abbott. Je leek...' Deborah voelde dat hij naar haar keek. 'Je keek... verslagen, geloof ik.'
'Hij is haar broer,' zei Deborah. 'Ik kan gewoon niet verdragen te denken

dat haar eigen broer...' Ze wilde het hele idee van zich afzetten, maar ze kon het niet. Het bleef in haar hoofd ronddraaien, zoals het gedaan had vanaf het moment dat haar man erop had gewezen dat niemand had geweten dat broer en zus River naar Guernsey zouden komen. Van dat ogenblik af had ze nog slechts kunnen denken aan de talloze keren dat ze in de loop der jaren had gehoord van Cherokee Rivers activiteiten op het randje van de wet. Hij was het prototype van de man met een plan, en het plan had altijd betekend: snel geld verdienen. Dat was al zo geweest toen Deborah in Santa Barbara bij China had gewoond en geluisterd had naar de verhalen over Cherokees bezigheden: van de huur-een-bed-operatie in zijn tienerjaren, toen hij zijn slaapkamer op uurbasis aan pubers beschikbaar stelde voor een rendez-vous, tot de bloeiende cannabiskwekerij toen hij net twintig was. Zoals Deborah hem gekend had, was Cherokee River een eersteklas opportunist geweest. De enige vraag was welke kans hij kon hebben gezien en aangegrepen met de dood van Guy Brouard.

'Waar ik niet aan kan denken is wat het voor China betekent,' zei Deborah. 'Wat hij met haar wilde laten gebeuren... Ik bedoel, dat zij degene moest zijn... Zijn zus nog wel... Het is afschuwelijk, Simon. Haar eigen broer. Hoe kón hij...? Ik bedoel, als het waar is dat hij het gedaan heeft. Echt, er moet een andere verklaring zijn. Deze wil ik niet geloven.'

'We kunnen een andere zoeken,' zei Simon. 'We kunnen met de Abbotts gaan praten. En met alle anderen. Maar, Deborah...'

Ze keek op in zijn bezorgde gezicht. 'Je moet je op het ergste voorbereiden,' zei hij.

'Het ergste zou zijn dat China voor de rechter moet komen,' was Deborahs reactie. 'Het ergste zou zijn dat China naar de gevangenis gaat. De schuld krijgen van... van iets wat een ander heeft gedaan...' Haar woorden stierven weg omdat ze begreep dat haar man gelijk had. Zonder waarschuwing, zonder tijd om zich erop in te stellen, kreeg ze het gevoel dat ze gevangenzat tussen twee alternatieven, erg en erger. Haar voornaamste loyaliteit lag bij haar oude vriendin. Dus ze wist dat ze in zekere zin blij zou moeten zijn dat een onrechtmatige arrestatie en een valse beschuldiging waardoor China in de gevangenis had kunnen belanden, te elfder ure geheel van de baan leken te zijn. Maar als China's redding ten koste ging van de wetenschap dat haar broer de gebeurtenissen die tot haar arrestatie hadden geleid, in scène had gezet... Hoe kon iemand zich verheugen over China's vrijlating na dergelijke informatie te hebben gekregen? En hoe zou China zelf ooit over een verraad van een dergelijke omvang heen komen? 'Ze zal niet geloven dat hij haar dit heeft aangedaan,' zei Deborah eindelijk.

Simon vroeg zacht: 'En jij?'

'Ik?' Deborah bleef staan. Ze waren bij de hoek van Berthelot Street gekomen, een straat die steil omlaag liep naar High Street en de kade erachter. De smalle straat was glibberig, en de regen die in de richting van de baai gedreven werd, begon behoorlijke beekjes te vormen, die beloofden de komende uren nog te zullen groeien. Het was niet verstandig voor iemand die niet stevig op zijn benen stond om daar te lopen, maar toch sloeg Simon resoluut die richting in, terwijl Deborah over zijn vraag nadacht.

Ze zag halverwege de hellende straat de ramen van de Admiral de Saumarez Inn helder oplichten in de schemering, met de belofte van zowel beschutting als behaaglijkheid. Ze wist echter dat het op zijn best misleidende beloften waren, niet blijvender dan de regen die op de stad viel. Desondanks liep haar man erop af. Ze beantwoordde zijn vraag pas toen ze veilig beschut achter de voordeur van het café stonden.

Toen zei ze tegen hem: 'Ik had er niet over nagedacht, Simon. Ik weet trouwens niet precies wat je bedoelt.'

'Precies wat ik zei. Kun jij het geloven?' vroeg hij. 'Zul je het kunnen geloven? Wanneer het erop aankomt – als het erop aankomt – ben je dan bereid te geloven dat Cherokee River zijn eigen zus in de val heeft laten lopen? Want dat zal waarschijnlijk betekenen dat hij expres naar Londen is gekomen om jou te halen. Of mij. Of eventueel ons allebei. Maar hij is niet alleen gekomen om naar de ambassade te gaan.'

'Waarom?'

'Waarom haalde hij ons erbij, bedoel je? Om zijn zus te doen geloven dat hij haar hielp. Om er zeker van te zijn dat ze niet ging nadenken over iets waardoor ze hem met achterdocht zou bekijken of, erger nog, de schijnwerper op hem zou richten in de ogen van de politie. Ik zou me kunnen voorstellen dat hij tevens zijn geweten wilde sussen door ervoor te zorgen dat er tenminste iemand hier bij China was, maar als hij van plan was haar voor een moord te laten opdraaien, geloof ik eerlijk gezegd niet dat hij een geweten heeft.'

'Je mag hem niet, hè?' vroeg Deborah.

'Het is geen kwestie van mogen of niet mogen. Het is een kwestie van naar de feiten kijken, ze herkennen voor wat ze zijn, en ze een naam geven.'

Deborah begreep dat Simons objectieve beoordeling van Cherokee River twee oorzaken had: zijn ervaring in een wetenschap waar tijdens politieonderzoeken regelmatig een beroep op werd gedaan, en de korte tijd die hij China's broer had gekend. Om kort te zijn, Simon had totaal geen belang bij Cherokees onschuld, of zijn schuld. Maar voor haar lag het anders. Ze zei: 'Nee. Ik kan niet geloven dat hij dit heeft gedaan. Ik kan het eenvoudig niet geloven.'

Simon knikte. Deborah vond dat zijn gezicht onverklaarbaar somber stond, maar ze zei bij zichzelf dat het door het licht kon komen. 'Ja, daar maak ik me zorgen over,' zei hij, en daarna schoof hij haar het café in.

Je weet wat dit betekent, nietwaar, Frank? Je weet wat dit betekent.

Frank kon zich niet herinneren of Guy Brouard deze woorden had uitgesproken of dat ze slechts op zijn gezicht te zien waren geweest. Hij wist echter dat ze in beide gevallen beslist op de een of andere manier tussen hen hadden bestaan. Ze waren even echt als de naam G.H. Ouseley en het adres Moulin des Niaux, die een arrogante arische hand boven aan het ontvangstbewijs voor de levensmiddelen had geschreven: worstjes, eieren, meel, aardappelen en bonen. En tabak, zodat de judas onder hen niet langer de bladeren hoefde te roken die van struiken langs de weg waren geplukt en daarna waren gedroogd en in flinterdun papier gerold. Zonder het te hebben gevraagd kende Frank de prijs die voor deze artikelen was betaald. Hij kende die omdat drie van die roekeloze mannen die *G.I.F.T.* hadden getypt bij het schimmige, gevaarlijke kaarslicht in de consistoriekamer van de St Pierre du Bois, voor die daad naar werkkampen waren gestuurd, terwijl een vierde slechts per schip was overgebracht naar een gevangenis in Frankrijk. De drie waren in of ten gevolge van die werkkampen gestorven. De vierde had maar een jaar vastgezeten. Wanneer hij, wat weinig gebeurde, over dat jaar had gesproken, had hij die periode in de Franse gevangenis beschreven als wreed, ziekteverwekkend en buitengewoon onmenselijk, maar Frank besefte dat dat was hoe hij wilde dat die tijd beschouwd werd. Hij herinnerde zich die periode misschien zelfs als zodanig, omdat hij zich die herinnerde als een vertrek van Guernsey dat logisch en noodzakelijk was voor zijn eigen bescherming nadat zijn collega's waren verraden... Hij herinnerde het zich als een manier om hem bij zijn terugkeer te beveiligen als een spion die de nazi's veel verschuldigd was... Hij herinnerde het zich als compensatie voor een daad die hij had begaan omdat hij honger had, god nog aan toe, en niet omdat hij in een bepaalde zaak geloofde... Hoe kon iemand onder ogen zien dat hij de dood van zijn kameraden had veroorzaakt om zijn maag met behoorlijk voedsel te vullen?

In de loop der jaren was de leugen dat Graham Ouseley een van de mannen was geweest die door een collaborateur waren verraden, zijn werkelijkheid geworden. Hij kon zich niet veroorloven dat het anders zou zijn, en het feit dat hijzelf de verrader was – met de dood van drie goede mannen op zijn geweten – zou zijn getroebleerde geest ongetwijfeld in opperste verwarring brengen wanneer het hem nu zou worden verweten. Toch was dat precies wat er zou gebeuren wanneer de journalisten eenmaal door de documenten begonnen te bladeren waarnaar ze zouden vragen, ter ondersteuning van de namen die hij noemde.
Frank kon zich maar al te goed voorstellen hoe het zou zijn wanneer het verhaal bekend werd. De pers zou het onderwerp dagenlang uitmelken, en de televisie- en radiozenders van het eiland zouden het bericht onmiddellijk overnemen. Na luide protesten van de nakomelingen van de collaborateurs – evenals van de collaborateurs die, zoals Graham, nog in leven waren – zou de pers vervolgens met de bewijzen komen. Het artikel zou niet gepubliceerd worden zonder dat het bewijs van tevoren was geleverd, dus onder de namen van de verraders die de krant zou vermelden, zou ook die van Graham Ouseley genoemd worden. Het zou een geweldige ironie zijn voor de diverse media om te benadrukken dat de man die zo vastbesloten was de schurken te ontmaskeren die gevangenisstraffen, deportaties en dood op hun geweten hadden, zelf een misdadiger van de eerste orde was, een paria die uit hun midden moest worden verjaagd.
Guy had Frank gevraagd wat hij van plan was te doen nu hij wist van zijn vaders trouweloosheid, en Frank had het niet geweten. Zoals Graham Ouseley de waarheid van zijn handelwijze tijdens de bezetting niet onder ogen kon zien, was Frank tot de ontdekking gekomen dat hij de verantwoordelijkheid niet kon opbrengen om de geschiedvervalsing recht te zetten. In plaats daarvan vervloekte hij de avond waarop hij Guy Brouard had leren kennen, bij de lezing in de stad, en betreurde hij bitter het moment waarop hij bij de man een belangstelling voor de oorlog had aangetroffen die te vergelijken was met die van hemzelf. Als hij die niet opgemerkt had en er niet impulsief op had gereageerd, zou alles anders gelopen zijn. Dat ontvangstbewijs, lang tussen andere papieren door de nazi's bewaard om degenen die hielpen en spioneerden bij naam te kennen, zou begraven zijn gebleven onder de enorme massa documenten die deel uitmaakten van een verzameling die wel was bijeengebracht, maar niet zorgvuldig was gesorteerd en geregistreerd.
Nadat Guy Brouard in hun leven was gekomen, was dat alles veranderd. Zijn enthousiaste voorstel om een geschikt onderkomen voor de verza-

meling te realiseren en zijn liefde voor het eiland dat zijn thuis was geworden, hadden gezamenlijk een monster gebaard. Dat monster was kennis, en die kennis vereiste erkenning en actie. Dit was het moeras waaruit Frank vruchteloos had geprobeerd een uitweg te vinden.
Er was weinig tijd meer. Na de dood van Guy had Frank gedacht dat ze stilzwijgen hadden gekocht. Maar vandaag was hij op andere gedachten gebracht. Graham was vastbesloten door te gaan op de koers van zijn eigen vernietiging. Hoewel het hem gelukt was zich meer dan vijftig jaar te verbergen, was zijn schuilplaats ontdekt, en er was nu geen toevluchtsoord meer om zich te verstoppen voor wat hem zou overkomen.
Franks benen waren loodzwaar toen hij naar de ladekast in zijn slaapkamer liep. Hij pakte de lijst op en toen hij de trap af daalde droeg hij die voor zich uit als een plechtig offer.
In de zitkamer zag hij op de televisie twee dokters in steriele kleding die zich in een operatiekamer over een patiënt bogen. Frank zette de tv uit en keek naar zijn vader. Hij sliep nog steeds, met zijn mond open, een straaltje speeksel bleef hangen in de holte van zijn onderlip.
Frank liep naar hem toe en legde zijn hand op Grahams schouders. 'Pa, wakker worden. We moeten praten,' zei hij, en hij schudde zachtjes aan hem.
Grahams ogen gingen open achter zijn dikke brillenglazen. Hij knipperde verward en daarna zei hij: 'Ik moet ingedommeld zijn, Frankie. Hoe laat is het?'
'Laat,' zei Frank. 'Tijd om behoorlijk te gaan slapen.'
'O. Goed, jongen,' zei Graham, en hij maakte aanstalten om op te staan.
'Nog niet. Kijk hier eerst eens naar, pa,' zei Frank, en hij hield hem het ontvangstbewijs voor de levensmiddelen voor, op gelijke hoogte met zijn vaders slechte ogen.
Graham kneep zijn wenkbrauwen samen toen zijn blik over het blad papier dwaalde. Hij zei: 'Nou, wat is dit?'
'Zeg jij het maar. Jouw naam staat erop. Zie je wel? Hier. Er staat ook een datum bij. De 18e augustus, 1943. Het is voornamelijk in het Duits geschreven. Wat maak je daaruit op, pa?'
Zijn vader schudde zijn hoofd. 'Niets. Weet er niets van.' Zijn verklaring klonk oprecht, en dat was die voor hem ongetwijfeld ook.
'Weet je wat er staat? Het Duits, bedoel ik. Kun je het vertalen?'
'Ik spreek toch geen mofrikaans? Nooit gedaan. Zal het ook nooit doen.'
Graham ging verzitten op zijn stoel, schoof naar voren en legde zijn handen op de armleuningen.

‘Nog niet, pa,’ zei Frank, om hem tegen te houden. ‘Laat me je dit voorlezen.’
‘Tijd om naar bed te gaan, zei je.’ Grahams stem klonk achterdochtig.
‘Eerst tijd hiervoor. Er staat: “Zes worstjes. Een dozijn eieren. Twee kilo meel. Zes kilo aardappelen. Een kilo bonen.” En tabak, pa. Echte tabak. Tweehonderd gram. Dat hebben de Duitsers je gegeven.’
‘De moffen?’ zei Graham. ‘Dat is flauwekul. Waar heb je dat... Laat eens kijken.’ Hij deed een zwakke poging het papier te pakken.
Frank hield het buiten zijn bereik en zei: ‘Dit is er gebeurd, pa. Je had er genoeg van, denk ik. Het geschraap, net genoeg om in leven te blijven. Magere rantsoenen. Daarna helemaal geen rantsoenen meer. Bramen voor thee. Aardappelschillen voor cake. Je had honger en je was moe en je was er doodziek van om wortels en onkruid te eten. Dus je gaf hun namen...’
‘Ik heb nóóit...’
‘Je gaf hun de namen die ze wilden hebben, want wat jíj wilde hebben was iets behoorlijks om te roken. En vlees. God, wat snakte je naar vlees. En je wist een manier om het te krijgen. Dat is er gebeurd. Drie levens in ruil voor zes worstjes. Een buitenkansje, toen je er net aan toe was om de kat op te eten.’
‘Dat is niet waar!’ protesteerde Graham. ‘Ben je gek geworden of zo?’
‘Dit is jouw naam toch? Dit is de handtekening van de *Feldkommandant,* onder aan de bladzijde. Heine. Daar staat het. Kijk ernaar, pa. Je kreeg van hogerhand een speciale behandeling. Ze schoven je zo nu en dan wat toe om je door de oorlog heen te helpen. Als ik de rest van de documenten doorkijk, hoeveel meer van deze papieren zal ik dan nog vinden?’
‘Ik weet niet waar je het over hebt.’
‘Nee. Je weet het niet. Je hebt ervoor gezorgd dat je het vergat. Wat kon je anders doen toen ze allemaal stierven? Dat had je niet verwacht, hè? Je dacht dat ze naar het kamp gingen, en daarna terug zouden komen. Dat wil ik nog wel geloven.’
‘Je bent gek geworden, jongen. Laat me uit deze stoel opstaan. Ga achteruit. Ga achteruit, zeg ik, of ik weet wat er gaat gebeuren.’
Het vaderlijke dreigement dat hij als kind had gehoord, zo zelden dat hij het bijna vergeten was, had nu zijn uitwerking op Frank. Hij ging een stap achteruit. Hij bleef kijken terwijl zijn vader moeizaam uit de stoel opstond.
‘Ik ga naar bed, en dat doe ik,’ zei Graham tegen zijn zoon. ‘Ik heb genoeg van deze flauwekul. Morgen heb ik veel te doen en ik wil uitge-

rust zijn om het te kunnen doen. En denk erom, Frank' – met een bevende vinger naar Franks borst wijzend – 'je probeert me niet in de weg te staan. Hoor je me? Er moeten verhalen worden verteld en ik ben van plan ze te vertellen.'
'Heb je niet naar me geluisterd?' vroeg Frank verdrietig. 'Je was een van hen. Jij hebt je kameraden aangebracht. Je bent naar de nazi's gegaan. Je hebt het op een akkoordje gegooid. En de afgelopen zestig jaar heb je het ontkend.'
'Ik heb nooit...!' Graham deed een stap naar hem toe, zijn handen tot vastberaden vuisten gebald. 'Mensen gingen dóód, klootzak. Goede mensen, beter dan jij ooit zult worden, gingen dood omdat ze zich niet wilden onderwerpen. O, het werd hun opgedragen, zo was het toch? Werk mee, trek een stalen gezicht, gedraag je als een soldaat. De koning is gedeserteerd, maar hij geeft om jullie, echt waar, en op een dag, wanneer dit allemaal voorbij is, zul je zien dat hij zijn hoed voor je afneemt. Intussen doe je alsof je doet wat de moffen zeggen dat je moet doen.'
'Heb je dat tegen jezelf gezegd? Dat je alleen maar dééd alsof je meewerkte? Je vrienden verraden, toekijken terwijl ze gearresteerd worden, die hele poppenkast van je eigen deportatie terwijl je aldoor wist dat het maar schijn was? En waar hebben ze je eigenlijk naartoe gestuurd, pa? Waar hebben ze je verstopt, zolang je zogenaamd in de gevangenis zat? En is het niemand opgevallen toen je terugkwam dat je er wel een beetje te gezond uitzag voor iemand die in oorlogstijd een jaar in de bak heeft gezeten?'
'Ik had tb! Ik moest een kuur volgen.'
'Wie heeft dat vastgesteld? Geen dokter op Guernsey, denk ik. En als we je nu eens laten onderzoeken, een onderzoek dat kan aantonen dat je vroeger tb hebt gehad, hoe zal de uitslag dan zijn? Positief? Ik betwijfel het.'
'Dat is allemaal nonsens,' krijste Graham. 'Het is nonsens, nonsens, nonsens. Geef me dat papier. Hoor je me, Frank? Geef hier.'
'Nee,' zei Frank. 'En jij praat niet met de pers. Omdat als je dat doet... pa, als je het doet...' Ten slotte voelde hij de volle afschuw van dit alles op hem neerdalen: het leven dat een leugen was en de rol die hij zonder het te weten maar niettemin enthousiast had gespeeld om het te creëren. Hij had alle 53 jaar van zijn leven eraan besteed om de schrijn van zijn vaders dapperheid te vereren, en nu merkte hij dat hij geknield had voor minder dan een gouden kalf. Het verdriet om die ongewilde wetenschap was ondraaglijk. De woede die ermee gepaard ging was voldoende om zijn

geest te overspoelen en te breken. Met gebroken stem zei hij: 'Ik was een kleine jongen. Ik geloofde...' En zijn stem brak bij die verklaring.
Graham hees zijn broek op. 'Wat krijgen we nu? Tranen? Is dat alles wat je in je hebt? Wij hadden meer dan genoeg om te huilen, vroeger. Vijf lange jaren, een hel op aarde, Frankie. Víjf jaar, jongen. Heb je óns horen huilen? Heb je ons onze handen zien wringen en ons zien afvragen wat we moesten doen? Heb je ons als geduldige heiligen zien afwachten tot iemand de moffen van dit eiland verjoeg? Zo was het niet. We boden verzet, dat deden we. We schilderden de V. We verstopten onze radio's in de mesthoop. We knipten telefoonlijnen door en haalden onze straatnaambordjes weg en we verstopten dwangarbeiders wanneer die ontsnapt waren. We namen Britse soldaten in onze huizen op wanneer die geland waren als spionnen en we konden er elk moment voor neergeschoten worden. Maar huilen als een baby? Hebben we ooit gehuild? Hebben we gesnotterd en gejankt? Geen sprake van. We droegen het als mannen. Want dat waren we.' Hij liep naar de trap.
Frank keek hem verbijsterd na. Hij zag dat Grahams versie van het verleden zo stevig in zijn denken was geworteld, dat er geen eenvoudige manier was om die eruit te rukken. Het bewijs dat Frank in zijn handen hield, bestond niet voor zijn vader. Erger nog, hij kon zich niet veroorloven het te laten bestaan. Toegeven dat hij goede mannen had verraden, zou gelijkstaan aan toegeven dat hij een moordenaar was. En dat zou hij niet doen. Dat zou hij nooit doen. Waarom, dacht Frank, had hij ooit geloofd dat Graham het zou doen?
Op de trap hield zijn vader zich aan de leuning vast. Frank liep bijna achter hem aan om Graham te helpen, zoals hij altijd deed, maar hij merkte dat hij er niet toe kon komen de oude man aan te raken zoals hij dat gewend was. Hij zou zijn rechterhand op Grahams arm moeten leggen en zijn linkerarm om Grahams middel moeten slaan, en hij kon de gedachte aan dat contact niet verdragen. Daarom bleef hij onbeweeglijk staan kijken hoe de oude man zich zeven traptreden ophees.
'Ze komen,' zei Graham, deze keer meer tegen zichzelf dan tegen zijn zoon. 'Ik heb ze opgebeld, jawel. Het wordt tijd dat de waarheid goed en duidelijk wordt verteld, en dat ben ik van plan. Er zullen hier namen genoemd worden. Er gaan straffen uitgedeeld worden.'
Franks stem was de stem uit zijn machteloze kindertijd toen hij zei: 'Maar pa, je kunt niet...'
'Je hoeft mij niet te vertellen wat ik wel en niet kan!' bulderde zijn vader vanaf de trap. 'Waag het verdomme niet je vader te zeggen wat hij doen

moet. We hebben geleden. Sommigen van ons zijn gestorven. En er zijn er die ervoor zullen boeten, Frank. En dan is het afgelopen. Hoor je me? Dan is het afgelopen.'

Hij draaide zich om. Hij greep de leuning nog steviger vast. Hij wankelde toen hij zijn voet optilde voor de volgende trede. Hij begon te hoesten.

Op dat moment kwam Frank in actie, omdat het antwoord feitelijk zo eenvoudig was. Zijn vader sprak de enige waarheid die hij kende. Maar de waarheid die ze deelden – vader en zoon – was de waarheid die zei dat iemand ervoor zou moeten boeten.

Hij bereikte de trap en vloog naar boven. Hij bleef staan toen Graham binnen zijn bereik was. Hij zei 'Pa. O, pa', terwijl hij zijn vader aan de omslagen van zijn broekspijpen vastgreep. Hij gaf één ruk, snel en hard. Hij stapte opzij toen Graham voorooversloeg.

De klap waarmee zijn hoofd tegen de bovenste tree sloeg, was luid. Graham slaakte een verschrikte kreet toen hij viel. Daarna gaf hij echter totaal geen geluid meer, toen zijn lichaam snel de trap af gleed.

21

St James en Deborah zaten de volgende ochtend te ontbijten voor een raam dat uitzicht bood op de kleine tuin van het hotel, waar onordelijke groepjes viooltjes een kleurige border vormden om een grasveldje. Ze waren druk bezig hun plannen voor die dag te bespreken, toen China zich bij hen voegde, van top tot teen in het zwart gekleed, waardoor ze op een geestverschijning leek.

Ze schonk hun een snel glimlachje, dat haar verontschuldiging overbracht voor het feit dat ze hen zo vroeg overviel. Ze zei: 'Ik moet aan de slag. Iets doen. Ik kan niet gewoon maar blijven zitten afwachten. Dat moest ik eerst wel, maar nu niet meer, en ik ben één brok zenuwen. Er moet iets zijn...' Ze leek zelf te horen hoe onsamenhangend het klonk, want ze zweeg even en zei daarna wrang: 'Sorry. Ik functioneer op iets van vijftig koppen koffie. Ik ben al vanaf drie uur wakker.'

'Neem wat sinaasappelsap,' bood St James aan. 'Heb je ontbeten?'

'Ik kan niet eten,' antwoordde ze. 'Maar toch bedankt. Dat heb ik gisteren niet gezegd. Ik was het van plan. Zonder jullie tweeën hier... Gewoon, bedankt.' Ze nam plaats op een stoel aan een aangrenzend tafeltje, schoof die daarna dichterbij om bij St James en zijn vrouw te gaan zitten. Ze keek om zich heen naar de andere gasten in de eetzaal: mannen in driedelige pakken met mobiele telefoons naast hun bestek, aktetassen op de grond naast hun stoelen, en opengeslagen kranten. De sfeer was even gedempt als in een herenclub in Londen. Op zachte toon zei ze: 'Het lijkt hier wel een bibliotheek.'

St James zei: 'Bankiers. Ze hebben veel aan hun hoofd.'

Deborah zei: 'Stijve harken.' Ze schonk China een vriendschappelijk lachje.

China nam het vruchtensap aan dat St James voor haar had ingeschonken. 'Ik blijf steeds maar denken: had ik maar. Ik wilde niet naar Europa, had ik maar voet bij stuk gehouden... had ik maar geweigerd er nog eens over te praten... had ik in Amerika maar genoeg werk gehad om me daar te houden... dan was hij misschien ook niet gegaan. Dan zou niets van dit alles gebeurd zijn.'

'Het helpt niet om zo te denken,' zei Deborah. 'Dingen gebeuren omdat ze gebeuren. Dat is alles. Het is niet aan ons om ze te laten on-gebeuren,' ze lachte zelf om haar neologisme, 'maar om voorwaarts te gaan.'
China lachte naar haar terug. 'Ik geloof dat ik dat eerder heb gehoord.'
'Het was een goede raad van je.'
'Destijds vond je die niet zo leuk.'
'Nee. Ik denk dat het... nou, eigenlijk nogal harteloos leek. Daar lijkt het altijd op wanneer je wilt dat je vrienden met je meegaan wanneer je langdurig zwelgt in zelfmedelijden.'
China trok haar neus op. 'Je moet niet zo hard zijn voor jezelf.'
'Dan moet jij het ook niet zijn.'
'Oké. Afgesproken.'
De twee vrouwen keken elkaar teder aan. St James keek van de een naar de ander en merkte dat er een vrouwelijke communicatie gaande was die hij niet kon begrijpen. Die eindigde ermee dat Deborah tegen China River 'Ik heb je gemist' zei en dat China erop reageerde met een zacht lachje, een scheef gehouden hoofd en een 'Dat zal je leren'. Daarmee was hun gesprek afgelopen.
De uitwisseling herinnerde St James eraan dat Deborah nog een ander leven had gehad dan dat wat tot uitdrukking was gekomen gedurende de lange jaren dat hij haar gekend had. Hij was zich van haar aanwezigheid bewust geworden toen ze zeven jaar was, en sindsdien had zijn vrouw voor hem een permanente plek ingenomen op de kaart van zijn privéwereld. Hoewel het feit dat ze een eigen wereld had geen schok bij hem teweegbracht, vond hij het verontrustend gedwongen te zijn te accepteren dat ze een groot aantal ervaringen had waaraan hij niet had deelgenomen. Dat hij eraan had kúnnen deelnemen was een gedachte voor een andere ochtend, wanneer er veel minder op het spel stond.
Hij zei: 'Heb je de advocaat al gesproken?'
China schudde haar hoofd. 'Hij is niet op zijn kantoor. Maar hij zal op het politiebureau zijn gebleven zolang de ondervraging van Cherokee duurde. Nu hij me niet gebeld heeft...' Ze speelde met een stukje geroosterd brood dat ze uit het rekje had gepakt, alsof ze van plan was het op te eten, maar ze schoof het weg. 'Ik neem aan dat het tot diep in de nacht is doorgegaan. Zo was het toen ze met mij praatten.'
'Dan zal ik daar beginnen,' zei St James tegen haar. 'En jullie tweeën... ik denk dat jullie Stephen Abbott een bezoek moeten brengen. Hij heeft laatst met je gesproken, schat,' zei hij tegen Deborah, 'dus ik neem aan dat hij bereid zal zijn om nog eens met je te praten.'

Hij liep met de beide vrouwen naar buiten, om het hotel heen naar het parkeerterrein. Daar spreidden ze een kaart van het eiland uit op de motorkap van de Escort, en zetten ze de route uit naar Le Grand Havre, een brede inham aan de noordkust van het eiland, die uit drie baaien bestond en een haven, waarboven een netwerk van voetpaden toegang gaf tot een militaire toren en in onbruik geraakte forten. China zou de weg wijzen en Deborah naar de plek leiden waar Anaïs Abbott een huis had, in La Garenne. Intussen zou St James een bezoek brengen aan het politiebureau om uit hoofdinspecteur Le Gallez zo veel mogelijk informatie los te krijgen over Cherokees arrestatie.

Hij keek zijn vrouw en haar vriendin na toen ze wegreden nadat de route was uitgestippeld. Ze doken Hospital Lane in en volgden de weg in de richting van de haven. Hij zag nog juist de ronding van Deborahs wang toen de auto de bocht nam naar St Julian's Avenue. Ze lachte om iets wat haar vriendin blijkbaar had gezegd.

Hij bleef nog een ogenblik staan nadenken over de talloze manieren waarop hij zijn vrouw had kunnen waarschuwen als ze bereid en in staat was geweest om naar hem te luisteren. Het gaat niet om wat ik dénk, zou hij haar uitgelegd hebben. Het gaat om alles wat ik nog niet weet.

Le Gallez zou, naar hij hoopte, de lege plekken in zijn kennis opvullen. St James ging op weg.

De hoofdinspecteur was zojuist op het bureau aangekomen. Toen hij St James kwam halen had hij zijn overjas nog aan. Die gooide hij op een stoel in de meldkamer en daarna liep hij met St James naar een bord tegen de muur, waar een agent in uniform bezig was een rij kleurenfoto's op te hangen.

'Kijk maar,' zei Le Gallez met een knikje. Hij leek heel tevreden over zichzelf.

De foto's, zag St James, waren van een middelgrote, bruine fles, zo een waar vaak op doktersvoorschrift verkrijgbare hoestsiroop in zit. De fles lag ingebed in wat droog gras en onkruid, met een hoopje aarde aan weerszijden. Een van de foto's toonde de afmetingen, in vergelijking met een plastic liniaal. Andere lieten beelden van de vindplaats zien, de dichtstbijzijnde, levende flora, de akker waar de fles blijkbaar was gevonden, de heg die de akker van de weg scheidde, en ten slotte de met bomen omzoomde weg zelf, die St James herkende omdat hij er had gelopen.

'De weg die naar de baai leidt,' zei hij.

'Ja, dat is de plek,' zei Le Gallez instemmend.

'Wat is het?'
'De fles?' De hoofdinspecteur liep naar een bureau en pakte een vel papier op, waarvan hij begon voor te lezen. *'Eschscholzia californica.'*
'Dat is?'
'Papaverolie.'
'Dan hebt u uw opiaat.'
Le Gallez grinnikte. 'Dat hebben we,' zei hij.
'En *californica* betekent...'
'Juist. Precies wat je zou verwachten. Zijn vingerafdrukken zitten op de fles. Levensgroot. Mooi en duidelijk. Een lust voor het oog, dat kan ik u wel vertellen.'
'Verdomme,' mompelde St James, meer voor zich heen dan tegen de inspecteur.
'We hebben onze man.' Het klonk of Le Gallez volkomen overtuigd was van zijn feiten, alsof hij 24 uur geleden niet evenzeer ervan overtuigd was geweest dat ze hun vrouw hadden.
'Hoe hebt u het nu uitgepuzzeld?'
Le Gallez gebruikte een potlood om onder het praten naar de foto's te wijzen. 'Hoe de fles daar gekomen is, bedoelt u? Ik neem aan dat het zo gegaan is: hij zal het opiaat niet de avond tevoren of zelfs die ochtend vroeg in de thermosfles hebben gedaan. Er bestond altijd een kans dat Brouard die zou omspoelen voor hij hem gebruikte voor zijn thee. Daarom is hij hem naar de baai gevolgd. Hij heeft de olie in de thermosfles gegoten terwijl Brouard aan het zwemmen was.'
'En het risico genomen gezien te worden?'
'Hoe groot was dat risico? De dag is nog niet aangebroken, dus hij verwacht niet dat er iemand buiten rondloopt. Voor het geval er toch iemand is, draagt hij de cape van zijn zus. Brouard zwemt in de baai en hij let niet op het strand. Geen probleem voor River om te wachten tot hij zwemt. Daarna sluipt hij naar de thermosfles – hij is Brouard gevolgd dus hij moet gezien hebben waar deze de thermosfles heeft neergezet – en hij giet de olie erin. Daarna glipt hij weg, ergens heen: tussen de bomen, achter een rots, in de buurt van het snackkraampje. Daar blijft hij wachten tot Brouard uit het water komt en van de thee drinkt, zoals hij dat elke ochtend doet en zoals iedereen weet. Ginkgo en groene thee. Geeft haar op de borst en, wat belangrijker is, stopt vuur in de ballen, en dat is wat Brouard nodig heeft om zijn vriendin tevreden te houden. River wacht tot het opiaat begint te werken. Wanneer dat gebeurt, bespringt hij hem.'

‘En als het niet had gewerkt terwijl Brouard op het strand was?’
‘Dat maakte hem toch niet uit?’ Le Gallez haalde veelzeggend zijn schouders op. ‘Het was nog half donker, en het opiaat zou beginnen te werken ergens terwijl Brouard op weg was naar huis. Hij zou hem kunnen pakken, ongeacht waar het gebeurde. Toen het op het strand gebeurde, duwde hij hem de steen in zijn keel, en dat was het. Hij rekende erop dat als doodsoorzaak verstikking door een vreemd voorwerp zou worden aangenomen, en dat was ook zo. Hij ontdeed zich van de fles die de papaverolie had bevat door die in de bosjes te gooien terwijl hij naar huis draafde. Hij had er niet aan gedacht dat het lichaam toxicologisch zou worden onderzocht, ongeacht de vermoedelijke doodsoorzaak.’
Daar zat iets in. Moordenaars maakten onveranderlijk ergens in hun plannen een of andere misrekening, en dat was voornamelijk de reden waarom moordenaars gepakt werden. Met Cherokee Rivers vingerafdrukken op de fles die het opiaat had bevat, was het logisch dat Le Gallez zijn aandacht op hem zou richten. Maar alle andere details van de zaak moesten nog verklaard worden. St James koos er een van.
‘Hoe verklaart u de ring? Zitten zijn vingerafdrukken daar ook op?’
Le Gallez schudde zijn hoofd. ‘We konden er geen behoorlijke afdruk af halen. Een gedeelte van een gedeelte, maar dat was alles.’
‘En?’
‘Hij moet die meegenomen hebben. Hij kan zelfs van plan zijn geweest die in Brouards keel te duwen, in plaats van de steen. De steen heeft de kwestie voor ons een beetje vertroebeld, en dat moet in zijn ogen aardig zijn geweest. Hoe opvallend wilde hij het er tenslotte naar laten uitzien dat zijn zus de moord had gepleegd? Hij zal het ons niet op een presenteerblaadje hebben willen aanbieden. Hij zal gewild hebben dat we een beetje werk verzetten om tot die conclusie te komen.’
St James dacht over dit alles na. Het klonk heel redelijk – ondanks de loyaliteit van zijn vrouw tegenover broer en zus River – maar er was iets anders waar Le Gallez niet over praatte in zijn haast om de zaak af te sluiten zonder de misdaad aan een mede-eilandbewoner toe te schrijven. Hij zei: ‘U begrijpt, neem ik aan, dat wat op Cherokee River van toepassing is, ook op anderen van toepassing is. En er zijn anderen die op zijn minst motieven hebben om Brouard dood te wensen.’ Hij wachtte niet tot Le Gallez ertegenin ging, maar vervolgde snel: ‘Henry Moullin heeft een feeënwiel aan zijn sleutelhanger en een droom om kunstenaar te worden die glazen siervoorwerpen maakt – op Brouards aandringen – die kennelijk op niets is uitgelopen. Bertrand Debiere heeft blijkbaar schulden,

omdat hij aannam dat hij de opdracht voor Brouards museum zou krijgen. En wat het museum zelf...'

Le Gallez onderbrak hem met een snelle handbeweging. 'Moullin en Brouard waren dikke vrienden. Al jaren. Hebben samengewerkt om het oude landgoed Thibault Manor in Le Reposoir te veranderen. Ongetwijfeld heeft Henry hem op een zeker moment de steen gegeven als teken van vriendschap. Een manier om te zeggen: je bent nu een van ons, mijn vriend. Wat Debiere betreft, ik zie niet waarom Nobby juist die man zou vermoorden die hij van gedachten hoopte te laten veranderen. U wel?'

'Nobby?'

'Bertrand.' Le Gallez was zo beleefd om verlegen te kijken. 'Bijnaam. We hebben samen op school gezeten.'

Wat Debiere in de ogen van de hoofdinspecteur zo mogelijk een nog onwaarschijnlijker kandidaat voor moord maakte dan wanneer hij alleen maar een inwoner van Guernsey was geweest. St James zocht een manier om de gedachtegang van de inspecteur open te breken, al was het maar op een kiertje. 'Maar waarom? Welk motief zou Cherokee River kunnen hebben. Welk motief had zijn zus kunnen hebben, toen zíj uw hoofdverdachte was?'

'Brouards reis naar California. Een paar maanden geleden. Toen heeft River zijn plan gemaakt.'

'Waarom?'

Nu verloor Le Gallez zijn geduld. 'Hoor eens, man, dat weet ik niet,' zei hij driftig. 'Ik hoef het ook niet te weten. Het enige wat ik moet doen is de moordenaar van Brouard vinden, en dat heb ik gedaan. Oké, ik heb eerst de zus ervoor aangezien, maar dat heb ik gedaan naar aanleiding van het bewijsmateriaal dat hij moedwillig had achtergelaten. En nu pak ik hem op datzelfde bewijsmateriaal.'

'Toch zou iemand anders dat alles hebben kunnen achterlaten.'

'Wie? Waarom?' Le Gallez wipte van zijn bureau af en kwam behoorlijk agressiever op St James af dan het moment rechtvaardigde. St James wist dat het weinig scheelde of hij zou zonder plichtplegingen het bureau uit gegooid worden.

Hij zei rustig: 'Er is geld zoek van Brouards rekening, inspecteur. Een massa geld. Wist u dat?'

Le Gallez' gelaatsuitdrukking veranderde. St James nam zijn kans waar. 'Ruth Brouard heeft me erover verteld. Het is er blijkbaar geleidelijk af gehaald.'

Le Gallez dacht erover na. Hij zei, maar minder overtuigd dan eerst: 'River kan...'
St James onderbrak hem. 'Als u wilt denken dat River daar iets mee te maken had – laten we zeggen een of andere chantageopzet – waarom zou hij dan de kip slachten wanneer die nog steeds gouden eieren legt? Maar áls het zo is, als River Brouard inderdaad chanteerde, waarom zou Brouard hem – juist hem – dan accepteren als de koerier die zijn advocaat in Amerika had uitgekozen? Kiefer móét hem de naam genoemd hebben vóór de komst van River, hoe kon hij anders weten wie er van het vliegveld afgehaald moest worden? Als het hem verteld was en als de naam River was, zou hij daar onmiddellijk een stokje voor gestoken hebben.'
'Hij wist het niet tijdig genoeg,' wierp Le Gallez tegen, maar hij begon veel minder zelfverzekerd te klinken.
St James bleef aandringen. 'Inspecteur, Ruth Brouard wist niet dat haar broer snel door zijn vermogen heen raakte. Ik durf te wedden dat ook niemand anders het wist. Althans niet in het begin. Dus lijkt het dan niet logisch dat iemand hem vermoord kan hebben om hem ervan te weerhouden zijn geld op te maken? En als het daar niet op wijst, wijst het er dan niet op dat hij in iets onwettigs verwikkeld was? En wijst dát niet op een ijzersterk motief voor de moord, veel sterker dan ieder van de Rivers zou kunnen hebben?'
Le Gallez zweeg. St James kon aan het gezicht van de hoofdinspecteur zien dat deze in verlegenheid was gebracht doordat hij informatie over zijn moordslachtoffer had gekregen die hij zelf had moeten vinden. Hij keek naar het bord waar de foto's van de fles die het opiaat had bevat, verklaarden dat zijn moordenaar was gevonden. Daarna keek hij weer naar St James; hij leek de uitdaging te overwegen die de ander hem had geboden. Ten slotte zei hij: 'Juist. Ga dan maar mee. We moeten een paar telefoontjes plegen.'
'Met wie?' vroeg St James.
'Met de enige mensen die een bankier aan het praten kunnen krijgen.'

China was een uitstekende navigator. Waar bordjes hingen, noemde ze de namen van de straten die ze passeerden terwijl ze in noordelijke richting over de boulevard reden, en ze bracht hen zonder één verkeerde afslag naar Vale Road, aan de noordkant van de Belle Grevebaai.
Ze reden door een wijkje met een kruidenier, een kapper en een autoreparatiewerkplaats, en bij de verkeerslichten – waarvan er maar weinig waren op het eiland – bogen ze af naar het noordwesten. Het landschap

op Guernsey veranderde voortdurend, en daardoor kwamen ze na nog geen kilometer te hebben gereden in een landbouwgebied terecht. Er waren enkele hectaren met kassen die glinsterden in de ochtendzon, en daarachter strekten zich akkers uit. Na misschien een kilometer te zijn doorgereden herkende Deborah het terrein en ze verbaasde zich erover dat ze dat niet eerder had gedaan. Behoedzaam keek ze naar haar vriendin op de stoel naast haar, en ze zag aan China's gezicht dat ook zij besefte waar ze waren.

Toen ze bij de afslag naar de staatsgevangenis kwamen, zei China abrupt: 'Stop hier even, wil je?' Nadat Deborah was gestopt in een parkeerinham, een meter of twintig verder langs de weg, stapte China uit en liep naar een verwarde massa hagendoorn- en meidoornstruiken die als heg dienden. Daarbovenuit, in de verte, rezen de twee gebouwen op waaruit de gevangenis bestond. Met zijn zachtgele buitenkant en rode pannendak had het gebouw een school kunnen zijn, of een ziekenhuis. Alleen aan de ramen – voorzien van ijzeren tralies – was te zien wat het was.

Deborah voegde zich bij haar vriendin. China leek in zichzelf gekeerd en Deborah aarzelde om haar in haar overpeinzingen te storen. Daarom bleef ze zwijgend naast haar staan, de frustratie voelend van haar eigen tekortkomingen, zeker wanneer ze die vergeleek met de vriendschap die ze van deze vrouw had ontvangen toen ze zelf in nood had verkeerd.

China was degene die het eerst begon te spreken. 'Hij kan het daarbinnen niet volhouden. Geen denken aan.'

'Ik begrijp niet hoe iemand het zou kunnen.' Deborah dacht aan dichtvallende gevangenisdeuren en sleutels die werden omgedraaid en de tijdsduur: dagen die overgingen in weken en maanden tot er jaren waren verstreken.

'Voor Cherokee zou het erger zijn,' zei China. 'Voor mannen is het altijd erger.'

Deborah keek haar van opzij aan. Ze herinnerde zich China's beschrijving – jaren geleden – van die ene keer dat ze haar vader in de gevangenis had bezocht. 'Zijn ogen,' had ze gezegd. 'Hij kon zijn ogen niet stilhouden. We zaten aan zijn tafel, en wanneer iemand te dicht achter hem langs liep draaide hij zich met een ruk om, alsof hij verwachtte een mes in zijn rug te zullen krijgen. Of erger.'

Die keer had hij vijf jaar in de gevangenis gezeten. Het gevangeniswezen in California, had China haar verteld, had zijn armen permanent geopend voor haar vader.

Nu zei China: 'Hij weet niet wat hij daarbinnen kan verwachten.'

‘Zo ver komt het niet,’ zei Deborah. ‘We hebben dit snel genoeg uitgezocht en dan kunnen jullie allebei naar huis.’
‘Weet je, ik klaagde altijd zo, omdat ik zo arm was. Twee centen over elkaar wrijven in de hoop dat er op een keer een kwartje uit zou groeien. Ik haatte het. Een bijbaantje toen ik op de middelbare school zat, alleen maar om een paar schoenen te kunnen kopen bij de K-mart. Jarenlang serveerster spelen om genoeg geld te hebben om naar Brooks te kunnen gaan. En daarna die flat in Santa Barbara. Dat krot dat we hadden, Debs. God, wat vond ik het allemaal afschuwelijk. Maar ik zou het op dit moment allemaal terugnemen om hiervandaan te komen. Meestal maakt hij me gek. Ik was vroeger bang om de telefoon op te nemen wanneer die overging, omdat ik altijd vreesde dat het Cherokee zou zijn, die ‘Chine! Wacht tot ik je mijn plan heb verteld!’ zou zeggen, en ik wist dat het iets louches zou betekenen, of iets waarvan hij wilde dat ik er geld in stak. Maar nu... op dit moment... zou ik er alles voor overhebben om samen met mijn broer op de steiger in Santa Barbara te staan, terwijl hij me vertelt van zijn laatste plannetje.’
Impulsief sloeg Deborah haar armen om haar vriendin. Eerst gaf China’s lichaam niet mee, maar Deborah hield haar vast tot ze voelde dat China zich ontspande. Ze zei: ‘We krijgen hem hieruit. We krijgen jullie allebei hieruit. Jullie gáán naar huis.’
Ze liepen terug naar de auto. Nadat Deborah achteruit van de parkeerplaats was weggereden en de bocht naar de hoofdweg had genomen, zei China: ‘Als ik had geweten dat ze hem zouden komen halen... Het klinkt alsof ik een martelares van mezelf maak. Zo bedoel ik het niet. Maar ik geloof dat ik liever zelf de gevangenis in ga.’
‘Er gaat niemand naar de gevangenis,’ zei Deborah. ‘Daar zal Simon voor zorgen.’
China had de kaart opengevouwen op haar schoot liggen en ze keek ernaar alsof ze de juiste weg zocht. Aarzelend zei ze echter: ‘Hij is helemaal niet zoals... Hij is heel anders... Ik zou nooit gedacht hebben...’ Ze zweeg. Daarna: ‘Hij lijkt heel aardig, Deborah.’
Deborah keek haar van opzij aan en ze maakte China’s gedachte af. ‘Maar hij is heel anders dan Tommy, nietwaar?’
‘Hij lijkt totaal niet op hem. Je lijkt... ik weet het niet... minder vrij met hem? Is dat het? Minder vrij in elk geval dan je met Tommy was. Ik weet nog hoe je lachte met Tommy. En hoe jullie samen avonturen beleefden. Wilde uitspattingen. Op de een of andere manier zie ik je dat niet doen met Simon.’

'Nee?' Deborah glimlachte, maar het was een geforceerd lachje. Het was de zuivere waarheid wat haar vriendin zei – haar relatie met Simon was totaal verschillend van haar periode met Tommy – maar ergens bespeurde ze in China's opmerking kritiek op haar man, en die kritiek dwong haar in de positie hem te willen verdedigen, een gevoel dat ze niet wilde hebben. 'Misschien komt het omdat je ons meemaakt terwijl we midden in een ernstige situatie verkeren.'
'Ik geloof niet dat het daardoor komt,' zei China. 'Zoals je zei, hij is anders dan Tommy. Misschien komt het doordat hij... nou, je weet wel. Zijn been? Vat hij het leven daarom ernstiger op?'
'Misschien heeft hij gewoon veel meer om ernstig over te zijn.' Deborah wist dat dit niet waar hoefde te zijn. Als detective bij de afdeling Moordzaken had Tommy beroepshalve zorgen die veel groter waren dan die van Simon. Maar ze zocht naar een manier om haar man uit te leggen aan haar vriendin, een manier die haar zou laten zien dat houden van een man die zich vrijwel niet kon uiten, niet zo verschrikkelijk veel verschilde van houden van een man die extravert was, hartstochtelijk, en die midden in het leven stond. Het komt doordat Tommy zich kan veroorloven dat alles te zijn, wilde Deborah tegen haar zeggen, om haar echtgenoot te verdedigen. Niet omdat hij rijk is, maar omdat hij gewoon is wie hij is. Zeker van zichzelf, op een manier waarop andere mannen het niet zijn.
'Zijn handicap, bedoel je?' vroeg China even later.
'Hoezo?'
'Maakt die Simon ernstiger?'
'Ik denk eigenlijk nooit na over zijn handicap,' zei Deborah tegen haar. Ze hield haar ogen op de weg gericht om haar vriendin er niet de boodschap in te laten lezen dat dit een leugen was.
'Ben je gelukkig met hem?'
'Heel erg.'
'Nou, dan bof je.' China richtte haar aandacht weer op de kaart. 'Bij de kruising rechtdoor,' zei ze abrupt. 'En bij de volgende rechtsaf.'
Ze loodste hen naar de noordzijde van het eiland, een gebied dat volslagen anders was dan de parochies waarin Le Reposoir en St Peter Port lagen. De granieten kliffen van de zuidkant van Guernsey maakten in het noorden plaats voor duinen. Een zandkust verving de steile, beboste afdalingen naar baaien, en waar vegetatie het land beschermde tegen de wind, waren het helmgras en woekerkruid die op de duinen die van vorm veranderden, groeiden, en rood zwenkgras en zeedistels waar de duinen bleven zoals ze waren.

Hun weg voerde hen langs de zuidkant van Le Grand Havre, een wijde, open baai waar kleine boten beschermd tegen de winter op het strand lagen. Aan één kant van het water omzoomden de eenvoudige, witte huisjes van Le Picquerel een weg die naar het westen afboog, naar de reeks baaien die karakteristiek waren voor het laagstgelegen deel van Guernsey. Aan de andere kant liep La Garenne naar links, een weg die genoemd was naar de konijnenholen die vroeger onderdak hadden geboden aan de belangrijkste delicatesse van het eiland. Het was een smal strookje plaveisel dat de oostelijke bocht van Le Grand Havre volgde.
Op de plek waar La Garenne de kustlijn volgde, vonden ze Anaïs Abbotts huis. Het stond op een groot stuk land, van de weg gescheiden door een muur van dezelfde blokken grijs graniet die gebruikt waren bij de bouw van het huis zelf. Ervoor was een grote tuin aangelegd, waar een pad doorheen kronkelde tot bij de voordeur van het huis. Daar stond Anaïs Abbott, met haar armen onder haar borsten gekruist. Ze was in gesprek met een kalende man die een aktetas bij zich had, en die moeite scheen te hebben zijn ogen op een plek boven haar hals gevestigd te houden.
Terwijl Deborah de auto langs de rand van het pad liet stoppen, stak de man Anaïs zijn hand toe. Ze gaven elkaar een hand, alsof ze een of andere afspraak bevestigden, en daarna kwam hij tussen de lavendel door het stenen pad af. Anaïs bleef hem op de stoep staan nakijken en omdat zijn auto vlak voor die van Deborah geparkeerd stond, zag ze haar twee nieuwe bezoeksters uit de Escort stappen. Haar lichaam verstrakte zichtbaar en haar gezicht – dat vriendelijk en ernstig had gestaan tijdens het gesprek met de man – veranderde; haar ogen versmalden zich snel en berekenend toen Deborah en China over het pad naar haar toe liepen.
Haar hand vloog naar haar hals in een beschermend gebaar. 'Wie bent u?' zei ze tegen Deborah, en 'Waarom ben je uit de gevangenis? Wat heeft dit te betekenen?' tegen China. En 'Wat doen jullie hier?' tegen hen allebei.
'China is vrijgelaten,' zei Deborah, waarna ze zich voorstelde, haar komst verklarend in vage termen van 'proberen bepaalde dingen uit te zoeken'.
Anaïs zei: 'Vrijgelaten? Wat betekent dat?'
'Het betekent dat China onschuldig is, mevrouw Abbott,' zei Deborah. 'Zij heeft meneer Brouard niets aangedaan.'
Bij het horen van zijn naam werden Anaïs' oogleden rood. Ze zei: 'Ik kan niet met jullie praten. Ik weet niet wat jullie willen. Laat me met rust.' Ze maakte aanstalten het huis binnen te gaan.

China zei: 'Anaïs, wacht. We moeten praten...'
Met een ruk draaide ze zich om. 'Ik wíl niet met je praten. Ik wil je niet zien. Heb je nog niet genoeg gedaan? Ben je nog niet tevreden?'
'We...'
'Nee! Ik heb gezien hoe je met hem omging. Dacht je dat ik het niet gemerkt had? Nou, dat heb ik wel gedaan. Dat heb ik wél. Ik weet waar je op uit was.'
'Anaïs, hij heeft me alleen maar zijn huis laten zien. Hij heeft me over het landgoed rondgeleid. Hij wilde me laten zien...'
'Hij wilde, hij wilde,' zei Anaïs schamper, maar haar stem trilde en de tranen die haar in de ogen gesprongen waren, begonnen te vloeien. 'Je wist dat hij van mij was. Je wist het, je zag het, het werd je door iedereen verteld, en toch ging je achter hem aan. Je besloot hem te verleiden en je hebt elke minuut doorgebracht...'
'Ik heb alleen maar foto's genomen,' zei China. 'Dat was alles. Ik zag een kans om foto's te nemen voor een tijdschrift in Amerika. Dat heb ik hem verteld en hij vond het een goed idee. We hebben nooit...'
'Waag niet het te ontkennen!' Ze schreeuwde het uit. 'Hij keerde zich van me af. Hij zei dat hij het niet kon, maar ik weet dat hij het niet wilde... En nu ben ik alles kwijt. Alles.'
Haar reactie was plotseling zo extreem, dat Deborah zich begon af te vragen of ze uit de Escort in een andere dimensie waren gestapt. Ze probeerde te bemiddelen. 'We moeten met Stephen praten, mevrouw Abbott. Is hij thuis?'
Anaïs liep achteruit naar de deur. 'Wat wil je van mijn zoon?'
'Hij is samen met meneer Brouard Frank Ouseleys verzameling uit de bezettingstijd gaan bekijken. Daar willen we hem iets over vragen.'
'Waarom?'
Deborah was niet van plan haar meer te vertellen, en zeker niet iets waardoor ze zou gaan geloven dat haar zoon op de een of andere manier verantwoordelijk was voor de moord op Guy Brouard. Dat zou haar waarschijnlijk over de rand duwen waarop ze zo duidelijk balanceerde. Ze zei, voorzichtig manoeuvrerend tussen waarheid, manipulatie en uitvluchten: 'We moeten weten wat hij zich herinnert van wat hij daar gezien heeft.'
'Waarom?'
'Is hij thuis, mevrouw Abbott?'
'Stephen heeft niemand kwaad gedaan. Hoe durf je ook maar te suggereren... ' Anaïs duwde de deur open. 'Ga van mijn terrein af. Als jullie met

iemand willen praten, doe je dat maar met mijn advocaat. Stephen is er niet. Hij praat niet met jullie; nu niet, nooit.'

Ze ging naar binnen en smeet de deur dicht, maar voor ze het deed verried haar blik haar. Ze keek om in de richting waaruit de beide vrouwen waren gekomen, waar een kerktoren zichtbaar was op een heuvel, op nog geen kilometer afstand.

Dat was de kant die ze daarna op gingen. Ze reden terug via La Garenne en namen de kerktoren als oriëntatiepunt. Na korte tijd kwamen ze bij een ommuurd kerkhof dat op het heuveltje lag op de top waarvan de kerk van St Michel de Vale stond. De spitse toren droeg een klok met een blauwe wijzerplaat, zonder kleine wijzer; de grote wijzer stond – blijvend, naar het scheen – op de zes. Met de gedachte dat Stephen Abbott daarbinnen kon zijn, probeerden ze de kerkdeur.

Binnen was het echter doodstil. De klokkentouwen hingen bewegingloos naast een marmeren doopvont en een glas-in-loodraam met een afbeelding van Christus aan het kruis zag neer op een altaar dat versierd was met hulst en bessen. Er was niemand in het schip van de kerk en niemand in de Kapel van de Aartsengelen, terzijde van het hoofdaltaar, waar een flakkerende kaars aangaf dat daar het sacrament bewaard werd.

Ze keerden terug naar het kerkhof. China zei: 'Ze probeerde waarschijnlijk ons voor de gek te houden. Ik durf te wedden dat hij thuis is.' Deborah zag dat er aan de overkant van de straat een vijver lag. Van de weg af lag de vijver achter het riet verborgen, maar vanaf de top van de heuvel konden ze hem zien liggen, niet ver van een huis met een rood dak. Iemand gooide stokken in het water, hij had een hond van onbestemd ras bij zich. Terwijl ze bleven kijken gaf de jongen de hond een zetje, in de richting van de vijver.

'Stephen Abbott,' zei Deborah grimmig. 'Het ziet ernaar uit dat hij zich vermaakt.'

'Aardige jongen,' was China's reactie, terwijl ze over het pad terugliepen naar de auto en daarna de weg overstaken.

Hij gooide nog een stok in het water toen ze uit de dichte begroeiing om de vijver tevoorschijn kwamen. 'Toe dan,' zei hij tegen de hond, die niet ver bij hem vandaan bleef aarzelen, treurig naar het water starend met de verdraagzaamheid van een vroegchristelijke martelaar. 'Vooruit!' schreeuwde Stephen Abbott. Kun je dan helemaal niets?' Hij gooide opnieuw een stok en daarna nog een, alsof hij vastbesloten was te bewijzen dat hij de baas was over een schepsel dat zich niet meer druk maakte over gehoorzaamheid of de beloning die erop volgde.

'Ik denk dat hij niet nat wil worden,' zei Deborah. En daarna: 'Hallo, Stephen. Ken je me nog?'
Stephen keek naar haar over zijn schouder. Daarna gleed zijn blik naar China. Zijn ogen verwijdden zich, maar slechts heel even, voor zijn gezicht gesloten werd en zijn ogen een harde uitdrukking kregen. 'Stomme hond,' zei hij. 'Net als dit stomme eiland. Net als alles. Verrekte stom.'
'Het lijkt erop dat hij het koud heeft,' zei China. 'Hij rilt.'
'Hij denkt dat ik hem een aframmeling zal geven. En dat doe ik ook als hij niet met zijn luie kont het water in gaat. Biscuit!' schreeuwde hij. 'Vooruit. Ga erin en haal die verdomde stok.'
De hond draaide zich om.
'Dat rotbeest is nog doof ook,' zei Stephen. 'Maar hij weet wat ik bedoel. Hij weet wat ik wil dat hij doet. En als hij weet wat goed voor hem is, doet hij het.' Hij zocht de grond af en vond een steen, die hij op zijn hand woog om te zijn hoeveel kwaad die kon aanrichten.
'Hé!' zei China. 'Laat hem met rust.'
Stephen keek haar aan, zijn bovenlip krulde. Daarna smeet hij de steen weg en schreeuwde: 'Biscuit! Waardeloos stuk vreten! Verdwijn!'
De steen trof de hond vol tegen de zijkant van zijn kop. Hij jankte, sprong overeind en verdween haastig tussen het riet, waar ze hem kermend hoorden rondscharrelen.
'Het is trouwens de hond van mijn zus,' zei Stephen onverschillig. Hij begon stenen in het water te gooien, maar niet voordat Deborah gezien had dat hij bijna in tranen uitbarstte.
China deed een stap naar hem toe, met een woedend gezicht. 'Luister eens even, klein mispunt,' zei ze, maar Deborah stak een hand uit om haar tot stilte te manen. 'Stephen,' zei ze zachtjes, maar hij viel haar in de rede voor ze verder iets kon zeggen.
'"Neem de hond mee naar buiten," zegt ze tegen me,' zei hij bitter. '"Ga een eindje met hem lopen, lieverd." Ik zeg: laat Jemima met hem gaan wandelen. Die stomme hond is toch van haar. Maar nee, dat kan niet. Duck heeft het te druk met in haar kamer zitten janken, omdat ze niet van deze kloteplek weg wil. Geloof het of niet.'
'Weg?' zei Deborah.
'We gaan hiervandaan. De makelaar zit in de zitkamer en kan maar net met zijn gore handen van mams tieten afblijven. Hij praat over "tot een wederzijds voordelige regeling komen", alsof hij niet bedoelt dat hij haar eigenlijk zo snel mogelijk wil neuken. De hond blaft tegen hem en Duck

is hysterisch omdat de laatste plaats waar ze wil wonen bij oma in Liverpool is, maar het kan mij niet schelen. Alles is goed, zeg ik, om van deze heuvel weg te komen. Dus ik neem die stomme hond mee hiernaartoe, maar ik ben Duck niet, en zij is de enige naar wie hij ooit luistert.'
'Waarom gaan jullie verhuizen?' Deborah hoorde aan de stem van haar vriendin welke kant haar gedachten op gingen. Ze had er zelf ook een paar, en een van de belangrijkste ervan kwam voort uit de opeenvolging van gebeurtenissen die de familie Abbott naar dit moment had gebracht.
'Dat lijkt me nogal duidelijk,' antwoordde Stephen, en vervolgens, voor ze verder op het onderwerp in konden gaan: 'Wat willen jullie, trouwens?' Hij wierp een snelle blik op de rietstengels, waar Biscuit stil was geworden, alsof de hond een veilig plekje had gevonden.
Deborah vroeg hem naar Moulin des Niaux. Was hij daar wel eens geweest, met meneer Brouard?
Hij was er één keer geweest. 'Mam maakte er een hele toestand van, maar de enige reden dat hij me vroeg om mee te gaan, was dat zíj erop aandrong.' Hij lachte sputterend. 'Het was de bedoeling dat we vrienden werden. Stom wijf. Alsof hij ooit had willen... Het was zo ongelooflijk stom. Ik, Guy, Frank, Franks vader die zowat twee miljoen jaar oud is, en al die rotzooi. Stapels en nog eens stapels. Dozen. Zakken, Kasten. Emmers vol. Overal. Wat een tijdverspilling.'
'Wat heb je daar gedaan?'
'Gedaan? Ze bekeken petten. Petten, mutsen, helmen, noem maar op. Wie wat gedragen had, wanneer, waarom en hoe. Het was zo stom, zo zonde van de tijd. Ik ben maar in het dal gaan wandelen.'
'Dus je bent zelf niet aan die oorlogssouvenirs geweest?' vroeg China.
Stephen scheen iets aan haar stem te horen, want hij zei: 'Waarom wil je dat weten? Wat doe je hier eigenlijk? Hoor jij niet opgesloten te zitten?'
Deborah kwam er weer tussen. 'Was er nog iemand bij jullie? Op de dag dat je naar de verzameling ging kijken?'
Hij zei: 'Nee, alleen Guy en ik.' Hij richtte zijn aandacht weer op Deborah en op het onderwerp dat naar het scheen zijn gedachten beheerste. 'Zoals ik zei, het was bedoeld als onze grote, vriendschappelijke ervaring. Ik zou buiten mezelf moeten zijn van blijdschap omdat hij een kwartier lang voor vader wilde spelen. Het was de bedoeling dat hij tot de ontdekking kwam dat ik een veel betere zoon zou zijn dan Adrian, omdat híj zo'n zielige stakker is, en bij hem vergeleken heb ik tenminste de kans om naar de universiteit te gaan zonder in te storten omdat mijn mammie er niet is om mijn hand vast te houden. Het was allemaal zo stom, zo

stom, zo verdomd stom. Alsof hij ooit van plan was om met haar te trouwen.'

'Nou, het is nu voorbij,' zei Deborah tegen hem. 'Je gaat terug naar Engeland.'

'Alleen,' zei hij, 'omdat zij van Brouard niet kreeg wat ze wilde.' Hij wierp een spottende blik in de richting van La Garenne. 'Alsof dat ooit gebeurd zou zijn. Te denken dat ze ooit iets van hem los zou krijgen. Ik heb geprobeerd het haar te vertellen, maar ze luistert nooit. Iedereen met een beetje hersens kon zien wat hij van plan was.'

'Wat dan?' China en Deborah vroegen het tegelijk.

Stephen keek even minachtend naar hen als hij dat had gedaan naar het huis, en zijn moeder daarbinnen. 'Hij zocht het ergens anders,' zei hij kortaf. 'Ik bleef proberen haar dat te vertellen, maar ze wilde er niets van horen. Ze kon er gewoonweg niet aan denken dat ze zoveel moeite had gedaan om hem te strikken – onder het mes gegaan en alles, ook al had hij het betaald – terwijl hij aldoor iemand anders had. "Je verbeeldt het je," zei ze. "Lieverd, je verzint dit toch niet omdat je zelf niet zo'n succes hebt? Op een dag heb je zelf een vriendinnetje. Wacht maar eens af. Zo'n grote, knappe, stoere jongen als jij." God, god. Wat een stom wijf.'

Deborah sorteerde al deze opmerkingen om tot een beter begrip te komen: de man, de vrouw, de jongen, de moeder, en alle redenen voor een beschuldiging. Ze zei: 'Ken je die andere vrouw, Stephen?' En China deed een volgende, gretige stap in zijn richting. Eindelijk kwamen ze ergens. Deborah beduidde haar dat ze, door haar verlangen snel tot de kern van de zaak te komen, de jongen niet zo bang moest maken dat hij zijn mond hield.

'Natuurlijk ken ik haar. Cynthia Moullin.'

Deborah keek snel naar China, die haar hoofd schudde. Daarna zei Deborah tegen Stephen: 'Cynthia Moullin? Wie is dat?'

Een schoolkameraadje, naar het bleek. Een tienermeisje van de middelbare school.

'Maar hoe weet je dit?' vroeg Deborah, en toen hij veelzeggend met zijn ogen rolde, drong de waarheid tot haar door. 'Je bent haar kwijtgeraakt aan meneer Brouard? Is dat het?'

Zijn enige antwoord was: 'Waar is die stomme hond?'

Toen haar broer de telefoon niet opnam op deze derde achtereenvolgende ochtend dat ze hem belde, kon Valerie Duffy het niet langer uithouden. Ze stapte in haar auto en reed naar La Corbière, nadat Kevin aan het werk was gegaan op het terrein van het landgoed, nadat Ruth had ontbeten en ze zelf haar huishoudelijke bezigheden wel een uur kon uitstellen. Ze wist dat ze niet gemist zou worden.

Het eerste wat Valerie bij het Schelpenhuis opviel, was de ruïne in de voortuin. Het maakte haar onmiddellijk bang, omdat het zo'n welsprekend blijk was van de driftbuien van haar broer. Henry was een goede man – een behulpzame broer, een loyale vriend en een liefhebbende vader voor zijn dochters – maar hij had een lont die, eenmaal aangestoken, binnen enkele seconden opbrandde tot bij de springstof. Ze had hem als volwassene nooit driftig in actie zien komen, maar ze had de verwoestende uitwerking ervan wel gezien. Hij had die echter nog niet tegen een menselijk wezen gericht, en daar rekende ze op, die dag dat ze naar hem toe was gegaan, toen ze hem in huis had aangetroffen, bezig de scones te bakken waar zijn jongste dochter zo van hield, en hem had verteld dat zijn werkgever en goede vriend Guy Brouard geregeld seksuele omgang had met Henry's oudste dochter.

Het was de enige manier die ze kon bedenken om een eind aan de affaire te maken. Met Cynthia praten had zelfs geen deuk in de paringsmachine gemaakt. 'We houden van elkaar, tante Val,' had het meisje tegen haar gezegd, met alle grootogige onschuld van een jonge vrouw die kortgeleden en plezierig ontmaagd is. 'Bent u nooit verliefd geweest?'

Niets kon het meisje ervan overtuigen dat mannen als Guy Brouard niet van iemand konden houden. Zelfs de wetenschap dat hij met Anaïs Abbott naar bed ging terwijl hij het ook met Cynthia deed, maakte voor het meisje geen enkel verschil. 'O, daar hebben we over gepraat. Hij moet wel,' had ze gezegd, anders kunnen de mensen denken dat hij het met mij doet.'

'Maar hij dóét het toch met je! Hij is 68! Mijn god, hiervoor kan hij gearresteerd worden.'

'O, nee, tante Val. We hebben gewacht tot ik meerderjarig was.'

'Gewacht...?' In een ogenblik zag Valerie de jaren voor zich waarin haar broer voor Guy Brouard had gewerkt op Le Reposoir, waarbij hij af en toe een van zijn dochters meenam omdat het voor Henry belangrijk was dat hij met ieder van hen afzonderlijk tijd doorbracht, om goed te maken dat hun moeder hen voorgoed had verlaten met een rockster wiens hemelse gloed sinds lang was gedoofd.

Cynthia had haar vader het vaakst vergezeld. Valerie had er niets achter gezocht tot ze voor het eerst de blikken had gezien die het meisje en Guy Brouard met elkaar wisselden, tot ze het achteloze contact tussen hen

had opgemerkt – niet meer dan een hand die langs een arm streek – tot ze hen een keer gevolgd was en had gekeken en gewacht en daarna een gesprek met het meisje had gehad, waarin ze het ergste had vernomen.
Ze had het Henry wel moeten vertellen. Ze had geen andere keuze toen Cynthia niet van de door haar ingeslagen weg was af te brengen. En nu hingen de consequenties van het feit dat ze het hem verteld had haar boven het hoofd als het mes van een guillotine dat wacht op het teken om te vallen.
Voorzichtig liep ze door de trieste puinhoop van de bizarre voortuin. Henry's auto stond opzij van het huis, niet ver van de schuur waar hij zijn glas maakte, maar de schuur zat op slot, dus liep ze naar de voordeur. Daar bleef ze even staan om tot kalmte te komen alvorens ze aanklopte.
Dit was haar broer, hield ze zich voor. Ze had niets om zich zorgen over te maken en nog minder van hem te vrezen. Ze hadden samen een moeilijke jeugd doorgebracht in het huis van een verbitterde moeder die – net als Henry, de geschiedenis herhaalde zich – in de steek was gelaten door een trouweloze echtgenoot. Hierdoor deelden ze meer dan bloed alleen. Ze deelden herinneringen die zo sterk waren, dat niets ooit belangrijker kon zijn dan hoe ze hadden geleerd op elkaar te steunen, om elkaar bij te staan gedurende de fysieke afwezigheid van de ene ouder en de emotionele verdwijning van de andere. Ondanks alles hadden ze het gered. Ze hadden gezworen dat het geen invloed zou hebben op hun leven. Dat ze daar niet in waren geslaagd was niemands schuld, en het was zeker niet het gevolg van gebrek aan vastbeslotenheid en inspanning.
De voordeur ging open voor ze kon kloppen, en haar broer stond voor haar, een mand vol wasgoed op zijn heup balancerend. Zijn gezicht stond donkerder dan ze ooit gezien had. 'Val. Verdomme, wat kom jij doen?' zei hij en liep in de richting van de keuken, waar hij een aanbouw had gemaakt die als washok diende.
Terwijl ze hem volgde viel haar onwillekeurig op dat Henry het wasgoed had gesorteerd zoals zij het hem had geleerd. Wit, donker en bont goed allemaal zorgvuldig gescheiden, en een lading handdoeken apart.
Hij zag dat ze naar hem keek en er verscheen een blik vol afgrijzen op zijn gezicht. 'Sommige lessen vergeet je nooit,' zei hij.
Ze zei: 'Ik heb gebeld. Waarom nam je de telefoon niet op? Je was toch thuis?'
'Ik had er geen zin in.' Hij deed de wasmachine open, waar een lading schone was in lag, die hij er nu uit haalde en in de droogtrommel stopte. Dichtbij, in een gootsteen, drupte water ritmisch op iets wat in de week

stond. Henry bekeek het, gooide er een scheut bleekwater in, en begon er driftig in te roeren met een lange, houten lepel.
'Dat is niet goed voor de zaken,' zei Valerie. 'Iemand kan je nodig hebben voor je werk.'
'Ik heb de gesprekken op mijn mobieltje wel beantwoord,' zei hij. 'Daar komen de zakelijke gesprekken op binnen.'
Bij het horen van die mededeling vloekte Valerie in stilte. Ze had niet aan zijn mobiele telefoon gedacht. Waarom niet? Omdat ze te bang en te ongerust was en zich te schuldig voelde om aan iets anders te denken dan haar strakgespannen zenuwen tot rust brengen. Ze zei: 'O. Je mobieltje. Daar had ik niet aan gedacht.'
'Juist,' zei hij, en hij begon de volgende stapel wasgoed in de machine te gooien. Het waren kleren van de meisjes: spijkerbroeken, truien en sokken. 'Je had er niet aan gedacht, Val.'
De minachting in zijn stem stak haar, maar ze weigerde zich door hem zodanig te laten intimideren dat ze het huis verliet. Ze zei: 'Waar zijn de meisjes, Harry?'
Hij keek haar van opzij aan toen ze de bijnaam gebruikte. Even kon ze door de minachting heen kijken die hij droeg als een masker, en was hij weer de kleine jongen wiens hand ze vastgehouden had toen ze de Esplanade overstaken om in het meer onder Havelet Bay te gaan zwemmen. Je kunt je niet voor me verbergen, Harry, wilde ze tegen hem zeggen. Ze wachtte echter op zijn antwoord.
'Naar school. Waar zouden ze anders zijn?'
'Ik denk dat ik Cyn bedoelde,' gaf ze toe.
Hij gaf geen antwoord.
Ze zei: 'Harry, je kunt haar niet opsluiten...'
Hij wees met zijn vinger naar haar en zei: 'Niemand is ergens opgesloten. Hoor je me? Níémand is opgesloten.'
'Dus je hebt haar eruit gelaten. Ik zag dat je de tralies voor het raam hebt weggehaald.'
Hij antwoordde weer niet, maar pakte het wasmiddel en goot het op de kleren. Hij mat het niet af en hij bleef haar aankijken terwijl hij doorgoot, alsof hij haar uitdaagde hem van advies te dienen. Dat had ze echter al een keer gedaan, één keer, God vergeve haar. En ze was gekomen om te zien of er niets gebeurd was nadat ze had gezegd: Henry, je moet iets doen.
Ze zei: 'Is ze ergens naartoe gegaan?'
'Ze wil haar kamer niet uit komen.'

'Heb je het slot van de deur gehaald?'
'Dat is nu niet meer nodig.'
'Niet meer nodig?' Ze huiverde en sloeg haar armen om haar lichaam, hoewel het absoluut niet koud was.
'Niet meer nodig,' zei Henry, en alsof hij iets wilde benadrukken liep hij naar de gootsteen waar het water drupte. Met de houten lepel viste hij er iets uit.
Het was een damesslipje, dat hij omhooghield, zonder erop te letten dat het water eruit droop en een plasje vormde op de vloer. Valerie zag dat er nog een vage vlek in zat, ondanks het inweken en ondanks het bleekmiddel. Ze voelde zich misselijk worden toen ze precies begreep waarom haar broer zijn dochter in haar kamer had opgesloten.
'Dus dat is ze niet,' zei Valerie.
'Dat moest er nog bij komen.' Hij gaf een ruk met zijn hoofd in de richting van de slaapkamers. 'Maar ze wil er niet uit komen. Je kunt met haar praten als je er zin in hebt. Maar nu heeft zij de deur aan de binnenkant op slot gedaan en ze blijft janken als een kat wanneer je haar jonkies verdrinkt. Verdomde kleine dwaas.' Hij gooide de deur van de wasmachine met een klap dicht, drukte een paar knoppen in en liet het apparaat zijn werk doen.
Valerie liep naar de slaapkamerdeur van haar nichtje. Ze klopte aan en riep haar naam, eraan toevoegend: 'Ik ben het, lieverd, tante Val. Wil je de deur opendoen?' Maar in de kamer bleef Cynthia in alle talen zwijgen. Valerie dacht meteen het ergste. Ze riep: 'Cynthia! Cynthia! Ik wil graag met je praten. Doe alsjeblieft de deur open.' Weer was stilte het enige antwoord. Dodelijke stilte. Onmenselijke stilte. Volgens Valerie was er slechts één manier waarop een meisje van zeventien van jammeren als een kat overging tot volkomen stilzwijgen. Ze haastte zich terug naar haar broer.
'We moeten die slaapkamer in,' zei ze. 'Misschien heeft ze zich...'
'Onzin. Ze komt eruit wanneer ze zover is.' Hij lachte, een blaffend, bitter lachje. 'Misschien begint ze het daar leuk te vinden.'
'Henry, je kunt haar toch niet zomaar...'
'Je hoeft mij niet te vertellen wat ik wel en niet kan doen!' schreeuwde hij. 'Je vertelt me verdomme helemaal niets meer. Je hebt me al genoeg verteld. Je hebt gedaan wat je vond dat je doen moest. Ik handel de rest af zoals ik dat wil.'
Dit was haar grootste angst, de manier waarop haar broer iets afhandelde. Omdat wat hij afhandelde veel erger was dan de seksuele activiteiten

van een dochter. Als het een jongen uit de stad was geweest, van school, zou Henry Cynthia op de gevaren hebben gewezen, dan zou hij ervoor gezorgd hebben dat alle mogelijke voorzorgsmaatregelen werden genomen om haar te beschermen tegen de gevolgen van seks, die nonchalant werd bedreven maar niettemin serieus genomen werd omdat het allemaal zo nieuw voor haar was. Maar dit was meer geweest dan het ontluiken van het seksuele bewustzijn van een dochter. Dit was verleiding geweest, en een verraad, zo groot dat haar broer, toen Valerie het hem had onthuld, haar niet had geloofd. Hij kon zich er niet toe dwingen haar te geloven. Hij had zich voor de mededeling afgeschermd als een dier dat versuft is door een klap op zijn kop. Ze had gezegd: 'Luister naar me, Henry. Het is de waarheid en als je niet iets doet mag God weten wat er met het kind gebeurt.'

Dat waren de noodlottige woorden, 'als je niet iets doet'. De hele zaak was nu voorbij en ze wilde wanhopig graag weten wat dat 'iets' was geweest.

Henry bleef haar, nadat hij uitgesproken was, geruime tijd aankijken, de woorden 'zoals ik dat wil' klonken tussen hen als de luidende klokken van de St Martin's kerk. Valerie bracht haar hand naar haar lippen en duwde die tegen haar tanden alsof dit gebaar haar ervan kon weerhouden te zeggen wat ze dacht, waar ze het bangst voor was.

Henry las haar gedachten even gemakkelijk als hij het altijd had gedaan. Hij bekeek haar van hoofd tot voeten en zei: 'Schuldgevoelens, Val? Nergens voor nodig, meisje.'

Haar opgeluchte 'O, Harry, goddank, want ik...' werd afgebroken toen haar broer zijn bekentenis afmaakte.

'Jij bent niet de enige die het me verteld heeft.'

22

Ruth ging de slaapkamer van haar broer binnen, voor het eerst sinds zijn dood. Dit was het moment, besloot ze, om zijn kleren uit te zoeken. Niet zozeer omdat iets het onmiddellijk noodzakelijk maakte, maar omdat zijn kleren uitzoeken haar iets te doen gaf, en dat had ze nodig. Ze wilde iets doen wat verband hield met Guy, iets wat haar dicht genoeg bij hem zou brengen om zijn troostende aanwezigheid te voelen, maar haar tegelijkertijd voldoende afstand kon laten nemen om te verhinderen dat ze nog meer te weten zou komen over de vele manieren waarop hij haar had misleid.

Ze liep naar de kleerkast en haalde zijn lievelingstweedjasje van de hanger. Nadat ze even de vertrouwde geur van zijn aftershave had opgesnoven, liet ze haar hand beurtelings in alle zakken glijden om die leeg te halen: een zakdoek, een rolletje pepermunt, een balpen en een blaadje uit een klein notitieboekje met een spiraal, de gerafelde randjes nog intact. Het papiertje was tot een vierkantje opgevouwen, en Ruth vouwde het open. *C + G = 4ever!* stond erop geschreven in een onmiskenbaar jeugdig handschrift. Haastig verfrommelde Ruth het papiertje in haar vuist. Ze merkte dat ze naar links en naar rechts keek alsof iemand haar had gadegeslagen, een wrekende engel die het bewijs zocht dat ze zojuist toevallig was tegengekomen.

Niet dat ze wat dit betrof bewijs nodig had. Niet dat ze het ooit nodig had gehad. Je had geen bewijs nodig voor iets waarvan je wist dat het monsterlijk was wanneer je de waarheid ervan met eigen ogen had gezien...

Ruth voelde eenzelfde golf van misselijkheid opkomen die haar had getroffen op de dag waarop ze onverwacht vroeg van de vergadering van de telefonische hulpdienst was thuisgekomen. Toen had ze nog geen diagnose van haar pijn. Ze veronderstelde dat het artritis was, had zich volgestopt met aspirine en hoopte er het beste van. Maar die dag had de intense pijn ervoor gezorgd dat ze niets anders wilde doen dan naar huis gaan en languit op bed gaan liggen. Daarom had ze de vergadering lang voor die was afgelopen verlaten en was ze naar Le Reposoir teruggereden. De trap beklimmen kostte haar veel inspanning: haar wilskracht tegen de werkelijkheid van haar zwakte. Ze had die strijd gewonnen en was via de overloop naar haar slaapkamer gestrompeld, naast die van Guy. Ze had haar hand al op de deurknop, toen ze hoorde lachen. Daarna riep een meisjesstem: 'Guy, niet doen! Dat kietelt!'

Ruth was als een zoutpilaar blijven staan omdat ze die stem kende, en omdat ze die kende kon ze geen stap bij haar deur vandaan zetten. Ze kon zich niet bewegen omdat ze het niet kon geloven. Dat was de reden dat ze bij zichzelf zei dat er waarschijnlijk een heel eenvoudige verklaring was voor wat haar broer in zijn slaapkamer deed met een tiener.

Als ze snel van de overloop was weggegaan, had ze zich misschien aan dat idee kunnen vastklampen. Maar voor ze er zelfs aan kon denken om zich uit de voeten te maken, ging de deur van haar broers slaapkamer open. Guy kwam naar buiten, met een ochtendjas om zijn naakte lichaam geslagen, en hij riep de kamer in: 'Dan zal ik een van Ruths sjaals gebruiken. Je zult het heerlijk vinden.'

Op dat moment draaide hij zich om en zag hij zijn zus. Het strekte hem tot eer – maar dat was dan ook de enige eer die hem toekwam – dat zijn wangen in een ogenblik van vuurrood wasbleek werden. Ruth deed een stap in zijn richting, maar hij pakte de deurknop en trok de deur achter zich dicht. Terwijl Guy en zijn zus elkaar aankeken, riep Cynthia Moullin van achter de deur: 'Wat is er, Guy?'

Ruth zei: 'Ga opzij, *frère.*' En Guy zei schor: 'Goede god, Ruth. Waarom ben je thuis?'

'Om iets te zien, denk ik,' zei ze, en ze drong zich langs hem heen om bij de deur te komen.

Hij probeerde niet haar tegen te houden en dat verbaasde haar nu. Het was bijna alsof hij wilde dat ze alles zag: het meisje op het bed – slank, mooi, naakt, fris en zo onbedorven – en de gordijnkwast waarmee hij haar had geplaagd, en die op haar dij was blijven liggen waar hij die het laatst had gebruikt.

'Kleed je aan,' zei ze tegen Cynthia Moullin.

'Ik denk het niet,' was het antwoord van het meisje.

Ze waren er gebleven, met hun drieën, als acteurs die wachtten op een wachtwoord dat niet kwam: Guy bij de deur, Ruth bij de kleerkast, het meisje op het bed. Cynthia keek naar Guy en trok één wenkbrauw op, en Ruth had zich afgevraagd hoe het mogelijk was dat een puber die in een dergelijke situatie betrapt werd, zo zeker kon zijn van wat er vervolgens zou gebeuren.

Guy zei: 'Ruth.'

Ruth zei: 'Nee.' En daarna tegen het meisje: 'Kleed je aan en maak dat je wegkomt. Als je vader je zou kunnen zien...'
Verder was ze niet gekomen, omdat Guy naar haar toe kwam en zijn arm om haar schouders sloeg. Hij zei haar naam nog een keer. En daarna zachtjes – ongelooflijk – in haar oor: 'We willen nu graag alleen gelaten worden, Ruthie, als je het niet erg vindt. Het moet je wel duidelijk zijn dat we niet wisten dat je thuis zou komen.'
Het was de volslagen redelijkheid van Guys opmerking onder omstandigheden waarin redelijkheid het minst te verwachten viel, die Ruth de kamer uit liet gaan. Ze liep de overloop op en Guy fluisterde haar toe: 'Later praten we wel.' Hij sloot de deur. Voor die geheel was dichtgevallen hoorde Ruth hem tegen het meisje zeggen: 'Ik denk dat we de sjaal voor dit moment maar moeten vergeten.' De oude vloer kraakte onder hem toen hij door de kamer naar haar toe liep en even later kraakte het oude bed toen hij bij haar ging liggen.
Later – uren later naar het scheen, hoewel het misschien 25 minuten waren – hoorde Ruth een tijdlang het geluid van stromend water en van een föhn. Ze lag op haar bed te luisteren naar de geluiden, zo huiselijk en natuurlijk dat ze bijna kon doen alsof ze zich vergist had in wat ze had gezien.
Dat stond Guy echter niet toe. Hij kwam naar haar toe nadat Cynthia was vertrokken. Het was toen al donker, en ze had nog geen lamp aangedaan. Ze zou het liefst voor onbepaalde tijd in het donker zijn blijven liggen, maar dat was niet zijn idee. Hij liep naar haar nachtkastje en knipte de lamp aan. 'Ik wist dat je niet zou slapen,' zei hij.
Geruime tijd bleef hij haar aankijken, en daarna fluisterde hij: *'Chère soeur.'* Het klonk zo terneergeslagen dat Ruth eerst dacht dat hij zich wilde verontschuldigen. Maar ze had ongelijk.
Hij liep naar de kleine, dik gestoffeerde leunstoel en liet zich erin zakken. Hij zag er op de een of andere manier afwezig uit, dacht Ruth, alsof zijn lichaam was opgepakt en in een andere dimensie terecht was gekomen.
'Zij is de ware,' zei hij, op een toon die iemand zou kunnen gebruiken om over een heilige relikwie te spreken. 'Eindelijk heb ik haar gevonden. Kun je dat geloven, Ruth? Na al die jaren? Zij is beslist de ware.' Hij stond op, alsof de emotie die in hem woedde niet te beteugelen viel. Hij begon in de kamer heen en weer te lopen. Onder het spreken raakte hij de gordijnen voor het raam aan, de lijst van Ruths eerste borduurwerk, de hoek van de ladekast, de franje aan de rand van een kleedje. 'We willen gaan trouwen,' zei hij. 'Ik vertel je dat niet omdat je ons... zo aange-

troffen hebt, vandaag. Ik was van plan het je te vertellen na haar verjaardag. We wilden het je allebei vertellen. Samen.'
Haar verjaardag. Ruth staarde haar broer aan. Ze voelde zich gevangen in een wereld die ze niet herkende, een wereld die geregeerd werd door het motto 'Als het goed voelt, moet je het doen; je kunt het later uitleggen, maar alleen als je betrapt wordt.'
Guy zei: 'Over drie maanden wordt ze achttien. We dachten aan een verjaardagsdiner... Jij, haar vader, en haar zussen. Misschien zal Adrian ook uit Engeland overkomen. We hebben bedacht dat ik de ring tussen haar pakjes zal leggen, en wanneer ze het doosje openmaakt...' Hij grinnikte. Hij zag er, moest Ruth toegeven, uit als een jongen. 'Wat zal dat een verrassing zijn. Kun je het tot die tijd voor je houden?'
'Dit is...' begon Ruth, maar ze kon geen woorden vinden. Ze kon zich slechts dingen voorstellen, en wát ze zich voorstelde was te verschrikkelijk om onder ogen te zien, dus ze wendde haar hoofd af.
Guy zei: 'Ruth, je hoeft niets te vrezen. Jouw thuis is bij mij, zoals het dat altijd is geweest. Cyn weet dat en zij wil het ook. Ze houdt van je als...' Hij maakte de gedachte echter niet af.
Zij deed het voor hem. 'Als van een grootmoeder,' zei ze. 'En wat ben jij dan?'
'Leeftijd is niet belangrijk wanneer het om liefde gaat.'
'Mijn god, je bent vijftig jaar...'
'Ik weet hoeveel ouder ik ben,' snauwde hij haar toe. Hij kwam terug bij het bed en bleef op haar staan neerkijken. Zijn gezicht stond verbijsterd. 'Ik dacht dat je dit echt met ons wilde vieren. Wij tweeën. Die van elkaar houden. Die samen een nieuw leven willen beginnen.'
'Hoe lang?' vroeg ze.
'Niemand weet hoe lang hij zal leven.'
'Ik bedoel, hoe lang. Vandaag... Dit kan niet de eerste... Ze was veel te eigen met je.'
Eerst gaf Guy geen antwoord en Ruths handpalmen werden vochtig omdat ze precies besefte wat zijn tegenzin inhield. Ze zei: 'Zeg het me. Als jij het niet doet, zal zij het doen.'
Hij zei: 'Op haar zestiende verjaardag, Ruth.'
Het was erger dan ze gedacht had, omdat ze wist wat het betekende: dat haar broer het meisje had genomen, precies op de dag dat het volkomen wettig was om het te doen. Dat moest betekenen dat hij al god weet hoe lang een oogje op haar had gehad. Hij had zijn plannen gemaakt, en hij had haar verleiding zorgvuldig voorbereid. Mijn god, dacht ze, als Henry

erachter zou komen... als hij het allemaal zou doorzien zoals zijzelf zojuist had gedaan...
Ze zei dof: 'Hoe moet het nu met Anaïs?'
'Hoezo, met Anaïs?'
'Je hebt hetzelfde over haar gezegd. Weet je het niet meer? Je zei: "Zij is de ware." En toen geloofde je het. Dus waarom denk je nu...'
'Dit is anders.'
'Guy, het is altijd anders. In je gedachten is het anders. Maar dat komt alleen omdat het nieuw is.'
'Je begrijpt het niet. Hoe zou je het kunnen begrijpen? Onze levens zijn zulke verschillende wegen ingeslagen.'
'Ik heb je elke stap van jouw leven zien zetten,' zei Ruth, 'en dit is...'
'Groter,' viel hij haar in de rede. 'Diep. Het maakt een ander mens van me. Als ik zo gek zou zijn om weg te lopen, voor haar en voor wat we hebben, dan verdien ik het om voorgoed alleen te blijven.'
'En Henry dan?'
Guy wendde zijn blik af.
Op dat moment begreep Ruth dat Guy heel goed wist dat hij, om Cynthia te krijgen, zijn vriend Henry Moullin op een berekenende manier gebruikt had. Ze begreep dat Guys 'Laten we Henry erbij halen om naar het probleem te kijken', over het een of andere karwei op het landgoed, zijn manier was geweest om vriendschap aan te knopen met Henry's dochter. En zoals hij ongetwijfeld deze manipulaties met betrekking tot Henry zou goedpraten als ze hem erop aansprak, zo zou hij doorgaan met goedpraten van wat ze wist dat feitelijk niet meer was dan een nieuw waandenkbeeld over een vrouw die blijkbaar zijn hart had gewonnen. O, hij gelóófde dat Cynthia Moullin de ware was. Maar dat had hij ook geloofd van Margaret, en daarna van JoAnna, en van alle Margarets en JoAnna's die erna kwamen, tot en met Anaïs Abbott. Hij praatte er alleen over om met deze laatste Margaret-en-JoAnna te trouwen omdat ze achttien was en ze hem wilde, en omdat zijn ego van oude man erdoor gestreeld werd. Mettertijd zou hij echter weer iemand anders op het oog krijgen. Of zij. Maar in beide gevallen zouden er mensen gekwetst worden. Ze zouden eraan kapotgaan. Ruth moest iets doen om dat alles te voorkomen.
Dus had ze met Henry gesproken. Ruth zei bij zichzelf dat haar optreden bedoeld was om Cynthia ervoor te behoeden dat haar hart zou breken, en dat moest ze, ook nu nog, geloven. Wel duizend verschillende dingen hadden van de affaire tussen haar broer en de tiener meer gemaakt dan

alleen iets wat moreel en ethisch verkeerd was. Als Guy niet over het verstand en de moed beschikte om er voorzichtig een eind aan te maken en het meisje de vrijheid te geven een compleet, echt leven te leiden – een leven met een toekomst – dan moest zij stappen ondernemen om het hem onmogelijk te maken iets anders te doen.
Ze had het besluit genomen Henry slechts gedeeltelijk de waarheid te vertellen: dat Cynthia, misschien, te zeer op Guy gesteld raakte. Dat ze een beetje te veel op Le Reposoir rondhing in plaats van tijd te besteden aan haar vriendinnen of aan haar studie, dat ze voorwendsels zocht om bij het landgoed langs te gaan om haar tante op te zoeken, dat ze veel te veel van haar vrije tijd eraan besteedde om achter Guy aan te lopen. Ruth noemde het kalverliefde en zei dat Henry misschien met het meisje erover zou moeten spreken...
Dat had hij gedaan. Cynthia had gereageerd met een openhartigheid die Ruth niet had verwacht. Het was geen schoolmeisjesbevlieging en het was geen kalverliefde, had ze kalm tegen haar vader gezegd. Er was echt niets om je druk over te maken, pap. Ze waren van plan te gaan trouwen, want zij en haar vaders vriend hielden van elkaar, en dat was al twee jaar gaande.
Daarop was Henry naar Le Reposoir gestormd, waar hij Guy trof terwijl deze de eenden voerde, aan de rand van de tropische tuin. Stephen Abbott was bij hem, maar dat had Henry totaal niet kunnen schelen. Hij schreeuwde 'Jij vuile smeerlap!' en hij vloog op Guy af. 'Ik vermoord je, schoft. Ik snij je pik af en stop die in je keel. Verdomd nog aan toe. Je hebt mijn dochter aangerand!'
Stephen was komen aanrennen om Ruth te halen. Hij sprak onsamenhangend. Ze ving de naam Henry Moullin op en de woorden 'schreeuwen over Cyn' en ze liet vallen waar ze mee bezig was en liep achter de jongen aan naar buiten. Terwijl ze zich over het croquetveld spoedde, kon ze zelf het getier horen. Nerveus keek ze om zich heen, zoekend naar iemand die tussenbeide zou kunnen komen, maar de auto van Kevin en Valerie stond er niet en dus waren slechts zij en Stephen aanwezig om het geweld tegen te gaan.
Want geweld zou er zijn, had Ruth beseft. Wat was het dom van haar geweest om te denken dat een vader de man die zijn dochter had verleid, zou confronteren zonder hem te willen wurgen, zonder hem te willen vermoorden.
Bij het naderen van de tropische tuin kon ze de klappen al horen. Henry raasde en tierde, de eenden kwaakten, maar Guy was volkomen stil. Als het graf. Ze gaf een gil en wrong zich haastig door de struiken.

De lijkjes lagen overal. Bloed, veren en dood. Henry stond tussen de eenden die hij had doodgeslagen met de plank die hij nog steeds vasthield. Zijn borst ging heftig op en neer, en zijn verwrongen gezicht was nat van de tranen.
Hij hief een trillende arm op en wees naar Guy, die als vastgenageld onder een palmboom stond, met een zak voer waar de inhoud uit liep, aan zijn voeten. 'Je blijft bij haar vandaan,' siste Henry hem toe. 'De volgende keer vermoord ik je, als je haar nog eens aanraakt.'
Nu, in Guys slaapkamer, zag Ruth het allemaal weer voor zich. Ze voelde de enorme zwaarte van haar eigen verantwoordelijkheid voor wat er gebeurd was. Haar goede bedoelingen waren niet genoeg geweest. Ze hadden Cynthia nergens voor behoed. Ze hadden Guy niet gered.
Langzaam vouwde ze het jasje van haar broer op. Even langzaam draaide ze zich om en liep ze naar de kleerkast om er het volgende kledingstuk uit te halen.
Terwijl ze een broek van een hanger nam, werd de slaapkamerdeur opengegooid en Margaret Chamberlain zei: 'Ik wil met je praten, Ruth. Het is je gelukt me gisteravond aan het diner te ontwijken. De lange dag, de artritis, de nodige rust... het kwam je allemaal goed uit. Maar nu zul je me niet ontlopen.'
Ruth hield op met waar ze mee bezig was. 'Ik heb je niet ontweken.'
Margaret sputterde minachtend en ze kwam de kamer binnen. Ze was er, zag Ruth, niet op vooruitgegaan. Haar Grace Kellykapsel zat scheef, plukjes haar ontsnapten aan de meestal zo keurige rol. Haar sieraden verfraaiden vandaag niet haar kleding, zoals gewoonlijk, en ze was de zonnebril vergeten die ze, of het nu mooi of lelijk weer was, gewend was boven op haar hoofd geschoven te dragen.
'We zijn naar een advocaat geweest,' kondigde ze aan. 'Adrian en ik. Je wist natuurlijk dat we het zouden doen.'
Ruth legde de broek voorzichtig op Guys bed. 'Ja,' zei ze.
'Hij blijkbaar ook. Daarom heeft hij ervoor gezorgd dat we niets bereikten, nog voor we ter zake konden komen.'
Ruth zei niets.
Margarets lippen werden een dunne streep. 'Zo is het toch, Ruth?' zei ze met een boosaardig lachje. 'Wist Guy niet precies hoe ik zou reageren wanneer hij zijn enige zoon onterfde?'
'Margaret, hij heeft Adrian niet onterfd...'
'Laten we elkaar niet voor de gek houden. Hij heeft een onderzoek ingesteld naar de wetten op dit walgelijke puistje van een eiland, en hij kwam

erachter wat er met zijn bezit zou gebeuren als hij het jou niet in handen speelde door het jou te laten kopen. Hij kon het zelfs niet verkópen zonder het eerst tegen Adrian te zeggen, dus hij zorgde ervoor dat hij niet de eigenaar was. Wat een geweldig plan, Ruthie. Ik hoop dat je plezier hebt beleefd aan het vernietigen van de dromen van je enige neef. Want dat is gebeurd, als gevolg van dit alles.'

'Het ging er niet om iemand te vernietigen,' zei Ruth rustig. 'Guy heeft dit niet zo geregeld omdat hij niet van zijn kinderen hield, en hij heeft het evenmin gedaan omdat hij hen wilde kwetsen.'

'Nou, maar het is toch anders gelopen, nietwaar?'

'Luister alsjeblieft, Margaret. Guy heeft niet...' Ruth aarzelde, terwijl ze probeerde te besluiten hoe ze het gedrag van haar broer aan zijn exvrouw kon verklaren, hoe ze haar kon vertellen dat niets ooit zo eenvoudig was als het leek, hoe ze haar kon laten begrijpen hoe Guy was geweest en hoe hij had gewild dat zijn kinderen zouden zijn. 'Hij geloofde er niet in dat mensen ergens recht op hadden. Dat was alles. Hij heeft zichzelf vanaf niets opgewerkt, en hij wilde dat zijn kinderen dezelfde ervaring zouden hebben. De rijkdom ervan. Het soort vertrouwen dat alleen...'

'Wat een baarlijke nonsens,' zei Margaret schamper. 'Dat druist toch volkomen in tegen alles wat... Dat weet je, Ruth. Dat weet je verdomme heel goed.' Ze zweeg, alsof ze tot kalmte wilde komen en haar gedachten wilde ordenen, alsof ze geloofde dat er iets was waar ze feitelijk een zaak op kon baseren, een zaak die de verandering zou afdwingen van een feit dat in beton was vastgelegd. 'Ruth,' zei ze, merkbaar proberend kalm te blijven, 'de hele zin van een leven opbouwen, is je kinderen meer te geven dan je zelf had. Niet om hen in dezelfde positie te plaatsen van waaruit je jezelf moest opwerken. Waarom zou iemand proberen een toekomst te hebben die beter is dan zijn verleden, als hij wist dat het allemaal voor niets was?'

'Het is niet voor niets. Het betekent leren. Het betekent groeien. Het betekent uitdagingen onder ogen zien en ze aangrijpen. Guy geloofde dat het je karakter vormt wanneer je je eigen leven opbouwt. Dat heeft hij gedaan, en hij is er een beter mens door geworden. Dát wilde hij voor zijn kinderen. Hij wilde niet dat ze in de positie zouden komen te verkeren waarin ze nooit meer hoefden te werken. Hij wilde niet dat ze in de verleiding zouden komen niets met hun leven te doen.'

'Juist. Maar dat was dan niet van toepassing op de andere twee. Het is wel goed dat zíj in de verleiding komen, omdat van hen om de een of andere reden niet wordt verwacht dat ze ervoor moeten vechten. Is dat het?'

'JoAnna's dochters verkeren in dezelfde positie als Adrian.'
'Ik heb het niet over Guys dochters, en dat weet je heel goed,' zei Margaret. 'Ik bedoel die andere twee. Fielder en Moullin. Die krijgen een vermogen. Allebei. Wat heb je daarop te zeggen?'
'Het zijn speciale gevallen. Ze zijn anders. Ze hebben niet de voordelen gehad...'
'O, nee. Dat hebben ze niet. Maar die grijpen ze nu aan, nietwaar, Ruthie?' Margaret lachte, en ze liep naar de geopende kleerkast, waar ze met haar hand over een stapel kasjmieren truien streek, die Guy liever droeg dan overhemden en dassen.
'Voor hem waren ze speciaal,' zei Ruth. 'Ik denk dat je ze aangenomen kleinkinderen zou kunnen noemen. Hij was een soort mentor voor ze en ze waren...'
'Kleine dieven,' zei Margaret. 'Maar laten we ervoor zorgen dat ze hun beloning krijgen, ondanks hun grijpgrage vingers.'
Ruth fronste haar voorhoofd. 'Dieven? Waar heb je het over?'
'Hierover: ik heb Guys protégé – of moet ik aan hem blijven denken als zijn kleinkind, Ruth? – erop betrapt dat hij iets uit dit huis stal. Gisterochtend. In de keuken.'
'Paul had waarschijnlijk honger. Valerie geeft hem soms te eten. Hij zal een koekje gepakt hebben.'
'Wat hij in zijn rugzak heeft gestopt? Om daarna die ellendige hond van hem op me af te sturen toen ik probeerde te zien wat hij verstopt had? Je gaat je gang maar, laat hem er maar vandoor gaan met het zilver, Ruth. Of met een van Guys kleine antieke stukken. Of met een sieraad. Of wat het dan verdomme ook was dat hij gepakt heeft. Hij ging ervandoor toen hij ons zag – Adrian en mij – en als je niet gelooft dat hij schuldig is, vraag hem dan waarom hij die rugzak weggriste en met ons allebei vocht toen we probeerden hem die af te pakken.'
'Ik geloof je niet,' zei Ruth. 'Paul zou niets van ons wegnemen.'
'O, nee? Dan stel ik voor dat we de politie vragen om eens in zijn rugzak te kijken.'
Margaret liep naar het nachtkastje, en ze nam de hoorn van de telefoon op. Uitdagend stak ze die haar schoonzus toe. 'Zal ik ze bellen of doe jij het, Ruth? Als die jongen onschuldig is, heeft hij niets te vrezen.'

Guy Brouards bank stond aan Le Pollet, een smal zijstraatje van High Street, dat evenwijdig liep aan het laagste deel van de North Esplanade. Het was een betrekkelijk korte doorgang die grotendeels in de schaduw lag, maar niettemin stonden er aan weerszijden gebouwen die een periode van meer dan driehonderd jaar overbrugden. Het was een herinnering aan de veranderlijke aard van steden over de hele wereld: een voormalige elegante stadswoning uit de achttiende eeuw – compleet met gepolijst graniet en uitspringende hoeken – was in de twintigste eeuw verbouwd tot hotel, terwijl vlakbij in een paar negentiende-eeuwse huizen, uit diverse steensoorten opgetrokken, nu kledingzaken waren gevestigd. De gebogen glazen vensters van Edwardiaanse winkelpuien op zo korte afstand van het raadhuis verhaalden van de levendige handel die in deze buurt was gedreven in de dagen voorafgaand aan de Eerste Wereldoorlog, terwijl erachter een zeer modern filiaal van een Londense financiële instelling opdoemde.

De bank die Le Gallez en St James zochten, stond aan het eind van Le Pollet, niet ver van een taxistandplaats, waarachter de kade begon. Ze liepen erheen in gezelschap van rechercheur Marsh van de afdeling Fraude, een jeugdige man met ouderwets aandoende bakkebaarden, die tegen Le Gallez opmerkte: 'Wel een beetje te veel eer, vindt u ook niet?'

Le Gallez antwoordde zuur: 'Dick, ik wil hun graag een reden geven om van het begin af aan mee te werken. Op die manier besparen we tijd.'

'Ik zou zeggen dat een telefoontje van de belastinginspectie dat ook kan doen, inspecteur,' merkte Marsh op.

'Op zeker spelen is een gewoonte, jongen. En ik ben er de man niet naar om van mijn gewoonten af te wijken. De belastinginspectie zou hun tongen losmaken, dat staat vast. Maar een bezoek van Fraude... Dan doen ze het in hun broek.'

Rechercheur Marsh lachte en rolde met zijn ogen. Hij zei: 'Jullie lui van Moordzaken maken niet genoeg plezier.'

'We pakken het waar we het kunnen vinden, Dick.' Hij trok de zware glazen deur van de bank open en loodste St James naar binnen.

De directeur heette Robilliard, en het bleek dat hij Le Gallez goed kende. Toen ze zijn kamer binnenstapten stond de directeur uit zijn stoel op, zei 'Louis, hoe gaat het?' en stak de inspecteur zijn hand toe. Hij vervolgde met: 'We hebben je gemist bij het voetballen. Hoe is het met je enkel?'

'Beter.'

'Dan verwachten we je komend weekend bij de training. Zo te zien kun je wel wat lichaamsbeweging gebruiken.'

'Croissants bij het ontbijt. Die doen me de das om,' gaf Le Gallez toe.

Robilliard lachte. 'Alleen dikke mensen sterven jong.'

Le Gallez stelde zijn metgezellen voor aan de directeur, waarna hij zei: 'We zijn gekomen om een babbeltje te maken over Guy Brouard.'
'Ah.'
'Hij deed zijn bankzaken toch hier?'
'Zijn zus ook. Is er iets niet in orde met zijn rekeningen?'
'Het lijkt er wel op, David. Sorry.' Le Gallez begon te vertellen wat ze wisten: het verdwijnen van een aanzienlijke portefeuille met aandelen en obligaties, gevolgd door een reeks kasopnamen bij deze bank, die hadden plaatsgevonden in een betrekkelijk korte periode. Uiteindelijk, besloot hij, schenen ze een forse aanslag op zijn rekening gepleegd te hebben. Nu was de man dood – zoals Robilliard waarschijnlijk wist als hij de afgelopen weken het nieuws had gevolgd – en omdat zijn dood het gevolg was van moord... 'We moeten alles onderzoeken,' besloot Le Gallez.
Robilliard keek nadenkend. 'Natuurlijk,' zei hij. 'Maar om gegevens van de bank als bewijsmateriaal te gebruiken... Daarvoor heb je een gerechtelijk bevel nodig. Ik neem aan dat je dat weet.'
'Dat weet ik,' zei Le Gallez. 'Maar op het ogenblik is informatie het enige wat we willen hebben. Waar is dat geld naartoe gegaan, bijvoorbeeld, en hoe is het daar gekomen?'
Robilliard dacht over dit verzoek na. De anderen wachtten. Le Gallez had eerder aan St James uitgelegd dat een telefoontje van de belastinginspectie voldoende zou zijn om algemene informatie van de bank los te krijgen, maar dat hij de voorkeur gaf aan een persoonlijke benadering. Het zou niet alleen effectiever zijn, zei hij, maar ook sneller. Financiële instellingen waren volgens de wet verplicht verdachte transacties te melden aan de belastinginspectie, wanneer deze erom vroeg. Maar ze hoefden het niet op stel en sprong te doen. Er waren tientallen manieren om het te traineren. Dat was de reden dat hij de afdeling Fraude om assistentie had gevraagd, in de persoon van rechercheur Marsh. Guy Brouard was al te lang dood, ze hadden geen tijd om af te wachten terwijl de bank bleef walsen om iets wat de wet eenvoudig van haar vereiste.
Ten slotte zei Robilliard: 'Zolang je begrip hebt voor de situatie met betrekking tot bewijsmateriaal...'
Le Gallez tikte tegen zijn slaap. 'Het zit allemaal hier, David. Geef ons wat je kunt.'
De directeur vertrok om er persoonlijk voor te zorgen, hen achterlatend om te genieten van het uitzicht op de haven en St Julian's pier, dat zich vanuit zijn raam ontvouwde. 'Met een goede kijker kun je van hieruit Frankrijk zien,' merkte Le Gallez op.

Waarop Marsh antwoordde: 'Maar wie zou dat willen?' En beide mannen grinnikten als eilandbewoners wier gastvrijheid tegenover toeristen allang is gesleten.
Toen Robilliard een minuut of vijf later terugkwam, had hij een computeruitdraai bij zich. Hij wees naar een kleine vergadertafel, waaraan ze gingen zitten. Hij legde de uitdraai voor zich op tafel.
Hij zei: 'Guy Brouard had een grote rekening. Niet zo groot als die van zijn zus, maar groot. In die van haar zijn de laatste paar maanden weinig mutaties geweest, maar wanneer je bedenkt wie meneer Brouard was – Chateaux Brouard... de omvang van dat bedrijf toen hij de directie voerde? – was er niet echt een reden tot ongerustheid over bij- of afschrijvingen van zijn rekening.'
'Boodschap ontvangen,' zei Le Gallez, en daarna tegen Marsh: 'Begrijp je het, Dick?'
'Tot dusver werken we mee,' was diens reactie.
St James moest wel bewondering koesteren voor de kleinestadsonderhandelingen die gaande waren tussen de mannen. Hij kon zich slechts voorstellen hoe gecompliceerd de hele procedure kon worden als partijen zouden beginnen juridisch advies te eisen, opdrachten van de rechter, of een dwangbevel van de belastinginspectie. Hij wachtte op verdere ontwikkelingen, en die kwamen onmiddellijk.
'Hij heeft een aantal telegrafische overboekingen naar Londen gedaan,' vertelde Robilliard. 'Die gingen naar dezelfde bank, naar dezelfde rekening. Ze begonnen...' Hij raadpleegde de computeruitdraai. '... iets meer dan acht maanden geleden. Ze gingen door in het voorjaar en de zomer, en de bedragen werden steeds groter, met als hoogtepunt een laatste overboeking op 1 oktober. De eerste overboeking bedraagt 50.000 pond. De laatste 250.000 pond.'
'250.000? En dat alles elke keer naar dezelfde rekening?' zei Le Gallez. 'Christus, David. Wie past hier verdomme op de winkel?'
Robilliards gezicht kleurde licht. 'Zoals ik al zei: de Brouards zijn belangrijke rekeninghouders. Hij runde een onderneming met holdings over de hele wereld.'
'Hij was verdomme met pensioen gegaan.'
'Ja, dat is zo. Maar zie je, als de overboekingen gedaan waren door iemand die we niet zo goed kenden – een in-en-uitsituatie die was opgezet door een buitenlander, bijvoorbeeld – zouden we meteen aan de bel getrokken hebben. Maar er was niets wat op een onregelmatigheid wees. Er is nog steeds niets wat daarop wijst.' Hij haalde een geel plakbriefje

van de bovenkant van de computeruitdraai. Daarna vervolgde hij met: 'De rekening waarop het geld is gestort staat op naam van International Access. Met een adres in Bracknell. Eerlijk gezegd vermoed ik dat het een beginnende onderneming was waarin Brouard investeerde. Als je het natrekt wed ik dat dat precies is wat je zult vinden.'

'Wat je graag zou wíllen dat we vinden,' zei Le Gallez.

'Dat is alles wat ik weet,' wierp Robilliard tegen.

Le Gallez gaf het niet op. 'Alles wat je weet of alles wat je ons wilt vertellen, David?'

Als antwoord op die vraag sloeg Robilliard met zijn hand op de uitdraai en hij zei: 'Hoor eens, Louis, er is hier verdomme niets wat me vertelt dat dit anders is dan het eruitziet.'

Le Gallez pakte het papier. 'Juist. We zullen nog wel eens zien.'

Buiten bleven de drie mannen voor een bakkerij staan, waar Le Gallez verlangend naar een schaal met chocoladecroissants in de etalage keek. Rechercheur Marsh zei: 'Het is iets om na te trekken, inspecteur, maar omdat Brouard dood is, durf ik te wedden dat er in Londen niemand is die zich in het zweet zal werken om de onderste steen boven te halen.'

'Het zou een legale transactie kunnen zijn,' bracht St James naar voren. 'De zoon, Adrian Brouard... ik heb begrepen dat hij in Engeland woont. En er zijn nog andere kinderen. De mogelijkheid bestaat dat een van hen eigenaar is van International Access, en dat Brouard deed wat hij kon om de onderneming van de grond te krijgen.'

'Investeringskapitaal,' zei Marsh. 'We moeten iemand in Londen inschakelen om daar met de bank te praten. Ik zal de afdeling Fraude daar bellen en het doorgeven, maar ik denk dat ze, zoals de zaak er nu voorstaat, een gerechtelijk bevel zullen willen hebben. De bank, bedoel ik. Als je Scotland Yard belt...'

'Ik heb iemand in Londen,' viel St James hem in de rede. 'Iemand bij de Yard. Misschien kan hij ons helpen. Ik zal hem bellen. Maar intussen...' Hij dacht na over alles wat hij de afgelopen dagen te weten was gekomen. Hij volgde de mogelijke sporen die elk onderdeel van de informatie had getrokken. 'Laat mij de kwestie in Londen behandelen, als u wilt,' zei hij tegen Le Gallez. 'Daarna, dunkt me, wordt het tijd om openhartig met Adrian Brouard te spreken.'

23

'Dus zo staat het ervoor, jongen,' zei Pauls vader tegen zijn zoon. Hij omklemde Pauls enkel met zijn vereelte hand en hij glimlachte teder, maar Paul kon de teleurstelling in zijn ogen lezen. Hij had die gezien nog voor zijn vader hem had gevraagd mee naar boven te gaan, naar zijn slaapkamer, voor 'een gesprek van hart tot hart, Paulie'. De telefoon was gegaan, Ol Fielder had opgenomen, had gezegd 'Ja zeker, meneer Forrest, de jongen zit hier vlak naast me', en daarna had hij lang geluisterd, waarbij de uitdrukking van zijn gezicht langzaam veranderde van genoegen naar bezorgdheid naar verhulde teleurstelling. 'Ach, nou ja,' had hij gezegd nadat Dominic Forrest was uitgesproken, 'het is nog steeds een behoorlijk bedrag, en onze Paul zal er zijn neus niet voor ophalen, dat kan ik u wel vertellen.'

Daarna had hij Paul gevraagd met hem mee te gaan naar boven, zonder te reageren op Billy's 'Wat moet dat allemaal? Wordt onze Paulie toch geen Richard Branson?'

Ze waren naar Pauls kamer gegaan, waar Paul op het bed was gaan zitten, met zijn rug tegen het hoofdeind. Zijn vader nam plaats op de rand, en begon hem uit te leggen dat wat meneer Forrest aanvankelijk had gedacht dat een erfenis zou zijn van zo'n zevenhonderdduizend pond, in werkelijkheid een bedrag was gebleken in de buurt van zestigduizend. Heel wat minder dan meneer Forrest hun had voorgespiegeld, zeker, maar het was nog steeds geen bedrag om je neus voor op te trekken. Paul kon er verschillende dingen mee doen, nietwaar: de technische hogeschool, de universiteit, reizen. Hij zou een auto kunnen kopen, zodat hij niet langer op die oude fiets hoefde te vertrouwen. Hij kon een bedrijfje beginnen, als hij dat zou willen. Hij kon zelfs ergens een huisje kopen. Geen mooi huis, dat moest gezegd worden, en ook niet groot, maar een waaraan hij zou kunnen werken om het op te knappen, zodat het er mettertijd goed uitzag voor als hij op een keer zou gaan trouwen... Ach ja, het waren allemaal dromen, toch? Maar dromen zijn niet verkeerd. Die hebben we immers allemaal?

'Je had dat geld toch niet allemaal al in gedachten uitgegeven, jongen?'

vroeg Ol Fielder vriendelijk aan Paul, nadat hij zijn uitleg had beëindigd. Hij klopte Paul op zijn been. 'Nee? Dat dacht ik ook niet, jongen. Je bent verstandig in die dingen. Goed dat jij het hebt geërfd, Paulie, en niet... Nou, je weet wat ik bedoel.'
'Dus dat is het nieuws, hè? Het is toch om je rot te lachen.'
Paul keek op en zag dat zijn broer de kamer in was gekomen, onuitgenodigd, zoals gewoonlijk. Billy bleef in de deuropening staan, tegen de deurpost geleund. Hij likte het glazuur van een niet-geroosterde Pop Tart. 'Het lijkt erop dat onze Paulie nergens heen gaat om een chic leventje te leiden. Nou, ik zeg maar zo, ik vind 't wel goed. Zou niet weten hoe het hier zou zijn zonder Paulie die zich elke nacht in zijn bed ligt af te trekken.'
'Zo is het wel genoeg, Bill.' Ol Fielder stond op en strekte zijn rug. 'Ik neem aan dat je vanmorgen wel iets te doen hebt, zoals wij allemaal.'
'Dat neem je aan, hè?' zei Billy. 'Nee. Ik heb niks te doen. Ik ben immers anders dan jullie allemaal? Niet zo gemakkelijk voor mij om een baantje te vinden.'
'Je zou het kunnen proberen,' zei Ol Fielder tegen zijn oudste zoon. 'Dat is het enige verschil tussen ons, Bill.'
Paul keek beurtelings naar zijn broer en zijn vader. Daarna richtte hij zijn ogen op de knieën van zijn broek. Hij zag dat de stof bij de minste aanraking uit elkaar kon vallen. Te vaak gedragen, dacht hij, zonder andere kleren om uit te kiezen.
'O, zit het zo?' vroeg Billy. Paul kromp in elkaar bij het horen van die toon, omdat hij wist dat zijn vaders opmerking, hoewel die heel goed bedoeld was, de uitnodiging was waarop Billy had gewacht om erop los te slaan. Hij had zijn woede maanden ingehouden, een excuus afgewacht om die te botvieren. Het was nog erger geworden toen zijn vader de baan bij de wegwerkers had gekregen en Billy thuis had gelaten om zijn wonden te likken. 'Dat is toch het énige verschil, pa? Er is toch niks anders?'
'Je kent de feiten, Bill.'
Billy deed een stap de slaapkamer in. Paul dook weg op het bed. Billy was even groot als hun vader en hoewel die zwaarder was, was hij veel te zachtaardig. Bovendien kon hij zijn energie niet verspillen aan een vechtpartij. Hij had al zijn kracht nodig om het elke dag opnieuw vol te houden op zijn werk, en al was dat niet het geval geweest, hij was niet iemand die in was voor een knokpartij.
Dat was in Billy's ogen natuurlijk het probleem: het feit dat zijn vader geen vechtlust bezat. Alle kraamhouders op de markt van St Peter Port

hadden bericht gekregen dat de huur niet verlengd zou worden, omdat de hele markt zou worden gesloten om ruimte te maken voor een renovatieplan, wat betekende modieuze boetieks, antiekhandelaren, cappuccinotentjes en souvenirwinkels voor de toeristen. Ze zouden eruit moeten – het hele stel slagers, vishandelaren en groenteboeren – en ze konden een voor een verdwijnen, wanneer hun huurperiode verviel, of ze konden meteen vertrekken. Dat maakte de autoriteiten niet uit, zolang ze maar weg waren wanneer het hun opgedragen werd.
'We zullen erom vechten,' had Billy onder het eten gezworen. De ene avond na de andere had hij plannen gemaakt. Als ze niet konden winnen, zouden ze de markt in brand steken, omdat níémand ongestraft de Fielders hun familiebedrijf kon afnemen.
Hij had echter geen rekening gehouden met zijn vader. Ol Fielder was altijd een vreedzaam man geweest.
Dat was hij ook op dit moment, nu Billy voor hem stond, snakkend naar een vechtpartij, zoekend naar een opening.
Hij zei: 'Ik moet naar mijn werk, Bill. Jij zou er ook goed aan doen een baan te zoeken.'
'Ik had een baan,' zei Billy tegen hem. 'Net als jij. Net als mijn grootvader en mijn overgrootvader.'
Ol schudde zijn hoofd. 'Die tijd is voorbij, jongen.' Hij liep in de richting van de deur.
Billy pakte hem bij zijn arm. 'Jij,' zei hij tegen zijn vader, 'bent een waardeloos stuk vreten.' En toen Paul een gesmoord protest uitte, snauwde Billy hem toe: 'En jíj moet je er niet mee bemoeien, kleine rukker.'
'Ik ga naar mijn werk, Bill,' zei hun vader.
'Jij gaat nergens heen. We praten erover. Nu. En jij moet goed bedenken wat je gedaan hebt.'
'Dingen veranderen,' zei Ol Fielder tegen zijn zoon.
'Jij hebt ze laten veranderen,' zei Billy. 'Dat was van ons. Ons werk. Ons geld. Onze zaak. Opa heeft die aan jou nagelaten. Zíjn vader heeft dat bedrijf opgebouwd en het aan hem nagelaten. Maar heb je ervoor gevochten? Heb je geprobeerd het te redden?'
'Er was geen enkele kans om het te redden. Dat weet je, Bill.'
'Het had van míj moeten worden, zoals het van jou was. Ik had die zaak verdomme moeten krijgen.'
'Het spijt me,' zei Ol.
'Het spijt je?' Billy gaf een ruk aan zijn vaders arm. 'Aan spijt hebben we niks. Dat verandert niks aan wat er gebeurd is.'

‘Wat zou dat dan wel kunnen veranderen?’ vroeg Ol Fielder. ‘Laat mijn arm los.’
‘Waarom? Ben je bang voor een beetje pijn? Wil je daarom niet met ze vechten? Bang dat er narigheid van komt, pa? Dat je misschien een paar klappen krijgt? Een paar blauwe plekken?’
‘Ik moet aan het werk, jongen. Laat me los. Dram niet zo door, Billy.’
‘Ik dram als ik er zin in heb. En jij gaat wanneer ik zeg dat je kan gaan. Maar nu praten we dit uit.’
‘Dat heeft geen zin. Het is zoals het is.’
‘Dat moet je niet zeggen!’ begon Billy te schreeuwen. ‘Verdomme, zeg dat niet tegen me. Ik heb in de slagerij gewerkt sinds ik tien was. Ik heb het vak geleerd. Ik deed het goed. Al die jaren, pa. Bloed op mijn handen en op mijn kleren, de lucht was zo sterk dat ze me Broodje Tartaar noemden. Wist je dat, pa? Maar ik gaf er niet om, omdat het een manier van leven was. Dat bouwde ik op, een leven. Die kraam was van mij en nu is er niks meer, en dat is er voor mij overgebleven. Niks. Je hebt het je allemaal laten afpakken omdat je niet wilde dat je haar in de war raakte. En wat heb ik nog? Zeg het maar, pa.’
‘Zulke dingen gebeuren, Bill.’
‘Niet met mij!’ schreeuwde Billy. Hij liet zijn vaders arm los en gaf hem een duw. Daarna nog een, een tweede, een derde keer, en Ol Fielder deed niets om hem tegen te houden. ‘Vecht dan terug, klootzak!’ brulde Billy bij elke duw. ‘Vecht met me. Vécht met me.’
Op het bed zat Paul het als door een waas aan te kijken. Ergens in huis hoorde hij vaag het geblaf van Taboe, en stemmen. De televisie, dacht hij. En waar is mam? Hoort ze het dan niet? Waarom komt ze niet naar boven om hem tegen te houden?’
Niet dat ze het zou kunnen. Niet dat iemand het zou kunnen, nu niet, nooit. Billy had het geweld van het slagersvak leuk gevonden, al was het hem opgedrongen. Hij werkte graag met de hakmessen en hij hield van de slagen die het vlees van de botten scheidden, of de botten in stukken hakten. Nu dat uit zijn leven verdwenen was, snakte hij er al maanden naar om opnieuw de macht te bezitten iets kort en klein te hakken, te vermorzelen tot er niets meer over was. Hij had het allemaal opgekropt, deze aandrang om kwaad aan te richten, en nu stond hij op het punt om toe te slaan.
‘Ik vecht niet met je, Billy,’ zei Ol Fielder, nadat zijn zoon hem een laatste zet had gegeven. De achterkant van zijn benen raakte het bed, en hij liet zich erop zakken. ‘Ik vecht niet met je, jongen.’

‘Te bang om te verliezen? Vooruit. Sta op.’ Billy haalde met zijn vlakke hand fel uit naar zijn vaders schouder. Ol Fielder kromp in elkaar. Billy grinnikte, niet vrolijk. ‘Ja. Zo gaat ie goed. Heb je nou de smaak te pakken? Sta op, slappeling. Sta op. Sta op.’
Paul stak zijn hand naar zijn vader uit om hem naar zich toe te trekken, naar een veiligheid die niet bestond. Daarop richtte Billy zijn woede op hem. ‘Blijf van hem af, rukker. Hou je erbuiten. Hoor je me? We hebben een appeltje met elkaar te schillen, hij en ik.’ Hij greep zijn vader bij diens kaak en kneep er hard in, zijn hoofd opzij draaiend zodat Paul het gezicht van zijn vader goed kon zien. ‘Kijk naar dat smoelwerk,’ zei Billy tegen hem. ‘Zielige worm. Hij wil met niemand vechten.’
Taboe begon harder te blaffen. Stemmen kwamen dichterbij.
Bill draaide het gezicht van zijn vader weer naar zich toe. Hij kneep hem in zijn neus en pakte hem daarna bij zijn beide oren vast. ‘Wat is ervoor nodig?’ zei hij spottend. ‘Om een echte kerel van je te maken, pa?’
Ol duwde de handen van zijn zoon weg. ‘Zo is het genoeg!’ Zijn stem klonk luid.
‘Nu al?’ zei Billy lachend. ‘Pa toch, we zijn nog maar net begonnen.’
‘Ik zei: genoeg!’ bulderde Ol Fielder.
Hier was Billy op uit en hij begon te dansen van plezier. Hij balde zijn handen tot vuisten en hij lachte, triomfantelijk in de lucht stotend. Hij ging weer voor zijn vader staan en imiteerde het voetenwerk van een bokser. Hij zei: ‘Waar wil je vechten? Hier, of buiten?’
Hij kwam naar het bed toe, terwijl hij met zijn vuisten boksbewegingen bleef maken. Slechts een ervan raakte zijn vader – een slag tegen diens slaap – voor de kamer opeens vol mensen leek. Mannen in blauwe uniformen kwamen de deur door gestormd, gevolgd door Mave Fielder met Pauls kleine zusje op haar arm. Vlak achter haar volgden de twee middelste jongens, met jam op hun gezicht en geroosterd brood in hun handen. Paul dacht dat ze gekomen waren om zijn vader en zijn oudste broer uit elkaar te halen. Iemand had zeker de politie gebeld, en die waren vlakbij geweest, zo dichtbij dat ze hier in recordtijd konden zijn. Ze zouden de zaak overnemen en Billy wegsleuren. Ze zouden hem opsluiten en daarna zou er eindelijk rust heersen in huis.
Er gebeurde echter iets heel anders. Een van de agenten zei tegen Billy ‘Paul Fielder? Ben jij Paul Fielder?’, terwijl zijn collega naar Pauls broer toe liep. Deze agent zei tegen Pauls vader: ‘Wat is hier aan de hand, meneer? Zijn er problemen?’
Ol Fielder zei nee. Nee, er waren geen problemen, alleen een familieruzie

die een beetje uit de hand was gelopen.
'Is dit uw zoon Paul?', wilde de agent weten.
'Ze moeten onze Paulie hebben,' zei Mave Fielder tegen haar man. 'Ze willen niet zeggen waarom, Ol.'
Billy kraaide. 'Hebben ze je eindelijk te grazen, rukker?' zei hij tegen Paul. 'Heb je wat uitgevreten in de openbare plee? Ik heb je toch gewaarschuwd dat je daar niet moest rondhangen?'
Paul zat trillend tegen het hoofdeinde van zijn bed. Hij zag dat een van zijn jongere broertjes Taboe bij zijn halsband vasthield. De hond bleef blaffen, en een van de agenten zei: 'Laat die hond zijn kop houden.'
'Heb je een pistool?' vroeg Billy grinnikend.
'Bill!' riep Mave. Daarna vroeg ze: 'Ol? Ol? Wat moet dit?'
Maar Ol Fielder wist natuurlijk niet meer dan de anderen.
Taboe blafte nog steeds. Hij wriemelde heen en weer in een poging zich uit de greep van Pauls broertje te bevrijden.
De agent beval: 'Doe iets aan dat verdomde beest!'
Taboe wilde alleen maar losgelaten worden, wist Paul. Hij wilde zich er alleen maar van overtuigen dat er niets met Paul gebeurd was.
De andere agent zei: 'Hier. Laat mij...' En hij pakte Taboe bij zijn halsband om hem weg te trekken.
De hond ontblootte zijn tanden. Hij hapte naar hem. De agent slaakte een kreet en gaf de hond een flinke schop. Paul vloog van het bed om naar zijn hond toe te gaan, maar Taboe holde jankend de trap af.
Paul probeerde hem achterna te gaan, maar hij werd tegengehouden. 'Wat heeft hij gedaan? Wat heeft hij gedaan?' huilde zijn moeder, terwijl Billy onbeheerst lachte. Paul zocht met zijn voeten steun op de vloer, waarbij hij per ongeluk een van de agenten tegen diens been schopte. De man kreunde en zijn greep op Paul verslapte, wat Paul tijd gaf zijn rugzak van de grond te graaien en op de deur af te vliegen.
'Hou hem tegen!' schreeuwde iemand.
Dat was een kleine moeite. Het was zo vol in de kamer dat Paul nergens heen kon, en er was evenmin een plek waar hij zich kon verstoppen. Even later marcheerden ze met hem de trap af en het huis uit.
Vanaf dat moment leefde hij in een wervelwind van beelden en geluid. Hij hoorde dat zijn moeder bleef vragen wat ze van haar kleine Paulie moesten, hij kon zijn vader horen zeggen: 'Mave, meisje, probeer kalm te blijven.' Hij kon Billy horen lachen, ergens blafte Taboe, en buiten zag hij dat de buren zich verzameld hadden. Boven hen zag hij dat de hemel voor het eerst sinds dagen blauw was, en dat de bomen die om het hob-

belige parkeerterrein stonden, zich ertegen aftekenden als impressies in houtskool.
Voor hij wist wat er gebeurde zat hij achter in een politieauto, met zijn rugzak tegen zijn borst geklemd. Hij had koude voeten en toen hij ernaar keek drong het tot hem door dat hij geen schoenen aanhad. Hij droeg nog steeds zijn afgetrapte pantoffels, en niemand had eraan gedacht hem tijd te gunnen om een jack aan te trekken.
Het portier sloeg dicht en de motor loeide. Paul hoorde zijn moeder nog steeds roepen. Hij draaide zijn hoofd om toen de auto zich in beweging zette. Hij zag zijn familie kleiner worden.
Toen kwam Taboe tussen de mensen uit en begon achter hen aan te hollen. Hij blafte hevig en zijn oren wapperden.
'Verdomde stomme hond,' mompelde de agent die achter het stuur zat. 'Als hij niet naar huis teruggaat...'
'Niet ons probleem,' zei zijn collega.
Ze reden de Bouet uit en Pitronnerie Road op. Toen ze bij Le Grand Bouet waren en de snelheid opvoerden, rende Taboe nog steeds hijgend achter hen aan.

Het kostte Deborah en China enige moeite om het huis van Cynthia Moullin te vinden in La Corbière. Er was hun verteld dat het door iedereen het Schelpenhuis genoemd werd en dat ze het niet konden missen, ondanks dat het aan een weggetje stond ter breedte van een fietsband, wat weer een zijweg was van een ander weggetje dat zich tussen aarden wallen en heggen door slingerde. Bij de derde poging zagen ze eindelijk een brievenbus, versierd met oesterschelpen, en ze begrepen dat ze nu de plek hadden gevonden die ze zochten. Daarom stuurde Deborah de auto de oprit in, waar ze een enorme puinhoop van nog meer schelpen in de tuin zagen.
'Aha. Het huis dat vroeger bekendstond als De Schelp,' mompelde Deborah. 'Geen wonder dat we het eerst niet hebben gezien.'
Het zag er verlaten uit: er stond geen auto op de oprit, de schuur was gesloten, de gordijnen waren stijf dichtgetrokken voor de vensters met glas-in-loodruitjes. Maar toen ze uit de auto op de met schelpen bestrooide oprit stapten, zagen ze een jonge vrouw ineengedoken aan het verste eind van wat er van een bizarre tuin over was. Ze had haar armen om een kleine, met schelpen versierde betonnen wensput geslagen, en haar blonde hoofd rustte op de rand. Ze leek een beetje op een standbeeld van Viola na de schipbreuk, en ze bewoog zich niet toen Deborah en China naar haar toe liepen.

Ze sprak echter wel. Ze zei: ‘Ga weg. Ik wil jullie niet zien. Ik heb oma gebeld en ze zei dat ik naar Alderney kon komen. Ze heeft me daar nodig, en ik ben van plan om te gaan.’
‘Ben jij Cynthia Moullin?’ vroeg Deborah het meisje.
Geschrokken hief ze haar hoofd op. Ze keek van China naar Deborah alsof ze probeerde erachter te komen wie ze waren. Daarna keek ze langs hen heen, misschien om te zien of ze nog iemand anders hadden meegebracht. Nadat ze zich ervan overtuigd had dat er niemand was, verslapte haar lichaam. Haar gezicht herkreeg zijn wanhopige uitdrukking.
‘Ik dacht dat het pa was,’ zei ze dof, en daarna liet ze haar hoofd weer op de rand van de put zakken. ‘Ik wilde dat ik dood was.’ Ze omklemde opnieuw de rand van de put, alsof ze daarmee haar lichaam haar wil kon opleggen.
‘Ik ken dat gevoel,’ zei China.
‘Niemand kent dat gevoel,’ wierp Cynthia tegen. ‘Niemand kent het, omdat het van mij is. Híj is blij. Hij zegt: “Nu kun je doen wat je wilt. Gedane zaken nemen geen keer, en wat voorbij is, is voorbij.” Maar zo is het niet. Hij denkt alleen maar dat het voorbij is. Maar dat zal het nooit zijn. Niet voor mij. Ik zal het nooit vergeten.’
‘Bedoel je dat het voorbij is tussen jou en meneer Brouard?’ vroeg Deborah. ‘Omdat hij dood is?’
Bij het horen van de naam Brouard keek het meisje opnieuw op. ‘Wie zijn jullie?’
Deborah legde het uit. Tijdens de rit vanaf Le Grand Havre had China haar verteld dat ze geen woord had horen fluisteren over Guy Brouard en ene Cynthia Moullin terwijl zij op Le Reposoir had gelogeerd. Voorzover zij wist was Anaïs Abbott Guy Brouards enige minnares. ‘Ze gedroegen zich in elk geval zo,’ had China gezegd. Dus het was duidelijk dat dit meisje van het toneel verdwenen was voordat de Rivers naar Guernsey waren gekomen. Het stond nog te bezien waarom dat zo was, en op wiens aandringen.
Cynthia’s lippen begonnen te trillen en haar mondhoeken gingen omlaag, terwijl Deborah China en zichzelf voorstelde en de redenen uiteenzette voor hun bezoek aan het Schelpenhuis. Tegen de tijd dat alles haar was uitgelegd, kropen de eerste tranen over haar wangen. Ze deed niets om ze tegen te houden. Ze drupten op het grijze sweatshirt dat ze aanhad, waar ze kleine, ovale merktekens van haar verdriet op achterlieten.
‘Ik wilde het,’ huilde ze. ‘Hij wilde het ook. Hij heeft het nooit gezegd en

ik heb het nooit gezegd, maar we wisten het allebei. Hij keek me alleen maar aan, deze keer, voor we het deden, en ik wist dat alles tussen ons was veranderd. Ik kon het aan zijn gezicht zien – wat het voor hem zou betekenen en zo – en ik zei tegen hem: "Je moet geen voorzorgsmaatregelen nemen." En hij lachte dat lachje dat betekende dat hij wist wat ik dacht en dat het oké was. En ten slotte zou het alles veel gemakkelijker gemaakt hebben. Dan zou het logisch zijn geweest dat we gingen trouwen.'

Deborah keek China aan, die geluidloos reageerde met *wow.* Deborah zei tegen Cynthia: 'Was je verloofd met Guy Brouard?'

'We zouden ons gaan verloven,' zei ze. 'En nu... Guy. O, Guy.' Ze huilde zonder zich ervoor te schamen, als een klein meisje. 'Nu is er niets meer. Als er een baby was geweest, dan had ik tenminste iets gehad. Maar nu is hij werkelijk, echt dood en ik kan het niet verdragen en ik haat hem. Ik haat hem. Ik háát hem. Hij zegt: "Nu kun je doorgaan. Doorgaan met je leven. Je bent vrij om te doen wat je wilt, net als vroeger." En hij doet alsof hij er niet om gebeden heeft dat dit zou gebeuren, alsof hij niet had geloofd dat ik weggelopen zou zijn als het gekund had, en me verstopt zou hebben tot ik de baby kreeg en het voor hem te laat was om iets te doen om het tegen te houden. Hij praat erover dat het mijn leven verwoest zou hebben, terwijl mijn leven nú verwoest is. En hij is er blij om. Hij is blij. Hij is *blíj.'* Ze sloeg haar armen om de put en snikte het uit boven de korrelige rand.

Ze hadden beslist het antwoord op hun vraag gekregen, dacht Deborah. Er kon nauwelijks een wolk bestaan aan de hemel van zekerheid omtrent Cynthia Moullins verhouding met Guy Brouard. En de 'hij' die ze haatte, moest haar vader zijn. Deborah kon zich niet voorstellen wie zich anders de zorgen zou hebben gemaakt die ze toeschreef aan de 'hij' die ze zo verachtte.

Ze zei: 'Cynthia, mogen we je helpen naar binnen te gaan? Het is koud buiten, en je hebt alleen dat sweatshirt...'

'Nee! Ik ga daar nooit meer naar binnen! Ik blijf buiten tot ik doodga. Dat wil ik.'

'Ik denk niet dat je vader dat zal laten gebeuren.'

'Hij wil het net zo graag als ik,' zei ze. "Geef me het wiel," zei hij tegen me. "Je bent de bescherming niet waardig, meisje." Alsof ik me daardoor gekwetst zou voelen. Hij wilde dat ik zijn bedoeling begreep. Hij zegt ermee: "Je bent mijn dochter niet meer." En ik moet dat horen zonder dat hij het zegt. Maar het kan me geen moer schelen, weet je. Het kan me niet schelen.'

Deborah keek enigszins verward naar China. Deze haalde haar schouders op, als teken van haar eigen verbijstering. Dit waren wateren die veel te diep waren om in te waden. Er was kennelijk een reddingsboei nodig.
'Ik had hem trouwens toch al aan Guy gegeven,' zei Cynthia. 'Maanden geleden. Ik heb hem gezegd dat hij het altijd bij zich moest dragen. Het was stom, ik weet het. Het was niets anders dan een stomme steen. Maar ik zei tegen hem dat die hem zou beschermen, en ik denk dat hij het geloofde... omdat ik het tegen hem had gezegd... het tegen hem had gezegd...' Opnieuw begon ze te snikken. 'Maar het heeft hem immers niet beschermd? Het was alleen maar een verdomde, stomme steen.'
Het meisje was een fascinerende mengelmoes van onschuld, zinnelijkheid, naïviteit en kwetsbaarheid. Deborah kon begrijpen dat ze aantrekkelijk was voor een man die haar wereldwijs zou willen maken en haar tegelijkertijd tegen die wereld wilde beschermen, en die haar wilde inwijden in een paar van de verrukkingen ervan. Cynthia Moullin had zoiets te bieden als een dienstbare relatie, beslist een verleiding voor een man die te allen tijde zijn aura van superioriteit wilde behouden. Feitelijk zag Deborah zichzelf terug in het jonge meisje voor haar: de persoon die ze had kunnen zijn als ze niet op eigen houtje voor drie jaar naar Amerika was gegaan.
Het was dit besef dat haar ertoe aanzette impulsief naast het meisje neer te knielen en haar hand voorzichtig in haar nek te leggen. Ze zei: 'Cynthia, ik vind het heel erg wat je nu doormaakt. Maar alsjeblieft, laat ons je naar binnen brengen. Je wilt nu dood, maar dat zul je niet altijd willen. Geloof me. Ik weet het.'
'Ik ook,' zei China. 'Heus, Cynthia. Het is waar wat ze zegt.'
Het idee van zusterschap dat in hun opmerkingen besloten lag, leek tot het meisje door te dringen. Ze liet zich overeind helpen en toen ze goed en wel stond, veegde ze haar ogen af met de mouw van haar sweatshirt, waarna ze zielig zei: 'Ik moet mijn neus snuiten.'
Deborah zei: 'Binnen is er vast wel iets waarmee je dat kunt doen.'
Op die manier kregen ze haar van de put naar de voordeur. Daar verstijfde ze, en heel even dacht Deborah dat ze niet naar binnen zou gaan, maar toen Deborah hallo riep en vroeg of er iemand thuis was, en ze geen antwoord kreeg, was Cynthia bereid om naar binnen te gaan. Daar gebruikte ze een theedoek als zakdoek. Daarna liep ze naar de zitkamer, waar ze zich oprolde in een oude, beklede leunstoel. Ze legde haar hoofd op de armleuning, trok een gebreide deken van de rugleuning van de stoel en sloeg die om zich heen.

'Hij zei dat ik abortus moest laten plegen.' Haar stem klonk nu dof. 'Hij zei dat hij me opgesloten zou houden tot hij wist of ik er een nodig had. Er was geen denken aan dat hij me zou laten weglopen om de bastaard van die schoft te krijgen, zei hij. Ik zei dat het geen bastaard zou zijn, omdat we allang getrouwd zouden zijn voor de baby geboren werd, en toen werd hij heel kwaad. "Je blijft hier tot ik het bloed zie," zei hij. "En wat Brouard betreft, daar zullen we iets aan doen."' Cynthia's blik was strak op de muur tegenover haar stoel gericht, waar een verzameling familiefoto's hing. In het midden was een grote foto van een zittende man – waarschijnlijk haar vader – omringd door drie meisjes. Hij zag er ernstig en goedhartig uit. De meisjes keken bedrukt, alsof ze wat plezier nodig hadden. Cynthia zei: 'Hij kon maar niet begrijpen wat ík wilde. Het kon hem niets schelen. En nu is er niets. Als ik er tenminste de baby aan had overgehouden...'

'Geloof me, ik begrijp het,' zei Deborah.

We hielden van elkaar, maar hij begreep het niet. Hij zei dat Guy me verleid had, maar zo was het niet.'

'Nee,' zei Deborah. 'Zo gebeurt het immers niet?'

'Nee, zo gaat het niet. Niet zó.' Cynthia verfrommelde de deken in haar handen en trok hem op tot aan haar kin. 'Ik kon merken dat hij me van het begin af aan aardig vond, en ik vond hem ook aardig. Zo ging het. We vonden elkaar gewoon aardig. Hij praatte met me. Ik praatte met hem. En hij zág me echt. Ik was er niet gewoon in de kamer voor hem, als een stoel of zo. Ik was echt. Dat heeft hij me zelf verteld. En geleidelijk aan kwam de rest. Maar er is niets gebeurd waar ik niet aan toe was. Niets wat ik niet wilde laten gebeuren. Toen kwam pa erachter. Ik weet niet hoe. Hij heeft het voor ons alle twee verpest. Hij maakte het lelijk, en smerig. Hij deed alsof het iets was wat Guy voor de grap deed. Alsof hij met iemand had gewed dat hij mijn eerste kon zijn, en de lakens nodig had om het te bewijzen.'

'Vaders willen hun dochters nu eenmaal beschermen,' zei Deborah. 'Hij bedoelde waarschijnlijk niet...'

'O, hij bedoelde het wel zo. En zo was Guy trouwens.'

'Met je naar bed gaan vanwege een weddenschap?' China wisselde een duistere blik met Deborah. Haar mond vormde het woord 'schoft', wat haar gevoelens over de kwestie verduidelijkte.

Cynthia haastte zich haar te verbeteren. 'Hij wilde me laten zien hoe het kon zijn. Hij wist dat ik nog nooit... dat had ik hem verteld. Hij praatte erover hoe belangrijk het was voor een vrouw, dat haar eerste keer... hij

zei... een feest moest zijn. Een feest. En dat was het. Telkens weer. Dat was het.'
'Dus je voelde je met hem verbonden,' zei Deborah.
'Ja. Ja, zo was het. Ik wilde dat hij altijd zou blijven leven, met mij. Het kon me niet schelen dat hij ouder was. Wat maakte het uit? We waren niet zomaar twee lichamen die samen in bed lagen. We waren twee zielen die elkaar gevonden hadden en die van plan waren bij elkaar te blijven, wat er ook gebeurde. En zo zou het gegaan zijn als hij niet... als hij niet...' Cynthia legde haar hoofd weer op de armleuning en ze begon opnieuw te huilen. 'Ik wil ook dood.'
Deborah ging naar haar toe. Ze streelde over haar hoofd en ze zei: 'Ik vind het zo naar voor je. Hem op die manier kwijtraken en dan ook nog geen baby van hem te hebben... Je moet je diep ellendig voelen.'
'Ik ben kapot,' zei ze snikkend.
China bleef waar ze was, op een paar meter afstand. Ze sloeg haar armen over elkaar alsof ze zich wilde beschermen tegen de uitbarsting van Cynthia's emotie. Ze zei: 'Op dit moment helpt het waarschijnlijk niet om het te weten, maar je zult hier overheen komen. Op een dag zul je je zelfs beter voelen. In de toekomst. Dan voel je je een heel ander mens.'
'Dat wil ik niet.'
'Nee, dat willen we nooit. We hebben waanzinnig lief en wanneer we die liefde verliezen lijkt het alsof we zullen verwelken en doodgaan, en dat zou een zegen zijn. Maar geen enkele man is het waard om voor te sterven, wie hij ook is. En bovendien, in het echte leven gebeuren zulke dingen niet. We ploeteren gewoon door. En uiteindelijk komen we eroverheen. En dan voelen we ons weer compleet.'
'Ik wil niet compleet zijn.'
'Op dit moment niet,' zei Deborah. 'Op dit moment wil je rouwen. De hevigheid van je verdriet geeft de hevigheid van je liefde aan. En het verdriet loslaten, wanneer de tijd is aangebroken, is een eerbetoon aan die liefde.'
'Echt waar?' De stem van het meisje was die van een kind, en ze zag er zo kinderlijk uit dat Deborah haar met alles wat ze in zich had wilde beschermen. Plotseling begreep ze volkomen hoe de vader van dit meisje zich moest hebben gevoeld toen hij erachter was gekomen dat Guy Brouard haar had verleid.
'Dat is wat ik geloof,' zei Deborah. China, zag ze, was op weg naar de deur.
Ze lieten Cynthia Moullin achter met die laatste gedachte, opgekruld

onder haar deken, met haar hoofd op de armleuning. Na haar huilbui was ze uitgeput, maar kalm. Nu zou ze gaan slapen, zei ze tegen hen. Misschien zou ze van Guy kunnen dromen.

Buiten, toen ze over het met schelpen bestrooide pad naar de auto liepen, zeiden China en Deborah eerst niets. Ze bleven staan om de tuin te overzien, die eruitzag of een nonchalante reus die vertrapt had, en China zei uit de grond van haar hart: 'Wat een ellendige puinhoop.'

Deborah keek haar van opzij aan. Ze wist dat haar vriendin niet sprak over de verwoesting van de bizarre zaken die vroeger het gazon en de bloembedden hadden verfraaid. 'We leggen landmijnen in ons leven,' merkte ze op.

'Eerder atoombommen, als je het mij vraagt. Hij was zowat zeventig. En zij is... hoe oud? Zeventien? Dat is verdomme kindermishandeling. Maar o nee, met deze was hij heel voorzichtig.' Ze streek met haar hand door haar kortgeknipte haar, met een gebaar dat ruw was, en abrupt, zoals haar broer het zou doen. Ze zei: 'Mannen zijn zwijnen. Als er een fatsoenlijke vent bestaat, zou ik hem wel eens willen ontmoeten. Alleen maar om hem een hand te geven. Alleen maar om te zeggen: "Hallo, hoe gaat het?" Alleen om te weten dat ze niet allemaal uit zijn op het grote neukgebeuren. Al die jij-bent-de-ware en ik-hou-van-je-nonsens. Waarom, verdomme, trappen vrouwen er steeds weer in?' Ze keek Deborah aan, en voor deze kon antwoorden vervolgde ze: 'O, vergeet het maar. Laat maar. Ik vergeet het steeds weer. Door mannen vertrapt worden is niet bepaald op jou van toepassing.'

'China, dat is...'

China legde haar met een handgebaar het zwijgen op. 'Sorry. Sorry. Sorry. Ik had niet moeten... Het komt alleen omdat ik haar zo zag... naar haar heb geluisterd... Laat maar.' Haastig liep ze naar de auto.

Deborah volgde haar. 'We krijgen allemaal verdriet aangereikt waar we mee moeten omgaan. Dat gebeurt gewoon, als een bijproduct van ons leven.'

'Het hoeft niet zo te zijn.' China maakte het portier open en liet zich in de auto vallen. 'Vrouwen hoeven niet zo stom te zijn.'

'Er is ons geleerd in sprookjes te geloven,' zei Deborah. 'Een gekwelde man, gered door de liefde van een goede vrouw? Die gedachte wordt ons met de paplepel ingegoten.'

'Maar in dít scenario hebben we niet bepaald een gekwelde man,' merkte China op, naar het huis wijzend. 'Dus waarom zou ze op hem vallen? O, hij was charmant. En hij zag er goed uit. En hij verkeerde in goede conditie, dus hij léék geen zeventig. Maar om je zo te laten bepraten... ik bedoel, als je eerste... Hoe je het ook bekijkt, hij kon haar grootvader zijn. Haar overgrootvader, zelfs.'

'Toch lijkt ze van hem gehouden te hebben.'

'Ik durf te wedden dat zijn bankrekening daar iets mee te maken had. Mooi huis, mooi landgoed, mooie auto, mooi wat dan ook. Het vooruitzicht kasteelvrouwe te worden. Geweldige vakanties, over de hele wereld, ze hoefde er maar om te vragen. Alle kleren die ze wilde hebben. Hou je van diamanten? Ze zijn van jou. Vijftigduizend paar schoenen? Dat kunnen we regelen. Wil je een Ferrari? Geen probleem. Dat, durf ik te wedden, maakte Guy Brouard in haar ogen uiterst sexy. Ik bedoel, kijk nu eens naar dit huis. Kijk dan waar ze vandaan komt. Ze was zo'n gemakkelijke prooi. Ieder meisje uit een omgeving als deze zou een gemakkelijke prooi geweest zijn. Natuurlijk, vrouwen hebben zich altijd aangetrokken gevoeld tot de gekwelde idioot. Maar beloof hun een smak geld, dan zijn ze meteen verkocht.'

Deborah hoorde dit alles aan, haar hart klopte snel en licht in haar keel. Ze zei: 'Geloof je dat echt, China?'

'Nou en of ik het geloof. En de mannen weten het. Smijt met geld en kijk wat er gebeurt. Waarschijnlijk werkt het als een vliegenvanger. Geld betekent voor de meeste vrouwen meer dan een man die nog rechtop kan staan. Als hij ademt en stinkend rijk is, zeg dan niets meer. Laten we het contract tekenen. Maar om te beginnen noemen we het liefde. We zeggen dat we ons verdomd gelukkig voelen wanneer we bij hem zijn. We beweren dat wanneer we bij elkaar zijn, de vogeltjes in onze oren zingen en de aarde begint te beven en de seizoenen veranderen. Maar als je dat allemaal weglaat, komt het neer op het geld. We kunnen houden van een man met slechte adem, één been en zonder pik, zolang hij ons maar kan onderhouden op de manier waar we zo graag aan gewend willen raken.'

Deborah had er geen antwoord op. Er waren te veel manieren waarop China's uitspraken op haarzelf konden worden toegepast. Niet alleen op haar relatie met Tommy, die zo kort was gevolgd op haar vlucht met een gebroken hart uit Londen naar California, al die jaren geleden, maar ook op haar huwelijk, ruim anderhalf jaar nadat de affaire met Tommy voorbij was. Oppervlakkig leek het er allemaal op of het precies was wat China had beschreven: Tommy's aanzienlijke vermogen had de schijn van aanvankelijke verlokking; Simons veel geringere rijkdom was nog altijd voldoende om haar vrijheden te geven die de meeste vrouwen van haar leeftijd nooit gekend hadden. Het feit dat niets was wat het scheen... dat geld en de veiligheid die het bood soms aanvoelden als een web dat om haar heen gesponnen was om haar gevangen te houden... geen zelfstandige vrouw te zijn... nergens een bijdrage aan te kunnen leveren... Hoe kon daarvan gezegd worden dat het ertoe deed wanneer je het bezag in het licht van het enorme geluk vroeger een rijke minnaar gehad te hebben en nu een man die je kon onderhouden?

Deborah moest dit alles inslikken. Haar leven, wist ze, was wat ze er zelf van had gemaakt. Haar leven, wist ze, was iets waar China weinig van af wist. Ze zei: 'Ja. Nou. Wat de ene vrouw liefde noemt betekent voor de andere dat ze genoeg te eten heeft. Laten we teruggaan naar de stad. Simon zal nu wel met de politie gesproken hebben.'

24

Een van de voordelen van goed bevriend zijn met een waarnemend hoofdcommissaris van de afdeling Moordzaken was dat je hem snel kon bereiken. St James hoefde slechts een moment te wachten voor hij aan de andere kant van de lijn Tommy's stem hoorde, die enigszins geamuseerd zei: 'Dus het is Deb gelukt je mee te krijgen naar Guernsey? Dat dacht ik wel.'

'Eigenlijk wilde ze niet dat ik meeging,' antwoordde St James. 'Ik ben erin geslaagd haar ervan te overtuigen dat voor Miss Marple die naar St Peter Port gaat spelen niet echt in iemands belang was.'

Lynley grinnikte. 'En, hoe gaat het?'

'Het vordert, maar niet zo vlot als ik zou willen.' St James bracht zijn vriend op de hoogte van de voortgang van het onafhankelijk onderzoek dat hij en Deborah probeerden in te stellen, terwijl ze tegelijkertijd hun best deden de plaatselijke politie niet voor de voeten te lopen. 'Ik weet niet hoeveel langer ik hiermee nog zal kunnen doorgaan, alleen op de twijfelachtige kracht van mijn reputatie,' besloot hij.

'Vandaar het telefoontje?' zei Lynley. 'Ik heb met Le Gallez gesproken toen Deborah met River naar de Yard kwam. Hij maakte het volkomen duidelijk: hij wil niet dat de Londense politie zich met zijn zaak bemoeit.'

'Daar gaat het niet om,' haastte St James zich hem gerust te stellen. 'Alleen een of twee telefoontjes die je voor me zou kunnen plegen.'

'Wat voor telefoontjes?' Lynley klonk achterdochtig.

St James legde het uit. Nadat hij was uitgesproken, vertelde Lynley hem dat de Financial Services Authority de instelling was die zich feitelijk bezighield met alle vragen over het bankwezen in Engeland. Hij zou doen wat hij kon om informatie los te wurmen van de bank die de telegrafische overboekingen van Guernsey had ontvangen, maar het zou kunnen uitdraaien op een gerechtelijk bevel, wat iets meer tijd zou vergen.

'Dit alles kan volkomen legaal zijn,' zei St James tegen hem. 'We weten dat het geld naar een groep is gegaan in Bracknell, International Access.

Kun je het van die kant aanpakken?'
'Misschien moet dat wel. Ik zal zien wat ik kan doen.'
Na het gesprek ging St James naar beneden, naar de lobby van het hotel, waar hij in stilte moest toegeven dat hij allang aan een mobiele telefoon toe was, terwijl hij probeerde de receptioniste ervan te overtuigen hoe belangrijk het was dat ze hem opspoorde, mochten er telefoontjes uit Londen voor hem binnenkomen. Ze noteerde de informatie en ze was juist bezig hem, hoewel niet van harte, te verzekeren dat ze alle boodschappen aan hem zou doorgeven, toen Deborah en China terugkwamen van hun rit naar Le Grand Havre.
Gedrieën gingen ze naar de lounge, waar ze koffie bestelden en informatie uitwisselden. Deborah, zag St James, had een aantal niet-onbelangrijke sprongen vooruit gemaakt met wat ze had verzameld. China gebruikte deze feiten echter niet om te proberen zijn gedachten over de zaak te beïnvloeden, en daarvoor moest St James haar bewonderen. Hij betwijfelde of hij in dezelfde positie ook zo terughoudend zou zijn.
'Cynthia Moullin had het over een steen,' zei Deborah tot slot. 'Ze zei dat ze deze steen aan Guy Brouard gegeven had. Om hem te beschermen, zei ze. En haar vader wilde die van haar terug hebben. Waardoor ik me begin af te vragen of dit dezelfde steen was die is gebruikt om hem te verstikken. Hij heeft een luid en duidelijk motief, haar vader. Hij heeft haar zelfs in huis opgesloten tot haar menstruatie begon, om zeker te weten dat ze niet zwanger was van Guy Brouard.'
St James knikte. 'Le Gallez vermoedt dat iemand van plan kan zijn geweest de ring met het doodshoofd en de gekruiste beenderen te gebruiken om Brouard te verstikken, maar van plan veranderd is toen bleek dat Brouard die steen bij zich droeg.'
'En die iemand zou Cherokee geweest zijn?' China wachtte niet op antwoord. 'Daar hoort geen waarom bij, zoals ze ook geen waarom hadden toen ze mij ervoor wilden laten opdraaien. En hebben ze geen waarom nodig, Simon? Om het waterdicht te maken?'
'Dat zou ideaal zijn, ja.' Hij wilde eraan toevoegen wat hij nog meer wist – dat de politie iets gevonden had wat voor hen even belangrijk zou zijn als een motief – maar hij was niet bereid die informatie met iemand te delen. Het was niet zozeer dat hij China River of haar broer van het misdrijf verdacht, het was meer dat hij iedereén verdacht en dat het hem voorzichtiger leek zijn kaarten niet op tafel te gooien.
Voor hij verder kon gaan – met de keuze uit tijd winnen of eromheen

draaien – nam Deborah het woord. 'Cherokee kon niet geweten hebben dat Guy Brouard die steen had.'
'Tenzij hij hem ermee gezien had,' zei St James.
'Hoe had dat gekund?' wierp Deborah tegen. 'Cynthia zei dat Guy Brouard de steen bij zich droeg. Altijd. Dan zou hij die toch eerder in zijn zak hebben dan in zijn hand?'
'Ja, dat zou kunnen,' zei St James.
'Toch wíst Henry Moullin dat hij hem had. Hij heeft zijn dochter nadrukkelijk gevraagd hem de steen terug te geven, dat heeft ze ons verteld. Als ze tegen Henry gezegd had dat ze haar amulet of bescherming tegen het boze oog of wat het dan ook moge zijn, aan juist die man had gegeven tegen wie haar vader in verzet gekomen was, waarom zou hij dan niet meteen op Guy afgestapt zijn om hem terug te vragen?'
'Niets zegt ons dat hij het niet gedaan heeft,' merkte St James op. 'Maar tot we het zeker weten...'
'Schuiven we het Cherokee in de schoenen,' maakte China de zin effen af. Ze keek Deborah aan alsof ze wilde zeggen: zie je nu wel?
Het meisjes-tegen-jongensidee dat deze blik inhield, stond St James niet aan. Hij zei: 'We blijven overal voor openstaan. Dat is alles.'
'Mijn broer heeft dit niet gedaan,' zei China koppig. 'Hoor eens, we hebben Anaïs Abbott met een motief. We hebben Henry Moullin, ook met een motief. We hebben zelfs Stephen Abbott met een motief, als híj met Cynthia naar bed wilde, of zijn moeder van Brouard los wilde maken. Dus waar past Cherokee hierin? Nergens. En waarom niet? Omdat hij het niet gedaan heeft. Hij kende deze mensen niet beter dan ik.'
Deborah voegde eraan toe: 'Je kunt niet alles verwerpen wat naar Henry Moullin wijst, niet om de voorkeur te geven aan Cherokee, zo is het toch? Niet wanneer er niets is wat er ook maar op wijst dat hij voordeel zou kunnen hebben van de moord op Guy Brouard.' Ze leek echter iets op St James' gezicht te lezen terwijl ze die laatste opmerking maakte, omdat ze vervolgde: 'Tenzij er wél iets is. En er moet iets zijn, waarom zouden ze hem anders gearresteerd hebben? Dus natuurlijk is er iets. Dat dacht ik wel. Je bent bij de politie geweest. Wat hebben ze je verteld? Gaat het om de ring?'
St James wierp een snelle blik op China – die zich aandachtig naar hem toe boog – en daarna keek hij zijn vrouw aan. Hij schudde zijn hoofd, zei 'Deborah', en besloot met een zucht die zijn verontschuldiging overbracht: 'Het spijt me, schat.'

Deborahs ogen verwijdden zich toen ze scheen te beseffen wat haar man zei en deed. Ze wendde haar blik af en St James zag dat ze haar handen op haar schoot in elkaar klemde, alsof dit gebaar haar opkomende driftbui kon onderdrukken. Blijkbaar begreep China haar eveneens, want ze stond op, hoewel ze haar koffie nog niet had opgedronken. Ze zei: 'Ik denk dat ik maar eens ga kijken of ze me met mijn broer willen laten spreken. Of misschien kan ik Holberry vinden en hem een boodschap meegeven. Of...' Ze aarzelde, haar ogen dwaalden naar de deur van de lounge, waar twee vrouwen, beladen met tassen van Marks & Spencer, binnenkwamen voor een pauze tijdens het winkelen van die ochtend. Terwijl ze bleef kijken tot ze een plaats gevonden hadden, luisterend naar hun vrolijke gelach en gebabbel, stond China's gezicht somber. Ze zei tegen Deborah: 'Ik zie je straks wel, oké?' Met een knikje naar St James pakte ze haar mantel.
Deborah riep haar naam toen haar vriendin haastig de lounge uit liep, maar China draaide zich niet om. Deborah viel tegen haar man uit. 'Was dat nu echt nodig?' vroeg ze kwaad. 'Je hebt hem zo ongeveer een moordenaar genoemd. En je gelooft dat zij er ook bij betrokken is, hè? Daarom wilde je niet zeggen wat je weet, niet waar zij bij was. Jij denkt dat ze het gedaan hebben. Samen. Of een van hen. Dat denk je, nietwaar?'
'We weten niet dat ze het niet gedaan hebben,' antwoordde St James, hoewel dat niet echt was wat hij tegen Deborah wilde zeggen. Hij wist dat hij op de beschuldigende toon van zijn vrouw reageerde in plaats van haar te antwoorden, hoewel hij besefte dat deze reactie voortkwam uit irritatie en dat dit de eerste stap was op de weg naar een ruzie met haar.
'Hoe kún je zoiets zeggen?' vroeg Deborah fel.
'Deborah, hoe kon ik het omzeilen?'
'Omdat ik je net verteld heb wat we ontdekt hebben en niets daarvan heeft iets te maken met Cherokee. Of met China.'
'Nee,' zei hij instemmend. 'Wat jullie ontdekt hebben heeft niets met hen te maken.'
'Maar wat jíj weet, wel. Dat bedoel je. En als een brave detective hou je dat voor jezelf. Nou, ik vind het prima. Ik kan net zo goed naar huis gaan. Ik kan het je net zo goed...'
'Deborah.'
'... alleen laten afhandelen, want dat wil je toch zo graag.' Evenals China begon ze haar mantel aan te trekken. Ze deed het echter onhandig en daardoor kon ze niet de dramatische aftocht blazen die ongetwijfeld haar bedoeling was.

Hij zei: 'Deborah, ga zitten en luister.'
'Praat niet zo tegen me. Ik ben geen kind.'
'Gedraag je dan ook niet als...' Op het laatste moment zweeg hij, en hij hief zijn handen op met de palmen naar haar toe gekeerd, in een gebaar dat zei: laten we hiermee ophouden. Hij dwong zich kalm te blijven en dwong zijn stem redelijk te klinken. 'Wat ik geloof is niet belangrijk.'
'Dan weet je...'
'En,' viel hij haar vastbesloten in de rede, 'wat jij gelooft is ook niet belangrijk. Het enige wat belangrijk is, zijn de feiten. Gevoelens mogen geen rol spelen in een situatie als deze.'
'Goede god, je hebt je conclusie al getrokken, hè? Gebaseerd waarop?'
'Ik heb helemaal geen conclusie getrokken. Het is niet aan mij om dat te doen, en zelfs al was dat wel zo, niemand vraagt om mijn conclusie.'
'Wat dan?'
'Het ziet er niet goed uit. Zo ligt het.'
'Wat weet je? Wat hebben ze?' Toen hij niet onmiddellijk antwoordde, zei ze: 'God in de hemel, vertrouw je me niet? Wat denk je dat ik met die informatie zal doen?'
'Wat zou je doen als die belastend was voor de broer van je vriendin?'
'Wat is dat nu voor vraag? Wat denk je dat ik zou doen: het hem vertellen?'
'De ring...' St James vond het afschuwelijk om te zeggen, maar het moest gezegd worden: 'Er is gebleken dat hij die al meteen herkende, maar er toch niets over heeft gezegd. Hoe verklaar je dat, Deborah?'
'Dat hoef ik niet te verklaren. Dat moet hij doen. En dat zal hij ook.'
'Heb je zo veel vertrouwen in hem?'
'Hij is geen moordenaar.'
De feiten wezen echter op het tegendeel, hoewel St James niet het risico kon nemen ze haar mede te delen. *Eschscholzia californica,* een fles in een akker, vingerafdrukken op de fles. En alles wat zich in Orange County, California, had afgespeeld.
Een ogenblik bleef hij nadenken. Alles wees op River. Er was echter één detail wat het nog altijd niet deed: het overhevelen van geld van Guernsey naar Londen.

Margaret stond voor het raam en slaakte telkens wanneer er ook maar een vogel langs het huis vloog, een scherpe uitroep. Ze had nog twee keer met de politie gebeld, waarbij ze eiste te horen wanneer ze konden verwachten dat er iets gedaan werd aan 'dat ellendige diefje', en ze wachtte op de komst van iemand die naar haar verhaal zou luisteren en gepaste actie zou ondernemen. Ruth probeerde zich intussen op haar borduurwerk te concentreren.

Margaret vormde echter een hinderlijke afleiding. Het was 'Over een uur zul je wel uit een ander vaatje tappen, wat zijn onschuld betreft', en 'Ik zal je laten zien wat waarheid en eerlijkheid is,' en nog meer commentaar, terwijl ze wachtten. Waar ze op wachtten wist Ruth niet, want het enige wat haar schoonzus gezegd had, was 'Ze zullen er direct achteraan gaan', na haar eerste telefoongesprek met de politie.

Terwijl 'direct' zich uitstrekte, raakte Margaret steeds meer geïrriteerd. Ze was een heel eind op weg om zichzelf ervan te overtuigen dat ze nog een keer moest bellen om de autoriteiten tot actie te manen, toen een politieauto voor het huis stopte en ze juichend uitriep: 'Ze hebben hem!'

Ze haastte zich naar de deur, en Ruth deed haar best haar te volgen, nadat ze stijfjes uit haar stoel overeind was gekomen en nu moeizaam in Margarets kielzog strompelde. Haar schoonzus stoof naar buiten, waar een van de twee agenten in uniform het achterportier van de auto opende. Ze wierp zich tussen de politieman en degene die op de achterbank zat. Toen Ruth haar eindelijk had ingehaald, had Margaret haar hand al naar binnen gestoken om Paul Fielder bij zijn kraag te grijpen, en was ze bezig hem ruw uit de auto te trekken.

'Je dacht zeker dat je er ongestraft af kon komen?' vroeg ze woedend.

'Hoort u eens, mevrouw,' zei de agent.

'Geef me die rugzak, kleine dief die je bent!'

Paul worstelde in haar greep, en hij klemde zijn rugzak tegen zijn borst. Hij schopte naar haar enkels. Ze riep: 'Hij probeert te ontsnappen.' En daarna tegen de politie: 'Doe dan wat, verdomme. Pak hem die rugzak af. Daar heeft hij het in verstopt.'

De tweede agent kwam om de auto heen gelopen. Hij zei: 'U bemoeit zich met...'

'Nou, dat zou ik verdomme niet doen als jullie behoorlijk je werk deden!'

'Gaat u opzij, mevrouw,' zei Agent Een.

Ruth zei: 'Margaret, je maakt hem alleen maar bang. Paul, lieverd, kom je binnen? Agenten, wilt u hem alstublieft het huis in brengen?'

Met tegenzin liet Margaret de jongen los, en Paul holde op Ruth af. Zijn armen hield hij naar haar uitgestoken en zijn bedoeling was duidelijk. Zij, en niemand anders, moest zijn rugzak hebben.

Ruth loodste de jongen en de agenten het huis in, met de rugzak in haar

ene hand en haar arm door die van Paul gestoken. Ze liet het eruitzien als een vriendschappelijk gebaar. Hij trilde als een rietje, en ze wilde hem zeggen dat hij nergens bang voor hoefde te zijn. Het idee dat deze jongen ook maar iets uit Le Reposoir had gestolen, was belachelijk.
Het speet haar dat hij zo bang gemaakt was, en ze wist dat de aanwezigheid van haar schoonzus zijn angst alleen maar zou verergeren. Ze had iets moeten doen om Margaret ervan af te brengen de politie te bellen, besefte Ruth nu. Maar behalve haar op zolder opsluiten of de telefoonlijnen doorknippen zou ze niet weten wat ze had kunnen doen.
Nu de schade was aangericht, kon ze echter tenminste voorkomen dat Margaret aanwezig was bij wat ongetwijfeld een angstaanjagend gesprek voor de jongen zou worden. Dus toen ze in de stenen hal waren zei ze: 'Deze kant op. Paul, heren? Gaat u maar naar de kleine zitkamer. Die vindt u wanneer u die twee treetjes af gaat, voorbij de haard.' En toen ze Pauls blik zag die op de rugzak gericht bleef, klopte ze erop en zei ze vriendelijk tegen hem: 'Ik breng hem zo dadelijk mee. Ga maar, lieverd. Er zal je niets gebeuren.'
Nadat de agenten Paul hadden meegenomen naar de kleine zitkamer en de deur achter zich dicht hadden gedaan, wendde Ruth zich tot haar schoonzus. Ze zei: 'Ik heb je tot dusver je zin gegeven, Margaret. Nu laat je me doen wat ík wil.'
Margaret was niet dom. Ze begreep uit welke hoek de wind waaide wat haar plannen betrof om de jongen aan te klagen die geld gestolen had dat voor haar zoon bestemd was. Ze zei: 'Maak die rugzak open, dan zie je de waarheid.'
'Dat zal ik doen, waar de politie bij is,' zei Ruth. 'Als hij iets weggenomen heeft...'
'Zul je een uitvlucht voor hem bedenken,' zei Margaret verbitterd. 'Natuurlijk doe je dat. Jij zoekt uitvluchten voor iedereen. Dat is jouw levenshouding, Ruth.'
'We kunnen later praten. Als er meer te zeggen is.'
'Je houdt me hier niet buiten. Dat kun je niet doen.'
'Dat is waar. Maar de politie kan het wel. En dat zullen ze doen ook.'
Margarets rug verstrakte. Ruth kon zien dat haar schoonzus wist dat ze op dit punt verslagen was, maar dat ze naar een laatste opmerking zocht die alles zou illustreren waaronder ze had geleden en nog steeds leed, vanwege de verachtelijke Brouards. Ze vond die echter niet, en ze draaide zich abrupt om. Ruth wachtte tot ze Margarets voetstappen op de trap hoorde.

Toen ze zich in de kleine zitkamer bij de twee agenten en Paul Fielder voegde, schonk ze de jongen een vriendelijk lachje. 'Ga zitten, beste jongen,' zei ze. En tegen de agenten: 'Neemt u plaats.' Ze wees naar twee stoelen en de sofa. Paul koos de sofa en ze ging naast hem zitten. Ze klopte hem op zijn hand en ze fluisterde: 'Het spijt me verschrikkelijk. Ze windt zich veel te veel op, vrees ik.'

'Hoort u eens, mevrouw. Deze jongen is beschuldigd van diefstal...'

Ruth stak haar hand op om de agent tot zwijgen te brengen. Ze zei: 'Ik neem aan dat het een hersenschim is van mijn schoonzus' levendige verbeelding. Als er iets vermist wordt, zou ik niet weten wat het is. Ik vertrouw deze jongen overal en altijd, wanneer hij in mijn huis is. Met ál mijn eigendommen.' Om het te bewijzen gaf ze de jongen de rugzak ongeopend terug, en ze zei: 'Het spijt me alleen dat het iedereen zoveel overlast heeft bezorgd. Margaret is verschrikkelijk overstuur door de dood van mijn broer. Ze gedraagt zich op het moment niet redelijk.'

Ze dacht dat hiermee een eind aan dit alles zou komen, maar ze had het mis. Paul schoof haar de rugzak weer toe en toen ze zei 'Maar Paul, ik begrijp het niet goed', maakte hij de gespen los en haalde er een cilindervormig voorwerp uit, iets wat uit zichzelf oprolde.

Ruth keek ernaar en daarna weer naar hem, verbijsterd. Beide agenten stonden op. Paul duwde Ruth het voorwerp in haar handen en toen ze niet precies wist wat ze ermee moest doen, deed hij het voor haar. Hij ontrolde het en spreidde het op haar knieën uit.

Ze keek ernaar. 'O, lieve god,' zei ze, en plotseling begreep ze alles.

Er kwam een waas voor haar ogen, en onmiddellijk vergaf ze haar broer alles: de geheimen die hij erop na had gehouden en de leugens die hij had verteld. De manier waarop hij anderen had gebruikt. De behoefte om viriel te zijn. De dwang om te verleiden. Opeens was ze weer dat kleine meisje, wier hand was omklemd door die van haar oudere broer. '*N'aie pas peur*,' had hij gezegd. '*N'aie jamais peur. On rentrera à la maison.*'

Een van de agenten zei iets, maar Ruth was zich slechts vaag bewust van zijn stem. Ze zette duizend herinneringen uit haar hoofd, en ze slaagde erin te zeggen: 'Paul heeft dit niet gestolen. Hij bewaarde het voor me. Hij was aldoor van plan het aan me te geven. Ik veronderstel dat hij het wilde bewaren tot mijn verjaardag. Guy zal gewild hebben dat het veilig opgeborgen bleef. Hij moet geweten hebben dat Paul dat voor hem zou doen. Ik vermoed dat dát is wat er gebeurde.'

Meer dan dat kon ze niet zeggen. Ze merkte dat ze overweldigd werd

door emoties, verbijsterd was door de betekenis van wat haar broer had gedaan – en de onvoorstelbare moeite die hij had gedaan – om haar, hun familie en hun erfgoed te eren. Ze mompelde tegen de agenten: 'We hebben u veel last bezorgd. Daarvoor bied ik u mijn excuses aan.' Het was voldoende om hen aan te sporen te vertrekken.
Ze bleef met Paul op de sofa zitten. Hij schoof dichter naar haar toe. Hij wees naar het gebouw dat de schilder had afgebeeld, naar de kleine werklieden die eraan bezig waren, naar de etherische vrouw op de voorgrond, haar ogen gericht op het enorme boek op haar schoot. Haar japon was in blauwe plooien om haar heen gedrapeerd. Haar haren wapperden naar achteren, alsof ze door een briesje werden aangeraakt. Ze was nog even mooi als toen Ruth haar voor het laatst gezien had, meer dan zestig jaar geleden: leeftijdloos en onaangetast, bevroren in de tijd.
Ruth tastte naar Paul en nam zijn hand in de hare. Nu was zíj degene die trilde, en ze kon geen woord uitbrengen. Maar ze kon handelen, en dat deed ze. Ze bracht zijn hand aan haar lippen, en daarna stond ze op.
Ze wenkte dat hij met haar mee moest gaan. Ze zou hem meenemen naar boven, zodat hij zelf zou kunnen zien en volledig zou begrijpen hoe bijzonder het geschenk was dat hij haar zojuist had gegeven.

Valerie vond het briefje toen ze terugkwam van La Corbière. Het telde slechts twee woorden, in Kevins keurige handschrift: *Cheries recital.* Het feit dat hij verder niets geschreven had was een teken van zijn ongenoegen. Ze voelde iets als een steek. Ze was het kerstconcert op de school van het meisje vergeten. Het was de bedoeling geweest dat ze erheen zou gaan met haar man, om de zangprestaties van haar zes jaar oude nichtje toe te juichen, maar als gevolg van de bezorgdheid die ze voelde omdat ze moest weten in hoeverre zij verantwoordelijk was voor de dood van Guy Brouard, had ze aan niets anders gedacht. Kevin had haar misschien bij het ontbijt aan het concert herinnerd, maar ze zou hem niet gehoord hebben. Ze was toen al bezig plannen te maken voor de dag: hoe en wanneer ze zou kunnen wegglippen naar het Schelpenhuis zonder gemist te worden, wat ze tegen Henry zou zeggen wanneer ze daar aankwam.
Toen Kevin thuiskwam was ze bezig kippenbouillon te trekken, waarbij ze een laagje vet uit een kokende pan schepte. Een nieuw recept voor soep lag naast haar op het aanrecht. Ze had het uit een tijdschrift geknipt, in de hoop dat het Ruth zou kunnen verleiden er iets van te eten.
Kevin kwam de keuken in en bleef bij de deur naar haar staan kijken, met zijn das los en zijn jasje open. Hij had zich te netjes gekleed voor een

kerstuitvoering van de groep onder de tien jaar, dacht Valerie, en bij het zien van haar man voelde ze opnieuw een steek. Hij zag er goed uit; ze had met hem mee moeten gaan.
Kevins ogen gingen naar het briefje dat hij op de koelkast had geplakt. Valerie zei: 'Het spijt me. Ik was het vergeten. Heeft Cherie het goed gedaan?'
Hij knikte. Hij deed zijn das af en wikkelde die om zijn hand, waarna hij hem op tafel legde naast een schaal ongepelde walnoten. Hij trok zijn jasje uit en daarna zijn vest. Hij trok een stoel onder de tafel vandaan en ging zitten.
'Alles goed met Mary Beth?' voeg Valerie.
'Zo goed als je kunt verwachten, de eerste Kerstmis zonder hem.'
'Ook jouw eerste Kerstmis zonder hem.'
'Voor mij is het anders.'
'Ja, dat zal wel. Maar het is goed dat de meisjes jou hebben.'
Er viel een stilte tussen hen. De kippenbouillon borrelde. Autobanden knarsten op het grind van de oprit, op korte afstand van het keukenraam. Valerie keek naar buiten en zag een politieauto het terrein van het landgoed af rijden. Ze fronste haar voorhoofd, wijdde zich weer aan de pan en deed er gehakte selderie bij. Ze voegde er een schepje zout aan toe en wachtte tot haar man iets zou zeggen.
'De auto was weg toen ik die nodig had om naar de stad te gaan,' zei hij. 'Ik moest Guys Mercedes nemen.'
'Die moet bij je gepast hebben als een plaatje, zo mooi had je je aangekleed. Vond Mary Beth het leuk om zo chic te rijden?'
'Ik ben alleen gegaan. Te laat om haar op te halen. Bovendien was ik te laat voor het concert. Ik heb op je gewacht. Ik was ervan overtuigd dat je maar even zou wegblijven. Dat je medicijnen voor het grote huis moest halen bij de apotheek, of zoiets.'
Ze keek nog een keer naar de bovenlaag van de bouillon en schepte er een niet-bestaand oogje vet af. Ruth zou geen soep eten waar te veel vet in zat. Als ze de kleine oogjes erop zag drijven, zou ze de kom van zich af schuiven. Dus Valerie moest waakzaam zijn. Ze moest al haar aandacht op de kippensoep richten.
'Cherie heeft je gemist,' zei Kevin met nadruk. 'Je zou ook komen.'
'Mary Beth heeft zeker niet gevraagd waar ik was?'
Kevin gaf geen antwoord.
'Dus...' zei Valerie, zo opgewekt mogelijk. 'Zijn die ramen in haar huis nu goed afgedicht, Kev? Lekt het niet meer?'

'Waar was je?'
Ze liep naar de koelkast en keek erin, intussen proberend te bedenken wat ze hem kon vertellen. Ze deed alsof ze de inhoud van de koelkast inspecteerde, maar haar gedachten bleven voortdurend rondzwermen als vliegjes om overrijp fruit.
Kevins stoel schraapte over de vloer toen hij opstond. Hij kwam naar de koelkast toe en deed de deur dicht. Valerie ging naar het fornuis, en hij liep achter haar aan. Toen ze de lepel pakte om in de soep te roeren, nam hij die uit haar hand. Rustig zette hij de lepel in de houder. 'Het wordt tijd om te praten.'
'Waarover?'
'Ik denk dat je het wel weet.'
Ze wilde het niet toegeven. Niets wilde ze toegeven. Dat kon ze zich niet veroorloven. Daarom moest ze het gesprek een andere wending geven. En dat deed ze, wetend dat het een verschrikkelijk risico met zich meebracht, het risico dat haar in dezelfde ellendige positie zou dwingen als haar moeder: die vloek van in de steek gelaten worden die haar familie leek te achtervolgen. In haar kinderjaren en als tiener had ze in de schaduw ervan geleefd en ze had al het mogelijke gedaan om ervoor te zorgen dat zij nooit de rug van een man die bij haar wegliep, zou hoeven zien. Het was haar moeder overkomen. Het was haar broer overkomen. Maar ze had gezworen dat het haar nooit zou gebeuren. Wanneer we werken en vechten en ons opofferen en liefhebben, hebben we als beloning daarvoor recht op toewijding, had ze geloofd. Die had ze jarenlang gekregen, zonder erom te vragen. Toch moest ze het risico nemen die te verliezen, teneinde bescherming te geven waar die nu het meest nodig was.
Ze vermande zich en zei: 'Je mist onze jongens, hè? Dat hoort erbij. We hebben het goed gedaan met ze, maar ze leiden nu hun eigen leven, en je mist het vaderschap. Daar is het mee begonnen. Ik zag het verlangen in je, toen de dochtertjes van Mary Beth hier voor het eerst kwamen eten.'
Ze keek haar man niet aan, en hij zei niets. Onder andere omstandigheden had ze zijn stilzwijgen als instemming kunnen beschouwen en zou ze het gesprek niet hebben voortgezet. Maar in deze situatie kon ze het niet, wanneer het beëindigen van het ene gesprek het risico met zich meebracht dat er een ander gesprek zou beginnen. Op dit moment waren er te weinig veilige onderwerpen om uit te kiezen, dus ze koos dit, bij zichzelf zeggend dat ze er geleidelijk aan wel aan toe zouden komen.
Ze zei: 'Het is toch zo, Kev? Zo is alles toch begonnen?' Ondanks haar opzettelijk gekozen onderwerp, ondanks het feit dat ze die keuze koel-

bloedig had gemaakt als een manier om dat andere wat ze wist voorgoed verborgen te houden, dacht ze terug aan haar moeder en hoe het voor haar was geweest: het smeken en de tranen en het 'Laat me niet in de steek, ik zal alles doen, ik zal alles zijn, ik zal haar zijn als je dat van me vraagt'. Ze beloofde zichzelf dat ze, als het daarop aankwam, niet de weg van haar moeder zou gaan.

'Valerie.' Kevins stem klonk schor. 'Wat is er met ons gebeurd?'

'Weet je dat niet?'

'Zeg het me.'

Ze keek hem aan. 'Is er een "ons"?'

Hij leek zo perplex dat ze een moment lang wilde blijven waar ze nu waren, tot hoe ver ze gekomen waren, zo dicht bij de grens maar zonder die over te steken. Ze kon het echter niet. 'Waar heb je het over?' vroeg hij.

'Keuzes,' zei ze. 'Ervoor weglopen wanneer je ze moet maken. Of ze maken, en weglopen voor andere. Dat is er gebeurd. Ik heb het zien gebeuren. Ik heb eroverheen gekeken, erlangs, ik heb geprobeerd het niet te zien. Maar het is er toch, en je hebt gelijk. Het is tijd dat we praten.'

'Val, heb je verteld...'

Ze viel hem in de rede omdat ze niet wilde dat het die kant uit ging. Ze zei: 'Mannen gaan niet vreemd tenzij er een leegte is, Kev.'

'Vreemd?'

'Ergens, een leegte. In wat ze al hebben. Dat begrijp ik. Eerst dacht ik: och, hij kan als hun vader optreden zonder hun vader te worden, nietwaar? Hij kan hun geven wat een vader zijn dochters geeft en daar kunnen we mee leven, Kev en ik. Hij kan Coreys plaats in hun leven innemen. Dat kan hij tenminste doen. Het is prima wanneer hij dat doet.' Ze slikte en wilde dat ze het niet hoefde te zeggen. Maar ze wist dat ze, evenals haar man, geen keuze had wat dit betrof. 'Ik vond,' zei ze, 'toen ik erover na begon te denken, Kev: hij hoeft niet hetzelfde te doen voor Coreys vrouw.'

Kevin zei: 'Wacht eens even. Dacht je... Mary Beth... en ik?'

Hij leek ontsteld. Ze zou zich opgelucht gevoeld hebben als ze niet verder had moeten aandringen om zeker te weten dat alle andere gedachten uit zijn hoofd waren weggevaagd behalve het idee dat ze hem ervan had verdacht dat hij verliefd was geworden op de weduwe van zijn broer. 'Was het niet zo?' vroeg ze hem. 'Is het niet zo? Ik wil nu de waarheid weten, Kev. Ik geloof dat ik er recht op heb.'

'De waarheid willen we allemaal,' zei Kevin. 'Ik weet niet zeker of we er recht op hebben.'
'In een huwelijk?' zei ze. 'Zeg het me, Kevin. Ik wil weten wat er gaande is.'
'Niets,' zei hij. 'En ik begrijp niet waarom je op het idee kwam dat er ooit iets gaande was.'
'Haar dochtertjes. Haar telefoontjes. Dat ze je nodig had om karweitjes voor haar te doen. Jij was bij haar en je miste onze jongens en je wilde... ik merk dat je onze jongens mist, Kev.'
'Natuurlijk. Ik ben hun vader. Waarom zou ik ze niet missen? Maar dat betekent niet... Val, ik ben aan Mary Beth verplicht wat een broer aan zijn zus verplicht is. Niet meer, niet minder. Ik had verwacht dat juist jij dat zou begrijpen. Ging het daar allemaal om?'
'Wat?'
'De stilte. De geheimen. Alsof je iets voor me verborgen hield. Dat heb je toch gedaan? Iets voor me verborgen gehouden? Je praat altijd, maar de laatste tijd ben je daarmee gestopt. Toen ik vroeg...' Hij gebaarde met zijn hand, en liet die vervolgens langs zijn lichaam vallen. 'Je wilde het niet zeggen. Dus ik dacht...' Hij wendde zijn ogen van haar af en keek naar de kippensoep alsof het een toverdrank was.
'Wat dacht je?' vroeg ze, omdat ze het nu eindelijk moest weten en hij zou moeten spreken zodat ze het kon ontkennen en door het te ontkennen het onderwerp tussen hen kon laten rusten.
'Eerst,' zei hij, 'dacht ik dat je het aan Henry had verteld, ondanks de belofte je mond te zullen houden. Ik dacht: jezus, god, ze heeft haar broer over Cyn verteld en ze denkt dat hij Brouard om zeep heeft geholpen en ze wil het me niet vertellen omdat ik degene was die haar dat uit het hoofd had gepraat. Maar daarna besloot ik dat het iets anders moest zijn, iets ergers. Erger voor mij, althans.'
'Wat?'
'Val, ik wist toch hoe hij was. Hij had mevrouw Abbott, maar die was niets voor hem. Hij had Cyn, maar Cyn is nog maar een meisje. Hij wilde een vrouw die zich gedroeg als een vrouw en die wist wat een vrouw moet weten, iemand die evenveel behoefte had aan hem als hij aan haar. En jij bent zo'n vrouw, Val. Dat wist hij. Ik zag dat hij het wist.'
'Dus je dacht dat meneer Brouard en ik...?' Valerie kon het nauwelijks bevatten: niet alleen dat hij het geloofde – zo onwaarschijnlijk als het was – maar ook hoeveel geluk ze had dat hij het geloofde. Hij zag er zo ellendig uit dat haar hart overvloeide van liefde voor hem. Ze wilde

lachen om de krankzinnigheid van het idee dan Guy Brouard juist haar had willen hebben, met haar door het werk verruwde handen en haar lichaam dat kinderen had gebaard, niet verfraaid door het scalpel van de plastisch chirurg. Dwaze man, hij was op zoek naar jeugd en schoonheid om die van hem te vervangen, wilde ze haar man vertellen. Ze zei echter: 'Waarom heb je dat in vredesnaam gedacht, schat?'

'Het is niets voor jou om geheimzinnig te doen,' zei hij. 'Als het niet om Henry ging...'

'En dat was niet zo,' zei ze. Ze lachte tegen haar man en liet toe dat de leugen hoe dan ook bezit van haar nam.

'Wat had het anders in 's hemelsnaam kunnen zijn?'

'Te denken dat meneer Brouard en ik... Waarom dacht je dat ik ook maar enige belangstelling voor hem zou hebben?'

'Dat dacht ik niet. Ik zag het alleen. Hij was zoals hij was en jij had geheimen voor me. Hij was rijk en god weet dat wij het nooit zullen zijn, en dat had misschien meegeteld voor jou. Terwijl je... Dat was het gemakkelijkste.'

'Waarom?'

Hij stak zijn handen uit. Zijn gezicht zei haar dat wat hij op het punt stond te gaan zeggen het redelijkste was van de fantasie waarmee hij had geleefd. 'Wie zou het niet bij je geprobeerd hebben als hij ook maar een greintje kans van slagen had?'

Ze voelde haar hele lichaam verzachten door zijn woorden: door de vraag die hij had gesteld, de uitdrukking op zijn gezicht, de beweging van zijn armen. Ze voelde de zachtheid doordringen tot haar ogen en op haar gezicht. Ze liep naar hem toe. Ze zei: 'Er is maar één man in mijn leven geweest, Kev. Er zijn maar weinig vrouwen die dat kunnen zeggen. Nog minder kunnen er trots op zijn het te zeggen. Ik kan het zeggen, en ik ben er trots op dat ik het kan. Voor mij ben jij altijd, en alleen maar, de enige geweest.'

Ze voelde zijn armen om haar heen. Hij trok haar naar zich toe, zonder tederheid. Hij hield haar vast zonder begeerte. Hij zocht geruststelling, en dat wist ze omdat ze zelf geruststelling zocht.

Goddank vroeg hij haar verder niets.

Daarom zei ze helemaal niets meer.

Margaret maakte haar tweede koffer open, die op haar bed lag, en ze begon meer kleren uit de ladekast te halen. Ze had alles keurig opgevouwen bij haar aankomst, maar nu kon het haar niet schelen hoe het weer

werd ingepakt. Ze had genoeg van dit huis en ze had genoeg van de Brouards. God mocht weten wanneer het volgende vliegtuig naar Engeland vertrok, maar ze was van plan daarmee terug te gaan.
Ze had gedaan wat ze kon voor haar zoon, voor haar ex-schoonzus, verdomme, eigenlijk voor iederéén. Maar dat Ruth haar had weggestuurd was de laatste druppel geweest, definitiever dan de laatste druppel van haar gesprek met Adrian.
'Dit denkt ze,' had ze aangekondigd. Ze was naar zijn slaapkamer gegaan om hem te zoeken en had hem daar niet gevonden. Uiteindelijk had ze hem aangetroffen op de bovenste verdieping van het huis, in de galerij waar Guy enkele van de antiquiteiten had neergezet die hij door de jaren heen had verzameld, samen met het merendeel van de kunstwerken. Het feit dat dit alles van Adrian had kunnen zijn, van Adrian had moeten zijn... Het deed er niet toe dat de meeste doeken allemaal van dat moderne spul waren – dikke klodders verf en mensen die eruitzagen alsof ze in stukken waren gesneden door een keukenmachine – ze waren vermoedelijk waardevol, ze hadden van haar zoon moeten zijn, en de gedachte dat Guy zijn laatste jaren eraan had besteed om zijn zoon opzettelijk te onthouden wat hem toekwam... Margaret kookte. Ze zwoer dat ze zich zou wreken.
Adrian deed niets in de galerij. Hij was gewoon Adrian, zoals hij daar in een leunstoel hing. Het was koud in de galerij, en daarom had Adrian zijn leren jasje aangetrokken. Hij had zijn benen voor zich uitgestrekt en zijn handen in zijn zakken. Het had de houding kunnen zijn van iemand die zijn favoriete voetbalelftal genadeloos ziet afmaken, maar Adrians ogen waren niet op een televisietoestel gericht, maar op de schoorsteenmantel. Daar stond een zestal foto's, waaronder een van Adrian met zijn vader, Adrian met zijn halfzussen, Adrian met zijn tante.
Margaret zei zijn naam en daarna: 'Heb je me gehoord? Ze denkt dat je geen recht hebt op zijn geld. Dat dacht hij ook, volgens haar. Ze zegt dat hij er niet in geloofde dat mensen ergens recht op hebben. Zo stelde ze het. Alsof we worden verondersteld dat verhaal te geloven. Als je vader het buitengewone geluk had gehad dat iemand hém een erfenis had nagelaten, dacht je dat hij er dan zijn neus voor zou hebben opgehaald? Zou hij gezegd hebben: "O, mijn hemel. Nee, dank je wel. Het is niet goed voor me. Je kunt het beter nalaten aan iemand wiens zuiverheid niet bedorven zal worden door onverwacht geld." Niet erg waarschijnlijk. Het zijn hypocrieten, allebei. Wat hij deed, heeft hij gedaan om mij door jou te straffen, en zij is zo blij als een slak op een slablaadje dat ze

zijn plan mag uitvoeren. Adrian! Luister je naar me? Heb je één enkel woord gehoord van wat ik zei?'

Ze had zich afgevraagd of hij was ontsnapt naar een van zijn schemertoestanden, wat weer zo verdomd typerend voor hem zou zijn. Trek je maar in jezelf terug voor een langdurige periode van namaakcatatonie, mijn beste jongen. Laat het maar aan mammie over zich met de moeilijke details van je leven bezig te houden.

Ten slotte werd het Margaret allemaal te veel: het verleden met de telefoontjes van de scholen waar Adrian geen succes kon boeken, met de zussen die haar vertrouwelijk vertelden dat er 'eigenlijk niets mis was met de jongen, mevrouw'; de psychologen met hun sympathieke gezichten, die haar meedeelden dat er beslist een eind moest komen aan dat gehang aan moeders rokken, als haar zoon beter moest worden; de echtgenoten die erachter kwamen dat hun beschermende vleugels niet groot genoeg waren om een stiefzoon met zoveel problemen te beschutten; de zusjes die gestraft werden omdat ze hem plaagden; de leraren die erover onderhouden werden omdat ze hem niet begrepen; de meningsverschillen met de artsen die er niet in slaagden hem te helpen; de huisdieren die werden weggedaan omdat hij er niets aan vond; de werkgevers die ze had gesmeekt om een derde en een vierde kans; de huisbazen bij wie ze tussenbeide moest komen; de eventuele vriendinnen die ze aangespoord en gemanipuleerd had... En dat alles had ze gedaan om te komen waar ze nu was, een moment waarop het de bedoeling was dat hij althans zou luisteren, dat hij een enkel woord van waardering zou mompelen, dat hij tegen haar zou zeggen 'Je hebt je best gedaan, mam', of misschien zelfs om alleen maar iets te brommen, maar nee, dat was te veel van hem gevraagd, nietwaar, dat vergde van hem dat hij een beetje moeite deed, een beetje initiatief toonde, dat hij er iets om gaf een leven te hebben dat een leven was en niet slechts een verlengstuk van het hare, want god god, een moeder had toch recht op enige garantie, of niet? Had ze op zijn minst niet de garantie moeten krijgen dat haar kinderen de wil tot overleven bezaten als ze aan zichzelf werden overgelaten?

Het moederschap had haar echter absoluut niets gegarandeerd wat haar oudste zoon betrof. En toen ze dit inzag voelde Margaret haar voornemen eindelijk breken.

'Adrian!' zei ze, en toen hij niet reageerde gaf ze hem een harde klap op zijn wang. Ze krijste: 'Ik ben geen meubelstuk, verdomme! Geef me onmiddellijk antwoord! Adrian, als je het niet doet...' Opnieuw hief ze haar hand op.

Hij greep die voor ze hem weer op zijn gezicht kon laten neerkomen. Hij hield haar hand stevig vast en bleef die vasthouden terwijl hij opstond. Daarna smeet hij hem opzij als een stuk afval, en hij zei: 'Jij maakt de dingen altijd erger. Ik heb je hier niet nodig. Ga naar huis.'

Ze zei: 'Mijn god, hoe durf je...' Maar dat was het enige wat ze kon uitbrengen.

'Zo is het genoeg,' zei hij, en hij liet haar alleen in de galerij achter.

Daarom was ze naar haar kamer gegaan, waar ze haar koffers onder het bed vandaan had gehaald. Ze had de eerste gepakt en ze was met de tweede bezig. Ze zou nu naar huis gaan. Ze zou hem aan zijn lot overlaten. Ze zou hem de kans geven die hij blijkbaar wilde hebben om te zien hoe het hem beviel zelf over zijn leven te beschikken.

Twee autoportieren sloegen kort na elkaar dicht, op de oprit, en Margaret liep naar het raam. Ze had de politie nog geen vijf minuten eerder horen wegrijden en ze had gezien dat ze die jongen van Fielder niet bij zich hadden. Ze hoopte dat ze waren teruggekomen om hem te halen, dat ze een reden gevonden hadden om het kleine monster op te sluiten. Maar beneden zich zag ze een donkerblauwe Ford Escort. De bestuurder en zijn passagier waren over de motorkap heen met elkaar in gesprek gewikkeld.

De passagier herkende ze van de ontvangst die op Guys begrafenis was gevolgd: de invalide, ascetisch uitziende man die ze bij de haard had zien rondhangen. Zijn metgezel, die achter het stuur gezeten had, was een roodharige vrouw. Margaret vroeg zich af wat ze hier moesten, wie ze kwamen opzoeken.

Ze kreeg snel genoeg antwoord. Want langs de oprijlaan, uit de richting van het strand, kwam Adrian aanwandelen. Het feit dat de pas aangekomenen zijn kant op keken vertelde Margaret dat ze hem waarschijnlijk onderweg hadden gezien toen ze kwamen aanrijden, en dat ze nu wachtten tot hij zich bij hen voegde.

Bij het zien ervan schoten haar antennes omhoog. Ondanks haar pas genomen besluit om haar zoon aan zijn lot over te laten: Adrian die met onbekenden praatte terwijl de moord op zijn vader onopgelost bleef, betekende Adrian in gevaar.

Margaret stond met een nachthemd in haar hand, dat ze in de koffer had willen leggen. Ze gooide het op het bed en haastte zich de kamer uit.

Terwijl ze naar de trap liep, hoorde ze in Guys studeerkamer het gemompel van Ruths stem. Ze nam zich voor later iets te doen aan de weigering van haar schoonzus om haar aanwezig te laten zijn bij die kleine dief-inopleiding, terwijl de politie er was. Nu was er iets dringenders dat haar aandacht opeiste.

Toen ze goed en wel buiten was, zag ze dat de man en zijn roodharige metgezel naar haar zoon toe liepen. Ze riep: 'Hallo? Hallo daar. Kan ik iets voor u doen? Ik ben Margaret Chamberlain.'

Ze zag kort een uitdrukking over Adrians gezicht flitsen die ze toeschreef aan een lichte minachting. Ze liet hem bijna aan hen over – god wist dat hij het verdiende op eigen houtje rond te ploeteren – maar ze vond dat ze het niet kon doen zonder precies te weten wat ze wilden.

Ze bereikte de bezoekers en stelde zich nogmaals voor. De man zei dat zijn naam Simon Allcourt-St James was, dat de vrouw die hij bij zich had zijn echtgenote Deborah was, en dat ze waren gekomen om met Adrian Brouard te spreken. Hij knikte in de richting van Margarets zoon terwijl hij het zei, een van die ik-weet-dat-u-het-bent-knikjes, dat ervoor zorgde dat Adrian niet kon ontsnappen, mocht hij het van plan zijn.

'Waar gaat het om?' zei Margaret opgewekt. 'Overigens, ik ben Adrians moeder.'

'Hebt u een paar minuten?' vroeg Allcourt-St James aan Adrian, alsof Margaret haar bedoeling niet duidelijk had gemaakt.

Ze voelde zich inwendig kwaad worden, maar ze probeerde haar stem even vriendelijk te houden als tevoren. 'Het spijt me. We hebben geen tijd voor een babbeltje. Ik sta op het punt naar Engeland terug te gaan, en omdat Adrian me naar het...'

'Komt u binnen,' zei Adrian. 'Daar kunnen we praten.'

'Adrian, schat,' zei Margaret veelbetekenend. Ze keek hem lang en strak aan, om haar boodschap over te brengen: hou op met die dwaasheid. We weten niet wie deze mensen zijn.

Hij negeerde haar en ging hun voor naar de deur. Er zat voor haar weinig anders op dan hem te volgen. 'Och, ja. Ik denk dat we wel een paar minuutjes tijd hebben, nietwaar?' zei ze in een poging eensgezind over te komen.

Margaret zou hen gedwongen hebben hun gesprek staande te voeren, in de stenen hal, waar het onmogelijk koud was en slechts een paar harde stoelen tegen de muur stonden waarop ze zouden kunnen plaatsnemen: des te beter om er een kort bezoek van te maken. Adrian nam hen echter mee naar boven, naar de salon. Daar was hij wel zo verstandig haar niet te vragen om weg te gaan, en ze installeerde zich midden op een van de sofa's, aldus ervoor zorgend dat haar aanwezigheid voelbaar was.

Het leek St James – want hij had gevraagd hem zo aan te spreken toen ze zijn dubbele achternaam had gebruikt – niet te hinderen dat ze getuige zou zijn van hetgeen hij met haar zoon wilde bespreken. Zijn vrouw evenmin, die ongevraagd naast Margaret op de sofa had plaatsgenomen en nu oplettend bleef toekijken alsof haar opgedragen was de deelnemers aan de discussie te bestuderen. Wat Adrian betrof, hem leek het weinig te interesseren dat twee onbekenden hem kwamen opzoeken. En zijn interesse nam niet toe toen St James begon te spreken over geld, grote sommen geld die ontbraken aan zijn vaders nalatenschap.

Margaret had even tijd nodig om de onderliggende bedoeling van wat St James onthulde tot zich te laten doordringen en te beseffen in welke mate Adrians erfenis zojuist was verminderd. Schamel als die al geweest was, in aanmerking genomen wat ze had moeten zijn als Guy niet op zo'n sluwe wijze had voorkomen dat zijn zoon van zijn vermogen zou profiteren, nu bleek dat het bedrag nog veel kleiner was dan ze had verondersteld.

Margaret riep uit: 'Wilt u ons werkelijk vertellen...'

'Moeder,' viel Adrian haar in de rede. 'Ga door,' zei hij daarna tegen St James.

De man uit Londen was blijkbaar voor nog iets anders gekomen dan om alleen maar de verandering in Adrians vooruitzichten duidelijk te maken. Guy had de afgelopen acht of negen maanden zijn geld uit Guernsey weggesluisd, vertelde hij hun, en St James was gekomen om te zien of Adrian er iets van af wist waarom zijn vader grote bedragen had overgemaakt naar een rekening in Londen met een adres in Bracknell. Hij had iemand in Engeland aan het werk gezet met deze informatie, deelde hij Adrian mee, maar als meneer Brouard hun werk kon vergemakkelijken door hun bijzonderheden te verstrekken die hijzelf misschien had...?

Díé bedoeling was overduidelijk, en voor Adrian iets kon zeggen, zei Margaret: 'Meneer St James, wat doet u precies voor werk? Eerlijk gezegd – en begrijpt u alstublieft dat ik niet onbeleefd wil zijn – zie ik niet in waarom mijn zoon uw vragen zou moeten beantwoorden, hoe die ook mogen luiden.' Dat had genoeg moeten zijn om Adrian te waarschuwen dat hij zijn mond moest houden, maar dat gebeurde natuurlijk niet.

Adrian zei: 'Ik weet niet waarom mijn vader geld ergens naartoe heeft overgemaakt.'

'Hij stuurde het dus niet naar u? Om persoonlijke redenen? Een zakelijke onderneming? Of een andere reden? Schulden, misschien?'

Adrian haalde een verfrommeld pakje sigaretten uit de zak van zijn spijkerbroek. Hij viste er een uit en stak die op. 'Mijn vader steunde mijn zakelijke ondernemingen niet,' zei hij. 'Noch iets anders wat ik deed. Ik heb het hem gevraagd. Hij deed het niet. Dat is alles.'
Inwendig kromp Margaret ineen. Hij hoorde zelf niet hoe hij klonk. Hij wist niet hoe hij eruitzag. En hij zou hun beslist meer geven dan waar ze om vroegen. Waarom niet, nu hij zo'n geweldige kans kreeg om haar dwars te zitten? Ze hadden woorden gehad en nu kreeg hij de gelegenheid het haar betaald te zetten, en die zou hij aangrijpen zonder de moeite te nemen te denken aan de gevolgen van wat hij zei. Hij was om gek van te worden, die zoon van haar.
St James zei tegen hem: 'Dus u hebt niets te maken met International Access, meneer Brouard?'
'Wat is dat?' vroeg Margaret voorzichtig.
'Daar zijn alle telegrafische overboekingen die de vader van meneer Brouard heeft gedaan, naartoe gegaan. Meer dan twee miljoen pond aan overboekingen, zoals is gebleken.'
Margaret probeerde eerder geïnteresseerd dan verbijsterd te kijken, maar ze had het gevoel dat een stalen band zich om haar ingewanden sloot. Ze dwong zich niet naar haar zoon te kijken. Als Guy hem werkelijk geld had gestuurd, dacht ze, als Adrian ook hierover tegen haar had gelogen... Want was International Access niet de naam geweest die Adrian had bedacht voor het bedrijf dat hij wilde opstarten? Echt iets voor hem om het plan een naam te geven voordat het van de grond was gekomen. Maar ging het daar niet juist om? Zijn bedenksel en het briljante idee dat hem miljoenen en nog eens miljoenen zou opleveren, als zijn vader maar als geldschieter zou willen fungeren? Toch had Adrian beweerd dat zijn vader absoluut niets in zijn idee had geïnvesteerd, nog geen vijftig cent. Als dat niet het geval was, als Guy hem het geld wel degelijk gegeven had...
Alles waardoor Adrian ergens schuldig aan zou lijken, moest nu meteen afgehandeld worden. Margaret zei: 'Meneer St James, ik kan u verzekeren dat als Guy geld naar Engeland heeft overgemaakt, hij het niet naar Adrian heeft gestuurd.'
'Nee?' St James' stem klonk even opgewekt als ze haar eigen stem probeerde te laten klinken, maar de blik die hij met zijn vrouw wisselde ontging haar niet, en evenmin kon ze misverstaan wat die betekende. Op zijn minst vonden ze het eigenaardig dat zij het woord voerde voor een volwassen zoon die heel goed in staat leek om voor zichzelf te spreken.

Op zijn hoogst beschouwden ze haar als een bemoeiziek loeder. Nou, ze mochten denken wat ze wilden. Ze had belangrijker zaken aan haar hoofd dan hoe ze op twee onbekenden overkwam.

'Ik neem aan dat mijn zoon het me verteld zou hebben. Hij vertelt me alles,' zei ze. 'Omdat hij me niet gezegd heeft dat zijn vader hem geld heeft gestuurd, heeft Guy hem geen geld gestuurd. Meer kan ik er niet over zeggen.'

St James zei: 'Juist', en hij keek Adrian aan. 'Meneer Brouard? Misschien om andere dan zakelijke redenen?'

'Dat hebt u al gevraagd,' merkte Margaret op.

'Ik geloof niet dat hij er duidelijk op heeft geantwoord,' zei de vrouw van St James beleefd. 'Althans niet volledig.'

En zij was precies het soort vrouw aan wie Margaret een enorme hekel had: zoals ze daar zo rustig zat, een en al golvend haar en perfecte huid. Ze schepte er waarschijnlijk behagen in om gezien en niet gehoord te worden, als een bedeesde vrouw die had geleerd zich op de achtergrond te houden.

Margaret zei: 'Hoor eens even...' Maar Adrian onderbrak haar. 'Ik heb geen geld van mijn vader gekregen,' zei hij. 'Om geen enkele reden.'

Margaret zei: 'Ziet u wel. Nu, als er verder niets is, we hebben nog veel te doen voor ik vertrek.' Ze begon overeind te komen.

St James' volgende vraag hield haar tegen. 'Is er dan iemand anders, meneer Brouard? Iemand anders in Engeland van wie u weet dat hij die misschien op de een of andere manier heeft willen helpen? Iemand die verband zou kunnen houden met een groep die International Access heet?'

Dit was het toppunt. Ze hadden die beroerde kerel gegeven wat hij wilde. Wat zij nu wilden was dat hij wegging. 'Als Guy zijn geld ergens naartoe stuurde,' zei Margaret scherp, 'was er waarschijnlijk een vrouw bij betrokken. Daarom zou ik willen voorstellen dat u in die richting zoekt. Adrian? Schat? Wil je me helpen met mijn koffers? Het wordt nu echt tijd dat we gaan.'

'Een vrouw in het bijzonder?' vroeg St James, alsof Margaret niets had gezegd. 'Ik weet van zijn relatie met mevrouw Abbott af, maar omdat zij hier is, op Guernsey... Is er in Engeland iemand met wie we zouden moeten praten?'

Ze zouden, begreep Margaret, hem de naam moeten geven, als ze van hem af wilden. En het zou veel beter zijn dat de naam van hen kwam dan dat deze man die zelf zou opgraven en later zou gebruiken om haar zoon

zwart te maken. Wanneer het van hun kant kwam, kon het nog onschuldig klinken. Van ieder ander zou het klinken alsof ze iets te verbergen hadden. Ze zei tegen Adrian, pogend haar stem achteloos te laten klinken, zij het lichtelijk ongeduldig om de indringers te laten merken dat ze beslag op haar tijd legden: 'O... Die jonge vrouw die vorig jaar met je meekwam om je vader op te zoeken. Dat vriendinnetje met wie je schaakt. Hoe heette ze ook weer? Carol? Carmen? Nee. Carmel. Dat was het. Carmel. Carmel Fitzgerald. Guy was nogal op haar gesteld, zo is het toch? Ze hadden zelfs iets samen, als ik het me goed herinner. Omdat je vader wist dat jij en zij niet... nou, je weet wel. Heette ze niet zo, Adrian?'
'Pa en Carmel...'
Margaret bleef doorpraten, om er zeker van te zijn dat het echtpaar St James het begreep. 'Guy hield van de vrouwtjes en Carmel en Adrian waren geen stel... Schat, misschien was hij zelfs meer op Carmel gesteld dan je dacht. Je vond het grappig, dat weet ik nog. "Pa heeft Carmel gekozen als zijn Snoepje van de Maand" noemde je het. Ik weet nog dat we om het grapje hebben gelachen. Maar bestaat de kans dat je vader meer voor haar voelde dan je dacht? Je vertelde me dat zij het als een onschuldig grapje beschouwde, maar misschien ging het bij Guy dieper...? Het zou niet direct iets voor hem geweest zijn om iemands genegenheid te kopen, maar dat komt omdat het voor hem nooit nodig was geweest. En in haar geval... Schat, wat denk je?'
Margaret hield haar adem in. Ze wist dat ze er te lang over doorgegaan was, maar daar was niets aan te doen. Hij moest aanwijzingen hebben hoe hij de relatie tussen zijn vader en de jonge vrouw met wie hij zelf had zullen trouwen, moest afschilderen. Het enige wat hij nu hoefde te doen was de draad oppakken, zeggen: 'O, ja. Pa en Carmel. Dat was een lachertje. U zult met haar moeten praten als u op zoek bent naar degene naar wie zijn geld is gegaan.' Hij zei echter niets van dat alles.
In plaats daarvan zei hij tegen de man uit Londen: 'Het kan Carmel niet zijn. Ze kenden elkaar nauwelijks. Pa had geen belangstelling voor haar. Ze was zijn type niet.'
Zonder het te willen zei Margaret: 'Maar je vertelde me...'
Hij wierp haar een snelle blik toe. 'Dat geloof ik niet. Je nam het aan. Waarom ook niet? Het leek toch zo logisch?'
Margaret zag dat de bezoekers er geen idee van hadden waar moeder en zoon over spraken, maar dat ze beslist belangstelling toonden om erachter te komen. Ze was echter zo perplex door het nieuws dat haar zoon haar meedeelde, dat ze het niet snel genoeg kon verwerken om te begrij-

pen hoeveel schade er zou ontstaan wanneer ze in hun bijzijn het gesprek zou voeren dat ze met Adrian moest hebben. God, waar had hij nog meer over gelogen? En als ze het woord 'leugen' ook maar fluisterde in aanwezigheid van deze mensen uit Londen, wat zouden ze er dan in 's hemelsnaam mee doen? Waar zouden ze ermee naartoe gaan?

Ze zei: 'Dan heb ik een overhaaste conclusie getrokken. Je vader was altijd... Nou, je weet hoe hij was, met vrouwen. Ik nam aan... ik moet het verkeerd begrepen hebben... Maar je zei toch dat ze het als een grap beschouwde? Misschien had je het over iemand anders en heb ik alleen maar aangenomen dat je Carmel bedoelde...?'

Hij lachte sardonisch, kennelijk genietend van het schouwspel zijn moeder te zien terugnemen wat ze nog maar zo kortgeleden had beweerd. Hij liet haar een moment in het ongewisse, voor hij tussenbeide kwam.

Hij zei tegen de Londenaren: 'Ik weet niets af van iemand in Engeland, maar pa ging om met iemand op het eiland. Ik weet niet met wie, maar mijn tante weet het wel.'

'Heeft ze het u verteld?'

'Ik heb hen er ruzie over horen maken. Het enige wat ik u kan zeggen is dat het een jong meisje moet zijn, omdat Ruth dreigde het aan haar vader te vertellen. Ze zei dat ze, als dat de enige manier was waarop ze pa kon laten ophouden omgang te hebben met een meisje, het zou doen.'

Hij lachte, maar het was geen vrolijk lachje, en hij voegde eraan toe: 'Het was me er eentje, die vader van me. Eerlijk gezegd verbaast het me niet dat iemand hem ten slotte vermoord heeft.'

Margaret sloot haar ogen, vurig wensend dat iets haar uit deze kamer zou wegvoeren, en ze verwenste haar zoon.

25

St James en zijn vrouw hoefden Ruth Brouard niet te gaan zoeken. Ze vond hen zelf. Ze kwam de salon binnen, letterlijk stralend van opwinding. Ze zei: 'Meneer St James, wat een gelukkig toeval. Ik heb naar uw hotel gebeld, en daar zeiden ze dat u hiernaartoe op weg was.' Ze negeerde haar schoonzus en haar neef, en ze vroeg St James of deze alstublieft met haar mee wilde komen, omdat alles opeens kristalhelder was, en ze wilde dat hij het als eerste wist.

'Zal ik...?' vroeg Deborah, met een knikje naar buiten.

Zij moest ook meekomen, zei Ruth tegen haar, nadat ze had vernomen wie ze was.

Margaret Chamberlain protesteerde onmiddellijk, door te zeggen: 'Waar gaat dit om, Ruth? Als het iets te maken heeft met Adrians erfenis...'

Ruth bleef haar echter negeren, ze ging zelfs zover de deur onder het spreken achter zich te sluiten, en daarna zei ze tegen St James: 'U moet het Margaret maar niet kwalijk nemen. Ze is nogal...' Veelbetekenend haalde ze haar schouders op, om te vervolgen met: 'Gaat u mee, naar Guys studeerkamer.'

Nadat ze er naar binnen waren gegaan verspilde ze geen tijd aan inleidende woorden. 'Ik weet wat hij met het geld heeft gedaan,' zei ze tegen hen. 'Hier. Kijkt u zelf.'

Op het bureau van haar broer zag St James een olieverfschilderij liggen. Het was ongeveer zestig centimeter hoog en vijfenveertig centimeter breed, en op de hoeken lagen boeken die van de planken genomen waren, om het vlak te houden. Ruth raakte het aarzelend aan, alsof het een religieus voorwerp was. Ze zei: 'Guy heeft het eindelijk thuisgebracht.'

'Wat is het?' vroeg Deborah. Ze ging naast Ruth staan en keek neer op het schilderij.

'De knappe vrouw met het boek en de ganzenveer,' zei Ruth. 'Het behoorde toe aan mijn grootvader. Aan zijn vader vóór hem, aan diens vader eveneens, en aan iedere vader vóór hen, zover ik weet. Het zou later voor Guy zijn. En ik vermoed dat hij al dat geld eraan heeft besteed om het te zoeken. Er is niets anders...' Haar stem haperde, en toen St James zijn hoofd ophief van het schilderij zag hij dat Ruth Brouards ogen achter de ronde brillenglazen vol tranen stonden. 'Het is alles wat er nu nog over is van hen. Begrijpt u?'

Ze zette haar bril af en veegde haar ogen droog met de mouw van haar dikke trui. Daarna liep ze naar een tafeltje dat achter in het vertrek tussen twee leunstoelen stond. Ze nam er een foto af en kwam ermee bij hen terug. 'Hier is het,' zei ze. 'U kunt het op de foto zien. Maman heeft ons deze gegeven, de avond toen we weggingen, omdat iedereen erop stond. U kunt ze hierop zien. *Grandpère, grandmère,* tante Esther, tante Becca, hun echtgenoten met wie ze pas getrouwd waren, onze ouders en wij. Ze zei: "*Gardez-la...*"' Ruth leek te beseffen dat ze naar een andere plaats en een andere tijd was gegaan. Ze ging weer over op het Engels. 'Neemt u me niet kwalijk. Ze zei: "Bewaar dit tot we elkaar weerzien, dan zullen jullie ons herkennen wanneer je ons ziet." We wisten toen niet dat het nooit zou gebeuren. En kijk. Op de foto. Daar is ze, boven het dressoir. De knappe vrouw met het boek en de ganzenveer, waar ze altijd was. Kijk naar de kleine figuurtjes achter haar, in de verte... allemaal druk aan het werk om die kerk te bouwen. Een of ander enorm, gotisch gebouw, het vergde honderd jaar om het af te bouwen, en daar zit ze, zo... zo sereen. Alsof zij iets wist over die kerk waar de rest van ons nooit iets van af zal weten.' Ruth keek met een tedere glimlach naar de foto, hoewel haar ogen glinsterden. '*Très cher frère,*' zei ze fluisterend. '*Tu n'a jamais oublié.*'

St James was naast Deborah komen staan om naar de foto te kijken, terwijl Ruth Brouard sprak. Hij zag dat het schilderij dat voor hen op het bureau lag, inderdaad hetzelfde schilderij was als dat op de foto, en dat de foto dezelfde was die hij had opgemerkt toen hij de vorige keer in deze kamer was. Er stond een grote familie op die zich om een tafel had verzameld voor de pesachmaaltijd. Ze lachten allemaal vrolijk naar de camera, in harmonie met een wereld die hen korte tijd later zou vernietigen.

'Wat is er met het schilderij gebeurd?' vroeg hij.

'Dat hebben we nooit geweten,' zei Ruth. 'We konden slechts gissen. Toen de oorlog afgelopen was, hebben we gewacht. Een tijdlang dachten we dat ze ons zouden komen halen, onze ouders. We wisten het niet, ziet u. Niet in het begin. Een hele tijd niet, omdat we bleven hopen... Tja, dat doen kinderen, nietwaar? We hoorden er pas later van.'

'Dat ze gestorven waren,' fluisterde Deborah.

'Dat ze gestorven waren,' zei Ruth. 'Ze waren te lang in Parijs gebleven.

Daarna zijn ze naar het zuiden gevlucht, denkend dat ze daar veilig zouden zijn, en dat was het laatste wat we van hen hebben gehoord. Ze waren naar Lavaurette gegaan. Maar er was immers geen bescherming tegen de Vichy? Ze verrieden de joden wanneer hun dat werd gevraagd. Ze waren feitelijk erger dan de nazi's, omdat de joden tenslotte Fransen waren, landgenoten van de Vichy.' Ze stak haar hand uit naar de foto, die St James nog steeds vasthield, en ze staarde ernaar terwijl ze doorging. 'Toen de oorlog afgelopen was, was Guy twaalf en ik negen. Het duurde jaren voor hij naar Frankrijk kon gaan om uit te zoeken wat er met onze familie gebeurd was. We wisten uit de laatste brief die we van hen hadden ontvangen dat ze alles hadden achtergelaten, behalve de kleren die ieder van hen in één koffer kon bergen. Dus de knappe vrouw met het boek en de ganzenveer bleef, met de rest van hun bezittingen, achter onder de hoede van een buurman, Didier Bombard. Hij vertelde Guy dat de nazi's alles hadden weggehaald, omdat het eigendommen van joden waren. Maar hij kan natuurlijk gelogen hebben. Dat wisten we.'
'Hoe kan uw broer het dan in vredesnaam gevonden hebben?' vroeg Deborah. 'Na al die jaren?'
'Hij was een heel vastberaden man, mijn broer. Hij zal zo veel mensen hebben ingehuurd als nodig was: eerst om het te zoeken en daarna om het te kopen.'
'International Access,' merkte St James op.
Ruth zei: 'Wat is dat?'
'Daar is zijn geld naartoe gegaan, het geld dat hij van zijn rekening hier op Guernsey heeft overgeboekt. Het is een firma in Engeland.'
'Ah. Dus dat is het.' Ze pakte een lampje dat het blad van haar broers bureau verlichtte en schoof het dichterbij, zodat het licht beter op het schilderij viel. 'Ik denk dat die het dan gevonden hebben. Het klinkt logisch, nietwaar, wanneer je denkt aan de enorme kunstverzamelingen die in Engeland dagelijks gekocht en verkocht worden. Wanneer u met hen spreekt, denk ik dat zij u zullen vertellen hoe ze dit hebben opgespoord en wie eraan hebben meegeholpen om het voor ons terug te krijgen. Privé-detectives, hoogstwaarschijnlijk. Misschien ook een galerie. Hij heeft het terug moeten kópen, natuurlijk. Ze zouden het niet zonder meer aan hem hebben overgedragen.'
'Maar als het van u is...' zei Deborah.
'Hoe konden we dat bewijzen? We hadden slechts die ene familiefoto als bewijs en wie zou naar een foto van een familiediner kijken en weten dat het schilderij dat op de achtergrond aan de muur hangt, hetzelfde is als

dit?' Ze wees naar het schilderij dat voor hen op het bureau lag. 'We hadden geen andere documenten. Er waren geen andere documenten. Dit was altijd in de familie geweest – de knappe vrouw met het boek en de ganzenveer – maar behalve deze foto was er geen manier om het te bewijzen.'

'Verklaringen van mensen die het in het huis van uw grootvader hadden gezien?'

'Die zullen nu allemaal wel dood zijn,' zei Ruth. 'En behalve monsieur Bombard zou ik trouwens niemand geweten hebben. Dus er was voor Guy geen andere manier om het terug te krijgen dan het te kopen van degene die het nu in zijn bezit had, en dat heeft hij gedaan, daar ben ik van overtuigd. Ik vermoed dat het zijn verjaarscadeau voor mij was: het enige ding wat er nog van de familie over was, in de familie terugbrengen. Voor ik stierf.'

Zwijgend keken ze neer op het doek dat op het bureau uitgespreid lag. Er was geen twijfel aan dat het schilderij oud was. Het leek St James Hollands of Vlaams, en het was een fascinerend werk, een voorwerp van tijdloze schoonheid dat ongetwijfeld vroeger een zinnebeeldige voorstelling was geweest, zowel voor de kunstenaar als voor diens opdrachtgever.

'Ik vraag me af wie ze is,' zei Deborah. 'Een of andere adellijke dame, kijk maar naar haar gewaad. Dat is erg mooi, nietwaar? En het boek. Het is zo groot. Een dergelijk boek te hebben... destijds in staat te zijn geweest om het zelfs te lezen... Ze moet heel rijk geweest zijn. Misschien is het een koningin.'

'Ze is gewoon de vrouw met het boek en de ganzenveer,' zei Ruth. 'Dat is voor mij voldoende.'

St James rukte zich los uit zijn beschouwing van het schilderij. Hij zei tegen Ruth Brouard: 'Hoe bent u hier vanochtend aan gekomen? Was het hier in huis? Tussen de spullen van uw broer?'

'Paul Fielder had het.'

'De jongen wiens mentor uw broer was?'

'Hij gaf het me. Margaret dacht dat hij iets uit dit huis gestolen had, omdat hij niemand in de buurt van zijn rugzak wilde laten komen. Maar dit had hij erin, en hij heeft het me direct gegeven.'

'Wanneer was dat?'

'Vanochtend. De politie had hem opgehaald in de Bouet en bracht hem hier.'

'Is hij er nog?'

'Ik denk dat hij ergens buiten is. Waarom?' Ruths gezicht werd ernstig.

'U denkt toch niet dat hij het gestolen heeft? Dat zal hij echt niet hebben gedaan. Dat is niets voor hem.'
'Mag ik dit meenemen, mevrouw Brouard?' Simon raakte de rand van het schilderij aan. 'Voor een poosje. Ik zal er heel goed op passen.'
'Waarom?'
Bij wijze van antwoord zei hij slechts: 'Als u het niet erg vindt. U hoeft zich geen zorgen te maken. Ik zal zorgen dat u het snel terugkrijgt.'
Ze keek naar het schilderij alsof ze er met tegenzin van wilde scheiden, en dat was ongetwijfeld ook zo. Na een ogenblik knikte ze echter, en daarna nam ze de boeken van de zijkanten van het doek weg. Ze zei: 'Het moet ingelijst worden. Het moet op een goede plek gehangen worden.'
Ze gaf het doek aan St James. Hij nam het van haar aan en hij zei: 'Ik denk dat u weet dat uw broer omging met Cynthia Moullin. Dat klopt toch, mevrouw Brouard?'
Ruth knipte de bureaulamp uit en zette die weer op zijn oorspronkelijke plaats. Even dacht hij dat ze geen antwoord zou geven, maar ten slotte zei ze: 'Ik heb hen samen betrapt. Hij zei dat hij het me uiteindelijk verteld zou hebben. Hij zei dat hij van plan was met haar te trouwen.'
'U geloofde hem niet?'
'Maar al te vaak, meneer St James, had mijn broer verklaard dat hij haar eindelijk had gevonden. "Zij is de ware," zei hij dan. "Deze vrouw, Ruth, is absoluut de ware." Hij geloofde het altijd op het moment... omdat hij zo'n vlaag van seksuele aantrekkingskracht altijd ten onrechte aanzag voor liefde, zoals veel mensen dat doen. Het probleem met Guy was dat hij er nooit bovenuit leek te kunnen stijgen. En wanneer het gevoel wegebde – zoals dat nu eenmaal gaat – nam hij altijd aan dat het de dood van de liefde was en niet slechts een kans om te begínnen lief te hebben.'
'Hebt u het aan de vader van het meisje verteld?' vroeg St James.
Ruth liep van het bureau naar de maquette van het oorlogsmuseum, op de tafel midden in het vertrek. Ze veegde wat niet-bestaand stof van het dak ervan. 'Hij liet me geen keuze. Hij wilde er geen eind aan maken. En dat was verkeerd.'
'Waarom?'
'Het is nog een kind, nauwelijks meer dan een kind. Ze had geen ervaring. Ik was bereid een oogje dicht te knijpen wanneer hij het met oudere vrouwen aanlegde omdat ze ouder waren. Zij wisten wat ze deden, ongeacht wat ze dachten dat hij deed. Maar Cynthia... Nee. Dit was te erg. Hij ging te ver. Hij liet me geen andere keuze dan naar Henry gaan. Het was de enige manier die ik kon bedenken om hen beiden te redden.

Haar van een gebroken hart en hem van kritiek.'
'Maar het heeft niet geholpen?'
Ze liep bij de maquette vandaan. 'Henry heeft mijn broer niet vermoord, meneer St James. Hij heeft geen vinger naar hem uitgestoken. Toen hij de kans had, kon hij er niet toe komen het te doen. Gelooft u me. Zo'n man is hij niet.'
St James begreep hoe noodzakelijk het voor Ruth Brouard was om dit te geloven. Als ze toeliet dat haar gedachten een andere richting insloegen, zou de verantwoordelijkheid die ze onder ogen moest zien, verpletterend zijn. En wat ze moest dragen was al verpletterend genoeg.
Hij zei: 'Weet u zeker wat u vanuit uw raam gezien hebt op de ochtend dat uw broer stierf, mevrouw Brouard?'
'Ik zag haar,' zei ze. 'Ze volgde hem. Ik zag haar.'
'U zag iemand,' verbeterde Deborah vriendelijk. 'Iemand in het zwart. Op een afstand.'
'Ze was niet in huis. Ze volgde hem. Dat weet ik.'
'Haar broer is gearresteerd,' zei St James. 'De politie schijnt te denken dat ze daarvóór een fout heeft gemaakt. Bestaat de mogelijkheid dat u haar broer gezien kunt hebben in plaats van China River? Hij had zich haar cape kunnen toe-eigenen en als iemand die haar die eerder had zien dragen hém erin zag... Het zou logisch zijn te veronderstellen dat u China zag.' St James vermeed het Deborah aan te kijken terwijl hij sprak, wetend hoe ze zou reageren op de suggestie dat een van beide Rivers bij deze zaak betrokken was. Maar er waren nog steeds punten die opgehelderd moesten worden, ongeacht Deborahs gevoelens. 'Hebt u in huis ook naar Cherokee River gezocht?' vroeg hij. 'Hebt u in zijn slaapkamer gekeken, zoals u zei dat bij China's kamer te hebben gedaan?'
'Ik héb in haar kamer gekeken,' protesteerde Ruth Brouard.
'Adrians kamer? Hebt u daar gekeken? En de kamer van uw broer? Hebt u China daar gezocht?'
'Adrian heeft niet... Guy en die vrouw hebben nooit... Guy heeft niet...' Maar Ruths woorden stierven weg.
Dat was het enige antwoord dat St James wilde horen.

Nadat de deur van de salon achter hun bezoekers was gesloten, liet Margaret geen tijd verloren gaan om met haar zoon tot de kern van de zaak te komen. Hij was begonnen hun voorbeeld te volgen en zelf eveneens de kamer uit te gaan, maar ze was eerder dan hij bij de deur en ze versperde hem de weg. Ze zei: 'Ga zitten, Adrian. We moeten dit uitpraten.' Ze

hoorde de dreiging in haar stem en ze wilde dat ze die kon weglaten, maar ze was zo verdomd moe van het aanspreken van haar laatste reserves moederlijke toewijding, dat er nu niets anders op zat dan de feiten onder ogen zien: Adrian was vanaf de dag van zijn geboorte een moeilijk kind geweest, en moeilijke kinderen veranderden dikwijls in moeilijke pubers, die op hun beurt moeilijke volwassenen werden.
Ze had haar zoon lange tijd beschouwd als slachtoffer van de omstandigheden, en ze had die omstandigheden gebruikt om al zijn eigenaardigheden te verklaren. Jaren van slaapwandelen en in zichzelf terugtrekken, waaruit slechts een tornado haar zoon kon opwekken, had ze toegeschreven aan onzekerheid, teweeggebracht door de aanwezigheid van mannen in zijn leven die hem duidelijk niet begrepen. Angst om verlaten te worden door een moeder die niet één, maar drie keer was hertrouwd was haar excuus voor het feit dat hij er niet in slaagde een eigen leven op te bouwen. Een trauma uit zijn kindertijd had dat ene, verschrikkelijke incident verduidelijkt, toen hij zich in het openbaar ontlast had met als gevolg dat hij van de universiteit was weggestuurd. In Margarets ogen was er altijd een reden geweest, voor alles. Maar ze kon geen reden bedenken waarom hij zou liegen tegen de vrouw die haar leven had gegeven om dat van hem leefbaarder te maken. Daar wilde ze iets voor terug. Als ze niet de wraak kon nemen waarnaar ze snakte, moest ze het doen met een verklaring.
Ze zei nogmaals: 'Ga zitten. Je gaat nergens heen. We hebben iets te bespreken.'
'Wat?' zei hij, en Margaret was razend omdat het niet behoedzaam klonk, maar meer geïrriteerd, alsof ze beslag legde op zijn kostbare tijd.
'Carmel Fitzgerald,' zei ze. 'Ik wil er nu alles van weten.'
Zijn ogen ontmoetten de hare, en ze zag dat hij het lef had om zowaar brutaal te kijken, als een puber die op heterdaad betrapt wordt bij het doen van iets wat hem verboden is, iets waar hij zelfs heel graag op betrapt *wílde* worden, als blijk van een opstandigheid die hij weigerde onder woorden te brengen.
Hij bleef bij de deur staan, maar hij ging niet de kamer uit. Hij zei: 'Carmel. Goed. Wat wil je weten?'
'Je vertelde me dat zij en je vader...'
'Dat heb je verondersteld. Ik heb je verdomme helemaal niets verteld.'
'Waag het niet die taal...'
'Helemaal niets,' herhaalde hij. 'Geen bal. Geen klote.'
'Adrian!'

'Je hebt het verondersteld. Omdat je je hele leven bezig bent geweest me met hem te vergelijken. En daarom dacht je: waarom zou iemand de voorkeur geven aan de zoon boven de vader?'
'Dat is niet waar!'
'Maar vreemd als het klinkt, ze gaf de voorkeur aan mij. Zelfs met hem in de buurt. Je zou kunnen zeggen dat het kwam doordat ze zijn type niet was, en dat wist ze – niet blond, niet onderdanig, zoals hij ze graag had, niet zwaar onder de indruk van zijn geld en zijn macht. Maar het is nu eenmaal zo dat ze niet van hem onder de indruk was, ondanks alle charme die hij inzette. Ze wist dat het maar een spelletje was, en dat was het immers ook: de vlotte gesprekken, de anekdotes, de indringende vragen waarbij hij een vrouw al zijn aandacht gaf. Hij wilde haar niet, niet echt, maar als ze ertoe bereid was geweest zou hij erop ingegaan zijn, want dat deed hij altijd. Tweede natuur. Dat weet je. Wie weet het beter dan jij? Maar ze was niet bereid.'
'Waarom heb je me dan in vredesnaam verteld... maakte je toespelingen... En dat kun je niet ontkennen. Je hébt toespelingen gemaakt. Waarom?'
'Je had het al helemaal uitgedacht. Carmel en ik maakten het uit nadat we hier bij hem op bezoek geweest waren en welke andere reden kon er geweest zijn? Ik had hem betrapt met zijn hand in haar slipje...'
'Hou op!'
'En ik was gedwongen het uit te maken. Of zij maakte het uit, omdat ze hem liever had dan mij. Dat was toch het enige wat je kon bedenken? Omdat als het dat niet was, als ik haar niet aan pa zou zijn kwijtgeraakt, het iets anders moest zijn, en je wilde er niet aan denken wat dat was omdat je hoopte dat dat alles eindelijk voorbij was.'
'Dat is onzin, wat je nu zegt.'
'Het is zo gegaan, moeder. Carmel was bereid om zowat iedereen te nemen. Ze was niet knap en ze was niet bepaald sprankelend. Waarschijnlijk zou ze zich van haar levensdagen niet aan meer dan één vent binden, dus ze was bereid een vaste verbintenis aan te gaan. En als ze dat eenmaal gedaan had, was het niet waarschijnlijk dat ze achter andere mannen aan zou gaan. Om kort te gaan, ze was volmaakt. Jij zag het. Ik zag het. Iedereen zag het. Carmel zag het ook. We waren voor elkaar geschapen. Er was slechts één probleem, een compromis dat ze niet kon sluiten.'
'Wat voor compromis. Waar heb je het over?'
'Een nachtelijk compromis.'

'Nachtelijk? Heb je geslaapwandeld? Was ze geschrokken? Begreep ze niet dat het...'
'Ik plaste in bed,' viel hij haar in de rede. De vernedering straalde van zijn gezicht af. 'Nou goed? Tevreden? Ik plaste in bed.'
Margaret probeerde de walging uit haar stem te weren toen ze zei: 'Dat had iedereen kunnen overkomen. Op een avond te veel gedronken... Een nachtmerrie zelfs... Verward, omdat je niet in je eigen huis was...'
'Elke avond dat we hier waren,' zei hij. 'Elke avond. Ze was sympathiek, maar wie kan het haar kwalijk nemen dat ze het uitmaakte? Zelfs een miezerig schaakspeelstertje zonder ook maar enige hoop dat ze ooit nog een andere man zal krijgen, trekt ergens een grens. Ze was bereid geweest zich neer te leggen bij het slaapwandelen. Het nachtelijke zweten. De angstige dromen. Zelfs dat ik zo nu en dan in de mist verdween. Maar ze trok de grens bij moeten slapen in mijn urine, en dat kan ik haar nauwelijks kwalijk nemen. Ik heb er zelf 37 jaar in geslapen, en het wordt onaangenaam.'
'Nee! Daar was je overheen. Ik wéét dat je eroverheen was. Wat er hier in je vaders huis gebeurd is, was een tijdelijke terugslag. Het zal niet meer gebeuren, omdat je vader dood is. Dus ik zal haar opbellen. Ik zal het haar vertellen.'
'Ben je er zo op gebrand?'
'Je verdient...'
'Laten we er niet om liegen. Carmel was je beste kans om van me af te komen, moeder. Het is alleen niet zo gegaan als je hoopte.'
'Dat is niet waar!'
'O, nee?' Hij schudde zijn hoofd, met geamuseerde minachting. 'En ik dacht nog wel dat je geen leugens meer wilde.' Hij draaide zich om naar de deur, er was nu geen moeder meer die hem ervan kon weerhouden de kamer te verlaten. Hij deed de deur open. Over zijn schouder heen zei hij, terwijl hij de salon uit stapte: 'Ik heb hier genoeg van.'
'Waarvan? Adrian, je kunt niet...'
'Ja, dat kan ik wel,' zei hij. 'En ik doe het ook. Ik ben zoals ik ben en dat is, laten we eerlijk zijn, precies zoals je wilde dat ik zou zijn. En kijk eens waar dat ons beiden gebracht heeft, moeder. Naar dit moment: wij tweeën, die met elkaar opgescheept zitten.'
'Geef je mij de schuld?' vroeg ze, verbijsterd over de manier waarop hij besloot al haar liefdevolle bedoelingen te interpreteren. Geen bedankje omdat ze hem had beschermd, geen dankbaarheid omdat ze hem had geleid, geen erkenning voor de keren dat ze voor hem in de bres was gesprongen. Mijn god, hij was haar toch minstens een welwillend knikje

verschuldigd in de richting van haar onvermoeibare belangstelling voor zijn aangelegenheden. 'Adrian, geef je mij de schuld?' vroeg ze nogmaals dwingend, toen hij niet antwoordde.
Het enige antwoord dat ze kreeg was hoongelach. Hij deed de deur voor haar neus dicht en ging weg.

'China zei dat ze niets met hem had gehad,' zei Deborah tegen haar man toen ze weer over de oprijlaan liepen. Ze woog elk woord af. 'Maar het had gekund... misschien wilde ze het me niet vertellen. Geneerde ze zich dat ze zich tot hem aangetrokken voelde terwijl het nog maar net uit is met Matt. Ze kan er niet echt trots op zijn geweest. Niet uit moreel oogpunt, maar omdat het... nou, nogal treurig is. Het is... eigenlijk nogal zielig. En dat zou ze verschrikkelijk vinden van zichzelf, dat ze zielig was. Ze zou het afschuwelijk vinden, wat dat over haar zegt.'
'Het zou verklaren waarom ze niet in haar eigen kamer was,' zei Simon instemmend.
'En het geeft iemand anders een kans – iemand die wist waar ze was – om haar cape te pakken, die ring, een paar van haar haren, haar schoenen... Het zou zo gemakkelijk zijn geweest.'
'Er is dan toch maar één persoon die het gedaan kan hebben,' merkte Simon op. 'Dat begrijp je toch?'
Deborah wendde haar blik af. 'Ik kan dat niet van Cherokee geloven. Simon, er zijn anderen, anderen met een gelegenheid en, nog beter, met een motief. Adrian bijvoorbeeld. En Henry Moullin.'
Simon zei niets. Hij keek naar een vogeltje dat tussen de kale takken van een van de kastanjebomen heen en weer fladderde. Zachtjes zei hij haar naam – het klonk als een zucht – en Deborah was zich sterk bewust van het verschil in hun posities. Hij had informatie. Zij niet. En hij bracht die kennelijk in verband met Cherokee.
Als gevolg van dat alles voelde Deborah zich verharden onder zijn tedere blik. Zakelijk zei ze: 'Wat doen we nu?'
Hij accepteerde de verandering in haar toon en haar stemming zonder te protesteren, en hij zei: 'Kevin Duffy, denk ik.'
Haar hart maakte een sprongetje bij deze koerswijziging. 'Dus je denkt wél dat er iemand anders is.'
'Ik denk dat er met hem gepraat dient te worden.' Simon hield het schilderij vast dat hij van Ruth Brouard had meegenomen, en nu keek hij ernaar. 'Wil jij intussen Paul Fielder gaan zoeken, Deborah? Hij is ergens in de buurt, vermoed ik.'

'Paul Fielder? Waarom?'
'Ik wil graag weten hoe hij aan dit schilderij kwam. Heeft Guy Brouard het hem gegeven om het op een veilige plek te bewaren of heeft de jongen het gezien, het gepakt en het pas aan Ruth gegeven nadat hij erop betrapt was dat hij het in zijn rugzak had?'
'Ik kan me niet voorstellen dat hij het gestolen heeft. Wat zou hij ermee hebben willen doen? Het is toch zeker niet iets waarvan je verwacht dat een tiener het zal stelen?'
'Nee, dat niet. Maar aan de andere kant, hij lijkt geen gewone tiener te zijn. En ik heb de indruk dat zijn familie moeite heeft de eindjes aan elkaar te knopen. Hij kan gedacht hebben dat hij het schilderij kon verkopen aan een van de antiekhandelaren in de stad. Het is de moeite waard om het na te trekken.'
'Denk je dat hij het me zal vertellen als ik het hem vraag?' zei Deborah weifelend. 'Ik kan hem er niet ronduit van beschuldigen het schilderij gestolen te hebben.'
'Ik denk dat jij erin slaagt om iedereen aan het praten te krijgen,' antwoordde haar man. 'Paul Fielder inbegrepen.'
Hun wegen scheidden zich. Simon ging op weg naar het huis van de Duffy's en Deborah bleef bij de auto, terwijl ze probeerde te besluiten welke kant ze op zou gaan om Paul Fielder te zoeken. Wanneer ze bedacht wat hij die dag al had meegemaakt, kon ze zich voorstellen dat hij behoefte had aan vrede en rust. Hij zou wel in een van de tuinen zijn, vermoedde ze. Die zou ze een voor een moeten bezoeken.
Ze begon met de tropische tuin, omdat die het dichtst bij het huis lag. Een paar eenden zwommen kalmpjes in een vijver en een koor van leeuweriken kwetterde in een olm, maar niemand keek of luisterde, dus daarna ging ze naar de beeldentuin. Daar was de plek waar Guy Brouard begraven lag, en toen Deborah zag dat het verroeste hek openstond was ze er vrijwel van overtuigd dat ze de jongen daar zou vinden.
Dat bleek het geval te zijn. Paul Fielder zat op de koude grond naast het graf van zijn mentor. Voorzichtig drukte hij de aarde aan rond een groepje viooltjes die langs de zijkanten van het graf waren geplant.
Deborah liep over het slingerpad door de tuin naar hem toe. Haar voetstappen kraakten op het grind en ze deed niets om het geluid van haar nadering te dempen. De jongen keek echter niet op van de bloemen.
Deborah zag dat hij geen sokken aanhad, en dat hij slippers droeg in plaats van schoenen. Op een van zijn enkels zat een veeg aarde, en het zitvlak van zijn spijkerbroek was vuil en gerafeld. Hij was niet warm

genoeg gekleed voor zo'n koude dag als deze. Deborah begreep niet waarom hij niet zat te huiveren.
Ze liep de paar met mos begroeide treden op tot bij het graf. In plaats van bij de jongen te gaan zitten, liep ze echter naar het prieel achter hem, waar een stenen bank stond onder een dichte struik winterjasmijn. De gele bloemen verspreidden een zoete geur, die ze inademde terwijl ze bleef kijken hoe de jongen de viooltjes verzorgde.
'Ik denk dat je hem vreselijk mist,' zei ze ten slotte. 'Het is verschrikkelijk om iemand te verliezen van wie je houdt. Zeker een vriend. We lijken er immers nooit genoeg te hebben. Tenminste, dat heb ik altijd gevonden.'
Hij boog zich over een viooltje en kneep er een verwelkte bloem uit, om die vervolgens tussen zijn duim en wijsvinger heen en weer te rollen.
Deborah zag echter aan het knipperen van zijn oogleden dat hij naar haar luisterde. Ze vervolgde: 'Ik denk dat het belangrijkste aan vriendschap de vrijheid is die je gegeven wordt om te zijn wie je bent. Echte vrienden accepteren je eenvoudig, met al je gebreken. Ze zijn er voor je in goede tijden. Ze zijn er in slechte tijden. En je kunt er altijd op vertrouwen dat ze de waarheid spreken.'
Paul gooide het viooltje weg. Daarna deed hij alsof hij onkruid tussen de overige plantjes uittrok.
'Ze hebben het beste met ons voor,' zei Deborah. 'Ook al weten we zelf niet wat het beste voor ons is. Ik denk dat meneer Brouard voor jou zo'n vriend was. Je boft dat je hem gehad hebt. Het moet vreselijk zijn nu hij er niet meer is.'
Bij die woorden stond Paul op. Hij veegde zijn handen af aan zijn spijkerbroek. Bang dat hij zou weglopen, bleef Deborah doorpraten, in een poging het vertrouwen van de zwijgende jongen te winnen.
'Wanneer iemand is heengegaan zoals hij – zeker als... ik bedoel de afschuwelijke manier waarop hij gestorven is – zouden we alles willen doen om hem weer bij ons terug te brengen. En wanneer we dat niet kunnen en wanneer we wéten dat we het niet kunnen, dan willen we iets van die vriend hebben, om hem nog iets langer te kunnen vasthouden. Tot we hem los kunnen laten.'
Paul schuifelde met zijn in slippers gestoken voeten in het grind. Hij veegde zijn neus af met de mouw van zijn flanellen overhemd en daarna wierp hij Deborah een wantrouwende blik toe. Haastig draaide hij zijn hoofd om en richtte zijn ogen op het hek, zo'n dertig meter bij hen vandaan. Deborah had het achter zich gesloten en in stilte verweet ze zich

dat ze het gedaan had. Hij zou zich door haar opgesloten voelen. En als gevolg daarvan was het niet waarschijnlijk dat hij iets zou zeggen.
Ze zei: 'De mensen in de tijd van Victoria hadden een goed idee. Ze maakten sieraden van het haar van dode mensen. Wist je dat? Het klinkt luguber, maar wanneer je erover nadenkt was het vast een grote troost om een broche of een medaillon te hebben dat een deeltje bevatte van iemand van wie ze hielden. Het is jammer dat we dat niet meer doen, omdat we nog steeds iets willen hebben, en wanneer iemand sterft en niets voor ons achterlaat... wat kunnen we dan doen behalve pakken wat we kunnen vinden?'
Paul hield op met schuifelen. Hij bleef doodstil staan, als een van de beelden, maar er verscheen een vleugje kleur op zijn wang, als een vingerafdruk op zijn blanke huid.
Deborah zei: 'Ik vraag me af of dat gebeurd is met het schilderij dat je aan mevrouw Brouard hebt gegeven. Ik vraag me af of meneer Brouard het je heeft laten zien omdat hij zijn zus ermee wilde verrassen. Misschien zei hij dat het een geheim was van jullie tweeën. Zodat je wist dat niemand anders ervan op de hoogte was dat hij het had.'
De rode vlekken kropen onregelmatig naar de oren van de jongen. Hij keek even naar Deborah, en daarna weer de andere kant op. Zijn vingers omklemden de slip van zijn overhemd, dat aan een kant slap uit zijn spijkerbroek hing en al even versleten was.
Deborah zei: 'Toen meneer Brouard zo plotseling doodging heb je misschien gedacht dat je het schilderij kon bewaren, als aandenken. Tenslotte wisten alleen hij en jij ervan. Het kon toch geen kwaad? Is dat gebeurd?'
De jongen kromp ineen alsof hij een klap had gekregen. Hij slaakte een onsamenhangende kreet.
Deborah zei: 'Het geeft niet. We hebben het schilderij terug. Maar wat ik me afvraag...'
Hij draaide zich razendsnel om en ging ervandoor. Hij vloog de treden af en het grindpad op, terwijl Deborah van de stenen bank opstond en zijn naam riep. Ze dacht dat ze hem kwijt was, maar halverwege de tuin bleef hij staan naast een enorm, bronzen naakt van een hurkende, hoogzwangere vrouw met een melancholiek gezicht en grote, hangende borsten. Hij draaide zich om naar Deborah en ze zag dat hij op zijn onderlip beet en naar haar keek. Ze deed een stap vooruit. Hij bewoog zich niet. Ze begon naar hem toe te lopen zoals iemand een schichtig hertje zou benaderen. Toen ze nog tien meter bij hem vandaan was, begon hij weer te

rennen. Hij bleef echter staan bij het tuinhek en keek nogmaals naar haar om. Hij deed het hek open en liet het open. Hij liep weg in oostelijke richting, maar hij holde niet meer.
Deborah begreep dat het de bedoeling was dat ze hem volgde.

26

St James vond Kevin Duffy opzij van het huis, aan het werk in wat een in winterslaap verkerende moestuin scheen. Hij bewerkte de grond met een zware mestvork, maar hij hield op met zijn werk toen hij St James zag. Hij zei: 'Val is naar het grote huis. U kunt haar daar in de keuken vinden.'
'Eigenlijk wilde ik met u praten,' zei St James. 'Hebt u even tijd?'
Kevins blik ging snel naar het doek dat St James onder zijn arm had, maar als hij het al herkende, liet hij het niet merken. 'Neemt u er de tijd maar voor,' zei hij.
'Wist u dat Guy Brouard de minnaar was van uw nichtje?'
'Mijn nichtjes zijn zes en acht jaar oud, meneer St James. Guy Brouard was veel dingen voor veel mensen, maar hij had geen belangstelling voor pedofilie.'
'Het nichtje van uw vrouw, bedoel ik. Cynthia Moullin,' zei St James. 'Wist u dat Cynthia een verhouding had met Brouard?'
Hij gaf geen antwoord, maar zijn ogen dwaalden naar het grote huis, wat op zich voldoende antwoord was.
'Hebt u er met Brouard over gesproken?' vroeg St James.
Opnieuw geen antwoord.
'Of met de vader van het meisje?'
'Ik kan u hierbij niet helpen,' zei Duffy. 'Is dat alles wat u me bent komen vragen?'
'Nee, eerlijk gezegd niet,' zei St James. 'Ik ben gekomen om u hiernaar te vragen.' Voorzichtig ontrolde hij het oude doek.
Kevin Duffy dreef de tanden van zijn mestvork de grond in, maar liet de vork vervolgens in de aarde staan. Hij liep naar St James toe, intussen zijn handen aan de achterkant van zijn spijkerbroek afvegend. Hij keek naar het schilderij, en een schel gefluit ontsnapte aan zijn lippen.
'Meneer Brouard heeft er blijkbaar heel wat moeite voor gedaan om dit terug te krijgen,' zei St James. 'Zijn zus vertelde me dat de familie het kwijt is sinds de jaren veertig. Ze weet niet waar het oorspronkelijk vandaan kwam, ze weet niet waar het na de oorlog geweest is, en ze weet niet

hoe haar broer het teruggevonden heeft. Ik vraag me af of u hier enig licht op kunt werpen.'
'Waarom zou ik...'
'U hebt twee planken met boeken en video's over kunst in uw zitkamer, meneer Duffy, en er hangt een diploma kunstgeschiedenis bij u aan de muur. Dat wijst erop dat u meer over dit schilderij zou kunnen weten dan de doorsneetuinman.'
'Ik weet niet waar het geweest is,' antwoordde hij. 'En ik weet niet hoe hij het teruggekregen heeft.'
'Dan blijft het laatste over,' merkte St James op. 'Dus u weet wel waar het oorspronkelijk vandaan kwam?'
Kevin Duffy was onafgebroken naar het schilderij blijven kijken. Na een ogenblik zei hij 'Gaat u maar mee', en hij liep het huis in.
Bij de deur schopte hij zijn modderige laarzen uit en daarna nam hij St James mee naar de zitkamer. Hij knipte een rij spotjes aan die direct op zijn boeken schenen, en hij pakte een bril die op de leuning van een versleten stoel lag. Hij bewoog zich langs zijn verzameling boeken over kunst tot hij gevonden had wat hij zocht. Hij nam het van de plank, ging zitten en zocht de inhoudsopgave op. Nadat hij gevonden had wat hij zocht, bladerde hij het boek door tot hij de betreffende pagina had gevonden. Geruime tijd bleef hij ernaar kijken voor hij het boek op zijn schoot omdraaide, zodat St James de bladzijde kon zien. Hij zei: 'Kijkt u zelf.'
Wat St James zag was niet een foto van het schilderij – die hij gedacht had te zullen zien, afgaande op de manier waarop Duffy reageerde – maar een tekening, niet meer dan een voorstudie voor een toekomstig schilderij. Die was gedeeltelijk ingekleurd, alsof de kunstenaar had geprobeerd welke tinten het best zouden samengaan in het uiteindelijke werk. Hij had echter alleen haar japon gekleurd, en het blauw dat hij ervoor had gekozen was hetzelfde als de kleur die uiteindelijk op het schilderij zichtbaar was geworden. Misschien was de schilder, na een snelle beslissing te hebben genomen over de rest van het werk en het niet nodig gevonden te hebben de tekening verder in te kleuren, eenvoudig aan de slag gegaan met het eigenlijke schilderij, het doek dat St James nu in zijn handen hield.
De compositie en de figuren van de tekening in het boek waren identiek aan het schilderij dat Paul Fielder aan Ruth Brouard had gegeven. In beide zat de knappe vrouw met het boek en de ganzenveer sereen op de voorgrond, terwijl op de achtergrond een aantal arbeiders zwoegde met

de stenen die een massieve, gotische kathedraal vormden. Het enige verschil tussen de studie en het uiteindelijke werk was dat iemand ergens onderweg de tekening een titel had gegeven: ze werd 'St. Barbara' genoemd en iedereen die de tekening wilde zien kon die vinden tussen de Hollandse meesters in het Antwerpse Koninklijk Museum voor Schone Kunsten.

'Ah,' zei St James langzaam. 'Ja. Toen ik het zag dacht ik al dat het belangrijk was.'

'Belangrijk?' Kevin Duffy's toon drukte zowel eerbied als ongeloof uit. 'Dat is een Pieter de Hoogh die u daar in handen hebt. Zeventiende eeuw. Een van de drie Delftse meesters. Ik denk dat niemand tot op dit moment zelfs maar wist dat dat schilderij bestond.'

St James keek neer op wat hij vasthield. Hij zei: 'Lieve god.'

'Kijk in elk boek over kunstgeschiedenis dat u in handen kunt krijgen en u zult dat schilderij niet vinden,' zei Kevin Duffy. 'Alleen de tekening, de voorstudie. Dat is alles. Voorzover men wist heeft De Hoogh het eigenlijke schilderij nooit gemaakt. Religieuze onderwerpen hadden niet zijn voorkeur, dus er werd altijd aangenomen dat hij wat heeft zitten krabbelen en daarna zijn poging ter zijde heeft gelegd.'

'Voorzover men wist.' St James zag hoe Kevin Duffy's stellige verklaring Ruths verhaal bevestigde. Het schilderij, had ze gezegd, was altijd in haar familie geweest, voor zo lang iemand het zich kon herinneren. De ene generatie na de andere had iedere vader het doorgegeven aan zijn kinderen: een familiestuk. Daarom had niemand er waarschijnlijk aan gedacht met het schilderij naar een expert te gaan om te weten te komen wat het precies was. Het was eenvoudigweg, zoals Ruth zelf had gezegd, het familieschilderij van de knappe vrouw met het boek en de ganzenveer.

St James vertelde Kevin Duffy hoe Ruth Brouard het had genoemd.

'Geen ganzenveer,' zei Kevin Duffy. 'Ze houdt een palmtak vast. Het is het symbool van een martelaar. Je vindt het op religieuze schilderijen.'

St James bekeek het schilderij nauwkeuriger en zag dat het inderdaad een palmtak leek, maar hij zag ook hoe een kind, onbekend met de symbolen die in schilderijen uit deze periode werden gebruikt, een kind dat er zo lang naar had gekeken, die kon hebben aangezien voor een lange, sierlijke ganzenveer. Hij zei: 'Ruth vertelde me dat haar broer na de oorlog, toen hij oud genoeg was, naar Parijs is gegaan. Hij ging erheen om de familiebezittingen op te halen, maar alles wat ze hadden bezeten was weg. Ik neem aan dat het schilderij daarbij inbegrepen was.'

'Dat zou het eerst verdwenen zijn,' zei Duffy instemmend. 'De nazi's waren vast van plan alles mee te nemen wat ze arische kunst noemden. "Repatriëring", noemden ze het. Maar in werkelijkheid pakten de rotzakken alles wat ze in handen konden krijgen.'

'Ruth schijnt te denken dat de buurman van de familie – ene monsieur Didier Bombard – bij hun bezittingen kon komen. Hij was geen jood, dus waarom zou het schilderij, als hij degene was die het had, dan in handen van de Duitsers zijn beland?'

'Er zijn veel kunstwerken bij de nazi's terechtgekomen. Niet alleen door regelrechte diefstal. Er waren Franse tussenpersonen, kunsthandelaren, die ze voor hen aankochten. En Duitse handelaren, die advertenties plaatsten in Parijse kranten, waarin gevraagd werd met kunstvoorwerpen naar een of ander hotel te komen, voor eventuele kopers. Uw monsieur Bombard zou het schilderij op die manier verkocht kunnen hebben. Als hij niet wist wat het was, heeft hij het misschien aan een van die kunsthandelaren laten zien en is hij dankbaar geweest dat hij in ruil ervoor tweehonderd franc kreeg.'

'Maar vandaar? Waar kan het naartoe gegaan zijn?'

'Wie zal het weten?' zei Duffy. 'Na de oorlog hebben de geallieerden onderzoekseenheden opgericht om kunstvoorwerpen aan hun eigenaren te kunnen teruggeven. Maar ze waren overal. Göring alleen had al een treinlading vol. Er waren miljoenen mensen dood, hele families weggevaagd, zodat er niemand over was om hun bezittingen op te eisen. En áls je er levend uit was gekomen maar niet kon bewijzen dat iets aan je toebehoorde, had je pech.' Hij schudde zijn hoofd. 'Dat is hiermee gebeurd, vermoed ik. Of iemand met lange vingers, van een van de geallieerde legers, stopte het in zijn plunjezak en nam het mee naar huis, als souvenir. Of iemand in Duitsland, een privé-eigenaar misschien, kocht dit in de oorlog van een Franse handelaar en slaagde erin het te verstoppen toen de geallieerden binnenvielen. Het gaat erom: als de familie dood was, wie kon dan nog weten wat van wie was? En hoe oud was Guy Brouard destijds? Twaalf? Veertien? Toen de oorlog afgelopen was zal hij er niet aan gedacht hebben de bezittingen van zijn familie terug te krijgen. Daar zal hij jaren later aan gedacht hebben, maar tegen die tijd was dit allang weg.'

'En het zou nog veel meer jaren hebben gekost om het te vinden,' zei St James. 'Om nog maar niet te spreken van een leger van historici, conservators, musea, veilinghuizen en detectives.' Plus een klein vermogen, liet hij er bij zichzelf op volgen.

'Hij heeft geluk gehad dat hij het uiteindelijk gevonden heeft,' zei Duffy.

'Er zijn stukken zoekgeraakt in de oorlog die nooit meer boven water zijn gekomen. Over andere wordt nog steeds getwist. Ik kan me niet voorstellen hoe meneer Brouard heeft kunnen bewijzen dat dit van hem was.'
'Hij schijnt het teruggekocht te hebben, in plaats van iets te hebben bewezen,' legde St James uit. 'Er is een enorm bedrag van zijn rekeningen afgeschreven. Het is telegrafisch overgeboekt naar Londen.'
Duffy trok één wenkbrauw op. 'Is dat zo?' Het klonk twijfelend. 'Ik veronderstel dat hij het gevonden kan hebben bij de veiling van een nalatenschap. Of het kan opgedoken zijn in een antiekwinkel in een dorpje, of op een kunstmarkt. Maar het blijft moeilijk te geloven dat niemand wist wat het was.'
'Maar hoeveel mensen hebben verstand van kunstgeschiedenis?'
'Daar gaat het niet zozeer om,' zei Duffy. 'Iedereen kan zien dat het oud is. Je zou toch denken dat het op een keer getaxeerd moet zijn.'
'En als iemand het aan het eind van de oorlog heeft gestolen...? Een soldaat vindt het... waar? Berlijn? München?'
'Berchtesgaden?' opperde Duffy. 'De nazi-kopstukken hadden daar allemaal huizen. En tegen het eind van de oorlog krioelde het er van de geallieerde soldaten. Iedereen nam mee wat van zijn gading was.'
'Goed. Berchtesgaden,' zei St James instemmend. 'Een soldaat neemt het mee tijdens de plunderingen. Hij neemt het mee naar huis, naar Hackney, hangt het in zijn twee-onder-een-kapwoning boven de sofa en denkt er verder niet bij na. Daar blijft het, tot hij doodgaat en zijn kinderen het erven. Ze vonden de spullen van hun ouders nooit veel bijzonders, dus ze verkopen ze. Veiling. Kofferbakmarkt. Wat dan ook. Op dat moment wordt dit schilderij gekocht. Het komt terecht in een kraampje. In Portobello Road, bijvoorbeeld. Of Bermondsey. Of in een winkel in Camden Passage. Of zelfs op het platteland, zoals u opperde. Brouard laat al jaren mensen ernaar zoeken, en wanneer ze het zien, nemen ze het haastig mee.'
'Ik veronderstel dat het zo gegaan kan zijn,' zei Duffy. 'Nee. Eerlijk gezegd, zo móét het gegaan zijn.'
St James werd geïntrigeerd door het definitieve van Duffy's opmerking. Hij zei: 'Waarom?'
'Omdat het de enige manier is waarop meneer Brouard dit ooit terug heeft kunnen krijgen. Hij kon op geen enkele manier bewijzen dat het van hem was. Dat betekende dat hij het terug moest kopen. En hij kan het niet bij Christie's of Sotheby's vandaan hebben, nietwaar, dus het moest...'

'Wacht even,' zei St James. 'Waarom niet bij Christie's of Sotheby's?'
'Er zou hoger geboden zijn dan hij kon betalen. Door mensen als de Getty's, met bodemloze zakken. Een Arabische oliemagnaat. Wie weet wie nog meer.'
'Maar Brouard had geld...'
'Niet genoeg hiervoor. Niet genoeg geld. Niet wanneer ze bij Christie's of Sotheby's precies wisten wat ze in handen hadden en de hele wereld erop zou bieden om het te krijgen.'
St James keek naar het schilderij, vijfenveertig bij zestig centimeter linnen, olieverf, en onmiskenbaar van een genie. Langzaam zei hij: 'Over hoeveel geld hebben we het hier precies, meneer Duffy? Wat schat u dat dit schilderij waard is?'
'Minstens tien miljoen pond, zou ik zeggen,' deelde Kevin Duffy hem mee. 'En dan bedoel ik vóór het bieden begint.'

Paul nam Deborah mee langs de achterkant van het grote huis, en aanvankelijk dacht ze dat hij op weg was naar de stallen. Deze keurde hij echter geen blik waardig. In plaats daarvan liep hij door, dwars over het erf dat de stallen van het huis scheidde en dat uitkwam bij struikgewas, waar hij zich doorheen wurmde.
Nadat ze hem achterna was gegaan bevond ze zich op een breed stuk gras, met daarachter een bosje olmen. Paul schoot ertussendoor en Deborah voerde haar tempo op om hem niet kwijt te raken. Toen ze bij de bomen aankwam, zag ze dat het pad erachter gemakkelijk te volgen was, de grond was veerkrachtig door de vele afgevallen bladeren die erop lagen. Ze volgde het kronkelende pad tot ze voor zich uit in de verte een glimp opving van een ruwe, stenen muur. Ze zag Paul ertegenop klimmen. Ze dacht dat ze hem op dat punt voorgoed kwijt zou raken, maar toen hij boven op de muur was, wachtte hij. Hij keek om alsof hij wilde zien of ze hem kon bijhouden, en hij wachtte tot ze onder aan de muur was gekomen. Toen stak hij haar zijn hand toe en hielp haar eroverheen, naar de andere kant.
Daar zag Deborah dat de zorgvuldige vormen en details van Le Reposoir plaatsmaakten voor een grote, maar ongebruikte omheinde wei waar onkruid, struiken en bramen in het wilde weg bijna tot borsthoogte groeiden. Ertussendoor liep een aangestampt pad naar een merkwaardige aardheuvel. Het verbaasde haar niet dat Paul zich van de muur liet vallen en dit pad op liep. Bij de heuvel sloeg hij rechts af en hij begon eromheen te lopen. Haastig ging ze hem achterna.

Ze vroeg zich af hoe een vreemde verhoging in het land een schilderij kon verbergen, tot ze de zorgvuldig geplaatste stenen zag die langs de onderkant van de heuvel lagen. Toen besefte ze dat ze niet naar een natuurlijke heuvel keek, maar naar iets wat in de Oudheid door de mens gebouwd was.

Het pad naar rechts was even veelbetreden als dat achter de muur, en nadat ze om de heuvel was gelopen zag ze dat Paul Fielder bezig was met de cijfercombinatie van een hangslot dat een oude, scheefgetrokken, eiken deur afsloot waardoor ze naar binnen konden gaan. Hij leek haar te horen, want hij schermde met zijn schouder de combinatie van het slot voor haar ogen af. Met een klik en een geknars had hij het los, en daarna duwde hij met zijn voet de deur open, terwijl hij het slot zorgvuldig in zijn zak stopte. De in de heuvel ontstane opening was niet meer dan 1 meter 20 hoog. Paul bukte zich, schoof er als een krab doorheen en verdween daarna snel in de duisternis.

Ze stond voor de keuze om weg te rennen en Simon verslag uit te brengen als een plichtsgetrouwe echtgenote, of de jongen te volgen. Deborah koos voor het laatste.

Binnen werd ze ingesloten door een smalle, muffe gang, zo'n 1 meter 75 hoog, van stenen vloer tot stenen plafond. Maar na een meter of zes werd de gang breder en hoger en kwam ze in een rotskamer, schemerig verlicht door het daglicht dat naar binnen viel. Deborah ging rechtop staan, knipperde met haar ogen en wachtte tot die zich aan het licht hadden aangepast. Ze zag dat ze zich in een grote ruimte bevond. Die was geheel uit graniet opgebouwd – vloeren, wanden en plafond – met aan één kant iets wat leek op een stenen wachter, waarin haar verbeelding bijna het oude beeld van een krijger kon zien, met zijn wapen in de aanslag om indringers tegen te houden. Een ander blok graniet dat zo'n tien centimeter boven de vloer uitstak leek als een soort altaar te dienen. Er stond een kaars naast, maar die was niet aangestoken. De jongen was nergens te zien.

Deborah kreeg het even te kwaad. Ze stelde zich voor dat ze in deze heuvel opgesloten zat terwijl niemand precies wist waar ze was. Ze vloekte hartgrondig omdat ze Paul Fielder blindelings gevolgd was, maar daarna kreeg ze haar zenuwen onder controle en riep ze Pauls naam. Als antwoord hoorde ze het afstrijken van een lucifer. Licht vlamde op door een spleet rechts van haar, in een oneffen, stenen wand. Ze begreep dat het de aanwezigheid van nog een kamer moest betekenen, en ze liep eropaf.

De opening die ze aantrof was niet meer dan 25 centimeter breed. Ze kroop erdoorheen, dicht langs de vochtige kilte van de stenen buitenmuur schuivend, en ze zag dat deze tweede kamer ingericht was met veel kaarsen en een klein, opvouwbaar veldbed. Aan het hoofdeinde ervan lag een kussen; aan het voeteneind stond een met houtsnijwerk versierde, houten doos; in het midden zat Paul Fielder met een boekje lucifers in zijn ene hand en een brandende kaars in de andere. Deze plaatste hij in een nis die gevormd werd door twee stenen in de buitenmuur. Nadat het hem gelukt was stak hij een tweede kaars aan, waar hij kaarsvet af liet druipen om hem op de vloer vast te zetten.

'Is dit je geheime plek?' vroeg Deborah zacht. 'Heb je hier het schilderij gevonden, Paul?'

Het leek haar onwaarschijnlijk. Het scheen redelijker om aan te nemen dat dit een geheime plek was voor iets heel anders, en ze wist vrij zeker wat dat andere was. Het veldbed was er de stille getuige van, en toen Deborah de houten doos die aan het voeteneind stond pakte en het deksel opende, vond ze de bevestiging van wat ze had aangenomen.

De doos bevatte condooms in allerlei soorten: geribbeld, glad, gekleurd en met een smaakje. Er waren er genoeg om aan te geven dat deze plaats regelmatig voor seks werd gebruikt. Het was dan ook een ideale plek voor afspraakjes: uit het zicht, waarschijnlijk vergeten, en fantasievol genoeg voor een meisje dat dacht dat het lot haar en haar vriend misschien niet gunstig gezind was. Dit moest dus de plek zijn waar Guy Brouard Cynthia Moullin mee naartoe had genomen voor hun rendezvous. De enige vraag was waarom hij Paul Fielder blijkbaar ook hierheen had gebracht.

Deborah keek naar de jongen. Onwillekeurig viel haar bij het kaarslicht zijn engelachtige gezicht met de gladde huid op en de manier waarop zijn blonde haar om zijn hoofd krulde, als op een schilderij uit de renaissanceperiode. Hij had beslist iets vrouwelijks, wat nog werd benadrukt door zijn smalle gelaatstrekken en zijn tere beenderstructuur. Hoewel het ernaar uit had gezien dat Guy Brouard een man was wiens belangstelling zich tot de dames leek te beperken, wist Deborah dat ze de mogelijkheid niet kon uitsluiten dat Paul Fielder eveneens onderwerp van Brouards genegenheid was geweest.

De jongen keek naar de geopende doos op Deborahs schoot. Langzaam pakte hij een handvol van de kleurige, met folie omwikkelde pakjes en keek ernaar terwijl ze op zijn hand lagen. Daarna, terwijl Deborah behoedzaam vroeg 'Paul, waren jij en meneer Brouard minnaars?', legde hij de condooms in de doos terug en gooide het met snijwerk versierde deksel dicht.

Deborah keek hem aan en herhaalde haar vraag.
De jongen draaide zich abrupt om, blies de kaarsen uit en verdween via de spleet waardoor ze kort tevoren waren binnengekomen.

Paul zei bij zichzelf dat hij niet zou huilen, omdat het niets te betekenen had. Niet echt. Hij was een man, en uit wat hij gehoord had van Billy, zijn eigen vader, de televisie, de af en toe stiekem weggepakte *Playboy*, en de jongens op school – tenminste wanneer hij naar school ging – deed een man voortdurend zoiets. Dat hij het hier gedaan had op hun speciale plek... Maar hij had het immers hier moeten doen? Want wat konden die glimmende pakjes betekenen, behalve dat hij iemand anders hiernaartoe gebracht had, een vrouw, een andere persoon die belangrijk genoeg voor hem was om zijn geheime plek mee te delen?
Kun je dit bewaren als ons speciale geheim, Paul? Als ik je mee naar binnen neem, kun je me dan beloven nooit aan iemand te vertellen dat deze plek bestaat? Ik denk dat die door de jaren heen totaal vergeten is, weet je. Zo wil ik het graag houden, zolang ik kan. Ben je bereid...? Kun je het beloven?
Natuurlijk kon hij dat. Hij kon het en hij deed het.
Hij had het veldbed gezien, maar hij had gedacht dat meneer Guy het gebruikt had om een dutje te doen, om er te kamperen, misschien om te mediteren of te bidden. Hij had de houten doos ook gezien, maar die had hij niet opengemaakt, omdat hem in zijn jeugd en door ruwe ervaring was bijgebracht nooit zijn handen te leggen op iets wat niet van hem was. Hij had de mevrouw met het rode haar zelfs bijna tegengehouden toen ze de doos zo-even zelf had geopend. Maar ze had die op haar schoot gezet en het deksel opgetild voor hij de doos van haar kon afnemen en kon wegzetten. Toen hij had gezien wat erin zat...
Paul was niet dom. Hij wist wat ze betekenden. Hij had ze toch gepakt, omdat hij had gedacht dat ze zouden verdwijnen zoals iets waar je in je droom je hand naar uitsteekt. Maar ze bleven beslist echt, concrete kleine bewijsstukken van wat deze plek echt voor meneer Guy had betekend.
De mevrouw had iets gezegd maar hij had de woorden niet gehoord, alleen het geluid van haar stem, terwijl de rotskamer om hem heen draaide. Hij moest ongezien wegkomen, dus hij had de kaarsen uitgeblazen en hij was gevlucht.
Hij kon natuurlijk niet weggaan. Hij had het slot, en in elk geval was hij verantwoordelijk. Hij kon de deur niet open laten hangen. Hij moest de heuvel afsluiten, omdat hij meneer Guy beloofd had...

En hij wilde niet huilen, omdat het verdomme stom was om te huilen. Meneer Guy was een man en een man had verlangens en die liet hij ergens in vervulling gaan en daarmee uit. Dit had niets te maken met Paul, of met zijn vriendschap met de man. Ze waren kameraden geweest, van het begin tot het eind, en dat hij deze plek met iemand anders gedeeld had, veranderde daar niets aan, toch? Of wel?
Wat had meneer Guy nu eigenlijk gezegd? Het is ons geheim.
Had hij gezegd dat niemand anders ooit dat geheim met hem zou delen? Had hij laten merken dat er niemand ooit zo belangrijk zou zijn dat hij van het bestaan van deze plek zou mogen weten? Dat had hij toch niet gedaan? Hij had niet gelogen. Dus om nu zo van streek te zijn... om zich zo overstuur te maken...
Hoe vind je het lekker, kleine rukker? Hoe doe je het dan met hem?
Dat was wat Billy dacht. Maar dat was nooit gebeurd. Als Paul er ooit naar verlangd had dichter bij hem te zijn, was het een verlangen dat voortkwam uit de wens om zóals hij te zijn, niet één met hem te zijn. En zijn zóals kwam voort uit iets met elkaar delen, en dat hadden ze hier gedaan.
Geheime plekken, geheime gedachten. Een plaats om te praten en een plaats om te zijn. Daar is dit voor, Paul. Zo gebruik ik deze plek.
Hij had die kennelijk voor meer dingen gebruikt. Maar dat hoefde het niet minder speciaal te maken, tenzij Paul dat liet gebeuren.
'Paul? Paul?'
Hij hoorde haar uit de binnenste kamer komen. Ze zocht haar weg op de tast, dat moest ook wel nu de kaarsen plotseling gedoofd waren. Maar wanneer ze eenmaal terug was in de grote kamer, zou alles in orde zijn. Hier brandden geen kaarsen, maar het daglicht van buiten drong nog steeds naar binnen en verlichtte de gang, binnendringend als een opkomende mistbank die het inwendige van de heuvel bereikte.
'Ben je hier?' vroeg ze. 'Ah. Daar ben je. Je hebt me echt aan het schrikken gemaakt. Ik dacht...' Ze lachte zachtjes, maar Paul kon zien dat ze nerveus was en dat ze zich daarvoor schaamde. Hij wist hoe dat voelde.
'Waarom heb je me hiernaartoe gebracht?' vroeg ze. 'Gaat het... nou, het gaat toch om dat schilderij?'
Hij was het bijna vergeten. Het zien van die doos, open en onthullend en hem dingen vertellend... Hij was het bijna vergeten. Hij had gewild dat ze het zou weten en begrijpen, omdat iemand dat moest doen. Mevrouw Ruth geloofde niet dat hij iets van Le Reposoir gestolen had, maar er zou altijd achterdocht te zien zijn in de ogen van anderen als hij niet op de

een of andere manier uitlegde hoe hij aan het schilderij was gekomen. Hij kon niet verdragen die te zien – die achterdocht – omdat Le Reposoir zijn enige toevluchtsoord was op het eiland, en dat wilde hij niet verliezen. Hij kon het niet verdragen het te verliezen, moest er niet aan denken thuis te moeten zijn met Billy, of op school, luisterend naar het gejouw en getreiter zonder hoop op ontsnapping en met niets ter wereld om naar uit te kijken. Maar iemand van het landgoed zelf iets vertellen over deze plek zou betekenen dat hij het geheim zou verraden dat hij gezworen had altijd te zullen bewaren: waar deze dolmen was. Dat kon hij niet doen, dus het enige was het aan een vreemde te vertellen wie het niets zou kunnen schelen en die hier nooit meer terug zou komen.
Maar nu... Hij kon haar niet de precieze plek tonen. Hij moest zijn eigen geheim beschermen. Toch moest hij haar iets laten zien, dus hij ging naar de lage altaarsteen en knielde erbij neer, vlak voor de spleet aan de onderkant, die over de volle lengte van de achterzijde liep. Hij pakte de kaars uit de spleet en stak die aan. Hij wees omlaag zodat de vrouw het kon zien.
'Hier?' zei ze. 'Lag het schilderij hier?' Ze keek van de ondiepe holte naar hem en het leek erop dat ze zijn gezicht bestudeerde, dus Paul knikte ernstig. Hij liet haar zien hoe het in de holte had kunnen liggen en hoe, als het er gelegen had, het niet zichtbaar zou zijn geweest voor iemand die niet naar de achterkant van de altaarsteen was gelopen om daar neer te knielen, zoals Paul nu deed.
'Wat vreemd,' zei de vrouw zacht. Maar ze schonk hem een vriendelijk lachje. Ze zei: 'Dank je, Paul. Weet je, ik geloof niet dat je van plan was dat schilderij voor jezelf te houden. Dat is toch zo? Ik heb het gevoel dat je daar helemaal niet het type voor bent.'

'Meneer Ouseley, het is onze taak om deze periode voor u zo gemakkelijk te maken als we kunnen,' zei het meisje tegen Frank. Het klonk meelevender dan hij voor mogelijk had gehouden bij iemand van haar leeftijd. 'We zijn hier om u door uw verlies heen te helpen. Dus alles waarvan u wilt dat we het vanuit het uitvaartcentrum regelen, kúnnen we vanuit het uitvaartcentrum regelen. We zijn hier om door u ingezet te worden. Ik raad u sterk aan daar gebruik van te maken.'
Wat Frank van dit alles dacht, was dat ze veel te jong was om degene te zijn die de ontvangst en het begroeten van de gasten regelde, alle voorbereidingen trof en het vakmanschap verkocht dat geleverd werd door Markham & Swift Uitvaartverzorging. Ze leek een jaar of zestien, hoe-

wel ze waarschijnlijk ergens in de twintig was, en ze had zich voorgesteld als Arabella Agnes Swift, oudste achterkleindochter van de oprichter. Ze had hem hartelijk de hand gedrukt en hem meegenomen naar haar kantoor, dat uit consideratie met de verdrietige mensen die ze meestal moest ontvangen, zo weinig mogelijk op een kantoor leek. Het was ingericht als de zitkamer van een grootmoeder, met een bankstel en een salontafeltje en familiefoto's op de schoorsteenmantel van een namaak-open haard waar een elektrisch vuur in brandde. Er stond een foto van Arabella tussen, waarop ze een toga droeg, het moment waarop ze was afgestudeerd aan de universiteit. Vandaar Franks conclusie wat haar werkelijke leeftijd betrof.

Ze wachtte beleefd tot hij zou antwoorden. Ze had discreet een in leer gebonden boek op de salontafel neergelegd, dat ongetwijfeld foto's bevatte van de kisten waaruit de nabestaanden konden kiezen. Ze hield een blocnote met spiraal op haar schoot, maar ze pakte de pen niet die ze er netjes bovenop had gelegd toen ze naast hem op de bank had plaatsgenomen. Ze was een en al zakelijkheid en leek in niets op de lugubere Dickensfiguur die Frank verwacht had te zullen aantreffen achter de deuren van Markham & Swift Uitvaartverzorging.

'We kunnen de dienst ook hier in onze kapel houden, als u dat liever hebt,' zei ze. Het klonk uiterst vriendelijk. 'Sommige mensen gaan niet geregeld naar de kerk. Sommigen geven de voorkeur aan een meer agnostische benadering van een begrafenis.'

'Nee,' zei Frank eindelijk.

'Dus u wilt de dienst in een kerk houden? Mag ik weten in welke? En kunt u me de naam van de geestelijke geven?'

'Geen ceremonie,' zei Frank. 'Geen begrafenisdienst. Dat zou hij niet gewild hebben. Ik wil dat hij...' Frank zweeg. 'Ik wil' was niet de manier om het te brengen. 'Hij gaf de voorkeur aan crematie. Dat kunt u toch ook verzorgen?'

'O, ja. Dat kunnen we, natuurlijk,' verzekerde Arabella hem. 'We zullen alles regelen en het lichaam laten overbrengen naar het staatscrematorium. U hoeft alleen maar de urn uit te zoeken. Ik zal u laten zien...' Ze boog naar voren en hij ving een vleugje van haar parfum op, een aangename geur waarvan hij wist dat die waarschijnlijk troost zou bieden aan degenen die troost nodig hadden. Zelfs hij, die geen behoefte had aan haar condoleances, werd erdoor herinnerd aan hoe hij dicht tegen zijn moeders borst was gehouden. Hoe wisten parfummakers welke geur die snelle reis terug in de herinnering kon oproepen? vroeg hij zich af.

'Er zijn verschillende soorten,' vervolgde Arabella. 'U kunt u bij uw keuze laten leiden door wat u met de as wilt doen. Sommige mensen houden die het liefst bij zich, terwijl anderen...'
'Geen urn,' viel Frank haar in de rede. 'Ik neem de as gewoon mee. In een doos. Een zak. Hoe het uitkomt.'
'O. Juist. Ja, natuurlijk.' Haar gezicht toonde geen enkele emotie. Het was niet aan haar om commentaar te leveren op wat de dierbaren van de overledene met de stoffelijke resten van de overledene deden, en ze was goed genoeg opgeleid om dat te weten. Franks beslissing zou Markham & Swift niet het profijt opleveren waaraan ze waarschijnlijk gewend waren, maar dat was niet Franks probleem.
De afspraken werden dus snel gemaakt en met een minimum aan gedoe. Zeer korte tijd later kroop Frank weer achter het stuur van de Peugeot, om Brock Road af te rijden en daarna omhoog, tot aan de haven van St Sampson.
Het was gemakkelijker gegaan dan hij had verwacht. Eerst was hij het huis uit gelopen en naar de twee aangrenzende huisjes gegaan, om te zien of alles daar in orde was en om ze af te sluiten voor de nacht. Daarna was hij teruggegaan naar zijn vader, die bewegingloos onder aan de trap lag. 'Pa! God! Ik heb je nog zo gezegd nooit de trap op...' had hij geroepen terwijl hij naar hem toe snelde. Hij zag dat zijn vader nog slechts oppervlakkig ademhaalde. Hij begon te ijsberen en keek op zijn horloge. Na tien minuten pakte hij de telefoon en toetste het alarmnummer in. Hij bracht verslag uit. Daarna wachtte hij.
Graham Ouseley stierf voor de ambulance bij Moulin des Niaux aankwam. Terwijl zijn ziel de aarde verliet, op weg naar het laatste oordeel, merkte Frank dat hij huilde, om hen beiden en om wat ze hadden verloren. En zo troffen de medewerkers van de ambulance hem aan: huilend als een kind, met op zijn schoot zijn vaders hoofd, waar één enkele blauwe plek de plaats aangaf waar zijn voorhoofd tegen de trap was geslagen.
Grahams huisarts was snel ter plaatse en sloeg Frank met zijn zware hand op diens schouder. Het moest heel snel gegaan zijn, deelde dokter Langlois hem mee. Waarschijnlijk had hij een hartaanval gekregen toen hij probeerde de trap op te gaan. Te veel inspanning, begrijp je. Maar gezien de weinige blauwe plekken in zijn gezicht... De kans was groot dat hij al bewusteloos was geraakt voor hij de houten treden raakte en dat hij kort daarna was gestorven zonder te weten wat hem zo plotseling was overkomen.
'Ik was net naar buiten gegaan om de huisjes voor de nacht af te sluiten,'

verklaarde Frank. De opdrogende tranen op zijn wangen brandden in de verweerde huid rond zijn ogen. 'Toen ik terugkwam... Ik heb hem altijd gezegd dat hij nooit moest proberen...'

'Ze zijn onafhankelijk, die oude rakkers,' zei Langlois. 'Dat zie ik voortdurend. Ze weten dat ze niet jong meer zijn, maar ze willen niemand tot last zijn, dus ze vragen gewoon niet wat ze nodig hebben wanneer ze het nodig hebben.' Hij kneep in Franks schouder. 'Daar had je maar heel weinig aan kunnen veranderen, Frank.'

Hij was gebleven terwijl de ambulancemedewerkers hun brancard naar binnen haalden en hij was zelfs nog blijven talmen nadat het lichaam was weggebracht. Frank had zich genoodzaakt gezien hem thee aan te bieden, en toen de dokter hem toevertrouwde 'Ik zou geen nee zeggen tegen een glas whisky', had hij die tevoorschijn gehaald, twee vingers Oban single malt ingeschonken en toegekeken terwijl de dokter die waarderend naar binnen sloeg.

Voor hij wegging zei Langlois: 'Het plotselinge, wanneer een van je ouders sterft, is altijd een schok, hoe we ons er ook op voorbereiden. Maar hij was... hoe oud? Negentig?'

'Tweeënnegentig.'

'Tweeënnegentig. Hij moet erop voorbereid geweest zijn. Dat zijn ze, zie je. Die groep, van die leeftijd. Ze moesten er een halve eeuw geleden al op voorbereid zijn. Ik vermoed dat hij dacht dat elke dag dat hij na 1940 bleef leven, een godsgeschenk was.'

Frank wilde niets liever dan dat de man zou weggaan, maar Langlois kletste maar door, hem vertellend wat hij het minst graag wilde horen: dat het hout waaruit mannen als Graham Ouseley bij hun geboorte waren gesneden, allang niet meer bestond; dat Frank blij moest zijn dat hij zo'n vader had gehad, en zo lang, ja, zelfs tot hij zelf al een dagje ouder werd; dat Graham er trots op was geweest dat hij zo'n zoon had met wie hij in vrede en harmonie kon leven tot zijn dood; dat Franks liefhebbende en niet-aflatende toewijding alles voor Graham had betekend...

'Die gedachte moet je koesteren,' had Langlois plechtig tegen hem gezegd. Daarna vertrok hij, Frank achterlatend om de trap op te gaan naar zijn kamer, op het bed te gaan zitten, en er uiteindelijk op te gaan liggen om met droge ogen te wachten op de toekomst.

Nu merkte hij, toen hij South Quay had bereikt, dat hij was gestrand in St Sampson. Achter hem zat het verkeer vast omdat mensen die boodschappen hadden gedaan de winkelwijk van de stad uit reden, op weg naar huis, terwijl zich vóór hem een file uitstrekte, helemaal tot Bulwer Avenue. Daar had een truck met oplegger de bocht naar South Quay blijkbaar te scherp genomen en was gaan scharen, op een onmogelijke plek met te veel voertuigen die probeerden er voorbij te komen, te weinig ruimte om te manoeuvreren, en te veel mensen die eromheen stonden en advies gaven. Toen hij het zag rukte Frank het stuur naar links. Hij schoot de verkeersstroom uit en kwam bij de rand van de kade, waar hij de auto langs de waterkant parkeerde.

Hij stapte uit. Het gladde graniet van de kademuren omsloot in deze tijd van het jaar slechts weinig boten, en het water dat in de koude decembermaand tegen de stenen klotste, had het voordeel vrij te zijn van de olievlekken die in het hoogseizoen veroorzaakt werden door achteloze vakantiegangers, die een voortdurende ergernis waren voor de plaatselijke vissers. Aan de overkant van het water, aan de noordzijde van de brug, klonk van de scheepswerf een kakofonie van hameren, lassen, schuren en gevloek terwijl de schepen die voor de winter uit het water werden gehaald een onderhoudsbeurt kregen voor het komende seizoen. Hoewel Frank wist wat elk geluid was en in welke mate het verband hield met het werk dat op de werf aan de schepen werd verricht, luisterde hij ernaar als naar iets totaal anders.

Het hameren veranderde in het ritmisch marcheren van laarzen op straatstenen; het schuren in het knarsen van een geweergrendel wanneer de haan werd gespannen; het vloeken in de orders die gegeven werden – verstaanbaar in elke taal – wanneer het moment om te schieten was aangebroken.

Hij kon de verhalen niet uit zijn hoofd bannen, zelfs nu niet, nu dat het meest noodzakelijk was: 53 jaar van deze verhalen, telkens en telkens weer verteld maar nooit versleten en nooit onwelkom, tot op dit moment. Toch bleven ze komen, of hij het wilde of niet: 28 juni, vijf voor zeven 's avonds. Het gestadige geronk van naderende vliegtuigen en het gestadiger toenemen van angst en verwarring bij degenen die zich aan de haven van St Peter Port hadden verzameld om de postboot uit te zwaaien, zoals ze dat vanouds gewend waren, en bij degenen wier vrachtwagens in de rij stonden om hun lading tomaten in de ruimen van de vrachtschepen te deponeren... Er waren te veel mensen bijeen en toen de zes vliegtuigen kwamen lieten ze doden en gewonden achter. Brandbommen vielen op de vrachtauto's en zware springstoffen bliezen ze op, terwijl machinegeweren genadeloos de menigte neermaaiden. Mannen, vrouwen en kinderen.

De deportaties, de ondervragingen, de executies en de dwangarbeid kwamen allemaal daarna. Evenals het onmiddellijk ziften van druppels joods bloed en de talloze proclamaties en geboden. Dwangarbeid hiervoor, de dood door het vuurpeloton daarvoor. Censuur van de pers, censuur van de bioscoop, censuur van nieuws, censuur van gedachten.
Zwarthandelaren waren er als de kippen bij om winst te behalen uit de ellende van hun medemensen. Boeren die radiotoestellen in hun schuren verstopten werden onwaarschijnlijke helden. Een volk dat zich genoodzaakt zag voedsel en brandstof bij elkaar te schrapen kenmerkte deze tijd, onder omstandigheden die door de rest van de wereld vergeten leken te zijn, terwijl de Gestapo tussen hen rondwaarde, kijkend, luisterend, en wachtend om toe te slaan wanneer iemand ook maar één enkele verkeerde beweging maakte.
Er stierven mensen, Frankie. Hier, op dit eiland, hebben mensen geleden en zijn ze gestorven vanwege de mof. En sommige mensen bevochten hem op de enige manier waarop ze konden. Dus dat mag je nooit vergeten, jongen. Jij kunt met opgeheven hoofd rondlopen. Jij stamt af van mensen die de ergste tijden hebben doorgemaakt en die het hebben overleefd om het te kunnen navertellen. Niet iedere jongen op dit eiland kan dat zeggen over wat hier gebeurd is, Frank.
De stem en de herinneringen. De stem die onophoudelijk de herinneringen erin hamerde. Frank kon ze niet van zich afschudden, zelfs nu niet. Hij wist dat hij de rest van zijn leven erdoor achtervolgd zou worden. Hij kon zich verdrinken in de Lethe, maar dat zou niet voldoende zijn om zijn hersens schoon te wassen.
Vaders werden niet geacht tegen hun zoons te liegen. Als ze dan zo nodig vader moesten worden, moest dat zijn om de waarheden van het leven door te geven die ze uit ervaring geleerd hadden. Als een zoon zijn eigen vader niet kon vertrouwen, wie dan wel?
Daar kwam het voor Frank op neer, terwijl hij alleen op de kade stond. Hij keek naar het water, maar in plaats daarvan zag hij een weerspiegeling van de geschiedenis die meedogenloos een generatie eilandbewoners had gevormd. Het kwam allemaal aan op vertrouwen. Dat had hij gegeven, als het enige geschenk dat een kind ooit kan geven aan de boven hem verheven, ontzagwekkende mens die zijn vader is. Graham had dat vertrouwen tevreden aangenomen en het vervolgens op een enorme manier misbruikt. Wat overbleef, was het kwetsbare raamwerk van een relatie die van stro en lijm aan elkaar hing. De ruwe wind van de onthulling had die relatie vernietigd. Het was alsof het wankele bouwsel nooit had bestaan.

Meer dan een halve eeuw geleefd te hebben, voorwendend dat hij niet verantwoordelijk was voor de dood van goede mannen... Frank wist niet of hij ooit nog een teder gevoel voor zijn vader bijeen zou kunnen schrapen uit het smerige slijk dat dat enkele feit in het kielzog van Graham Ouseley achterliet. Wat hij wél wist, was dat hij het nu niet kon. Later misschien... Als hij dezelfde leeftijd bereikte... Als hij op dat moment een andere kijk op het leven had...
Hij hoorde dat achter hem de rij voertuigen eindelijk in beweging kwam. Hij draaide zich om en zag dat de vrachtauto op het kruispunt er ten slotte in geslaagd was zich uit zijn hachelijke positie te bevrijden. Hij stapte weer in zijn auto en voegde zich bij de stroom auto's die St Sampson uit reden. Hij reed met het verkeer mee naar St Peter Port, waar hij eindelijk de snelheid kon opvoeren toen hij het industrieterrein aan Bulwer Avenue voorbij was en vandaar op de weg kwam die parallel liep aan de langgerekte halvemaan van de Belle Grevebaai.
Hij moest nog één keer stoppen alvorens naar de Talbot Valley terug te keren, dus hij bleef naar het zuiden rijden met het water links van hem en St Peter Port als een grijs, terrasvormig gebouwd fort aan zijn rechterkant. Hij kronkelde tussen de bomen in Le Val des Terres door en kwam daarna tot stilstand op Fort Road, nog geen kwartier na de tijd die hij had afgesproken om Debiere een bezoek te brengen.
Hij had liever een volgend gesprek met Nobby vermeden. Maar toen de architect hem had opgebeld en er zo op had aangedrongen, was het gebruikelijke schuldgevoel voldoende motivatie voor Frank om 'Goed dan, ik kom langs' te zeggen en om het tijdstip te noemen waarop hij er waarschijnlijk zou kunnen zijn.
Nobby deed zelf de deur open en nam Frank mee naar de keuken, waar hij, omdat zijn vrouw blijkbaar niet thuis was, bezig was het eten voor de jongens klaar te maken. Het was ondraaglijk warm in de keuken, en Nobby's gezicht was vettig van het zweet. Er hing een overweldigende geur van vissticks die kort tevoren waren aangebrand. Uit de zitkamer kwam het geluid van een computerspelletje, er klonken ritmische explosies terwijl de spelers behendig de slechteriken elimineerden.
'Caroline is naar de stad.' Nobby bukte zich om naar een bakplaat te kijken, die hij vervolgens uit de oven haalde. De nieuwe lading vissticks lag erop te dampen en produceerde nog meer stank. Hij trok een vies gezicht. 'Ik begrijp niet dat ze die dingen lekker vinden.'
'Alles waar hun ouders een hekel aan hebben,' merkte Frank op.
Nobby zette de bakplaat op het aanrecht en schoof de vissticks met een

houten lepel op een schaal. Uit de koelkast haalde hij een zak friet, die hij op de bakplaat leeggooide; daarna schoof hij de plaat in de oven. Intussen stond op het fornuis een pan enthousiast te koken. Er kwam een wolk stoom uit die als een geest boven hun hoofd zweefde.
Nobby roerde erin en schepte er een lepel doperwten uit. Ze waren onnatuurlijk groen, alsof ze geverfd waren. Hij keek er weifelend naar en liet ze vervolgens weer in het kokende water glijden. Hij zei: 'Ze zou thuis moeten zijn om dit te doen. Ze is er beter in. Ik ben hopeloos.'
Frank wist dat zijn voormalige leerling hem niet had gebeld om kookles te krijgen, maar hij wist ook dat hij het in de oververhitte keuken niet veel langer zou kunnen uithouden. Daarom nam hij het over en zocht een vergiet, waar hij de erwten in afgoot, om ze daarna, evenals de weerzinwekkende vissticks, met aluminiumfolie af te dekken terwijl de frieten lagen te bakken. Tot slot zette hij het keukenraam open en zei tegen de architect, die bezig was de tafel te dekken voor zijn zoontjes: 'Waarover wilde je me spreken, Nobby?'
'Ze is naar de stad,' zei hij.
'Dat zei je al.'
'Ze gaat solliciteren. Vraag me waar.'
'Goed dan. Waar?'
Nobby lachte, maar er was geen sprankje humor in te horen. 'Het Stedelijk Adviesbureau. Vraag me wat voor baan.'
'Nobby...' Frank werd er moe van.
'Hun verdomde brochures schrijven,' zei Nobby, opnieuw met een lachje, deze keer klonk het hoog en wild. 'Van de *Architectural Review* naar het Stedelijk Adviesbureau. Dat heeft ze aan mij te danken. Ik had haar gezegd dat ze ontslag moest nemen. "Schrijf je boek," zei ik tegen haar. "Maak je droom waar. Net als ik."'
'Ik vind het erg vervelend wat er gebeurd is,' zei Frank. 'Je weet met geen mogelijkheid hoe vervelend.'
'Nee, dat zal wel niet. Maar dit is pas echt de genadeslag: het is allemaal voor niets geweest. Vanaf het allereerste begin. Is dat al tot je doorgedrongen? Of heb je het al die tijd geweten?'
Frank fronste zijn voorhoofd. 'Hoe? Wat was...'
Nobby had een schort van zijn vrouw voor, die hij nu afdeed en over de rugleuning van een van de keukenstoelen hing. Hij zag er, krankzinnig genoeg, uit alsof hij plezier beleefde aan hun gesprek, en zijn vrolijkheid nam toe naarmate hij meer onthulde. De tekeningen die Guy uit Amerika had laten overkomen, waren nep, zei hij. Hij had ze zelf gezien en ze

waren niet goedgekeurd. Voorzover hij kon zien waren het zelfs geen tekeningen voor een museum. En wat dacht Frank Ouseley daarvan?
'Hij was niet van plan een museum te bouwen,' deelde Nobby hem mee. 'Nooit. Het was allemaal een spelletje van zet-ze-neer-en-gooi-ze-om. En wij waren de kegels. Jij, ik, Henry Moullin, en alle anderen die eraan zouden meewerken. Hij heeft onze verwachtingen aangewakkerd met zijn geweldige plannen en ons daarna zien kronkelen en smeken toen we begrepen dat het niet doorging. Dat was het verhaal. Het spelletje hield echter op bij mij. Toen werd Guy om zeep gebracht en de rest van jullie bleef rondhangen en vroeg zich af hoe jullie het project konden voortzetten zonder dat hij erbij was om er zijn "zegen" aan te geven. Maar ik wilde dat jij het wist. Waarom zou ik de enige zijn die geprofiteerd heeft van Guys bijzondere gevoel voor humor?'
Frank deed zijn best deze informatie te verwerken. Die was in tegenspraak met alles wat hij over Guy had geweten en met alles wat hij als diens vriend had ondervonden. Guys dood en de bepalingen van zijn testament hadden een eind gemaakt aan het museum. Maar dat het nooit de bedoeling was geweest het te bouwen... Frank kon zich op dit moment niet veroorloven eraan te denken. Nooit, om precies te zijn. De prijs was te hoog.
Hij zei: 'De tekeningen... De tekeningen die de Amerikanen bij zich hadden...?'
'Allemaal namaak,' zei Nobby opgewekt. 'Ik heb ze gezien. Die man uit Londen kwam ermee langs. Ik weet niet wie ze getekend heeft, of waar ze voor zijn, maar waar ze niet voor zijn is een museum aan de weg bij de St Saviour's kerk.'
'Maar hij moet toch...?' Wat? vroeg Frank zich af. Hij moest wat? Geweten hebben dat iemand de plannen nauwkeurig zou bekijken? Wanneer? Die avond? Hij had een vakkundige tekening onthuld van een gebouw, hij had verklaard dat dat het gekozen ontwerp was, maar niemand had eraan gedacht hem naar de tekeningen zelf te vragen. 'Hij moet bezwendeld zijn,' zei Frank. 'Want hij was van plan dat museum te bouwen.'
'Met welk geld?' vroeg Nobby. 'Zoals je opmerkte, is er volgens zijn testament geen cent nagelaten om iets te bouwen, Frank, en hij heeft Ruth geen toestemming gegeven om het te financieren als er met hem iets mocht gebeuren. Nee, Guy is door niemand bezwendeld. Maar wij wel. Wij allemaal. We hebben zijn spelletje meegespeeld.'
'Het moet een vergissing zijn. Een misverstand. Misschien had hij onlangs een verkeerde investering gedaan en het geld verloren waarmee

hij van plan was te bouwen. Dat zal hij niet hebben willen toegeven... Hij wilde geen gezichtsverlies lijden in onze gemeenschap, dus hij gedroeg zich alsof er niets veranderd was, dan zou niemand het weten...'

'Denk je dat?' Nobby deed geen poging het ongeloof in zijn stem te verbergen. 'Denk je dat werkelijk?'

'Hoe kun je anders verklaren...? De raderen waren al in beweging gezet, Nobby. Hij moet zich verantwoordelijk hebben gevoeld. Jij had je baan opgezegd en je was voor jezelf begonnen. Henry had geïnvesteerd in zijn glasblazerij. Er waren artikelen in de krant en verwachtingen bij de mensen. Hij zou alles hebben moeten opbiechten of moeten doen alsof het doorging als hij dat geld verloren had, in de hoop dat de mensen mettertijd hun belangstelling zouden verliezen als hij lang genoeg bleef traineren.'

Achter de tafel sloeg Nobby zijn armen over elkaar. 'Geloof je dat werkelijk?' Zijn toon maakte duidelijk dat de voormalige student de rol van leraar had overgenomen. 'Ja. Inderdaad. Ik begrijp dat het nodig kan zijn om je aan dat geloof vast te klampen.'

Frank dacht dat hij opeens het besef over Nobby's gezicht zag flitsen: het feit dat hij, Frank – in het bezit van duizenden voorwerpen, ogenschijnlijk dierbare oorlogssouvenirs – niet wilde dat die spullen ooit het daglicht zouden zien. En hoewel dat inderdaad waar was, kon Nobby Debiere het onmogelijk weten. De zaak was voor hem te ingewikkeld om uit te zoeken. Wat hem betrof was Frank Ouseley niets anders dan nog een teleurgesteld lid van de groep die verwachtingen had gekoesterd van een plan dat op niets was uitgedraaid.

Frank zei: 'Het duizelt me. Ik kan het gewoon niet geloven... Er moet ergens een verklaring voor zijn.'

'Die heb ik je net gegeven. Ik wilde alleen dat Guy hier was, dan kon hij zich verheugen in het resultaat van zijn manipulaties. Kijk. Ik zal het je laten zien.' Nobby ging naar een hoek van het aanrecht, waar de familie blijkbaar de dagelijkse post bewaarde. In tegenstelling tot de rest van het huis was het een rommeltje, een berg brieven, tijdschriften, catalogi en telefoonboeken die lukraak op elkaar gestapeld waren. Nobby trok er een enkel vel papier uit en overhandigde het aan Frank.

Frank zag dat het een kopie was van de lay-out voor een advertentie. Het was een cartoon, waarin Nobby Debiere aan een tekentafel stond, waarop een of andere tekening uitgespreid lag. Om zijn getekende voeten lagen deels uitgerolde rollen papier waarop andere tekeningen te zien waren. De advertentie kondigde zijn nieuwe onderneming aan als BER-

TRAND DEBIERE: HERSTEL, REPARATIE EN RENOVATIE, en het adres van het bedrijf was dit, aan Fort Road.

'Ik heb mijn secretaresse moeten ontslaan, natuurlijk,' zei Nobby, met een geforceerde opgewektheid die ijzingwekkend was om aan te horen. 'Dus zij heeft ook geen werk, en ik weet zeker dat Guy dat erg leuk gevonden zou hebben, als hij lang genoeg was blijven leven om het te zien gebeuren.'

'Nobby...'

'En ik ga thuis werken, zoals je ziet, wat geweldig is omdat Caroline haar dagen waarschijnlijk in de stad zal doorbrengen. Ik heb mijn schepen achter me verbrand toen ik ontslag nam bij de firma, maar ongetwijfeld zal ik op den duur wel ergens anders worden aangenomen, als ik tenminste niet op de zwarte lijst beland ben. Ja. Is het niet geweldig om te zien hoe alles op zijn pootjes terechtkomt?' Hij pakte de advertentie uit Franks hand en schoof het verkreukelde papier onder het telefoonboek.

'Het spijt me,' zei Frank. 'Dat dit alles zo is gelopen...'

'Het is zo ongetwijfeld het beste,' zei Nobby. 'Voor iemand.'

27

St James vond Ruth Brouard in haar serre. Die was groter dan hij aanvankelijk had gedacht, toen hij die voor het eerst gezien had op de dag van de begrafenis, en het was er vochtig en warm. Als gevolg daarvan droop de condens van de ramen. Water van de vensters en uit een irrigatiesysteem zorgde voor een constant patroon van spetters dat druppels op de brede bladeren van tropische planten deed vallen, en op het stenen pad dat zich ertussendoor slingerde.

Ruth zat in het midden van de serre, waar de stenen uitwaaierden en een rond zitgedeelte vormden, groot genoeg voor een chaise longue, een witte rieten stoel met bijpassende tafel, en een kleine vijver waar waterlelies in dreven. Ze lag op de bank, haar voeten rustten op een geborduurd kussen. Een blad met theebenodigdheden stond op het tafeltje naast haar. Een fotoalbum lag geopend op haar schoot.

'Sorry voor de warmte,' zei Ruth tegen hem, met een knikje naar de elektrische kachel die op de stenen stond en bijdroeg aan de warmte in de serre. 'Ik vind het behaaglijk. Het doet feitelijk niet veel om de loop der dingen te veranderen, maar zo voelt het wel.' Haar ogen gingen naar het schilderij dat hij losjes opgerold bij zich had. Ze zei er echter niets over, maar vroeg hem een stoel naast haar te zetten zodat ze hem kon laten zien 'wie we waren'.

Het album, zag hij, was een document van de jaren die de Brouards in Engeland in pleeggezinnen hadden doorgebracht. De foto's beeldden een jongen en een meisje af, in oorlogstijd en in het naoorlogse Londen, altijd samen, altijd ernstig in de lens van de camera kijkend. Ze werden ouder, maar hun ernstige uitdrukking veranderde nauwelijks, terwijl ze poseerden voor een deur, voor een hek, in een tuin, bij een haard.

'Hij heeft me nooit vergeten,' zei Ruth, terwijl ze de bladzijden omsloeg. 'We waren niet altijd samen in hetzelfde gezin, en telkens wanneer hij wegging, was ik zo bang dat hij niet terug zou komen, dat er iets met hem zou gebeuren en dat het me niet verteld zou worden. Op een dag zou hij niet meer komen opdagen. Maar hij zei dat het niet kon gebeuren, en zelfs als dat wel het geval was, dat ik het dan zou weten. Ik zou het voelen, zei hij. Ik zou voelen dat er een verandering optrad in het heelal, dus tenzij ik dat voelde, hoefde ik me niet ongerust te maken.' Ze sloeg het album dicht en legde het opzij. 'Maar ik heb het niet gevoeld, nietwaar? Toen hij naar de baai ging, meneer St James, heb ik het helemaal niet gevoeld.'

St James gaf haar het schilderij. 'Maar wat een geluk dat dit gevonden is,' zei ze zacht, terwijl ze het aanpakte. 'In zekere zin brengt het mijn familie terug.' Ze legde het schilderij op het album en keek hem aan. 'Wat is er nog meer?' vroeg ze.

Hij glimlachte. 'Weet u zeker dat u geen heks bent, mevrouw Brouard?'

'Absoluut,' antwoordde ze. 'U wilt nog iets van me, denk ik?'

Hij gaf toe dat het zo was. Uit haar woorden en haar optreden werd hem duidelijk dat ze geen idee had van de waarde van het schilderij dat haar broer voor haar had teruggevonden. Voor het ogenblik deed hij niets om daar verandering in te brengen. Ergens wist hij dat het belang dat ze eraan hechtte niet zou veranderen wanneer ze zou horen dat het een meesterwerk was.

Hij zei: 'U zou gelijk kunnen hebben, dat uw broer het grootste deel van zijn geld erin heeft gestoken om dit te zoeken. Maar ik zou graag zijn rekeningen willen nagaan om het zeker te weten. U hebt de gegevens toch hier?'

Ze zei dat ze die had, dat Guy zijn bankafschriften in zijn studeerkamer bewaarde. Als meneer St James met haar mee wilde gaan, zou ze hem graag laten zien waar. Ze namen het schilderij en het fotoalbum mee, hoewel het vrij duidelijk was dat Ruth Brouard beide achteloos in de serre zou hebben gelaten, tot ze terugkwam om ze op te halen.

In de studeerkamer van haar broer knipte ze de lampen aan, omdat het daglicht al begon af te nemen. Tot zijn verrassing haalde ze uit een kast naast zijn bureau een leren kasboek van het soort waarvan men zou verwachten dat een Bob Cratchit het gebruikte. Ze zag hoe St James erop reageerde, en ze lachte.

'De administratie van de hotels ging via computers,' zei ze. 'Maar Guy was ouderwets wanneer het op zijn privé-financiën aan kwam.'

'Het lijkt...' St James zocht naar een eufemisme.

Zij kwam ermee. 'Ouderwets. Zo helemaal niets voor Guy. Maar hij had niet veel op met computers. Telefoons met druktoetsen en magnetrons waren zo ongeveer het enige, verder ging de techniek hem te boven. Maar dit is heel eenvoudig te begrijpen, dat zult u zien. Guy hield alles goed bij.'

St James ging aan het bureau zitten en sloeg het kasboek open. Ruth pakte er nog twee. Elk ervan, verklaarde ze, omvatte drie jaar van haar broers uitgaven. Deze waren niet groot, omdat het overgrote deel van het geld op haar naam stond en het onderhoud van het landgoed altijd via haar rekeningen had gelopen.

Omdat St James het meest recente kasboek voor zich had, keek hij het door om te zien hoe de afgelopen drie jaar voor Guy Brouard waren geweest. Er was weinig tijd voor nodig om een patroon te ontdekken in hoe hij zijn geld gedurende die tijd had uitgegeven, en dat patroon werd gespeld A-n-a-ï-s A-b-b-o-t-t. Brouard had telkens opnieuw geld gespendeerd aan zijn minnares, hij had van alles betaald, van plastische chirurgie tot onroerendegoedbelasting tot de hypotheek op haar huis tot vakanties in Zwitserland en Belize tot de opleiding van haar dochter aan de modellenschool. Behalve dat vond hij uitgaven voor een Mercedes Benz, voor tien beelden waarvan artiest en titel erbij vermeld stonden, voor een lening aan Henry Moullin die hij omschreef als 'oven', en voor iets wat leningen of cadeaus aan zijn zoon schenen te zijn. Onlangs had hij blijkbaar een stuk land in St Saviour gekocht, en hij had betalingen gedaan aan Bertrand Debiere, evenals aan De Carteret Cabinet Design, Tissier Electric en Burton-Terry Plumbing.

Daaruit concludeerde St James dat Brouard inderdaad aanvankelijk het voornemen had gehad om het oorlogsmuseum te bouwen, zelfs om het door Debiere te laten ontwerpen. Maar alle betalingen die ook maar in de verte verband konden houden met de bouw van een voor het publiek toegankelijk gebouw, waren negen maanden geleden abrupt gestopt. Daarna volgde tot onder aan de pagina, in plaats van de nauwkeurige omschrijvingen die Brouard had gemaakt, een lijst bedragen, die op de volgende bladzijde verderging en die uiteindelijk was opgeteld, maar zonder dat de enige begunstigde met name genoemd werd. Desondanks had St James er een vrij goed idee van wie die begunstigde was: International Access. De cijfers correspondeerden met die welke de bank aan Le Gallez had verstrekt. Hij zag dat de laatste betaling – de grootste van allemaal – blijkbaar telegrafisch van Guernsey was overgeboekt op dezelfde dag dat broer en zus River op het eiland waren aangekomen.

St James vroeg Ruth Brouard om een rekenmachine, die ze uit een lade van haar broers bureau haalde. Hij telde de lijst op van de bedragen die naar de niet-genoemde begunstigde waren overgemaakt. Het totaal bedroeg meer dan twee miljoen pond.

'Met hoeveel geld begon uw broer, toen u zich beiden hier vestigde?'

vroeg hij Ruth. 'U hebt me verteld dat hij bijna alles op uw naam heeft gezet, maar hij moet toch zelf iets gehouden hebben, voor zijn eigen uitgaven? Hebt u enig idee hoeveel?'
'Anderhalf miljoen pond,' zei ze. 'Hij dacht dat hij ruim zou kunnen leven van de rente, wanneer het geld goed werd geïnvesteerd. Waarom? Is er iets...?'
Ze voegde het woord 'mis' er niet aan toe, omdat het nauwelijks noodzakelijk was. Vanaf het allereerste begin had er maar weinig geklopt van de post mortem financiën van haar broer.
Het gerinkel van de telefoon bespaarde St James een direct antwoord. Ruth nam de hoorn van het toestel op het bureau, en even later gaf ze die aan St James.
'Je hebt je niet geliefd gemaakt bij de receptioniste van je hotel,' zei Thomas Lynley tegen hem vanuit Londen. 'Ze dringt erop aan dat je een mobiele telefoon koopt. Ik geef je de boodschap maar door.'
'Begrepen. Ben je iets wijzer geworden?'
'Ja, dat ben ik zeker. Het is een intrigerende situatie, hoewel ik geloof dat je niet blij zult zijn er iets over te horen. Het zal een spaak in het wiel steken.'
'Laat me raden. Er is geen International Access in Bracknell.'
'In één keer goed. Ik heb een oude vriend van me gebeld, uit Hendon. Hij zit bij de zedenpolitie in die buurt. Hij is naar het adres gegaan waarop International Access geregistreerd staat en hij trof er een zonnebankinstituut. Dat is al acht jaar op dat adres gevestigd – zonnebanken doen het blijkbaar goed in Bracknell...'
'Ik zal het onthouden voor later.'
'... en ze beweerden dat ze er niet het flauwste idee van hadden waar mijn vriend het over had. Dit spoorde aan tot een nader gesprek met de bank. Ik liet het woord "belastingcontrole" vallen en toen waren ze bereid om met enige informatie te komen over de rekening op naam van International Access. Geld dat uit Guernsey naar die rekening werd overgeboekt, werd blijkbaar twee dagen later telegrafisch overgemaakt naar Jackson Heights, in Queens, New York.'
'Jackson Heights? Is dat...'
'De plaats, niet de tenaamstelling van de rekening.'
'Heb je een naam uit hen losgekregen?'
'Vallera en Zoon.'
'Een of ander bedrijf?'
'Het lijkt er wel op. Maar we weten niet wat voor iets. De bank evenmin.

Het is niet aan hen om te vragen waarom, enzovoort. Maar het lijkt erop... nou, je weet waar het op lijkt: iets waar de Amerikaanse regering graag een onderzoek naar zou instellen.'

St James keek naar het patroon van het tapijt onder zijn voeten. Hij voelde Ruth Brouard vlak naast zich, en toen hij opkeek zag hij dat ze hem gadesloeg. Ze keek ernstig, maar behalve dat kon hij niets van haar gezicht aflezen.

Hij beëindigde het gesprek nadat Lynley hem had verzekerd dat de raderen in beweging waren gezet om te proberen iemand van Vallera en Zoon aan de telefoon te krijgen, hoewel hij St James waarschuwde niet al te veel medewerking te verwachten van de overkant van de Atlantische Oceaan. 'Als dit is wat het lijkt, raken we misschien op dood spoor, tenzij we er daarginds de sterke arm bij halen. Belastingdienst. FBI. De politie van New York.'

'Dáár schieten we veel mee op,' was St James' zure commentaar.

Lynley grinnikte. 'Ik bel je nog wel.' Daarna was hij weg.

Nadat St James de hoorn had neergelegd, nam hij er even de tijd voor om alles te overwegen wat Lynleys informatie inhield. Hij plaatste die naast alles wat hij al wist, en het resultaat beviel hem matig.

'Wat is er?' vroeg Ruth Brouard ten slotte.

Hij rukte zich los uit zijn gedachten. 'Ik vraag me af of u het pakje nog hebt waarin de tekeningen voor het museum werden afgeleverd, mevrouw Brouard.'

Eerst zag Deborah St James haar man niet, toen ze uit de struiken kwam. Het was schemerig en ze dacht nog na over wat ze gezien had in de prehistorische heuvel waar Paul Fielder haar mee naartoe had genomen. Meer nog dacht ze aan wat het betekende dat de jongen de combinatie van het slot had gekend en dat hij zo resoluut had geprobeerd die voor haar verborgen te houden.

Daarom zag ze Simon pas toen ze vlak bij hem was. Hij was met een hark bezig aan de zijkant van de drie bijgebouwen die het dichtst bij het grote huis stonden. Hij doorzocht het afval van het landgoed, blijkbaar had hij vier vuilnisbakken ondersteboven gekeerd.

Hij hield op toen ze zijn naam riep. Op haar vraag: 'Ben je vuilnisman geworden?' lachte hij en zei: 'Het is een idee, hoewel ik me dan zou beperken tot het afval van popsterren en politici. Wat heb je ontdekt?'

'Alles wat je moet weten, en meer.'

'Heeft Paul met je over het schilderij gesproken? Goed gedaan, schat.'

'Ik weet niet zeker of Paul ooit echt spreekt,' bekende ze. 'Maar hij heeft me meegenomen naar de plek waar hij het gevonden heeft, hoewel ik eerst dacht dat hij me wilde opsluiten.' Ze vertelde over de ligging en de vorm van de heuvel waar Paul haar naartoe had gebracht, over de cijfercombinatie van het hangslot, en de inrichting van de twee stenen kamers. Ze besloot met: 'De condooms... het veldbed... Het was duidelijk waar Guy Brouard die voor gebruikte, Simon. Hoewel ik eerlijk gezegd niet helemaal begrijp waarom hij zijn vriendinnen niet gewoon mee naar huis nam.'
'Zijn zus was er meestal,' bracht St James haar in herinnering. 'En omdat een van zijn bevliegingen een tiener was...'
'Meervoud, als Paul Fielder een van hen is. Dat was het, geloof ik. Het is allemaal zo onsmakelijk, vind je niet?' Ze keek achterom naar de struiken, het grasveld, het pad dat naar het bos liep. 'Nou, geloof me, ze konden daar niet gezien worden. Je moet precies weten waar de dolmen op het landgoed ligt om die te kunnen vinden.'
'Heeft hij je laten zien waar in de dolmen?'
'Waar hij het schilderij had gevonden?' Toen Simon knikte legde Deborah het uit.
Haar man luisterde, op de hark leunend als een rustende boerenknecht. Nadat ze haar beschrijving van de altaarsteen en de opening erachter had voltooid, en hij had gevraagd of die spleet inderdaad in de vloer zat, schudde hij zijn hoofd. 'Dat kan niet kloppen, Deborah. Dat schilderij is een vermogen waard.' Hij vertelde haar alles wat hij van Kevin Duffy te weten was gekomen en besloot met te zeggen: 'En Brouard moet het geweten hebben.'
'Hij moet geweten hebben dat het een De Hoogh was? Maar hoe? Als het schilderij al generaties lang in zijn familie was, als het van vader op zoon is doorgegeven als een familiestuk... Hoe kan hij het geweten hebben? Zou jíj het geweten hebben?'
'Nee. Maar hij moet in elk geval geweten hebben wat hij had uitgegeven om het schilderij terug te krijgen, en dat kwam in de buurt van twee miljoen pond. Ik kan niet geloven dat hij, na al dat geld erin te hebben gestoken en na alle moeite die het hem heeft gekost om het doek te vinden, het ook maar voor vijf minuten in een dolmen zou hebben verstopt.'
'Maar die was toch afgesloten...?'
'Daar gaat het niet om, schat. We hebben het over een zeventiende-eeuws schilderij. Dat zou hij niet verstoppen op een plek waar kou of vocht het kon beschadigen.'

'Dus je denkt dat Paul liegt?'

'Dat zeg ik niet. Ik zeg alleen dat het niet waarschijnlijk is dat Brouard het schilderij in een prehistorische kamer verborg. Als hij het wilde verstoppen – in afwachting van zijn zus' verjaardag, zoals zij beweert, of om een andere reden – zijn er tientallen plaatsen in zijn eigen huis waar hij het had kunnen opbergen, met veel minder gevaar dat het beschadigd zou raken.'

'Dan heeft iemand anders...?' zei Deborah.

'Ik vrees dat dat het enige is wat logisch lijkt.' Hij ging weer verder met de hark.

'Wat zoek je eigenlijk?' Ze hoorde de angst in haar stem, en ze wist dat hij die ook gehoord had, want toen hij haar aankeek waren zijn ogen donkerder geworden, zoals dat altijd gebeurde wanneer hij zich ongerust maakte.

Hij zei: 'De manier waarop het naar Guernsey is gekomen.'

Hij wijdde zich weer aan het vuilnis en bleef het verspreiden tot hij had gevonden wat hij blijkbaar zocht. Het was een grote koker, ongeveer negentig centimeter lang met een doorsnede van twintig centimeter. Aan beide kanten zat een stevige, metalen ronde dop, waarvan de zijkanten stevig en precies om de koker sloten.

Simon rolde de koker tussen de rommel uit en bukte zich onhandig om hem op te rapen. De koker bleek over de hele lengte te zijn opengesneden en de snee was wijder gemaakt, zodat een gapende opening was ontstaan met gerafelde randen, waar de buitenkant van de koker met geweld was geopend om de ware structuur bloot te leggen. Wat ze hier hadden was een koker in een koker, en er was geen atoomgeleerde voor nodig om af te leiden waar de geheime, binnenste ruimte voor was gebruikt.

'Ah,' mompelde Simon. Hij keek naar Deborah.

Ze wist wat hij dacht, omdat ze het zelf dacht en ze het niet wilde denken. 'Mag ik eens kijken...?' zei ze, en ze nam de koker van hem aan, dankbaar dat hij die zonder commentaar aan haar overhandigde.

Bij nader onderzoek kwam een volgens Deborah heel belangrijk detail aan het licht: de enige manier om bij de binnenste koker te komen, was beslist via de buitenste. Want de afsluitdoppen aan beide kanten waren zo stevig aangebracht, dat wanneer ze er met geweld af getrokken zouden worden, de hele constructie onherstelbaar zou zijn beschadigd. Het zou ook iemand die de koker bekeek – met name de geadresseerde, zo niet een douaneambtenaar – hebben verteld dat iemand ermee geknoeid had. Toch was er aan beide uiteinden geen enkele beschadiging aan het metaal te zien. Deborah maakte haar man erop attent.

'Ik zie het,' zei hij. 'Maar je begrijpt toch zeker wat dat betekent?'

Deborah kreeg een kleur onder zijn intense blik en het dwingende van zijn vraag. Ze zei: 'Wat? Dat degene die dit naar Guernsey bracht, niet wist...'

'De koker niet van tevoren geopend heeft,' viel hij haar in de rede. 'Maar dat betekent niet dat die persoon niet wist wat erin zat, Deborah.'

'Hoe kun je dat zeggen?' Ze voelde zich diep ellendig. Haar innerlijke stem en haar intuïtie schreeuwden néé.

'Vanwege de dolmen. De aanwezigheid ervan in de dolmen. Guy Brouard is vermoord vanwege dat schilderij, Deborah. Het is het enige motief dat al het andere verklaart.'

'Dat is te gemakkelijk,' wierp ze tegen. 'Het is ook de bedoeling dat we dat geloven. Nee' – toen hij iets wilde zeggen – 'luister, Simon. Jij zegt dat ze van tevoren wisten wat erin zat.'

'Ik zeg dat een van hen het wist, niet allebei.'

'Goed. Een. Maar als dat zo is, als ze wilden...'

'Wacht even. Ik zeg: als híj wilde,' zei haar man zacht.

'Ja. Mooi. Maar je bent er te sterk van overtuigd. Als hij...'

'Cherokee River, Deborah.'

'Ja. Cherokee. Als hij het schilderij wilde hebben, als hij wist dat het in de koker zat, waarom zou hij die dan in vredesnaam naar Guernsey gebracht hebben? Waarom is hij er niet gewoon mee vandoor gegaan? Het is niet logisch dat hij het helemaal hiernaartoe zou brengen om het vervolgens te stelen. Er moet een heel andere verklaring voor zijn.'

'En die is?'

'Ik denk dat je het weet. Guy Brouard heeft dit pakket opengemaakt en het schilderij aan iemand laten zien. En dat was degene die hem vermoord heeft.'

Adrian reed te snel en veel te ver naar het midden van de weg. Hij haalde onvoorzichtig andere auto's in en remde nergens voor af. Om kort te gaan, hij reed met de opzettelijke bedoeling haar nerveus te maken, maar Margaret was niet van plan zich te laten provoceren. Haar zoon was zo weinig subtiel. Hij wilde dat ze hem zou vragen rustiger te rijden, zodat hij kon doorgaan precies zo te rijden als het hem uitkwam en op die manier eens en voor al te bewijzen dat ze niets over hem te vertellen had. Het was precies iets wat je zou verwachten van een kind van tien jaar, bezig met een spelletje ik-zal-je-eens-wat-laten-zien.

Adrian had haar al kwaad genoeg gemaakt, en Margaret had haar laatste greintje zelfbeheersing nodig om niet tegen hem uit te vallen. Ze kende hem goed genoeg om te begrijpen dat hij niet van zins was haar informatie te geven waarvan hij had besloten dat hij die voor zich zou houden, omdat hij op dit moment zou geloven dat ook maar iets prijsgeven, zou betekenen dat zij gewonnen had. Wat ze dan gewonnen had, wist ze niet en ze had het niet kunnen zeggen. Het enige wat ze ooit voor haar oudste zoon gewild had, was een normaal leven met een succesvolle carrière, een vrouw, en kinderen.

Was dat te veel om op te hopen en om plannen voor te maken? Margaret dacht zeker van niet. Maar de afgelopen paar dagen hadden haar duidelijk gemaakt dat al haar pogingen om de weg voor Adrian te effenen, al haar bemiddelingspogingen, alle excuses die ze had verzonnen, voor alles, van slaapwandelen tot onvoldoende controle over zijn ingewanden, evenveel parels waren in een trog die bezocht werd door zwijnen.

Goed dan, dacht ze. Het zij zo. Maar ze zou niet van Guernsey vertrekken voor ze één ding van hem te weten was gekomen. Ontwijken was prima. Van één kant bekeken kon het zelfs beschouwd worden als een gunstig teken van een lang uitgestelde volwassenheid. Maar regelrechte leugens waren onaanvaardbaar, nu en altijd. Want leugens waren iets voor dodelijk zwakke geesten.

Ze begreep nu dat Adrian waarschijnlijk het grootste deel van zijn leven tegen haar had gelogen, zowel direct als indirect. Maar ze was zo in beslag genomen geweest door haar pogingen om hem weg te houden bij de slechte invloed van zijn vader, dat ze zijn versie van elke gebeurtenis waar hij ooit in verzeild was geraakt, had geaccepteerd: van het zogenaamd per ongeluk verdrinken van zijn puppy op de avond voor haar tweede huwelijk tot de recente reden voor het verbreken van zijn verloving.

Margaret twijfelde er niet aan of hij loog haar nog steeds voor. En deze kwestie met International Access was de grofste leugen die hij haar tot dusver had voorgeschoteld.

Daarom zei ze: ‘Hij heeft je dat geld gestuurd, nietwaar? Maanden geleden. Wat ik me afvraag is waar je het aan uitgegeven hebt.’

Het verbaasde haar niet dat Adrian antwoordde met: ‘Waar heb je het over?’ Het klonk onverschillig. Nee. Het klonk ronduit verveeld.

‘Gokken misschien? Kaarten? Een krankzinnige speculatie op de aandelenmarkt? Ik weet dat er geen International Access is omdat je meer dan een jaar het huis niet uit bent geweest, behalve om je vader op te zoeken of naar Carmel te gaan. Maar misschien is dat het. Heb je het allemaal aan Carmel uitgegeven? Heb je een auto voor haar gekocht? Sieraden? Een huis?'

Hij sloeg zijn ogen ten hemel. 'Natuurlijk. Dat is precies wat ik gedaan heb. Ze stemde erin toe om met me te trouwen en dat moet ze gedaan hebben omdat ik de poen er zo dik op legde als marmelade op toast.'

'Ik maak geen grapjes hierover,' zei Margaret. 'Je hebt gelogen over het feit dat je je vader om geld hebt gevraagd, je hebt gelogen over Carmel en haar relatie tot je vader, je hebt me laten geloven dat jullie verloving werd verbroken omdat je "iets anders" wilde van de vrouw die eerder erin toegestemd had om met je te trouwen... Wanneer heb je eigenlijk niet gelogen?'

Hij keek even haar kant op. 'Wat maakt het uit?'

'Wat maakt wát uit?'

'Waarheid of leugens. Jij ziet alleen wat je wilt zien. Ik maak het alleen maar gemakkelijker voor je.' Hij denderde langs een bestelbusje dat voor hen sukkelde. Hij bewerkte de claxon terwijl ze het inhaalden en slechts enkele centimeters – althans zo leek het – voor een tegemoetkomende bus weer op hun eigen rijstrook terugkwamen.

'Hoe kun je dat in godsnaam zeggen?' wilde Margaret weten. 'Ik heb de beste jaren van mijn leven eraan besteed...'

'Om mijn leven voor me te leiden.'

'Dat is niet waar. Ik voelde me verantwoordelijk, zoals iedere moeder dat zou doen. Ik was bezorgd.'

'Om er zeker van te zijn dat jij je zin kreeg.'

'En,' ging Margaret door, vastbesloten dat Adrian niet het onderwerp van hun gesprek zou bepalen, 'de erkentelijkheid die ik heb ontvangen voor alle moeite die ik gedaan heb, bestond alleen maar uit regelrechte leugens. Dat is onaanvaardbaar. Ik verdien en eis niets minder dan de waarheid. En die wil ik nu, op dit moment, horen.'

'Omdat je er recht op hebt?'

'Ja.'

'Natuurlijk. Maar niet omdat je er echt in geïnteresseerd bent.'

'Hoe durf je dat te zeggen! Ik ben voor jou hiernaartoe gekomen. Ik heb me blootgesteld aan de afschuwelijke pijn van mijn herinneringen aan dat huwelijk...'

'Kom nu toch,' zei hij spottend.

'... voor jou. Om zeker te weten dat je kreeg waar je recht op had volgens je vaders testament, omdat ik wist dat hij alles zou doen om het je niet te geven. Dat was de enige manier die was overgebleven om mij te straffen.'

'En waarom zou hij jou zo graag willen straffen?'

'Omdat hij geloofde dat ik gewonnen had. Omdat hij niet tegen zijn verlies kon.'

'Wat gewonnen?'

'Jou gewonnen. Ik heb je bij hem vandaan gehouden voor je eigen bestwil, maar dat kon hij niet begrijpen. Hij kon het alleen zien als wraak van mijn kant, want als hij het op een andere manier zou hebben beschouwd, zou dat hebben betekend dat hij op zijn leven moest terugkijken en moest nadenken over het effect dat het had kunnen hebben op zijn enige zoon, wanneer ik had goedgevonden dat je eraan werd blootgesteld. En dat wilde hij niet. Hij wilde niet terugkijken. Dus gaf hij er mij de schuld van, omdat ik jullie uit elkaar gehouden had.'

'Wat natuurlijk niet je bedoeling was,' merkte Adrian sarcastisch op.

'Natuurlijk was het mijn bedoeling. Wat had ik volgens jou dan moeten doen? Een reeks vriendinnen. Een reeks maîtresses terwijl hij met JoAnna getrouwd was. God mag weten wat nog meer. Orgieën waarschijnlijk. Drugs. Drank. Misschien zelfs necrofilie of bestialiteit. Ja, daar heb ik je tegen beschermd. En ik zou het allemaal weer doen. Ik had gelijk toen ik het deed.'

'Daarom ben ik je iets verschuldigd,' zei Adrian. 'Ik begrijp het. Vertel me dan maar' – hij keek haar van opzij aan terwijl hij langzamer begon te rijden om in te voegen bij een afslag die hen naar het vliegveld zou brengen – 'wat wil je precies weten?'

'Wat is er gebeurd met zijn geld? Niet het geld waarmee alles is gekocht dat op Ruths naam is gezet, maar het andere geld, het geld dat hij gehouden heeft, want hij móét een berg gehouden hebben. Van het geld dat Ruth hem toestopte had hij niet zijn avontuurtjes kunnen hebben en een vrouw kunnen onderhouden die hem zoveel kostte als Anaïs Abbott. Ze is trouwens veel te kritisch om de levensstijl van zijn maîtresse te financieren. Dus wat is er in godsnaam met zijn geld gebeurd? Of hij heeft het je al gegeven, of het is ergens verstopt, en de enige manier om te weten te komen of ik hiermee zal moeten doorgaan, is dat jij me de waarheid vertelt. Heeft hij je geld gegeven?'

'Je hoeft er niet mee door te gaan,' was zijn laconieke antwoord. Ze waren nu bij de luchthaven, waar een vliegtuig aan de landing begon, vermoedelijk hetzelfde toestel dat brandstof zou tanken en binnen een uur Margaret naar Engeland terug zou brengen. Adrian nam de rijbaan naar de vertrekhal en stopte voor het gebouw, in plaats van de auto in een van de parkeerhavens aan de overkant neer te zetten. 'Hou ermee op,' zei hij.

Ze probeerde het antwoord van zijn gezicht af te lezen. 'Betekent dat...?'

'Het betekent wat het betekent,' zei hij. 'Het geld is er niet meer. Je zult het niet vinden. Probeer het niet.'

'Wat bedoel... Heeft hij het je dan toch gegeven? Had je het aldoor al? Maar als dat zo is, waarom heb je het dan niet gezegd...? Adrian, deze keer wil ik de waarheid horen.'

'Je verknoeit je tijd,' zei hij. 'En dat is de waarheid.'

Hij deed het portier open, stapte uit en liep naar de achterkant van de Range Rover. Koude lucht waaide naar binnen toen hij haar koffers uit de achterbak haalde en ze zonder plichtplegingen langs de trottoirband zette. Daarna liep hij naar het portier aan haar kant. Het leek erop dat hun gesprek beëindigd was.

Margaret stapte uit en trok haar mantel dichter om zich heen. Hier, op dit kale gedeelte van het eiland, had de kille wind vrij spel. Die zou haar terugreis naar Engeland vergemakkelijken, hoopte ze. Mettertijd zou die hetzelfde doen voor haar zoon. Zo goed kende ze Adrian wel, ondanks hoe hij over de situatie scheen te denken en ondanks hoe hij op het moment reageerde. Hij zou terugkomen. Zo ging het in de wereld waarin ze beiden leefden, de wereld die zij voor hen beiden had gecreëerd.

Ze zei: 'Wanneer kom je naar huis?'

'Dat gaat je niets aan, moeder.' Hij haalde zijn sigaretten tevoorschijn en deed vijf pogingen om er in de wind een op te steken. Iemand anders zou het nadat de tweede lucifer uitwaaide hebben opgegeven, maar niet haar zoon. In dit opzicht althans leek hij precies op zijn moeder.

Ze zei: 'Adrian, ik begin nu heel snel mijn geduld met je te verliezen.'

'Ga naar huis,' zei hij tegen haar. 'Je had niet moeten komen.'

'Wat wil je dan precies gaan doen? Als je niet met me mee naar huis gaat.'

Hij lachte vreugdeloos voor hij naar zijn kant van de auto terugliep. Over de motorkap heen zei hij: 'Geloof me, ik bedenk wel iets.'

St James scheidde van Deborah nadat ze de helling van het parkeerterrein naar het hotel hadden beklommen. De hele terugrit van Le Reposoir was ze in gedachten verzonken geweest. Ze had de weg met haar gebruikelijke voorzichtigheid afgelegd, maar hij kon zien dat ze haar gedachten niet bij het verkeer had en evenmin bij de richting waarin ze reden. Hij wist dat ze nadacht over de verklaring die ze had gegeven waarom een kostbaar schilderij in een prehistorische, door stenen omgeven heuvel verstopt was geweest. Dat kon hij haar absoluut niet kwalijk nemen. Hij dacht eveneens na over haar verklaring, eenvoudig omdat hij die niet over het hoofd kon zien. Hij wist dat, evenals haar neiging om in alle mensen het goede te zien haar ertoe kon brengen de simpele waarheid omtrent hen te negeren, zijn eigen neiging om iedereen te wantrouwen hem ertoe bracht dingen te zien zoals ze niet waren. Daarom sprak geen van beiden tijdens de rit naar St Peter Port. Pas toen ze bij de treden waren die naar de ingang van het hotel voerden, richtte Deborah het woord tot hem, alsof ze tot een of ander besluit was gekomen.

'Ik ga nog niet naar binnen. Ik wil eerst een eindje wandelen.'

Hij aarzelde alvorens hij antwoord gaf. Hij kende het gevaar van iets verkeerds zeggen. Maar hij kende ook het grotere gevaar van niets zeggen in een situatie waarin Deborah meer wist dan ze zou moeten weten als iemand die hier belang bij had.

Hij zei: 'Waar ga je naartoe? Wil je niet liever iets drinken? Een kop thee of zoiets?'

De uitdrukking van haar ogen veranderde. Ze wist wat hij werkelijk zei, ondanks de moeite die hij deed het anders te laten overkomen. Ze zei: 'Misschien heb ik een gewapende bewaker nodig, Simon.'

'Deborah...'

'Ik ben gauw weer terug,' zei ze, en daarna liep ze weg, niet in de richting waar ze vandaan waren gekomen, maar omlaag naar Smith Street, die naar High Street en de haven erachter leidde.

Hij kon niets anders doen dan haar laten gaan, en terwijl hij het deed moest hij tevens toegeven dat hij op het ogenblik niet méér wist dan zij over de waarheid van de dood van Guy Brouard. Het enige wat hij had waren vermoedens, die zij blijkbaar beslist niet met hem wilde delen.

Toen hij het hotel in liep hoorde hij zijn naam roepen en zag hij de receptioniste achter de balie staan met een velletje papier, dat ze hem toestak. 'Boodschap uit Londen,' deelde ze hem mee, waarna ze hem het papier en de sleutel van zijn kamer gaf. Hij zag dat ze *Super Linley* op een memoblaadje had geschreven, blijkbaar refererend aan de positie van zijn vriend bij New Scotland Yard, maar desondanks leek het meer op een benaming die de waarnemend commissaris ongetwijfeld geamuseerd zou hebben, ondanks de foutieve spelling van zijn naam. 'Hij zegt dat u een mobiele telefoon moet aanschaffen,' merkte ze veelbetekenend op.

Boven, in zijn kamer, beantwoordde St James Lynleys gesprek niet onmiddellijk. Hij liep naar het bureautje dat voor het raam stond en toetste een ander nummer in.

In California zat Jim Ward in een 'werkbespreking', werd St James verteld nadat het gesprek was doorgekomen. Helaas, de bespreking werd niet op kantoor gehouden, maar in hotel Ritz Carlton. 'Aan de kust,' werd hem met enige nadruk meegedeeld door een vrouw die zich had gemeld met "Southby, Strange, Willow en Ward. U spreekt met Crystal".'

'Ze kunnen geen van allen gestoord worden,' liet ze erop volgen. 'Maar ik kan een boodschap aannemen.'

St James had geen tijd om te wachten tot zijn boodschap de architect had bereikt, dus hij vroeg de jonge vrouw – die op een selderiestengel leek te kauwen – of zij hem kon helpen.

'Ik doe wat ik kan,' antwoordde ze opgewekt. 'Ik studeer om zelf architect te worden.'

Het geluk bleek met hem te zijn toen hij haar vroeg naar de ontwerpen die Jim Ward naar Guernsey had gestuurd. Het was nog niet zo lang geleden dat de documenten het kantoor van Southby, Strange, Willow en Ward hadden verlaten, en toevallig was Crystal degene die ging over alle post, UPS, FedEx, DHL en zelfs het verzenden van tekeningen via internet. Omdat dit speciale geval zo totaal anders was geweest dan hun gebruikelijke procedure, herinnerde ze het zich nog heel goed en ze wilde het hem graag uitleggen... als hij even kon wachten 'omdat er een gesprek binnenkomt via een ander toestel'.

Hij wachtte, en na korte tijd klonk haar vrolijke stem weer door de telefoon. Wanneer alles normaal verliep, deelde ze hem mee, zouden de tekeningen via internet naar de overkant van de oceaan zijn gestuurd naar een andere architect, die van daaruit met het project door zou gaan. Maar in dit geval waren de ontwerpen slechts voorbeelden van meneer Wards werk en was er geen haast bij de verzending. Dus had ze ze verpakt 'zoals altijd' en ze vervolgens aan een advocaat gegeven die ze was komen halen. Dat, had ze ontdekt, was een afspraak die was gemaakt tussen meneer Ward en de overzeese cliënt.

'Ene meneer Kiefer?' vroeg St James. 'Meneer William Kiefer? Was dat degene die ze kwam halen?'

Ze kon zich de naam niet herinneren, zei Crystal, maar ze dacht niet dat het Kiefer was. Hoewel... wacht. Nu ze er goed over nadacht, wist ze niet meer of de man zijn naam eigenlijk wel had genoemd. Hij had alleen gezegd dat hij was gekomen om de tekeningen op te halen die naar Guernsey moesten, dus ze had die aan hem gegeven.

'Ze zijn toch wel aangekomen?' vroeg ze een tikje ongerust.
Dat waren ze zeker.
'Hoe waren ze verpakt?' was St James' volgende vraag.
Op de gewone manier, deelde ze hem mee. Een grote koker van dik karton. 'Die is onderweg toch niet beschadigd?' vroeg ze, opnieuw ongerust.
Niet op de manier waaraan zij dacht, zei St James. Hij bedankte Crystal en legde vervolgens nadenkend de hoorn op het toestel. Daarna toetste hij een volgend nummer in en hij had onmiddellijk succes toen hij naar William Kiefer vroeg. Binnen een halve minuut had hij de advocaat in California aan de lijn.
Hij sprak Crystals versie van de gang van zaken tegen. Hij had helemaal niemand gestuurd om de bouwtekeningen op te halen, zei hij. Meneer Brouard had hem nadrukkelijk gezegd dat de tekeningen bij hem op kantoor zouden worden afgeleverd door iemand van het architectenbureau, wanneer ze gereed waren. Op dat moment moest hij regelen dat de koeriers de tekeningen van California naar Guernsey brachten. Dat was gebeurd en dat had hij gedaan.
'Kunt u zich misschien nog de persoon herinneren die de ontwerpen van de architect bij u heeft afgeleverd?' vroeg St James.
'Ik heb hem niet gezien. Of haar. Of wie dan ook,' antwoordde Kiefer. 'Hij of zij heeft de tekeningen aan mijn secretaresse gegeven. Ik kreeg ze toen ik van de lunch terugkwam. Ze waren ingepakt, geadresseerd en gereed voor verzending. Maar misschien herinnert zij het zich... Wacht u een minuut?'
Het duurde langer dan een minuut, en intussen werd St James beziggehouden met kwelende muziek: Neil Diamond die de Engelse taal misbruikte door een afschuwelijk rijmschema aan te houden. Toen de telefoon krakend weer tot leven kwam, merkte St James dat hij met ene Cheryl Bennett sprak.
Degene die de bouwtekeningen bij het kantoor van meneer Kiefer had afgeleverd, was een man, zei ze tegen St James. En op de vraag of ze zich misschien iets bijzonders aan hem herinnerde, begon ze te giechelen. 'Absoluut. Díé zie je niet vaak in Orange County.'
'Wie?'
'Rasta's.' De man die de tekeningen kwam brengen was iemand van de Cariben geweest, onthulde ze. 'Dreadlocks tot op zijn je-weet-wel. Sandalen, een afgeknipte spijkerbroek en een hawaïhemd. Nogal raar voor een architect, dacht ik. Maar misschien bezorgde hij alleen dingen voor hen, of zoiets.'

Ze wist zijn naam niet, besloot ze. Ze hadden niet met elkaar gesproken. Hij had een koptelefoon op en luisterde naar muziek. Hij deed haar denken aan Bob Marley.
St James bedankte Cheryl Bennett en beëindigde snel het gesprek.
Hij liep naar het raam en keek naar het uitzicht over St Peter Port. Hij overwoog wat ze had gezegd en wat dat alles zou kunnen betekenen. Wanneer je er goed over nadacht was er maar één conclusie mogelijk: niets van wat ze tot dusver te weten waren gekomen, was wat het scheen te zijn.

28

Simons wantrouwen betekende een aansporing voor Deborah, en het feit dat hij dat wantrouwen waarschijnlijk rechtvaardigde door bij zichzelf te zeggen dat het haar schuld was dat de nazi-ring niet binnen de door hem vastgestelde tijdslimiet bij de plaatselijke politie was afgeleverd, vormde nog een extra aansporing. Zijn twijfels van dit moment waren geen afspiegeling van de werkelijke situatie. De waarheid was dat Simon haar wantrouwde omdat hij haar diep in zijn hart altíjd gewantrouwd had. Dit was zijn reflexreactie op alles wat van haar vereiste dat ze dacht als een volwassene, iets waartoe hij haar niet in staat scheen te achten. Die reactie op zich was de ergernis van hun hele relatie, het gevolg van het feit dat ze met een man was getrouwd die ooit de rol van tweede ouder had gespeeld. Hij viel niet altijd terug in die rol wanneer er een conflict ontstond. Maar het irritante feit dat hij er toch zo nu en dan in terugviel was voldoende om haar aan te moedigen actie te ondernemen, en dan een actie waarvan hij beslist niet wilde dat ze die ondernam.

Daarom ging ze naar de Queen Margaret Appartementen in plaats van de etalages in High Street te bekijken, de helling naar Candie Gardens te beklimmen, naar Castle Cornet te wandelen of rond te neuzen in de juwelierszaken die weggestopt waren in de Commercial Arcade. Ze had echter geen succes met haar bezoek aan Clifton Street, waar ze vergeefs aan de deur van flat B klopte. Daarom daalde ze de trap af naar de markt in de diepte, bij zichzelf zeggend dat ze níét op zoek was naar China en zelfs al was ze dat wel, wat deed het ertoe? Ze waren oude vriendinnen en China zou wachten om gerustgesteld te worden en te horen dat de situatie waarin zij en haar broer zich bevonden, een heel eind op weg was om opgelost te worden.

Deborah wilde haar die geruststelling geven. Dat was het minste wat ze kon doen.

China was niet in het oude marktgebouw onder aan de trap, en ze was ook niet in de kruidenierswinkel waar Deborah broer en zus River eerder had aangetroffen. Pas toen Deborah het idee haar vriendin te zoeken had opgegeven, zag ze haar, toen ze zelf de hoek omsloeg van High

Street en Smith Street in liep.
Ze begon de steile straat af te dalen met het voornemen naar het hotel terug te keren. Ze bleef staan om een krant te kopen bij een kiosk, en toen ze haar portemonnee weer in haar schoudertas stopte, ving ze een glimp op van China, ongeveer halverwege de heuvel boven haar. Ze kwam een winkel uit en ze liep verder omhoog, naar het punt waar Smith Street zich verbreedde tot een pleintje waar het gedenkteken voor de Eerste Wereldoorlog stond.
Deborah riep de naam van haar vriendin. China draaide zich om en keek naar de voetgangers die ook omhoogliepen, goedgeklede zakenmensen aan het eind van hun werkdag bij een van de vele banken in het lagergelegen deel van de straat. Ze stak haar hand op ter begroeting en wachtte tot Deborah bij haar was.
'Hoe gaat het?' vroeg ze, toen Deborah zo dichtbij was gekomen dat ze haar kon verstaan. 'Is er nog nieuws?'
Deborah zei: 'We weten het nog niet precies.' Om het gesprek een andere wending te geven, een die haar niet het risico liet lopen in bijzonderheden te treden bij haar poging China gerust te stellen, zei ze: 'Wat ben je aan het doen?'
'*Candy*,' zei ze.
Deborah dacht eerst aan Candie Gardens, wat niet erg logisch leek omdat China er zelfs niet in de buurt was. Toen maakte ze in gedachten het sprongetje dat ze geleerd had te maken toen ze in Amerika was, en ze vertaalde snel China's versie van de Engelse taal in die van haarzelf. Ze zei: 'O. Candy. Snoep.'
'Ik was op zoek naar repen, Baby Ruths of Butterfingers.' China klopte op haar omvangrijke schoudertas, waarin ze haar aankopen blijkbaar had opgeborgen. 'Die vindt hij het lekkerst. Maar ze hebben ze nergens, dus ik heb voor hem gekocht wat ik kon vinden. Ik hoop dat ze me bij hem toelaten.'
Dat hadden ze niet gedaan bij haar eerste bezoek aan Hospital Lane, vertelde China haar. Ze was rechtstreeks naar het politiebureau gegaan toen ze die ochtend bij Deborah en haar man was weggegaan, maar men had haar de toegang tot haar broer geweigerd. Er was haar gezegd dat een verdachte gedurende de periode waarin hij ondervraagd werd, alleen bezoek mocht ontvangen van zijn advocaat. Dit had ze natuurlijk kunnen weten, omdat ze zelf voor ondervraging was vastgehouden. Ze had Holberry gebeld. Die had gezegd dat hij zou doen wat hij kon om ervoor te zorgen dat ze haar broer mocht opzoeken, en daarom was ze op zoek

gegaan naar de chocoladerepen. Ze was nu op weg om ze af te leveren. Ze keek even naar het plein en het kruispunt, niet ver boven hen. 'Ga je mee?'
Deborah stemde toe en samen gingen ze naar het politiebureau, nog geen twee minuten lopen van de plek waar ze elkaar ontmoet hadden.
Bij de balie hoorden ze van een norse agent dat mevrouw River haar broer niet mocht bezoeken. Toen China zei dat Roger Holberry speciaal voor haar had geregeld dat ze haar broer mocht bezoeken, deelde de agent haar mee dat hij niets af wist van ene Roger Holberry, dus als de dames het niet erg vonden zou hij doorgaan met zijn werk.
'Nou, bel je baas dan,' zei China. 'Le Gallez. Hij leidt het onderzoek. Holberry heeft waarschijnlijk contact met hem opgenomen. Hij zei dat hij het zou regelen... Hoor eens, ik wil gewoon mijn broer spreken, oké?'
De man was onverbiddelijk. Als er iets door Roger Holberry was geregeld, zei hij tegen China, met wie dan ook – of dat nu hoofdinspecteur Le Gallez was of de koningin van Sheba – dan zou die persoon ervoor gezorgd hebben dat de receptie ervan op de hoogte was. Nu dat niet het geval was, mocht niemand, behalve de advocaat van de verdachte, naar binnen om hem te bezoeken.
'Maar Holberry ís zijn advocaat,' wierp China tegen.
De man glimlachte, volslagen onvriendelijk. 'Ik zie niet dat hij bij u is,' antwoordde hij, terwijl hij deed alsof hij over haar schouder keek.
China begon aan een driftige opmerking met als opening: 'Hoor eens even, miezerige...' Maar Deborah kwam tussenbeide. Rustig zei ze tegen de agent: 'Misschien kunt u dan wat chocola naar meneer River brengen...?' Op welk moment China abrupt zei: 'Laat maar.' Ze beende het bureau uit zonder dat ze de chocoladerepen had afgeleverd.
Op de binnenplaats die als parkeerterrein diende, trof Deborah haar aan terwijl ze op de rand van een bloembak zat en driftig aan de struikjes rukte die erin stonden. Toen Deborah naar haar toe liep zei ze: 'Rotzakken. Wat dachten ze dat ik van plan was? Hem helpen ontsnappen, soms?'
'Misschien kunnen we zelf tot Le Gallez doordringen.'
'O, ik ben ervan overtuigd dat hij ons dolgraag te woord wil staan.' China smeet een handvol blaadjes op de grond.
'Heb je de advocaat gevraagd hoe Cherokee het redt?'
'Zo goed als te verwachten valt, de omstandigheden in aanmerking genomen,' antwoordde China. 'Wat bedoeld was om ervoor te zorgen dat ik me beter voelde, maar wat van alles kan betekenen, alsof ik dat

niet weet. Er is helemaal niets in die cellen, Deborah. Kale muren, een kale vloer, een houten bank die ze heel graag als bed voor je willen opmaken als je gedwongen bent er te overnachten. Een roestvrijstalen toilet. Een roestvrijstalen wasbak. En die grote, blauwe, onwrikbare deur. Geen tijdschrift te zien, geen boek, geen poster, geen radio, geen cryptogram, geen spel kaarten. Het zal hem gek maken. Hij is er niet op voorbereid... hij is er niet het type voor... God, wat was ik blij toen ik eruit mocht. Ik kon er niet ademen. Zelfs de gevangenis was beter. En het bestaat niet dat hij...' Ze leek zich te dwingen langzamer te spreken. 'Ik moet mam hierheen halen. Hij zal willen dat ze hier is en als ik dat tenminste voor hem kan doen, kan ik me minder schuldig voelen omdat ik opgelucht ben dat er iemand anders vastzit en ik niet. Jezus. Wat bén ik voor iemand?'

'Opgelucht zijn omdat je vrij bent is menselijk,' zei Deborah.

'Als ik alleen maar even bij hem mocht, om te zien of alles goed gaat met hem.'

Ze schoof heen en weer op de rand van de plantenbak en Deborah dacht dat ze van plan was het fort van het politiebureau nog een keer te bestormen. Maar Deborah wist dat het nutteloos zou zijn, dus ze bleef staan en zei: 'Laten we een stukje gaan wandelen.'

Ze liep weg in de richting vanwaar ze waren gekomen, omlaag naar de achterkant van het oorlogsmonument, de kortste weg naar de Queen Margaret Appartementen. Te laat realiseerde Deborah zich dat deze route ook langs de voorkant van het Royal Court House liep. Bij de trappen van het gebouw aarzelde China; ze keek omhoog naar de koele, imposante voorgevel van het gebouw dat de hele juridische machinerie van het eiland huisvestte. Hoog erboven waaide de vlag van Guernsey, drie leeuwen op een rode achtergrond, klapperend in de bries.

Voor Deborah kon voorstellen om door te lopen, beklom China de treden naar de hoofdingang van het gebouw. Ze ging naar binnen, dus er zat voor Deborah niets anders op dan haar te volgen, wat ze haastig deed. Ze vond haar in de hal, waar ze een bord met aanwijzingen raadpleegde. Toen Deborah zich bij haar voegde zei ze: 'Je hoeft niet bij me te blijven. Ik red me wel. Simon zal trouwens wel op je wachten.'

'Ik wil bij je blijven,' zei Deborah. 'China, het komt wel goed.'

China zei: 'Ja?' Met grote passen liep ze de hal door, langs de houten deuren met doorzichtig glas waarop de verschillende afdelingen vermeld stonden die zich erachter bevonden. Ze ging op weg naar een trap die dramatisch omhoogklom langs een eikenhouten wand waarop in gou-

den letters de namen van oude eilandfamilies waren aangebracht. Op de verdieping boven de ingang vond ze wat ze blijkbaar zocht: de zaal waar de processen werden gevoerd.
Het leek niet de beste plaats waar China naartoe kon gaan om in een betere stemming te komen, en haar keuze onderstreepte de verschillen tussen haar en haar broer. Wanneer Cherokee in dezelfde positie had verkeerd, met een zus die onschuldig was aan een misdrijf maar nog steeds onder arrest stond, zou hij een en al actie zijn geweest, in overeenstemming met zijn rusteloze aard: de ultieme man met het ultieme plan. Deborah begreep dat Cherokees ondernemende karakter, hoewel het zijn zus tot wanhoop bracht, zijn voordelen had, en een ervan was nooit toe te geven aan moedeloosheid.
'Dit is geen goede plek voor je om op dit moment te zijn,' zei Deborah tegen haar vriendin toen China achter in de zaal ging zitten, zo ver mogelijk bij de jurybank vandaan.
Alsof Deborah niet had gesproken, zei China: 'Holberry heeft me verteld hoe een proces hier in zijn werk gaat. Toen ik dacht dat ik degene zou zijn, wilde ik weten hoe het hier toeging, dus ik heb het hem gevraagd.' Ze keek recht voor zich uit, alsof ze het tafereel voor zich zag terwijl ze het beschreef. 'Het gaat als volgt. Ze kennen geen jury. Tenminste, niet zoals wij. Ik bedoel, niet zoals in Amerika. Ze zetten geen mensen op de jurybank om hun vragen te stellen zodat ze zeker weten dat ze niet al besloten hebben iemand naar de elektrische stoel te sturen. Wat ze hier hebben zijn beroepsjury's. Het is hun baan. Maar ik begrijp niet hoe je dan een eerlijk proces kunt krijgen. Betekent het niet dat iedereen van tevoren met hen kan praten? En dat ze over de zaak kunnen lezen als ze dat willen? Voorzover ik weet kunnen ze waarschijnlijk zelfs hun eigen onderzoek instellen. Maar het is heel anders dan bij ons.'
'Dat maakt het griezelig,' moest Deborah toegeven.
'Bij ons zou ik er een idee van hebben wat ik op dit moment moest doen, omdat ik zou weten hoe het daar werkt. We zouden iemand kunnen zoeken die weet hoe hij de beste juryleden moet kiezen. We zouden interviews kunnen geven aan de pers. We zouden met televisieverslaggevers kunnen praten of zoiets. We zouden op de een of andere manier de publieke opinie kunnen beïnvloeden, zodat we als het op een proces aankwam...'
'Wat niet zal gebeuren,' zei Deborah fel. 'Het gebeurt niet. Dat geloof je toch?'
'... we tenminste enig idee zouden hebben wat de mensen voelen en wat

ze denken. Hij zit niet zonder vrienden. Ik ben hier. Jij bent hier. Simon is hier. We zouden iets kunnen doen. Ja toch? Als het net zo ging als bij ons...?'

Bij ons, dacht Deborah. Ze wist dat haar vriendin gelijk had. Wat ze onder ogen zou moeten zien, zou zoveel minder afschuwelijk zijn als ze thuis was, waar ze de mensen kende, vertrouwde dingen om zich heen had, en, het allerbelangrijkste, waar de procedure zelf – of althans hoe die totstandkwam – ook vertrouwd was.

Deborah zag in dat ze haar vriendin niet de rust kon geven die voortkwam uit vertrouwdheid, niet op deze plaats die sprak van een angstaanjagende toekomst. Ze kon slechts een iets minder afschuwelijke omgeving voorstellen waarin ze China, die haar zoveel hulp geboden had, misschien zou kunnen troosten.

Zachtjes zei ze, in de stilte die op China's opmerkingen volgde: 'Hé, vriendin...'

China keek haar aan.

Deborah lachte tegen haar en koos de woorden die China zelf had kunnen uitspreken, en wat China's broer beslist zou hebben gezegd: 'Het is hier waardeloos. We smeren hem.'

Ondanks haar huidige gemoedstoestand lachte Deborahs oude vriendin naar haar terug. 'Ja. Goed. Cool,' zei ze.

Toen Deborah opstond en haar hand uitstak, pakte China die vast. En ze liet die niet los voor ze de rechtszaal uit waren, de trap af, en het gebouw uit.

Peinzend beëindigde St James zijn tweede gesprek met Lynley van die dag. Het was niet moeilijk geweest om inlichtingen te krijgen van Vallera en Zoon, volgens wat de hoofdinspecteur van New Scotland Yard hem had verteld. Degene die Lynleys telefoontje aannam was blijkbaar niet een van de intelligentsten. Niet alleen had de persoon tegen iemand geroepen 'Pa! Hoor eens! Ik heb hier een gesprek uit Schotland! Niet te geloven!' toen Lynley zich bekend had gemaakt nadat hij het bedrijf in Jackson Heights, New York, had opgespoord, maar hij was ook bereidwillig spraakzaam gebleken toen Lynley informeerde naar de precieze aard van Vallera en Zoons beroepsmatige bezigheden.

Met een accent, *The Godfather* waardig, had de man – die zei dat zijn naam Chiz Vallera was – Lynley meegedeeld dat Vallera en Zoon een onderneming was die cheques inde, leningen aanbood en telegrafisch geld overboekte 'over de hele wereld, desgewenst. Waarom? Wilt u een

paar centen hiernaartoe overmaken? Dat kunnen we voor u regelen. We kunnen alles omzetten in dollars. Wat hebben jullie daar trouwens, in Schotland? Francs? Kronen? Of hebben jullie de euro? We kunnen alles doen. Het gaat u natuurlijk wel wat kosten.'
Tot op het laatst vriendelijk en kennelijk zonder een spoortje verstand – laat staan achterdocht – had hij uitgelegd dat hij en zijn vader geld overboekten in termijnen van 9.999 dollar. 'En je kunt er de 99 cent aan toevoegen als je dat zou willen,' met een grinnikend 'maar dat lijkt een beetje op het onderste uit de kan halen, vind u niet?' Voor scherpzinnige personen die niet wilden dat de FBI bij hen kwam aankloppen, wat ze waarschijnlijk zou doen als Vallera en Zoon telegrafische overboekingen van tienduizend dollar of meer meldde, zoals vereist werd door 'Uncle Samuel en de rukkers in Washington'. Dus als iemand in Schotland alles wat minder was dan tienduizend dollar naar iemand in de Verenigde Staten wilde sturen, zou Vallera en Zoon met genoegen als tussenpersoon optreden, tegen een honorarium, uiteraard. In de Verenigde Staten, het centrum van inhalige politici, vrijgevige lobbyisten, vastgestelde verkiezingen en dolgedraaid kapitalisme, had alles een honorarium.
Als het bedrag dat moest worden overgemaakt hoger was dan 9.999 dollar en 99 cent, wat gebeurde er dan? had Lynley geïnformeerd.
O, dan moest Vallera en Zoon het melden bij de FBI.
En wat deed de FBI?
Interesse tonen wanneer ze er iets interessants in zagen. Als je naam Gotti luidde, waren ze pronto geïnteresseerd. Als je Jan met de pet heette, zouden ze er langer over doen.
'Het was allemaal heel verhelderend,' had Lynley aan het eind van zijn verslag tegen St James gezegd. 'Meneer Vallera had eindeloos kunnen doorgaan, omdat hij verrukt leek te zijn dat hij een telefoontje uit Schotland kreeg.'
St James grinnikte. 'Maar hij ging niet door?'
'Blijkbaar verscheen de heer Vallera senior op het toneel. Er was enig achtergrondrumoer dat aangaf dat iemand misnoegd was en kort daarna viel de verbinding weg.'
'Ik sta bij je in het krijt, Tommy,' zei St James.
'Niet bij de heer Vallera senior, hoop ik.'
Nu, in zijn hotelkamer, dacht St James na over zijn volgende zet. Hij kwam tot de onvermijdelijke conclusie dat hij er, zonder er een of andere afdeling van de Amerikaanse regering bij te betrekken, alleen voor stond, dat hij op de een of andere manier meer feiten te weten zou moeten

komen en dat hij die feiten moest gebruiken om de moordenaar van Guy Brouard uit te roken. Hij overwoog een aantal manieren om het probleem aan te pakken, nam een besluit en ging daarna naar beneden, naar de lobby.

Daar informeerde hij of hij de computer van het hotel mocht gebruiken. De receptioniste, bij wie hij zich toch al niet geliefd had gemaakt omdat ze hem overal op het eiland had moeten zoeken, reageerde niet met ongebreideld enthousiasme op zijn verzoek. Ze zoog haar onderlip naar binnen onder haar vooruitstekende boventanden, en ze deelde hem mee dat ze dat moest overleggen met meneer Alyar, de hotelmanager. 'Gewoonlijk laten we gasten niet... Mensen brengen meestal hun eigen computer mee. Hebt u geen laptop?' Ze voegde er niet aan toe 'Of een mobieltje?' maar de bedoeling was duidelijk. Doe er eens iets aan, vertelde haar gelaatsuitdrukking hem, voor ze meneer Alyar ging zoeken.

St James wachtte bijna tien minuten geïrriteerd in de lobby voor een gezette man in een pak met twee rijen knopen hem benaderde vanuit een deur die naar de binnenregionen van het hotel leidde. Hij stelde zich voor als Felix Alyar, en vroeg of hij hem ergens mee van dienst kon zijn. St James lichtte zijn verzoek toe. Onder het spreken gaf hij de manager zijn kaartje en hij liet tevens de naam van hoofdinspecteur Le Gallez vallen, in een poging als rechtmatig deelnemer aan het lopende onderzoek over te komen.

Veel vriendelijker dan de receptioniste was geweest, gaf meneer Alyar St James toestemming de computer van het hotel te gebruiken. Hij nam hem mee achter de receptiebalie en vandaar naar een kantoor, waar twee medewerkers van het etablissement aan hun terminals zaten te werken en een derde documenten in een faxapparaat stopte.

Feliz Alyar wees St James een derde terminal en zei tegen het meisje dat de faxen verzond: 'Penelope, deze meneer mag jouw computer gebruiken.' Voor hij wegging voegde hij eraan toe 'Met de complimenten van het hotel', en een lachje dat aan opvallende onoprechtheid grensde. St James bedankte hem en korte tijd later had hij verbinding met internet. Hij begon met de *International Herald Tribune,* inloggend op hun website, waar hij tot de ontdekking kwam dat elk artikel dat meer dan twee weken oud was, slechts gevonden kon worden op de site waar het artikel oorspronkelijk op was voorgekomen. Het verbaasde hem niet, in aanmerking genomen wat hij zocht en de beperkte oplage van de krant. Daarom ging hij naar *USA Today,* maar daar bestreek het nieuws een te groot gebied en bleef het in bijna alle gevallen dus beperkt tot het hoofd-

artikel: regeringsaffaires, internationale incidenten, sensationele moorden, heldhaftige acties.
Zijn volgende keuze was de *New York Times,* waar hij eerst 'Pieter de Hoogh' intikte, en toen dat hem niets opleverde 'St Barbara'. Ook dit leverde echter geen bruikbaar resultaat op, en hij begon te twijfelen aan de hypothese die hij had ontwikkeld nadat hij het eerst iets over Vallera en Zoon, Jackson Heights, New York, had gehoord en daarna had vernomen wat Vallera en Zoon precies voor zaken deed.
De enige optie die hem restte was voorzover hij wist de *Los Angeles Times*, dus hij ging naar de website van die krant en begon hun archieven na te pluizen. Evenals bij de andere kranten koos hij de periode die hij aldoor had gebruikt – de afgelopen twaalf maanden – die hij liet volgen door de naam Pieter de Hoogh. Binnen vijf seconden verscheen op het scherm een lijst van artikelen die betrekking hadden op het onderwerp, waarvan vijf op één pagina en een vermelding dat er meer zou volgen.
Hij koos het eerste artikel en wachtte terwijl de computer het downloadde. Wat het eerst zichtbaar werd was de kop: HERINNERING VAN EEN VADER.
St James vloog snel het artikel door. Zinnen sprongen eruit alsof ze afgedrukt waren in een groter lettertype dan de rest. Toen hij de woorden *Onderscheiden veteraan uit Tweede Wereldoorlog* zag, begon hij het artikel langzamer te lezen. Het onderwerp was een tot dusver nog niet eerder verrichte driedubbele transplantatie – hart, longen en nieren – die was uitgevoerd in het St Clareziekenhuis in Santa Ana, California. De patiënt was een vijftien jaar oude jongen geweest, Jerry Ferguson. Zijn vader Stuart was de veteraan met de onderscheiding die in het artikel genoemd werd.
Autoverkoper Stuart Ferguson – want dat was hij – had blijkbaar de rest van zijn dagen gewijd aan het zoeken naar een manier om het St Clare te bedanken voor het redden van het leven van zijn zoon. Het door nonnen geleide ziekenhuis, dat als politiek had niemand weg te sturen, had geen betaling verlangd voor een operatie waarvan de rekening meer dan tweehonderdduizend dollar bedroeg. Een autoverkoper met vier kinderen kon weinig hoop koesteren een dergelijk bedrag bij elkaar te krijgen, dus bij zijn dood had Stuart Ferguson aan het St Clareziekenhuis het enige mogelijk waardevolle dat hij bezat, nagelaten: een schilderij.
'We hadden er geen idee van...' waren de woorden van zijn vrouw geweest. 'Stu heeft het zeker nooit geweten... Hij kreeg het in de oorlog, zei hij... Een souvenir... Dat is het enige wat ik er ooit over heb gehoord.'

‘Ik dacht dat het gewoon een oud schilderij was,’ was Jerry Fergusons commentaar nadat het doek was getaxeerd door experts van het Gettymuseum. ‘Het hing bij pa en ma in de slaapkamer. Weet u, ik heb er nooit veel aan gevonden.’
Zo bleek dat de verheugde Zusters van Barmhartigheid, die het St Clareziekenhuis met een minimaal budget runden en voortdurend bezig waren geld in te zamelen om het drijvende te houden, een kostbaar kunstwerk in hun bezit hadden gekregen. Een bij het artikel geplaatste foto toonde de volwassen Jerry Ferguson en zijn moeder, die het schilderij van Pieter de Hoogh aanboden aan een streng kijkende zuster Monica Casey, die op het moment dat ze het aangeboden kreeg er absoluut geen idee van had wat ze in haar vrome handen hield.
Toen hun later gevraagd werd of ze er spijt van hadden dat ze van zoiets waardevols afstand hadden gedaan, zeiden moeder en zoon Ferguson: ‘We waren verrast toen we hoorden wat er al die jaren bij ons in huis had gehangen.’ En: ‘Nou, het was wat pa wilde en dat is voor mij goed genoeg.’ Zuster Monica Casey gaf op haar beurt toe dat ze er ‘hevige hartkloppingen’ van gekregen had, en ze verklaarde dat ze de De Hoogh op een veiling te koop zouden aanbieden nadat ze het schilderij naar behoren hadden laten schoonmaken en restaureren. In de tussentijd, vertelde ze de journalist, zouden de Zusters van Barmhartigheid de De Hoogh ‘ergens op een veilige plaats’ bewaren.
Maar niet veilig genoeg, dacht St James. Dat had de bal aan het rollen gebracht.
Hij klikte de volgende artikelen aan en hij was niet verbaasd toen hij las hoe de zaken zich ontwikkeld hadden in Santa Ana, California. Hij las ze snel door – want dat was alle tijd die ervoor nodig was om te weten te komen hoe Pieter de Hooghs *St Barbara* de reis van het St Clareziekenhuis naar Guy Brouard had gemaakt – en hij printte de belangrijkste artikelen uit.
Nadat hij ze met een paperclip aan elkaar had gehecht ging hij naar boven.

Deborah zette thee terwijl China afwisselend de hoorn van de telefoon pakte en die weer op het toestel liet vallen; soms toetste ze een paar nummers in, soms kwam ze niet eens zover. Tijdens de wandeling naar de Queen Margaret Appartementen had ze eindelijk besloten haar moeder te bellen. Die moest op de hoogte gebracht worden van wat er met Cherokee aan de hand was, zei China. Maar nu ze het moment van de waarheid, zoals ze het noemde, onder ogen moest zien, kon ze er niet toe komen. Ze toetste de internationale toegangscode in. Ze toetste het cijfer één in, voor de Verenigde Staten. Ze ging zelfs zover het netnummer voor Orange, California in te toetsen. Maar dan zonk de moed haar in de schoenen.

Terwijl Deborah de thee in de pot deed verklaarde China haar aarzeling. Die bleek voort te komen uit haar bijgelovigheid. 'Ik ben bang dat het voor hem ongeluk brengt als ik bel,' zei ze.

Deborah herinnerde zich dat ze haar die uitdrukking eerder had horen gebruiken. Denk dat je het goed zult doen bij een opdracht voor een serie foto's, of misschien een examen, en dan mislukt het totaal, omdat je van tevoren het ongeluk over jezelf hebt uitgeroepen. Zeg dat je een telefoontje van je vriend verwacht, en je brengt de kans dat hij belt in gevaar. Maak een opmerking over hoe vlot het verkeer doorstroomt op een van Californias overvolle snelwegen, en je kunt er zeker van zijn dat je tien minuten later op een ongeluk en een tien kilometer lange file stuit. Deborah had deze kromme redenering 'de wet van Chinaland' genoemd, en ze was er gedurende haar verblijf bij China in Santa Barbara aan gewend geraakt om ervoor op te passen geen ongeluk af te roepen.

Ze zei: 'Maar hoe zou het hem ongeluk kunnen brengen?'

'Dat weet ik niet precies. Het voelt gewoon zo. Alsof het allemaal nog veel erger zal worden als ik haar bel en zeg wat er aan de hand is en ze hierheen komt.'

'Maar dat lijkt een schending van de wet van Chinaland,' merkte Deborah op. 'Tenminste zoals ik me die herinner.' Ze schakelde de elektrische ketel in.

Toen ze Deborah de oude uitdrukking hoorde gebruiken, moest China tegen wil en dank lachen. 'Hoe dan?' vroeg ze.

'Nou, voorzover ik me herinner hoe het toegaat in Chinaland, ga je voor precies het tegenovergestelde van wat je wilt. Je laat het lot niet weten wat je van plan bent, dan kan het lot niet tussenbeide komen om de zaak te verpesten. Je neemt de achterdeur. Je denkt stiekem wat je wilt.'

'Je speelt vals,' mompelde China.

'Juist.' Deborah pakte bekers uit de kast. 'In dit speciale geval vind ik dat je je moeder moet bellen. Je hebt geen keuze. Als je haar opbelt en erop staat dat ze naar Guernsey komt...'

'Ze heeft niet eens een paspoort, Debs.'

'Zoveel te beter. Het zal haar enorm veel moeite kosten om hier te komen.'

'Om van de kosten nog maar niet te spreken.'
'Mmmm. Ja. Dat garandeert vrijwel zeker succes.' Deborah leunde tegen het aanrecht. 'Ze moet snel een paspoort aanvragen. Dat betekent een rit naar... waarnaartoe?'
'Los Angeles. Regeringsgebouw. Achter de San Diego Freeway.'
'Voorbij het vliegveld?'
'Daar ver voorbij. Zelfs voorbij Santa Monica.'
'Geweldig. Al dat vreselijke verkeer. Al die moeite. Dus daar moet ze eerst naartoe, om haar paspoort te halen. Ze moet haar reis regelen. Ze moet naar Londen vliegen, en daarna naar Guernsey. En nadat ze al die moeite heeft gedaan, zelf dodelijk ongerust is...'
'Komt ze hier en merkt ze dat alles is opgelost.'
'Waarschijnlijk een uur voor haar aankomst.' Deborah lachte. 'En voilá, de wet van Chinaland in actie. Al die moeite en al die kosten. Voor niets, daar komt het op neer.' Achter haar sloeg de ketel af. Ze schonk water in een forse, groene theepot, nam die mee naar de tafel en gebaarde naar China dat ze moest gaan zitten. 'Maar als je haar niet belt...'
China liet de telefoon met rust en kwam de keuken in. Deborah wachtte tot ze de gedachte zou afmaken. In plaats daarvan ging China echter zitten en begon ze met een van de bekers te spelen, die ze langzaam tussen haar handen ronddraaide. Ze zei: 'Ik heb die manier van denken een poosje geleden opgegeven. Het was bovendien toch altijd maar een spelletje, denk ik. Maar het werkte niet meer. Of misschien deed ik het niet goed. Ik weet het niet.' Ze schoof de beker opzij. 'Het begon met Matt. Heb ik je dat ooit verteld? Toen we tieners waren. Ik loop langs zijn huis en als ik niet kijk om te zien of hij in de garage is of het gras maait voor zijn moeder of zoiets, als ik zelfs niet aan hem dénk wanneer ik langsloop, dan zal hij er zijn. Maar als ik kijk of als ik aan hem denk – als ik ook maar aan zijn naam denk – dan is hij er niet. Het werkte altijd. Dus ik ging ermee door. Als ik onverschillig doe, zal hij belangstelling voor me tonen. Als ik geen afspraak met hem wil maken, zal hij een afspraak met me willen maken. Als ik denk dat hij me niet welterusten zal kussen, dan doet hij het. Hij moet wel. Hij wil het wanhopig graag. Ergens heb ik altijd geweten dat het zo niet gaat in het leven – precies het tegenovergestelde denken en zeggen van wat je werkelijk wilt – maar toen ik de wereld op die manier begon te bekijken – door dat spelletje te spelen – bleef ik maar doorgaan. Het eindigde met: maak plannen voor een leven met Matt, dan zal het nooit gebeuren. Ploeter in je eentje verder, dan staat hij te hijgen om een vaste relatie aan te gaan.'

Deborah schonk thee in en voorzichtig schoof ze China een beker toe. Ze zei: 'Het spijt me dat het zo gelopen is. Ik weet wat je voor hem voelde. Wat je wilde. Waar je op hoopte. Wat je verwachtte. Wat dan ook.'
'Ja. Wat dan ook. Daar gaat het om.' De suiker stond in een strooier midden op tafel. China hield hem ondersteboven zodat de witte korreltjes als sneeuw in haar beker vielen. Op het moment dat Deborah begon te denken dat de thee niet te drinken zou zijn, hield China ermee op.
'Ik wilde dat het zo gelopen was als je wilde,' zei ze. 'Maar misschien gebeurt het toch nog.'
'Zoals het met jouw leven is gelopen? Nee. Ik ben niet als jij. Ik kom niet op mijn pootjes terecht. Dat heb ik nooit gedaan en dat zal ik nooit doen.'
'Je weet niet...'
'Ik ben gekapt met één man, Deborah,' viel China haar ongeduldig in de rede. 'Geloof me, oké? In mijn geval was er geen andere man – invalide of niet – die afwachtte tot het spaak zou lopen zodat hij erin kon stappen en het kon overnemen toen de ander was vertrokken.'
Deborah kromp ineen. De woorden van haar oude vriendin brachten haar een steek toe. Ze zei: 'Is dat hoe je mijn leven ziet... wat er gebeurd is... hoe het zich ontwikkeld heeft? Is dat hoe je... China, dat is niet eerlijk.'
'O nee? Kijk mij nou, worstelend met Matt vanaf het begin. Aan uit, aan uit. De ene dag geweldige seks, de andere dag enorme ruzie. Weer bij elkaar komen met de belofte dat het "deze keer anders zal zijn". In bed stappen en neuken tot we erbij neervallen. Drie weken later is het uit, vanwege iets echt stoms. Hij zegt dat hij er om acht uur zal zijn en hij komt pas om halftwaalf en hij neemt niet de moeite me te bellen om te zeggen dat hij later komt, en ik kan er geen seconde langer tegen dus ik zeg: nu is het genoeg, ga weg, ik heb het helemaal gehad. Dan, tien dagen later, belt hij. Hij zegt, hoor eens, schatje, geef me nog een kans, ik heb je nodig. En ik geloof hem omdat ik zo ongelooflijk stom ben, of wanhopig, en we beginnen helemaal van voren af aan. En al die tijd heb jij een verdomde hertog, notabene, of wat hij dan ook was. En wanneer hij permanent van het toneel verdwenen is, stapt Simon tien minuten later binnen. Ik zei het toch. Jij komt altijd op je pootjes terecht.'
'Maar zo was het helemaal niet,' protesteerde Deborah.
'Nee? Vertel me dan hoe het was. Laat het klinken zoals mijn situatie met Matt.' China pakte haar beker maar ze nam geen slok. Ze zei: 'Dat kun je immers niet? Omdat jouw situatie nooit zo is geweest als de mijne.'

'Mannen zijn niet...'
'Ik praat niet over mannen. Ik praat over het leven. Hoe het is, voor mij. Hoe het verdomme altijd voor jou is geweest.'
'Jij ziet alleen maar de buitenkant,' wierp Deborah tegen. 'Je vergelijkt die – het oppervlakkige gedeelte ervan – met hoe je je vanbinnen voelt. En dat is niet logisch. China, ik had niet eens een moeder. Dat weet je. Ik ben opgegroeid in het huis van een ander. Ik was het eerste deel van mijn leven doodsbang voor mijn eigen schaduw, ik werd gepest op school omdat ik rood haar had en sproeten, ik was te bang om ook maar iets aan iemand te vragen, zelfs aan mijn vader. Ik was zielig dankbaar als iemand me een keer over mijn hoofd aaide, als een hond. De enige vrienden die ik had tot ik veertien was, waren boeken en een derdehandscamera. Ik woonde in het huis van een ander, waar mijn vader weinig meer was dan een bediende, en ik dacht altijd: waarom kan hij niet iemand zíjn? Waarom heeft hij geen carrière gemaakt, zoals een dokter of een tandarts of een bankier of zoiets. Waarom gaat hij niet de deur uit naar een normale baan, zoals de vaders van andere kinderen? Waarom...'
'Jezus. Mijn vader zat in de gevangenis,' riep China uit. 'Daar zit hij nu. Daar zat hij toen. Hij is drugshandelaar, Deborah. Hoor je me? Snap je het? Hij is verdomme drugshandelaar. En mijn moeder... Hoe zou je het vinden om een poosje de Amerikaanse Miss Sequoia als moeder te hebben? Red de gespikkelde uil of de driepotige grondeekhoorn. Voorkom dat er een dam gebouwd wordt of een weg wordt aangelegd of een olieboorput wordt geslagen, maar denk nooit – nóóit – aan een verjaardag, maak nooit een lunchpakket klaar om mee te nemen naar school, zorg er nooit voor dat je kinderen een fatsoenlijk paar schoenen hebben. En ga in godsnaam nooit naar een schoolvoetbalwedstrijd of een bijeenkomst van scouting of een ouderavond of wat dan ook, omdat god weet dat het verloren gaan van bedreigde paardebloemen het hele verrekte ecostelsel overhoop zal gooien. Dus probeer níét jouw miserabele leventje in een of ander herenhuis – als snotterende dochter van een bediende – met het mijne te vergelijken.'
Deborah slaakte een bevende zucht. Er leek niets meer te zijn wat ze kon zeggen.
China nam driftig een slok thee. Ze wendde haar gezicht af.
Deborah wilde ertegenin brengen dat niemand op de hele wereld kon vragen om de kaarten die hem in het leven werden toebedeeld, dat het erom ging hoe men de kaarten die men had, uitspeelde, niet welke kaarten het waren. Maar ze zei het niet. Evenmin merkte ze op dat ze lang

geleden, bij de dood van haar moeder, geleerd had dat er iets goeds kon voortkomen uit iets slechts. Dat zeggen zou de indruk wekken van zelfvoldaan en hooghartig gepreek. Het zou hen ook onvermijdelijk bij haar huwelijk met Simon brengen, wat nooit plaatsgevonden zou hebben als zijn familie het niet nodig had gevonden haar bedroefde vader uit Southampton weg te halen. Als ze Joseph Cotter er niet mee belast hadden een verwaarloosd familiehuis in Chelsea op te knappen, zou ze nooit zijn gaan wonen bij, nooit uit de verte een idool hebben gemaakt van, nooit zijn gaan houden van en uiteindelijk getrouwd zijn met de man met wie ze nu haar leven deelde. Maar dat was gevaarlijk terrein om te betreden tijdens een gesprek met China. Op dit moment had die veel te veel aan haar hoofd.
Deborah wist dat ze over informatie beschikte die een paar van China's zorgen zou kunnen wegnemen – de dolmen, het cijferslot op de deur, het schilderij dat erin verborgen was geweest, de beschadiging van de koker waarin dat schilderij door de nietsvermoedende Cherokee het Verenigd Koninkrijk binnen was gesmokkeld en vandaar naar Guernsey, waar de beschadiging van die koker op duidde – maar ze wist ook dat ze aan haar man verplicht was om niets over dit alles te zeggen. Daarom zei ze slechts: 'Ik weet dat je bang bent, China. Maar het komt wel goed met hem. Dat moet je geloven.'
China draaide haar hoofd nog verder weg. Deborah zag dat ze moeite had met slikken. Ze zei: 'Vanaf het moment dat we een voet op dit eiland hebben gezet, zijn we door iemand gemanipuleerd. Ik wilde dat we die stomme tekeningen afgeleverd hadden en daarna direct waren weggegaan. Maar nee. Ik dacht dat het geweldig cool zou zijn een fotoreportage van dat huis te maken. Ik had die toch niet kunnen verkopen. Het was dom. Het was oerstom. Het was zo typisch iets voor mij om er zo'n puinhoop van te maken. En nu... ik heb dit ons beiden aangedaan, Deborah. Hij zou weggegaan zijn. Hij zou graag vertrokken zijn. Dat wilde hij. Maar ik dacht: hier is een kans om foto's te nemen, op goed geluk een reportage te maken. Wat nog stommer was dan al het andere, want wanneer heb ik verdomme ooit op goed geluk een fotoserie gemaakt en die verkocht? Nooit. Jezus. Wat ben ik een mislukkeling.'
Dit was te veel. Deborah stond op en liep naar de stoel van haar vriendin. Ze ging erachter staan en sloeg haar armen om China heen. Ze legde haar wang op het hoofd van haar vriendin en zei: 'Hou op. Hou op. Ik zweer je...'
Voor ze kon uitspreken ging de deur van de flat achter hen open. Koude

decemberlucht waaide naar binnen. Ze draaiden zich om en Deborah deed haastig een stap naar voren om de deur te sluiten. Ze bleef echter staan toen ze zag wie daar was.

'Cherokee!' riep ze.

Hij zag er doodmoe uit – ongeschoren en met verkreukelde kleren – maar toch grinnikte hij. Hij stak zijn hand op om hun uitroepen en vragen af te weren, en hij verdween weer even naar buiten. Naast Deborah kwam China langzaam overeind. Met haar hand op de stoelleuning bleef ze staan.

Cherokee kwam terug, met in elke hand een weekendtas, die hij de flat in gooide. Daarna haalde hij uit zijn jaszak twee kleine, donkerblauwe boekjes, met een gouden opdruk op het omslag. Hij gooide een ervan naar zijn zus, en hij kuste het andere. 'Ons vrijkaartje,' zei hij. 'We smeren hem, Chine.'

Ze staarde hem aan en daarna keek ze naar het paspoort dat ze in haar hand hield. Ze zei: 'Wat...?' En terwijl ze de kamer door vloog om hem te omhelzen: 'Wat is er gebeurd? Cherokee. Cherokee. Wat is er gebeurd?'

'Ik weet het niet en ik heb er niet naar gevraagd,' antwoordde haar broer. 'Ongeveer twintig minuten geleden kwam er een agent naar mijn cel met onze spullen. Hij zei: "Dat was het dan, meneer River. Zorgt u ervoor dat u morgenochtend opsodemietert van dit eiland." Of woorden van die strekking. Hij zou ons zelfs tickets voor Rome geven als we dat wilden, zei hij. Met excuses van de staat Guernsey voor het ongemak, natuurlijk.'

'Zei hij dat? Het ongemak? We zouden die schoften verdomme moeten aanklagen en...'

'Wow,' zei Cherokee. 'Het enige wat mij interesseert, is hier wegkomen. Geloof me, als er vanavond een vliegtuig ging, zou ik erin zitten. De enige vraag is, wil je naar Rome?'

'Ik wil naar huis,' antwoordde China.

Cherokee knikte, en hij kuste haar op haar voorhoofd. 'Ik moet toegeven dat mijn hutje in de canyon nog nooit zo'n heerlijk vooruitzicht is geweest.'

Deborah keek naar wat zich tussen broer en zus afspeelde, en haar hart sprong op. Ze wist wie er verantwoordelijk was voor de vrijlating van Cherokee River, en ze was hem dankbaar. Simon was haar in haar leven meer dan eens te hulp geschoten, maar nooit was het zozeer de moeite waard geweest als op dit moment. Hij had echt geluisterd naar haar interpretatie van de feiten. Maar niet alleen dat, eindelijk had hij gehóórd wat ze zei.

Ruth Brouard beëindigde haar meditatie; ze voelde zich rustiger dan ze in maanden was geweest. Sinds de dood van Guy had ze haar dagelijkse dertig minuten van stille overpeinzing overgeslagen, en ze had gemerkt dat het gevolg ervan was geweest dat haar gedachten van het ene onderwerp op het andere oversprongen, in een lichaam dat in paniek raakte bij elke nieuwe pijnaanval. Dus was ze eropuit gegaan om te spreken met advocaten, bankiers en effectenmakelaars, wanneer ze niet tussen haar broers papieren zocht naar een aanwijzing hoe en waarom hij zijn testament had veranderd. Wanneer ze dat niet deed, was ze naar de dokter gegaan om te proberen andere medicijnen te krijgen om haar pijn beter te kunnen bestrijden. Toch had ze al die tijd de antwoorden en de oplossingen die ze zocht kunnen krijgen door zich eenvoudig in zichzelf terug te trekken.

Dit halve uur bewees dat ze nog steeds in staat was tot ingehouden meditatie. Alleen in haar kamer, waar een enkele kaars brandde op het tafeltje naast haar, was ze gaan zitten en had ze zich geconcentreerd op haar ademhaling. Ze had de onrust die bezit van haar had genomen, door haar wilskracht laten verdwijnen. Een halfuur lang had ze zelfs haar verdriet kunnen loslaten.

Het daglicht was overgegaan in duisternis, zag ze toen ze uit haar stoel opstond. Er heerste volkomen stilte in het huis. De vertrouwde geluiden die ze had gekend zolang ze met haar broer samenwoonde, hadden na zijn dood een vacuüm doen ontstaan waarin ze zich voelde als iemand die onverwachts de ruimte in is gelanceerd.

Zo zou het blijven tot haar eigen dood. Ze kon alleen maar hopen dat die snel zou komen. Ze had zich vrij goed op de been kunnen houden terwijl het huis vol gasten was geweest en ze Guys begrafenis had geregeld. Het had echter een hoge prijs van haar gevraagd en de betaling kwam tot uitdrukking in pijn en vermoeidheid. De eenzaamheid waarin ze nu leefde bood haar de gelegenheid te herstellen van wat ze had doorgemaakt. Die bood haar ook de kans om het los te laten.

Niemand meer voor wie ik hoef te doen alsof ik gezond ben, dacht ze. Guy was dood en Valerie wist het al, hoewel Ruth het haar niet verteld had. Maar dat gaf niet, want Valerie had van het begin af aan haar mond gehouden. Ruth praatte er niet over, dus Valerie liet niets merken. Meer kon je niet vragen van een vrouw die zoveel tijd in je huis doorbracht.

Uit de ladekast pakte Ruth het flesje en ze schudde twee pillen op haar hand. Ze nam die in met water uit de karaf die naast haar bed stond. Ze zouden haar slaperig maken, maar dat hinderde niet omdat er nu niemand meer in huis was voor wie ze opgewekt hoefde te zijn. Ze kon knikkebollen boven haar avondeten, als ze het wilde. Ze kon knikkebollen bij een televisieprogramma. Ze zou, als ze het wilde, hier in haar slaapkamer kunnen wegsoezen en blijven soezen tot de ochtend aanbrak. Nog een paar pillen zouden haar daarbij helpen. Het was een verleidelijke gedachte.

Beneden hoorde ze echter een auto over het grind van de oprit knarsen. Ze was nog juist op tijd bij het raam om de achterkant van een voertuig om de zijkant van het huis te zien verdwijnen. Bij het zien ervan fronste ze haar wenkbrauwen. Ze verwachtte niemand.

Ze liep naar de studeerkamer van haar broer, om daar uit het raam te kijken. Ze zag dat iemand aan de overkant van het erf een grote auto in een van de oude stallen had gereden. De remlichten brandden nog, alsof de bestuurder bedacht wat hij nu zou doen.

Ze wachtte en wachtte, maar er gebeurde niets. Het leek erop dat degene die in de auto zat, wachtte tot zij in actie zou komen. Dat deed ze.

Ze ging Guys studeerkamer uit en liep naar de trap. Ze was stijf omdat ze zo lang had zitten mediteren, dus ze nam de treden langzaam. Ze rook haar avondeten, dat Valerie op het fornuis in de keuken had neergezet. Ze ging erheen, niet omdat ze honger had maar omdat het verstandig leek.

De keuken bevond zich, evenals Guys studeerkamer, aan de achterkant van het huis. Ze kon het opscheppen van haar maaltijd gebruiken als excuus om te kijken wie er naar Le Reposoir gekomen was.

Ze kreeg haar antwoord toen ze eindelijk de laatste trede af was gestapt. Ze volgde de gang tot helemaal achterin, waar een deur op een kier stond en een lichtstraal een diagonale streep over het tapijt trok. Ze duwde de deur verder open en zag haar neef bij het fornuis staan, verwoed roerend in de pan die Valerie op de achterste brander had geplaatst om het eten warm te houden.

Ze zei: 'Adrian! Ik dacht...'

Hij draaide zich met een ruk om.

Ruth zei: 'Ik dacht... Je bent er nog. Maar toen je moeder zei dat ze wegging...'

'Dacht u dat ik ook zou vertrekken. Dat klinkt logisch. Waar zij gaat, volg ik meestal. Maar deze keer niet, tante Ruth.' Hij hield haar een lange, houten lepel voor om te proeven van wat boeuf bourguignon leek. Hij zei: 'Hebt u hier trek in? Wilt u in de eetkamer eten, of hier?'

'Dank je, maar ik heb niet veel trek.' Ze voelde zich licht in het hoofd, misschien het gevolg van pijnstillers op een lege maag.

'Dat is te zien,' zei Adrian tegen haar. 'U bent behoorlijk afgevallen. Heeft niemand er iets van gezegd?' Hij liep naar de kast en pakte er een schaal uit. 'Vanavond gaat u iets eten.'
Hij begon de boeuf bourguignon in de schaal te scheppen. Toen die vol was, deed hij de deksel erop en daarna pakte hij een groene salade, die Valerie eveneens had klaargemaakt, uit de koelkast. Uit de oven haalde hij nog een schaal – met rijst – en hij zette alles op de tafel die midden in de keuken stond. Hij maakte het af met een karaf water, serviesgoed en bestek voor één persoon.
Ruth zei: 'Adrian, waarom ben je teruggekomen? Je moeder... Wel, ze heeft het niet precies gezegd, geloof ik, maar toen ze me vertelde dat ze wegging nam ik aan... Lieve jongen, ik weet hoe teleurgesteld je bent over je vaders testament, maar hij stond erop. En wat er ook gebeurt, ik vind dat ik moet respecteren...'
'Ik verwacht niet van u dat u iets doet om de situatie te veranderen,' zei Adrian. 'Pa is duidelijk genoeg geweest. Ga zitten, tante Ruth. Ik zal wat wijn voor u halen.'
Ruth voelde iets als bezorgdheid en verwarring. Ze bleef staan wachten waar ze stond, terwijl hij wegliep om naar de provisiekamer te gaan die Guy lang geleden had bestemd als wijnkelder. Ze hoorde dat Adrian een keuze maakte uit zijn vaders dure flessen. Een ervan werd kletterend neergezet op de oude, marmeren plaat waarop vroeger vlees en kazen waren bewaard. Even later hoorde ze het geluid van wijn die werd ingeschonken. Ze dacht na over zijn optreden, zich afvragend wat hij van plan was. Toen hij korte tijd later terugkwam, had hij een geopende fles bourgogne in zijn ene hand en één glas wijn in de andere. De fles was oud, zag ze, en het etiket was bestoft. Guy zou die niet gekozen hebben voor zo'n eenvoudige maaltijd.
Ze zei: 'Ik geloof niet...' Maar Adrian liep snel langs haar heen en trok met veel ceremonieel een stoel onder de tafel uit.
'Gaat u zitten, mevrouw,' zei hij. 'Het diner is gereed.'
'Eet je niet mee?'
'Ik heb iets gegeten op de terugweg van het vliegveld. Ma is trouwens vertrokken. Ze is nu waarschijnlijk al geland. We hebben eindelijk onze handen van elkaar afgetrokken, wat William – dat is haar huidige man, voor het geval u het vergeten was – ongetwijfeld hogelijk op prijs zal stellen. Tja, wat kun je anders verwachten? Hij was er toen hij met haar trouwde immers niet op voorbereid een permanente logé te hebben in de persoon van zijn stiefzoon.'

Als Ruth haar neef niet beter gekend had, zou ze zowel zijn gedrag als zijn gesprek beschouwd hebben als bewijs van een manische toestand. Maar in de 37 jaar van zijn leven had ze nooit iets aan hem gemerkt wat ook maar in de verte als manisch kon worden omschreven. Wat ze hier zag moest dus iets anders zijn. Ze wist alleen niet hoe ze het moest noemen. Of wat het betekende. Of wat voor gevoel ze er eigenlijk over moest hebben.

'Is het niet vreemd?' fluisterde Ruth. 'Ik dacht echt dat je gepakt had. Ik heb de koffers niet gezíén, maar ik... Vreemd, vind je niet, hoe dingen kunnen lijken wanneer we ergens van overtuigd zijn?'

'U hebt gelijk.' Hij schepte rijst voor haar op en bedekte die met het vlees. Hij zette het bord voor haar neer. 'Dat is het probleem waar we onszelf mee opzadelen: naar het leven kijken met vooropgezette meningen. Naar mensen kijken met vooropgezette meningen. U eet niet, tante Ruth.'

'Mijn eetlust... Het is moeilijk.'

'Dan zal ik het gemakkelijker voor u maken.'

'Ik zou niet weten hoe.'

'Ik begrijp het,' zei hij. 'Maar ik ben niet helemaal zo waardeloos als ik eruitzie.'

'Ik bedoelde niet... '

'Het geeft niet.' Hij hief haar glas op. 'Neem een slokje wijn. Als ik iets van pa geleerd heb – waarschijnlijk was het het enige – is het hoe je een wijn moet kiezen. Deze bescheiden keuze' – hij hield de wijn tegen het licht en keek ernaar – 'het doet me genoegen te zeggen dat ze uitstekende benen heeft, een magnifieke lengte, excellent bouquet, een tikje scherpe afdronk... Vijftig pond per fles, misschien? Meer? Ach, het doet er niet toe. Het is perfect voor wat u eet. Proef maar.'

Ze glimlachte tegen hem. 'Als ik niet beter wist zou ik denken dat je hoopte me dronken te voeren.

'Vergiftigen klinkt waarschijnlijker,' zei Adrian. 'En het fortuin erven dat niet bestaat. Ik neem aan dat ik ook niet in uw testament voorkom?'

'Het spijt me werkelijk, jongen,' zei Ruth tegen hem. En daarna, toe hij haar de wijn voorhield: 'Ik kan dit niet opdrinken. Mijn medicijnen... De combinatie zou niet goed voor me zijn, vrees ik.'

'Ah.' Hij zette het glas neer. 'Dus niet bereid een beetje gevaarlijk te leven?'

'Dat heb ik aan je vader overgelaten.'

'En kijk toch eens waar het hem gebracht heeft,' zei Adrian.

Ruth sloeg haar ogen neer en begon met haar bestek te spelen. 'Ik zal hem missen.'
'Ja, dat zal wel. Neem wat vlees. Het is erg goed.'
Ze keek op. 'Heb je het geproefd?'
'Niemand kookt zoals Valerie. Eet op, tante Ruth. Ik laat u niet de keuken uit gaan tot u minstens de helft van uw bord leeg hebt.'
Het ontging Ruth niet dat hij haar vraag niet had beantwoord. In combinatie met zijn terugkeer naar Le Reposoir terwijl ze gedacht had dat hij samen met zijn moeder zou vertrekken, gaf dit haar een pauze. Ze kon echter geen reden bedenken om achterdochtig te zijn waar het haar neef betrof. Hij wist van zijn vaders testament af, en ze had hem zojuist over het hare verteld. Toch zei ze: 'Al die bezorgdheid voor mij. Ik voel me nogal... nogal gevleid, geloof ik.'
Over de tafel heen, over de dampende schalen met vlees en rijst, bleven ze elkaar aankijken. De stilte tussen hen was echter anders dan de stilte die Ruth eerder die dag zo prettig had gevonden, en ze was blij toen de telefoon ging, het moment verbrekend met een aanhoudend, dubbel *trr-ring*.
Ze maakte aanstalten om op te staan en het gesprek aan te nemen.
Adrian voorkwam het. Hij zei: 'Nee, ik wil graag dat u eet, tante Ruth. U hebt al minstens een week niet goed voor uzelf gezorgd. Wie het ook is, hij zal later nog wel eens bellen. Intussen moet u wat eten binnenkrijgen.'
Ze tilde haar vork op, hoewel het gewicht ervan enorm leek. Ze zei: 'Ja. Nou, als je erop staat, beste jongen...' Omdat ze besefte dat het er eigenlijk niet veel toe deed. Het einde zou immers hetzelfde zijn. 'Maar als ik vragen mag... Waarom doe je dit, Adrian?'
'Het enige wat niemand ooit begrepen heeft, is dat ik werkelijk van hem hield,' antwoordde Adrian. 'Ondanks alles. En hij zou gewild hebben dat ik hier bleef, tante Ruth. Dat weet u net zo goed als ik. Hij zou gewild hebben dat ik tot het einde toe voor alles zorgde, want dat is wat hij zelf gedaan zou hebben.'
Hij sprak een waarheid die Ruth niet kon ontkennen. En dat was de reden dat ze haar vork naar haar mond bracht.

29

Op het moment dat Deborah de Queen Margaret Appartementen verliet waren Cherokee en China bezig hun spullen te inspecteren om zeker te weten dat ze alles hadden, voorafgaand aan hun vertrek van het eiland. Cherokee vroeg echter eerst naar China's schoudertas, waar hij rumoerig in begon te rommelen, op zoek naar haar portemonnee. Hij zocht geld zodat ze allemaal die avond uit eten konden gaan en een feestje konden bouwen, kondigde hij aan. Het eindigde er echter mee dat hij zei 'Veertig pond, Chine?', toen hij de deplorabele toestand van zijn zus' financiën begreep. Hij vervolgde met: 'Jezus, ik moet zelf het eten betalen, geloof ik.'

'Dat is weer eens wat anders,' merkte China op.

'Wacht eens even.' Cherokee stak zijn vinger op als iemand die plotseling een ingeving krijgt. 'Ik wed dat er een pinautomaat is die je kunt gebruiken, in High Street.'

'En als die er niet is,' voegde China eraan toe, 'heb ik toevallig mijn creditcard bij me.'

'Goed zo. Vandaag is het mijn geluksdag.'

Broer en zus lachten beiden kameraadschappelijk. Ze maakten hun weekendtassen open om alles te controleren. Op dat moment nam Deborah afscheid. Cherokee was degene die haar naar de deur bracht. Buiten, in de schemering, hield hij haar staande op de stoep.

In de schaduw leek hij weer veel op de kleine jongen die hij in zijn hart waarschijnlijk altijd zou blijven. Hij zei: 'Debs, bedankt. Zonder jou hier... zonder Simon... Gewoon... bedankt.'

'Ik geloof niet dat we feitelijk veel gedaan hebben.'

'Jullie hebben veel gedaan. In elk geval waren jullie hier. Uit vriendschap.' Hij lachte kort. 'Ik wilde dat het meer had kunnen zijn. Verdomme. Wist je dat? Ik denk het wel. Getrouwde vrouw. Ik heb nooit geluk gehad waar het jou betrof.'

Deborah knipperde met haar ogen. Ze kreeg een kleur, maar ze zei niets.

'Verkeerde tijd, verkeerde plaats,' vervolgde Cherokee. 'Maar als het anders was gelopen, toen, of nu...' Hij keek langs haar heen naar de klei-

ne binnenplaats en daarachter naar de straatverlichting. 'Ik wil alleen dat je het weet. En het is niet hierom, om wat je voor ons gedaan hebt. Het is altijd zo geweest.'
Deborah zei: 'Dank je. Ik zal het onthouden, Cherokee.'
'Als er ooit een tijd komt...'
Ze legde haar hand op zijn arm. 'Die komt er niet,' zei ze. 'Maar toch bedankt.'
Hij zei: 'Ja. Nou', en hij kuste haar op haar wang. Daarna, voor ze kon weglopen, pakte hij haar kin en kuste haar vol op haar mond. Zijn tong raakte haar lippen, duwde ze van elkaar, bleef even talmen en werd toen teruggetrokken. 'Dat wilde ik al toen ik je voor het eerst zag,' zei hij. 'Verdomme, waarom hebben die Engelse kerels altijd zoveel geluk?'
Deborah ging een stap opzij, maar ze proefde hem nog steeds. Ze voelde dat haar hart licht, snel en zuiver klopte. Maar dat zou niet zo blijven als ze ook maar een moment langer daar met Cherokee River in het halfdonker bleef staan. Daarom zei ze: 'De Engelsen hebben altijd geluk', en daarna liet ze hem bij de deur achter.
Ze wilde nadenken over die kus en alles wat eraan voorafgegaan was, terwijl ze naar het hotel terugwandelde. Daarom liep ze er niet rechtstreeks heen, maar daalde ze Constitution Steps af en sloeg daarna de richting van High Street in.
Er waren slechts heel weinig mensen op straat. De winkels waren gesloten en de paar restaurants die er waren, stonden verderop, in de richting van Le Pollet. Drie mensen stonden in een rij te wachten bij Cherokees pinautomaat, voor een NatWestbank, en een groepje van vijf opgeschoten jongens voerde een luide conversatie per mobiele telefoon, die weerkaatste tegen de gebouwen die aan de smalle straat stonden. Een magere kat kwam de trap van de kade af en sloop weg, dicht langs de gevel van een schoenwinkel, terwijl ergens vlakbij een hond driftig blafte en een mannenstem iets riep om hem tot stilte te manen.
Waar High Street naar rechts afboog en Le Pollet werd, met keurig gelegde steentjes schuin aflopend naar de haven, vormde Smith Street een doorgang tegen de heuvel op. Deborah sloeg die straat in en ze begon aan de klim, nadenkend over de manier waarop twaalf korte uren de dag totaal overhoop hadden gegooid. Wat was begonnen in bezorgdheid en toenemende wanhoop, was geëindigd in blijdschap. En met een onthulling. Maar dat was iets wat ze snel van zich afzette. Ze wist dat Cherokees woorden voortkwamen uit de uitbundige vreugde van het moment, uit het herkrijgen van een vrijheid die hij bijna had verloren. Iets wat op

zo'n feestelijk hoogtepunt werd gezegd, kon je niet serieus nemen.
Maar de kus... Die kon ze serieus nemen. Voor wat het was dan, want tenslotte was het eenvoudig een kus. Ze had het een prettig gevoel gevonden. Meer nog had ze de opwinding ervan prettig gevonden. Maar ze was verstandig genoeg om opwinding niet te verwarren met iets anders. En ze voelde zich niet ontrouw jegens Simon, en ook niet schuldig. Het was tenslotte maar een kus geweest.
Ze lachte toen ze terugdacht aan de momenten die eraan waren voorafgegaan. Zo'n kinderlijke vreugde was altijd typisch iets voor China's broer geweest. Dit intermezzo op Guernsey was een uitzondering geweest in zijn 37 jaar, niet de regel.
Ze konden nu hun reis voortzetten of naar huis terugkeren. Wat ze ook deden, ze namen een deel van Deborah met zich mee, het deel dat van meisje tot vrouw was opgegroeid gedurende drie korte jaren in California. Ongetwijfeld zou Cherokee doorgaan zijn zus tot wanhoop te brengen. China zou doorgaan haar broer te frustreren. Ze zouden blijven kibbelen, zoals alle complexe persoonlijkheden het zouden doen. Maar ten slotte zouden ze altijd weer bij elkaar komen. Zo ging het met broers en zussen.
Denkend over hun relatie liep Deborah langs de winkels in Smith Street, zich nauwelijks bewust van haar omgeving. Pas toen ze in het midden van de straat was bleef ze staan, op een meter of dertig afstand van de kiosk waar ze eerder die dag een krant had gekocht. Ze keek naar de gebouwen aan weerszijden van de straat: Stedelijk Adviesbureau, Marks & Spencer, reisbureau Davies, bakkerij Fillers, galerie St James, Buttons boekhandel... Bij het zien van al die winkels en meer, fronste ze haar wenkbrauwen. Ze liep terug naar het begin van de straat en wandelde daarna langzamer – en bewuster – opnieuw omhoog tot het einde. Ze bleef staan toen ze bij het oorlogsmonument was. *Ik moet zelf het eten betalen.*
Haastig liep ze naar het hotel.
Ze vond Simon niet in hun kamer, maar in de bar. Hij las een exemplaar van de *Guardian* onder het genot van een whisky die naast hem stond. Een groep zakenlieden zat aan de bar, waar ze rumoerig hun gin-tonics naar binnen sloegen en schaaltjes chips wegwerkten. Het rook er muf van hun sigarettenrook en van het zweet van te veel ongewassen lichamen, doorweekt aan het eind van een lange dag offshorefinanciën.
Deborah werkte zich tussen hen door om haar man te bereiken. Ze zag dat Simon zich had gekleed voor het diner. Haastig zei ze: 'Ik ga naar boven om me te verkleden.'

Hij zei: 'Dat hoeft niet. Zullen we naar de eetzaal gaan? Of wil je eerst iets drinken?'
Ze vroeg zich af waarom hij niet informeerde waar ze was geweest. Hij vouwde de krant op en pakte zijn glas whisky, wachtend op haar antwoord. Ze zei: 'Ik... een sherry, misschien?'
'Ik zal het halen,' zei hij, en hij schoof tussen de anderen door naar de bar.
Toen hij met haar sherry terugkwam zei ze: 'Ik ben bij China geweest. Cherokee is vrijgelaten. Er is hun gezegd dat ze konden vertrekken. Dat ze móésten vertrekken, feitelijk, met het eerste het beste vliegtuig dat het eiland verlaat. Wat is er gebeurd?'
Hij leek haar een moment te bestuderen en dat ogenblik duurde maar en duurde maar, zodat haar wangen opnieuw rood kleurden. Hij zei: 'Je mag Cherokee River nogal, hè?'
'Ik mag hen allebei. Simon, wat is er gebeurd? Vertel het me alsjeblieft.'
'Het schilderij werd gestolen, niet gekocht,' zei hij, en hij voegde er vlak aan toe: 'In Zuid-California.'
'Zuid-California?' Deborah wist onmiddellijk hoe bezorgd het klonk, maar ze kon er niets aan doen, ondanks de gebeurtenissen van de afgelopen twee uur.
'Ja. Zuid-California.' Simon vertelde haar het verhaal van het schilderij. Hij bleef haar voortdurend aankijken, een lange blik die haar begon te ergeren, omdat die maakte dat ze zich voelde als een kind dat op de een of andere manier een van zijn ouders teleurgesteld heeft. Ze haatte die blik van hem – dat had ze altijd gedaan – maar ze zei niets en wachtte tot hij zijn uitleg beëindigd had. 'De goede nonnen van het St Clareziekenhuis namen voorzorgsmaatregelen met het schilderij toen ze wisten wat ze in handen hadden, maar dat was niet voldoende. Een insider hoorde of wist al van de route, de manier, en de bestemming. De bestelauto was gepantserd en de bewakers droegen wapens, maar we hebben het hier over Amerika, het land van de vrijheid, waar het gemakkelijk is om van alles te kopen, van AK-47's tot explosieven.'
'De bestelauto werd dus onderschept?'
'Op de terugweg, nadat het schilderij gerestaureerd was. Zo gemakkelijk ging het. En onderschept door iets wat nooit achterdocht zou wekken op een snelweg in California.'
'Een file. Wegwerkzaamheden.'
'Beide.'
'Maar hoe hebben ze het gedaan? Hoe kon iemand ermee wegkomen?'

'De bestelauto raakte oververhit in de file, geholpen door een klein lek in de radiateur, zoals later werd ontdekt. De chauffeur stopte in de berm. Hij moest uitstappen om naar de motor te kijken. Een motorrijder zorgde voor de rest.'
'Met zoveel getuigen? In alle andere auto's en vrachtwagens?'
'Ja. Maar wat zagen ze nu eigenlijk? Eerst een motorrijder die stopt om een gestrande automobilist hulp te bieden, en later diezelfde motorrijder die tussen de rijstroken heen en weer manoeuvreert waar de auto's met uitgezette motoren...'
'Hem niet konden volgen. Ja. Ik begrijp hoe het gebeurd is. Maar waar... Hoe kan Guy Brouard geweten hebben... Helemaal in Zuid-California?'
'Hij was al jaren op zoek naar het schilderij, Deborah. Als ík het verhaal over het kunstwerk gevonden heb op internet, hoe moeilijk kan het dan voor hem geweest zijn om hetzelfde te doen? En toen hij de informatie eenmaal had, deden zijn geld en een bezoek aan California de rest.'
'Maar als hij niet wist hoe belangrijk het schilderij was... wie de schilder was... dat alles... Simon, dat betekent dat hij elk verhaal over kunst dat hij in handen kon krijgen, moet hebben gevolgd. Jarenlang.'
'Hij had er de tijd voor. En dit speciale artikel was iets bijzonders. Een veteraan uit de Tweede Wereldoorlog geeft op zijn sterfbed zijn 'oorlogssouvenir' aan het ziekenhuis dat het leven van zijn zoon gered heeft toen die nog een kind was. Het geschenk blijkt een kostbaar kunstwerk te zijn waarvan zelfs niet eens bekend was dat de kunstenaar het had geschilderd. Het is miljoenen en nog eens miljoenen waard en de nonnen zijn van plan het op een veiling te koop aan te bieden om het geld voor hun ziekenhuis te gebruiken. Het is een belangrijk verhaal, Deborah. Het was slechts een kwestie van tijd voor Guy Brouard het onder ogen kreeg en er iets aan deed.'
'Dus hij ging er persoonlijk heen...'
'Om alles te regelen, ja. Dat is alles. Om het te regelen.'
'Dus...' Deborah wist hoe hij haar volgende vraag zou uitleggen, maar ze stelde die toch omdat ze het moest weten, omdat er iets niet klopte en ze het kon voelen. Ze had het al gevoeld in Smith Street. Ze voelde het nu. 'Als dit alles in California is gebeurd, waarom heeft hoofdinspecteur Le Gallez Cherokee dan vrijgelaten? Waarom draagt hij hun beiden op – Cherokee en China – het eiland te verlaten?'
'Ik neem aan dat hij nieuw bewijsmateriaal heeft,' antwoordde Simon. 'Iets wat naar iemand anders wijst.'
'Je hebt hem niet verteld...?'

'Over het schilderij? Nee, dat heb ik hem niet verteld.'
'Waarom niet?'
'Degene die het schilderij bij de advocaat in Tustin afleverde, waarna het naar Guernsey getransporteerd zou worden, was niet Cherokee River, Deborah. Hij leek zelfs niet op Cherokee River. Cherokee River had er niets mee te maken.'

Nog voor Paul Fielder zijn hand op de knop kon leggen deed Billy de voordeur open van hun rijtjeshuis in de Bouet. Hij had blijkbaar gewacht tot Paul terugkwam; ongetwijfeld had hij in de zitkamer gezeten met de televisie keihard aan, sigaretten rokend en bier drinkend, schreeuwend om met rust te worden gelaten als een van de jongere kinderen toevallig te dicht bij hem in de buurt kwam. Hij moest het raam in de gaten hebben gehouden, wachtend op het moment dat Paul het oneffen pad op kwam. Toen hij Paul naar de deur zag sjokken had hij zich zo opgesteld dat hij de eerste zou zijn die met hem in contact kwam.
Paul was nog niet binnen of Billy zei: 'Kijk nou 'ns. De sukkel is eindelijk weer thuis. Is de politie klaar met je, rukker? Hebben ze lol met je gemaakt, in de nor? Ik heb gehoord dat ze dat heel goed kunnen, de smerissen.'
Paul schoof langs hem heen. Hij hoorde zijn vader ergens van boven roepen 'Is dat onze Paulie?' en zijn moeder die vanuit de keuken zei: 'Paulie? Ben jij het, lieverd?'
Paul keek naar de trap en vervolgens naar de keuken en vroeg zich af wat zijn ouders allebei thuis deden. Zijn vader kwam altijd naar huis van zijn werk aan de weg wanneer het donker werd, maar zijn moeder maakte lange uren achter de kassa van Boots en ze werkte bovendien over als het kon, en dat gebeurde de meeste dagen. Als gevolg daarvan waren de avondmaaltijden een lukrake aangelegenheid. Je nam een blik soep of een blik witte bonen in tomatensaus. Je kon brood roosteren. Je zorgde voor jezelf, behalve de kleintjes. Meestal maakte Paul iets voor hen klaar.
Hij liep naar de trap, maar Billy hield hem tegen. Hij zei: 'Hé, waar is je hond, rukker? Waar is je eeuwige makker?'
Paul bleef aarzelend staan. Onmiddellijk voelde hij een steek van angst. Hij had Taboe niet meer gezien sinds die ochtend, toen de politie was gekomen. Achter in de politieauto had hij op de bank zitten draaien, omdat Taboe hen volgde. De hond blafte. Hij bleef achter hen aan rennen, vastbesloten om de auto in te halen.
Paul keek om zich heen. Waar was Taboe?

Hij tuitte zijn lippen om te fluiten, maar zijn mond was te droog. Hij hoorde zijn vaders voetstappen op de trap. Op hetzelfde moment kwam zijn moeder uit de keuken. Ze had een schort voor met een ketchupvlek erop. Ze veegde haar handen af aan een theedoek.
'Paulie,' zei zijn vader met een sombere stem.
'Lieverd,' zei zijn moeder.
Billy lachte. 'Hij is aangereden. Die stomme hond is aangereden. Eerst een auto, toen een vrachtwagen, en hij bleef maar doorlopen. Tot hij jankend als een wilde hyena aan de kant van de weg lag te wachten tot er iemand kwam om hem dood te schieten.'
Ol Fielder zei bars: 'Zo kan het wel weer, Bill. Ga naar de kroeg of waar je dan ook naartoe gaat.'
Billy zei: 'Ik ben niet van plan om...'
'Je doet nu meteen wat je vader zegt!' riep Mave Fielder met een krijsende stem die zo ongehoord was bij Pauls zachtaardige moeder, dat haar oudste kind haar aangaapte als een hongerige vis, voor hij naar de deur schuifelde en zijn spijkerjack pakte.
'Klootzak,' zei hij tegen Paul. 'Je kunt ook nergens voor zorgen, hè? Niet eens voor zo'n stomme hond.' Hij liep naar buiten, de donkere avond in, en knalde de deur achter zich dicht. Paul hoorde hem gemeen lachen en zeggen: 'Jullie sukkels kunnen allemaal verrekken.'
Niets van wat Billy zei of deed kon hem nu echter raken. Hij strompelde naar de zitkamer, maar zag niets anders voor zich dan het beeld van Taboe. Taboe die achter de politieauto aan rende. Taboe langs de weg, dodelijk gewond maar fel blaffend en grommend zodat niemand bij hem durfde te komen uit angst voor zijn tanden. Het was allemaal zijn schuld, omdat hij niet tegen de politie had geroepen dat ze de auto even moesten laten stoppen zodat zijn hond erin kon springen. Of tenminste lang genoeg voor hem om de hond naar huis terug te brengen en hem vast te binden.
Hij voelde zijn knieholten tegen de oude, versleten sofa drukken en met een waas voor zijn ogen liet hij zich erop neervallen. Iemand liep haastig door de kamer naar hem toe en hij voelde dat er een arm om zijn schouders geslagen werd. Het was bedoeld als troost. Maar het voelde aan als een gloeiende, metalen band. Hij slaakte een kreet en probeerde zich los te rukken.
'Ik weet dat je je dit erg aantrekt, jongen,' zei de stem van zijn vader, vlak bij zijn oor, zodat hij de woorden niet kon missen. 'Ze hebben het arme beest naar de dierenarts gebracht. Daarna hebben ze meteen gebeld.

Naar je moeder, op haar werk, omdat iemand wist wiens hond het was en...'

Het. Zijn vader noemde Taboe 'het'. Paul kon het niet verdragen dat woord te horen, zo'n nietszeggend woord om zijn vriend mee aan te duiden, de enige persoon die hem door en door kende. Want hij wás een persoon, die schurftige hond. Hij was evenmin een 'het' als Paul zelf.

'... dus we gaan er meteen naartoe. Ze wachten op ons,' maakte zijn vader de zin af.

Paul keek hem aan, verward, angstig. Wat had hij gezegd?

Mave Fielder scheen te weten wat Paul dacht. Ze zei: 'Ze hebben hem nog niet laten inslapen, schat. Ik heb gezegd: niet doen. Ik heb gezegd dat ze moesten wachten. Ik zei: onze Paulie moet erbij zijn om afscheid te nemen, dus jullie doen wat je kunt om het die arme hond zo gemakkelijk mogelijk te maken en dan wachten jullie tot Paul bij hem is. Pa zal je er nu naartoe brengen. De kinderen en ik...' Ze wees naar de keuken, waar Pauls broers en zusje ongetwijfeld zaten te eten, een speciale traktatie omdat hun moeder nu eens thuis was om voor hen te koken. 'We blijven hier op je wachten, lieverd.' Paul en zijn vader stonden op. 'Ik vind het zo naar, Paul,' liet ze erop volgen terwijl hij langs haar liep.

Buiten zei Pauls vader niets meer. Ze slenterden naar zijn oude bestelauto, waar de woorden FIELDERS SLAGERIJ, DE VLEESHALLEN nog in verbleekt rood zichtbaar waren op de zijkant. Zwijgend stapten ze in en Ol Fielder startte de motor.

Het duurde veel te lang om er te komen vanuit de Bouet, want de praktijk die dag en nacht geopend was, stond helemaal aan Route Isabelle en er liep niet rechtstreeks een weg naartoe. Dus moesten ze naar St Peter Port rijden en dwars door de stad op het slechtste moment van de dag, en al die tijd bevond Paul zich in de greep van een misselijkheid die zijn maag vloeibaar liet worden. Zijn handpalmen werden vochtig en zijn gezicht was ijskoud. Hij kon de hond zien, maar niets anders: alleen het beeld van Taboe die maar bleef rennen en blaffen achter die politieauto, omdat de enige op de wereld van wie hij hield, van hem werd weggenomen. Ze waren nooit van elkaar gescheiden, Paul en Taboe. Zelfs wanneer Paul op school zat, was de hond er, zo geduldig als een non en nooit ver weg.

'We zijn er, jongen. Ga je mee naar binnen?'

Zijn vaders stem was vriendelijk en Paul liet zich naar de deur van de praktijk leiden. Alles was wazig. Hij kon de gemengde geur van dieren en medicijnen ruiken. Hij kon de stemmen van zijn vader en de assisten-

te van de dierenarts horen. Maar hij kon niet goed zien en dat bleef zo tot ze hem meenamen naar achteren, naar de stille, schemerige hoek waar een elektrische kachel een toegedekte gestalte warm hield en een infuus iets kalmerends in de aderen van die kleine gestalte liet druppelen.
'Hij heeft geen pijn,' fluisterde Pauls vader hem in zijn oor, net voor Paul zijn hand naar de hond uitstak. 'Dat hebben we hun gevraagd, jongen. Maak het hem gemakkelijk. Laat hem niet inslapen, want we willen dat hij weet dat zijn Paulie bij hem is. En dat hebben ze gedaan.'
Er klonk een andere stem. 'Is dit de eigenaar? Ben jij Paul?'
'Dat is hij,' zei Ol Fielder.
Ze praatten over Pauls hoofd heen terwijl hij zich over de hond boog en de deken opzijschoof om Taboe te kunnen zien, met zijn ogen half dicht, zachtjes hijgend, een naald in een kaalgeschoren plek op zijn poot. Paul bracht zijn gezicht dicht bij de kop van de hond. Hij blies in Taboes dropneus. De hond jankte en zijn ogen knipperden vermoeid. Zijn tong kwam naar buiten – wat was het een zwakke beweging – en likte Pauls wang in een zwakke begroeting.
Wie kon weten wat ze deelden, wat ze waren en wat ze samen wisten? Niemand. Want wat ze hadden, waren en wisten was iets tussen hen alleen. Wanneer mensen aan een hond dachten, dachten ze aan een dier. Maar zo had Paul nooit aan Taboe gedacht. Hond was voor hem een ander woord voor God. Samenzijn met een hond was samenzijn met liefde en hoop.
Stom, stom, stom, zou zijn broer gezegd hebben.
Stom, stom, stom, zou de hele wereld gezegd hebben.
Dat maakte geen verschil voor Paul en Taboe. Ze deelden een ziel. Ze maakten deel uit van één schepsel.
'... operatieve ingrepen,' zei de dierenarts. Paul wist niet of hij tegen zijn vader sprak of tegen iemand anders. '... milt, maar dat hoeft niet fataal te zijn... Het grootste probleem... die achterpoten... kan ten slotte een vruchteloze poging blijken... moeilijk in te schatten... het zal erom spannen.'
'Is niet aan de orde, vrees ik,' zei Ol Fielder spijtig. 'De kosten... We kunnen het ook weer niet te gek maken.'
'... begrijp het... natuurlijk.'
'Ik bedoel, dit, vandaag... wat u hebt gedaan...' Hij zuchtte diep. 'Dit gaat toch al het nodige...'
'Ja. Ik begrijp het. Natuurlijk... Bovendien is het een gok, met die verbrijzelde heupen... langdurige orthopedische...'

Paul keek op van Taboe toen hij besefte waar ze over praatten, zijn vader en de dierenarts. Vanuit zijn positie, zoals hij over de hond gebogen stond, leken ze beiden wel reuzen: de dierenarts in zijn lange, witte jas en Ol Fielder in zijn stoffige werkkleding. Maar voor Paul waren het reuzen die een plotselinge belofte overbrachten. Ze straalden hoop uit, en dat was alles wat hij nodig had.

Hij richtte zich op en greep zijn vader bij diens arm. Ol Fielder keek hem aan. Daarna schudde hij zijn hoofd. 'Het is meer dan we kunnen betalen, mijn jongen, meer dan je moeder en ik ons kunnen veroorloven. En zelfs als ze dit alles voor hem deden, zal die arme Taboe waarschijnlijk nooit meer dezelfde zijn.'

Paul richtte zijn bezorgde blik op de dierenarts. Deze droeg een plastic naamkaartje dat hem aanduidde als Alistair Knight, D.V.M., MRCVS. De dierenarts zei: 'Hij zal langzamer zijn, daar komt het op neer. Mettertijd zal hij ook reumatisch zijn. En, zoals ik zei, de kans bestaat dat hij de hele behandeling niet zal overleven. En zelfs al gebeurt dat wel, dan zal het maanden duren voor hij is opgeknapt.'

'Te veel,' zei Ol Fielder. 'Dat begrijp je toch, Paulie? Je moeder en ik... We kunnen het niet opbrengen, jongen... We praten over een vermogen. Dat hebben we niet... Het spijt me heel erg, Paul.'

Dokter Knight streelde Taboes warrige vacht. Hij zei: 'Maar hij is een goede hond. Dat ben je toch, jongen?' En alsof hij het begreep stak Taboe zijn bleke tong weer uit. Hij huiverde en piepte. Zijn voorpoten bewogen krampachtig. 'Dan moeten we hem laten inslapen,' zei dokter Knight, en hij stond op. 'Ik zal de spuit halen.' En tegen Paul: 'Het zal jullie beiden troosten als je hem vasthoudt.'

Paul boog zich weer over de hond, maar hij nam Taboe niet in zijn armen, zoals hij dat anders zou hebben gedaan. Hem optillen zou hem nog meer schade berokkenen, en dat wilde Paul niet laten gebeuren.

Ol Fielder schuifelde met zijn voeten terwijl ze wachtten tot de dierenarts terugkwam. Paul trok de deken zorgzaam op over zijn gewonde Taboe. Hij zette de elektrische kachel dichterbij en toen de dierenarts bij hen terugkwam met twee injectiespuiten in zijn hand, was Paul eindelijk zover.

Ol Fielder ging op zijn hurken zitten. De dierenarts eveneens. Paul stak zijn hand uit om de hand van de dokter tegen te houden. 'Ik heb het geld,' zei hij tegen dokter Knight, zo duidelijk alsof hij de eerste woorden uitsprak die ooit tussen twee mensen waren gezegd. 'Het kan me niet schelen wat het me gaat kosten. Maak mijn hond beter.'

Deborah en haar man waren juist aan de eerste gang van hun diner begonnen, toen de gerant respectvol naar hen toe kwam om iets tegen Simon te zeggen. Er was een heer, zei hij – hij leek het woord met tegenzin te gebruiken – die meneer St James wilde spreken. Hij wachtte bij de deur van het restaurant. Wilde meneer St James hem een boodschap laten overbrengen? Wilde hij hem nu spreken?
Simon draaide zich op zijn stoel om en keek in de richting waar de gerant vandaan was gekomen. Deborah volgde zijn blik en zag dat een gezette man in een donkergroen jack zich achter de deur ophield, naar hen kijkend, naar háár kijkend, leek het. Toen haar ogen de zijne ontmoetten richtte hij zijn blik op Simon.
Deze zei: 'Het is hoofdinspecteur Le Gallez. Excuseer me even, schat.' En hij liep naar de man toe om met hem te spreken.
Beiden keerden hun rug naar de deuropening. Ze spraken minder dan een minuut met elkaar en Deborah bleef hen gadeslaan, in een poging de onverwachte verschijning van de politie in hun hotel te verklaren, terwijl ze tevens probeerde de intensiteit – of het gebrek eraan – van hun gesprek te peilen. Even later kwam Simon bij haar terug, maar hij ging niet zitten.
'Ik moet je alleen laten.' Zijn gezicht stond ernstig. Hij pakte het servet dat hij op de stoel had gelegd en vouwde het keurig op, zoals hij gewoon was.
'Waarom?' vroeg ze.
'Het ziet ernaar uit dat ik gelijk had. Le Gallez heeft nieuw bewijsmateriaal. Hij wil graag dat ik het bekijk.'
'Kan het niet wachten? Tot na...'
'Hij staat te popelen. Blijkbaar wil hij vanavond iemand arresteren.'
'Arresteren? Wie? Met jouw goedvinden of zoiets? Simon, dat kan niet...'
'Ik moet echt gaan, Deborah. Eet rustig door. Ik zal waarschijnlijk niet lang wegblijven. Ik hoef alleen maar naar het politiebureau. Ik ga de hoek om en kom zo snel mogelijk terug.' Hij bukte zich en kuste haar.
Ze zei: 'Waarom is hij persoonlijk gekomen om je te halen? Hij had toch... Simon!' Haar man liep echter al weg.
Deborah bleef een ogenblik zitten staren naar de ene kaars die op hun tafel flakkerde. Ze had dat onbehaaglijke gevoel dat een luisteraar bekruipt wanneer ze een regelrechte leugen hoort verkondigen. Ze wilde niet achter haar man aan hollen en een verklaring eisen, maar tegelijkertijd wist ze dat ze daar niet gedwee kon blijven zitten als een ree in het bos. Daarom zocht ze een middenweg, en ze liep het restaurant uit naar

de bar, waar een raam uitzicht bood op de straat voor het hotel.
Daar zag ze dat Simon zich in zijn overjas hees. Le Gallez sprak tegen een agent in uniform. Er stond een politieauto in de straat, met een chauffeur achter het stuur. Achter die auto wachtte een wit politiebusje; door de ramen kon Deborah de silhouetten van nog meer agenten zien.
Ze slaakte een zachte kreet. Ze voelde de pijn erachter, en ze herkende die pijn. Maar ze had geen tijd om de schade op te nemen. Haastig liep ze de bar uit.
Ze had haar tas en haar mantel in hun kamer gelaten. Op voorstel van Simon, besefte ze nu. Hij had gezegd: 'Die heb je toch niet nodig, schat,' en ze had meegewerkt zoals ze altíjd meewerkte... omdat hij zo verstandig was, zo bezorgd, zo... wat? Zo vastbesloten om haar te beletten hem te volgen. Terwijl hij natuurlijk zijn jas ergens dicht bij het restaurant had opgehangen, omdat hij aldoor geweten had dat Le Gallez hem tijdens de maaltijd zou komen halen.
Deborah was echter niet zo dom als haar man kennelijk dacht. Ze had het voordeel van haar intuïtie. Ze had tevens het grotere voordeel dat ze al geweest was waar ze geloofde dat ze naartoe gingen. Waar ze naartoe móésten gaan, ondanks alles wat Simon eerder tegen haar had gezegd om haar iets anders te doen geloven.
Met haar mantel en haar tas vloog ze de trap af en naar buiten, de avondlucht in. De politieauto's waren weg, het trottoir was leeg en de straat vrij. Ze begon te hollen en spoedde zich naar het parkeerterrein om de hoek van het hotel, tegenover het politiebureau. Het verbaasde haar niet dat er geen politieauto's of busjes op de binnenplaats stonden. Van het begin af aan was het hoogst onwaarschijnlijk geweest dat Le Gallez met een escorte was gekomen om Simon op te halen en hem de minder dan honderd meter naar het bureau van de staatspolitie per auto te laten afleggen.

'We hebben naar Le Reposoir gebeld om het haar te laten weten,' zei Le Gallez tegen St James, terwijl ze zich in de duisternis naar St Martin spoedden, 'maar we kregen geen gehoor.'
'Wat denkt u dat dat betekent?'
'Ik hoop van harte dat ze vanavond ergens naartoe is. Een concert. Een kerkdienst. Uit eten met een vriendin. Ze is lid van de telefonische hulpdienst en misschien is daar vanavond iets te doen. We kunnen niet meer doen dan hopen.'
Ze namen de bochten omhoog naar Le Val des Terres, rakelings langs de

met mos begroeide muur die de helling en de bomen tegenhield. Met het busje vlak achter hen kwamen ze uit in de wijk Fort George, waar straatlantaarns hun licht lieten vallen op het lege park dat aan de oostkant van Fort Road grensde. De huizen aan de westzijde leken vreemd onbewoond op dit tijdstip, behalve dat van Bertrand Debiere. Daar waren alle lampen aan de voorkant van het huis ontstoken alsof de architect iemand met een baken naar huis riep.
Ze reden snel verder in de richting van St Martin, het enige geluid was het periodieke geruis van de politieradio. Le Gallez pakte die, toen ze eindelijk een van de alomtegenwoordige, smalle wegen op het eiland insloegen, onder de bomen door tot ze bij de muur kwamen die de begrenzing vormde van het terrein van Le Reposoir. Hij zei tegen de chauffeur van het busje dat hen volgde, dat hij de afslag moest nemen die hem naar de baai zou brengen. Laat de bus daar staan en kom met je mensen terug via het voetpad, droeg hij hem op. Ze zouden aan de binnenzijde van het hek naar het landgoed weer bij elkaar komen.
'En zorg in godsnaam dat jullie niet gezien worden,' beval hij, voor hij de radio weer op zijn plaats legde. Tegen hun eigen chauffeur zei hij: 'Stop bij de Bayside. Rij achterom.'
De Bayside was een hotel, gesloten tijdens het winterseizoen zoals zoveel andere hotels buiten St Peter Port. Het doemde langs de rand van de weg op uit de duisternis, anderhalve kilometer van het hek naar Le Reposoir. Ze reden achterom, waar een vuilcontainer naast een met een hangslot afgesloten deur stond. Onmiddellijk sprong een rij detectielampen aan. Le Gallez maakte alvast zijn veiligheidsriem los en gooide daarna het portier open zodra de auto tot stilstand was gekomen.
Terwijl ze te voet teruggingen naar het landgoed van de Brouards liet St James Le Gallez profiteren van zijn kennis van de ligging van het terrein. Eenmaal binnen de muren doken ze weg onder de dichte kastanjebomen die langs de oprit groeiden, waar ze wachtten tot de agenten uit het busje het voetpad vanaf de baai hadden beklommen om zich bij hen te voegen.
'Weet u dit alles zeker?' was het enige wat Le Gallez fluisterde terwijl ze in het donker stonden, met hun voeten stampend tegen de koude.
'Het is de enige verklaring die overal op past,' antwoordde St James.
'Ik hoop dat u gelijk hebt.'
Er verstreken bijna tien minuten voor de andere agenten – zwaar hijgend na hun snelle klim vanaf de baai – het hek door liepen en onder dekking van de bomen naar hen toe kwamen. Dat was het moment waarop Le

Gallez tegen St James zei 'Laat ons zien waar het is', waarna hij hem voorop liet lopen.
Het wonder van getrouwd zijn met een fotografe lag in haar gevoel voor details: wat Deborah opmerkte en wat Deborah zich herinnerde. Het kostte dus weinig moeite de dolmen te vinden. Hun voornaamste zorg gold dat ze uit het zicht moesten blijven: van het huisje waar de Duffy's woonden aan de rand van het landgoed, van het grote huis waar Ruth Brouard de telefoon niet had opgenomen. Daarom slopen ze langs de oostkant van de oprijlaan. Ze liepen om het huis heen, op een afstand van zowat dertig meter blijvend, voortdurend onder de bescherming van de bomen, op de tast hun weg zoekend, zonder hulp van zaklantaarns.
Het was die avond buitengewoon donker: een dikke wolkenlaag verduisterde de maan en de sterren. De mannen liepen in ganzenpas onder de bomen, met St James voorop. Zo bereikten ze de struiken achter de stallen, waar ze de opening in de heg zochten die hen uiteindelijk naar het bos zou brengen en naar het pad waarachter zich de omheinde wei bevond, met de dolmen.
De stenen muur had geen overstap, zodat de toegang tot het weiland dat zich erachter uitstrekte, niet eenvoudig was. Voor iemand die niet gehinderd werd door een beugel aan zijn been gaf het beklimmen van de muur weinig problemen. Voor St James was de situatie echter ingewikkelder, en die werd nog bemoeilijkt door de duisternis.
Le Gallez scheen het te beseffen. Hij knipte een kleine lantaarn aan die hij uit zijn zak haalde, en zonder commentaar bleef hij langs de muur lopen tot hij een plek vond waar de bovenste stenen verpulverd waren en een smalle opening was ontstaan waar iemand zich gemakkelijker kon ophijsen. Hij mompelde 'Hier gaat het wel, denk ik', waarna hij als eerste het weiland betrad.
Toen ze er eenmaal waren, zagen ze zich omgeven door een dichte massa doornstruiken, varens en bramen, die hun grijparmen naar hen uit leken te strekken. Le Gallez' jack raakte onmiddellijk vast en twee van de agenten die hen volgden vloekten even later binnensmonds toen doorns van de oprukkende struiken hun blote handen openhaalden.
'Jezus,' mopperde Le Gallez terwijl hij zijn jack losrukte van de tak waaraan het was vastgeraakt. 'Weet u zeker dat dit de plek is?'
'Er moet een gemakkelijker toegang zijn,' zei St James.
'Verdomme, dat zal toch wel.' Tegen een van de agenten zei Le Gallez: 'Geef ons wat meer licht, Saumaurez.'
St James zei: 'We willen niemand alarmeren...'

'We kunnen geen bliksem beginnen,' zei Le Gallez, 'als we vast komen te zitten als vliegen in een web. Licht, Saumaurez. Hou het laag.'
De agent in kwestie had een sterke lantaarn bij zich die een plas licht op de grond wierp toen hij hem aanknipte. Bij het zien ervan kreunde St James – het licht zou zeker vanuit het huis gezien worden, dacht hij – maar ze hadden tenminste geluk wat de plek betrof die ze hadden gekozen om over de muur te gaan. Minder dan tien meter rechts van hen konden ze een pad zien dat dwars over het weiland liep.
'Uit,' beval Le Gallez, die het zelf ook had gezien. De lantaarn werd gedoofd. De hoofdinspecteur ging daarna voorop door de struiken, die hij opzij hield voor de mannen die hem volgden. De duisternis was zowel een geschenk als een vloek. Ze had voorkomen dat ze het pad naar het midden van het weiland gemakkelijk hadden gevonden, zodat ze in plaats daarvan midden in een botanische doolhof waren beland. Maar ze had ook hun tocht door de begroeiing naar het pad verborgen gehouden, die anders duidelijk zichtbaar zou zijn geweest, als de maan en de sterren hadden geschenen.
De dolmen was precies zoals Deborah die aan St James had beschreven. De heuvel rees midden in het weiland op alsof verscheidene hectaren land in het verleden door vele generaties ongebruikt waren gelaten met de opzettelijke bedoeling de dolmen te beschermen. Voor de leek kon het een onverklaarbare uitstulping lijken die zonder reden was ontstaan midden op een stuk land dat allang niet meer bebouwd werd. Maar voor iemand met een oog voor overblijfselen uit de prehistorie zou het een plaats hebben betekend die de moeite waard was om opgegraven te worden.
De toegangsweg die eromheen liep was een smal pad dat in de omringende struiken was uitgehakt. Het was bijna een halve meter breed, en de mannen volgden dit pad tot ze bij de dikke, houten deur kwamen met het cijferslot dat aan een beugel was bevestigd.
Hier bleef Le Gallez staan. Hij knipte opnieuw zijn zaklantaarn aan en liet deze keer het licht ervan op het slot vallen. Daarna bescheen hij de doornstruiken en de braambosjes. 'Geen gemakkelijke dekking,' zei hij zacht.
Hij had gelijk. Als ze zich daar moesten schuilhouden, wachtend op hun moordenaar, zou dat niet eenvoudig zijn. Anderzijds hoefden ze niet ver bij de dolmen vandaan te blijven, omdat de begroeiing zo dicht was dat ze voldoende dekking bood.
'Hughes, Sebastian, Hazell,' zei Le Gallez, met een knikje naar de strui-

ken. 'Ga je gang. Jullie hebben vijf minuten. Ik wil erbij kunnen komen zonder gezien te worden. En wees in godsnaam stil. Als je je been breekt hou je dat voor jezelf. Hawthorne, jij blijft bij de muur. Voor het geval er iemand overheen klimt, mijn pieper staat in de trilstand. De rest van jullie: mobiele telefoons uit, piepers uit, radio's uit. Niemand praat, niemand niest, niemand boert, niemand laat een wind. Als we dit verpesten zijn we terug bij af, en daar zal ik niet blij mee zijn. Begrepen? Ga.'

Hun voordeel, wist St James, lag in het tijdstip. Want hoewel het diep in de nacht leek te zijn was het nog niet laat. Er bestond weinig kans dat hun moordenaar zich vóór middernacht bij de dolmen zou wagen. Het risico om iemand voor die tijd op het landgoed tegen te komen was te groot, en er waren te weinig excuses die iemand kon bedenken voor het feit dat hij na het invallen van de duisternis op het terrein van Le Reposoir rondscharrelde zonder een lantaarn te gebruiken.

Het verraste St James daarom dat hij Le Gallez nog geen kwartier later binnensmonds hoorde vloeken. Gespannen zei hij: 'Hawthorne ziet iemand dichterbij komen. Shit. Wel verdomme.' En daarna tegen de agenten die nog steeds op de braamstruiken inhakten, zo'n vijf meter bij de houten deur vandaan: 'Ik zei vijf minuten, slappelingen. We komen eraan.'

Hij ging voorop en St James volgde. Le Gallez' mannen waren erin geslaagd ruwweg een plek in de struiken vrij te maken ter grootte van een hondenhok. Groot genoeg voor twee mensen. Vijf persten zich erin. Degene die eraan kwam deed het snel, zonder aarzeling over de muur klimmend en daarna verder lopend langs het pad. Heel kort daarna tekende zich een donkere gestalte af tegen de nog donkerder avondhemel. Slechts een langer wordende schaduw tegen de struiken die op de heuvel groeiden gaf aan dat de gedaante zo snel vooruitkwam dat ze eerder op deze plek geweest moest zijn.

Toen sprak een stem, zachtjes, vastberaden en onmiskenbaar. 'Simon. Waar ben je?'

'Godallemachtig, wie...' fluisterde Le Gallez.

'Ik weet dat je hier bent en ik ga niet weg,' zei Deborah duidelijk.

St James liet zijn ingehouden adem ontsnappen, het was deels een vloek, deels een zucht. Hij had hieraan moeten denken. Hij zei tegen Le Gallez: 'Ze is erachter gekomen.'

'Vertel mij wat,' was het commentaar van de hoofdinspecteur. 'Zorg er verdomme voor dat ze weggaat.'

'Dat,' zei St James, 'zal niet gemakkelijk zijn.' Hij wrong zich langs Le

Gallez en de agenten. Daarna sloop hij terug nar de dolmen en zei: 'Hier, Deborah.'
Met een ruk draaide ze zich naar hem om. Ze zei alleen maar: 'Je hebt tegen me gelogen.'
Hij gaf geen antwoord voor hij bij haar was. Hij kon haar gezicht zien, spookachtig in de duisternis. Haar ogen waren groot en donker, en ze herinnerde hem op dit geheel verkeerde moment aan diezelfde ogen van het kind dat ze was geweest bij de begrafenis van haar moeder, nu bijna twintig jaar geleden, verward maar zoekend naar iemand die ze kon vertrouwen. 'Het spijt me,' zei hij. 'Ik kon geen alternatief bedenken.'
'Ik wil weten...'
'Dit is er niet de plaats voor. Je moet weg. Le Gallez is al buiten zijn boekje gegaan door mij hierbij te laten zijn. Hij zal het niet nog eens doen voor jou.'
'Nee,' zei ze. 'Ik weet wat je denkt. Ik blijf om te zien dat je ongelijk krijgt.'
'Dit gaat niet om gelijk of ongelijk,' zei hij tegen haar.
'Natuurlijk niet,' zei ze. 'Daar gaat het nooit om bij jou. Het gaat alleen om de feiten en hoe jij die interpreteert. En iedereen die ze anders interpreteert kan naar de bliksem lopen. Maar ik ken die mensen. Jij niet. Je hebt hen nooit gekend. Je ziet hen alleen door...'
'Je trekt overhaaste conclusies, Deborah. We hebben geen tijd om ruzie te maken. Er staat te veel op het spel. Je moet weggaan.'
'Dan zul je me hiervandaan moeten dragen.' Hij hoorde de gekmakende, besliste klank in haar stem. 'Hier had je van tevoren aan moeten denken. "Wat moet ik doen als die lieve Deb ontdekt dat ik ten slotte helemaal niet naar het politiebureau wandel?"'
'Deborah, in godsnaam...'
'Wat is er in jezusnaam aan de hand?'
Le Gallez vroeg het, vlak achter St James. Hij liep naar Deborah toe met de bedoeling haar te intimideren.
St James vond het vervelend openlijk te moeten bekennen aan iemand die hij nauwelijks kende dat hij deze koppige, roodharige vrouw niet – God helpe hem, nooit – de baas had kunnen blijven. In een andere wereld, in een andere tijd, zou een man misschien een soort macht hebben kunnen uitoefenen over een vrouw als Deborah. Maar helaas leefden ze niet in die wereld van lang geleden, waar vrouwen het eigendom van hun man werden omdat ze met hem waren getrouwd. Hij zei: 'Ze wil niet...'

‘Ik ga niet weg.’ Deborah zei het rechtstreeks tegen Le Gallez.
‘U doet verdomme wat u gezegd wordt, mevrouw, of ik laat u opsluiten,’ antwoordde de hoofdinspecteur.
‘Dat is prima,’ was haar reactie. ‘Daar bent u toch zo goed in, heb ik begrepen. U hebt tot dusver mijn beide vrienden opgesloten zonder veel reden. Waarom mij dan ook niet?’
‘Deborah...’ St James wist dat het zinloos was om met haar te redeneren, maar hij deed een poging. ‘Je bent niet op de hoogte van alle feiten.’
‘En hoe komt dat?’ vroeg ze scherp.
‘Er is geen tijd voor geweest.’
‘O, nee?’
Hij hoorde aan haar toon – en wat voor hem zelfs de geur van emotie onder haar woorden was – dat hij de schok die ze moest hebben gekregen toen ze merkte dat hij zonder dat zij het wist had doorgezet, verkeerd had beoordeeld. Toch had hij werkelijk niet het recht gehad om haar zo volledig op de hoogte te brengen als ze blijkbaar gewild had. Daarvoor had de zaak zich te snel ontwikkeld.
Zachtjes zei ze tegen hem: ‘We zijn samen hierheen gekomen. Om hen samen te helpen.’
Hij wist de rest, die Deborah niet zei. Dus het was de bedoeling dat we dit samen tot een eind zouden brengen. Maar dat was niet het geval en op dit moment kon hij niet uitleggen waarom niet. Ze waren geen moderne Tommy en Tuppence die naar Guernsey waren gekomen om zich een weg te banen door onheil, verwarring en moord. Er was een echte man gestorven, geen schurk uit een boek die omdat het zo uitkwam vermoord was omdat hij het ruimschoots verdiende. De enige vorm van gerechtigheid die nu voor die man restte, was zijn moordenaar te betrappen op het ene moment waarop deze zich blootgaf, en dat moment zou in gevaar worden gebracht als St James deze toestand met de vrouw die voor hem stond, niet kon oplossen.
Hij zei: ‘Het spijt me. Er is nu geen tijd voor. Later zal ik het uitleggen.’
Ze zei: ‘Goed. Daar wacht ik op. Je kunt me in de gevangenis komen opzoeken.’
‘Deborah, in godsnaam...’
Le Gallez kwam tussenbeide. ‘Jezus, man.’ Daarna zei hij tegen Deborah: ‘Ik zal dit later met u afhandelen, mevrouw.’
Abrupt draaide hij zich om en liep met grote stappen terug naar de schuilplaats. St James maakte hieruit op dat het de bedoeling was dat Deborah bij hen bleef. Hij voelde er weinig voor, maar hij wist wel beter

dan nog meer ruzie met zijn vrouw te maken. Ook hij zou de situatie op een ander tijdstip moeten afhandelen.

30

Ze hadden een schuilplaats voor zichzelf gemaakt, midden tussen de doornstruiken en de bramen. Deborah zag dat die bestond uit een rechthoek van ruw platgeslagen vegetatie, waarin al twee agenten op de uitkijk lagen. Er was blijkbaar nog een derde geweest, maar die had zich om de een of andere reden opgesteld bij de omheining van het weiland. Ze kon de logica daarvan niet begrijpen, want er was maar één weg naar binnen en een naar buiten: via het enige pad dat door de bosjes liep.

Voor het overige had ze er geen idee van hoeveel politiemensen er nog meer in het gebied waren, en het kon haar ook niet veel schelen. Ze probeerde nog steeds het besef te verwerken dat haar man opzettelijk en met veel voorzorg voor de eerste keer in hun huwelijk tegen haar had gelogen. Ze geloofde althans dat het de eerste keer was in hun huwelijk, hoewel ze volkomen bereid was toe te geven dat wat dit betrof alles mogelijk was. Daarom werd ze heen en weer geslingerd tussen woede, het bedenken van wraak en plannen maken wat ze tegen hem zou zeggen wanneer de politie de arrestatie had verricht die ze dachten die avond te zullen verrichten.

De kou daalde op hen neer als een bijbelse plaag, eerst binnendrijvend vanuit de baai en zich daarna uitbreidend over het weiland. Ze bereikte hen ergens tegen middernacht, althans dat schatte Deborah. Niemand was bereid het erop te wagen licht te maken om op zijn horloge te kijken.

Iedereen hield zich stil. Minuten verstreken, en daarna uren, zonder dat er iets gebeurde. Af en toe veroorzaakte geritsel in de struiken spanning in hun groepje. Maar wanneer er niets volgde op het geritsel behalve nog meer geritsel, werd het geluid toegeschreven aan een of ander diertje wiens leefomgeving ze hadden verstoord. Een rat misschien. Of een verwilderde kat, die nieuwsgierig was naar de indringers.

Het leek Deborah dat ze bijna tot het aanbreken van de dag hadden gewacht, toen Le Gallez eindelijk één enkel woord fluisterde, ‘Komt’, wat ze totaal gemist zou hebben als ze de ledematen van de mannen in hun schuilplaats niet gelijktijdig had zien verstrakken.

Daarna hoorde ze het: het schuren van stenen op de muur, gevolgd door het kraken van een takje op de grond toen iemand in het duister de dolmen naderde. Geen lantaarn verlichtte een weg die blijkbaar bekend was aan de persoon die zich bij hen had gevoegd. Het duurde slechts even voor een gedaante – als een geest in het zwart gehuld – het pad op glipte dat de heuvel omcirkelde.

Bij de deur van de dolmen waagde de geest het erop een lantaarn te gebruiken en die op het cijferslot te richten. Vanuit haar plek tussen de braamstruiken kon Deborah echter niets anders zien dan de rand van een kleine lichtvlek, juist voldoende om het zwarte silhouet van een gebogen rug bij de deur die de toegang tot de heuvel vormde, zichtbaar te maken.

Ze wachtte tot de politie in actie zou komen. Niemand deed iets. Niemand, leek het, waagde het ook maar adem te halen terwijl de gedaante bij de dolmen het slot opende en zich vervolgens bukte om de prehistorische kamer binnen te gaan.

De deur bleef half openstaan achter de gedaante, en even later zag Deborah het zachte schijnsel flakkeren van wat ze wist dat een kaars was. Daarna werd het helderder, door een tweede kaarsvlam. Ze konden echter niet verder kijken dan de deuropening en het geluid van elke beweging daarbinnen werd gedempt door de dikke, stenen muren van de kamer, en door de aarde die deze muren al generaties lang bedekte.

Deborah kon maar niet begrijpen waarom de politie niets deed. Ze fluisterde tegen Simon: 'Wat...?'

Zijn hand sloot zich om haar arm. Ze kon zijn gezicht niet zien, maar ze had sterk het gevoel dat hij gespannen naar de deur van de dolmen keek. Er verstreken drie minuten, niet meer. Toen werden de kaarsen plotseling gedoofd. Hun schijnsel werd vervangen door de kleine lichtbundel van de lantaarn die de deur van de dolmen van binnen uit naderde, op het moment dat hoofdinspecteur Le Gallez fluisterde: 'Voorzichtig nu, Saumaurez. Wacht. Rustig. Rustig, man.'

Nadat de gedaante naar buiten was gekomen en zich oprichtte, zei Le Gallez: 'Nu.' Vlakbij in hun overvolle schuilplaats stond de aangesproken agent op en ontstak in dezelfde beweging een lantaarn die zo sterk was dat Deborah er even door verblind werd. Evenals China River, gevangen in de lichtbundel en in de val van Le Gallez.

'Blijf waar u bent, mevrouw River,' beval de hoofdinspecteur. 'Het schilderij ligt daar niet.'

'Nee,' fluisterde Deborah. Ze hoorde Simon mompelen: 'Het spijt me, liefste.' Maar het drong niet goed tot haar door, want daarna gebeurde alles te snel.
Bij de deur van de dolmen draaide China zich razendsnel om toen een tweede lantaarn, afkomstig van de muur achter hen, haar in zijn lichtbundel ving als de prooi van een jager. Ze zei niets, maar ze dook terug in de aardheuvel en schoof de deur achter zich dicht.
Deborah stond op zonder erbij na te denken. Ze riep 'China! en daarna in paniek tegen haar man en de politie: 'Het is niet wat het lijkt.'
Alsof ze niet had gesproken zei Simon in antwoord op iets wat Le Gallez hem had gevraagd: 'Alleen een veldbed, een paar kaarsen, een houten doos met condooms...' En ze wist dat alles wat ze haar man over de dolmen verteld had, door hem was doorgegeven aan de politie van Guernsey.
Op de een of andere manier leek dit Deborah – onlogisch, belachelijk, stom, maar ze kon er niets aan doen, ze kon er niets aan doen – zo mogelijk een nog groter verraad. Ze kon het niet verwerken; ze kon aan niets anders denken. Ze kon alleen hun schuilplaats uit stormen om naar haar vriendin te gaan.
Simon pakte haar vast voor ze twee meter bij hem vandaan was.
'Blijf van me af!' riep ze, en ze probeerde zich los te rukken. Ze hoorde Le Gallez zeggen 'Verdomme. Haal haar weg!' en ze riep: 'Ik zal haar voor jullie halen. Laat me gaan. Laat me gaan!'
Ze ontworstelde zich aan Simons greep, maar ze bleef bij hem. Zwaar hijgend stonden ze tegenover elkaar. Deborah zei: 'Ze kan nergens heen. Dat weet je. En dat weten zij ook. Ik ga haar halen. Je móét toelaten dat ik haar haal.'
'Die bevoegdheid heb ik niet.'
'Zeg het hun.'
Le Gallez zei tegen Simon: 'Weet u het zeker? Geen andere uitgang?'
Deborah zei: 'Wat maakt het uit als er wel een is? Hoe zou ze van het eiland af moeten komen? Ze weet dat jullie het vliegveld en de haven zullen waarschuwen. Moet ze misschien naar Frankrijk zwemmen? Ze zal naar buiten komen wanneer ik... Laat mij haar vertellen wie hier zijn...' Ze hoorde haar stem trillen en ze haatte het feit dat ze hier en nu niet alleen met de politie zou moeten vechten, niet alleen met Simon, maar ook met haar verwenste gevoelens, die haar geen moment zouden laten zijn wat híj was: koel, afstandelijk, in staat zijn denkwijze in een ogenblik aan te passen, als het erop aankwam. Wat nu gebeurde.

Haperend zei ze tegen Simon: 'Hoe wist je...?' Ze kon de vraag echter niet afmaken.

Hij zei: 'Ik wist het niet. Niet zeker. Alleen dat het een van beiden moest zijn.'

'Wat heb je me niet verteld? Nee. Het kan me niet schelen. Laat me naar haar toe gaan. Ik zal haar vertellen wat haar te wachten staat. Ik zal haar eruit halen.'

Simon bleef haar zwijgend aankijken en Deborah zag de uitdrukking van besluiteloosheid die op zijn intelligente, hoekige gezicht verscheen. Ze kon er echter ook de bezorgdheid op lezen, omdat hij zich afvroeg hoeveel schade hij haar vertrouwen in hem had toegebracht.

Over haar schouder zei hij tegen Le Gallez: 'Wilt u haar...'

'Verdomme, nee, dat wil ik niet. We hebben het hier over een moordenares. We hebben al een lijk. Een tweede kan ik niet gebruiken.' Daarna, tegen zijn mannen: 'Haal dat vervloekte wijf eruit.'

Wat voldoende was om Deborah aan te zetten de dolmen binnen te gaan. Ze holde terug door de struiken en ze was al bij de deur in de heuvel voor Le Gallez ook maar kon schreeuwen: 'Grijp haar!'

Toen ze er eenmaal was zat er voor hen niets anders op dan af te wachten wat er daarna ging gebeuren. Ze konden de dolmen bestormen en haar leven in gevaar brengen als China gewapend was, wat Deborah wist dat ze niet was, of ze konden wachten tot Deborah met haar vriendin naar buiten kwam. Wat daarna zou gebeuren – haar eigen arrestatie hoogstwaarschijnlijk – was iets wat haar op dit moment niet interesseerde.

Ze duwde de dikke, houten deur open en ging de eeuwenoude ruimte binnen.

Nadat de deur was dichtgevallen omhulde de duisternis haar, zwaar en stil, als in een graftombe. Het laatste geluid wat ze hoorde was een kreet van Le Gallez, afgebroken door de zware deur toen ze die achter zich sloot. Het laatste wat ze zag was de speerpunt licht die op hetzelfde moment uitdoofde.

'China,' zei ze in de stilte en ze luisterde. Ze probeerde zich voor de geest te halen wat ze van het inwendige van de dolmen gezien had toen ze er met Paul Fielder was geweest. De grote kamer lag recht voor haar. De kleinere kamer bevond zich aan haar rechterkant. Er zouden, besefte ze, meer kamers kunnen zijn, misschien aan de linkerkant, maar die had ze bij haar vorige bezoek niet gezien en ze kon zich niet herinneren of er ergens nog spleten waren die naar zo'n kamer konden leiden.

Ze verplaatste zich in de gedachtegang van haar vriendin, in de plaats van iedereen die in een dergelijke positie gevangenzat. Veiligheid, dacht ze. Het gevoel naar de moederschoot terug te keren. De binnenste kamer, die klein was, en veilig.

Ze tastte naar de muur. Het had geen zin te wachten tot haar ogen zich aanpasten, omdat er niets was waar haar ogen zich aan kónden aanpassen. Geen lichtstraal doorboorde de duisternis, geen geflakker, geen schijnsel.

Ze zei: 'China. De politie staat buiten. Ze zijn in het weiland. Drie agenten staan ongeveer tien meter bij de deur vandaan en een bij de muur, en ik weet niet hoeveel meer er nog tussen de bomen zijn. Ik ben niet met hen meegekomen. Ik wist het niet. Ik ben ze gevolgd. Simon...' Zelfs op dit laatste moment kon ze haar vriendin niet vertellen dat haar eigen man blijkbaar China's ontmaskering had teweeggebracht. Ze zei: 'Er is geen andere uitweg. Ik wil niet dat je iets overkomt. Ik weet niet waarom...' Haar stem kon die zin echter niet afmaken met de kalmte die ze nodig had, dus ze probeerde een andere benadering. 'Er is een verklaring voor alles. Dat weet ik. Er is een verklaring. Ja toch, China?'

Ze luisterde scherp terwijl ze tastend naar de spleet zocht die toegang gaf tot de kleine zijkamer. Ze hield zich voor dat ze niets te vrezen had, want dit was haar vriendin, de vrouw die haar door een moeilijke tijd heen geholpen had, de moeilijkste die ze ooit gekend had, een tijd van liefde en verlies, van besluiteloosheid, actie en de nasleep van die actie. Ze had haar in haar armen genomen en ze had beloofd: 'Debs, het gaat voorbij. Het gaat voorbij, geloof me.'

In het donker zei Deborah nog een keer China's naam. Ze liet erop volgen: 'Laat me samen met je naar buiten gaan. Ik wil je helpen. Ik wil je hierdoorheen slepen. Ik ben je vriendin.'

Nu was ze in de kleine kamer, haar jasje schuurde langs de stenen muur. Ze hoorde het ritselen van de stof, en China River hoorde het blijkbaar ook. Eindelijk zei ze iets.

'Vriendin,' zei ze. 'O, ja, Debs. Wat ben jij toch een goede vriendin.' Ze knipte de lantaarn aan die ze gebruikt had om het slot op de deur van de dolmen te kunnen zien. Het licht scheen recht in Deborahs gezicht. Het kwam van beneden, van het veldbed waar China op zat. Achter het felle schijnsel was haar gezicht zo bleek als een marmeren dodenmasker; het leek boven de lantaarn te zweven. 'Jij,' zei China, 'weet verdomme niet wat vriendschap is. Dat heb je ook nooit geweten. Dus klets niet tegen me over wat je kunt doen om me hieruit te helpen. Oké?'

'Ik heb de politie niet hiernaartoe gebracht. Ik wist niet...' Maar Deborah kon niet goed liegen, niet op dit cruciale moment. Want ze was immers eerder die dag in Smith Street geweest? Ze was teruggelopen en ze had geen winkel gezien waar de chocola te koop was waarvan China beweerde dat ze die voor haar broer had gekocht. Cherokee had zelf haar schoudertas opengemaakt om naar geld te zoeken en hij had er niets uit gehaald, zeker niet de chocoladerepen waar hij zogenaamd zo van hield. Deborah zei, meer tegen zichzelf dan tegen China: 'Was het dat reisbureau? Ben je daarnaartoe gegaan? Ja, dat moet het geweest zijn. Je maakte plannen waar je het eerst naartoe zou gaan wanneer je het eiland af was, omdat je wist dat ze je vrij zouden laten. Ze hadden hem, tenslotte. Dat moet je van het begin af aan gewild hebben, dat heb je zelfs uitgedacht. Maar waarom?'

'Dat zou je wel willen weten, hè?' China liet het licht van boven naar beneden over Deborahs lichaam glijden. Ze zei: 'In alle opzichten volmaakt. Goed in alles wat je je hebt voorgenomen. Altijd de oogappel van een of andere man. Ik kan me voorstellen dat je wilt begrijpen hoe het voelt om nergens voor te deugen en iemand te hebben die je dat o zo graag wil bewijzen.'

'Je kunt toch niet zeggen dat je hem vermoord hebt om... China, wat heb je gedaan? Waarom heb je het gedaan?'

'Om vijftig dollar,' zei ze vlak. 'Dat, en een surfplank. Denk je dat eens in, Deborah. Vijftig dollar en een oude surfplank.'

'Waar heb je het over?'

'Ik heb het over wat hij betaalde. Het prijskaartje. Hij dacht dat het maar voor één keer zou zijn. Dat dachten ze allebei. Maar ik was goed – veel beter dan hij verwachtte en veel beter dan ik verwachtte – dus hij kwam terug om meer. Het oorspronkelijke plan was alleen om een keertje te neuken en mijn broer verzekerde hem dat ik zou meewerken als hij me netjes behandelde en aardig voor me was, als hij deed alsof hij daar niet in geïnteresseerd was. Dus dat deed hij en dat deed ik. Alleen duurde het dertien jaar. Wat, als je erover nadenkt, een koopje was, omdat hij alleen maar vijftig dollar en een surfplank aan mijn broer hoefde te geven. Mijn eigen broer.' De lantaarn trilde, maar ze hield hem weer stil en dwong zich tot een lachje. 'Stel je voor. De een denkt dat het eeuwige liefde is en de ander komt af en toe voor het beste neukpartijtje dat hij ooit zal kunnen krijgen, terwijl er aldoor – aldóór, Deborah – een juriste is in LA en een galeriehoudster in New York en een vrouwelijke chirurg in Chicago en god mag weten wie nog meer in de rest van het land. Maar geen van hen – snap je dat goed, Deborah – kan met hem neuken zoals ik, en daarom blijft hij terugkomen om meer. En ik ben zo stom om te geloven dat we op den duur eindelijk bij elkaar zullen blijven omdat het zo goed is, mijn god, het is zo goed en dat moet hij toch inzien? En dat doet hij, dat doet hij ook, maar er zijn anderen en er zijn altijd anderen geweest en dat vertelt hij me eindelijk wanneer ik hem ernaar vraag nadat mijn verdomde broer heeft toegegeven dat hij me aan zijn beste vriend verkocht heeft voor vijftig dollar en een surfplank, toen ik zeventien was.'

Deborah bewoog zich niet en ze durfde nauwelijks adem te halen, want dat doen zou wel eens die ene, foute beweging kunnen zijn die haar vriendin ertoe zou aanzetten over de rand te springen waarop ze balanceerde. Ze zei het enige wat ze geloofde. 'Dat kan niet waar zijn.'

'Welk deel?' vroeg China. 'Dat over jou, of dat over mij? Want ik kan je wel vertellen dat het deel over mij een feit is. Dus je moet het deel over jou bedoelen. Jij denkt zeker dat je leven niet gewoon maar is doorgegaan, van dag een tot dag honderdduizend, verdomd nog aan toe, en dat alles niet volgens plan is verlopen.'

'Natuurlijk is dat niet zo. Zo was het niet. Zo is het niet. Niemands leven verloopt op die manier.'

'Papa die je aanbidt. Rijke vriend die bereid is alles voor je te doen. Gevolgd door even goed getrainde echtgenoot. Alles wat je je maar kon wensen. Nergens zorgen over. O, je maakte een beroerde tijd door toen je naar Santa Barbara kwam, maar het liep allemaal goed af en zo gaat het immers altijd met jou. Alles loopt altijd goed af.'

'China, het leven is voor niemand zo gemakkelijk. Dat weet je.'

Het leek alsof Deborah niets had gezegd. 'En dan verdwijn je gewoon in het niets. Zoals iedereen. Alsof ik er niet mijn hart en ziel in gestoken had om je vriendin te zijn toen je een vriendin nodig had. Uiteindelijk ben je net als Matt, nietwaar? Uiteindelijk ben je net als iedereen. Je neemt wat je wilt en je vergeet wat je iemand schuldig bent.'

'Wil je daarmee zeggen... Je kunt toch niet menen dat je dit alles gedaan hebt, wat je gedaan hebt... Dit kan toch niet om...'

'Jou? Vlei jezelf niet, Deborah. Het is tijd dat mijn broer het gelag betaalt.'

Deborah overwoog dit alles. Ze dacht terug aan wat Cherokee haar die allereerste avond, toen hij naar Londen was gekomen, had verteld. Ze zei: 'Je wilde niet met hem mee naar Guernsey, niet in het begin.'

'Niet voor ik begreep dat ik de reis kon gebruiken om hem te laten boeten,' gaf China toe. 'Ik wist niet precies wanneer en ik wist niet precies

hoe, maar ik wist dat er zich een gelegenheid zou voordoen. Ik dacht dat het drugs in zijn koffer konden zijn, wanneer we door de douane gingen. We hadden een tussenstop in Amsterdam, dus ik zou het spul daar kopen. Dat zou aardig geweest zijn. Niet waterdicht, maar toch een mogelijkheid. Of misschien een wapen. Of explosieven in zijn weekendtas. Wat dan ook. Het gaat erom dat het me niet kon schelen wat het was. Ik wist alleen dat ik het zou vinden als ik mijn ogen openhield. En toen we hier op Le Reposoir kwamen en hij me liet zien... nou, wat hij me liet zien...' Achter de lantaarn verscheen een spookachtig lachje. 'Toen wist ik het,' zei ze. 'Te goed om te laten lopen.'
'Heeft Cherokee je het schilderij laten zien?'
'Aha,' zei China. 'Dus jij bent het. Jij en Simon, de wonderman, wed ik. Verdomme, nee, Debs. Cherokee had er geen flauw idee van dat hij dat schilderij bij zich had. Ik evenmin. Niet voor Guy het me liet zien. Ga mee naar de studeerkamer voor een slaapmutsje, liefje. Dan zal ik je iets laten zien wat meer indruk op je zal maken dan al het andere wat ik je tot dusver heb laten zien of waar ik tot dusver over heb gepraat of wat ik tot dusver heb gedaan om je slipje uit te krijgen, want dat is wat ik wil en dat is wat jij wilt en dat kan ik zien wanneer ik naar je kijk. En zelfs al zou je het niet willen, dan kan het immers geen kwaad om het te proberen, want ik ben rijk en jij niet en rijke kerels hoeven niets anders te doen dan rijk zijn om van een vrouw te krijgen wat ze willen en dat weet jij, Debs, beter dan wie ook, nietwaar. Alleen ging het deze keer niet om vijftig dollar en een surfplank en werd mijn broer er niet voor betaald. Het leek tien vliegen in één klap, in plaats van twee. Dus ik neukte met hem, hier, toen hij me deze plek liet zien, want dat was wat hij wilde, daarom had hij me meegenomen, daarom noemde hij me zijn speciale vriendin – de klootzak – daarom stak hij de kaars aan en klopte hij op dit bed en zei: wat vind je van mijn schuilplaats? Fluister wat je denkt. Kom dicht bij me. Laat me je aanraken. Ik kan het je laten voelen en jij kunt het mij laten voelen en het licht schijnt zacht op onze huid en het werpt een gouden gloed op de plekken waar we aangeraakt willen worden. Zoals deze plek en die en... God, ik geloof dat jij eindelijk de ware zou kunnen zijn, schatje. Dus ik deed het met hem, Deborah, en geloof me, hij vond het lekker, zoals Matt het lekker vond, en hier heb ik het schilderij verstopt nadat ik het had weggenomen, de avond voor ik hem vermoordde.'
'O, god,' zei Deborah.
'God had er niets mee te maken. Toen niet. Nu niet. Nooit. Niet in mijn leven. Misschien in het jouwe, maar niet in dat van mij. En weet je, dat is

niet eerlijk. Het is nooit eerlijk geweest. Ik ben even goed als jij en even goed als iedereen en ik verdien beter dan wat ik heb gekregen.'

'Dus jij hebt het schilderij weggenomen. Weet je wat het is?'

'Ik lees kranten,' zei China. 'Die zijn in Zuid-California niet veel zaaks en in Santa Barbara nog minder. Maar het belangrijke nieuws...? Ja, dat drukken ze af.'

'Maar wat was je van plan ermee te doen?'

'Dat wist ik niet. Het was eigenlijk een inval. Geen stuk van de taart. Alleen het glazuur. Ik wist waar het lag in de studeerkamer. Hij maakte er niet veel werk van om het te verstoppen. Dus ik nam het weg. Ik bracht het naar Guys speciale plek. Ik zou het later ophalen. Ik wist dat het daar veilig was.'

'Maar iedereen had hier toevallig kunnen komen en het kunnen vinden,' zei Deborah. 'Wanneer iemand de dolmen binnenkwam, wat alleen een kwestie was van het slot doorknippen als hij de combinatie niet kende. Hij, of zij, zou binnenkomen met een lantaarn, zou het zien, zou...'

'Hoe?'

'Omdat het duidelijk zichtbaar was als je naar de achterkant van het altaar ging. Je kon het niet over het hoofd zien.'

'Heb jij het daar gevonden?'

'Ik niet... Paul... Guy Brouards vriendje... De jongen...'

'Ah,' zei China. 'Dus hij is het die ik moet bedanken.'

'Waarvoor?'

'Omdat hij dit ervoor in de plaats heeft gelegd.' China stak haar hand die niet de lantaarn vasthield, uit, zodat het licht erop viel. Deborah zag dat de hand gekromd was om een voorwerp dat op een kleine ananas leek. Ze vroeg zich af wat het was, en tegelijkertijd maakten haar gedachten een sprong om te verwerken wat haar ogen zagen.

Buiten zei Le Gallez tegen St James: 'Ik geef haar nog twee minuten. Meer niet.'

St James probeerde nog steeds het feit te verwerken dat het China River was en niet haar broer, die bij de dolmen was verschenen. Hoewel hij tegen Deborah had gezegd dat hij had geweten dat het een van beide Rivers moest zijn – want dat was de enige logische verklaring voor alles wat er gebeurd was, van de ring op het strand tot de fles in de akker – was hij van het begin af aan tot de conclusie gekomen dat het de broer moest zijn. Hoewel hij niet de morele kracht had kunnen opbrengen om die conclusie uit te spreken, zelfs niet tegenover zichzelf. Het was niet zozeer dat moord een misdrijf was dat hij meer aan mannen toeschreef dan aan vrouwen. Het was omdat hij op een atavistische manier, waar hij niet aan wilde toegeven, Cherokee River uit de weg wilde hebben. Dat had hij al gewild vanaf het moment dat de Amerikaan in Londen bij hen op de stoep had gestaan, gezond en innemend, en zijn vrouw Debs had genoemd.

Daarom was hij niet snel met zijn antwoord aan Le Gallez. Hij werd te zeer in beslag genomen door in gedachten zijn onvolkomenheid en zijn verachtelijke, persoonlijke zwakheid te ontwijken.

'Saumaurez,' zei Le Gallez naast hem. 'Maak je gereed om in actie te komen. De rest van jullie...'

'Ze zal met haar naar buiten komen,' zei St James. 'Het zijn vriendinnen. Ze zal naar Deborah luisteren. En die zal haar naar buiten brengen. Er is geen alternatief.'

'Dat risico wil ik niet nemen,' zei Le Gallez.

De handgranaat zag er oud uit. Zelfs van de andere kant van de rotskamer kon Deborah zien dat het projectiel met zand bedekt was en roestig verkleurd. Het moest een overblijfsel zijn uit de Tweede Wereldoorlog en daarom kon ze niet geloven dat het echt gevaarlijk was. Hoe kon iets wat zo oud was, ontploffen?

China leek haar gedachten te lezen want ze zei: 'Maar je weet het niet zeker, hè? Ik ook niet. Vertel me hoe ze erachter zijn gekomen, Debs.'

'Waarachter?'

'Mij. Dit. Hier. En met jou. Als ze het niet geweten hadden, zou jij hier niet zijn geweest. Het slaat nergens op.'

'Ik weet het niet. Ik zei het toch al. Ik ben Simon gevolgd. We zaten te eten en toen kwam de politie. Simon zei tegen me...'

'Lieg niet. Ze moeten de fles van de papaverolie gevonden hebben, anders zouden ze Cherokee niet hebben gearresteerd. Ze dachten dat hij het overige bewijsmateriaal opzettelijk kon hebben neergelegd om het erop te laten lijken dat ik het was, want waarom zou ik het risico nemen om bewijzen tegen mezelf achter te laten, alleen omdat ik geloofde dat ze die fles zouden vinden? Dus ze vonden hem. Maar wat gebeurde er daarna?'

'Ik weet niets van een fles,' zei Deborah. 'Ik weet niets van papaverolie.'

'O, kom nu toch. Je weet het wel. Papa's kleine meisje? Simon zal zoiets belangrijks niet voor je hebben verzwegen. Dus vertel het maar, Debs.'

'Dat heb ik gedaan. Ik weet niet wat ze weten. Simon heeft me niets verteld. Dat wilde hij niet.'

'Vertrouwde hij je dan niet?'
'Blijkbaar niet.' Dat ze het moest toegeven trof Deborah hard, als de onverwachte klap van een ouderlijke hand. Een fles met papaverolie. Hij vertrouwde haar niet. Ze zei: 'We moeten gaan. Ze wachten. Ze komen binnen als we niet...'
'Ik doe het niet,' zei China.
'Wat niet?'
'Ik ga niet naar de gevangenis. Ik wil geen proces, of wat ze hier doen. Ik ga weg.'
'Dat kun je niet... China, je kunt nergens heen. Het bestaat niet dat je van het eiland weg kunt komen. Ze hebben waarschijnlijk al een waarschuwing... Dat kun je niet.'
'Je begrijpt me verkeerd,' zei China. 'Weg betekent niet van het eiland af. Weg is weg. Jij en ik. Vriendinnen, bij wijze van spreken, tot het laatst.'
Voorzichtig legde ze de lantaarn naast zich neer, waarna ze de pen uit de oude granaat begon te wrikken. Ze mompelde: 'Ik weet niet meer hoe lang het duurt voordat zo'n ding ontploft. Jij wel?'
Deborah zei: 'China! Nee! Hij zal niet ontploffen. Maar als dat wel gebeurt...'
'Daar hoop ik op,' zei China.
Deborah zag tot haar afgrijzen dat China erin slaagde de pen los te wrikken. Oud en verroest en de afgelopen zestig jaar blootgesteld aan god mocht weten welke elementen, had de pen op zijn plaats moeten blijven, maar hij raakte los. Zoals de onontplofte bommen die van tijd tot tijd in het zuidelijk deel van Londen werden aangetroffen, lag de handgranaat als een souvenir in China's hand, terwijl Deborah vruchteloos probeerde zich te herinneren hoeveel tijd ze hadden – hoe veel tijd zíj had – om niet naar de vergetelheid te worden geblazen.
China fluisterde: 'Vijf, vier, drie, twee...'
Deborah wierp zich achteruit, zinloos, gedachteloos liet ze zich in de duisternis vallen. Eén ogenblik, dat zich tot in eeuwigheid leek uit te strekken, gebeurde er niets. Toen liet een explosie de dolmen op zijn grondvesten schudden met het gebulder van een armageddon.
Daarna was er niets.

De deur vloog eraf en schoot als een projectiel de dichte begroeiing in, vergezeld van een windvlaag, smerig als een sirocco uit de hel. Even bleef de tijd stilstaan. In die onderbreking verdween elk geluid, opgezogen door de schrik van het besef.

Daarna, na een uur, een minuut, een seconde, concentreerde elke reactie in het universum zich op het speldenknopje dat deze plek op het eiland Guernsey was. Geluid en beweging omhulden St James als de vloed van een doorgebroken dam die water en modder prijsgeeft, evenals bladeren en takken en ontwortelde bomen en de verpletterde lichamen van dieren die op zijn pad komen. Hij werd zich bewust van geduw en getrek dat plaatsvond in zijn beschermde schuilplaats van weggehakte struiken. Hij voelde lichamen langs zich bewegen en hij hoorde iemand vloeken en een ander schor schreeuwen, alsof het geluid van een verre planeet afkomstig was. Verder weg leek iemands gekrijs hoog boven hen te zweven terwijl rondom hen, in een poging door de stofwolk te dringen, lichtstralen bewogen als ledematen van opgehangen mannen.

Door dit alles heen staarde hij naar de dolmen, wetend wat de weggeblazen deur, het lawaai, de luchtdruk en de nasleep betekenden: manifestaties van iets wat niemand voor mogelijk had gehouden. Nadat hij dit had geaccepteerd strompelde hij naar voren. Hij ging recht op de deuropening af zonder te weten dat hij dwars door de braamstruiken drong en erin vastraakte. Hij rukte aan de takken en de doornen die hem tegenhielden en als ze zijn vlees al doorboorden, merkte hij het niet. Hij was zich slechts bewust van de deur, het inwendige van die heuvel, en de onuitsprekelijke angst voor wat hij niet wilde noemen maar niettemin begreep, omdat niemand hem hoefde te vertellen wat er zojuist was gebeurd met zijn vrouw en een moordenares die samen in de val zaten.

Iemand pakte hem vast en hij hoorde geschreeuw. Deze keer verstond hij de woorden, niet alleen het rumoer. 'Jezus. Hier. Deze kant uit, man. Saumaurez, in godsnaam, hou hem tegen. Saumaurez, geef ons verdomme wat licht hier. Hawthorne, er zullen mensen uit het huis komen. Hou ze in jezusnaam tegen!'

Er werd aan hem getrokken en gerukt en daarna werd hij naar voren geduwd. Toen raakte hij los uit de verwilderde begroeiing waar het weiland mee vol stond en strompelde hij achter Le Gallez aan, richting dolmen.

Want die stond er nog steeds, zoals hij er al honderdduizend jaar had gestaan: graniet, gehouwen uit het materiaal waaruit dit eiland bestond, gevormd tot nog meer graniet, erdoor ommuurd, vloeren van graniet, een dak van graniet. Daarna verborgen in de aarde zelf, die de mensen zou tegenhouden die telkens weer zouden proberen de dolmen te vernietigen.

Maar ze zouden er niet in slagen. Zelfs nu niet.

Le Gallez deelde bevelen uit. Hij had zijn lantaarn gepakt en scheen ermee op het inwendige van de dolmen; de straal verlichtte het stof dat naar buiten en omhoog zweefde als bevrijde zielen op de dag des oordeels. Over zijn schouder sprak hij tegen een van zijn mannen die hem iets vroeg, en het was deze vraag – hoe die dan ook luidde, omdat St James zich op niets anders kon concentreren dan wat er voor hem lag, in die heuvel – die de hoofdinspecteur in de deuropening liet stilstaan om antwoord te geven. Die pauze bood St James de toegang die hij anders misschien niet zou hebben gekregen, en die nam hij. Hij nam die terwijl hij bad, het met God op een akkoordje gooide: als ze het overleeft, zal ik alles doen, alles zijn, alles proberen wat U wilt, alles accepteren. Maar alstublieft niet dit, God, niet dit.

Hij had geen lantaarn maar dat deed er niet toe; hij had geen licht nodig, want hij had zijn handen. Op de tast ging hij naar binnen, met zijn vlakke handen sloeg hij tegen het ruwe oppervlak van de stenen, hij stootte zijn knieën, in de haast knalde hij met zijn hoofd tegen een lage richel. Het duizelde hem. Hij voelde de warmte van zijn bloed dat uit de wond op zijn voorhoofd drupte. Hij bleef onderhandelen. Ik wil alles zijn, alles doen, alles accepteren wat U van me wilt zonder vragen te stellen, alleen voor anderen leven, alleen voor haar leven, trouw en loyaal zijn, beter luisteren, proberen te begrijpen, want dat is waar ik in de fout ga, waar ik altijd in de fout ben gegaan en U weet dat immers en daarom hebt U haar van me weggenomen, of niet? Of niet?

Hij zou gekropen hebben, maar hij kon het niet, gevangen in de beugel die hem overeind hield. Maar hij moest kruipen, moest knielen om te kunnen smeken in de duisternis en het stof waarin hij haar niet kon vinden. Daarom rukte hij aan zijn broekspijp en probeerde het gehate plastic te bereiken en het metaal, maar hij kon het niet bereiken, dus hij vloekte even hard als hij bad en smeekte. Dat deed hij nog steeds toen de lichtbundel van Le Gallez op hem viel.

'Jezus, man, jezus,' zei de hoofdinspecteur, en daarna schreeuwde hij naar achteren: 'Saumaurez, we hebben meer licht nodig.'

St James had het niet nodig, want hij zag eerst de kleur, koper. Daarna de massa en de weelde ervan – wat had hij van die krullen gehouden.

Deborah lag met haar armen en benen uitgespreid net voor de iets verhoogde steen die ze hem had beschreven als een altaar, op de plaats waar Paul Fielder haar verteld had dat hij het schilderij had gevonden van de knappe vrouw met het boek en de ganzenveer.

St James wankelde naar haar toe. Vaag was hij zich bewust van meer

beweging om hem heen en van meer licht dat binnenviel. Hij hoorde stemmen en het geluid van over steen schrapende voeten. Hij rook het stof en de scherpe stank van ontplofte springstof. Hij proefde het zout en het koper van zijn bloed en het eerste wat hij voelde was de koude, harde, ruwe steen van het altaar toen hij dat bereikte, en daarna het zachte, warme vlees dat het lichaam van zijn vrouw was.
Het enige wat hij zag was Deborah, toen hij haar omdraaide. Het bloed op haar gezicht en in haar haren, haar gescheurde kleding, haar gesloten oogleden.
Met een wilde beweging trok hij haar in zijn armen. Woest drukte hij haar gezicht tegen zijn hals. Hij was niet meer in staat te bidden of te vloeken; het middelpunt van zijn leven – wat hem tot mens maakte, hemzelf – van hem weggerukt in een moment dat hij niet had voorzien, niet had kunnen voorzien. Zonder een ogenblik om zich erop voor te bereiden.
Hij zei haar naam. Hij sloot zijn ogen omdat hij niets meer wilde zien, en hij hoorde niets.
Hij kon echter nog steeds voelen, niet alleen het lichaam dat hij vasthield terwijl hij zwoer dat hij het niet zou loslaten, nooit zou loslaten, maar na een ogenblik ook een zweem van een ademhaling. Licht, snel, en tegen zijn hals. Gelukkig, lieve God. Tegen zijn hals.
'Mijn god,' zei St James. 'Mijn god. Deborah.'
Hij liet zijn vrouw op de vloer glijden en riep schor om hulp.

Haar bewustzijn keerde terug in twee vormen. Eerst was er het geluid: een hoge trilling die ongewijzigd bleef in niveau, toon en intensiteit. Het vulde haar gehoorgang, kloppend tegen het dunne, beschermende membraan in het inwendige ervan. Daarna leek het langs het trommelvlies te sijpelen om in haar schedel door te dringen, en daar bleef het. Er bleef geen ruimte over voor gewone geluiden, afkomstig uit de wereld zoals zij die kende.
Na het geluid kwam het zien: alleen licht en donker, schaduwen voor een gordijn dat de zon leek te bevatten. De gloed was zo intens, dat ze er maar enkele seconden achter elkaar naar kon kijken, daarna moest ze haar ogen weer sluiten, waardoor het geluid in haar hoofd luider leek te worden.
De trilling bleef voortduren. Of ze haar ogen open of dicht had, of ze wakker was of in bewusteloosheid terugzakte, het geluid was er. Misschien was dit wat kinderen het eerst hoorden wanneer ze uit de baar-

moeder kwamen, dacht ze. Het was iets om je aan vast te klampen, dus dat deed ze; ze zwom omhoog, ernaartoe, zoals iemand naar het ver boven hem liggende oppervlak van een meer zou zwemmen, met zijn grote, rollende golven maar altijd sprankelend met de belofte van zon en lucht.

Toen haar ogen het licht langer dan een paar seconden konden verdragen, zag Deborah dat dit kwam omdat de lange dag ten slotte was overgegaan in de nacht. De plaats waar ze zich bevond was van een toneel dat helder verlicht was voor een wachtend publiek, overgegaan in het schemerige interieur van een kamer, waar een dunne, fluorescerende bundel boven haar bed een lichtend schild wierp op haar lichaam, aangeduid door de heuvels en dalen onder de dunne deken die haar bedekte. Naast het bed zat haar man. Hij had zijn stoel vlak naast haar gezet, zodat zijn hoofd kon rusten op de matras waarop ze lag. Zijn hoofd lag op zijn armen en zijn gezicht was van haar afgewend. Maar ze wist dat het Simon was omdat ze deze ene man overal ter wereld zou herkennen wanneer ze hem tegenkwam. Ze zou zijn vorm en afmetingen herkennen, de manier waarop zijn haar in zijn nek krulde, de manier waarop zijn schouderbladen gladde, sterke vlakken werden wanneer hij zijn armen optilde om zijn hoofd erop te laten rusten.

Wat haar opviel was dat zijn overhemd vuil was. Er zaten koperkleurige vlekken op zijn boord, alsof hij zich flink gesneden had bij het scheren en het bloed snel had weggeveegd met zijn overhemd. Vuile strepen liepen over de ene mouw die ze kon zien en meer op druppels lijkende koperen vegen zaten op de manchetten. Meer kon ze niet van hem zien en ze had niet de kracht om hem wakker te maken. Het enige wat ze kon doen, was, haar vingers een paar centimeter dichter naar hem toe schuiven. Maar dat was genoeg.

Simon hief zijn hoofd op. Het was of ze een wonder zag. Hij zei iets, maar ze kon hem niet verstaan boven het geluid in haar schedel uit, dus ze schudde haar hoofd, probeerde iets te zeggen en kwam tot de ontdekking dat ze dat ook niet kon, omdat haar keel zo droog was en haar lippen en haar tong aan haar tanden leken te plakken.

Simon stak zijn hand uit naar het nachtkastje. Hij tilde haar hoofd een beetje op en bracht een plastic glas naar haar lippen. Er zat een gebogen rietje in het glas en Simon schoof het voorzichtig in haar mond. Dankbaar zoog ze het water op; het was lauw, maar dat gaf niet. Terwijl ze dronk voelde ze dat hij dichter naar haar toe schoof. Ze voelde hem beven, en ze dacht dat het water nu wel over de rand van het glas zou lopen. Ze probeerde zijn hand stil te houden, maar hij hield haar tegen. Hij bracht haar hand naar zijn wang en haar vingers naar zijn mond. Daarna boog hij zich over haar heen en drukte zijn wang op haar kruin.

Deborah had het overleefd, was hem verteld, omdat ze óf niet in de binnenste kamer was geweest waar de explosie had plaatsgevonden, óf erin geslaagd was enkele seconden voor de handgranaat ontplofte terug te gaan naar de grotere kamer. Het moest een handgranaat geweest zijn, meldde de politie. Er was meer dan voldoende bewijs om dat te bevestigen.

Wat de andere vrouw betrof... Je kon niet opzettelijk de pen uit een in de hand gehouden projectiel vol TNT trekken en in leven blijven om het na te vertellen. En het was met opzet tot ontploffing gebracht, nam de politie aan. Er was geen andere redelijke verklaring voor de explosie.

'Gelukkig dat het in de heuvel gebeurde,' was St James verteld, eerst door de politie en daarna door twee van de artsen die zijn vrouw hadden onderzocht in het Princess Elizabethziekenhuis. 'Een dergelijke explosie op een andere plaats zou alles boven hen hebben laten instorten. Ze zou verpletterd zijn... of naar Timboektoe geblazen. Ze heeft geluk gehad. Iedereen heeft geluk gehad. Een modern projectiel zou de heuvel en het omringende terrein hebben verwoest. Maar hoe heeft die vrouw verdomme een handgranaat te pakken gekregen? Dat is de vraag waar het om draait.'

Slechts een van de vragen waar het om draait, dacht St James. De andere begonnen allemaal met 'waarom'. Dat China River naar de dolmen was teruggegaan om het schilderij te halen dat ze er had verborgen, daar bestond geen twijfel over. Dat ze op de een of andere manier te weten was gekomen dat het schilderij verstopt was tussen de bouwtekeningen om het naar Guernsey te brengen, was eveneens duidelijk. Dat ze de moord gepland en uitgevoerd had, gebaseerd op wat ze over Guy Brouards gewoonten gehoord had, waren twee feiten die ze hadden kunnen distilleren uit de gesprekken die ze met de hoofdpersonen die bij de zaak betrokken waren, hadden gevoerd. Maar het waarom van dit alles bleef aanvankelijk een mysterie. Waarom een schilderij stelen waarvan ze niet mocht hopen het op de open markt te kunnen verkopen, maar slechts aan een privé-verzamelaar voor veel minder dan het waard was... en dat alleen als ze een verzamelaar kon vinden die bereid was zich niet aan de wet te houden? Waarom opzettelijk bewijsmateriaal tegen haarzelf achterlaten met de geringe kans dat de politie een fles zou vinden met de vingerafdrukken van haar broer erop, een fles die resten bevatte van het

opiaat dat het slachtoffer had verdoofd? En waarom dat bewijsmateriaal achterlaten om haar eigen broer verdacht te maken? Dat was nog het vreemdst van alles.
Dan was er het hoe. Hoe had ze het feeënwiel in handen gekregen dat ze gebruikt had om er Brouard mee te verstikken? Had hij het haar laten zien? Had ze geweten dat hij het bij zich droeg? Was ze van plan geweest het te gebruiken? Of was dat slechts een moment van inspiratie geweest waarin ze besloot de zaak te vertroebelen door in plaats van de ring die ze had meegenomen naar de baai, iets te gebruiken wat ze die ochtend in een zak van zijn op het strand achtergelaten kleren had gevonden?
St James hoopte dat zijn vrouw mettertijd op sommige van deze vragen een antwoord had. Andere, wist hij, zouden voorgoed onbeantwoord blijven.
Deborah zou haar gehoor terugkrijgen, was hem gezegd. Het kon al dan niet permanent beschadigd zijn doordat ze zo dicht bij de explosie was geweest, maar dat zouden ze later vaststellen. Ze had een zware hersenschudding, en het zou een aantal maanden duren voor ze daarvan geheel hersteld was. Ongetwijfeld zou ze last hebben van geheugenverlies wat de gebeurtenissen betrof die onmiddellijk waren voorafgegaan aan het tot ontploffing brengen van de handgranaat. Maar hij moest niet bij haar aandringen. Ze zou zich herinneren wat ze kon wanneer ze dat kon, als het ooit gebeurde.
Hij belde om het uur met haar vader om verslag uit te brengen. Toen alle gevaar geweken was praatte hij met Deborah over wat er gebeurd was. Hij sprak dicht bij haar oor, met zachte stem, en zijn hand op de hare. Het verband was van de wonden in haar gezicht af, maar de hechtingen in een snee op haar kaak moesten nog verwijderd worden. Haar blauwe plekken waren beangstigend om te zien, maar ze was rusteloos. Ze wilde naar huis. Naar huis, naar haar vader, naar haar fotografie, naar hun hond en hun kat, naar Cheyne Row, naar Londen en naar alles wat haar het meest vertrouwd was.
'China is dood, hè?' had ze gezegd met een stem die nog onzeker was van zijn eigen kracht. 'Zeg het me. Ik denk dat ik je kan verstaan als je heel dichtbij komt.'
Daar wilde hij trouwens toch zijn. Dus hij maakte het zich gemakkelijk, naast haar op het ziekenhuisbed, en hij vertelde haar wat er gebeurd was, voorzover hij het wist. Hij vertelde haar tevens alles wat hij voor haar had verzwegen. En hij gaf toe dat hij die informatie deels had achtergehouden om haar te straffen omdat ze op eigen houtje in de weer was gegaan

met de ring met het doodshoofd en de gekruiste beenderen, en deels vanwege de uitbrander die hij vanwege die ring van Le Gallez had gekregen. Hij vertelde haar dat hij, nadat hij met Guy Brouards Amerikaanse advocaat had gesproken en had gehoord dat degene die de bouwtekeningen naar diens kantoor had gebracht niet Cherokee River was geweest maar een zwarte man met rastahaar, erin geslaagd was Le Gallez over te halen een val te zetten om de moordenaar te pakken te krijgen. Het moet een van hen zijn, dus laat hen alle twee vrij, had hij de hoofdinspecteur voorgesteld. Laat hen vrij, op voorwaarde dat ze de volgende ochtend met het eerste het beste vliegtuig het eiland verlaten. Als deze moord gepleegd is om het schilderij dat in de dolmen is gevonden, zal de moordenaar het voor het aanbreken van de dag moeten ophalen... als de moordenaar een van de Rivers is.

'Ik dacht dat het Cherokee was,' zei St James in het oor van zijn vrouw. Hij aarzelde alvorens de rest toe te geven. 'Ik wilde dat het Cherokee zou zijn.'

Deborah draaide haar hoofd om zodat ze hem kon aankijken. Hij wist niet of ze hem kon verstaan wanneer hij zijn mond niet bij haar oor hield en hij wist niet of ze kon liplezen, maar hij praatte toch door terwijl haar ogen op hem gevestigd waren. Dat was hij haar verschuldigd: die volledige, intieme bekentenis.

'Ik heb mezelf telkens en telkens weer afgevraagd of het ooit níét daarop aan zou komen,' zei hij.

Ze hoorde hem, of ze las het van zijn lippen. Het deed er niet toe. Ze zei: 'Waarop?'

'Mezelf tegen de anderen. Zoals ik ben. Zoals zij zijn. Wat jij gekozen hebt, in tegenstelling tot wat je met iemand anders gehad kon hebben.'

Haar ogen verwijdden zich. 'Cherokee?'

'Wie dan ook. Daar staat hij, op onze stoep, een man die ik niet eens ken en van wie ik me eerlijk niet kan herinneren dat je ooit over hem gesproken hebt sinds je uit Amerika terug bent, en hij is een vertrouwde voor je. Hij gaat vertrouwd met je om. Hij is onmiskenbaar een deel van die tijd. En dat ben ik niet, zie je. Ik zal het ook nooit zijn. Dus dat speelt door mijn hoofd, en dan is er de rest: deze patente, goedgebouwde kerel komt mijn vrouw halen om haar mee te nemen naar Guernsey. Want daar zal het op uitdraaien en ik begrijp het, ondanks dat hij zegt dat hij van plan is naar de Amerikaanse ambassade te gaan. En ik weet dat er van alles uit kan voortkomen. Maar dat is het laatste wat ik wil toegeven.'

Ze zocht zijn gezicht af. 'Hoe heb je ooit kunnen denken dat ik je in de

steek zou laten, Simon? Voor wie dan ook? Dat is niet wat iemand liefhebben betekent.'
'Het ligt niet aan jou,' zei hij. 'Het ligt aan mij. Jouw persoonlijkheid... Je bent nooit ergens voor weggelopen en dat zul je niet doen omdat je dan niet zou kunnen blijven wie je bent. Maar ik zie de wereld door de ogen van iemand die wel is weggelopen, Deborah. Meer dan eens. Vaker dan alleen van jou. Dus voor mij is de wereld een plek waar mensen elkaar voortdurend kapotmaken. Uit egoïsme, hebzucht, schuldgevoelens, domheid. Of, in mijn geval, uit angst. Pure angst, die je het zweet in je handen bezorgt. Die komt terug om me te achtervolgen wanneer iemand als Cherokee River bij me op de stoep staat. De angst houdt me in zijn greep en alles wat ik doe wordt gekleurd door al het andere waarvoor ik bang ben. Ik wilde dat hij de moordenaar was omdat ik alleen dan zeker van jou zou zijn.'
'Geloof je echt dat het zo belangrijk is, Simon?'
'Wat?'
'Dat weet je wel.'
Hij boog zijn hoofd om naar zijn hand te kijken die op de hare lag zodat ze, áls ze de woorden van zijn lippen kon lezen, misschien niet alles zou lezen. Hij zei: 'Ik kon niet eens gemakkelijk bij je komen, lieverd. In de dolmen. Zoals ik ben. Dus, ja. Ik geloof dat het heel belangrijk is.'
'Maar alleen als je het gevoel hebt dat ik beschermd moet worden. En dat hoeft niet. Simon, het is al zo lang geleden dat ik zeven jaar oud was. Wat je toen voor me hebt gedaan... dat heb ik nu niet nodig. Ik wil het niet eens meer. Ik wil alleen jou.'
Hij hoorde het aan en probeerde ermee vertrouwd te raken. Hij was een beschadigd artikel geweest sinds ze veertien was, lang na de dag waarop hij met het groepje schooljongens dat haar treiterde, had gevochten. Hij wist dat hij en Deborah op een punt waren gekomen waarop hij vertrouwen zou moeten hebben in de kracht die ze samen bezaten, als een eenheid, man-en-vrouw. Hij wist alleen niet zeker of hij het kon.
Dit moment betekende voor hem het overschrijden van een grens. Hij kon de grens zien, maar hij kon niet onderscheiden wat er aan de andere kant lag. Er was een massa geloof voor nodig om een pionier te zijn. Hij wist niet waar een dergelijk geloof vandaan kwam.
'Ik zal langzaam moeten doordringen in je volwassenheid, Deborah,' zei hij ten slotte. 'Dat is het beste wat ik op het moment kan doen en zelfs dan zal ik waarschijnlijk voortdurend fouten maken. Kun je dat geduld opbrengen? Wíl je dat opbrengen?'

Ze draaide haar hand onder de zijne om en ze omklemde zijn vingers. 'Het is een begin,' antwoordde ze. 'En ik ben tevreden met een begin.'

31

Op de derde dag na de explosie ging St James naar Le Reposoir en trof daar Ruth Brouard met haar neef. Ze liepen langs de stallen, terugkerend van het afgelegen weiland waar ze naartoe waren gegaan omdat Ruth erop had gestaan de dolmen te zien. Ze had geweten dat de heuvel er was, natuurlijk, maar ze had die slechts gekend als 'de oude grafheuvel'. Dat haar broer die had uitgegraven, dat hij de ingang had gevonden, dat hij de heuvel had ingericht en gebruikt als schuilplaats... Die dingen had ze niet geweten. Adrian evenmin, ontdekte St James.

Ze hadden in het holst van de nacht de explosie gehoord, maar hadden niet geweten waar die plaatsvond of wat die had veroorzaakt. Ze waren erdoor wakker geworden, hun kamer uit gerend en elkaar tegengekomen op de overloop. Ruth bekende St James – met een verlegen lachje – dat ze in de eerste verwarring had gedacht dat Adrians terugkeer naar Le Reposoir rechtstreeks in verband stond met het verschrikkelijke lawaai. Intuïtief had ze geweten dat iemand ergens een bom tot ontploffing had gebracht, en ze had dit gecombineerd met Adrians bezorgde wens dat ze haar avondmaaltijd zou eten, waarin ze hem eerder die avond in de keuken had zien roeren. Ze had gedacht dat hij had gewild dat ze diep in slaap zou raken en dat hij iets in het eten had gedaan om haar daarbij te helpen. Dus toen de weerkaatsing van de ontploffing haar slaapkamerramen liet rammelen en tegen het huis beukte, had ze niet verwacht haar neef in zijn pyjama op de overloop te zien stommelen, waarbij hij iets riep over een vliegtuigongeluk, een gaslek, Arabische terroristen en de IRA.

Ze had gedacht dat hij het landgoed schade had willen toebrengen, gaf ze toe. Als hij het niet kon erven, dan zou hij het vernietigen. Maar ze was van gedachten veranderd toen hij de leiding nam bij de gebeurtenissen die erop volgden: de politie, de ambulances, de brandweer. Ze had niet geweten wat ze zonder hem had moeten beginnen.

'Ik zou het allemaal aan Kevin Duffy hebben overgelaten,' zei Ruth Brouard. 'Maar Adrian zei nee. Hij zei: "Hij is geen familie. We weten niet wat er aan de hand is en tot we het weten zullen we alles wat afgehandeld moet worden, zelf afhandelen." Dus dat hebben we gedaan.'

'Waarom heeft ze mijn vader vermoord?' vroeg Adrian Brouard aan St James.
Dat bracht hen op het schilderij, want uit wat St James had kunnen vaststellen, was dat China Rivers oogmerk geweest. Maar hier bij de stallen was het niet de plaats om een gesprek te voeren over een gestolen zeventiende-eeuws kunstwerk, dus hij vroeg of ze naar binnen konden gaan, of ze hun gesprek konden voeren in de nabijheid van de knappe vrouw met het boek en de ganzenveer. Er moesten dingen beslist worden over dat schilderij.
Het doek bevond zich in de galerij, een ruimte die over bijna de volle lengte van de oostelijke vleugel van het huis liep. De galerij was betimmerd met notenhout, waaraan Guy Brouards verzameling moderne olieverfschilderijen hing. De knappe vrouw leek te midden daarvan niet op haar plaats, zoals ze zonder lijst op een tafel lag, naast een glazen vitrine met miniaturen.
'Wat is dit?' zei Adrian, naar de tafel lopend. Hij knipte een lamp aan en het schijnsel viel op de sluier van haar die uitbundig over St Barbara's schouders viel. 'Niet direct een stuk dat pa zou verzamelen.'
'Het is de vrouw met wie we de maaltijd gebruikten,' antwoordde Ruth. 'Ze heeft altijd in de eetkamer in Parijs gehangen, toen we kinderen waren.'
Adrian keek haar aan. 'Parijs?' Zijn stem klonk somber. 'Maar na Parijs... Waar is het nu dan vandaan gekomen?'
'Je vader heeft het gevonden. Ik denk dat hij me ermee wilde verrassen.'
'Gevonden? Waar? Hoe?'
'Ik denk niet dat ik het ooit zal weten. Meneer St James en ik... We dachten dat hij iemand had ingehuurd om het op te sporen. Na de oorlog is het zoekgeraakt, maar hij heeft het nooit vergeten. Evenmin als hij de anderen vergat, de familie. We hadden alleen nog die ene foto – Die met Seder genomen is? Die in je vaders studeerkamer? – en dit schilderij stond ook op die foto. Daarom kon hij het niet vergeten, veronderstel ik. En als hij hen niet bij ons terug kon brengen, wat natuurlijk onmogelijk was, was het minste wat hij kon doen, ons schilderij zoeken. En dat heeft hij gedaan. Paul Fielder had het. Hij gaf het me. Ik denk dat Guy tegen hem gezegd heeft dat hij het moest doen als... Nou, als er iets met hem gebeurde voor het met mij gebeurde.'
Adrian Brouard was niet traag van begrip. Hij keek naar St James. 'Heeft dit te maken met zijn dood?'
Ruth zei: 'Ik zou niet weten hoe, beste jongen.' Ze ging naast haar neef

staan en keek naar het schilderij. 'Paul had het, dus ik zie niet hoe China River er iets van kan hebben geweten. Zelfs als dat zo was – als je vader het haar om een of andere reden verteld had – ach, het is eigenlijk een sentimenteel ding, het laatste wat er van onze familie over is. Het zou de vervulling hebben betekend van een belofte die hij me in mijn jeugd heeft gedaan, toen we uit Frankrijk weggingen. Een manier om iets terug te krijgen van wat we beiden wisten dat we nooit echt konden vervangen. Bovendien is het een heel aardig schilderij, nietwaar, maar uiteindelijk is het niet meer dan dat. Gewoon, een oud schilderij. Wat zou het voor iemand anders kunnen betekenen?'

Natuurlijk, dacht St James, zou ze snel genoeg antwoord krijgen op haar vraag, al was het alleen maar omdat Kevin Duffy het haar zou vertellen. Vandaag of morgen zou hij het huis binnenwandelen en daar zou hij het zien hangen, in de grote stenen hal of in de kleine zitkamer, in deze galerij of in Guy Brouards studeerkamer. Hij zou het zien en dan zou hij moeten spreken... tenzij hij van Ruth hoorde dat dit fragiele doek niet meer was dan een herinnering aan een tijd en een volk die door een oorlog waren vernietigd.

St James besefte dat het schilderij bij haar veilig zou zijn, even veilig als het generaties lang was geweest toen het alleen maar de knappe vrouw met het boek en de ganzenveer was, overgedragen van vader op zoon en daarna gestolen door een bezettingsleger. Het was nu van Ruth. Omdat ze het had gekregen na de moord op haar broer viel het niet onder de bepalingen van zijn testament of enige afspraak tussen hen beiden die aan zijn dood vooraf was gegaan. Derhalve kon ze ermee doen wat ze wilde, wanneer ze wilde. Zolang St James zijn mond hield.

Le Gallez wist van het schilderij af, maar wát wist hij precies? Alleen dat China River een kunstwerk uit Guy Brouards verzameling had willen stelen. Meer niet. Wat het schilderij voorstelde, wie de schilder was, waar het doek vandaan was gekomen, hoe de diefstal was gepleegd... St James was de enige die alles wist. En met die wetenschap kon hij doen wat hij wilde.

Ruth zei: 'In onze familie gaf een vader het altijd door aan zijn oudste zoon. Het was waarschijnlijk de manier waarop een jongen zich ontpopte van afstammeling tot familievader. Zou jij het willen hebben, jongen?'

Adrian schudde zijn hoofd. 'Later, misschien,' zei hij tegen haar. 'Maar op het moment, nee. Pa zou gewild hebben dat jij het kreeg.'

Ruth raakte liefdevol het schilderij aan, op de voorgrond, waar St Barbara's gewaad in plooien neerhing als een voor eeuwig bevroren waterval.

Achter haar waren de steenhouwers bezig hun grote brokken graniet een plaats te geven voor de eeuwigheid. Ruth glimlachte naar het serene gezicht van de heilige en ze fluisterde: '*Merci, mon frère. Merci. Tu as tenu cent fois la promesse que tu avais faite à maman.*' Daarna zette ze haar overpeinzingen van zich af en schonk ze haar aandacht aan St James. 'U wilde haar nog een keer zien. Waarom?'

Het antwoord was uiteindelijk heel eenvoudig. 'Omdat ze zo mooi is,' zei hij tegen Ruth, 'en ik graag afscheid van haar wilde nemen.'

Daarna nam hij ook van hen afscheid. Ze liepen met hem mee tot aan de trap. Hij zei dat ze hem niet verder hoefden te vergezellen omdat hij de weg kende. Ze gingen toch nog een eindje met hem mee, één trap af, maar daar bleven ze staan. Ruth wilde naar haar kamer om wat te rusten, zei ze. Ze voelde zich met de dag minder goed.

Adrian zei dat hij ervoor zou zorgen dat ze veilig in bed geraakte. 'Geef me een arm, tante Ruth,' zei hij tegen haar.

Deborah wachtte op het laatste bezoek van de neuroloog die haar herstel had begeleid. Dat was de laatste horde die ze moest nemen, daarna konden zij en St James terugkeren naar Engeland. Ze had zich al aangekleed, vooruitlopend op de toestemming van de arts. Ze was op een ongemakkelijke Scandinavische stoel naast het bed gaan zitten nadat ze, om duidelijk te maken dat er geen twijfel bestond over wat ze wilde, zover gegaan was om de lakens en de deken van de matras te halen, als voorbereiding op een volgende patiënt.

Haar gehoor verbeterde met de dag. Een verpleegkundige had de hechtingen uit haar kaak verwijderd. Haar blauwe plekken trokken weg en de sneden en schrammen op haar gezicht verdwenen geleidelijk. Het zou veel meer tijd kosten eer haar inwendige verwondingen geheeld waren. Tot dusver had ze de pijn ervan niet willen voelen, maar ze wist dat er een dag zou komen waarop ze ermee moest afrekenen.

Toen de deur opengingg dacht ze dat het de dokter was, en ze kwam half overeind om hem te begroeten. Het was echter Cherokee River, die in de deuropening bleef staan. Hij zei: 'Ik had meteen willen komen, maar er... er was te veel te regelen. En toen er minder te regelen was, wist ik niet hoe ik je onder ogen kon komen. Of wat ik moest zeggen. Ik weet het nog steeds niet. Maar ik moest komen. Ik vertrek over een paar uur.'

Ze stak hem haar hand toe, maar hij nam die niet aan. Ze liet haar hand vallen en zei: 'Ik vind het heel erg.'

'Ik breng haar naar huis,' zei hij. 'Ma wilde hierheen komen om te helpen, maar ik heb haar gezegd...' Hij uitte een spijtig lachje, waar veel verdriet in doorklonk. Met zijn hand streek hij door zijn krullende haar. 'Ze zou niet gewild hebben dat ma kwam. Ze wilde nooit dat ma bij haar in de buurt was. Bovendien had het geen zin dat ze helemaal hiernaartoe kwam vliegen, alleen om daarna meteen om te keren en terug te gaan. Maar ze wilde toch komen. Ze huilde heel erg. Ze hadden elkaar niet gesproken sinds... ik weet het niet. Misschien een jaar? Twee? China vond het niet prettig... ik weet het niet. Ik weet niet zeker wat China niet prettig vond.'

Deborah drong erop aan dat hij op de lage, ongemakkelijke stoel zou gaan zitten, maar hij zei: 'Nee, neem jij die maar.'

Ze zei: 'Ik neem het bed.' Ze nam plaats op het randje van de kale matras en toen ze eenmaal zat, liet Cherokee zich op de stoel zakken. Hij bleef op de rand zitten met zijn ellebogen op zijn knieën. Deborah wachtte tot hij iets zou zeggen. Zelf wist ze niet wat ze moest zeggen, behalve haar verdriet tot uitdrukking brengen over wat er gebeurd was.

Hij zei: 'Ik begrijp er helemaal niets van. Ik kan nog steeds niet geloven... Er was geen reden. Maar ze moet het van het begin af aan van plan geweest zijn. Ik kan alleen niet begrijpen waarom.'

'Ze wist dat je de papaverolie had.'

'Tegen jetlag. Ik wist niet wat ik kon verwachten, of we zouden kunnen slapen of niet toen we hiernaartoe reisden. Ik wist niet... zie je... hoe lang het zou duren voor we aan het tijdsverschil gewend waren, of we eraan zouden wennen. Dus ik kocht de olie in Amerika en nam die mee. Ik zei tegen haar dat we die allebei konden gebruiken als het nodig was. Maar dat hebben we niet gedaan.'

'Dus je was vergeten dat je de olie had?'

'Niet vergeten. Ik dacht er gewoon niet aan. Of ik de fles nog had. Of ik die aan haar had gegeven. Ik dacht er niet over na.' Hij had naar zijn schoenen zitten staren, maar nu keek hij op, terwijl hij zei: 'Toen ze de olie voor Guy gebruikte moet ze vergeten hebben dat het mijn fles was. Ze moet niet beseft hebben dat mijn vingerafdrukken erop zouden zitten.'

Deborah wendde haar blik van hem af. Ze zag dat er een losse draad uit de rand van de matras hing, en ze wond die strak om haar vinger. Ze zag haar nagelbed donkerder worden. Ze zei: 'China's vingerafdrukken zaten niet op de fles. Alleen die van jou.'

'Zeker, maar daar is een verklaring voor. De manier waarop ze de fles vastgehouden heeft. Of zoiets.' Hij klonk zo hoopvol dat Deborah er niet toe kon komen iets anders te doen dan hem even snel aan te kijken. Ze kon geen woorden vinden om erop te reageren en toen ze niets zei, groeide de stilte. Ze kon zijn ademhaling horen en daarna, erbovenuit, stemmen in de ziekenhuisgang. Iemand maakte ruzie met een personeelslid, een man die een eenpersoonskamer voor zijn vrouw eiste. 'Mijn god, ze wérkt verdomme in dit beroerde ziekenhuis.' Dan had ze toch wel recht op een speciale behandeling, of niet?

Eindelijk zei Cherokee schor: 'Waarom?'

Deborah vroeg zich af of ze de woorden zou kunnen vinden om het hem te vertellen. Het leek erop dat broer en zus River elkaar de ene klap na de andere hadden toegediend, maar de balans kon niet echt in evenwicht gebracht worden wanneer het aankwam op misdaden die gepleegd waren en pijn die was doorstaan, en dat zou nooit gebeuren, zeker nu niet. Ze zei: 'Ze heeft het jullie moeder nooit kunnen vergeven, hè? Hoe het was toen jullie tweeën kinderen waren. Ze was er nooit om een moeder voor jullie te zijn. De aaneenschakeling van motels. Waar jullie je kleren moesten kopen. Maar één paar schoenen. Ze heeft nooit kunnen begrijpen dat het alleen maar de omgeving was. Anders niet. Het betekende niet meer dan wat het was: een motel, winkels in tweedehandskleding, schoenen, een moeder die nooit langer bleef dan een dag of een week tegelijk. Maar voor haar betekende het meer. Het was alsof... alsof haar groot onrecht was aangedaan in plaats van wat het werkelijk was, gewoon haar spel kaarten, waar ze mee kon doen wat ze wilde. Begrijp je wat ik bedoel?'

'Dus ze vermoordde... dus ze wilde dat de politie geloofde...' Cherokee kon zich er blijkbaar niet toe dwingen het onder ogen te zien, en nog minder om het te zeggen. 'Ik geloof dat ik het niet begrijp.'

'Ik denk dat zij onrecht zag op plaatsen waar andere mensen eenvoudig het leven zien zoals het is,' zei Deborah tegen hem. 'En ze kon die gedachte aan onrecht niet uit haar hoofd zetten: wat er gebeurd was, wat er gedaan was...'

'Wat haar aangedaan was.' Cherokee maakte Deborahs gedachte af. 'Ja, goed. Maar wat heb ik ooit...? Nee. Toen ze die olie gebruikte heeft ze niet gedacht... Wist ze niet... Besefte ze niet...' Het geluid van zijn stem stierf weg.

'Hoe wist je waar je ons in Londen kon vinden?' vroeg Deborah.

'Ze had je adres. Als ik problemen kreeg bij de ambassade of iets dergelijks, kon ik jullie om hulp vragen, zei ze. Die zouden we nodig kunnen hebben, zei ze, om achter de waarheid te komen.'

En dat was gebeurd, dacht Deborah. Alleen niet op de manier zoals China had verwacht. Ze had er ongetwijfeld op gerekend dat Simon zou uitgaan van haar onschuld, dat hij de plaatselijke politie onder druk zou zetten om met hun onderzoek door te gaan tot ze de fles met het opiaat vonden die ze opzettelijk had achtergelaten. Waar ze niet aan had gedacht, was dat de politie op eigen gelegenheid de fles zou vinden terwijl Deborahs man een geheel ander spoor volgde, de gebeurtenissen rond het schilderij ontraadselde en daarna een val zette met dat schilderij als lokaas.

Deborah zei vriendelijk tegen China's broer: 'Dus ze stuurde jou om ons te halen. Ze wist wat er zou gebeuren als we kwamen.'

'Dat ik zou...'

'Dat wilde ze.'

'Om mij een moord in de schoenen te schuiven.' Cherokee stond op en liep naar het raam. Er hingen lamellen voor en hij gaf een ruk aan het koord. 'Zodat ik terecht zou komen... waar? Zoals haar vader, misschien? Was dit een enorme wraakactie omdat haar vader in de gevangenis zit en de mijne niet? Alsof het mijn schuld was dat ze een mislukkeling als vader heeft? Nou, het was mijn schuld niet. Het is mijn schuld niet. En hoeveel beter was mijn vader trouwens? Een bemoeial die zijn leven eraan heeft gewijd om de woestijnschildpad te redden, of de gele salamander, of god weet wat nog meer. Jezus. Wat maakt het uit. Wat heeft het verdomme ooit uitgemaakt? Ik snap het gewoon niet.'

'Moet dat dan?'

'Ze was mijn zus. Dus, ja. Dat moet, verdomme.'

Deborah liet zich van het bed glijden en ging naast hem staan. Voorzichtig pakte ze het koord uit zijn handen. Ze trok de lamellen op om de kamer met daglicht te vullen, en de verre decemberzon bescheen hun gezicht.

'Je hebt haar maagdelijkheid verkocht aan Matthew Whitecomb,' zei Deborah. 'Ze is erachter gekomen, Cherokee. Daar wilde ze je voor laten boeten.'

Hij gaf geen antwoord.

'Ze dacht dat hij van haar hield. Al die tijd. Hij bleef terugkomen, wat er ook tussen hen gebeurde, en ze dacht dat het iets betekende wat het niet betekende. Ze wist dat hij haar met andere vrouwen bedroog, maar ze geloofde dat hij uiteindelijk eroverheen zou groeien en bij haar zou willen blijven.'

Cherokee leunde naar voren. Hij liet zijn hoofd tegen de koele vensterruit rusten. 'Hij bedróóg haar, ja,' mompelde hij. 'Maar niet op die manier. Hij bedroog háár. Wat dacht ze verdomme wel? Een weekend per maand? Twee, als ze echt geluk had? Een reisje naar Mexico, vijf jaar geleden, en een cruise toen ze 21 werd? De klootzak is getrouwd, Debs. Al anderhalf jaar, en hij verdomde het om het haar te vertellen. En ze bleef maar hopen en hopen en ik kon niet... Ik kon het gewoonweg niet zeggen. Dat kon ik haar niet aandoen. Ik wilde haar gezicht niet zien. Dus vertelde ik haar hoe het allemaal begonnen was, omdat ik hoopte dat het genoeg zou zijn om haar razend te maken, zodat ze zich van hem zou losrukken.'

'Bedoel je...?' Deborah durfde de gedachte bijna niet af te maken, zo afschuwelijk waren de consequenties. 'Je hebt haar niet verkocht? Ze dácht alleen maar... Vijftig dollar en een surfplank? Aan Matt? Dat heb je niet gedaan?'

Hij draaide zijn hoofd om. Hij keek omlaag, naar het parkeerterrein van het ziekenhuis, waar een taxi bij de achteringang stopte. Terwijl ze bleven kijken stapte Simon eruit. Hij sprak even met de chauffeur, en de taxi bleef wachten terwijl hij naar de hoofdingang liep.

'Je mag hier weg,' zei Cherokee tegen Deborah.

Ze bleef aandringen. 'Heb je haar niet aan Matt verkocht?'

Hij zei: 'Heb je je spullen gepakt? We kunnen hem tegemoet gaan in de hal, als je wilt.'

'Cherokee,' zei ze.

Hij antwoordde: 'Verdomme, ik wilde surfen. Ik had een plank nodig. Het was niet genoeg om er een te lenen. Ik wilde er zelf een.'

'O, god,' verzuchtte Deborah.

'We dachten niet dat het zo belangrijk was,' verklaarde Cherokee. 'Het was niet belangrijk voor Matt en met een ander grietje zou het ook niet belangrijk geweest zijn. Maar hoe kon ik weten hoe China het zou opvatten, wat zij dacht dat eruit zou groeien als ze zich "gaf" aan een of andere sukkel? Jezus, Debs, ze gingen alleen maar met elkaar naar bed.'

'En jij was, om precies te zijn, alleen maar een pooier.'

'Zo wás het niet. Ik wist dat ze gek op hem was. Ik zag er geen kwaad in. Ze zou nooit iets van die afspraak geweten hebben als ze niet zo stom was geweest haar leven te vergooien voor die slappeling. Dus ik moest het haar wel vertellen. Ze liet me geen keuze. Het was voor haar eigen bestwil.'

'Net als die afspraak?' vroeg Deborah. 'Ging die niet om jou, Cherokee? Om wat jij wilde en hoe je je zus gebruikte om het te krijgen? Ging het daar niet om?'

'Oké. Ja. Daar ging het om. Maar het was niet de bedoeling dat ze het zo serieus zou nemen. Het was de bedoeling dat ze daarna een ander vond.'
'Juist. Nou, die heeft ze niet gevonden,' merkte Deborah op. 'Omdat het moeilijk is om zoiets te doen als je de feiten niet kent.'
'Ze kénde de verdomde feiten. Ze wilde ze alleen niet zien. Jezus. Waarom kon ze nooit iets loslaten? God, álles was in haar gedachten verziekt. Ze kon alleen maar denken aan hoe de dingen volgens haar moesten zijn.'
Deborah wist dat hij althans in dat opzicht gelijk had: China had overal een prijskaartje aan gehangen, altijd het gevoel gehad dat haar meer toekwam dan wat haar geboden werd. Deborah had dat eindelijk begrepen, in haar laatste gesprek met China: ze verwachtte te veel van de mensen. Van het leven. In die verwachtingen had ze het zaad van haar eigen vernietiging gezaaid.
'Het ergste van alles is dat ze het niet hoefde te doen, Debs,' zei Cherokee. 'Niemand hield haar een pistool tegen haar hoofd. Hij wilde wel, en ik heb hen om te beginnen bij elkaar gebracht, ja. Maar zij liet het gebeuren. En ze ging er maar mee door. Dus hoe kan dat verdomme mijn schuld zijn?'
Deborah had geen antwoord op die vraag. Te veel schuldgevoelens, dacht ze, waren door de jaren heen aan de leden van de familie River toegeschreven of door hen verworpen.
Een snelle klop op de deur, en Simon kwam de kamer in. Hij had bij zich wat ze hoopte dat de papieren waren die haar uit het Princess Elizabethziekenhuis zouden ontslaan. Hij knikte tegen Cherokee, maar richtte zijn vraag tot Deborah.
'Klaar om naar huis te gaan?' vroeg hij.
'Niets liever dan dat,' zei ze.

32

Frank Ouseley wachtte tot 21 december, de kortste dag en de langste nacht van het jaar. De zon zou vroeg ondergaan, en hij had de zonsondergang nodig. Hij voelde zich prettig bij de lange schaduwen, beschermd tegen spiedende ogen die bij toeval de laatste akte van zijn persoonlijke drama zouden kunnen gadeslaan.

Om halfvier pakte hij de kartonnen doos die boven op de televisie had gestaan sinds hij die uit St Sampson mee naar huis genomen had. Een strook plakband hield de kleppen dicht, maar Frank had al eerder het plakband losgemaakt om naar de inhoud te kijken. Een plastic zak bevatte nu alles wat er nog van zijn vader over was. As tot as en stof tot stof. De kleur van de substantie lag ergens tussen die twee in, afwisselend lichter en donkerder, met hier en daar een stukje bot.

Ergens in het Oosten, wist hij, doorzochten mensen de as van hun doden. De familie kwam bijeen en met eetstokjes in hun hand haalden ze eruit wat er van de beenderen was overgebleven. Hij wist niet wat ze met die restanten deden. Waarschijnlijk gebruikten ze die als familierelikwieën, zoals het gebeente van martelaren destijds werd gebruikt om vroegchristelijke kerken te wijden. Maar dat was iets wat hij niet van plan was met de as van zijn vader te doen. De beenderen die er nog waren zouden een deel worden van de plaats waar Frank had besloten de stoffelijke resten van zijn vader te deponeren.

Eerst had hij aan het stuwmeer gedacht. De plek waar zijn moeder verdronken was had zijn vader zonder problemen kunnen ontvangen, ook al verstrooide hij de overblijfselen niet in het water zelf. Daarna had hij het terrein bij de St Saviour's kerk overwogen, waar het oorlogsmuseum gebouwd had zullen worden. Maar hij was tot de conclusie gekomen dat het heiligschennis zou zijn om zijn vader te ruste te leggen op een plek waar mannen die volslagen anders waren dan hij, geëerd zouden worden.

Voorzichtig droeg hij zijn vader naar de Peugeot, waar hij hem gerieflijk op de linkervoorstoel zette, rondom ingestopt met een oud badlaken dat hij als jongen had gebruikt. Even voorzichtig reed hij de Talbot Valley uit. De bomen waren nu kaal, alleen de groepjes eiken op de glooiende

helling aan de zuidzijde van het dal droegen nog bladeren. En zelfs hier lagen veel bladeren op de grond, die de prachtige, grote stammen van de bomen kleurden met een cape van saffraan en omber.
Het daglicht vervaagde sneller uit Talbot Valley dan op de rest van het eiland. Bij de paar huisjes langs de weg, verstopt tussen de plooien in een landschap van golvende hellingen, eeuwenlang uitgesleten door riviertjes, was al helder licht te zien achter de vensters. Maar toen Frank uit het dal St Andrew binnenreed veranderde het landschap, en daarmee ook het licht. De op de heuvels grazende Guernseykoeien maakten plaats voor landbouwgebieden en dorpjes, waar huisjes met een groot aantal kassen erachter het laatste zonlicht indronken en weerkaatsten.
Hij reed verder in oostelijke richting en kwam bij St Peter Port aan de overkant van het Princess Elizabethziekenhuis. Vandaar was het niet moeilijk om bij Fort George te komen. Hoewel de schemering inviel was het nog te vroeg voor het verkeer om problemen te veroorzaken. Bovendien was het niet druk om deze tijd van het jaar. Tegen Pasen zouden de wegen weer volstromen.
Hij hoefde alleen maar achter een tractor te blijven hangen tot de kruising aan het eind van Prince Albert Road. Daarna kon hij vlot doorrijden naar Fort George, waar hij onder de zware, stenen poort door reed op het moment dat het zonlicht op de erkers viel van de huizen die in het fort verspreid stonden. Deze plek werd allang niet meer gebruikt voor militaire doeleinden, ondanks zijn naam, maar in tegenstelling tot de andere forten op het eiland – van Doyle tot le Crocq – was dit geen ruïne van graniet en baksteen. De nabijheid van St Peter Port en het uitzicht over Soldiers' Bay had het voor lieden die de belastinginspectie van Engeland wilden ontlopen tot een gewilde locatie gemaakt om hier hun luxueuze huizen te bouwen. En dat hadden ze gedaan: achter hoge buxus- en taxusheggen, achter smeedijzeren hekken met elektrisch bediende toegangspoorten, aan het eind van gazons waarnaast Mercedessen en Jaguars stonden.
Een auto als die van Frank zou met achterdocht zijn bekeken als hij er niet voor zou hebben gekozen nergens anders naartoe te rijden in het fort dan rechtstreeks naar de begraafplaats, die toevallig, ironisch genoeg, op het mooiste plekje van het hele terrein lag. Het kerkhof was aangelegd op een helling aan de zuidzijde van het voormalige militaire terrein, uitziend op het oosten. De ingang werd gemarkeerd door een oorlogsmonument in de vorm van een enorm, granieten kruis waarin een zwaard – in de steen gestoken – de grijze kruisvorm waarin het was

geplaatst, verdubbelde. De ironie kon opzettelijk zijn geweest. Waarschijnlijk was het ook zo. Het kerkhof gedijde op ironie.
Frank parkeerde de auto op het grind vlak onder het monument en daarna stak hij de weg over naar de ingang van het kerkhof. Vandaar kon hij de kleinere eilanden Herm en Jethou zien oprijzen uit de mist over een kalm stuk water. Een hellend betonnen pad – met een reling om te voorkomen dat een treurende bezoeker in het kille water viel – liep omlaag naar het kerkhof, dat bestond uit een reeks terrassen die in de helling waren uitgehouwen. Haaks op de terrassen was een muur van Rocquaine Blue opgetrokken, met een bronzen basreliëf van mensen die en profil waren afgebeeld, misschien burgers of soldaten of oorlogsslachtoffers. Frank zou het niet weten. Maar een inscriptie in het reliëf – HET LEVEN GAAT DOOR NA HET GRAF – gaf aan dat deze bronzen figuren de zielen vertegenwoordigden van de overledenen die hier te ruste waren gelegd, en de plaat zelf vormde een deur die, geopend, de namen van de begraven personen onthulde.
Hij las ze niet. Hij bleef slechts staan, zette de kartonnen doos met de as van zijn vader op de grond, en maakte die open om de plastic zak eruit te halen.
Hij daalde de trap af naar het eerste terras. Hier lagen de dappere eilandbewoners begraven die hun leven hadden gegeven in de Eerste Wereldoorlog. Ze lagen onder oude olmen, in rechte rijen die werden geflankeerd door hulst en vuurdoorn. Frank liep eraan voorbij en daalde verder af.
Hij wist op welke plek van de begraafplaats hij met zijn eenzame ceremonie zou beginnen. Daar dekten de zerken graven die recenter waren dan die uit de Eerste Wereldoorlog. Ze waren allemaal eender: een eenvoudige, witte steen met slechts een kruis aan het hoofd, waarvan de vorm alleen al duidelijk aangaf wat ze betekenden, los van de namen die erin gebeiteld waren.
Frank daalde af naar deze groep graven. Er waren er 111, dus hij zou 111 keer zijn hand in de zak met as steken en 111 keer wat er van zijn vader restte tussen zijn vingers door laten glijden, waarna het terecht zou komen op de laatste rustplaatsen van de Duitsers die het eiland Guernsey hadden bezet – en die er waren gestorven.
Hij begon zijn plan uit te voeren. In het begin vond hij het weerzinwekkend: zijn levende vlees dat in contact kwam met de verbrande resten van zijn vader. Toen het eerste stukje bot over zijn handpalm schraapte huiverde hij, en zijn maag draaide zich om. Hij wachtte even en verman-

de zich om door te gaan. Hij las elke naam, de data van geboorte en dood, terwijl hij zijn vader overdroeg aan het gezelschap van degenen die hij als kameraden had verkozen.
Hij zag dat sommigen van hen niet meer dan jongens waren geweest, negentien en twintig jaar oud, die misschien wel voor de allereerste keer van huis waren geweest. Hij vroeg zich af hoe ze zo'n klein eiland als Guernsey gevonden hadden na het grote land waar ze vandaan kwamen. Had het een plaatsing op een andere planeet betekend? Of was het een heerlijk toevluchtsoord geweest na de bloedige gevechten in de frontlinies? Hoe moesten ze zich gevoeld hebben, in het bezit van zoveel macht en tegelijkertijd zo volkomen geminacht?
Maar niet door iedereen, natuurlijk. Dat was de tragedie van die tijd en die plaats. Niet iedereen had hen beschouwd als een verachtelijke vijand. Frank bewoog zich automatisch tussen de graven, de ene rij na de andere afwerkend tot de plastic zak helemaal leeg was. Toen hij gereed was liep hij naar het monument aan het eind van het kerkhof, waar hij even bleef staan, omhoogkijkend naar de heuvel, naar de rijen graven, naar de weg die hij had afgelegd.
Hij zag dat hoewel hij een handjevol as van zijn vader op de laatste rustplaats van iedere Duitse soldaat had verstrooid, er geen spoor meer van was overgebleven. De as had zich genesteld in de klimop, de hulst en de bodembedekkers die in groepjes op de graven groeiden, en daar ging ze over in meer stof, een dun laagje dat erop lag als een kortstondige mist die de eerste windvlaag niet zou overleven.
Die wind zou opsteken en zou regen meebrengen. Die zou de beekjes laten zwellen die van de heuvels omlaag zouden stromen, de dalen in en vandaar naar de zee. Iets van het stof dat zijn vader was, zou erin terechtkomen. De rest zou blijven, als een deel van de aarde die de doden bedekte. Een deel van de aarde die steun gaf aan de levenden.

Dankwoord

Zoals altijd ben ik dank verschuldigd aan een aantal mensen die me hebben geholpen bij het totstandkomen van dit boek.

Op het lieflijke Kanaaleiland Guernsey moet ik inspecteur Trevor Coleman van de staatspolitie bedanken, de vriendelijke mensen van het Stedelijk Adviesbureau, en de heer R.L. Heaume, directeur van het Duitse-Bezettingsmuseum in Forest.

In Engeland sta ik blijvend in de schuld bij Sue Fletcher, mijn redacteur bij Hodder & Stoughton, evenals bij haar geweldige en behulpzame assistent Swati Gamble. Mijn dank gaat tevens uit naar Kate Brandice van de Amerikaanse ambassade.

In Frankrijk heeft de medewerking van mijn vaste vertaalster Marie-Claude Ferrer me in staat gesteld een deel van de dialoog in het boek te schrijven, terwijl Veronika Kreuzhage in Duitsland me voorzag van de benodigde vertalingen met betrekking tot de voorwerpen uit de Tweede Wereldoorlog.

In de Verenigde Staten heeft professor Jonathan Petropoulos me geholpen de 'repatriëring van kunst' door de nazi's te begrijpen, zowel in persoon als door zijn onschatbare boek *The Faustian Bargain.* Dr. Tom Ruben was zo vriendelijk me waar nodig van medische informatie te voorzien. Bill Hull hielp me het beroep van architect beter te leren kennen en mijn collega-auteur Robert Crais beantwoordde mijn vragen over het witwassen van geld. Ik ben Susan Berner zeer dankbaar voor haar bereidheid een eerste concept van dit boek te lezen, en even dankbaar ben ik mijn echtgenoot, Tom McCabe, voor zijn geduld en zijn respect voor de tijd die het vergt om een roman samen te stellen. Ten slotte had ik natuurlijk niet eens aan dit boek kunnen beginnen zonder de voortdurende aanwezigheid, hulp en het goede humeur van mijn assistente, Dannielle Azoulay.

Boeken waaruit ik heb geput tijdens het schrijven van deze roman waren het reeds genoemde *The Faustian Bargain* door Jonathan Petropoulos, *The Silent War* door Frank Falla, *Living with the Enemy* door Roy McLoughlin, *Buildings in the Town and Parish of St Peter Port* door

C.E.B. Brett, *Folklore of Guernsey* door Marie de Garis, *Landscape of the Channel Islands* door Nigel Jee, *Utrecht Painters of the Dutch Golden Age* door Christopher Brown en *Vermeer and Painting in Delft* door Alex Rüger.

Ten slotte iets over St *Barbara*. Studenten kunstgeschiedenis zullen weten dat hoewel het schilderij dat ik in dit boek beschrijf, niet bestaat, de tekening die ik toeschrijf aan Pieter de Hoogh wel degelijk bekend is. Echter niet gemaakt door Pieter de Hoogh, maar door Jan van Eyck. Dat ik de naam van de schilder zo drastisch heb veranderd had te maken met de periode waarin de tekening werd vervaardigd en waarin Van Eyck schilderde. Als hij werkelijk St *Barbara* had geschilderd, zou hij zijn meesterwerk op eikenhout hebben voltooid, zoals destijds gebruikelijk was. Voor mijn boek had ik linnen nodig, wat pas in een latere periode overal gebruikt werd. Ik hoop dat deze manipulatie van de kunstgeschiedenis me wordt vergeven.

Er zullen, natuurlijk, fouten in het boek voorkomen. Deze zijn uitsluitend door mij gemaakt en mogen niet worden toegeschreven aan de geweldige mensen die me hebben geholpen.

Lees ook van A.W. Bruna Uitgevers B.V.

Elizabeth George

Verrader van het verleden

Met zijn virtuoze vioolspel krijgt de 28-jarige Gideon Davies wereldwijd de ene zaal na de andere aan zijn voeten. Maar dan slaat het noodlot toe... Midden in een optreden is hij niet langer in staat verder te spelen. Beroofd van zijn liefde voor muziek zit er voor Gideon nog maar een ding op: op zoek gaan naar de oorzaak van zijn kwelling. En dat betekent de verschrikkelijke gebeurtenis onder ogen zien die zo langgeleden plaatsvond, de gebeurtenis die zijn leven voorgoed veranderde.
Voor inspecteur Thomas Lynley en brigadier Barbara Havers is dit een zaak die het uiterste van hen vergt. Want de waarheid ligt diep begraven in het verleden en wordt onverwachts aan de vergetelheid onttrokken...

ISBN 90 229 8730 2

Lees ook van A.W. Bruna Uitgevers B.V.

Elizabeth George

Wie zonder zonde is...

In het graafschap Derbyshire worden twee ontzielde lichamen gevonden. Het ene is van de dochter van een gepensioneerde agent van Scotland Yard, het andere van een onbekende jongeman. Een dramatische vondst op een zo mogelijk nog dramatischer plek, want ze liggen midden in een cirkel van stenen, een offerplaats uit de prehistorie.
Inspecteur Thomas Lynley opent het onderzoek, ditmaal zonder assistentie van zijn vaste partner Barbara Havers. Lynley heeft besloten haar buiten deze zaak te houden omdat zij – na een intern onderzoek naar haar functioneren – gedegradeerd is.
Maar Havers heeft zo haar eigen plannen.
En die hebben zeer zeker te maken met de zaak die Lynley onder handen heeft...

ISBN 90 229 8728 0

Lees ook van A.W. Bruna Uitgevers B.V.

Elizabeth George

In de ban van bedrog

Op een ochtend doet een wandelaar aan de kust van Essex een macabere ontdekking. In een bunker treft hij het ontzielde, zwaar verminkte lichaam aan van een man. Een tragische vondst, die voor de nodige commotie zorgt in de badplaats Balford-le-Nez. Vooral in Pakistaanse kringen, want het slachtoffer blijkt Haytham Querashi te zijn, een jongeman die op het punt stond te trouwen met de enige dochter van de belangrijkste man binnen de lokale Pakistaanse gemeenschap. De Pakistanen zijn ervan overtuigd dat Haytham is vermoord en verwijten de politie laksheid en terughoudendheid bij het onderzoek. De dreiging van rassenonlusten hangt zwaar over het anders zo rustige badplaatsje.

Geïntrigeerd door de complexiteit van de situatie besluit brigadier Barbara Havers haar welverdiende strandvakantie te onderbreken. Ze biedt haar medewerking aan, niet in de laatste plaats omdat het onderzoek wordt geleid door Emily Barlow, de door haar zo bewonderde inspecteur. De samenwerking van de twee doortastende vrouwen lijkt zijn vruchten af te werpen, totdat Barbara tot de ontdekking komt dat er toch maar één persoon is die je echt kunt vertrouwen: jezelf…

ISBN 90 229 8727 2

Lees ook van A.W. Bruna Uitgevers B.V.

Elizabeth George

In handen van de vijand

Charlotte, het tienjarige dochtertje van parlementslid Evelyn Bowen, verdwijnt op raadselachtige wijze. Al snel ontvangen beide ouders een dreigbrief van de kidnapper: als zij zijn eisen niet inwilligen, zal het kind sterven…
Eve is niet bereid te geloven dat Charlotte werkelijk in handen van een vreemde is gevallen: zij is ervan overtuigd dat Charlottes vader, Dennis Luxford, hierachter zit. Dennis, hoofdredacteur van het op sensatie gerichte dagblad *The Source*, is er immers voortdurend op uit Eve onderuit te halen. Dennis, meent Eve, is op een politieke rel uit die haar zal dwingen af te treden als staatssecretaris van Binnenlandse Zaken. Zij weigert dan ook pertinent de politie in te schakelen.
Totdat het lijkje van Charlotte aanspoelt…
Inspecteur Thomas Lynley staat nu voor een bijna onmogelijke taak: hij is veel te laat ingeschakeld, dus de meeste sporen van de misdaad zijn allang uitgewist. En tot overmaat van ramp wordt hij ook nog eens aan banden gelegd door vertegenwoordigers van de regering, die elke beweging registreren…

ISBN 90 229 8726 4

Lees ook van A.W. Bruna Uitgevers B.V.

Elizabeth George

Waar rook is...

Tot zijn grote schrik treft Martin Snell op zijn vroege melkronde niet de zeer aantrekkelijke bewoonster van Celandine Cottage aan, maar de geblakerde resten van het vijftiende-eeuwse landhuisje in Kent.
Op de bovenste verdieping wordt het ontzielde lichaam van Kenneth Flemming, een vermaard cricketspeler, aangetroffen. Dood door verstikking is al snel de conclusie. Wat deed Kenneth eigenlijk in Kent, terwijl iedereen aannam dat hij met zijn zoon op vakantie in Griekenland was? En welke rol speelden de drie vrouwen in zijn leven, die allemaal een motief voor de moord lijken te hebben?
Inspecteur Thomas Lynley en brigadier Barbara Havers stuiten op een complex patroon van verstikkende relaties, waarin verwrongen verhoudingen, afwijzing en frustratie mensen soms aanzetten tot ongekende daden, waarbij liefde kan omslaan in allesvernietigende haat.

ISBN 90 229 8725 6

Lees ook van A.W. Bruna Uitgevers B.V.

Elizabeth George

Mij is de wrake

Het moest een feestelijk weekeinde ter ere van inspecteur Thomas Lynleys verloving worden. Maar wanneer hij en zijn verloofde, Deborah Cotter, bij zijn ouderlijk huis arriveren, blijkt daar een bijna ondraaglijke spanning te hangen.
Voor Lynley, die vervreemd is van zijn moeder en geconfronteerd wordt met het feit dat zijn jongere broer aan drugs verslaafd is, roept het huis kwellende herinneringen op die hij het liefst zou vergeten.
Als in het nabijgelegen dorp Nanrunnel een journalist op gruwelijke wijze vermoord wordt, is er van een feeststemming al helemaal geen sprake meer. Alhoewel het onderzoek buiten Lynleys bevoegdheid als inspecteur van Scotland Yard valt, raakt hij er toch bij betrokken.
De bewijzen leiden niet alleen naar de man die zijn landgoed beheert, maar ook naar Lynleys eigen familie…

ISBN 90 229 8724 8

Lees ook van A.W. Bruna Uitgevers B.V.

Elizabeth George

De verdwenen Jozef

Deborah St James bezoekt het museum die druilerige dag niet alleen om voor de regen te schuilen, maar vooral om aan haar eigen neerslachtigheid te ontsnappen.
Tot haar stomme verbazing blijkt ze binnen de kortste keren haar hart uit te storten bij een volslagen onbekende bezoeker, de Anglicaanse pastoor Robin Sage, terwijl zij Leonardo da Vinci's *Sint-Anna te Drieën* bewonderen en zich afvragen waarom Jozef op deze schets ontbreekt.
Nog verbaasder is ze enige maanden later als de eerwaarde plotseling blijkt te zijn overleden ten gevolge van een voedselvergiftiging. Maar al snel komen Deborah en haar man Simon tot de conclusie dat hier sprake moet zijn van moord. Ze roepen de hulp in van hun oude vriend inspecteur Thomas Lynley en gezamenlijk beginnen ze een speurtocht naar de onthutsende waarheid...

ISBN 90 229 8723 X

Lees ook van A.W. Bruna Uitgevers B.V.

Elizabeth George

Zand over Elena

Elena Weaver is doof, maar leidt ondanks haar handicap een zelfstandig bestaan als studente in Cambridge. Elke morgen gaat ze in alle vroegte joggen langs de rivier. Haar overbezorgde vader staat er echter op dat ze daarbij begeleid wordt door zijn tweede vrouw Justine.
Ongeduldig staat Elena op de bewuste, nog donkere ochtend te wachten op Justine. Er hangt een dikke mist over de ontmoetingsplaats bij de rivier. Maar haar stiefmoeder komt niet opdagen en ongeduldig als ze is, gaat Elena ten slotte maar alleen joggen.
Rond een uur of zeven treft schilderes Sarah Gordon Elena's ontzielde lichaam aan. Inspecteur Thomas Lynley en brigadier Barbara Havers worden op deze mysterieuze moordzaak gezet.
Al snel komen zij erachter dat Elena niet zo braaf is als iedereen dacht. Ze blijkt een behoorlijk losbandig en bruisend 'geheim' leven te hebben geleid. Toch houdt iedereen in Elena's omgeving hardnekkig de schijn op. Lynley en Havers vertrouwen het niet en vermoeden dat er meer aan de hand is.

ISBN 90 229 8722 1